狮吼平型关

赵云长◎著

团结出版社

UNITY PRESS

图书在版编目（CIP）数据

狮吼平型关 / 赵云长著. -- 北京：团结出版社，
2014.9（2022.11重印）
ISBN 978-7-5126-3080-2

Ⅰ.①狮… Ⅱ.①赵… Ⅲ.①长篇小说—中国—当代
Ⅳ.①I247.5

中国版本图书馆CIP数据核字(2014)第206339号

出　版：团结出版社
　　　　（北京市东城区东皇城根南街84号　邮编：100006）
电　话：（010）65228880　　65244790（出版社）
　　　　（010）65238766　　85113874　　65133603（发行部）
　　　　（010）65133603（邮购）
网　址：http://www.tjpress.com
E-mail：zb65244790@163.com（出版社）
　　　　fx65133603@163.com（发行部邮购）
经　销：全国新华书店
印　刷：三河市华晨印务有限公司

开　本：710毫米×1000毫米　　16开
印　张：31.5
字　数：420千字
版　次：2014年9月　第1版
印　次：2022年11月　第4次印刷

书　号：978-7-5126-3080-2
定　价：118.00元

自 序

　　我的《狮吼平型关》完稿后，把初稿送给几个朋友看，有朋友问我，你的这部书是什么体裁？我说，我是用小说的手法复原那段历史，纪实性最重，应该是一部长篇纪实小说吧。在这本书里，我为什么要突出纪实性而不去胡编乱造呢？我想在这个自序里谈谈这个问题。

　　70多年前，我的家乡爆发了震惊中外的平型关大捷。我出生的村子距离平型关战斗遗址最东端仅有10里，距平型关战斗最激烈的地段乔沟只有20里。当年平型关战斗打响时，我们村子的人能听到轰轰的炮火声。我是听老辈人讲平型关大捷长大的，因而那场战斗从小就在我的心灵里占有神圣的位置。我很早就对取得平型关大捷的勇士们充满了敬意，甚至是崇拜。这是我写这部书的根本动力。这也是没法子的事情，谁让当年115师的勇士们把活儿干得那么好呢？

　　当年115师在平型关歼敌的时候，我的爷爷领着全家躲避战乱。后来，我的父亲作为游击队员虽然有过到天镇、阳高一带扒铁路、割鬼子电线的经历，但在享受老一辈无产阶级革命成果方面，我们家是坐享其成者。任何时候，我们都忘不了在平型关流血牺牲的人们。有一年，我被调到东河南国税所负责白崖台乡的税收工作。我的管片正好与当年平型关战场的范围相当，既包括主战场乔沟，也包括八路军115师由上寨向乔沟先进的百里大峡谷。一次次从当年的战场走过，一次次读70年前的那场战斗，我总是生出许多的感慨来。有一天，我终于感到应该写一部文学作品反映这段历史了，否则就愧对那些先烈们了。

　　最初我写的是电影剧本《狮吼平型关》。当时由于种种原因，社会上已经存在对平型关大捷各种各样的非议和非难。我想让人们真正了解一下当年在平型关下发生了一件怎样的事情，因而我在写电影剧本时，突出了纪实性。剧本写成后，我寄给115师参战将士的后代，让他们对照父辈的讲述，提出剧本与事实的差距。接到剧本的115师参战将士的后代对我的剧本指出了许多谬误之处，并向我提供了许多我以前所不知道的素材，使我对平型关大捷的了解进一步丰富。再后来，我又接触了许多国民军在平型关战役中的史实材料，也接触了一些当年参战的晋绥军将士的后人，因而对那场战斗的了解更趋丰富。几年前，我觉得自己掌握的材料足以写一部反映平型关大捷的书了，便开始了这部小说的创作。如前所述，因为觉得平型关大捷这一历史事件非同小可，在写这部书时，仍然坚持了纪实性的原则，我仅仅是用小说手法努力还原当时的历史。

我给我这部书定量为九分真实、一分虚构。

在这部书里，只有三个中国人是虚构的，其余都是真人真事。书中虚构的三个中国人是国民党爱国官兵张建才、王君、王之梁。他们热爱自己的祖国，从"七七"事变开始，三人就投身于抗日的战斗，战斗失败了，部队打散了，他们再寻找新的抗日部队，国民军边打边败，他们随着溃退的国民军来到平型关附近时，八路军的平型关战斗打响了。受平型关大捷的鼓舞，他们参加了由灵丘县抗日勇士杜番组织的灵丘义勇军，后来随灵丘义勇军归入由杨成武将军

领导的八路军独立第一师。这三个人物虽是虚构的，但我创作他们却是有原型的。当年我采访韩淤地村韩文邦老人时，他就告诉我，当年杜番在韩淤地村组织抗日游击队——灵丘义勇军时，约有40多个溃退的国民军士兵参加了义勇军。

在我的这部小说里，还有一个刻意虚构的日军士兵，即侵华日军里的士兵稻田有仁，他是日本人中少有的清醒者，因为反战成了同伴嘲笑、虐待的对象，被称为"非国民"。在屠杀灵丘城平民中的日本兵中未必有这样一个士兵，但清醒的反战的日本人却大有人在。1933年春，中国共产党领导的"抗日救国游击军"驻扎在吉林省汪清县马家大屯一带。日本关东军鳌刚旅团司令鳌刚一村纠集3000多日军，直扑抗日救国游击军宿营地，企图消灭这只抗日武装。战斗中，抗日救国游击军打扫战场时，在一片极隐蔽的树林里，发现一辆日军的汽车，车上载满了步枪子弹，很快他们又发现了一具日军士兵的尸体，在旁边的石头上放着一封信，信是关东军间岛日本辎重队日本共产党员依田助男写的。他在信中说："亲爱的中国游击队同志们：我看到了你们撒在山沟里的宣传品，知道你们是共产党的游击队，你们是爱国主义者，是正义之师。我很想与你们

会面，同去打倒共同的敌人，但我被法西斯恶兽围困着，走投无路。我决心用自己的生命来说明一切。我把运来的 10 万发子弹，赠送贵军，它藏在背面的树林里。请你们瞄准日本法西斯射击，我虽身死，但革命精神长存！祝神圣的共产主义事业早日成功！"依田助男是一位清醒的善良的有着政治觉悟的日本共产党人，当时这种人在日本人当中虽然是少数，但确确实实是一种真实的存在。日本共产党人依田助男是我创作稻田有仁这个人物的依据。在我的小说中，还有一些日本士兵的名字是我在创作时随手起的，但他们并非是虚构人物，因为他们杀过人之后没有留下姓名，我为了创作方便，就随手为他们起了名字。

写这本书时，有大量的国民党军抗战的题材需要我处理，为了这部书的真实性，我努力让自己站在公正的立场上，真实地反映国民党官兵的抗战史实。平型关战役中，国民党军虽然出师未捷，甚至还有败绩，他们中的将士又多有惜命溃逃者，但不能说他们不抗日，他们中的抗日将士也有神勇者，拼命抗敌者，为国献命者。这一点由国民军战场上将士们流到土地上的鲜血和躺在血泊中的尸体来证明。在当年的抗日战场上，他们怎么表现，我就怎么写。

在我的书里，也有一处与一些史料的叙述不大一样。那些史料说，国民军第 17 军军长高桂滋擅自放弃团城口阵地，影响了全歼关前敌人的计划。对此，高将军的儿子高斌提出异议，认为高桂滋将军的"84 师在平型关经三天四夜血战，伤亡重大"，在多次求援未果的情况下，"团城口是被日军突破"的。当写到 17 军团城口抗战这段历史时，我曾停笔三天，在认真研究我掌握的所有材料，觉得团城口阵地被日军突破的可能性较大，因此作了与一些史料不一样的处理。

在林彪这个人物的处理上，我仍然坚持真实原则。我认为，终其一身的林彪与平型关大战时的林彪是不一样的，他首先是一个中国人，其次是八路军 115 师的师长，再次他还是一名中国共产党党员。对他的定位一定要实事求是，不扩大，不缩小。扩大和缩小不仅是对他本人的扭曲，也是对平型关大捷这段历史的扭曲。

在这本书里，我不仅真实地描写了每一个中国人，对日本人也是如此。他们什么时候在什么地点杀人，以什么方式杀的人，杀了谁，都是真实的而有据可查的。

看过我书稿的朋友，对于我书中日本人杀人的描写提出一些意见。有的朋友说，你书里杀人写的太多，有一些细节足矣。我说：不，日本人杀人绝不是一些细节问题可以概括的，他们是大批大批地杀，一群一群地杀。有朋友说：描写杀人也要讲究艺术，你写得太残酷了。我说：不，我不想美化战争，我要人们看到真实的战争。

当年日本人杀人是超乎善良的人们想象的。一个善良的人，即使他的想象力再强，他也不可能想象出一群日本人把一名妇女轮奸完后，再在她的私处插上一根玉米秸；一个善良的人，即使他的想象力再强，他也不可能想象出日本人杀完了人狂笑着把血淋淋的人头丢在锅里；一个善良的人，即使他的想象力再强，他也不可能想象出一群日本人奸污完一位拼命反抗的少女后，再抓住她的双腿将她猛力撕裂；一个善良的人，即使他的想象力再强，他也不可能想象出把一个反抗他们屠杀的小伙子用炉锥从头顶钉在地上。

善良的人们必须记住恶人们的恶！

> 百年忍辱，列强哪个肯罢手
> 黑尘滚滚遮天日，豺狼汹汹张血口
> 东方巨人岂病夫，雄狮怒起仰天吼
> 钢枪饥餐豺狼肉，大刀饮血敌寇头
> 啊！中华民族不可辱，管叫日寇成粪土
> 管叫日寇成粪土
> 失地千里，倭寇践踏我国土
> 血海滔滔连天恨，遍地滚滚起怨仇
> 神州儿女皆血性，岂容恶兽撕娘肉
> 千军怒报华夏恨，万众雪耻民族仇
> 啊！中华民族不可辱，管叫日寇成粪土
> 管叫日寇成粪土

——同名电影剧本主题歌

目录
Contents

卷 一

第一章

　　1937年平型关大捷前夜，中国内长城平型关的上空看不到一丁点儿战争的影子，雨后见晴的天空，堆砌着一堆堆尚未变白、样子凶狠的黑色云朵，但黑云缝里显露出来的一片片的天幕，却已是纯蓝纯蓝的了，犹如刚刚染过、不沾一点儿尘埃的蓝布。随着黑云渐渐升高，四下漫开，天空变得高远、明静起来。有一些灰色的小鸟飞上了天空，远远近近地尖尖地清唱……厚重的黄土地上，庄稼地和秋草丛里的蟋蟀，应和着天空的鸟叫，鸣响出无数支美妙无比的音乐。

　　一只金雕从已经显得破败、颜色老旧的平型关关楼掠过，它伸展着巨翅，把巨大的黑影投到山坡上、土梁上、沟谷里的庄稼和秋草上。由于那黑影的移动，山谷中就有了些许的恐怖。山坡上，刚上坡的羊儿们，才从窝里出来的山鸡、山兔，都吓得缩头缩尾，骨头酥软，就连野狼、野山狐狸的头皮也在一阵阵发麻。

　　这只透着霸气的金雕是中国北方天空中常见的一种最大的猛禽，号称"空中之王"。只见它伸展着棕色、铁弓般坚硬的巨翅，英气勃勃地在高空滑翔着。此时，这只金雕背负着青天，两只明而亮的眼睛似闪电般俯视着身下的大地。它看到了一系列的山峦，看到了山峦上龙一样蜿蜒奔蹿的内长城，看到了在山口默默地等了好几百年，准备干一件大事的已经显得老态龙钟的平型关关楼，看到了山峦下的土梁，土梁间的深沟大壑，看到了无际无边染着秋天黄色的树木、灌丛、荒草、庄稼……忽然，金雕不由得一愣，"啊"地叫了一声，它看到，不知什么时候，在它身下一条30多里长的沟谷崖畔上，已经收割和还没有收割的庄稼地里，静静地埋伏一支穿着灰色军装的五六千人的神兵。它在这方土地的天空虽然称王称霸多年，可这样的神兵从来没有见过，那壮观的阵容和严明的纪律令它肃然起敬。它虽然不知道这里将要发生什么大事，但预感到将有一件大事就要发生了。于是它又"啊"地叫了一声，用力抖动着翅膀，快速地远走高飞了。

稍后，即将剧烈地响起的枪炮声、手榴弹爆炸声，将要告诉人们，在这条长沟边的一色秋黄的庄稼地里，悄悄地摆下长阵的是中国共产党领导的刚刚由红军改编的国民革命军第八路军的115师。这是八路军的第一师，也是最先从陕北出发，渡过黄河，第一个将要与日军交战的师。这个师有着铁的纪律和丰富的战斗经验，它的主力主要由共产党红军第一方面军和红二十五军组成，其中大部分战士参加过中共中央根据地的五次反"围剿"作战，走完了举世闻名的25000里长征的全程。不久，他们将要在这里打响一场震惊中外的漂亮的战斗。师长林彪、副师长聂荣臻在这里摆开战场，可谓用心良苦，他们谋划时都在心照不宣地追求一种影响全国抗日战局的重大效果。在他们之前，国民党领导的军队从卢沟桥事变开始抵抗日军已经两个月有余，却没有取得过一次像样的胜利。由于国民党军队在军事上的失败，一时间，特别是在战火正在燃烧的华北，亡国论、恐日症盛行。如果将要进行的战斗实现了他们的目标，这将是抗战以来中国军队对日本军队的首胜，当然也是八路军对日本军队的首胜。自然地，这样的战果将极大地鼓舞中国人的抗敌斗志，并且庄严地向全世界宣告：中华大地，大有人在！厚积了五千年文明的中华民族是优秀的民族，任何对她的图谋都将被击得粉碎！

深险的乔沟静静地躺在灰色的晨雾中，它的南面是一片较开阔的土梁地，再往南是一脉龙一样的山脊，这脉山脊的西面有一个相对较小的山头，那山头就像一条龙的龙首，由于它的矮小，整个看去，让人觉得龙首是低着的，颇像是一条将要昂扬的龙做出来的准备姿势。站在这个小小的山头上，整个战场尽收眼底，特别是主战场乔沟一带，更是看得清清楚楚。精瘦、英气的八路军115师师长林彪正用望远镜观察着大战前的阵地。战前，林彪望着自己为日本人精心设计好的战场，不禁舒了一口气。"中国是一头沉睡的雄狮。狮子睡着了，苍蝇都敢落到它的脸上叫几声；中国一旦被惊醒，世界会为之震动。" 19世纪法兰西帝国的皇帝拿破仑曾经说过的这句话，并没有引起日本人的重视。面对着中国这个东方巨人，日本人却视之为"东亚病夫"。他们的美梦竟然是一个月拿下山西，三个月拿下中国。瞧瞧日本人的狂妄自大，全然一副不把中国人放在眼里的模样。殊不知，中国已是一头睡醒的雄狮了，我们共产党人已具备了把中国带出黑暗的能力。现在党已经把一支铁军——八路军的115师派

到了平型关下；再过一会儿，30多里长的沟岸上，静悄悄地埋伏的八路军115师的健儿们将猛然一跃，大声吼啸，向全世界展示雄狮的威猛！

大战前的阵地一片静穆。

在大片大片尚未收割的庄稼地里，埋伏得极好的八路军战士，手握钢枪，肚皮紧紧地贴着冰凉的地皮，一动不动地卧着。他们双腿叉开，让初升的太阳暖暖地晒在已经冻得麻木的脊背和屁股上。士兵的装束很乱，除少数人穿着新换上的国军军装，许多人还穿着红军时期单薄的破破烂烂的灰粗布衣衫，背后放着一顶南方人的斗笠，下身全穿着快要过膝的短裤，大部分脚上穿着草鞋，不少战士却是赤着脚的。这支部队不仅装束形同乞丐，装备也极差，士兵手中多是汉阳造、老套筒，较为让人欣慰的是他们每人身上大多带着中国第二战区司令长官阎锡山刚刚给他们发下的5颗手榴弹，身上的子弹带也是满满的。平型关熟秋时节的天气已经变得很冷了，不久前，也就是天色临明时，由于晚上下了一场大雨，这里是一片灰蒙蒙的冷雾，地面和庄稼以及庄稼地边的荒草都结了一层白盐似的霜，冷得上下牙齿打战的士兵们此时正需要太阳暖暖地晒一晒……

林彪用望远镜细细地在阵地上扫过一遍后，脸上泛过一丝兴奋。

聂荣臻好像领悟了林彪的意思，举起望远镜向阵地那边远望。此时，灰色军服上沾了一层黄泥土的战士们伏在阵地上已经很难把他们从大地上分辨出来，他心里一阵欣喜，回望了一眼林彪，两人会心地笑了。

他们所在的小山岗下面，约30华里多长的长蛇阵样的阵地上，一直静悄悄的。八路军战士一动不动地卧着，等待着首长发布进攻的命令。太阳晒热了土地，泥土味儿更浓。远处和近处是一片无休止的绿绿的蝈蝈响亮的叫声。田鼠们也在吱吱地叫着，个别的田鼠在洞边新挖出的正在变干的土堆上打盹。一个小战士用一根细细的枯草棍儿在逗弄从窝里出来的小小的蚂蚁，他的班长严厉地瞅了他一眼，他吐了一下舌头，赶忙丢下了小草棍儿，姑娘般羞臊出一脸热热的辣红。优秀的八路军115师的战士们，每个人都知道战前能不能成功隐蔽，关系着战斗的成败。这就是小战士为自己的小动作脸红的原因。

林彪的望远镜里，忽然出现了一团火样奔跑的红色战马。他知道策马的骑手是344旅的侦察参谋，那是344旅长徐海东派来传递敌人消息的。这是个宽脸大肩膀非常虎气的后生，他打马从乔沟底下窄窄的细如裤带样的公路上飞奔而来。红色战马给沟上阵地的战士带来一阵兴奋，也给师部指挥所的首长带来一阵兴奋。一会儿，战马穿越整个乔沟，飞奔到师部指挥所所在的小山头下，麻利地停下来。侦察参谋飞身下马，把战马拴在一棵约有碗粗的歪脖子杨树上，然后快速地向师部指挥所的小山头攀了上来。

攀上来的侦察参谋已经是上气不接下气，但他还是努力张着嘴向林彪报告说：

"报……报告首长，我旅的观察哨发现敌人已经在蔡家峪村北的公路上出现。"

"敌人的什么部队，来了多少人？"

"辎重部队，长长的，约有十多里，千数来人。"

344旅侦察参谋送来的消息让林彪大感意外和振奋。

聂荣臻在一旁也很高兴地说："日本人和我们的蒋介石运输大队长一样嘛，他们来得正适时宜啊。"

林彪的笑容只出现在两边的嘴角上，他对站在那儿等着他说话的侦察参谋说："回去告诉你们旅长，继续观察敌情，及时汇报。"

"是！"

344旅的侦察参谋转身飞下山岗，跑到那个歪脖树下，解开自己的战马，顺着原路，飞速返回。

侦察参谋走后，林彪走到电话跟前，拿起电话对着话筒说："喂，343旅吗？敌人很快就要进入你们的包围圈了。来的是一个辎重部队，你们要严阵以待，注意观察敌情，随时汇报。"

林彪的话迅速传到了343旅的指挥部，旅长陈光回答说："明白。"

此时，平型关上空依然没有一丝儿战争的痕迹。

第二章

旁若无人、大摇大摆地进入八路军 115 师包围圈的这支日本军队，是日本国的机械化精锐——第 5 师团的辎重队和护卫部队。早在三天前，日军第 5 师团步兵第 21 旅团的部分战斗部队就已经开到了平型关下，受到了埋伏在内长城沿线山梁上阎锡山部队和高桂滋的第 84 师的阻击。这支长蛇般开进的辎重队是要开到平型关下，支援在那里进攻受阻的日军。

侵华日军的这个第 5 师团，1888 年组建于后来被美国人投下了第一颗原子弹的广岛，号称"钢军"。因为师团长由肥头大耳、面相凶狠的板垣征四郎担任，故亦称"板垣师团"。板垣师团的主力部队——步兵第 21 旅团，号称日本的"陆军之花"，旅团长是同样具有肥猪体形、嘴唇上留有一片小黑胡子的三浦敏事。三天前，他亲自指挥四个大队，开到了平型关前、内长城下的东跑池村一带，准备突破内长城上国民党军队的防线，进而运动到太原城下，攻取太原。

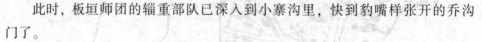

此时，板垣师团的辎重部队已深入到小寨沟里，快到豹嘴样张开的乔沟门了。

乔沟与小寨沟紧密相连，在地质构造上属黄土高原上一道雨水长年切割而成的罕见的深险长沟。老天爷好像早就知道中日在此终究会有一战似的，几百年前或是几千年前就开始切割这条大沟了，到了今天，已经切割得完美绝伦了。长蛇样蜿蜒的乔沟，全长约 10 华里，沟深大多在 20～30 米之间，沟的两边状如刀削，沟宽约 10 米左右，越往里越窄，最窄处仅能通过一辆汽车，如果有人站在沟崖边上，若伸头往下一望，顿有头皮发麻、头晕目眩的感觉。

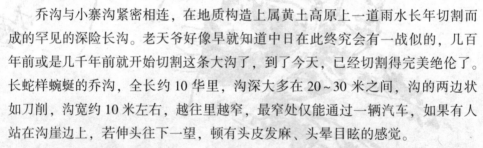

小寨村西的沟底，日军的 100 余辆汽车、200 余辆马车，夹杂着骑着高头大马的骑兵，傲慢地向前开进。整个沟底乱糟糟的，充满了汽车的引擎声、马蹄铁掌践踏土路的铿锵声、日本人的嬉笑怒骂声和他们的胡吆乱喝声。

最前头的一辆汽车上插着一面日本太阳旗，所有的车上满载着物资或荷枪实弹的士兵。紧跟着最前面的那辆汽车上，有两个日本军官相互间正在高谈阔论着什么。这两个日本军官，胖一点儿的名字叫新庄淳，中佐，他是汽车队的最高指挥官；稍微瘦一些的叫桥本顺正，中佐，他是日军第 5 师团的参谋，板垣征四郎命令他随同新庄淳的车队赶到平型关前线，协助三浦敏事指挥作战。

桥本顺正胸前挂着一部装在牛皮包里的照相机，随着车子的颠簸，来回晃动；新庄笑着盯着桥本胸前晃动的照相机说："桥本君，我们大日本皇军很快就赶到中国的内长城了，据说前面不远的地方就是内长城上的平型关，这次桥本君准备用你的照相机拍摄些什么照片呢？"

桥本摇晃着西瓜蛋样的脑袋，哈哈笑着，很得意地说："据说平型关的内长城上据守着许多中国军队，等我们大日本皇军打垮了这支军队，我准备在平型关的关楼下，为大日本皇军征服人类最后一个文明留下一份珍贵的纪念。"

新庄的黄瓜样瘦长脸也是一脸得意，他用同样得意的口气说："大日本皇军入战中国以来，中国军队一击即溃，我们的士兵追着那些中国士兵，就像赶'鸭子'一样。桥本君还应多拍一些赶'鸭子'的场面啊。"

"是啊，是啊。没想到真像咱们师团长说的，中国还真是东亚病夫啊！咱们师团一踏上中国的土地，中国军队与我们刚一接火就退。在皇军的大炮声中，在皇军的飞机下，在皇军的歪把子机枪和三八式面前，他们还真是一群嘎嘎乱叫、只顾逃命的'鸭子'啊。"

"哈哈哈……"

"哈哈哈……"

狂笑中的新庄扬头看了看他们正在行进中的沟谷，不由倒吸了一口冷气，对桥本说："啊，这条峡谷好险啊！不好，假如中国人埋伏一支军队……"

"哈哈哈……新庄君多虑了，中国军队早已被大日本皇军吓得魂飞了、胆跑了，哪里会在这里埋伏下一支军队。"

"那是，那是。"新庄向桥本不住地点着头。

沟下的日军扬扬得意地继续开进。为了便于隐蔽，八路军战士大都埋伏在距离沟沿不远的庄稼地里，他们个个手中握着手榴弹，静静地等候着首长一声令下，然后迅速冲到沟沿去，把手中的手榴弹猛投下去。

在沟沿一处便于隐蔽的地方，有几个战士正负责观察沟里的敌人。

他们谁都不说话，却都在心里悄悄地说：

"嗬，这就是日本人啊！日本人原来跟咱们中国人长的一样啊，他们就是个子小了一点儿，并没有长着什么红头发、蓝眼睛、长鼻子。"

"原来日本人也是肉长的嘛，那些晋绥军是干啥吃的，是肉长的就不愁把他们砸烂。"

"来了不少呢，样子也够骄横的，对了，数数那狗儿们的来了多少。一辆，两辆，三辆……"

静静的乔沟，在沟底世界过着悠闲日子的各种动物：蛇、蚂蚱、鼠、屎壳郎、蚂蚁、蝴蝶、小鸟什么的，被开进来的满身骄气的日本兵们惊动了。它们惊恐地感到了某种灾难的降临，会飞的，惊飞了；会跑的，逃跑了；会蹦的，蹦开了；会爬的，曲弯着身子溜远了；有本事钻洞的，钻进了洞里；不会钻洞的，则隐蔽在草丛中、树根下；而那些逃跑不成功的，则被日军的车轮、战马的铁蹄、士兵的大头皮鞋踩烂了身体，踏碎了骨架，血肉和泥土混合在了一起……踩踏他们的日本兵们自从踏上中国的土地，所到之处，杀人放火，无恶不作，谁会怜悯这些小生命呢？不过他们进入的这道乔沟深险的也太邪乎了，两面的崖壁陡峭如墙，走在沟底就如行进在地缝一般，沟长得望不到头。这使得新庄又一次在心里问自己，如果有一支中国军队埋伏在上面怎么办？他自己这样问自己时，就禁不住对桥本说："桥本君，我看咱们还是不能马虎，还是做个火力侦察吧？"

"好，就依新庄君的办。机枪手！"

"嗨！"

"对着两边的崖头放两枪！"

"是！"

旁边的一名机枪手抱起一挺歪把子机枪，照着两边的崖头打了几枪。飞上去的子弹打进崖两边的土壁上，因为夜里下过雨，没有尘土飞扬，飞溅起几点烂泥。在崖畔上庄稼地里埋伏的八路军战士都是枪林弹雨钻出的人，他们没有被这突如其来地飞上来的子弹吓着，只是富有经验地立马把头低下，静静地伏在地上一动不动。沟下边打枪的敌人看看没有动静，哈哈地笑着，说了声："中国的军队，都吓跑了。他们没人敢在上边埋伏。"

于是，他们放心大胆地在沟里前进着。

第三章

日军经平型关攻打太原的这条路线是板垣征四郎和他的部下三浦敏事在一年前亲自侦察过的。

一年前的秋天，当板垣征四郎和三浦敏事从河北蔚县出发，沿蔚代公路，经广灵、灵丘，以及灵丘与繁峙间的平型关，为日军日后进攻山西太原侦察最近路线的时候，那心情是十分得意的。在中国民间，他们以"日本浪人"的身

份出现，在沿途的县府衙门住宿时，则说是要到山西太原去看望自己的学生阎锡山。因此，那时的他们一路上平平安安，风风光光，很是惬意。

晋东北的天空，好像女人漂洗过的蓝布一样，蓝得纯净；棉花样一堆堆的白云，纯白得没有一丝儿杂质。没有鸟的影儿，也没有风的影儿。高空君子样显示着一种空旷、辽远、博大……四周的原野，也是一片忘乎所以的平静，唯有被当地人称呼为"秋凉儿"的蟋蟀，亮亮地叫着。一路上，"日本浪人"板垣征四郎和三浦敏事用野兽打量猎物一样发馋的目光赏着眼前的自然风光，内心里不住地泛起占有她的冲动。他们快到灵丘地界时，走到了一条长沟的尽头，眼前出现了一道横亘的大岭。凭着20多年在中国做间谍的经验，板垣征四郎用不着从衣兜里掏地图就知道，这道岭叫"驿马岭"。实际上他自小就熟读中国地图，中国的版图早已深刻在他的脑子里。他只是草草地仰视了一下眼前的这道大岭，之后就没再作太多的打量、太多的研究。20年的在华生涯，他见过多少中国的大山、大河、大川。从东北到北京，那么多大山、大河、大川，都没能挡住日本人的军队，眼前这道大岭又算得了什么？值得挂怀吗？

那时候，骄横无比的板垣征四郎当然不会想到，一年后，他命令自己的一支部队支援另一支正在平型关一带被八路军围歼的部队时，竟然会遭到早已埋伏在这里的八路军的有力阻击，竟然没有一个人能爬过这道大岭。

板垣征四郎和三浦敏事如此傲慢地爬上了高高的驿马岭。当他们站到岭顶时，不由得都惊叫了一声："啊！"一时，大张着嘴，傻子样惊呆了。他们没想到呈现在他们眼前的是众多的如海浪样的山峰。它们虽然是凝固的、静止的，但在这两个日本人看来，却是汹涌的、澎湃的，翻腾着没向大际。出生在小日本国的板垣征四郎对中国内地的"大"有着特殊的体验，他往往把中国内地的"大"无限夸大，面对中国的山河，每当他有这样的体验时，总是有一种张狂的兴奋涌动全身，浑身的毛孔都处于极度的亢奋之中。他曾把中国大陆说成是陆海，意思是海一样的大陆。现在，面对着驿马岭周围的众多山峰，他惊叫了一声："山海！"意思是说，海一样的山。当他想到这片山峰不久就要被划入日本国的版图，板垣征四郎的兴奋之情再度张狂起来，他差一点儿就在驿马岭上跳起舞来。

"日本浪人"板垣征四郎和三浦敏事从岭上下来，又跌入一道沟里，他们从沟里出来，就踏上了相对较为开阔的有点河北平原味道的灵丘县平川。在中国人看来，灵丘川不过是一面小小的平坦盆地，而在这两个日本人看来，它同样大得厉害。当然，那四周的大山，也大得厉害。他们在平川上走了一程，就隐隐约约看到了灵丘县城，不由得腿肚子上就来了那么一股劲儿，加快了步子，仿佛要进入的这个中国县城已经是日本的了。

在板垣征四郎和三浦敏事看来，中国已虚弱不堪，日本人只需轻轻一击，那广袤千里的中国土地就变成他们日本的了。

进入灵丘地界以来，板垣征四郎和三浦敏事沿途还经过了许多村子。那是些样子很懒散的村子，屋子多是经年累月疲惫不堪的样子，它们的墙不论是石头垒就，还是土坯垒就，看上去大都歪歪扭扭，屋顶的黄土也是许久前抹上去的，灰灰黄黄的，一派老气横秋的模样。在那些灰黄的屋顶中间，也可以看到少量的青灰瓦片屋顶，那是这些村子里的所谓的富人的房屋。板垣征四郎和三浦敏事已在中国见过许多这样的村子，他们都是一个样子的，毫无生气的。在那些村庄住的大多是穷人，衣衫褴褛，有的已是乞丐，有的形同乞丐，特别是那些村民个个面黄肌瘦，皆是生着病的样子。那时板垣征四郎作了一个推想：全中国的村庄，皆是这个样子的。一国乞丐，一国病夫，是不足畏惧的。而这些村庄的所谓富人，与日本的富人是不可同日而语的，也是日本人不足畏惧的。由于对中国村庄有如此傲慢的心态，故此板垣征四郎和三浦敏事对沿途的村庄是很不在意的。

灵丘城到了。看到县城的板垣征四郎和三浦敏事，第一眼就感觉到它很像一座中世纪的中国城堡。这座县城依照中国沿袭了几千年的建城标准而建，三丈六高的城墙，围一个仅一华里见方的正方形。城墙虽经年累月，老气横秋，但基本完好。城墙的外围，是些高高矮矮、歪歪斜斜的民房，那些房屋与乡村的房屋毫无二致，如一些黄土坷垃，凌凌乱乱、散散漫漫一片。在他们眼里，这种县城的设计者虽然是按照战争的需要设计的，但那时聪明的设计者根本想不到现在的战争会是什么样子，也根本想不到他们的战争对手会是天神的儿子大和民族。那种城墙在大日本皇军面前实在算不了什么。到时候大日本皇军的大炮随便对准城墙的一个地方，轰隆一炮，就是一个缺口，而后天皇的士兵们蜂拥而入，顷刻就可把县城踏在脚下。因此，中国人这样的县城也是不足畏惧的。

怀着对这座县城的蔑视，板垣征四郎和三浦敏事傲慢地进入了灵丘县城的东城门。穿过了城门洞，他们便进入了东门的瓮城。中国人所谓的瓮城，板垣征四郎小的时候就在书本上见过有关介绍，他知道建造它的中国人是出于战争的考虑。这是一个城墙在城门处凸出的部分，呈小四方形，从上往下立体地看，酷似中国人的瓮，所以叫"瓮城"。进了瓮城，还得再过一道城门才能进城。他曾经专门研究过中国人的瓮城。他承认这是中国人天才的设计，但认为，这在遥远的古代，在冷兵器时代或许还有些用处，在拥有现代炮火的皇军面前，

这种瓮城也不过是黄土高原上的黄土坷垃，同样经不住他们皇军的铁蹄践踏的。

觉得这个瓮城同样不值得挂怀时，板垣征四郎和三浦敏事便不再待下去，抬步进了另一个城门洞，入了县城的东街。

在两个日本人眼里，灵丘城东街是一条破败的大街。两边的店铺显现着一种灰灰的毫无生气的陈旧，且皆是仅一层的平房，只有城中心的文昌阁是两层的，造型古朴，勉强可以称作楼外，绝难从这座城里找到楼的影子。街面是土质的，街两边的住户随便可以往街面上泼脏水，泼得满街泥泞，蚊蝇飞舞，臭气冲天。这种街道板垣征四郎在中国别的城市常常看到，他曾就此判断，中国人是自私的，各顾各的。因此，他今天在灵丘县城看到这样的街道时，并不感到奇怪，像以往面对好多这样的街道一样，以平常心待之。街上有许多行人，衣服大多穿得破烂，与乡下的穷人没有多大区别，而且多带着农具，说明这个城里的居民大多是农民，以农业为生。只是想起它的名字时，才让人猛然想起这座县城是以两千年以前赵国君王赵武灵王埋藏在这里的坟丘为名。就是说，这座县城少说也有千年历史了。想到此，板垣征四郎才大大地吃惊起来。他吃惊于这座古城在这里的中国人手里居然千年不变。奇迹啊，奇迹！只有中国人才创造这样的奇迹。不过，他并没有为中国人感到悲哀，而是为日本人感到窃喜。这是天照大神的安排，天照大神让这个庞大的中华民族败落，预备着把这里的土地馈赠于大和民族。想到这里，板垣征四郎就异常地兴奋起来，便对身边三浦敏事说："喂，三浦敏事，到时候我命你取这个小城如何？"

三浦敏事立即来了一个日本军礼说："哈伊儿！到时候我的一定踏平了这座小城。"

"哈哈哈哈。"

"哈哈哈哈。"

两个家伙前仰后合，放肆地开怀大笑起来。笑声在县城东街上撒野，惊动了街上的行人。人们抬头望去，只见笑声响处，两个穿着怪异的人笑得正憨。人们从来没有见过这样打扮的人，他们的打扮令人如此眼生，身上还明显地散发着属于远方的不道德的气息。因此，人们断定这是两个来自远方省份的人，就像河北老侉、河南老侉、山东老侉什么的。没有人会想到他们是日本人。那时候，灵丘县城虽然有过国民政府的抗日宣传，但真正见过日本人的却少得可怜，大家很难把日本人和中国人分别出来。灵丘人对日本人的麻木状态令板垣征四郎和三浦敏事十分满意，他们就像准备咬人的狗看到人毫无准备一样高兴。

板垣征四郎和三浦敏事只顾悠闲地打量着街上的一切，说些轻薄的话，以此满足着他们那傲慢狂妄的心，不知不觉来到了县府的门口，板垣征四郎对三浦敏事说："今天，我们不走了，就住在这个城里了。"

板垣征四郎和三浦敏事只在灵丘县府住了一个晚上，第二天吃过早饭，稍待了一会儿，就离开了灵丘县城。

昨天，一进灵丘县府，板垣征四郎就对县长张普晋亮出了他曾经跟阎锡山在日本陆军士官学校是同学的招牌，因此得到了张普晋的殷勤招待。他曾经到过山西的许多县城，他发现，山西的县长很吃他这一套。灵丘县的这个县长尤甚。早上他们临走时，张县长硬要给他们带些灵丘的特产，熏鸡和黄烧饼。由于嫌路上携带不方便，板垣征四郎没让带，这让三浦敏事很遗憾。进入灵丘地界以来，他们对灵丘的什么都不放在眼里，唯独对灵丘的美味赞不绝口。特别是灵丘的黄烧饼和熏鸡，更是让他们难以忘怀。三浦敏事说："县长让我们多带些黄烧饼、熏鸡，太君的不让带。我一想起来就流涎。"

板垣征四郎说："明年的现在，等我们成了这里的主人，熏鸡的、烧饼的，大大的都是你的。"

三浦敏事说："我好像等不到明年了。"

板垣征四郎说："大日本皇军的，耐性的必须有的。"

三浦敏事说："哈伊儿。"

说完，三浦敏事从宽衣袖里取出一卷儿硬纸筒。可能为了方便藏在袖中，那硬纸筒被从中间叠成对折，约1尺多长。若展开来，足足有1米长。三浦敏事取出硬纸筒时，笑着望着团长板垣征四郎。

板垣征四郎问："那是什么东西？"

三浦敏事说："地图。两张：一张是中国的全国地图，一张是灵丘县的地方地图。"

板垣征四郎眼睛一亮，说："你的，什么地方搞来的，快快地拿来，我的看看。"

三浦敏事得意地说："这是我刚才从这个县府办公室的墙上摘下来的。"

三浦敏事说着递给了板垣征四郎。板垣征四郎展开一看，果然是两张地图。特别是灵丘县的地图，更让他如获至宝。虽然在几十年以前日本就派特务潜入灵丘，在一些汉奸的配合下测绘过一张据说是最详细的灵丘地图，但从来没和中国人绘制的地图核对过。现在手里的这张中国人的灵丘地图正好派上这个用场，这使他喜出望外，高兴地对部下三浦敏事说："这才是最宝贵的。"

看过地图之后，板垣征四郎和三浦敏事又继续赶路。走到唐河边上时，他们被河里的清流挡住了去路。两人挽起裤管蹚过了唐河，踏上沿着山脚而行的马路，行了约10多里地，在一个叫蔡家峪村的西面不远一点儿，又碰到了一个

向西南拐去的岔路。在岔路口，他们掏出地图研究了一番，确信这条岔路是去太原的最近之路后，就拐上了岔路。

三浦敏事目测了一下脚下的公路，仅能走一辆汽车，且路面上坑坑洼洼，便说："奇怪，怎么我在中国见过的公路都是这种只能走一辆汽车的汽路？"

板垣征四郎说："中国人还没有自己真正意义上的汽车工业，在他们道路上行走的最先进的交通工具还是马车，所以中国人称他们的公路为马路，不称汽路。"

三浦敏事点了下头，说："明白，他们是东亚病夫嘛。"

不觉间两个日本人又行了10多里地，前面出现了一个破烂的小村子。仍然用不着查地图，他们知道自己已经来到了小寨村，很快，他们就要到平型关了。

出了村子的西口，他们发现他们置身的这条沟陡地变窄了，窄得好像这地方老百姓没安门扇的土街门。他们继续判断：这里就是乔沟门。

淡蓝的高空下，历经沧桑的平型关脚下，长长的乔沟这儿，太行山、五台山、恒山的三条大脉在此聚集，遥远的西伯利亚的寒风，亘古就从西伯利亚和蒙古高原吹来黄色的粉面样的沙尘，经年累月后，在山谷间形成了厚厚的黄黄的像模像样的黄土高原地貌。一次次瓢泼大雨或蒙蒙细雨，或急流奔窜，或小孩儿尿尿似的哗哗流淌，在黄土梁的中间，成千上亿次切割出一条罕见的长沟——乔沟。乔沟两壁似刀劈一般陡峭，沟底狭窄，仅能通过一辆汽车。如此怪异的一条长沟，胆小的人进入，不禁会头皮发麻，脚下发软。这里本是一处绝好的天然的打伏击的好地方，而此时，自谓大和民族精英的板垣征四郎和三浦敏事，在穿越乔沟这段险地时，只顾做着征服中华民族的痴梦，根本看不出这段险地暗藏的军事玄机。由此可见，板垣征四郎和三浦敏事哪里是什么大和民族的精英，实际上不过是大和民族的傻蛋而已。

板垣征四郎和三浦敏事傻乎乎地穿过乔沟，紧接着又步入关沟——这里虽比乔沟的地势稍缓了一点儿，但在一年后，仍是八路健儿杀敌的好战场——走在关沟里，他们仍是傻乎乎的劲头，傻乎乎地想，一年后，大日本皇军一到，这里便归入了日本国的版图。

板垣征四郎和三浦敏事顺着关沟，又走了约一炷香工夫，便走到了沟的尽头，抬头一望，他们发现又遇上了一道山岭。凭着对中国这一带地图的熟悉，他们知道这是到了平型关岭了，上去就可以看到平型关的关楼了。

平型关关楼果然就在其上。令两个日本人想不到的是，这是一个荒废了的关楼，飞檐碧瓦的顶层楼屋早已被岁月的朔风吹落到不知何处，剩下的只是相对完好的楼台，楼台中央是城门洞一样的关门洞，关门的上方是嵌在墙里的长方形砖质关匾。关匾的右上角虽然缺失了一块，但"平型关"三个苍劲的字依然完好。

站在平型关下，板垣征四郎不禁扬头哈哈大笑起来。三浦敏事忙问："太君，您因何而笑？"

板垣征四郎说："如今虽是热兵器时代，中国人让他们的关楼荒废到如此程度，不正说明尚武精神在这个民族的心灵里也荒废了吗？"

"哈伊儿，哈伊儿！太君，您的说得对。"三浦敏事马上附和着说。

板垣征四郎转回身，目光向远方一扫，看到了辽阔、广远的蓝天下，一系列的青紫色的山峦、黄黄的山洪一样的土梁。板垣征四郎的热血再一次被中华北国这番风光弄得狂妄地翻腾起来。他脸上发红的肌肉跳动着，用激动的口气对三浦敏事说："一年后，大日本皇军将要征服人类这最后一个文明古国……"

"那时候，我们大日本皇军将不费吹灰之力，占领所有支那的土地。"

"哈，哈……也许明年的今天，在这古关楼上就可以飘扬着我们大日本国的国旗。"

"那是，那是。"

那天，在这古关楼下，板垣征四郎和三浦敏事是何等的得意。那时，他们绝不会想到，在这条他们精心选择的进攻太原的最佳路线上，被他们视为"病夫"的中国人会埋下一支奇兵。

美梦人人都做，傻子的美梦最是逗人。

第四章

八路军115师的决策者们为日军在平型关下精心布下的天罗地网是这样的：他们把攻陷中国平津之后，已运动到山西晋东北地区的日军，想象成一条日益骄横的、张着血嘴、吐着舌信、昂着头乱窜的巨蛇。这条青光闪闪的巨蛇将要从灵丘城出发，沿着灵丘城西平川庄稼地间的马路，进入东河南村西的唐河峡谷，在一个叫作"蔡家峪"村的地方，向南拐入一条开始变窄的名为"小寨沟"的黄土沟，向里不断深入，爬过小寨村，在村西头约一里远的地方，一头蹿入陡然变得更窄的乔沟门。在深险的乔沟行约10里，再从老爷庙梁下爬入

新庄大沟，然后突破平型关国民党军防线，向山西腹部进入。面对这条大蛇，115师事先以一个半旅埋伏在东河南至新庄约30里长的大沟南侧。当这条大蛇进入平型关下这30多里长的沟谷时，埋伏在沟谷南侧的八路军115师将士，将分成三段将这条毒蛇砸烂。该师的343旅685团负责打蛇的头部。343旅686团负责斩蛇的肥腰，344旅的一个团——687团负责断蛇尾……

这是一个智慧的设想，现在，日军这条愚蠢的蛇正以骄傲、得意的姿态走入了115师的伏击圈。他们没有一个人意识到他们现在正在走向死亡。

显然，343旅是这次战斗的主攻部队。全旅的阵地全长约20华里，两个团的阵地在老爷庙前的一座小土桥处相连，且大致相等。旅部指挥所设在一个山坡下的土崖弯里，一棵不太显眼的歪脖子树作为它的标志。这里离师部和它下属的两个团的指挥所都比较近，便于联络。旅长陈光在电话里听到林彪告诉他敌人已经到达蔡峪村北公路上时，他立即举起望远镜，观察着通向阵地的口袋部位——乔沟门。

远处，乔沟门那边，空空荡荡，两只灰色的野兔子正在沟口的草丛中嗅着发黄的小草，它们可能是一对夫妻，或是一对情人，一边吃着小草上已经成熟的发着香味儿的草籽，一边做些亲昵的动作。在离野兔约几步远的地方，有一棵黄了叶子的白杨树，一只花丽的啄木鸟从树的根部一直往上蹿，用铁嘴啄着树干，寻找着树干里的虫子。在不远处，两道大道车辙辘印中间有一堆黑色的马粪，一群屎壳郎在马粪堆里欢快地闹着……

经验告诉陈光，敌人一时半会儿还来不到这里，但他还是眼睛一眨不眨地盯着那儿。

此时，师部山头上，林彪从望远镜里看到伏在一块大石头后面的陈光，姿势就像一只伏在路旁准备袭击猎物的老虎，这让他感觉很满意。

陈光，身材高大，整个看去，不仅显得虎势，而且显得机警，让人一见就觉得是一条汉子。他是来自湖南省宜章县的一个有觉悟的穷人。1926年出于本阶级的优秀特性和及时的觉悟，加入了中国的穷人党——共产党。想当年，当朱德、陈毅率"八一"南昌起义余部进入宜章县时，陈光高兴异常，立马把"马日事变"后收藏的12支步枪献出，组建了一支农民赤卫队，配合红军参加了湘南暴动。暴动成功后，陈光随朱德、陈毅走上了井冈山，正式参加了中国工农红军。在随后的反围剿和后来的长征中，陈光因作战勇敢，指挥能力强，战功赫赫，职位不断提升。"西安事变"后，接替已调任红军大学校长林彪，成为红一军团的代理军团长。红军改编为八路军时，陈光带领红一军团，奔赴陕北云阳镇，编入八路军115师，并任343旅旅长。343旅是115师的主力旅，理所当然地也是这次在平型关下打伏击的主力了。

　　一支样子丑陋的绿色螳螂，挥舞着两只笨笨的巨爪，爬到了陈光举着望远镜的右手上。螳螂的脚把陈光的手背弄痒了，他一看，是一只螳螂在捣乱，于是无声地笑笑，宽容地把它从手背上捏下来，放到石头上。恰在这时，一只小鸟也不识时宜地飞来，把一点鸟粪抛在陈光面前的石头上，差一点儿掉在陈光的脸上。陈光想，小家伙们不懂得战争，一会儿枪声一响，你们就吓得远逃了。这之后，就没有小生命们来闹了，陈光得以专注地观察远处的乔沟门了。

　　不到一袋烟工夫，敌人的一辆汽车蛇头样出现在乔沟的沟门口。举着望远镜一直盯着乔沟门观察的陈光为之一振，想到唾手可得的胜利，高兴地拿起电话，把敌人进入 343 旅包围圈的消息报告给师部并且传达到 685 团和 686 团的指挥部，命令全旅做好战斗准备。

　　埋伏在乔沟段的 343 旅的全体将士们得令，精神为之一振，个个如临战的猎豹一样，摆出了猛扑上去的姿势。

第五章

　　115 师 343 旅 685 团鸦雀无声地埋伏在约十里长的阵地上。

　　该团埋伏的地段从老爷庙梁下的土桥开始，向西通向十里以外的新庄村。

　　老爷庙梁西面的沟底，像一只老母鸡粗糙的脚，鸡爪样分叉出三条黄土沟。一条通向内长城上的平型关楼，一条通向内长城上的下凹岭，另一条沟则显得有点儿离谱，好像不情愿靠近前面的内长城似的，向很远的地方飘去。在中间的那条沟内有两个村庄，一个叫新庄村，另一个叫东跑池村。当年，山西的"土皇帝"阎锡山修这条公路时，没有让公路进入关沟村，由此通向平型关楼，而是进入了中间的那条沟谷，向下凹岭方向延伸而去。

　　几天前，日军的先头部队已经到达沟内的东跑池村，守在那个村子里等待灵丘城的援军，准备与灵丘城的援军会合，进攻埋伏在内长城上的国民党晋绥军。这样，埋伏在这条阵地上的 685 团就肩负着两个任务：一个是打蛇头，即在土桥一带将蛇样进入包围圈的日军的先头部队打烂，使它失去前进的能力；二是打阻击，不让东跑池那边的敌人增援。打蛇头是 685 团的主要任务，全团完成埋伏之后，团长杨得志举着望远镜的目光也是一刻没离开土桥，特别是旅

长陈光通知一队敌人的辎重部队已经进入了全旅的包围圈之后，他的目光更是钉子样盯在了那里。

杨得志身材比旅长陈光略低一些，健壮敦实，外表粗犷悍勇，内里却能每临大事有静气，关键时刻有主意。他来自湖南省的醴陵县，也是一个向黑暗世道开战的优秀穷人。杨得志出生铁匠世家，家里一贫如洗，8岁时就小胳膊举着大锤，随父学打铁；11岁给人放牛，14岁到安源煤矿当矿工，16岁在衡阳做挑夫。当年朱德、陈毅率红七师路过衡阳，招募新兵。杨得志报名应征，从此开始了向黑暗世道开战的革命生涯。第一次战斗就与敌人白刃格斗。战场上，他勇猛如虎，孤身一人与一敌兵斗杀，穷追不舍，敌兵"扑通"一声，举枪跪降。杨得志缴了他的枪，放了他一条生路。在后来的战斗中，他屡建奇功，由战士成长为一名团长。红军长征途中，他率红一团为先遣队，夺乌江，克遵义，强渡大渡河，翻越夹金山，穿越毛儿盖，攻打直罗镇。凡生死之地，危急之时，红一团必创奇迹，夺头功，化险为夷，峰回路转。红军改编为八路军时，他被任为115师343旅685团团长。

眼下，有勇有谋的杨得志之所以一眨不眨地盯着土桥，是因为完全明了土桥在即将发生的战斗中的妙用。

土桥位于老爷庙梁的山脚下，它的东面约十多米的地方就是老爷庙。土桥很小，石头砌的旋门洞也很小，土质的桥面很窄，仅能通行一辆马车或汽车。它紧挨着的一条南北走向的深险的大沟，被人们唤作"乔沟"。敌人的车辆从乔沟门进入，在深险的十里乔沟行至尽头时，会遇到一面陡峭的大坡，上了坡就是土桥。如果把乔沟比作一条口袋，这里是最好的扎口袋地方，到时候只需在桥面上打掉敌人一辆汽车，敌人的车队就会被堵塞到沟里动弹不得。那时候，首长一声令下，埋伏在十里长沟边上的战士们将奋力扔下手中的手榴弹，手榴弹顿作倾盆大雨，定会把沟里的敌人砸个稀烂。

想到战斗的前景，杨得志不由得一脸兴奋，浑身的热血沸腾起来，恨不得敌人辎重部队马上来到土桥上，让685团的手榴弹大雨一般飘洒过去。然而那里却还是异常的寂静，一只小松鼠在土桥边的一颗野山杏树上，翘着毛尾巴蹿上蹿下，最后在树下的小石头丛中找到一颗夏天掉在地上的山杏核，十分快意地啃吃起来。

不知为什么，杨得志十分讨厌起那只小松鼠来。

第六章

　　与685团阵地相连的，是埋伏在乔沟沿一侧的八路军115师343旅的686团。团长李天佑听到旅长陈光在电话里说有一支辎重部队进入了包围圈后一下子就兴奋起来，他立马就举起望远镜，向686团阵地下的乔沟底望去。随着日军的深入，一条长长的蠕动的"蛇"展现在了他的面前。他越来越兴奋了，兴奋之火点燃得周身的热血如大锅中的开水般沸腾起来。此时的他也看到了战斗的前景，看到了将要取得的战果。同阵地上的每一个战士一样，李天佑盼望着上级早点下达攻击的命令，只要攻击的命令一下达，他就会和他的战士像一群雄狮一样，猛地从沟边的庄稼地跃出来，撕咬敌人。

　　李天佑的686团是林彪为进犯平型关的日本人准备的一只铁拳。战斗一旦开始，乔沟下的这支辎重部队将由他们砸烂。

　　在115师的战将中，李天佑个头显得略小一点儿，虽然没有一个武松那样值得炫耀的身材，但他犹如高山林间的一只金钱豹一样，藏则无声无息，动则勇猛异常，致敌以猛、准、狠见常。在中国共产党的军队中，李天佑给人的印象是胆子大得出奇，打起仗来勇敢忘死，个子虽不算太高，看上去单单瘦瘦，但是遇敌相拼，往往会一下子生出骇人的爆发力来。他和他的团队，经常被委以攻坚重任。同共产党军队中的许多战将一样，李天佑也是穷人出生，来自广西临桂县六塘圩的高陂寨。他为了能填饱肚皮，很小就出门干活，出卖力气。14岁时，纯属填饱肚皮的愿望，参加了北伐将领李明瑞的部队。李明瑞反蒋失败后，已有了阶级觉悟的李天佑，做出了极其英明的选择，毅然投奔共产党，参加了百色起义。因其战场表现出色，李天佑很快被提拔为特务连连长。红七军奉命北上，他带领特务连，跟随军首长经过桂、黔、粤、湘、赣5省边境，于1931年7月在都桥头镇与红一方面军胜利会师。这次行程12000里，李天佑出色地保卫了军部首长和领导机关的安全，多次在危急关头带领全连，掩护部队脱离险境，因此被誉为"老虎连长"。身为红13团团长时，他指挥部队将号称"铁军"的十九路军366团全部消灭，创造了红军一个团在运动中歼敌一个主力团的战绩。因其指挥第13团入闽作战战绩出色，荣获第二届全苏维埃代表大会授予的三等红星奖章，其部队荣获"模范十三团"锦旗一面。20岁时，李

天佑升任为红5师师长。他曾面对数倍于己的敌人，在负伤的情况下，以钢铁般的意志指挥部队坚守阵地3天3夜，击退敌人9次大的冲击，直到接到命令才撤离战场。湘江之战中，李天佑面对数量和武器装备占绝对优势的敌人，毫无惧色，在广西灌阳新圩阻击阵地坚守3天3夜，终于保住了红军向湘江前进的通道，掩护中央机关纵队渡过湘江。此后，李天佑调任红一方面军第二师副师长，协助师长刘亚楼、政委肖华参加东征。东征红军胜利回师陕北后，他被任命为红4师师长。红军改编为八路军时，他被任命为八路军115师343旅686团团长。

686团的指挥所紧挨阵地前沿，既离旅指挥所很近，又离师部指挥所不远，这个位置便于团部上下联系。隐蔽在庄稼地里全神贯注地观察乔沟阵地的李天佑，随着沟内"蛇"头的行动，把望远镜的镜头移向了老爷庙下的乔沟那儿。在老爷庙对面的乔沟沟沿上埋伏着686团的3营。看到了3营的阵地，李天佑不由得把望远镜的镜头停在了那里。

清晨686团全部进入阵地后，李天佑同副团长杨勇走出指挥所，到前边去观察。他们看到几块谷地的尽头，荒草和庄稼夹出一条由东而西的公路，那是一条唯一由灵丘通向平型关的古道。紧挨公路的北面隆起了一座三四百米的秃山，山下有个不大的老爷庙。由于这座山雄踞北路，很明显是控制公路两端理想的制高点。杨勇说："很遗憾，我们已经来不及在它上面埋伏一支兵力了。"

李天佑说："师长交代过，事先在那里埋伏部队容易被敌人的监视哨发现，战斗打响后，如果有必要，我们再去抢占它。"

由于事先意识到在老爷庙梁那儿将要有一场争夺战，因此李天佑在老爷庙对面的乔沟沟沿上布置了全团最硬的3营。一旦战斗需要，他就命令3营冲上去，夺了对面那个高地。

望远镜里，李天佑看到3营营长邓克明携带全营战士，藏在一片发黄的谷子地里，就像候在半路上准备捕获猎物的云豹一样，正严阵以待，心里踏实了许多。他知道3营的实力，3营长邓克明更是一位善于指挥山地攻坚的优秀指挥员，他带领的3营也是一支善于山地攻坚的猛虎部队。

把邓克明比作云豹再合适不过了。他的身材虽然不是那么魁梧高大，但他却跟他家乡的云豹一样，藏则鸦雀无声，鬼神难察；动则身如闪电，箭一般准准地冲向敌人，顷刻间便把敌人撕碎。平型关战斗前，他已是身经百战的老红军团长了。那时，在延安八路军将帅的档案里，他的履历中已经有了以下记录：

邓克明，湖南省安化县人，1927年入国民党军当兵。1930年5月带一个班参加中国工农红军，7月加入中国共产党。在红军3军团8军4师3团任连长时，因在第2次、第3次反围剿中屡建战功，创建了我军第一个模范连队——模范红5连。在长征途中，战功赫赫，曾率红12团5、6两个连及红13团两个连，一举攻入遵义，为红军第2次占领遵义城打开了通路。1935年11月，邓克明任12团团长。1936年10月，中国工农红军1、2、4方面军在甘肃会宁、静宁地区胜利会师。蒋介石调动260多个团30余万人向红军大举进攻。从10月下旬开始至11月22日止，红军与敌军进行了山城堡战役。11月21日下午，红1师13团首先向敌军发起进攻，因敌军预先构筑了工事，火力猛烈，两次攻击均未奏效。邓克明见此情况，主动向师长李天佑请战。接着又向红1师师长陈赓请战，获准。他便带领2连（原模范红5连）支援13团战斗。黄昏时分，13团对敌发起佯攻，轻重机枪声、军号声和杀声震撼山谷。邓克明带领战士在茫茫黑夜中迅速迂回敌人侧后，向敌阵猛烈进攻，并捣毁敌营指挥所。敌军失去指挥，乱作一团。残敌见大势已去，纷纷缴械投降。此战，12团2连俘敌500余名，缴获枪支500余支，迫击炮2门，弹药一批。2连仅伤亡10余人。红军主力改编为八路军时，任八路军115师343旅686团3营营长。历史早已证明，这个营越是碰到硬仗，斗志越兴奋，越能建树奇功……

监视哨传来消息：敌人已到了我们的鼻子底下了，3营的战士个个是热血沸腾，但他们的阵地还是异常安静，战士们敛声屏气，一动不动地卧着。

这时，有几只白蝴蝶在战士们的头顶无所事事地翻飞着，一些不知叫什么的昆虫尖声细气地鸣叫着，和平地唱着曲子，偶尔也有灰色的小鸟从战士们头顶不慌不忙地飞过。忽然，敌人向沟的两边打起枪来。邓克明想：难道发现了我们？但他立即感到不像，富有经验地判断：他们是在乱打。一定是走在沟底，心里发慌，想来个火力侦察。他看了看埋伏在前沿的战士，全部一动不动的，知道他的战士们也很明白敌人的用意，心里便放下了几分。

果然敌人乱打了两枪之后，便不再打了，沟谷的上空复又归于平静。

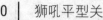

第七章

　　乔沟的最尾端是乔沟门。乔沟门并不意味着一段长沟的结束或开始，而是一条窄窄的长沟在此处忽然变得开阔了。在这里，变得较为开阔的长沟已不叫乔沟而叫小寨沟了。离乔沟门约一里远一点儿，有一个小山村，就叫小寨村，再经小寨村往北走约四五里就是小寨沟口了。出了小寨沟，仍不意味着沟谷的结束，而是又进入一个更宽阔的大峡谷了，峡谷里有一条河流在流淌。这条河名叫"唐河"。在小寨沟门有一个村子，叫"蔡家峪"，村北有一条公路，公路沿流而下，由西往东约十里处有一个更大的村子，叫"东河南"，从这个村子开始，山谷地形才算基本结束。到了那儿，人们的眼前才会出现一马平川的地形，那就是灵丘平川。

　　由乔沟门开始，到东河南村西的山地那儿，就是344旅的伏击地段。黎明时分，344旅由几个老乡带路，很快找到了他们的阵地。

　　344旅的旅长是徐海东。在共产党的军队里，徐海东也因作战勇猛异常，被称作"徐老虎"。他出生在湖北省黄陂区夏店陶工之家。1925年加入中国共产党。北伐战争中，任少尉排长的徐海东，在汀泗桥战斗中率一个排击溃敌军两个连。后因国民党反共，回到家乡，任农民自卫军队长，并参加了鄂豫皖边区的黄麻暴动。1932年秋，红四方面军主力在敌人"围剿"下仓促突围，鄂豫皖苏区陷入"匪区壮丁全部处决"、"粮食全部搬走"、"房屋烧光"的危险境地。只率一个团留下来的徐海东挺身而出，重新组织零散的部队和伤员，重建红二十五军，先后任副军长、军长。1934年秋，徐海东奉中央命令率红二十五军离开根据地长征，翌年夏天到达陕北，为随后到达的中央红军打开了局面。国民党南京政府把他与毛泽东、朱德并列为通缉悬赏额最高的三个人，标定头颅赏额均为25万块大洋。红军改编为八路军时，徐海东被任命为344旅长。

　　实际上这次344旅只带上了687团一个团，另一个团688团，因为洪水阻隔，被师部暂留在白崖台村，作为预备队了，这让旅长徐海东心里多少有点遗憾。

　　师部下达给344旅687团的任务也有两个：一是埋伏在乔沟门小寨村一带，把口袋紧紧扎住，把"蛇尾"截断、砸烂；二是阻击可能从灵丘城出发增援的敌人。因此，687团一进入阵地，就按照事先安排分头设伏。

687团团长张绍东，红军改编八路军时是红15军团73师师长，副团长田守尧是78师师长。此前，二人皆是身经百战、智勇双全的红军指挥员，战斗经验丰富，胆量过人。687团的指挥所设在小寨村龙王庙南面的高地上，由团长张绍东坐镇。旅长徐海东带领旅部部分人员进驻687团部，指挥整个战局。副团长田守尧则跟随3营一起在小寨村西的高地上设伏。

3营进驻阵地后，在前沿指挥所里，田守尧连忙转身举着望远镜观察前面的公路。他的后面站着一位晋绥军军官，此人姓王，是第二战区派来的联络参谋。联络参谋看到八路军把指挥所设在阵地前沿很不理解，声音有点儿不安地问："团座，您把指挥所设在这儿是不是靠前了一点儿?"

"我们的指挥所一向就靠前的，这是我们的习惯。"

田守尧边观察前面的地形边回答，对他提出的问题一点也不放在心上。

"您这样设指挥所，没有考虑退路吧?"王联络参谋好意地想提醒一下眼前的这位共军指挥官。

"等我们把敌人杀得一个不剩时，哪儿都是退路。"满不在乎的田守尧说。

联络参谋倒吸了一口冷气，心里不由叹道："爷爷呀，这位可是个冷货啊!"

"冷货"是晋北灵丘一带的土语，意即傻气、冒失、不考虑后果。

"立定!"

这时，一个很亮的声音响起，联络参谋抬头一看，不远处，约有一个连的战士在一个约十八九岁、满身孩子气的年轻连长带领下，停了下来。只见那个连长喊了声"向左转，稍息"后说："同志们，这里是我们9连的伏击阵地，各排按计划迅速进入阵地隐蔽。"

联络参谋觉得这连战士虽然衣衫褴褛、形同乞丐，但精神头儿却是虎虎有生气，便富有好感地把目光盯在了这连战士身上。

战士们沿着阵地散开，迅速地隐蔽在一块已经成熟的谷子地里。他们的隐蔽地后面是一面小土崖，小土崖上有一窑老乡在地里干活挖的避雨用的小土窑。一个战士走近窑准备小便，忽然听到窑内有人转动身子的声音，伸头一看，原来有一个穿着黑衣的人卷曲在里面，那个战士忙对着窑洞里面喊："什么人，出来!"

听到战士的喊声，窑洞里的人爬了出来。原来是一位身体瘦弱的老太婆，只见她穿一身脏兮兮的黑衣，破烂如乞丐一般。

战士们吃惊地围着她。

年轻连长俯下身子，关切地问："大娘，你是哪里人，饿了吗？"

年轻连长说完，又从自己身上取下水壶和干粮，递给老太婆。老太婆看也不看，哑巴样不动，沉默着。年轻连长说："大娘，你别怕，我们是八路军，不打穷人，打日本的。"

一个战士指着老太婆脚边的破筐说："连长，这是她的。"

老太婆的烂眼眶里流出了眼泪，说："我媳妇的。"

老太婆说着从筐里抓出个布包，一层层打开，捧出个黑黑的馒头样半圆的东西，上面有一个樱桃大的小圆。

"这是什么？"

年轻连长伸手在那东西上面摸了摸，有些不解地看了看老太婆。身后的战士有的捂上了鼻子，显然他们闻到臭味了。

老太婆哭着说："这是我媳妇的乳房。日本人在我们小寨村杀人，砍下了我媳妇的乳房……这是我从他们枪口下抢出来的我媳妇身上唯一的肉……"

这老太婆是沟底小寨村人，姓吴，她的男人姓刘，她的名字叫刘吴氏。就在昨天，日本人在小寨子村杀人放火，她的儿媳被日本兵强奸后，又被用刀割下了乳房，刘吴氏冒死从敌人刀下抢出儿媳的乳房，放到一个破筐里，逃了出来。无家可归的刘吴氏昨晚在这个窑洞里住了一夜。显然，刘吴氏的精神已经麻木，她的眼睛在抢儿媳的乳房时，被日本兵用刺刀刺瞎了眼睛。此时，她的眼睛已经溃烂，发浓的眼窝里流着黄水。老妇人赤着脚，几根白发在脑后结着几块泥饼。她默默地不说话，跪着，颤抖着，身边放着一个荆条编的破筐，里面放着她儿媳的乳房，用一块脏蓝布一层层包裹着。

了解了事情原委的年轻连长双手抱拳，一下子给刘吴氏跪了下来，动情地说了声："娘啊，我们一定给你报仇！"

战士们跟着跪了一片，齐声说："娘啊，我们一定给你报仇！"

看到这一切的联络参谋，不由得热泪盈眶。他预感到，在将要来临的战斗中，这连战士一定会像一群小老虎一样，扑向敌人，奋力砍杀。

这位年轻连长名叫赵锰，后改名赵一，新中国成立后，在四川一家国有工厂工作。作为老红军，他常被人们邀请讲革命传统，每当讲革命传统时，他都会说到平型关，说到这位老太太筐里的儿媳的乳房，说到他的战士在战斗打响之后，如何如何地奋勇杀敌。

……

687团进入阵地后，很快完成了埋伏。

他们头顶的天空，高高的，蓝蓝的，云彩虽是黑黑的，但已经显得轻飘飘的了，一只金雕从乔沟那边盘旋而来。小寨村街上，一个六七岁的小男孩，扬起脑袋，仰望着天空的金雕，嗓音亮亮地喊着："雕雕——，转三遭，回来给你个臭山药。雕雕——，转三遭，回来给你个臭山药……"

天上的金雕被那孩子的童音吸引着，激动着，竟然在孩子的头顶上盘旋起来，而且旋的圈子越来越小、起来越低。

"雕雕——，转三遭，回来给你个臭山药。"

孩子的童音也传到了阵地上，美着战士们的耳朵，美着他们的心田。

这时，687团的指挥部里，徐海东举着望远镜观察着蔡家峪村北的公路，敌人露头了，他马上派人把消息送到了师部里。敌人越深入越近，他又派人把敌人的兵种、人数、队伍的形状、规模等等信息，源源不断地往师部送去。

战争在悄悄地行进着。

第八章

在林彪的望远镜里，敌人蛇形的辎重部队已经快爬行到乔沟的尽头了。林彪知道，发起攻击的最佳时机就要到了。他的脑子里迅速地把战前的安排过了一下电影，觉得万无一失后，走到发报机跟前，对发报员说："给独立团发电，请告诉他们，敌人已经进入伏击圈，战斗即将开始，让他们一定要有力阻击增援之敌，决不放敌西进。"

115师的独立团是战前师部派到敌后打援的一支精兵。目前他们的位置在百里以外的驿马岭上。在八路军115师运动到平型关之前，河北省涞源县城和山西的广灵县城就已被敌人占领。林彪意识到，为了确保八路军在平型关下的这场战斗获得全胜，必须命令一支部队深入敌后，在涞源县与灵丘县的交界之处——驿马岭一带设伏，阻击从涞源城和广灵城出发支援平型关的敌人。在确定由哪支部队担任此重任时，林彪想到了独立团。

115师独立团的团长名叫杨成武。平型关战斗前夕，杨成武也是一名身经百战的红军战将。他是福建省长汀县人，出生在一个农民之家。1929年1月参加了闽西古城地方武装暴动。暴动队伍后来编为闽西红军第三路军，1930年3月正式编入中国工农红军第四军第三纵队。在第三次反"围剿"的仙人桥战斗中，杨成武在32团没有团长的情况下，发挥了积极的作用，出色地完成了战斗任务，缴获了大量武器，既加强了自己的部队，还支援了兄弟部队。当时的军团政委聂荣臻称他为"模范团政治委员"。长征途中，杨成武任红一军团第二师四团政治委员，和团长耿飚、王开湘等率红四团取得了"突破乌江天险"、"飞夺泸定桥"、"攻克天险腊子口"等战斗的胜利。抗日战争爆发后，担任红一师师长。红军改编为八路军时，任八路军115师独立团团长。

独立团出发前，林彪向杨成武交代："你们的任务是大胆地深入敌后，隐蔽地插入腰战一带，切断敌人从涞源和广灵到灵丘的运输线，阻击从这两方面来增援的敌人，保证兄弟部队在平型关伏击敌人的胜利。"

"是。"杨成武很精干地施了一个军礼。林彪好像并不为所动，板着面孔，强调说："你要记住，你们必须全力以赴，死死地顶住敌人，绝不能放过敌人一兵一卒。"

"是，坚决完成任务。"杨成武又把声音提高了八度，林彪的脸上这才微现一丝满意。这时，聂荣臻又以长者温和的口气说："当然了，你们得多用脑子，尽量减少不必要的牺牲，第一仗就把本钱打光了，那以后的日子怎么过？不过我和林彪师长相信你们会把这一仗打好的。"

"是。"杨成武又来了一个精干的军礼。

在师部领命后，杨成武马上带领独立团从上寨口头村出发，直奔百里以外的阻击地。全团人马穿着草鞋，在石头丛生的山路上快速前进。第二天下午，也就是24日下午，他们到达了坐落在一处大山凹里的一个小山村——腰站村。

在腰站村的村东头约2里远的地方，巍峨着一座黑黢黢的大山，山顶两座山头形成了一个马鞍形的隘口，一条公路蛇一样向隘口爬去。这座山名叫"驿马岭"，驿马岭的岭西是山西灵丘县的地界，岭东是河北涞源县的地界，杨成武已经感到它是独立团此次狙击敌人的理想地段了。来到岭下，他站在一个高台之上，用望远镜观察着眼前的隘口，心下不由一阵高兴，暗暗在心里叹道："好一个打阻击战的地方，如果卡住那个隘口，火力交叉，敌人是万难通过的。应当立即派兵占领那个隘口。啊，那是什么？"

杨成武吃了一惊，只见那边的山头上，有日本兵的人头在攒动。看来日军已经占领了隘口了，可惜晚来了一步，眼前只得求而次之，派一个营的兵力迅速占领两边的山头了。

从高台上下来，杨成武把各营营长叫到一起，向他们下达了进一步行动的命令："1营马上占领隘口两边的山头，截住敌人的去路；2营迅速到达灵丘的三山镇，切断广灵至灵丘的公路，阻击广灵方面的援兵；3营作为预备队，与团直机关一起隐蔽于白洋铺、安甲村一带，团指挥所随1营驻扎山上。好了，各营立即行动。"

各营的营长都意识到了形势的严重，立马指挥着自己的营按照团长的命令行动起来。

1营占领隘口两侧山头的行动由于组织隐秘，很快就在敌人的鼻子底下埋伏进来。这时，天色黑了下来，隘口那面的敌人没有一点动静，看来晚上他们就住在山上了，杨成武想，这样也好，独立团行了一天的军，正好也需要休息了，山上的小日本儿们，咱们就明天见高低吧！

黑黑的夜幕扎扎实实地落了下来，细细的毛毛雨也落了下来，雨点落在战士的脸上润润地凉，高空打起闪电来，雷声闷闷地响。很快，风大了，闪电密了，雷响了，雨大了，风声、雨声、雷声搅和在一起，疯了似的在山谷间鸣响。被大雨淋得如落汤鸡般的杨成武，借着闪电看到自己的战士一个个搂着步枪，静静地坐在岩石旁，一动不动地任凭风吹雨打，没人离开自己的位置。他心想，等打胜了这一仗，让战士们美美地睡上一夜。雨越下越大，山水越积越多，滚滚洪流在黑暗中的沟谷里奔泻。雨中，杨成武又想起了傍晚在望远镜里看到的隘口。他想，明天要想成功地狙击敌人，必须先夺了隘口……

无意中，杨成武看到西面高远的天边隐约有一道小蛇样的闪电，闪现了一下。他心想，远方的闪电下面是什么地方啊，是平型关吗？那里也下着雨吧？师的大部队现在在哪儿呢，已经开到了那里吗？

天明了，山谷间充满了灰蒙蒙的像刚出锅的蒸汽样的浓雾。能见度非常之低，几步以外的地方，山路难辨。这时是隐蔽运动的好时机，杨成武下达了迅速占领阻击阵地的命令。战士们枪上刺刀、子弹上膛，一个盯着一个，蹑手蹑脚地进入了阵地。不一会儿，浓雾悄无声息地散尽，峰峦沟谷的面貌清晰了起来。山下响着洪流的声音。白桦树下、草丛中、石头旁，都卧满了战士，他们有的在快速地擦着枪支，有的在往枪膛里压着子弹。此时，侦察哨送来情报，说他们发现从涞源方向又开来了一个联队的日军。这样，他们就面临着两个联队的敌人了。也就是在这个时候，从平型关发来了师部的电报，告诉他们那里的战斗即将开始，让他们不放一个敌人西进。杨成武让电报员把这里的情况报告了师部，师部很快复电：你们要猛打猛冲，让敌人判断不清你们到底多少人，不敢倾巢出动，把敌人拖到这里的战斗结束。

看到师部的复电，杨成武感觉心里一下子明亮了起来，心里顿时有了主意。
……

第九章

敌人的蛇形队伍，满满当当地进了115师的包围圈。

站在山头上观察敌人傲慢地进入包围圈的林彪，看到部队猛烈开火的时机越来越近，不由得越来越激动起来，越来越感到自己心里强烈涌动着就要下达"开火"命令的冲动了，但他还是抑制了一下自己的冲动，举起望远镜向西面的山梁望去。那边是国民党部队的阵地，此时，在林彪的望远镜里，又出现了沿着山脊蜿蜒着龙腾蛇行样的内长城。他知道，长城之上，从平型关开始，直至团城口一线，分别由阎锡山的爱将杨爱源和孙楚领导的晋绥军第六集团军第33军的独立第3旅、独立第8旅、第73师，以及高桂滋领导的第17军共计18个团把守。几天前，日本人的先头部队就已经运动到内长城下，与高桂滋部及独8旅接战，只因日军顾虑运动到内长城下的兵力不够，等待着援军，才没敢与国民党部队大面积作战。八路军在乔沟一线埋伏，实际上与内长城的友军形成了对平型关下东跑池一带敌人的包围。这种态势，令林彪很是高兴。可以想见，等八路军解决了眼下的敌人，再挥师向西，配合友军，把那里的日军干掉，那将是多么大的战果啊！

林彪回视了一下八路军的阵地，一声令下："打！"

发信号弹的3名战士，早就迫不及待地等待着他们的首长下达开火的命令，听到从林彪嘴里喊出"打"字时，他们同时兴奋地扳动了枪机，只见三颗红色信号弹腾空而起。

……

卷　二

第一章

　　1937 年 7 月 7 日。灰蒙蒙的早晨。北平近郊的宛平城内，晨雾弥漫，城墙和晨雾一样都是乳灰色，使人看不到它的影子，以至一时忘了它的存在。一阵嘹亮的起床号响起后，中国守军 29 军某连战士踢踏着脚步，从操场的两个入口进入了操场，直溜溜地排成三纵列。接着每天必进行的仪式开始了。东北汉子特征相当明显的高个连长张建才站在队伍的前面，用近乎吼叫的声音喊了"立正，稍息"之后，脸色一下子变成屠夫杀猪般黑灰的怒色，大声地问着排列成行的战士们："东北是哪一国的地方？"

　　全连战士高声回答："是我们中国的！"

　　张建才又问："东三省被日本占去了，你们痛恨吗？"

　　战士们回答："十分痛恨！"

　　张建才问："我们的国家快要亡了，你们还不警醒吗？你们要怎么办呢？"

　　战士们回答："我们早就警醒了，我们一定要团结一致，共同奋斗！"

　　仪式之后，战士们便开始上操，一阵疯子似的跑步后，便以排为单位，练习劈刀、刺枪、器械操等。看到战士们练得很卖劲儿，张连长一脸满意的笑容。

　　这个大块头的张连长是东北人。他的身世颇有点传奇色彩，最初他在张学良的部队里当排长，中国丢了东三省之后，他随着东北军退到关内，在一次战斗中脖颈部受伤，流血的伤口花朵样翻出，当即昏迷在一块将熟的麦田里。他不知天不晓地地昏迷了不知多长时间，醒来后，发现自己躺在旷野里，风吹着伤口有点儿清凉似的快感，再看看天象，很像早晨的灰色。他想看一下四周，刚一扭头，一阵疼痛袭来，痛得他龇牙咧嘴，咝咝地倒吸凉气。疼痛稍缓，他看到了更加恐怖的情形，只见躺满战友尸体的麦田里，来了数只麦色的黄狼。有的黄狼已经下口在啖战友的尸体了，有的则左闻闻、右嗅嗅，在寻找更为可口的美味。一只黄狼向他走来，他感觉到那黄狼走近他后就轻嗅他的屁股。他心想，这下休了。正当他闭上眼睛、准备让那只黄狼美餐自己时，却发现那群黄狼听到什么似的，丢下美味，惊慌地溜了。原来是旁边不远处一个叫白北堡村的村民来了。他们知道昨天傍晚的时候，这里打过一仗，知道那支跟日本人干架的中国部队打不过日本人就撤退了，他们断定这里会丢下一些尸首还没有人埋，于是他们就结伴来了。他们来的时候也结成了群，拿着铁锹和镢头。众志成城，群胆群威，使得这群人很有威势，以至于他们向麦田靠近时，吓得正在美餐的群狼一下子落荒而逃了。

"啊呀，我的天，死了不少人啊！"

"就是呀，真不少。"

"呀呀，这些人真可怜。"

"哎，你们瞧，这里还有一个活的呢。"

"是吗，还活着？"

"兄弟，你哪里受了伤？"

他感到有许多人来了，大家把他围了起来。他想，我有救了。人们把他抬到村里的一个诊所里。那个诊所是一个被村里人奉若神明的老头开的。老头姓白，是位老中医。在白医生的精心治疗下，他的伤很快好了。他千恩万谢，告别了白医生，告别了村人，说自己找部队去。可是当他走出村，看到四野茫茫，却不知道自己曾经待过的部队在哪里。这个时候，他觉得自己特别想家，想父母，想自己的老婆、孩子，于是他就放弃了找部队的念头，迈开腿，回自己东北的老家了。

张建才的老家在东北辽宁抚顺市南面一个叫作平顶山的村子。那里有他的老父老母，有妻子和一个4岁的儿子、3岁的女儿，还有弟弟、弟媳、侄儿、侄女。为了早点见到他们，他不计路途劳累，星夜赶路。在一个月亮特别明亮的深夜，赶路的他终于看到了自家村子的影子，心中一喜，让自己加快了脚步。然而，他越接近村子，越感到不对劲儿。以往的他，每当向部队长官请假，在夜晚徒步回家走近村子时，总能先听到村子里的狗叫，先是一条狗在叫，马上第二条、第三条狗也跟着叫起来，最后是一村狗都叫了起来。这时候，村里会有一些人家陆陆续续地亮起灯来。那是有亲人在外边的人家以为亲人回来了，点着灯了。当然，他的妻子也会点上灯的。他照着自己亮着灯的家走，他的脚步声在院子里响起的时候，妻子就从被窝里钻出来，跳下地，来到家门边，拉开门栓，立在门后。如果是孩子们睡着，就和他亲热；如果是孩子们醒了，就

把亲热的机会让给了孩子。然而今天怪了，他非但没有听到狗的叫声，而且也没有见到村里的一丝灯光，前面的村子寂静得就跟死了一样。而当他进入村子，一下子就吓傻了，脑袋猛一下大了，头发奓拉着，背心爬过一阵麻麻的冰凉。他看到村头大部分墙壁倒塌了，把目光扫向人们的院子，人们的房屋也全部塌了屋顶，房屋的残墙断壁，全是被火烧过的漆黑。他再进入，依然是这种景象。他的心跳着，已经预感到这村子遭了大祸了，而且是灭顶大祸。他赶紧往自家院子里走，一进院，整个人木头样，呆了。他的家和村民家全然一个样，几间房屋，全被烧得塌了顶，未倒的山墙黑黑的，一根未烧完的中檩倾斜着，一头着地，一头还和里面山墙上的顶柱连接着……从自家房屋劫后的整个场面看，房子被烧完后，这里再也没有人来过。怎么啦？谁干的？老婆、孩子们呢？他喊了几声，没有应音，四周是可怕的寂然。他转过身，去了他父母的院子，弟弟们的院子，其他几个亲朋好友的院子，看到的全是被过火后的残破景象。用不着再看了，全村人的房子全部被烧了，没有一间完整的，而且村子里已经没有一个人了。

"谁干的？"他大喊了一声，随后有两行眼泪奔涌了下来。

他离开了村子，向一个叫"千金堡"的村子走去。那里有他的大舅，快到那个村子时，他的脚步声引起了一片犬吠声，说明那个村子还存在。他进了村，拐入一个小巷，推开大舅的山柴绑的破栅栏街门，轻手轻脚地来到大舅的窗下，把着窗台，小声叫道："大舅，大舅。"

很快里面就应了声，是一个老头子苍老的声音。他的大舅78岁了，虽快80岁的人了，但耳朵没坏，听出是自己的外甥，颤抖着钻出被窝，摸着黑给他拉开了门栓，把他让了进来。

"大舅，我们村怎么啦？我爹娘呢，我女人和孩子们呢？"

"建……建才，你……你们村被日本人烧了，村里3000多人都被日本人杀啦。你爹、你娘……"

"啊！"他的头一下子胀大了，就要爆炸了。

"唉——日本人那伙畜生哪！"

大舅拉着他的手，感觉他的手抖得厉害，便颤着音说："孩子，你们东北军离开这里不久！中秋节刚过，也就是8月16这天，人们过节的喜气还在心头，大人小孩的笑容还挂脸上。这种时候，谁也不会想到会大祸临头。半前响的时候，日本人忽然开来了四辆汽车，车上站满了扛枪的士兵，汽车在你们村口停下，那些士兵就从车上跳下来，一部分把住了村口，一部分则跑进村搜人。日本兵要人们去村前山下边的空地上开会，哄骗老百姓要给他们照相，说太君要训话。谁要是不愿去，日本兵们就变了脸，用枪托子打。那时候，男人们大多在矿上干活，家里多是妇女、孩子和老人。他们很快就被逼在村前的空地上。惨啊，孩子……"

说到这里，大舅哽咽了，老泪明珠一样，从他那苍老的眼眶里掉了下来。张建才瞪大眼睛，等待着大舅讲出那个悲惨的故事。大舅控制了一下情绪，继续说："日本人造孽啊！他们在你们村前空地的边上支起了好几挺机枪，全用红布盖着，人们以为那是照相机，伸着脖子等待着日本人揪开那红布，看一眼照相机是什么玩意儿。就在你们全村老少全被赶到空地上时，日本人放火烧了你们村的房子。人们看到房子被烧了，想涌出空地救火，这时，日本人把机枪上的红布揪开了，嘟嘟地照着人群开起火来。人们一片片倒了下去，边上的人想冲出去，却被围着他们的日本士兵用刺刀挑死。很快聚集了3000多人的空地上，成了尸山血海……"

"他们为什么杀人？"张建才把拳头擂在大舅的炕沿上问。

"日本人畜生啊，你们东北军让出东北后，老百姓们吃不下日本人的欺负，就组织了一些队伍自卫。8月15那天夜里，咱这地方的一支老百姓组织的抗日大刀队，乘夜打入了抚顺城，烧了日军的配给店，打死了杨柏堡炭矿长渡边宽一，还烧了他们的六仓库、工场、选炭所、变电所……日本人说大刀队攻打抚顺城时，途经了平顶山村，而平顶山村人没有把这一情况报告给日本人。"

"岂有此理！这也让人们报告给他们？"

"孩子，日本人什么时候讲过理啊？"

"那，我的爹娘呢？老婆孩子呢？还有弟弟侄儿们呢？"

"他们……他们全让畜生日本人杀害啦。有一个小孩跑到了我们村子，听那小孩子说，日本人用机枪扫射完后，他们怕还有没死的人，又命令士兵踏入了杀人场，挨个用枪刺往躺着的人身上扎，扎到活人身上时，发出尖尖的惨叫。我去那里找过你爹娘的尸首，到了那里，看到日本人已经炸山把杀人场给掩埋了。听人说他们炸山前，还在尸首上浇上汽油，放火给烧了。"

张建才没想到东北军走后，乡亲们遇到了如此劫难。他当晚就告别了大舅，回到平顶山村，在自家的院子里，朝天放了两枪，对着空中大喊着发誓道："爹，娘，老婆孩子，乡亲们，我张建才这就给你们报仇去！"

发完誓，他转身就离开了平顶山村，日夜赶路，寻找抗日部队。一日，走到一处荒无人烟的山谷时，前面忽然蹿出了几个土匪，那几个土匪想下他的枪。枪是他为爹娘和乡亲们报仇的武器，那是万万不能给他们的。于是他便跟那几个土匪搏斗起来。搏斗时，他被一个土匪用石头在头上砸了一下，立时就不省人事了。等再次醒来时，却发现自己躺在担架上。原来是路过的29军的弟兄们救了他的命。在29军养伤的日子里，他深深地爱上了这支部队。后来他了解到29军的前身是冯玉祥将军创建的西北军。中原大战中，西北军土崩瓦解，退入山西的西北军残部被蒋介石改编为第29军，军长宋哲元。军中士兵基本上来自北方各省。29军的战士普遍身材高大、体格强健，作风淳朴，能吃苦耐劳，并易于接受组织和训练。士兵一入营，就要进行劈刀、刺枪、器械操的训练和忍耐寒、暑、风、雨的本领，因此29军官兵在体能、技能和忍耐困苦方面明显地要比一般部队强得多。尤其让张建才感动的是29军的爱国情怀。"枪口不对内！""中国人不杀中国人！"那是响遍军营的口号。每餐吃饭前，士兵们都要唱《吃饭歌》。那歌词唱道：

> 这些饮食，人民供给；
> 我们应该，为民努力。
> 日本军阀，国民之敌；
> 为国为民，我辈天职……

他发现29军还沿用了西北军举行"国耻"纪念的习惯，编有《国耻歌》，每天都在部队演唱。每逢国耻日，开饭时馒头上印着"勿忘国耻"四个字；或者令官兵禁食一天，反省国耻，以期官兵知耻后勇。同时，部队经常举行"国耻"演讲，揭露日本对中国的侵略。这一切特别对他张建才的心路，他没有再找他的原部队去（实际上他的原部队也很难找到了），留在了宋哲元的部队29军里。

上完早操的张建才连队，枪一样笔直地排成三排队形，张建才对着自己的士兵大声喊："王子梁！"

队列里的一个北方常见的那种大块头小伙子大声应道："到！"

连长又喊："王君！"

队列里的略瘦一点儿的小伙子更大着嗓门喊："到！"

连长继续喊："饭后，你们把城门上的观察哨给我换下来。"

"是。"

王子梁、王君是来自农家的最普通的两个战士。两人同岁，都是23岁。除了胖瘦有点儿不一样外，还有一点儿不一样的地方，那就是两个人说话的口音不同。王子梁是河北涞源县口音，王君是山西广灵县口音。王君说话时老是喜欢把"不知道"说反，说成"知不道"。他把"不知道"说成是"知不道"时，常常被人笑话，但他认为"知不道"是广灵乡音，他热爱故乡广灵，热爱自己的父母兄弟，他啥都能忘，就是不能忘了根本。因而不论何时，不管兄弟们怎样笑话他，他都坚持把"不知道"说成是"知不道"。由于在一个班里，共住一个宿舍，两人经常被派着执行同一个任务。吃过早饭后，按照连长的吩咐，两人准时来到城门楼，把原来的两个哨兵换了下来。

王子梁和王君进入哨位后，马上进入了状态，他俩正双目圆睁、一动不动地注视城门外卢沟桥那边的动静。不一会儿，日军一支部队举着太阳旗，开到了卢沟桥以北的地区进行演习。他们把这一情况及时用电话通知了连部。很快，连长张建才就来到了他们的哨位旁，把一个望远镜递给王子梁说："这几天情况有点儿紧，你们俩今天用它轮替着观察，一有情况就赶快汇报。"

"是。"

"你知道今天演习的是日本人的哪支部队吗？"

"日本'中国驻屯军'。"

"卢沟桥事变"前，日本在中国的军事存在是北平地区的日军中国驻屯军。鸦片战争后，西方列强犹如一群野性的恶狼，一个个扑向中国，把中国撕咬得遍体鳞伤。兽性的日本帝国也趁机把它那两只毛茸茸的魔爪伸向了中国。1900年不堪忍受帝国主义蹂躏的中国民众掀起了爱国的义和团运动。正在狼一样瓜分中国的英、法、日、俄、德、美、意、奥等帝国，恼羞成怒，组成"八国联军"，对义和团运动进行了残酷镇压。日本在参与镇压义和团的过程中，以"护侨"、"护路"为名，成立了"清国驻屯军"。司令部设在天津海光寺，兵营分别设于海光寺和北京东交民巷，兵力部署于北京、天津、塘沽、秦皇岛、山海关等地。1901年9月7日，义和团运动失败，清政府被迫与诸列强签订了屈辱的《辛丑条约》。条约野蛮地规定了外国军队可以驻扎于北京和从北京到山海关沿线的12个战略要地。这就使"清国驻屯军"在该地的驻扎十分流氓地合"法"化了。1912年，出于对中国侵略的需要，日本将"清国驻屯军"又改名为"中国驻屯军"。"中国驻屯军"是日本人最早插入中国内陆的一把明晃晃的尖刀。

在29军里，军官们对战士们早有这方面的教育。战士们都知道日本"中国驻屯军"是老牌的侵华部队。他们还知道，日本人发动"九·一八"事变侵占中国东北以后，下一个目标就是向中国的心脏部位华北下口了。"中国驻屯军"犹如一只急不可耐的狼狗，龇着犬牙，狂吠不止，"卢沟桥事变"前夕，日本中国驻屯军已与中国驻军29军关系紧张，摩擦不断，随时都有擦枪走火的危险。

"你知道这几天日本人为什么要在卢沟桥一带演习吗？"连长张建才问。

"知不道。"

张建才指着前面雾气中卢沟桥的影子说："你看，平汉、平绥、平津三条铁路线在卢沟桥地区汇合，那里可是战略要地、交通咽喉啊。"

王君不由得睁大了眼睛。

连长继续说："现在，日军已对北平形成了三面包围的态势：东面有日军扶植的冀东伪政权和所属伪军部队；北面有日寇炮制的以德王为首的伪蒙疆自治政

府；东南面日军强占了战略要点丰台。只有北平西南方向的卢沟桥尚在中国军队的控制之中，卢沟桥成了北平保持对外联络的唯一通道。就在昨天晚上，大雨滂沱，丰台的日军不顾道路泥泞，又一次在龙王庙前的演习场地上，以卢沟桥为目标，进行攻击性演习。对此，弟兄们可要对日军的一举一动保持高度的警惕啊。"

"是！连长，你就放心吧。"

一个上午，在卢沟桥地区演习的日军基本上没有什么异常举动。下午，王子梁、王君休息，傍晚又被派到城门上站岗放哨。换岗时，交班的兄弟说，下午，又有一支日军从兵营出发，开到卢沟桥西北龙王庙附近演习，让他们要注意这支日军的动向。

北平近郊宛平城的上空，厚厚地堆着一堆堆旧棉絮样的黑云，在一处黑云堆的缝隙间，露出一片淡灰色的天空和一钩残月。黑沉沉的远处传来狼的阴森可怖的长嚎。王子梁手握钢枪，警惕地注视着黑暗中周围的动静。

黑暗中，王子梁说："你说，今晚日本人不知道演习不啦？"

"知不道。"王君用山西广灵口音说。

"我看他们今晚要来。"

"知不道。"王君说。

"我看他们是要挑衅。"

"知不道。"

"又是知不道。你是不是个傻子，只会说知不道。"

"住嘴。你知不道你的任务是站岗放哨？你光顾说话了，万一有情况怎么办？此处无青草，不要多嘴驴。"

至此，两人就不再说话了。城头上静悄悄的。

前面，月亮被黑云吞没时，一切都隐没在黑暗中，当月亮出现在云缝中时，田野、树木、房舍、楼房、卢沟桥和桥上的石狮的虚影就会显现出来。很快，他们就捕捉到了情况。他们看到一队日军在太阳旗的引领下，在不远处鬼影似的活动。不由得，他们两人又把眼睛睁大了一圈。

在卢沟桥地区再造一个"九·一八"事变，是日本人蓄谋已久的阴谋。就在刚刚过去的白天的下午，驻守丰台的日军河边旅团第1联队第3大队第8中队，由中队长清水节郎率领，就从兵营出发，开到了卢沟桥西北龙王庙附近。暮色降临，清水节郎下令部队开始进行夜间演习。按照事先安排，日军部分军官和假想敌旋即来到东面活动。近600人的部队向假想敌所在地的东方移动。观察到这一情况的王子梁和王君，立即给连部打了电话，连长张建才又向城防司令部作了报告。城防司令部的长官说声知道了，命令他们继续观察。

大约在 10 点半左右，王子梁和王君突然听到城东北日军演习位置响起一阵枪声。在寂静的夜幕下，枪声是那么刺耳，他们又立即把这一情况作了汇报。刚放下完电话，几名荷枪的日本兵来到了宛平城下，王子梁慌忙拉开枪栓，装上顶门子弹，把枪往前一伸，喊道："站住！什么人？干什么的？"

那几名日本士兵站住了，并在黑暗里递过话来："我们是皇军河边旅团第 1 联队第 3 大队第 8 中队的。刚才我军正在郊外演习，听到一声枪响，我们立即收队点名，发现缺少了士兵一名，估计放枪的已逃入宛平城了，现在我们要进城搜查。"

王君说："我们一直在这里站岗，没有看到任何人走进城里。知不道你们的那名士兵是什么时候丢的？"

下面的日本兵听不懂王君的广灵话"知不道"是什么意思，但其余的话还是能听懂的，恼怒地说："没跟你说嘛？这是刚才发生的事。"

"对不起，我们的城门一直关着，连个蚊子也飞不进来。也许跑到别处了，你们到别处找找吧。"

"不行，你的打开城门，我们要进城里找人。"

这当儿，王子梁已经和连部接通了电话，汇报了这里的情况。按照连长张建才的吩咐，他放下话筒，对城下的日军说："我们长官认为，时值深夜，贵军进城搜查会引起误会，妨碍治安。"

"混蛋！我军丢失士兵乃天皇之战士，大照天神之儿孙，皇军战士无价，我们的一定要进城搜查。"

这时，连长张建才也提枪奔到了城门上，他用手枪柄往正扶了扶跑歪了帽子说："对不起，我方部队正在睡眠，枪声响自城外，非我军所发，日军在演习场丢失士兵与我无关。我们执行上级命令，不能打开城门！"

"八格牙鲁！"

城下的日军，突然打来一排子弹。城门上的哨兵王子梁、王君和前来喊话的连长张建才立即卧倒，子弹打在他们身边的城垛之上，火星乱迸。

"娘的，动手了。"张建才心里骂着。过了一会儿，他发觉城下的日军打来这一排子弹之后没再有子弹打上来，便觉得奇巧，抬头一看，只见微弱的月光下，一群一群的日军，狼一样移到了城下，晃动着身影，正在围绕着宛平城趴下。

"娘的，他们在围城呢。"

这时，黑暗中，一个日本军官用日语喊出的"开炮"声凶狠地响起。

接着"轰！轰！轰……"的大炮声轰碎了夜晚暧昧的寂静。

城门楼上顿时冒起一个个炮弹爆炸的烟团，火光中，弹片、砖块飞迸。张建才、王子梁和王君迅速从城门楼上撤退下来，刚一走下城门，一幢大楼的一角被

一枚爆炸的炸弹炸飞，顷刻间，一枚枚飞来的炸弹在夜色中的宛平城中爆炸开来。

"快，到连队去。"

跑到连队，连队的弟兄们已经排队集合起来。连长张建才对战士们说："弟兄们，日本人下手了，现在我们马上投入战斗。全连注意，上城墙！"

那时，他们三人谁也不知道，他们正在经历着后来被称作"七七卢沟桥"事变的重大事件。

第二章

"卢沟桥事变"以后，中共中央判断，在空前严重的民族危机面前，国民党人鉴于自身的统治已经面临着生死存亡的危急关头，虽然可能也在进行着抵抗侵略的准备，但他们没有完全放弃对日媾和的幻想。卢沟桥事变后，南京的国民党人可能还会一厢情愿地希望把卢沟桥事变限制在"地方事件"的范围内，也许这会正在和日本人进行着毫无希望的谈判。

中共方面太清楚以蒋介石为代表的国民党这个老对手了……

中国社会走到20世纪20年代，社会上的贫富差距已经发展到了少数富人把多数穷人逼上绝路的地步。历史本来已经反复证明，当富人把穷人逼上了绝路，同时也把自己逼上了绝路。这个时候，想再在这个国家建立富人的社会已经不可能了。而以老蒋为代表的国民党人根本就认识不到这一点，他们不是联合共产党积极地改革社会，而是大开杀戒，凶残地要把共产党这个本来很好的合作伙伴赶尽杀绝。结果引起了国共两党激烈的内战，给日本人提供了绝好的侵华机会。"九·一八"事变，日本人向中国人挥刀，老蒋，不去调动全国力量抵抗日本对东北的侵略，却兴师动众围剿南方的革命根据地，致使东北诸省丢尽。红军长征到达陕北后，早已得手中国东北的日本人图谋华北的野心日彰，而老蒋仍痴迷于"攘外必先安内"的政策，不联合全国抗日力量，弄得天怒人怨，无奈之下，张学良、杨虎城两位将军发动了"西安事变"，军事监禁了老蒋，对其实行兵谏，要求他"停止剿共，改组政府，出兵抗日"。共产党从大局出发，在老蒋答应接受停止内战、一致抗日主张的情况下，促成了西安事变的和平解决。西安事变虽然初步形成了以国共两党为主的抗日统一战线，但老蒋对共产党的疑忌太深了，在国共合作的谈判中不断横生枝节，使谈判迟迟不能取得突破性进展……这个时候，大家把视线集中在了时任中国共产党总书记的张闻天身上。在延安的街上，张闻天给老百姓的印象没有那种巨柱般的个头，而是个头中等，身型精瘦，戴一副眼镜，颇具文化气质的文化人。他是江苏南汇县人，祖籍江苏无锡。曾经的爱国热血青年。"五·四"运动爆发后，他投身于学生运动。1925年6月，他在上海加入中国共产党，同年冬被派往莫斯科中山大学、红色教授学院学习。1931年他回到上海不久，担任中共中央宣传部部长。这年夏，共产国际决定成立临时中央，他又被指定为临时中央政治局委员及政治局常委。

1933年初，随中央机关从上海迁入江西中央革命根据地。1934年1月，在中共六届五中全会上当选为中央政治局委员、中央书记处书记。此时，张闻天虽不是党内极左路线的代表性人物，但他思想倾向极左，看不到极左对中国革命的危害。1934年10月，因红军第五次反"围剿"失败，随红军参加了长征。此时，痛失革命根据、红军被迫长征等一系列败绩的切肤之痛，令张闻天从极左路线中醒悟过来。因而在遵义会议上，他与左倾路线进行了坚决斗争，作了批判"左"倾军事路线的报告，为决定中国革命命运的遵义会议成功召开作出了贡献。会后根据中央政治局常委分工，张闻天代替博古，成为中国共产党的总书记。如今卢沟桥事变爆发，大家自然要跟他一起评估一下这次事变的性质。

盛夏的延安虽然炎热，但住在土梁上的红军和中共领导人，却能享受清风的吹拂。不一会，毛泽东、朱老总等几个中共重要人物陆续汇聚到张闻天处。

朱老总即共产党队伍中人称"红军之父"的朱德，四川仪陇县人，出生于一个勤劳朴实的贫困佃农家庭。此人阶级意识清晰，阶级感情深厚，阶级立场坚定，是红军的创始人和坚强的领导人之一。第一次国共合作破裂之后，共产党人遇到国民党残酷的大屠杀，为了挽救革命、挽救党，朱德毅然参加了"八一南昌起义"。随后率部万余人上井冈山，同毛泽东领导的部队会合；成立工农革命军（不久改称"红军"）第四军，担任军长。他同时和任党代表的毛泽东共同创建了井冈山根据地，并以井冈山根据地为依托，建立了中央革命根据地。先后同毛泽东、周恩来一起指挥红军战胜了国民党军队对中央革命根据地的四次大规模军事"围剿"。红军长征途中，他坚决拥护毛泽东的军事路线，与张闻天一样，为遵义会议成功召开做出了贡献。在革命生涯中，朱德不仅与毛泽东、张闻天等拥护毛泽东路线的革命家结下了深厚的友谊，而且深刻认识到只有毛泽东的路线才是中国革命唯一正确的路线。在延安他是毛泽东最有力的拥护者之一。朱老总事先也知道了卢沟桥事变，张闻天警卫告诉他开会时，他知道讨论的一定是卢沟桥事变的事，因此马上过来了。

朱德富有长者之风，微笑在他脸上总是表现为一种长者的友善。他进了屋，

张闻天一边给他拿木凳子，一边招呼他坐下。之后，他们再没有多余的客气话，立马开始了讨论："近来，日本人在华北已多次制造了地方性武装挑衅事件。卢沟桥昨天所发生的事究竟是一次地方性事件，还是日本帝国主义者对华发动全面战争的开始，我们共产党人应当立即作出准确判断。"有人说。

"是啊，如果是日本人全面侵华的开始，延安应当快速作出反应。"张闻天说。

朱德一直在沉思，这时他说："'九·一八'事变以来，蒋介石奉行'攘外必先安内'的政策，日本人轻易得手我东北三省，随后他们又制造了许多事件，进一步侵犯我大片领土。如今日本人又把目光盯在了我华北上。'西安事变'以后，我国统一战线基本形成，中华团结的力量日益壮大。这种情况下，早有全部占领我国土的日本人必然要加快侵华步伐。再参考最近发生的其他一些事件，卢沟桥的这个事件不可能是件地方性事件，它很可能就是日本人全面侵华的开始。"

张闻天接着也说："朱总分析得很对，事件一定会扩大，日本人决不会满足于一个地方性事件。看来，中华民族真的到了最危险的时候了。"

毛泽东、朱德、张闻天三个人穿着都很破旧，但他们是中国当时头脑最清醒的人。他们和他们的同志们个个雄才大略，聪明绝顶，深谙中国当时的社会状况，明了天下大势的走向，立志要为中国的穷人打一片天下。他们拥有当时最崇高的人生观，最先进的思想，最科学的世界观和价值观。他们最英勇无畏，最大公无私。他们讨论了一阵之后，大家集体认识到：

卢沟桥事件确实不同寻常，发动它的一定是日本的'中国驻屯军'。八国联军侵犯中国时日本的这支军队就入侵了中国。义和团运动失败后，凭借《辛丑条约》驻扎在了北京、天津一带。当时称'清国驻屯军'，随后又将'清国驻屯军'改为'中国驻屯军'。当年我在北京大学当图书管理员的时候，曾经悄悄地观察过他们的兵营。感觉那是一群随时准备撕咬中国的恶狼。日本早有灭我中华的野心，卢沟桥事件的发生，正如朱老总说的那样，日本人全面侵华的行动开始了。这个事件发生后，国民党那面可能会不切合实际地幻想'和平'，天真地按照地方事件来处理。这个时候，日本人就有可能一面假意与国民党谈判，一面趁机调兵遣将，包围到北京、天津，然后占领这两座城市……

河北地处华北平原，那里虽然一马平川，便于日军机械化部队作战，但若日本把部队投入那里时，就如同进入了死胡同。敌人向东是海，南面必遭中国军队奋力抵抗，而西面呢？高据山西山地的中国部队则可以冲出大山猛打敌人。如此一来，日军马上就陷入被动。日本人会这么干吗？最大的可能是日本人得手平津后，会集中其主力，迅速扑向山西。这是由山西的地理位置决定的。山西得手后，日本人接着就可以进一步采取措施，北出大同占绥远，东出娘子关占冀中，南出长治、晋城进中原，他们还会进关中、下洛阳，进而把战火燃遍全国。形势如此严重，我们共产党人一定要立即行动起来，团结全国人民，积极投身到解救民族危亡之中。现在，我党应当马上做好两件事：一是立即向全国发表抗日宣言，号召全国上下立刻放弃任何与日寇和平苟安的打算，人民、政府和军队团结起来，筑成民族统一战线的坚固的长城，抵抗日寇的侵略；二是推动老蒋下最后抗战决心，进一步加强国共两党的合作，加速推进红军改编的进程，尽快把红军开赴抗日前线。

会后，大家的意见高度统一。

一万年太久，只争朝夕！说干就干，当天共产党就向全国发表了抗日宣言。共产党的宣言说：全国同胞们！平津危急！华北危急！中华民族危急！只有全民族实行抗战，才是我们的出路。我们要求立刻给进攻的日军以坚决的抵抗，并立刻准备应付新的大事变。全国上下应立刻放弃任何与日寇和平苟安的打算。全中国同胞们！我们应该赞扬和拥护冯治安部的英勇抗战。我们应该赞扬和拥护华北当局与国土共存亡的宣言。我们要求宋哲元将军立刻动员全部第29军开赴前线应战。我们要求南京中央政府切实援助第29军。并立即开放全国民众的爱国运动，发扬抗战的民气。立即动员全国陆海空军准备应战。立即肃清潜藏在中国境内的汉奸卖国贼分子和一切日寇的侦探，巩固后方。我们要求全国人民用全力援助神圣的抗日自卫战争。我们的口号是：武装保卫平津华北！为保卫国土流最后一滴血！全中国人民、政府和军队团结起来，筑成民族统一战线的坚固的长城，抵抗日寇的侵略！国共两党亲密合作抵抗日寇的新进攻！驱逐日寇出中国！

共产党的宣言，惊叹号连篇，可谓掷地有声。国人闻之，激情振奋，摩拳擦掌，热血沸腾。

第三章

这里是庐山的天空。卢沟桥的炮声响起来时，庐山却是一派暧昧的和平景象。灰蒙蒙的天空下，浓浓厚厚的母乳色大雾，带着温温润润的乳香，无边无际地覆盖着大大小小、姿态各异的秀色山峰，覆盖着一座座秀美山峦排列出来

的宽宽窄窄、长长短短、容貌险峻的沟沟谷谷。覆盖着弯弯的山路、道道清溪，覆盖着山中的湖、遍野的树。平日，在无雾的状态下，仙境般的庐山就给人一种"横看成岭侧成峰，远近高低各不同，不识庐山真面目，只缘身在此山中"的感觉，此时的大雾，庐山就更让人难以看破她的真面目了。

灰雾里的庐山，有"云中山城"之称的牯岭镇，美美地躺在牯岭东谷掷笔峰下的山麓。雾中的牯岭镇，好像要在天明后还要再好好地睡上一觉似的，依旧那么安然、静悄悄的。这时，一份电报，以无线电波的形式，从遥远的北平，翻山越岭，穿云破雾而来，直达蒋介石在牯岭避暑办公的别墅。时任蒋介石侍从室第二处主任的陈布雷看后，觉得情况紧急，尽管蒋介石还在梦中，但还是把他叫醒了。他穿着睡衣，睡眼略略有些水肿，虽然他没说什么，但脸上是一副不快不乐的表情，被人从睡梦中叫醒的不快还是被陈布雷感觉到了，他轻声说："北平来电。"

蒋介石接过电报，心里不由得像有一面大鼓，猛敲了几下，接着他两个水肿的下眼皮上，同时猛跳出几点黑色的愤怒来。

电报是北平市长秦德纯拍来的。电报报告：北平那儿发生了"卢沟桥事变"！

"混蛋！"蒋介石狠狠地骂着。

在 20 世纪 30 年代的中国人中，蒋介石是一条汉子、一头雄狮。此时的他，怀揣着一颗跳动的心，多么想奔到北平的卢沟桥那儿，一口一口，把那些小日本儿兵给啖了。然而多年来，由于他一贯实行"攘外必先安内"的政策，不但对共产党开战，也千方百计削弱别处的地方军阀力量，使得整个中国已经消耗了许多的实力。此时，国民党和共产党虽然实行了抗日统一战线，但面对准备了半个多世纪侵华战争的日本帝国，国共两党就如同两个刚刚打架住手的兄弟，不仅精力没有得到恢复，而且彼此相互撕烂的战袍上的血迹也未干。最为严重的是，眼下，在他的心中连个一旦日本全面侵华，中国将怎样应对的方案也没有。军队尚未动员，战阵尚未摆开，其他一切的一切都尚在九霄云外，此时的他，再着急也只有骂娘的份儿了。尤其糟糕的是，得知发生了卢沟桥事变的蒋介石，并没有像毛泽东那样，马上意识到这是日本人全面侵华的开始。面对着卢沟桥事变，他就像看云雾中的庐山一样，并不识日本人的真面目。

"日本意欲何为？发生在卢沟桥的事件，究竟是地方性事件，还是牵动全国的事件？"

他一遍一遍地问着自己，一时竟很难给自己一个确切的答案。他边想边来回在地上踱步，偶一扭头，看到陈布雷依然笔直地站在那里，全然一副等待吩咐的样子，便对陈布雷说："先给 29 军军长宋哲元发报，电示宋哲元，宛平应固守勿退，并须全体动员，以备事态再度扩大。"

"是。"

陈布雷走了，蒋介石自然地就不再注意这个人了，他脑子里又被刚才的问题纠缠着，他接着自问："日本人意欲何为？"

久久地，蒋介石没有能够找出答案。后来，侍卫又进来了，他手里拿着一份类似电报的纸质文件。蒋介石以为是卢沟桥发来的战报，接过来一看，是延安的共产党刚刚发表的抗日宣言。这是一个令人振奋的宣言。他的第一个意识是又让共产党抢先了一步，第二个意识是共产党已经把这一事件当成是日本人全面侵华的开始了，第三个意识是他又被共产党将了一军。不过他并不在意谁先发表、谁后发表抗日宣言，他在意的是卢沟桥事变的后面动机，是不是如共产党所说的那样，后面有更大的"新的大事变"？如果有，共产党提出的立即开放全国民众的爱国运动，立即动员全国陆海空军准备应战，巩固后方，全国人民用全力援助神圣的抗日自卫战争等主张，就是善意的了。然而，到底有没有呢？

后来，陈布雷又来过一次，送来了毛泽东、朱德、周恩来、彭德怀、林彪、贺龙、刘伯承、徐向前等红军将领的致电：

> 蒋委员长钧鉴：
>
> 日寇进攻卢沟桥，实行其武装夺取华北之已定步骤。平津为华北重地，万不容再有丧失。敬恳严令29军奋勇抵抗，并本三中全会御亡抗战之旨，实行全国总动员，保卫平津，保卫华北，收复失地。红军将士愿在委员长领导之下为国家效命，与敌周旋，以达保地卫国之目的。

看完这个致电，蒋介石觉得这是延安的共产党为了向他将军投来的又一个棋子，也对日本发难卢沟桥的目的又向他明明白白讲了一遍。

"日本人真的要武装夺取华北吗？中日一战真的来了吗？"

整整一天，蒋介石也没有想清楚日本人在卢沟桥发难的真实意图。夜晚了，临睡前，一向有记日记良好习惯的他，拿起笔，在日记本上写道：

> 倭寇在卢沟桥挑衅矣！彼将乘我准备未完之时使我屈服乎？或故与宋哲元为难，使华北独立乎？倭已挑战，决心应战，其时乎？

后来蒋介石迷迷糊糊地睡着了。睡梦中，他自言自语地梦呓着：

"和平未到完全绝望时期，决不放弃和平；牺牲未到最后关头，亦决不轻言牺牲。"

第四章

　　日本的东京城，正被绵绵的梅雨浸淫着。夜已经很深了，睡梦中，裕仁天皇被一阵突然响起的电话铃声惊醒。他拿起电话，刚放到耳朵上，那头就响起了日本陆相杉山元的声音。杉山元送过来的声音是兴奋的，他报喜一样，告诉天皇，中国的北平爆发了卢沟桥事变。

　　"好，好，好……大大的好！"

　　裕仁天皇的脸上有亮亮的激动之色在闪动。对他来说，这是一剂兴奋剂，一坛刚揭开坛盖的陈年佳酿大米酒。打完电话，他迈着醉酒人一样的脚步，来到了一面悬挂着地图的墙边。那是一张世界地图，熟杏一样的黄色把中国的版图从众多的颜色凸现出来。那雄鸡的形状，引逗得天皇就像馋涎欲滴的黄鼠狼见到雄鸡一样，一下子把双眼盯在了属于中国的版图上。就在这一刻，他产生了在那鸡形的地方咬一口的冲动。他甚至还张了张嘴，但他马上就为自己从下意识的某处悄然而起的这种冲动哑然失笑了。他在地图前面站定，目光迅速找到了标有北京的圆点，继而找到了天津，然后由这两个点扩大到了华北，再由华北扩大到了中国，最后由中国扩大到了整个世界。这一刻，裕仁天皇感觉到自己犹如一个欲望膨胀到极点的大气球，急切地想要爆炸了。他想道：占领中国，征服世界，多少年来，这可是大日本一直在做的美梦啊！

　　这时候，裕仁天皇的眼前就开始摇晃出许多幻象来。墙壁上的五彩地图徐徐退去，水浪翻卷的大海显现。一个名叫丰臣秀吉的 16 世纪的老头，统一了日本之后，站在海边，对着遥远的中国方向叫喊："我大日本国乃天神之国，天神之民，当拥有海那边的朝鲜、中国、印度乃至太阳普照的所有天下。"

　　丰臣秀吉的影子退去，明治天皇显现。那时，中日甲午战争刚刚结束，明治天皇站在海边，一手握着武士刀，一手提着中国人的头颅，对大海那边说："哈哈，支那是进步的大敌，为了文明开化的进步，日本将拥有支那……"

　　最后，裕仁天皇看到，站在大海边上的是他自己，他对着万浪后面的中国大喊："列祖列宗们，你们的遗愿——大日本帝国的美梦，将由我裕仁天皇来完成了！"

　　经过一段激烈的亢奋，裕仁天皇稍稍地有点平静了。幻象消失了，眼前的地图重又显现出来。当他看到中国版图上面的苏联版图时，心中一惊，不禁自问："我大日本帝国横扫华北，直取整个支那之时，苏联会不会出兵呢？"

这时，裕仁天皇想起眼下的日本国内，尤其是政府内部高层，在对华问题的态度上存在着两派：一派是主战派，主张乘中国统一战线尚未完全形成，全面进攻中国；一派是缓战派，这派人不反对进攻中国，但因顾虑苏联出兵，主张推迟进攻中国的时间。现在，裕仁天皇觉得需要小心从事，在做出日本出兵华北决定之前，日本应当再议一议。于是他拿起电话，叫通了陆相杉山元，对他说："中国北京的卢沟桥爆发了事变，明天，你的紧急召集陆军省和参谋本部要员开会，商讨应对之策。"

"咳！"

天明了，依然是梅雨绵绵，但日本陆军省和参谋本部的要员们坐着黑色小轿车，来到了陆军省会议厅，态度严肃地坐等陆相开会。

陆相杉山元迈着坚定的脚步走了进来，黑亮的皮鞋踩得地板"唪唻唪唻"沉闷地响。会议厅内，除了皮鞋踩地板的声音，再没有别的声响。

杉山元坐下之后，扫了一眼会场，发现开会的人已经到齐，便宣布开会。他先把北京爆发的卢沟桥事变介绍了一遍，然后说："天皇旨意，让大家议一议应对之策。"

开会的人都觉得问题重大，谁也没有发言，冷场了。过了一会儿，杉山元为了打破冷场的局面，他说："关于对中国进行全面战争的问题，早在1927年天皇批准内阁总理大臣田中义一的《日本田中奏折》时，就成了日本的基本国策，无需再议。今天议论的焦点是该不该在这时候全面出兵中国。"

参谋本部作战部长石原莞尔认为目前不适宜对华作战，他怕主战中国的观点占了上风，因而首先发言。他说："我认为，日本未来的最大威胁是苏联而不是中国。目前我大日本帝国应当把精力集中在将来的对苏作战上，要致力于扩充陆军军备，加大开发满洲力度，早日形成对苏军事优势。因此，不应在此时引发对华战争。"

说到此时，石原想看看开会的人对他的主张有何反应，就用眼角在开会人的脸上扫视了一下。他发现有些人脸露赞同之态，有的人则明显地表现出恼怒之色。为了让自己的观点站住脚，他接着说："卢沟桥看似一座小桥，宛平城也不过是弹丸之城，然而它们是平津地区通往中国内省的咽喉要道，中国守军29军必然全力争夺。如果引一发而动全身，因争夺一桥一城而引发中日全面战争，将皇军拖入泥潭，势必影响日本对苏备战。故此，我主张应就地解决卢沟桥纷争，不可任意扩大事态，避免引发中日全面战争。"

石原讲完，便有数人发言，表示赞同石原意见。这些人的观点，与杉山元的观点大相径庭，一开始杉山元还能忍着听下去，后来，他再也忍不下去了，正要站起来人加反驳时，有电译人员送来了电报。电报的内容让杉山元喜形于色。他笑着站起来，晃了晃手中的电报说：

"诸君莫忧。我这里有两封电报，是我关东军司令官植田嫌吉大将和朝鲜军司令官小矶国照从中国东北和朝鲜发来的。他们说，苏联方面无动静，不必担心苏联威胁，我大日本皇军可乘卢沟桥事变之机，对中国晋察平津猛力一击，实现我帝国对华北的各项要求。二位将军还说，关东军和朝鲜军十余万将士，随时准备支援日本中国驻屯军对中国第 29 军的会战。"

说到这里，杉山元已是异常兴奋了，他十分高兴地摸了一下光头说："自西安事变以后，支那反日之风大盛。中国民族虽弱，但他就如一个庞大的家庭，你别看他们平时因为蝇头小利吵吵嚷嚷，大打出手，甚至反目为仇，一旦有外人发难，就会抱成拳头。现在，国共正在搞什么抗日统一战线，我们如不早日出手，征服支那就会付出更多的代价。这对我们大日本的事业大大的不利。因此，当务之急，我们应当急向内阁提议，请求天皇下诏，趁卢沟桥事变之机，先从关东军抽调两个旅，再从朝鲜军抽调一个师，并入中国驻屯军序列，打败29 军，夺取平津，继而占领华北。"

石原一听，杉山元这是要挑起中日战争，有些急了，忙从座位站起，说道："如此，恐陷入长期战争，望陆相三思。"

杉山元道："我将集中 4 个师，3 个旅，计 10 万人的兵力，再以航空兵、坦克兵、海军有力配合，仅在华北境内作战，速战速决，完成占领平津华北计划，决不陷入持久战的泥坑。"

"苏联出兵又如何？"情急中的石原已经近乎喊了。

"北极熊有德国虎视，决不会出兵的！"

石原张嘴再要说什么时，杉山元对他说道："我意已决，请石原君别再多言。"

石原只好在心中无可奈何地叹道："只怕日本从此陷入持久战的泥潭，耗尽帝国最后一滴血，到时，我等必死无葬身之地了。"

会议结束后，陆相杉山元向裕仁天皇汇报了会议取得的"成果"，并请天皇下诏，趁卢沟桥事变之机，进攻中国。这正中裕仁天皇下怀，于是裕仁天皇发布了进攻中国的一系列命令。几日后，日本的欲望又一下子膨胀到"一个月占领山西，三个月占领中国"的亢奋中。

后来的事实证明，从此日本这头蠢牛一头栽入中国这个泥潭之中了。

卷 三

第一章

宛平城的战斗激烈地进行着。日本人的进攻明显地增强了。

中国守军 29 军 219 团的火炮已经全部搬到了城墙上。张建才看见团长吉星文一腔怒火，狠狠地踩着上城墙的台阶，上了城墙，举起望远镜，盯着攻城的敌人，他知道这是团长亲临前线指挥战斗了。

张建才从军中平日里的传言得知，他们的吉团长是爱国将领吉鸿昌之族侄。他少年时就立志效仿族叔吉鸿昌之为人，当兵报效祖国。长大后随吉鸿昌参加了西北军，后经吉鸿昌介绍，来到宋哲元旅当骑兵。吉星文作战英勇，很快由战士、班长、连长，提升至营长。长城喜峰口一战，已任营长的吉星文带领全营官兵，巧妙绕过日军右翼，经过几小时激战，攻占了王家、瓦房等村庄，将村中敌人全部歼灭。此战因立奇功，被提升为 219 团团长。就在一个月前，219 团奉命调往北平通往内地的门户——卢沟桥。卢沟桥事变爆发的那天晚上，是张建才把紧急电话打给尚在团部办公的吉团长。他说："团座，不好，日本人寻事来了。有一队日军来到城下喊话，说他们演习时有一名士兵失踪了，估计现在就在宛平城内，要求我们打开城门，进城搜查。"

"什么，什么？进城搜查……"吉星文当然也意识到这是日本人在捣鬼。他想，让你们日本人进城搜查，你们这些兔子不就不费一枪一弹攻进了宛平城吗？呵呵，小日本，想得美，做你的春秋大梦去吧！于是他在电话里命令张建才："告诉日本人，宛平城不得入内。"

吉星文下达完命令不大一会儿，听到从城门那边传来的枪声起来越激烈了，

便知道事态严重了，他又给张建才打电话，要他汇报城门那边的情况。那时，张建才已把连队带到了城墙上，与城外的敌人对射起来，由于枪声大作，淹没了他跟团长打电话的声音。团长让他大声一点，他就把声音提高了八度。团长说，再大声一点！他的声音就近乎狮子吼了。然而，由于枪声、呐喊声的搅和，吉星文还是不能听清他的话，于是他说："让你的人团部来一趟！"

"是，团长。"张建才打完电话，扭头看到战士王君在自己的身边，便喊道："王君！"

"到！"

"快速跑到团部去，团长正在团部等着呢。他要了解详细情况。"

"是！"

"轰！"

王君刚说完，一枚炮弹落在了城墙上，看着炮弹爆炸时的火团，张建才又对王君说："告诉团长，敌人开始向我们打炮弹了。"

王君已顾不得说话了，他向张建才快速行了个军礼，立即飞身下了城门楼的阶梯，急速跑入夜色中宛平城发暗的街道。

团部在县城中心偏西一点，吉星文在团部里焦急地等着。

"报……报告……"王君跑来时，已是上气不接下气。吉星文望着他，耐心地等着。

"日……日军已经向我们开……开炮了……"

吉星文一听什么都明白了。他立即起身，给军部打电话。接电话的是副军长冯治安。

"冯军长，日本人现在已经向我团的阵地开炮了。现在日本人的目的已经明确了，他们是想夺我宛平县城啊。"

"那就得狠狠还击他娘的。"副军长冯治安在电话那头说得非常干脆。

吉星文立即命令自己的部队全线还击。一时间，双方的炮火，喷射出一团团火焰，无数子弹在黑色的夜幕上划出一道道金蛇样的直线和抛物线。城头上，喊声、骂娘声响起，传达着战士的怒火。

战斗进行到最激烈的时候，吉团长来到了城墙上。团长的到达，令战士们精神倍增，斗志昂扬。

黑暗中，敌人那边进攻的意志也很顽固，双方的枪炮声一直响到天亮，没有停息。

第二天清晨，当白日的光亮降临在战火纷飞的大地上时，一切已经看得清清楚楚了，日军包围宛平县城的行动变得更加急不可耐。与此同时，一个增援过来的日军大队渡过永定河，想从宛平城西面迂回发起进攻；另一个增援的日军大队则从丰台镇方向向宛平城东门进攻。不久，进攻的日军占领了城外的铁路桥，切断了平汉铁路。

宛平城危在旦夕。

一直在城墙上指挥作战的吉星文看到，城下，敌人倾射过来的子弹就像下雨一般，冲锋的战士一个个倒了下去，心中不免有些着急。这时，驻守在卢沟桥北面的连队打来了电话说："团长，我连战士，英勇抵抗，大部牺牲，现在只剩下4个人了！"

吉星文知道，战斗处在要紧关头，自己的部队必须咬紧牙关，奋力冲杀，因此他接连下达的命令，不是顶住就是冲击。

激战中，吉星文在望远镜里看到，一名个头高大、虎背熊腰的战士，手挥大刀，奋力砍杀。那挥刀的动作招招得法，手起刀落之间，一颗颗日本兵的人头，瓜蛋样滚落，一颗、二颗、三颗……十三颗。好样的，兄弟，战斗打完之后，本团座一定要重重地赏你，提拔你！然而，不知哪里飞来的子弹，将这个勇士击倒在地。勇士再没有起来，他的战友成群地从他的尸体上跃过，叫喊着冲向敌人。接下来，吉星文痛心地看到，炮火中，尽管他的士兵勇猛如虎狼，但还是在敌人猛力炮火的射击下，一个一个地倒了下去。更为糟糕的是，前面的桥头堡被日军占领了。

"奶奶个熊，一定夺回桥头堡！"

吉星文非常痛心，决心与日军决一死战。他决定悄悄带着一部分人出城，亲临前线，亲自指挥争夺桥头堡的战斗。

这里是3营的营部，全营连长以上军官很快聚齐。大家神情都很紧张，眼巴巴地望着团长吉星文。

"娘的，你们都看见了，日本人占了我们的桥头堡。现在，我们一定要把它夺回来。"吉星文一边往正扶了扶军帽，一边愤愤地说："我把你们叫来，是让你们把你们连里最勇敢的战士、排长、班长给我迅速交出来，我要组织一支敢死队，马上去把他娘的桥头堡夺回来。"

"行，团长，你要多少人，我们马上回连队给你抽人去。"

吉星文想了想，又说："你们先让弟兄们报名。凡报名的全部带过来，我要亲自挑选。"

"是。"

不一会儿，3营各连报名参加敢死队的人跑步赶来了。他们已经排成了队，钢枪似的直直地站在了吉星文的面前，估计约有200多名。吉星文高兴地说了声"好"，然后走上前来，以挑选的目光打量着每一个战士。战士们知道团长这是在挑人，都挺直了腰杆，希望能把自己挑选出去。

"你，出列!"

"你，出列!"

……

吉星文亲自挑选出150名精干人员，编成5个战斗小组，让每人带步枪1支、手榴弹2枚、大刀一把，并命令他们立即准备，马上出击。

张建才被任命为敢死队长，他的两个最要好的战士王子梁和王君也被选中加入了敢死队。

"兄弟们，出发!"

乘着夜色，敢死队出发了。战士们虽然跟随吉团长驻防卢沟桥才一个多月，但对这里的地形却已经是很熟了。夜色中，他们利用熟悉的地形，神出鬼没，很快摸到了桥头堡下。

"上!"

150名战士，几乎是在同时，虎狼般跃了起来。

"杀!"

一片喊声响起，勇士们手舞大刀，冲进桥头堡，痛快地砍杀起来。几十名日本兵还没搞清怎么回事，在20分钟内就全部人头落地，桥头堡干净利落地夺了回来。

日本人吃了大亏，疯狂地向中国守军的阵地炮击，企图再次夺回失去的桥头堡。216团的弟兄们知道，守住桥头堡，对夺回已被敌人占领的铁路桥等阵地意义重大。他们坚决抵抗，日军始终未能得逞。

为了增援216团，收复丢失的其他阵地，29军连夜调何基沣旅从北京西郊增援，在八宝山方向向占领铁路桥的日军展开反攻，而坚守宛平城内的29军的一个营也从城内出击支援。战斗异常激烈，双方一直打到天明。凌晨，29军夺回了铁路桥等阵地。

战斗得到了暂时的停息。

敢死队点名时，张建才发现已经有不少战士在战斗中牺牲了，这让他很痛惜。当点王子梁和王君的名时，连点了两次，都没有人应答。

"怎么？我的这两个兄弟也牺牲了？"正在这样想时，队列里有个战士喊道："队长，你看，那不是他们吗？"

原来，王子梁和王君在不远处敌人的尸首堆里发现了一个未死的日本伤兵，他们想抓那伤兵的俘虏，不想那个日本伤兵又踢又喊，嘴里呜哩哇啦好像是在骂人。王子梁和王君两人气极，同时大喊一声："杀！"一个从前，一个从后，举枪把刺刀捅进了日本伤兵的胸膛，发黑的血顺着倾斜的枪杆流了下来。此时，在战场的许多地方，难平愤怒的29军战士，也在枪杀俘虏。他们有的刀劈，有的穿刺，有的用枪照着敌人脑门射击，有的用枪刺着敌人的心肝、肠子等内脏玩。一个战士，掏出自己裆里面的那货，光着，把一股臊尿冲在一个已死的日本人头上。

张建才赞道："痛快！"

……

第二章

大刀向鬼子们的头上砍去，

29军的弟兄们，

抗战的一天来到了，

抗战的一天来到了！

前面有东北的义勇军，

后面有全国的老百姓，

咱们29军不是孤军。

看准那敌人，

把它消灭！把它消灭！冲啊！

大刀向鬼子们的头上砍去，杀！

29军英勇抗敌的事迹向外一传开，举国振奋，作曲家麦新当即创作了抗日战歌《大刀进行曲》。这首歌很快便在祖国大地传开了。

其实29军从一开始就是孤军。卢沟桥的枪声响起之后，多少天过去了，只有29军在北平地区与鬼子作战，没有人看到全国各地的中国军队蜂拥卢沟桥，

支援 29 军。听到卢沟桥爆发事变的消息，一些国民党军政要员们，包括蒋介石和 29 军军长宋哲元，都天真地希望卢沟桥事变能作为一个"地方事件"得以解决。卢沟桥事变爆发后，日本再也遏制不住那颗狂跳不已的侵略中国的野心了，日本要对中国大打出手了，而他们却在跟日本人进行着无谓的谈判，没有及时调集军队以抗击日军的进攻。这正中日本人的下怀。日本人一方面假意跟中国方面进行谈判，一方面快速调集军队，纷纷向平津地区狂奔而来。

最先气势汹汹奔平津而来的是日本关东军"精锐"独立混成第 1 旅、第 11 旅和关东军飞行集团。紧随关东军其后的是日本朝鲜军"精锐"第 20 师。与此同时，板垣征四郎率领第 5 师团，从日本出发，登陆大沽加入中国驻屯军，作为北支那派遣军预备队，于昌平以南集结。仅十几天时间，日军入关部队就达 5 个师团之多，兵力 10 万以上。

日本关东军是最早撕咬中华民族血肉的日本国陆军部队之一，因侵驻中国东北的金县、大连地区的关东州而得名。关东州对于中华民族是一个充满屈辱 的地名。1898 年，沙俄政府强迫清政府把中国旅顺和大连湾"租借"给俄国，即把这块租借地划为俄国的一个州，称为"关东州"。1904 年 2 月，日俄战争爆发，俄败日胜。俄国"将旅顺、大连湾及附近领土领水租借权，与关联租借权"及组成的"一切特权"，以及租借地"效力所及地之一切公共房屋财产"，"长春、旅顺间之铁路及一切支线……无条件让与日本"。强占了中国的辽东半岛和南满铁路。不久，日本将辽东半岛改名为"关东州"，在旅顺设立关东都督府，下设民政部和陆军部。1919 年，日本在关东都督府陆军部的基础上，于旅顺口设关东军司令部，成立关东军，直接隶属于天皇。1931 年，关东军策划"九·一八"事变，侵占中国东北全境。次年炮制伪满洲国，司令部迁至长春，司令兼任日本驻"满"大使和关东厅长官，掌握伪满军政大权。从此，关东军对中国东北实行殖民统治，残酷镇压中国抗日军民，疯狂掠夺粮食和矿产资源，把中国东北建成日本进一步侵略扩张的重要战略基地。卢沟桥事变爆发，日本天皇命令关东军"精锐"立即增援中国驻屯军，疯咬平津。

日本朝鲜军是啖血朝鲜的日本侵略军。其前身是日俄战争时期侵驻在朝鲜的韩国驻扎军。1910 年，日本通过《日韩合并条约》将大韩帝国并入大日本帝国，正式把朝鲜"并入"日本版图。随着这个事件，韩国驻扎军变名为"朝鲜驻扎军"。卢沟桥事变爆发，它的"精锐"第二十师，受命天皇，跨过鸭绿江，入关扑向平津。

第 5 师团是日本为了侵华而精心打造的机械化师团，自称"钢军"。该师团曾是日本侵略朝鲜的一条恶狼。日俄战争时期，参加了辽阳、沙河、奉天会战。之后曾驻屯满洲，直至1919年回国。卢沟桥事变爆发后，日本天皇又将这条恶狼放到中国平津地区了。

平津被包围了。

前线爱国官兵的鲜血一摊一摊地流着，年轻的生命一条一条地牺牲着。

中国继东北人之后，平津人也开始经历战火了。曾经长期生活在和平环境中的人，无论是穷人还是富人，都对战争有过无数次这样、那样的想象。战争中，无论把自己想象成英雄，还是可怜的甚至是血淋淋的牺牲品，都不会体会到战争的真正滋味儿。轰轰的炮声怎样惊魂？不知道。机枪魔鬼般地喊叫如何吓人？不知道。炮弹和手榴弹爆炸后的烟团如何令人恐怖？不知道。子弹打碎脑骨有多痛？钻入肌肉打断骨头有多痛？不知道。炮弹炸断了胳膊、腿，血流不止是何味道？不知道。脑袋被战刀砍伤或砍掉如何感觉？不知道。看到躺在血泊里的士兵、老人、妇女和儿童，如何面如土色？不知道。看到爹被打死，哥哥弟弟被砍杀、娘被奸污，姐姐妹妹被强奸，仇恨如何在男子汉的心中升起？不知道。看到长官死了，战友死了，老子他妈的不活了，跟你狗日的拼了，如何使战士忘掉了死亡，忘掉了恐惧？不知道。战火来了，高贵的、卑贱的，有文化的、没文化的，有思想的、没有思想的人们，真真切切感受到了他们在和平年月无法想象的战火的滋味。

血泊中的士兵、老人、妇女、儿童告诉人们，中华民族到了最危险的时候。战士和平民伤口的疼痛，奔流的鲜血，白茬茬的断骨，告诉人们，中华民族到了最危险的时候。

起来，不愿被宰杀的人们，

起来，把我们的血肉筑成我们新的长城！

第三章

前线失利和日本人大量增兵的消息像雪片一样，源源不断地送到庐山，堆放到蒋介石的办公案头。随着那些情报一份份地加厚，幻想和平的蒋介石越来越感到形势非常不妙。日本人全面侵华的势头已越来越明显了，那美丽的和平越来越接近"根本绝望"期了。

"混蛋，老子争取和平并不是不敢跟你们东洋小日本干，把老子逼到绝路上，老蒋照样调动全国抗战。"

蒋介石心中愤愤地想着，不由得攥紧一只拳头，狠狠地擂在桌子上。一旁的文房四宝，惊得哗哗啦啦一起跳动起来。

其实蒋介石也并不是一味地求和，早在7月9日，他的侍从室第二处主任陈布雷就从他的办公室拿走了三道命令。第一道是拍给当时在四川的何应钦的，命令他立即赶到南京，着手编组部队，以备中日一旦开战而用之。第二道是送给驻守在庐山的26军总指挥孙连仲的，命令他火速下山，北上河北保定、石家庄地区，以备中日一旦开打，全军投入战斗。第三道是命令各军事机关做好战事总动员的准备，并令加强各地戒备体制。这一天，他还给北平那边29军军长宋哲元拍去了如下的电文：

守士应具必死决战之决心与积极准备之精神应付。至谈判，尤需防其奸狡之惯伎，务须不丧失丝毫主权为原则。

这些电文拿到陈布雷手中时，陈布雷对蒋介石佩服万分，心中感叹不已，再一次认为自己找到明君了，他想，此生在蒋介石身边能尽犬马之劳，足矣。

7月10日，蒋介石又紧急采取三项措施：一是编组战斗部队，第一线为100个师，预备军为80个师，并计划在7月底前，秘密组建好大本营和各集团军、军团司令部；二是将现有的6个月用量的弹药，屯置长江以北2/3、长江以南1/3，并打算兵工厂万一被敌机炸毁，就向法国、比利时购买军火，要求确保由香港、越南路线运送国内；三是准备兵员100万，马50万头，粮秣6个月。

这些措施，使陈布雷进一步觉得，中国抗日之领袖，非蒋介石莫属。有一天，蒋介石对陈布雷说："你应该开始为我考虑拟写一份抗日宣言了。"

"是。"陈布雷异常激动，他号称"国民党第一支笔"，把这样的任务交给他，使他感到莫大的荣幸。为了写好这份宣言，陈布雷紧密地观察着目前的政治局势，并让自己的大脑尽量赶上蒋介石的思维。

从卢沟桥那边的谈判桌上传来了一系列不能令人满意的停战条件，诸如日本要求29军代表向日方表示道歉，并处分责任者，中方保证将来防止不再发生此类事件；要求中国接近丰台日本驻屯军的宛平城，龙王庙不住军队，改派保安队维持治安；彻底取缔抗日团体等。对此，蒋介石一概斥之为放屁，不预批准。后来，在北平谈判的日本人又提出7项苛刻条件，包括彻底镇压共产党之策动；罢免排日要人；有排日色彩的中央系机关应从冀察撤退；排日团体，如蓝衣社、CC团等，应撤离冀察；取缔抗日言论、宣传机关及民众运动；取缔学校和军队中的排日教育；北平之警备由保安队担任，中国军队撤出城外。这样的条件，同样遭到了蒋介石的反对。

日本人根本不在乎蒋介石对他们提出的停战条件反对不反对，谈判只是一种烟幕弹，快速调兵、发动对中国的全面进攻才是他们的真正目的。他们首先将驻扎在关外的关东军紧急调至长城一线，还从国内调来了3个师团。这3个师团中，其中就有日军的精锐第5师团——板垣师团。很快，日本就由事变前不到一个师团的兵力增加到8个师团以上。这么多的军队派到中国来，全面侵华的野心已经相当明朗。

战争的阴云已经密布，国内及国民党营垒内部，仍存在着主战派和主和派的两种言论。主战派的结论是"战则存，不战则亡"。主和派则在兜售他们的"战则亡，不战则存"的软骨观点。与此同时，民众的抗日情绪也在日益高涨。蒋介石觉得自己到了该表态的时候了。正在这个时候，陈布雷拟写的《抗日宣言》脱稿。蒋介石看后说："不错，正中我的下怀。"

当然，对陈布雷来说，这是最高奖赏。

7月17日，庐山是个好天气，明净的晴空中，白云悠悠，如一只只洁白的绵羊，在静静的天幕上游走。高天，一种不知何名的小鸟欢快地在鸣唱。蒋介石一身戎装，亮着很男儿气的光脑袋，夹着一个样式高级的文件皮夹，向着一栋绿树掩映的白色小洋楼走去。那里正召开着各党派、各界名流参加的"庐山谈话会"。这是卢沟桥事变爆发时，由国民政府召开的共商国是会议。蒋介石步入会场，与会者给予雷鸣般的掌声。掌声令蒋介石很满意，只见他脸露美好笑容，挥起右臂，向拍手的与会者招手致意。

"女士们，先生们，今天蒋委员长要在此发表重要讲话。"

一阵潮水一般的掌声又响起，蒋介石微笑着招手，示意掌声停下。

掌声停息后，蒋介石用足他的男儿腔，发表了《抗战宣言》：

各位先生、女士：

中国正在外求和平、内求统一的时候，突然发生了卢沟桥事变，不但我举国民众悲愤不止，世界舆论也都异常震惊。此事发展结果，不仅是中国存亡的问题，而将是世界人类祸福之所系。诸位关心国难，对此事件，当然是特别关切。兹将关于此事之几点要义，为诸君坦白说明之：

 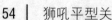

第一，中国民族本是酷爱和平，国民政府的外交政策，向来主张对内求自存，对外求共存。本年二月三中全会宣言，于此更有明确的宣示。近两年来的对日外交，一秉此旨，向前努力，希望把过去各种轨外的乱态，统统纳入外交的正轨，去谋正当解决。这种苦心与事实，国内大都可共见。我常觉得，我们要应付国难，首先要认识自己国家的地位。我们是弱国，对自己国家力量要有忠实估计。国家为进行建设，绝对的需要和平。过去数年中，不惜委屈忍痛，对外保持和平，即是此理。前年五全大会，本人外交报告谓"和平未到根本绝望时期，决不放弃和平，牺牲未到最后关头，决不轻言牺牲"。跟着今年二月三中全会对于"最后关头"的解释，充分表现我们对于和平的爱护。我们既是一个弱国，如果临到最后关头，便只有拼全民族的生命，以求国家生存，那时节再不容许我们中途妥协。须知中途妥协的条件，便是整个投降、整个灭亡的条件。全国国民最要认清，所谓"最后关头"的意义。"最后关头"一到，我们只有牺牲到底，抗战到底，唯有"牺牲到底"的决心，才能博得最后的胜利。若是彷徨不定，妄想苟安，便会陷民族于万劫不复之地。

第二，这次卢沟桥事件发生以后，或有人以为是偶然突发的。但一月来对方舆论或外交上直接间接的表示，都使我们觉到事变发生的征兆，而且在事变发生的前后，还传播着种种的新闻，说是什么要扩大塘沽协定的范围，要扩大冀东伪组织，要驱逐第 29 军，要逼迫宋哲元离开，诸如此类的传闻，不胜枚举。可想见这一次事件并不是偶然的。从这次事变的经过，知道人家处心积虑的谋我之亟，和平已非轻易可以求得。眼前如果要求平安无事，只有让人家军队无限制地出入于我们的国土，而我们本国军队反要受限制，不能在本国土地内自由驻在，或是人家向中国军队开枪，而我们不能还枪。换言之，就是人为刀俎、我为鱼肉。我们已快罹临到这极人世悲惨的境地，这在世界上稍有人格的民族，都无法忍受的。我们的东四省失陷，已有了六年之久，继之以塘沽协定，现在冲突地点已到了北平门口的卢沟桥。如果卢沟桥可以受人压迫强占，那么我们五百年故都北方政治文化中心与军事重镇的北平，就是变成沈阳第二。今日的北平果变成昔日的沈阳，今日的冀察亦将成为昔日的东四省。北平若可变成沈阳，南京又何尝不可变成北平？所以卢沟桥事变的推演，是关系中国国家整个的问题。此事能否结束，就是最后关头的境界。

第三，万一真到了无可避免的最后关头，我们当然只有牺牲，只有抗战，但我们的态度只是应战，而不是求战。战是应付最后关头必不得已的办法，我们全国之民必能信任政府已在整个的准备中，因为我们是弱国，又因为拥护和平是我们的国策，所以不可求战。我们固然是一个弱国，但不能不保持我们民族的生命，不能不负起祖宗先民所遗留给我们历史上的责任，所以到了逼不得已时，我们不能不应战。至于战争既开之后，则因为我们是弱国，再没有妥协的机会，如果放弃尺寸土地与主权，便是中华民族的千古罪人，那时候便只有拼民族的生命，求我们最后的胜利。

第四，卢沟桥事件能否不扩大为中日战争，全系日本政府的态度，和平希望绝续之关键，全系日本军队之行动，在和平根本绝望之前一秒钟，我们还是希望和平的，希望由和平的外交方法，求得芦事的解决。但是我们的立场有极明显的四点：（一）任何解决不得侵害中国主权与领土完整。（二）冀察行政组织不容任何不合法之改变。（三）中央政府所派地方官吏，如冀察政务委员会委员长宋哲元等，不能任人要求撤换。（四）第29军现行所驻地域，不能受任何约束。这四点立场，是弱国外交最低限度。如果对方犹能设身处地，为东方民族作一个远大的打算，不想促成两国关系达于最后关头，不愿造成中日两国世代永远的仇恨，对于我们这最低限度之立场，应该不至于漠视。

总之，政府对于卢沟桥事件，已确定始终一贯的方针和立场，且必以全力固守这个立场。我们希望和平而不求苟安，准备应战而决不求战。我们知道全国抗战以后之局势，就只有牺牲到底，无丝毫侥幸求免之理。如果战端一开，那就是地无分南北，人无分老幼，无论何人，皆有守土抗战之责任，皆应抱定牺牲一切之决心。所以，政府必特别谨慎，以临此大事，全国国民亦必须严肃沉着，准备自卫。在此安危绝续之交，惟赖举国一致，服从纪律，严守秩序。希望各位回到各地，将此意传达于社会，俾咸能明了局势，效忠国家。这是兄弟所恳切期望的。

蒋介石 7 月 17 日发表的《抗日宣言》，在全国引起了强烈反响。国家危亡之际，人们总算听到了蒋介石的声音。特别是那句"如果战端一开，那就是地无分南北，人无分老幼，无论何人，皆有守土抗战之责任，皆应抱定牺牲一切之决心"，听来让人觉得顺气。特别难能可贵的是他的这个宣言给予了每个人抗战的权力，因此上人们还是觉得它很鼓舞人心的。

第四章

　　滴滴答答地落着雨点，浓厚的灰云笼罩在庐山的上空。牯岭上的掷笔峰麓，满山满谷高挺的松柏，笔直的树杆顶起的树冠，如无数只上举的手掌在接着从天上落下来的雨点。一群白鹤从灰雾中的谷底飞起，鸣叫着飞向一面山坡上苍翠的森林之中。一股飞瀑从壁立的悬崖飞流而下，跌入谷底如歌唱。不远处，是蒋介石的别墅"美庐"。此时，延安共产党的重要领导人之一周恩来正向"美庐"走去。上午，蒋介石在"庐山谈话会"上发表了《抗日宣言》，下午要约谈周恩来。身置庐山的美景之中，周恩来不由得就有了一种在仙境中游走的感觉，感到一种美妙无比的境界。他想到，中国只有庐山一处仙境般的美景，如果全国处处都像庐山该多好啊。这样，全国的劳动人民足不出户就能享受庐山美景啦。如果中国革命成功，中国共产党一定要让中国处处皆庐山啊。

　　周恩来，安徽淮安人，祖籍浙江绍兴，少年即有大志，曾留学日本，又去法国、德国勤工俭学，在那里发起组织了旅欧中国少年共产党，后来转入中国共产党。第一次国共合作期间曾任黄埔军校政治部主任，国民革命军第一军政治部主任。1927年，国民党发动"四一二"政变，大肆逮捕和屠杀共产党人。为了反抗国民党的屠杀政策，挽救中国革命，会同他的战友贺龙、叶挺、朱德、刘伯承一起领导了"八一"南昌起义。此后在上海坚持地下工作。1931年12月进入中央革命根据地，担任中共苏区中央局书记，中国工农红军总政委兼第一方面军政委，中央革命军事委员会副主席。此时由于左倾机会主义排挤毛泽东的领导，中央红军第五次反围剿失败并被迫长征。周恩来在革命的惨败中，认识到了毛泽东路线的正确，遵义会议上，周恩来坚决支持毛泽东的正确路线，为确立毛泽东在军队的领导地位起了十分重要的作用。遵义会议后，周恩来仍任中央革命军事委员会副主席，并任中央三人军事指挥小组成员，从此成为毛泽东路线的坚决拥护者。1936年12月12日，东北军领袖张学良和西北军领袖杨虎城为了劝谏蒋介石停止内战、一致抗日，在西安华清池发动兵变，扣留了蒋介石。周恩来受共产党委派，赶赴西安，力主和平解决西安事变，促成了第二次国共合作形成全面抗战的局面。

　　从黄埔军校开始，到"庐山谈话会"前，蒋介石和周恩来两人经常面对面地斗志斗勇。周恩开的睿智，令蒋介石在内心里甘拜下风，头皮发麻。然而老天好像专门跟他蒋介石过不去似的，每到关键时候，中共总是派周恩来跟他周旋，以至蒋介石一听到"周恩来"这个名字，就本能地告诫自己，要百倍警惕。

周恩来是来跟国民党就红军改编问题进行谈判的，而不是应邀参加"庐山谈话会"的。蒋介石对共产党忌讳太深，"庐山谈话会"所邀各界名流都有一席之地，唯独把共产党晾在了一边。此前，国共两党就红军改编问题已经进行了三次谈判，但都因陷入僵局而告终。周恩来这次到庐山是与国民党进行第四轮谈判的。为了能在红军改编的问题上尽快与蒋介石达成一致，周恩来等一行在 7 月初就从延安出发了。7 月 7 日卢沟桥事变爆发的时候，他们正在途中的上海。听到消息，周恩来觉得事态有利于谈判的进展了，便带着随行人员快速向庐山进发。

庐山有美景，但他们无心观赏。7 月 15 日，国共两党的谈判正式开始。7 月 17 日上午，蒋介石发表了《抗战宣言》，周恩来感觉于形势有利，下午就来到"美庐"别墅，亲自与蒋介石会谈。因上午刚刚发表过了《抗战宣言》，蒋介石多日来的郁闷心情终于得到了释放，显得十分愉快。看到蒋介石高兴的面容，周恩来的第一个判断是这个人可能不再提出让毛泽东、朱德出国离开部队的条件了。他要是提出来，就用他上午说过的那句"如果战端一开，那就是地无分南北，人无分老幼，无论何人，皆有守土抗战之责任，皆应抱定牺牲一切之决心"的话来堵他的嘴。周恩来这样想时，蒋介石已把手伸了过来，他赶紧把手递了过去。蒋介石边握周恩来的手边笑着说道："恩来，我们在黄埔军校、北伐时期都有过很好的合作，只要贵党有诚意，我们以后还会很好合作的。"

周恩来爽朗地说道："抗日救国是我党的一贯主张，也是全国人民的强烈要求。我们赞同贵党提出的'精诚团结，共赴国难'的口号，我们赞同蒋先生在《抗战宣言》中所表明的态度。只要各党各派都能以民族利益为重，服从人民的要求，中国的事情是能够办得好的。"

在第三次庐山谈判时，蒋介石曾提出中共应先发表国共合作宣言。周恩来把起草好的《中共中央为公布国共合作宣言》递给蒋介石，并就其中关于取消苏维埃政府、改编红军为国民革命军等重大问题，跟蒋介石作了详细说明。蒋介石听着，连连点头说："贵党愿将红军改编为国民革命军，政府可以颁布 3 个师的番号，12 个团的编制，总人数为 45000 人。师、团设政训处，各师须直隶行营，政治机关只管联络。直接指挥委派刘伯龙、龚建勋、梁同任 3 个师的参谋长，具体负责军事行动……"

周恩来一听蒋介石还是不肯放弃对改编后红军的控制，便严肃地说："委员长先生，我党愿与贵党合作，并在军事上接受国民政府的统一指挥，但必须保持我党对改编后的红军的独立指挥权。如果贵党想取消我党对军队的独立指挥权，我党是不能接受的。华北炮火正浓，国内问题更应迅速解决……"

蒋介石的脸上隐隐有一些黑色的不快显现出来，但周恩来要继续表明共产党的观点，他说："委员长先生的态度与上次在庐山的谈判出入甚大，这不利于红军日后出师抗敌"。

蒋介石勉强让自己笑了笑，但是皮笑肉没笑，而且最后一丝笑容好像也僵在脸上了。这时一旁的陪同人员张冲赶紧说："好了，好了，谈不拢再谈嘛，总会取得一致的。"

谈判陷入了僵局，只得暂停再议。周恩来将谈判的情况用电报向延安做了汇报。张闻天、毛泽东来电指示：

> 为大局计，可承认平时指挥人事等之政治处制度，请要求设正副主任，朱正彭副。但战时不能不设指挥部，以资统帅。

周恩来根据这一精神，草拟出 12 条意见，通过宋美龄转交给蒋介石。蒋介石对周恩来的 12 条意见，没有任何回应。

7 月 20 日，张闻天、毛泽东致电：

> 日军进攻之形势已成，抗战有实现之可能……我们决定采取蒋不让步，不再与谈之方针。

按照安排，周恩来暂留上海，观察形势之变化，等待重开谈判。

第五章

7 月的延安，天空如无风无浪的洋面样平静，蓝如南海，一朵朵的白云恰似游浮在水面的白鹅，安详、悠闲。而天之下，紧挨抗大的一块操场上，却是另外一番情形，1000 多名抗大第二期学员，坐成一个大大的方阵，他们个个神情激动，不时地伸长脖子，张着嘴巴，看着摆放在前面的一排课桌。

前面的一排课桌是空的。

由于全面抗战的逼近，这期学员，即将提前毕业，奔赴抗日战场。今天是他们最后一次在抗大上课了。上课的内容是事先透露的，先由毛泽东讲《反对日本进攻的方针、办法和前途》，后由林彪讲怎样当好首长。

中国共产党办的抗大，与国民党的黄埔军校相比，很像是一个按照野路办起的军校。没有教室，没有图书馆，甚至没有正常的教学环境，但抗大的教师却是世界一流的。毛泽东是当时一流的战略家，林彪是当时一流的战术家，刘伯承则被称为"党内的孙武"。而他们所倡导的"坚定正确的政治方向，艰苦朴素的工作作风，灵活机动的战略战术"、"团结紧张、严肃活泼"，不仅是抗大的校魂，而且是共产党部队的军魂，因而这批学员的政治素养和军事素质是很高的。今天是他们在抗大的最后一节课了，他们当然知道这最后一课的分量。如同饥饿之人等待着一场丰盛的大餐一样，学员们等待得有些迫不及待了，他们小声地吵吵着，互相问着一些他们想知道的问题。

"主席要讲些什么？"

"林校长要讲些什么？"

"不知道。不是说要讲反对日本进攻的方针、办法和前途吗？"

"反对日本进攻的方针、办法和前途是什么呢？"

"待会儿毛主席来了就知道了。"

"怎样当好首长。乖乖，这当首长也是学问吗？"

"怎不是呢？要不是学问，乞丐也能当首长了。"

"乞丐能当皇帝，朱洪武就是乞丐，传说要饭时敲打牛骨头就是从他开始的……"

"你们都别瞎说了，一会儿毛主席和林校长来了就知道了。"

果不其然，这次聚会，毛主席发表了著名的《反对日本进攻的方针、办法和前途》，的讲演。

同志们，全国的形势发生了变化，日本帝国主义对我中华进行了全面野蛮的侵略。面对日本人的进攻，我们中国人民该怎么办呢？我们反对日本进攻的方针、办法和前途是什么呢？今天我就给大家讲这个问题。我要讲四个内容：一是两种方针，二是两套办法，三是两个前途，四是结论。

毛泽东讲话的全文如下：

一、两种方针

中国共产党中央委员会于卢沟桥事变的第二日，七月八日，向全国发表了号召抗战的宣言。宣言中说：

全国同胞们！平津危急！华北危急！中华民族危急！只有全民族实行抗战，才是我们的出路。我们要求立刻给进攻的日军以坚决的抵抗，并立刻准备应付新的大事变。全国上下应立刻放弃任何与日寇和平苟安的打算。全中国同胞们！我们应该赞扬和拥护冯治安部的英勇抗战。我们应该赞扬和拥护华北当局与国土共存亡的宣言。我们要求宋哲元将军立刻动员全部第29军开赴前线应战。我们要求南京中央政府切实援助第29军。并立即开放全国民众的爱国运动，发扬抗战的民气。立即动员全国陆海空军准备应战。立即肃清潜藏在中国境内的汉奸卖国贼分子和一切日寇的侦探，巩固后方。我们要求全国人民用全力援助神圣的抗日自卫战争。我们的口号是：武装保卫平津华北！为保卫国土流最后一滴血！全中国人民、政府和军队团结起来，筑成民族统一战线的坚固的长城，抵抗日寇的侵略！国共两党亲密合作抵抗日寇的新进攻！驱逐日寇出中国！

这就是方针问题。

七月十七日，蒋介石先生在庐山发表了谈话。这个谈话，确定了准备抗战的方针，为国民党多年以来在对外问题上的第一次正确的宣言，因此，受到了我们和全国同胞的欢迎。该谈话举出解决卢沟桥事件的四个条件：

（一）任何解决不得侵害中国主权与领土之完整；（二）冀察行政组织不容任何不合法之改变；（三）中央所派地方官吏不能任人要求撤换；（四）第29军现在所驻地区不能受任何约束。该谈话的结语说："政府对于卢沟桥事件，已确定始终一贯的方针和立场。我们知道全国应战以后之局势，就只有牺牲到底，无丝毫侥幸求免之理。如果战端一开，那就地无分南北，人无分老幼，无论何人皆有守土抗战之责任。"这就是方针问题。

以上是国共两党对卢沟桥事变的两个具有历史意义的政治宣言。这两个宣言的共同点是：主张坚决抗战，反对妥协退让。

这是对付日本进攻的第一种方针，正确的方针。

但是还有采取第二种方针的可能。近月以来，平津之间的汉奸和亲日派分子积极活动，企图包围平津当局，适应日本的要求，动摇坚决抗战的方针，主张妥协退让。这是非常危险的现象。

这种妥协退让的方针，和坚决抗战的方针是根本矛盾的。这种妥协退让的方针如不迅速改变，将使平津和华北尽丧于敌人之手，而使全民族受到绝大的威胁，这是每个人都应十分注意的。

第29军的全体爱国将士团结起来，反对妥协退让，实行坚决抗战！

平津和华北的全体爱国同胞团结起来，反对妥协退让，拥护坚决抗战！

全国爱国同胞团结起来，反对妥协退让，拥护坚决抗战！

蒋介石先生和全体爱国的国民党员们，希望你们坚持自己的方针，实践自己的诺言，反对妥协退让，实行坚决抗战，以事实回答敌人的侮辱。

全国军队包括红军在内，拥护蒋介石先生的宣言，反对妥协退让，实行坚决抗战！

共产党人一心一德，忠实执行自己的宣言，同时坚决拥护蒋介石先生的宣言，愿同国民党人和全国同胞一道为保卫国土流最后一滴血，反对一切游移、动摇、妥协、退让，实行坚决的抗战。

二、两套办法

在坚决抗战的方针之下，必须有一整套的办法，才能达到目的。

一些什么办法呢？主要的有如下各项：

（一）全国军队的总动员。动员我们的二百几十万常备军，包括陆海空军在内，包括中央军、地方军、红军在内，其主力立即出动开到国防线上去，其一部分留在后方维持治安。委托忠实于民族利益的将领为各方面的指挥员。召集国防会议，决定战略方针，统一战斗意志。改造军队的政治工作，使官兵一致、军民一致。确定游击战争担负战略任务的一个方面，使游击战争和正规战争配合起来。肃清军队中的汉奸分子。动员一定数量的后备军，给以训练，准备上前线。对军队的装备和给养给以合理的补充。按照坚决抗战的总方针，必须作如上各项的军事计划。中国的军队是不少的，但不实行上述计划，则不能战胜敌人。以政治条件和物质条件相结合，我们的军力将无敌于东亚。

（二）全国人民的总动员。开放爱国运动，释放政治犯，取消《危害民国紧急治罪法》和《新闻检查条例》，承认现有爱国团体的合法地位，扩大爱国团体的组织于工农商学各界，武装民众实行自卫，并配合军队作战。一句话，给人民以爱国的自由。民力和军力相结合，将给日本帝国主义以致命的打击。民族战争而不依靠人民大众，毫无疑义将不能取得胜利。阿比西尼亚的覆辙，前车可鉴。如果坚决抗战出于真心，就不能忽略这一条。

（三）改革政治机构。容纳各党各派和人民领袖共同管理国事，清除政府中暗藏的亲日派和汉奸分子，使政府和人民相结合。抗日是一件大事，少数人断乎干不了。勉强干去，只有贻误。政府如果是真正的国防政府，它就一定要依靠民众，要实行民主集中制。它是民主的，又是集中的；最有力量的政府是这样的政府。国民大会要是真正代表人民的，要是最高权力机关，要掌管国家的大政方针，决定抗日救亡的政策和计划。

（四）抗日的外交。不能给日本帝国主义者以任何利益和便利，相反，没收其财产，废除其债权，肃清其走狗，驱逐其侦探。立刻和苏联订立军事政治同盟，紧密地联合这个最可靠最有力量最能够帮助中国抗日的国家。争取英、美、法同情我们抗日，在不丧失领土主权的条件下争取他们的援助。战胜日寇主要依靠自己的力量；但外援是不可少的，孤立政策是有利于敌人的。

（五）宣布改良人民生活的纲领，并立即开始实行。苛捐杂税的取消，地租的减少，高利贷的限制，工人待遇的改善，士兵和下级军官的生活的改善，小职员的生活的改善，灾荒的救济，从这些起码之点做起。这些新政将使人民的购买力提高，市场繁荣，金融活泼，决不会如一些人所说将使国家财政不得了。这些新政将使抗日力量无限地提高，巩固政府的基础。

（六）国防教育。根本改革过去的教育方针和教育制度。不急之务和不合理的办法，一概废弃。新闻纸、出版事业、电影、戏剧、文艺，一切使合于国防的利益。禁止汉奸的宣传。

（七）抗日的财政经济政策。财政政策放在有钱出钱和没收日本帝国主义者和汉奸的财产的原则上，经济政策放在抵制日货和提倡国货的原则上，一切为了抗日。穷是错误办法产生出来的，在有了合乎人民利益的新政策之后决不会穷。如此广土众民的国家而说财政经济无办法，真是没有道理的话。

（八）全中国人民、政府和军队团结起来，筑成民族统一战线的坚固的长城。执行抗战的方针和上述各项政策，依靠这个联合阵线。中心关键在国共两党的亲密合作。政府、军队、全国各党派、全国人民，在这个两党合作的基础之上团结起来。"精诚团结，共赴国难"这个口号，不应该只是讲得好听，还应该做得好看。团结要是真正的团结，尔诈我虞是不行的。办事要大方一点，手笔要伸畅一点。打小算盘，弄小智术，官僚主义，阿Q主义，实际上毫无用

处。这些东西，用以对付敌人都不行，用以对付同胞，简直未免可笑。事情有大道理，有小道理，一切小道理都归大道理管着。国人应从大道理上好生想一想，才好把自己的想法和做法安顿在恰当的位置。在今天，谁要是在团结两个字上不生长些诚意，他即使不被人唾骂，也当清夜扪心，有点儿羞愧。

这一套为着实现坚决抗战的办法，可以名为八大纲领。

坚决抗战的方针，必须随之以这一套办法，否则抗战就不可能胜利，日本永在侵略中国，中国永无奈日本何，而且难免做阿比西尼亚。

对坚决抗战方针有诚意的人，一定要实行这一套办法。试验坚决抗战有诚意与否，看他肯采取并实行这一套办法与否。

另外还有一套办法，那就是样样和这一套相反。

不是军队总动员，而是军队不动员，或向后撤。

不是给人民以自由，而是给人民以压迫。

不是民主集中制的国防性的政府，而是一个官僚买办豪绅地主的专制政府。

不是抗日的外交，而是媚日的外交。

不是改良人民生活，而是照旧压榨人民，使人民呻吟痛苦，无力抗日。

不是国防的教育，而是亡国奴的教育。

不是抗日的财政经济政策，而是照旧不变甚至变本加厉的无益于国、有益于敌的财政经济政策。

不是筑成抗日民族统一战线的长城，而是拆毁这个长城，或是阳奉阴违、要做不做地讲一顿"团结"。

办法是跟着方针来的。方针是不抵抗主义的时候，一切办法都反映不抵抗主义，这个我们已经有了六年的教训。方针如果是坚决抗战，那就非实行合乎这个方针的一套办法不可，非实行这八大纲领不可。

三、两个前途

前途怎样呢？这是大家所担心的。

实行第一种方针，采取第一套办法，就一定得一个驱逐日本帝国主义、实现中国自由解放的前途。这一点还有疑义吗？我以为没有疑义了。实行第二种方针，采取第二套办法，就一定得一个日本帝国主义占领中国、中国人民都做牛马奴隶的前途。这一点还有疑义吗？我以为也没有疑义了。

四、结论

一定要实行第一种方针，采取第一套办法，争取第一个前途。

一定要反对第二种方针，反对第二套办法，避免第二个前途。

一切爱国的国民党员和共产党员团结起来，坚决地实行第一种方针，采取第一套办法，争取第一个前途；坚决地反对第二种方针，反对第二套办法，避免第二个前途。

全国的爱国同胞，爱国军队，爱国党派，一致团结起来，坚决地实行第一种方针，采取第一套办法，争取第一个前途；坚决地反对第二种方针，反对第二套办法，避免第二个前途。

在毛泽东讲话的全部时间里，全场安静极了，蓝色的天底下只有他一个人的声音。学员们个个瞪大眼睛，竖直耳朵，全神贯注地听着。讲演完毕，刘伯承兴奋地站起来说：

同志们，刚才毛主席的讲话，在卢沟桥事变爆发后中国千头万绪的复杂局势中，为国人迅速地抓住了要领，它就像一盏忽然高悬夜空的明灯，一下子把中国抗战的道路照亮。我们要像毛主席指出的那样，坚决地实行第一种方针，采取第一套办法，争取第一个前途；坚决地反对第二种方针，反对第二套办法，避免第二个前途……好了，下面欢迎林校长给大家讲怎样当好首长。

在一片掌声中，林彪笑着站了起来：

同志们，抗战在即，你们就要离开抗大，回部队去了。在未来，你们将要带一个师、一个旅，或者一个团、一个营开向抗日的战场。民族的重任要求你们带领部队杀敌立功，只许胜，不许败。如何做才能做到常胜不败呢？这就看你们能不能当好一师之长、一旅之长、一团之长、一营之长了。也就是说，看你们能不能当好部队的首长，带好自己负责的队部。如何才能当好首长呢？直截了当地回答，必须要做好以下几条……"

林彪的整个讲话，也像毛泽东一样，是站着讲的，他用湖北话讲，事先没写讲稿，随口而出。

……

作为部队的首长，首先应具有的品德是什么呢？是勤快。这就要求他应自己干的事情一定要亲自动手，应上去的山头就要爬上去，应了解的情况、检查的问题，要不惜走路，不怕劳累，多用脑子，做到心到眼到口到脚到手到。切忌懒惰，懒会带来危险，带来失败。

一个军事指挥员，到了宿营地就进房子，搞水洗脸洗脚，搞鸡蛋煮面吃，吃饱了就睡大觉。他对住的村子有多大，在什么位置，附近有几个山头，周围有几条路，敌情怎么样，群众条件怎么样，可能发生什么情况，部队到齐了没有，哨位在什么地方，发生紧急情况时处置预案如何，都不过问，都不知道。如果半夜三更发生了情况，敌人来个突然袭击，就没办法了，到那种时候，即使平时很勇敢的指挥员，也会束手无策，只好三十六计跑为上计，结果就变成了一个机会主义者了。

其次是对上级的意图要真正理解，真正了解自己所受领的任务在战役、战斗全局中的地位和作用。这样才能充分发挥主观能动性，才能有大智大勇，有决心，有强烈的吞掉敌人的企图和雄心。

第三，要牢记，没有调查研究就没有发言权。调查研究要贯穿在每一次战役、战斗的整个过程中，对于敌情、地形、部队情况和社会情况要经常做到心中有数，要天天摸，天天琢磨，不能间断。这样做，不是重复，而是不断深化、不断提高的过程，平时积累掌握的情况越多越系统，在战斗时，特别是在紧张复杂的情况下就越沉着，越有办法，才有急中生智的基础，才能不打莽撞仗、糊涂仗。

第四，要经常地读地图。这个大家一定要注意，熟读地图可以产生见解、智慧、办法、信心。在熟读地图的基础上，要亲自组织有关指挥员和参谋对作战地区和战场进行实地勘察，核正地图，把战场的地形情况和敌我双方的兵力部署都装到脑子里，做到闭上眼睛，面前就有一幅鲜明的战场图景，离开地图也能指挥作战。

第五，要把各方面的问题想够想透。每一次战役、战斗的组织，要让大家提出各种可能出现的问题，要让大家从最坏最严重的情况出发来找答案。问题回答完了，战役、战斗的组织才算完成。这样打起仗来才不会犯大错误，万一犯了错误，也比较容易纠正。

第六，要及时下决心。指挥员必须以最大努力组织战役，战斗的准备上，力求确有把握才动手，不打无把握之仗。一般说有70%左右的把握，就要坚决地放手去打。不足的条件，要通过充分发挥人的因素，依靠人民群众的力量，充分发挥军队特有的政治优势，指战员的智慧和英勇顽强的战斗作风来弥补，以主观努力来创造条件，化冒险性为创造性，取得胜利。

第七，要有一个很好的、很团结的班子，领导班子思想认识要一致，行动要协调，要雷厉风行，要有革命英雄主义的气概，要千方百计地完成任务。

第八，要有很好的战斗作风，首先是不叫苦，抢最艰巨的任务，英勇顽强，不怕牺牲，猛打猛冲猛追，要敢于打硬仗、打恶仗。

第九，要重视政治，亲自做政治工作，部队战斗力的提高要靠平时党的坚强领导，深入细致的政治工作。

第十，当好部队首长最根本的一条就是按中央军委和毛主席的指示去指挥作战，处理问题。离开抗大后，你们要把毛主席关于《中国革命战争的战略问题》的讲稿带在身边，经常地读，反复读，遇到问题就从那里找答案找办法。

总之，作为部队首长，要把实事求是的原则，一切决定于条件的原则，革命的效果主义原则，实践是正确与否的标准的原则，加以很好的认识。凡一切主观主义的东西，无论他是美名勇敢或美名慎重，其结果都要造成损失，而得不到胜利的。正确的思想的标准，是包括实践在内的唯物主义，反对唯心主义，在军事上要发挥战斗的积极性，而同时必须从能否胜利的条件出发。凡能胜利的仗，则须很艺术地组织，坚决地打；凡不能胜的仗，则断然不打，不装好汉。如不能胜的仗也打，或能胜的仗如不很好讲究战术，则必然把部队越搞越垮，对革命是损失。以上原则望在今后的斗争中深刻体会之。

林彪讲话时，全场鸦雀无声，讲完之后，全场立即响起了雷鸣般的掌声。

显然，这天的课上得很是成功。刘伯承很高兴地站起来，用欣喜的声音，对全体抗大学员说：

全体起立！解散！吃饭！

卷　四

第一章

北平失陷了！

北平郊外的田野，四处都是溃退的中国军队的官兵和逃难的百姓。茂密的庄稼地上空，一架架日本飞机超低空飞来飞去，犹如寻找尸肉的秃鹫一般。飞机上的敌人快意地俯视着下面的庄稼地，一旦在庄稼地间发现中国军队的散兵游勇，或逃避战乱的中国平民，不是机枪扫射，就是扔下几枚炮弹，随后一阵狂笑，扬长而去。

在保卫北平的战斗中，29 军 218 团张建才领导的连队在恶战中已被打散。此时，在北平西郊的一条夹在玉米地中间的土路上，连长张建才和战士王子梁、王君三个人回首望了望已陷入敌手的北平痛哭流涕。男人放声痛哭的声音是最惨然的，他们心中的剧痛是最深重的。一切就像是一场噩梦，一个月前还是亲哥热弟的一连战士，从他们在宛平城门与敌人接战始，到现在，死的死，伤的伤，失散的失散，最后只有他们三个人了。作为军人，最让他们感到撕心裂肺的是一月前还在他们 29 军手中的北平、天津两座美丽名城，现在已经被日本人占领了，陷入敌手了。

"嗷嗷嗷嗷……"

背枪的大男人的嚎哭是粗犷的、悲壮的，他们粗豪的哭音冲天而上，仿佛把高远的蓝天哭得颤抖了，把蓝天上的白云和黑云哭得颤抖了，把整个世界哭得颤抖了。两只飞来的灰鹤被冲向蓝天的哭声吓得又折回头，飞远了。

"嗷嗷嗷嗷……"

男子汉粗犷的嚎哭是悲怆的、苦极的，从他们嘴里发出的那一声声"嗷嗷"，似大块大块的铁块、铅块、锰块、锌块……它们出口时有声，落地时有

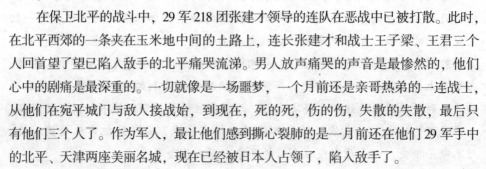

声，一声声全是男子汉悲苦时的倾吐。

"嗷嗷嗷嗷……"

"嗷嗷嗷嗷……"

哭着哭着，在他们的脑海里就又浮现出了不久前那悲惨的一幕：灰蒙蒙一派惨相的天空上，飞来标有日本国徽的战机群，一枚枚炸弹像鸟粪一样，从一架架飞机的肚皮底下坠落。飞机下的城市，炸弹的烟柱从林立的楼群中纷纷涌起。楼倒了，屋塌了，城里的百姓哭爹喊娘，四下里逃跑。从飞机的肚皮底下掉下的炸弹在逃跑的人群中开花了。

"爹!"

"娘!"

"哥!"

"姐!"

"弟!"

"妹!"

顷刻间，有的人爹死了，娘死了，哥死了，姐死了，弟死了，妹死了。

想到这种惨相，哪个有心有血的人不哭呢? 哭吧，男子汉! 哭罢，为他们报仇去!

"嗷嗷嗷嗷……"

"嗷嗷嗷嗷……"

痛哭的他们，又想到了刚刚战死的可爱战友。那是在激战中的城市的街头上，一处用麻袋筑起的掩体里，一名穿着国民军服、满脸战火污痕的战士，手持一挺重机枪，向敌人猛烈射击，旁边，另一名战士在往机枪里送着子弹。重机枪手是连里的第一好汉，名叫张国奇，他的副手叫杜子明。他们的机枪喷吐出的一串串子弹已经让敌人死伤一片，然而飞机来了，在他们掩体里扔下了炸弹。轰! 炸弹爆炸了，机枪变哑了，枪身炸飞了，枪手张国奇和他的副手也被炸飞了。

就在刚被敌人炸毁的机枪阵地上，他们打得只剩下半个连的战友们，端着刺刀，舞着大刀，又与冲过来的鬼子展开了一场白刃格斗。一个身材魁梧、名叫刘双柱的战士，砍得最是漂亮，只见他手中的大刀飞舞着优美的圈子，一连砍倒几个鬼子后，又手起刀落，将另一个鬼子的脑袋砍落下来。那鬼子的脑袋在地上西瓜样滚动了数米后，停了下来。王子梁上前像踢皮球一样，把那个血淋淋的脑袋一脚踢了老远，正好踢在了王君的脚边，王君又把那脑袋一个回脚踢了过来……

在那场战斗中，刘双柱牺牲了，许多战友牺牲了，半个连的人只剩下半个班了。最后就连这半个班的人也被冲散了。

再也见不到牺牲的战友了。哭吧，男子汉! 哭罢，为他们报仇去!

"嗷嗷嗷嗷……"

"嗷嗷嗷嗷……"

浑身奔涌着热血的三个大男人哭着哭着又悲怆地唱了起来。

大刀向鬼子们的头上砍去，

29军的弟兄们，

抗战的一天来到了，

抗战的一天来到了！

前面有东北的义勇军，

后面有全国的老百姓，

咱们29军不是孤军。

看准那敌人，

把它消灭！把它消灭！冲啊！

大刀向鬼子们的头上砍去，杀！

他们的歌声刚一停，忽然听到一阵惊慌的吵嚷声。抬头一看，眼前夹在玉米地中间的土路上，尘土飞扬，一群溃不成军的中国退兵在公路上奔走，中间夹杂许多逃难的百姓。

数十架飞机追来，从高空飞过，丢下几枚炸弹。

炸弹在逃难的人群中爆炸。

爆炸过后，在一个弹坑边横呈着几具中国士兵和老百姓的尸体。其中一具是一个十几岁的天真的小女孩儿。那小女孩紧闭双眼，嘴角和耳孔中有鲜血流出。躺在小女孩旁边的一位留着大胡子、穿着长袍的学者模样的老者，扬起满脸鲜血的头，看到躺着的小女孩儿，惊慌地爬起来，抱起小女孩大喊："琴琴！琴琴！"

叫琴琴的小女孩儿紧闭着嘴唇和眼睛。

这时，飞去的飞机又飞了回来。丢下数枚炸弹，响起隆隆的爆炸声。在老者的身边，数处浓烟冲天而起。

老者放下女孩，跺着脚，冲着空中的飞机大喊："天啊！难道我中华大国，五千年华夏文明，将要毁于东洋倭寇之手吗？"

看着悲痛欲绝的老者，张建才他们三个愧疚地转身，顺着庄稼地间的公路，脚步沉重地离去。

"连长，我们到哪儿去？"王子梁问。

"能到哪里？找还在战斗的弟兄们去。抗战，打鬼子。"

"对，找弟兄们去。抗战，打鬼子！"

第二章

"混蛋!"

蒋介石狠狠地把一份电报扔在桌子上。

北平失陷了。北平失陷的消息，把蒋介石仅存在的对"和平"的一线希望彻底击碎了。这回他真的动气了，他用力把电报甩在桌子上，两只豹子似的眼睛瞪得圆圆的，射出汹汹的锐利如刀的直直的光，狠狠地骂道："日本人真他妈的狼! 好吧，既然你们得寸进尺，那老子只有举国抗战了。"

不再对日本人抱有幻想的蒋介石，为了迎战日本，开始紧锣密鼓地组织召开国防会议了。一份份电函拍向了各地。各路英豪向南京汇集。大敌当前，中华民族的力量终于可以凝结在一起了。

然而，延安的共产党却还没接到蒋介石的邀请。这当儿，共产党中央的几位要人正在延安召开关于红军改编和改编后奔赴抗日战场的会议。会前，张闻天提到了这件事，他说："国民党邀不邀请共产党参加国防会议呢?"

他显得有些悲观，大家正说着，有人送来了一份电报，那是叶剑英从西安拍来的，电报说，桂系将领李宗仁、白崇禧，川军将领刘湘将去南京，出席国民政府军事委员会召开的国防会议。读到这消息，大家不禁扬起眉梢一笑，竟把电报读出声来，读完后还不忘站起来说："蒋介石、李宗仁这对生死冤家都能坐在一起，共议危亡之局，可谓'兄弟阋于墙，外御其侮'。啊，我估计共产党将被邀请参加国防会议。为了争取主动，我们应当早做准备，争取公开合法的抗日地位。"

接下来，会议转入正题。有人提出，红军改编后，应当开赴敌后，开辟敌后战场，以独立的游击战，发动群众抗战的形式，支援国共两党部队的正面战场。提议虽然得到了张闻天和朱德的赞同，但尚未形成决议，共产党高层还在酝酿中。

几日后，华北局势更显危急，日本人占领平津后，图谋山西，进而占领全国的意图日益明显。与此同时，全民抗战已成山雨欲来之势。这种形势下，中共中央通知尚在上海等待同国民党谈判的周恩来立即返回延安，研究有关红军改编事宜。周恩来立即从上海动身，日夜兼程，奔回延安。路过西安时，西安省主席蒋鼎文求见。周恩来立即接见了他。

蒋鼎文说："周先生，蒋委员长让蒋某人传个口信：红军迅速改编，出动抗日。"

周恩来听后，喜上眉梢，高兴地说：

"请蒋主席转告委员长：红军同意改编，同意开拔抗日前线。但国民党应当立即发表《国共合作宣言》。"

"好的，好的，蒋某一定转告。"

回到延安，周恩来立即把这一情况向党中央作了汇报。张闻天说："形势急转直下，民族危亡迫在眉睫，红军改编已是刻不容缓，看来我们马上应进入具体务实的操作性阶段了。"

毛泽东和朱德都同意立即改编。

至此，中共红军改编的工作真刀实枪地干了起来。根据需要，中央在云阳镇临时租用了一个较为宽大院子，中央主要领导人进驻这里，整日研究红军改编的细节问题。

8月1日，国民党发来急电，密邀毛泽东、朱德、周恩来速去南京共商抗日问题。张闻天看后说："蒋介石终于邀请共产党参加国防会议了。"

周恩来先接过电报，看毕，眉头一扬说："这个电报表明，已经停顿下来的国共谈判又峰回路转、柳暗花明了。"

朱德好像考虑到了什么，他说："恩来，我看你应当立即复电给他们，就说，如果开国防会议，你则同朱德、叶剑英去；如果系谈话会，你则同林伯渠、博古、叶剑英去。"

周恩来说："我立即就这么回答他们。"

电报上午发出，国民党下午就拍来复电。复电称，8月12日将召开国防会，望毛泽东、朱德、周恩来到南京参加会议。

朱德说："我看毛主席不宜参加。你留下主持延安的全面工作，我去会他们。"

接下来，大家都表示反对毛泽东去南京。后来经研究决定，毛泽东留在延安，由朱德、周恩来、叶剑英作为中共代表，飞抵南京，参加国防会议。

第三章

8月的南京，阴雨连绵的梅雨季节已经过去。因是老夏近秋时节，天气也

酷热不再。一轮朗日，高高地悬在天际，南京远远近近的山川江河，美若处子，好似在向从四面八方汇集而来的各路英雄展现美丽身姿。南京山河之美，令人心中不由升起祖国的好山河寸土不让的豪壮情怀。前来开会的各路英雄豪杰，想到日本狗将要践踏祖国美如少女般的河山时，满腔愤慨，决心力拔腰间之刀，狠斩小日本之头。

国防会议召开了。这是一次决定中华民族命运的会议，由于抗战人心所向，与会者纷纷为抗日建言，献计献策，取得了积极的成果。

国防会议将全国划分五个战区，冀省和鲁北设立第一战区，晋察绥设立第二战区，江浙设立第三战区，闽粤设立第四战区，苏北及山东设立第五战区。会议决定蒋介石为陆海空大元帅，以军事委员会为最高统帅部。

在对日抗战的方针上，周恩来阐明了共产党的对日抗战方针。朱德特别指出，介于国际、国内外的形势，中国和日本两国在未来战争中的优势和劣势对比，中国的抗战应是在战略上持久的防御战，战役上的速决战以及运动战等，并提出了广泛地开展游击战的建议。朱德的讲话得到了各方的赞同。但一涉及国共合作的具体问题，蒋介石对于共产党的提议，仍然提出种种非议，致使红军改编达不成最终的协议。

那几天，日本人每天都派十几架飞机在南京上空狂轰滥炸，南京危在旦夕。这种危局仍有利于中共争取较好的解决国共合作问题的方案。朱德和周恩来商议，决定由周恩来拜会一次冯玉祥。

冯玉祥，安徽巢县人，民国时期军阀之一，军事家，爱国将领，著名民主人士。蒋介石结拜的兄弟之一。周恩来向他阐明了共产党要求共同抗日、改编红军的立场，并告诉他半年来国共两党会谈的真相。冯玉祥一听，原来国共谈判已进行半年多了，他竟然一点也不知道。真是岂有此理！于是他，风风火火地闯进总统府要求面见蒋介石。冯玉祥是一位地方实力派人物，在军队中有很大影响，且又是国民政府军事委员会副委员长。冯玉祥求见，蒋介石当然得见他。

一进门，冯玉祥就说："委员长，我这个副委员长干不下去了，我请求辞职。"

蒋介石有些吃惊地说："噢？"

冯玉祥气冲冲地说："国共和谈大半年了，这么大的事，我这个军委会的副委员长竟然一无所知。你说，我这还算什么副委员长，这个副委员长不该辞职吗？"

蒋介石赔着笑脸说："你恐怕又是听了什么人的蛊惑了吧？"

冯玉祥也不掩饰，说："是周恩来跟我说的。即使是蛊惑吧，可我冯某人也不是没主见的。就说这红军改编的事吧，大敌当前，共产党的红军队伍要求改编为国民革命军，上前线打日本，这很好嘛。我们为何不让他们快些上前线打日本呢？"

说到红军改编，蒋介石说："玉祥啊，你有所不知。共产党精明着哪，他们是想以抗日为名，得到政府的承认，好名正言顺地扩大他们的实力，羽翼丰满之后，再跟我们作对。"

冯玉祥说："委员长真是聪明一世、糊涂一时。孙悟空再厉害也逃不过如来佛的手心，红军只编3个师，仅有国军的六十分之一。改编后，我们把他们送到抗日前线，再给他们划一个防地范围，不让他越雷池一步不就得了。"

蒋介石想了想，觉得倒也是个好办法。红军改编后，把他们送到前线，红军消灭了日本人，我在国人面前也荣耀；日本人消灭了红军，也算为我除了心头之患。无论谁胜谁负，对我来说都是有利的呀。于是他一反常态，说："好，那就依你之言，同意他们改编。"

冯玉祥走后，蒋介石让人把他的军政部长何应钦叫来。何应钦赶到后问："委员长喊何某有何要事？"

蒋介石说："日本全面侵华已经开始，中共要求国共两党联合抗日。我准备答应他们的要求。现在我来问你，我们收编红军，准备给他们三个师的番号，三师之上又给什么名义，划归于哪个战区，防区划多大地盘等等，我想听听你的意见。"

何应钦说："委员长说得是这个呀，关于番号问题，我看用不着新编了。我们整编桂系时空着一个番号，那就是第八路军，我看就送给他们算了；至于师的番号嘛，那更简单，东北军陕北剿匪时，被红军战败全师覆灭撤销了不少番号，后来整编时又空出许多番号，随便用三个就行了。"

"噢？"

何应钦掏出个笔记本，翻了翻，抬头说："把115师、120师、129师这三个番号给他们吧。目前，日本正在向山西进攻，把他们划到阎锡山的第二战区吧，至于活动范围，太原以北、大同以东的晋察一带最好，那里是日本人近期进攻的主要目标。他们不是要求抗日吗？那就让他们抗日去。他们若是死于日军的铁蹄之下，也算是为国捐躯了。"

蒋介石说："如此，这三个番号，就送给他们吧。"

卷　五

第一章

　　卢沟桥的枪声令中国另一个重要人物即掌握山西省军政大权的阎锡山大吃一惊。

　　阎锡山人称"土皇帝"。事变的消息传到山西的省府太原时，阎锡山正在午睡。因是在梦里，而且做的还是美梦，因而那时他沉浸在一种十分快乐之中。他十分欢喜地梦见自己正在一面荒凉的黑山坡上指挥着一场战斗。硝烟滚滚，杀声震天。对手嘛，当然是那个光头蒋介石的一些虾兵虾将。那些虾兵虾将个个是胆小之鼠、稀松软蛋、大烟鬼，而他的晋绥兵个个强壮彪悍、如狼似虎，打得啊……打得那些蒋介石的稀松软蛋兵屁滚尿流，仓皇逃窜。那情景真让他快乐死了。在梦里，他坐的是一把太师椅子，虽然放在山坡上，但由几个警卫兵扶着，故而如放在平地上一般稳当。他坐在太师椅上，手里拿着一杆长长的旱烟锅子，一面抽着烟，一面欣赏着前面的战况。忽然间，他的那些虎兵把蒋介石那个老光头给他绑来了，他高兴地站起身，走过去，用烟锅头轻轻敲一下蒋介石那灯泡一样的光头脑袋，以一种得意的口气问："蒋光头，你还敢跟我争天下不啦？"蒋介石的光头顿时起了一个大肉包，两眼噙着泪水说："我……我不……"看着蒋介石张着嘴就要说出"我不敢了"这几个字时，阎锡山的心里那是十分的得意。然而蒋介石还没把"敢"字吐出来，就听得后面大喊一声："阎老西，拿命来！"他回头一看，竟是他在日本士官学校毕业的日本老师板垣征四郎拿着一把杀猪的刀子，不知从什么地方气势汹汹地赶来。一看到板垣征四郎手中那把寒光闪闪的杀猪刀子，阎锡山心里就感到一阵发凉，仿佛那尖尖的刀子已捅进了自己的心窝里，吓得出了一身冷汗，他转身就跑，跑到一个深沟大谷时，觉得被板垣征四郎赶来紧紧地抓住了脖颈，怎么也难以挣脱，却在这时，又听到一个声音在他的头顶响起："百川莫惊，我提虎狼之师救你来也！"阎锡山抬头一看，哪有人的影子，便问："敢问先生哪位，身在何处？"来人说："我在延安。"阎锡山一听，心想，你远在千里延安，救我个述。就在这个时候，从他头上高高的悬崖边冲出无数的虎狼来。那些虎狼排成的战阵像汹涌的波涛，劈头盖脸地冲了下来。一时间，他搞不清这些虎狼是冲向他，还是冲向他身后的板垣征四郎……

梦做到此时，阎锡山被自己的梦惊醒了。从梦里醒来的阎锡山，仍颤抖不已，浑身无了骨头、没了魂地软。他正在奇怪自己为何会做这样一个梦时，侍卫进来了。侍卫说："阎长官，梁秘书求见。"

梁秘书即阎锡山的心服梁化之。此人与阎锡山有一点亲戚关系，私下里呼阎锡山为姨表叔。整个人举止文雅，颇有文人风度。他曾毕业于山西大学文学院英文系。毕业后，阎锡山见他举止儒雅聪明，便让他做了自己的机要秘书。听说梁化之求见，阎锡山也懒得起床，依旧躺着说："让他进来吧。"

梁化之一身文化人打扮，戴一副黑边眼镜，穿一件灰色长袍。精瘦的身子晃进来时，神色显得有些慌张，一进门就说："不好了，姨表叔，出事了，出大事了！"

"什么大事，哪里出事了？"阎锡山问。心想，梁化之这孩子，还是长不大，就是天塌下来也用不着这么惊慌嘛。

"北平，卢沟桥……那儿出事了。"

阎锡山一听到"北平"两个字，就觉得当头像突然炸响了一声炸雷，立即坐了起来。梁化之简单地告诉了阎锡山卢沟桥事变的经过，阎锡山瞪着灯盏似的眼珠子，骂道："日奶奶的，日本人是不是真的要动手了？"

梁化之看他着急的样子，不紧不慢地说："这个还不好说。不过在侄儿看来，日本人一定不是占几块中国的地盘就能满足，他们的野心一定是整个中国。对于我们山西，也一定是垂涎三尺啊。"

"日本人真是他妈的狗娘养的。对于北平那面的事儿，我们一定要倍加关注。只要一有北平的消息，一定给我及时送来。"

"是。"

"对了，老蒋的态度和毛泽东的态度也不能忽略。"

坐在床上的阎锡山穿上鞋，站起身子，迈步走到墙上的地图前，把目光直直地盯在了用红色特别标出来的山西省那一小片上。

阎锡山对于山西的情感，梁化之是完全了解的。从此只要是北平、南京、延安来的消息，梁化之就在第一时间亲自给阎锡山送来，并且要和阎锡山一起分析议论一阵。

随着时局的变化，阎锡山每天的日子一天比一天过得恐慌起来。他成天在问，日本真的要取山西吗？有时候他觉得日本人是不取山西的，日本人尽是机械化部队，进山西的山沟沟不好施展，他们的进攻目标应该是河北省的大平原。有时候，他又觉得日本人不取河北，而是山西。当他把自己想象成日本人时，这种感觉会更加明显。因为进攻河北虽然便于日本人的机械化部队快速推进，但西面的山西一旦居高临下从高山上冲出来，那是相当危险的。

一天，梁化之终于把北平、天津失守的消息送来了，那时候，阎锡山刚吃过早饭，这消息令他大吃一惊："这是真的吗？"

他没有想到骁勇的第29军居然没有挡住日本人的进攻，仅几十天的时间，北平和天津就失守了。接下来，阎锡山看到，平津一丢，日军就沿着平汉、平绥、津浦三条铁路作扇形推进，向华北地区展开大规模进攻，山西明显地成了重点攻取的目标。这让他感到恶狼的獠牙离他光滑的肚皮近在咫尺了，他甚至觉得还能闻见獠牙上的牙垢味、血腥味。

想不到事情会发展得如此之糟，眼见得危局不可阻挡地到来，原先就小心翼翼地在三颗鸡蛋上跳舞的阎锡山，更加不能坦然了。他不得不"守土抗战"了。

然而，抗战谈何容易！以山西区区之力，能抗得了吗？那些天，一提到日本人的背信弃义，阎锡山就骂："日本人是狗，纯粹是狗。不，日本人是他妈的狼！"

第二章

清末的山西省五台县河边村有一个很不本分的农民阎书堂。这个阎书堂虽是村中的一个小地主，但他无心经营土地，却热衷于经商。阎书堂生子阎万喜。万喜6岁时母亲去世，继母坚决不养万喜，恶狠狠地将他扫地出门，从此由好心的外婆领养。饱受寄人篱下之苦的万喜，精神上受到很大的刺激，性情变得非常刚烈。他有时又沉默寡言，有时异常狂暴，有时十分驯顺，有时又放荡不羁。念私塾时，先生给他起名锡山。从此万喜一辈子便以"阎锡山"这个名字混世。16岁时，阎锡山开始随父在自家办的"吉庆昌"钱铺学商。后来"吉庆昌"破产，父子二人跑到太原躲债。一天，在太原繁华的街道上，阎锡山目睹了清廷官员的煊赫声势，羡慕不已，心中便勃起了"跻身官场，光耀门庭"的雄心壮志。

1904，年清政府选派青年到国外留学，阎锡山应试录取。他和山西武备学堂的20名学生一起赶赴日本，先入东京振武学校，后入日本陆军士官学校。第二年10月，加入同盟会，正式登上了政治舞台。辛亥革命爆发后，阎锡山等人积极响应，在太原起义，被推举为大都督。清朝旧臣袁世凯窃取辛亥革命的果实后，不承认阎锡山为山西起义的都督。孙中山先后23次致电袁世凯，要求承认山西为起义省份，表示如不承认山西为起义省份，即使南北议和破裂，也在所不惜。因此，袁世凯只得让步，承认山西为起义省份。

在中国政坛上，阎锡山是一个有着土地主的憨态和小商人似精明的人物。当年过半百时，他已经为自己在外面挣了个山西的"土皇帝"的名头。阎锡山生得极为富态，浓眉大眼，目光炯炯，行走坐卧，举手投足，出言吐语，派头十足，很有些霸气，看上去还真有那么点儿"土皇帝"的味道。阎锡山割据山西，靠的虽是反清起家，但在他眼里，山西就是他自己的独立王国。在经营山西的过程中，他的内心里一直存在着一种生存的危机。骨子里有着强烈的排外意识，担心任何势力进入山西。然而，时局变换并不按照他的意志为转移，他常常跟自己的部下这样形容自己的政治环境。

"你们知道吗？我可是在三颗鸡蛋上跳舞啊！这三颗鸡蛋一颗是共产党，一颗是蒋委员长，一颗就是日他娘的日本人。"

在三颗鸡蛋上跳舞，容易吗？因此阎锡山作出来的一些决策，就常常显得有些怪异。比如他把山西的铁路就修成了窄轨的，使得外省的火车不能进入山西的境内。闲暇时，为了能让同僚们能理解他的一些怪异做法，他常借谈政治、谈哲学，来说明自己的良苦用心：

政治嘛？你们的不懂，政治上的事绝不像你们想象得那样简单，你们只懂得政治上的这一面，而不懂得另一面。我们拥蒋未尝不可反蒋，抗日未尝不可联日，反共也未尝不可联共。我们要母理不变子理变，要以万变保不变，以不变应万变……冬天穿皮袄，夏天穿汗衫，需要什么就来什么嘛。

　　阎锡山还真像一只躺在山西这块大床上坐卧不宁的老虎。每日起来，他往墙上的地图前一站，向西看，是共产党的事业如火如荼的陕西；向东北看，是灭亡中华野心极度膨胀的日本人；至于他所拥戴的蒋介石，也是一只时时不忘找机会吃掉山西的恶猫，说不定哪一天，蒋介石大嘴一张，山西这只小鼠也得进了他的肚里。阎锡山深知，在这样的环境中求存实在不易，唯有小心行事，万万不可粗心大意。山西要一切以"生存"为目的，"抗日和日"、"联共反共"、"拥蒋拒蒋"成了他在"三颗鸡蛋上跳舞"的要诀。

　　事实上，阎锡山的担心并非没有根据。他曾经并不把共产党的陕北看在眼里，然而当陕北红军的力量不断壮大之时，阎锡山就不能不感到那里对山西的威胁了。他日夜想扑灭陕西的共产党势力。想当年，蒋介石电令他派部队赴陕北协助张学良"围剿红军"，他立即命令正太护路军司令孙楚率领五个旅出师。不想出师不久，一个团在宋家川附近就被红军击溃，团副、营长各亡一人，团长幸免，余多被俘。后来阎军陆续增援，均遭痛击，多次败退，且一团长亡命。出师受到重挫，阎锡山更知红军不可轻视，赶紧沿着黄河东岸修筑碉堡，加强工事。与此同时，他开始加强与蒋介石的联系，紧锣密鼓地采取着各种反共措施。中国工农红军长征到达陕北的保安、安塞地区后，阎锡山十分恐慌。一面派兵渡河"进剿"红军，一面在山西境内积极筹备"反共防共"。其办法之多，花样翻新，真可谓用心良苦。整个山西是满世界的"反共、防共"之声。从城里到乡村，无论男女老幼，张口就能来段阎锡山亲自编写的《防共歌》：

　　　　共产党骗人骗得巧，
　　　　共产党杀人如割草，
　　　　共党来了大家都糟糕，
　　　　无论贫富皆难逃。

　　那时候，满街满巷子盛传，共产党来了要"共产共妻"。在山西人的心目中，共产党一时竟成了杀人成性、没有人性、毫无人伦的"魔鬼"。

　　阎锡山在山西把反共搞得如火如荼的时候，日本人全面侵华的危险日益迫近。在这种情况下，陕北的共产党向红军发出了"为实现抗日，渡河东征"的命令。面对红军的东征，阎锡山起先认为山西有优势的山炮兵和大量的手榴弹，在山岳地带作战十分有利，而红军缺乏这些武器，他可稳操胜券。不曾想，后来改编为八路军115师的红1军团和红15军团，在林彪的指挥下，从北起绥德沟口，南至清涧县河口沿黄河西岸 100 余里的渡口上，用小木船、羊皮筏同时渡河，一举突破阎锡山的黄河防线，长驱东进，势如破竹。在随后的日子里，战局与阎锡山的预料更是大相径庭，红军以迅雷不及掩耳的凌厉攻势，一路直进，中阳、石楼、汾阳、孝义、隰县、灵石、安泽、吉县、河津、岚县、兴县、静乐等县先后告急失守。红 15 军团 75 师 1 团却神速地袭击晋祠，骑兵连单刀直入，逼进了太原附近。红军的攻势让阎锡山慌了手脚，只好违心地急电南京国民政府，请求速派陆、空部队入晋增援，并将晋绥军分为南北两个兵团、四个纵队，进行堵截。

蒋介石多年来垂涎山西而不可得，接电后认为机不可失，既可借"剿共"之名入晋削阎实力，又可借机控制山西，遂即应允阎锡山要求。命令号称 15 万人的"中央大军"分头涌进山西境内，入晋作战。就在此时，阎锡山收到陕北毛泽东的一封来信，信中言：

敝军抗日被阻，然此志如昨，千回百折，非达目的不止，亦料先生等终有觉悟的一日。侧闻蒋氏迫先生日甚，强制晋军二度入陕，而以其中央军监视其后，是蒋氏迄无悔过之心，汉奸卖国贼无与为匹。三晋军民必有同慨。先生如能与敝方联合一致，抗日反蒋，则敝方同志甚愿与晋军立于共同战线。

读了毛泽东的书信，阎锡山觉得日寇侵华，国亡在即。若此时不改变政策，不抗日却一意阻挠真心抗日的红军，势必成为国人千夫所指的"众矢之的"，不仅会被时代潮流所弃汰，而且有失掉对山西统治潜在威胁的存在。因此他决定联共抗日，并开始积极与共产党接触。为了成全大局，促进全国团结抗日的大好形势，共产党命令红军结束东征。蒋介石的"中央大军"也就没有留在山西的事由。

既然是在"三颗鸡蛋"上跳舞，阎锡山与蒋介石、与日本人也有着千丝万缕的联系。他曾联合蒋介石讨伐过张作霖的奉军。讨奉结束后，他利用蒋与冯、桂之间的矛盾，乱中渔利，把势力范围扩大到晋、冀、察、绥四省及北平、天津两大城市。蒋介石当然不能容忍阎锡山坐大，决定削弱阎锡山的军权。阎锡山联合冯、桂和张学良发动了反蒋中原大战。反蒋失败后，蒋介石派飞机轰炸太原，逼迫他出国。阎锡山下野躲回老家河边，表面上宣布下野赴苏联考察，实际上化装成商人秘密到达大连乞求日本人的保护。1931 年 8 月的某日，阎锡山在日本飞机的护送下回到了大同，蒋介石得知后，怒令阎锡山出晋，但此时的阎锡山已有日本人撑腰，对蒋介石根本不予理睬。后来，日本关东军发动了

"九·一八"事变，蒋介石已无暇顾及他了。他认为跟蒋言和的时机已到，便通过亲信打通汪精卫、宋美龄的关系说通了蒋介石，与蒋介石握手言和了。

对于日本人，阎锡山开始是存有幻想的。他对日本人是倍加小心，尽量做到在各种场合不刺激日本人。亲手制造"九·一八"事变的板垣征四郎是他在日本陆军士官学校时的老师，这个日本人曾以各种名义多次访问山西，了解山西的政治、军事、地理情况，为日后日本侵华收集情报，阎锡山对他的这位曾经的老师每次都是殷勤招待，他希望日本人能念他们与自己的特殊关系，不伤害山西的利益，因而初时绝口不提"抗战"二字。有一天，日本兴中公司的社长十河信二到太原访问，他对十河信二说：

远在千年以前，中日两国在交通不便时期，尚能和善相处。现在文明进步，交通发达，而两国国交关系，反多生隔阂，显为时事颠倒现象。且如或中日战争，是为共产党造机会，其结果必然两败俱伤。今后两国实应共同努力，文化、经济互相提携，公平合作。并对合作主张由贸易合作而生产合作，由生产合作而生活合作。不只是中日两国应如此，即以世界经济关系论，欲化敌为友，化险为夷，亦应如此。

无奈时事却是不以阎锡山的意志为转移的。日本人图谋中华久矣，他们是蒋介石要吞下，阎锡山要吞下，共产党也要吞下。阎锡山始终没有看到中日两国文化、经济互相提携，公平合作，倒是看到日本人一而再、再而三地在华北造事，因而他不得不对日本心存警惕。现如今，发生了卢沟桥事变这样的事情，这究竟意味着什么？日本人接下来要干什么？这让阎锡山惶惶不可终日，脑子里乱乱地想着这些事情，应该肯定的事不敢肯定，应该否定的事没有勇气否定。同蒋介石一样，阎锡山多么希望卢沟桥事变只是一个地方性事件，老蒋再扔给他们几块骨头，日本这条恶狼的枪炮声便停息了，卢沟桥那边便风平浪止了。他万万没有想到，日本人却是一只饿狼，这回可是大开着血口，气势汹汹地想要并吞整个中国了。

第三章

黑沉沉的乌云凝滞在天空已经有些时日了，连日来，过着阴雨日子的太原不见太阳，被局势和阴雨天弄得烦躁的阎锡山时不时地骂着娘。这一天，云起了，雾走了，高蓝的天幕显现了，太阳也按时升了起来。晴好的天气让阎锡山觉得轻松了一点，但日本人这块石头却还在他的心头上重重地压着。

日本人全面侵华的大局已定，蒋介石将要何为？难道他要把中国拱手让日吗？不可能吧？

没有蒋介石的音讯，他的脑中就涌出一串串巨大的问号。这些问号也在他心中激起巨大的恐惧。

梁化之来了，他带来蒋介石的一份电报，电报通知他立即到南京召开国防会议。阎锡山喜极，对梁化之说："好啊，蒋介石要抗日了。这才叫蒋介石啊！立即准备，我要去南京。"

下午，他就登上了飞机，飞往南京。

南京像迎接贵客一样，迎接了阎锡山。蒋介石给了他很高的礼遇，并特意安排他下榻紫金山北极阁宋子文的别墅。这让阎锡山感觉到有些受宠若惊了。接下来的会议，更让阎锡山喜出望外。蒋介石竟任命他为第二战区司令长官。作战地域也划分得令人满意，包括晋、绥、察三省，这正是他心中的范围。兵力嘛，南路为卫立煌部，北路为傅作义部以及战区直辖部队，战区兵力共计27个步兵师、3个独立步兵旅、3个骑兵师及特种部队。红军改编后，也要编入第二战区战斗序列。阎锡山一下子感到自己的腰杆壮了起来。如此，他就可以放开胆子"拥蒋联共"、"守土抗战"了。

平绥线战局日益紧张，南京国防会议尚未结束，阎锡山就提前回到山西，安排指挥第二战区的抗战了。

一回太原，阎锡山就召集同僚到他的绥靖公署主任办公室里开会，研究抗敌方案。在"三颗鸡蛋上跳舞"的年月里，他曾经常备三套画像，接待日本人就挂出日本天皇的画像，接待南京政府的来人就挂出蒋介石的画像，延安的共产党来了就挂出毛泽东的画像。如今挂出的当然是蒋介石的画像了。为了研究问题方便，他还让人临时挂出了一张作战地图，这就使得他的绥靖公署主任办公室有点儿像作战指挥部了。

阎锡山早早地就坐在他的太师椅上，等待着他的同僚们到来。先来的是他的机要秘书梁化之，随后是参谋长朱绶光，再以后是军政界要人赵戴文、杨爱源、李冠洋等，其他军界要人因远在前线，未能参加。

朱绶光，湖北襄阳人，曾两度赴日本留学学习军事。民国初年，他是中国

受过系统军事教育的极少数人才之一。回国后，朱绶光仕途不顺。阎锡山在日本陆军士官学校学习时曾与朱绶光是同学，深知其军事才学，便把他接到太原，拜其为晋军总参。朱绶光因阎锡山对其有知遇之恩，干得十分卖力，很得阎锡山的器重。

赵戴文，山西省五台县东冶镇人，与阎锡山为老乡。从辛亥起，赵戴文就一直是阎锡山的重要参谋，几乎参与阎锡山在山西的每次重大决策。在阎锡山的营垒里，他被称为阎锡山的军师、宰相、兄长。每有大事临头，阎锡山都很重视赵戴文的意见。

杨爱源，山西省五台县人。在山西有一句流行语："学会五台话，就把洋枪挎。"说的是阎锡山任人唯亲，只要是五台人，不论有无才学，都会得到阎锡山的重用。而杨爱源却不仅如此，他是保定陆军学校毕业，初入段祺瑞部见习。期满后，应阎锡山之邀，回山西督军公署服务。由于阎锡山爱其军事才干，杨爱源由连长、营长、团长一路升迁，一直成为晋军中的实力派人物。1936年中国工农红军东渡黄河，借道山西，东进抗日时，杨爱源被阎锡山任命为"剿匪军"总指挥，阻止红军东进。现如今他是第六集团军总司令，统辖第33军、第34军以及新编第2师、炮兵第2团等部。

李冠洋，山西省灵丘县岸底村人。北京大学高材生。毕业后加入孙中山改组的国民党。1930年，阎锡山、冯玉祥联合反蒋，中原大战爆发，开始与阎锡山建立了联系，其才学很得阎锡山的器重。反蒋失败后，他成为阎锡山阵营的重要成员之一，在太原府中，他是阎锡山"中庸哲学"的主要鼓吹者之一。时下，他是太原绥靖公署少将参事。

开会前夕，阎锡山和他的这些要员闲聊。赵戴文很想了解一下蒋介石对山西抗战的重视程度，但他没有直问，绕了一个弯子说："这次在南京开会，阎司令长官下榻何处？"

"紫金山北极阁宋子文的别墅。"回答时，阎锡山面露受人礼遇的得意之色。

"哦，那里一定不错吧？"赵戴文已经从阎锡山的脸上找到了答案，这使他也很高兴。

来了兴头的阎锡山兴高采烈地夸赞道："那可是一处密林掩蔽的避暑佳处啊？外观看上去虽然简朴无华，形同民宅，内部的设施却典雅奢华，住在里面不仅舒适，加上数百军警护卫，老蒋也算没低看咱啊。"

"是啊，蒋委员长还不是委任您重职啊。这次蒋委员长对我们山西有何吩咐？"

阎锡山望了一下屋顶的天花板，仿佛把思绪又带回几前天的国防会议上，他慢慢地说："会议期间，我问蒋委员长，日本人攻势猛烈，咱们山西怎么办？蒋委员长说，我们跟日本人打仗，不怕从南方打，也不怕从北方打，最令人担心的是从卢沟桥打入山西，再经汉中入四川。说到这里，蒋委员长加重了语气，对我说，这可是当年忽必烈消灭南宋走过的路啊。如果日本人占领了西南，再占领云贵、两广一带，我们即使保住南京、上海，这个仗也打不下去了。现在唯一的办法，就是设法改变日本人的作战路线，宁可引他沿江而上，也不能让他走忽必烈的道路。"

这时李冠洋插嘴说："那就是说，山西必须保住。"

阎锡山说："是啊，他当时就是这么说的。还说为了保住山西，要出兵30万。"

杨爱源吃惊地说："30万？30万中央军进来，再加上改编后的红军，这样一来，不用日本人进来就把咱山西给踏平了。这跟当亡国奴有什么两样！"

"是啊，所以我赶紧说，既然我们山西这么重要，阎某人决心用晋绥30万人马，依靠已筑好的防御工事，拒敌于三晋之外。打胜了，日本人进不来；打败了，我们也可以固守雁门关。这次，我可是在老蒋面前说了大话啊。"

哈哈哈……屋内响起了一片不算大的笑声。

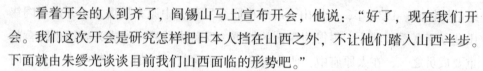

看着开会的人到齐了，阎锡山马上宣布开会，他说："好了，现在我们开会。我们这次开会是研究怎样把日本人挡在山西之外，不让他们踏入山西半步。下面就由朱绶光谈谈目前我们山西面临的形势吧。"

阎锡山说完，朱绶光来到了地图面前，看了一眼众人说："形势不容乐观啊！卢沟桥事变后，平津沦陷，日军东条纵队也猛攻张家口。守军第29军刘汝明部不战而退。与此同时，以汤恩伯为首的第13军，在南口前线与日军板垣师团接战，昨天已接到南口失陷的消息。南口失守以后，日军下一个苗头所向，就是咱们山西了。山西地理之重要，诸位是知道的。山西一失，全国亦危也。现在日本人正野心勃勃，叫嚣什么一个月拿下山西，三个月占领全国。形势危急，今天阎司令长官把诸位召来，就是想同大家商议如何拒日本人于三晋之外，粉碎他们占领山西的美梦。现在由阎司令长官给诸位讲话。"

朱绶光讲完，阎锡山"哼"了一声，用手分了一下自己的胡子，俨然一副老谋深算的样子，用浓重的五台话说："诸位，形势严重啊！由于咱山西是块宝地，阎某人早已知道日本人垂涎咱山西多时了。没别的，面对日本这只坏狼，咱山西人只有奋力举棒打之。由于山西地理之特殊，日本人欲统治华北，必先图晋绥；欲图晋绥，必先争太原；欲争太原，必先夺大同或平型关二地。但是，

日军占领张家口、南口之后，向我山西哪个地方下口呢？是西北的大同，还是东北的平型关？我判断，日军当然要发挥其优势，他要运送部队、军火，展开机械化部队，必然要把锋芒指向大同。因此，我们今天要研究一下在大同会战的计划。现在诸位讨论一下，我们如何在大同一带与日本人摆开战场决战呢？"

阎锡山讲完话，出现了一段时间的冷场。他知道，他的这些同僚们正在思考着他提出的问题，所以也闭着嘴，不说一句，静静地等候着。

机要秘书梁化之想了一会儿之后，首先开口说："在大同东面的聚乐堡与敌人摆开战场如何？"

"聚乐堡？"在场的人一听，不由得问。

这时，朱绶光在地图上找到了聚乐堡的位置，说："阎司令长官也正有此意。"

话音一落，人们把目光齐刷刷地盯在了地图上聚乐堡的位置上。先是赵戴文看出了机关，连连说："妙，妙啊！阎司令长官布的可是口袋阵啊。"

杨爱源似乎也看出了其中的奥妙，说："如果集结强大兵团于聚乐堡南翼和北翼，发动南北钳击，并同时以骑兵集团向张家口挺进，必能大败日本人。若能在这里打败日本人，那可是抗战以来中国军队的第一次大胜利啊！那时候，我二战区的晋绥军可就扬名全国，扬名海内外了。"

"哈，哈，哈"……阎锡山仰头大笑，但笑声刚起，又戛然而止，他看到一边坐着的李冠洋时，猛地想到他一直默默地坐着，一言未发，便停住笑声，问："冠洋一直默默无语，你有何高见？"

李冠洋看了一眼阎锡山的脸色，觉得他确实是想听听自己的意见，便说："刚才诸位分析得不错，日本人从大同入晋的可能性虽然很大，但鄙人认为，也不能忽略了平型关。那地方地处鄙人的家乡灵丘，灵丘虽然大多是山梁沟壑地形，形貌复杂，地势险要，不易日军展开机械化部队，但也不能轻易地认为日本人因此就不进攻平型关。孙子曰：'攻其无备，出其不意。'须知三国时，魏国将领邓艾就是率兵从阴平小路翻越峻岭，奇袭成都，灭了蜀国的。我们现在的对手可是板垣征四郎啊！板垣征四郎是何人也，想必大家都知道，对这个老奸巨猾的'中国通'，我们可不能不防啊。"

阎锡山听着李冠洋的话，默默地思考起来。是啊，板垣征四郎这只狡猾的老狼，过去对我老阎施放过多少烟幕弹啊，对他咱可不能不防啊。于是他说："冠洋说得对，为了防止板垣征四郎使坏，我们可在平型关一带部署一支机动部队呀。"

后来阎锡山和他的这几个同僚们经过研究，搞出了一个"大同会战"的方案，并向蒋介石作了汇报。那时，阎锡山和他的要员们谁也不怀疑他们搞出的"大同会战"实际上是做了一个美丽的大梦。蒋介石也是，他对阎锡山报来的"大同会战"大加赏识，并且还从皖北调刘茂恩第15军两个师入晋归阎指挥，借以补偿汤恩伯失南口后带走的三个师的兵力。

第四章

正当山西的阎锡山踌躇满志地制定"大同会战"的时候，延安雷厉风行的共产党也加紧了红军的改编。这时候，前去南京参加国防会议的朱德等，因为改编红军的需要，也是未等会议结束，提前返回延安。这时候，国民党政府虽然还没有正式宣布红军改编的命令，但仍在参加国防会议的周恩来电告了蒋介石给红军的改编番号。中共中央及红军高层领导，经过反复酝酿，把改编红军的最终方案确定了下来。有关红军改编的会议在延安的一个土窑洞里召开的。

会议要结束时，张闻天宣布说："中共中央及军委决定，根据抗战的需要，红军改编为国民革命军第八路军。总指挥，朱德；副总指挥，彭德怀。八路军下辖三个师。第115师，师长林彪，副师长聂荣臻，政治部主任罗荣桓。第120师，师长贺龙，副师长萧克，政治部主任关向应。第129师，师长刘伯承，副师长徐向前，政训处主任张浩。"

张闻天宣布完红军改编方案以后，大家有一种办完一件大事的轻松感，这时毛泽东发出提议：介于当前严峻的抗日形势，新编的八路军115师343旅应作为抗日先遣队，开赴抗日前线！

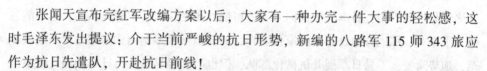

总是能及时领会毛泽东意图的朱德看了一眼大家的脸，会心地微笑了一下，说："支持。现在蒋介石虽然还没有正式宣布红军改编为八路军，但我们上前线的速度不能慢了。一来，前方的抗敌形势严重，正是需要人的时候；二来，全国人民在看着共产党，看着红军。我们不能让人民失望嘛。"

张闻天也深解毛泽东之意，说："朱总说得对，我们应命令红军第一军团、十五军团以及74师开赴云阳镇，迅速改编，立即开赴前线。"

一万年太久，只争朝夕。我们应马上行动，让林彪卸任抗大校长，立即回部队组建115师。

很快，一纸任命书便送到了抗大，送到了林彪的手中。这份任命书令他喜

不自胜。作为红军中的高级将领之一，林彪此前是知道红军改编的最初方案的，在那个方案中，拟让他领军第一师。毫无疑问 115 师就是第一师。这个师的构成，他是很满意的。组成 115 师的主力部队之一是红一军团，这是一支早已名扬天下的红军部队，是由朱德、毛泽东亲自带出的部队。1930 年 6 月 6 日成立时，称"中国工农红军第一路军"，不久改称"红一军团"。军团总指挥朱德，政治委员毛泽东。1933 年 1 月，红一军团缩编，取消军的建制，林彪任军团长，聂荣臻任政治委员，罗荣桓任政治部主任。这支部队在建立中央革命根据地、五次反"围剿"、长征、保卫陕甘宁根据地中，立下了汗马功劳。而红十五军团是由红 25 军长征同西北红军会师后组成的，军团长徐海东，副军团长刘志丹，政治委员程子华。这也是一支战功赫赫的部队（副军团长刘志丹在东征战役中不幸牺牲）。八路军 115 师、120 师、129 师的番号，就是东北军围剿陕北根据地时与十五军团对战，吃了败仗，被蒋介石撤销了番号的那三个师的番号；想到这里，林彪心里不由轻轻一笑。八路军这三个师的番号，可是红军的战利品啊。如今红一军团和红十五军团将要合编为八路军的 115 师，并且将由林彪和他过去的老搭档聂荣臻、罗荣桓带领，先期开赴抗日前线，向日本人打响第一枪。这一切，都合林彪心意，林彪当然遏制不住心潮澎湃，此时，他已忘情地让自己的思绪在抗日的战场上放马飞驰了。

"七七事变"以来，林彪一直在注视着平津地区的风云变幻。当国民党军队的败绩一次次传来，林彪的气就不打一处来。国民党及其军队与共产党及其军队虽然是死对头，但作为中国人，林彪还是希望中国军队能够战胜日本军队的。然而他们竟然连一次像样的战斗也没有打胜过。其实，国民党的军队打不过日本人也在林彪的预料之内，而连一次胜仗也打不下来，却让林彪觉得邪门、恼火。在与国民党军队多年的战斗中，林彪早已视国民党军队如草包了。渴望早日奔向抗日战场、一显身手的林彪，立马就向他在抗大的下任开始了移交工作。

数日后的一个早晨，早饭后，在抗大的校门口前，林彪与前来送别的抗大师生一一握手道别，最后，他把双手伸给一双充满爱意的属于女性的白皙的可以称作汉白玉的手。那是他的爱妻张梅的手。他们是新婚不久的夫妻。一股惜别之情油然袭上他们心头，夫妻的手相握着，美丽的妻子注视着丈夫的脸容，独特的眉毛，希望从丈夫嘴中说出特别情感的话来，而丈夫只说了句："回去吧！"就转身跃上了警卫牵来的一匹纯白的战马，在马屁股右边离皮不远的地方，"啪"的一声，响了一声空鞭，便和警卫一起，飞马向着三原地区的云阳镇方向而去。

美丽的张梅就像望夫石一样，站在校门边，望着远去的丈夫，心想：在北方抗日的战场上，在震耳欲聋的炮火声中，在战士们奋勇杀敌的喊杀声中，他会想起我吗？她知道，她的丈夫这时候会把自己的身心交给战争的，但她还是希望，她的身影在那样的时刻会在丈夫心中出现。

原野上，丈夫的身影消失了，但张梅还是痴痴地望着。

"回去吧，张梅同志，老那样站着你会成为一尊望夫石的。"身后，不知是哪位同志这样叫了她一声，张梅不好意思地笑了笑，转身和送别的同志一起回了抗大。

"他会想我吗？"走进了抗大的院子，张梅还在这样想。

这是一个天气晴朗的日子。陕北黄土高原厚实的黄土被仲夏的盛绿严严实实地遮盖着，遍地的绿色壮起了一世界的阳刚。天空高远得纯粹，天幕蓝得纯粹，白云白得纯粹，马蹄叩击大地响得纯粹，出征的人激动得纯粹。

"驾！"

"驾！"

马上的林彪和身后的警卫甩着马鞭，一下一下地用力打着马的后背。奋蹄的马跑成了一个"一"字，蹄下的泥块飞迸。一白一红、一前一后飞奔的两匹战马，就如两团急速旋转的旋风，大块大块的绿地让他们一片一片地甩在了身后。

林彪完全是属于战争的那种男人。此时，他的心里已经全然没有娇妻的影子了，在他眼前晃动的，早已是红军战士一片汪洋似的灿若向日葵花盘的脸膛了。这些脸膛让他想起了当年扩大根据地的刀光剑影，反围剿的滚滚硝烟，长征中的历险，东征的号角……想到这些曾跟他参加过无数次战斗的战士们，如今又要组成115师的大队人马，跨过黄河，饮马雁北，奋力砍杀日本鬼子的头颅，用钢枪、手榴弹、寒光闪闪的大刀，大战东洋倭寇，林彪的心中怎能不激动呢？

一片灿若向日葵花盘的脸膛退去，林彪的眼前又浮现出一张张英气、智慧、刚毅的面容来，他们是聂荣臻、罗荣桓、陈光、徐海东、杨得志、李天佑、杨成武、曾国华、邓克明……这些早已在战争中成名的红军优秀将领，将要组成115师的领导骨干，成为115师的中坚。

在马背上，当聂荣臻、罗荣桓的面容浮现在林彪的眼前时，他想起了他们在红军中曾经有过的成功合作……他甚至还想起了当年在红一方面军时，他们三人给战士们演唱的一台戏。那台戏名为《庐山雪》，说的是红军打进了南昌，就要杀上庐山，蒋介石的反动统治已像庐山上春天的残雪，很快就要瓦解消融

了。在这台戏中，他们三个在台上按实际的职务各担任一个角色。罗瑞卿扮演蒋介石，有点女像的小个子童小鹏扮演宋美龄。戏演到红军打下南昌，聂荣臻提出，要请政治部主任罗荣桓把这一捷报通报给军团所有部队。这时，该罗荣桓出场了。可是等了好长时间，不见罗荣桓上台。原来，罗荣桓正闹着疟疾，全身发冷，此时正在后台火盆边烤火呢。眼看就要冷了场，林彪喊了几声："罗主任呢？"没有回音，情急之中，林彪急中生智，给通信员下令说："通信员，去把罗主任请来！"几个战士跑到后台，不由分说，便把罗荣桓"请"上了台。台下的干部、战士笑得前仰后合，气氛非常热烈。在红军中，他们三人是最好的搭档，后来的事实证明，只要他们三人一聚头，中国就有惊天动地的事情发生。

聂荣臻、罗荣桓之后，林彪的面前出现的是拟任343旅旅长陈光和344旅旅长徐海东的面容。陈光这个充满虎气的湖南汉子，大部分时间随同林彪一起在红一军团战斗。在中国共产党中央苏区第一次反围剿的一次战斗中，时任红四军第一纵队队长的林彪和他的指挥所被突围之敌所困，已是一纵队一支队副支队长的陈光，带领一支部队拼死突入前沿，将林彪救出，而他自己却在战斗中负了伤。林彪还想起文家市的一次战斗，两军对射的子弹如雨，敌人飞来的一粒子弹穿过陈光的右膝，卡在骨缝里，血流如注。战士们把他抬上担架，他却挣扎着从担架上滚下来，重新爬回阵地上指挥战斗，直到把敌人击溃。对于陈光，林彪熟悉他的脾气，知道他的勇谋，认为他是115师343旅旅长最好的人选。至于徐海东，林彪虽然与他不曾在一个军团共事，但他们有过成功的合作。1935年11月下旬，林彪和徐海东各带领红一军团、红十五军团并肩作战，取得了直罗镇战役的胜利，歼灭国民党东北军一个师又一个团，击毙师长牛元峰，俘虏5300余人，缴枪3500余支。为中共中央把全国革命的大本营放在西北，举行了"奠基礼"。1936年2月，林彪和徐海东各带领红一军团、红十五军团组成中国人民抗日先锋军，举行了东征。在这次战斗中，红十五军团挥师北上，逼近太原，直取晋西北。徐海东骁勇善战，在战斗危急时刻，经常身先士卒，他在红军中有"徐老虎"之美誉。在未来的115师，徐海东肯定会是一员生机勃勃的虎将。

"驾！"

林彪挥鞭，兴奋地驱马拐进了玉米地间的一条黄土大道上。奋蹄的白马的铁掌，炸弹碎片样溅起无数泥点。前面的道路笔直，林彪一由座下的白马放蹄前行，自己只管在马背上放飞思绪的翅膀。此时，杨得志、李天佑、杨成武的面容一个接一个地又在林彪的眼前晃动起来。

中等个头的杨得志是红一军团的悍将之一。他有"四快"，作风快、思维快、动作快、用兵快，在已经过去的岁月中，林彪经常委其重任，而他总能不负林彪所望，出色地完成任务。长征途中，红一军团红一师红一团作为先遣团，在团长杨得志的带领下，一次次突破险局。凡生死之地、危急之时，红一团必创奇迹，夺头功，化险为夷，峰回路转。夺乌江，克遵义，强渡大渡河，翻越夹金山，穿越毛儿盖，攻打直罗镇，给林彪留下了深刻的印象。让他出任 115 师 343 旅 685 团的团长，林彪自然是一百个满意。

李天佑，原是彭德怀部下的红军战将，他开始作为林彪的部下，是在担任红一军团红 4 师红 10 团的团长时，虽说已是 1936 年红军东征前的事了，但他早已是林彪关注并且看好的一员勇将了。他曾指挥一个团在运动战中全歼敌人一个主力团，所部获"英雄模范团"称号。长征途中，他率部曾在广西灌阳新圩阻击国民党军两个师，激战三昼夜，掩护中央机关渡过湘江。长征到达陕北后，他在东征、西征和山城堡等战役中表现不俗。在林彪的眼中，李天佑就是一头爆发力超强的猛虎，这样的猛虎，应当让他用锋利的牙齿和爪，去撕咬最凶顽的敌人；在林彪的心目中，李天佑就是块好钢，好钢就得用在刀刃上。总之，李天佑这只猛虎，让林彪摸摸哪根筋都是硬的。

杨成武，和杨得志一样，也是林彪看好的勇将之一。他虽然常挂政委之职，但却有很令人看好的军事才能和胆略。在仙人桥战斗中，杨成武在 32 团在没有团长的情况下，出色地完成了战斗任务，对粉碎敌人第四次"围剿"起到了重要作用。在长征中，他与已故团长王开湘率部夺取泸定桥，翻雪山、过草地，突破天险腊子口，出色地完成了上级交给的前卫任务。杨成武的军事才能让林彪印象深刻，长征结束，林彪受命于抗大校长，确定杨成武为第一期学员。抗大毕业，杨成武赴任红一师师长之际，林彪和聂荣臻专门给他开小灶，单独为他讲了"怎样当师长"一课……林彪相信，这个杨成武，在将来的抗日战场，一定是一员勇将。

高高在上的太阳，把大地烤熟了。林彪感觉身上出了汗，脊背上的汗水已把衣服和皮肤粘在了一起。但林彪正值年轻体壮之际，他非但不感到不适，反而感觉痛快极了。此时，马下穿行在庄稼间的一条黄土路，一改以前的笔直，连续出现了几个弯道。骑在马背上的林彪和他的警卫，一前一后，随着道路不断出现的拐弯，身子忽左忽右地倾斜。但多年的马背生涯，使他们如粘在马背上一般。

林彪有爱赏析下属才能的习惯，这种习惯使他能在众多的战斗中把他们安插在合适的位子上，让他们尽情地发挥他们的才能。离军团驻地还有一段距离，

林彪有足够的时间把他的下属在脑子里梳理一遍。

曾国华，红5团团长，拟任115师685团二营营长。林彪任抗大校长期间，曾国华是第二期学员。当曾国华的面容浮现在林彪眼前时，他让林彪想起了红军东征强抢渡黄河时的情景。

那已是1936年1月的事情了。战略眼光总是高人一筹的毛泽东审时度势，决定让一部分红军东进，打过黄河，到山西武装宣传抗日。当时红军内部有人担心渡不过黄河，万一渡过黄河，又担心国民党军阻截回不了陕北。毛泽东一面劝说这些同志，一面嘱咐林彪到黄河边勘测水文，调查敌情，制定渡河计划。阎锡山怕红军渡过黄河、进入山西，早就在沿黄河东岸十多个县构筑了明碉暗堡，普遍实行闾甲、连坐制度，发誓不让红军跨过黄河半步。按照毛泽东的指示，林彪来到黄河西岸，对东岸敌人的工事设施、兵力配备、火力配置进行了观察，选定了红一军团和红十五军团的渡河点。可是，1936年的春天不知怎么来得特别早。2月份，黄河就开始解冻，白天黑夜，沿河上下，到处可以听见"咯吱"、"咯吱"的冰块崩裂声。林彪建议渡河方式由冰上抢渡改为船渡。为了统一渡河时间，毛泽东决定在2月20日20时开始渡河，并规定以聂荣臻的手表为准。渡河部队按时到达了黄河边各自的位置。两岸耸立着万丈高山，山峡中，已经解冻的河水夹着大块大块的冰排，汹涌澎湃而下，发出"轰轰"的吼声。20时整，担任渡河小分队队长的曾国华，率队分乘两只木船进入激流之中。水手们拼命摇船渡河。船上的战士瞪着双眼，紧扣扳机，警惕地注视着前方。快要靠近对岸冰排时，一道手电光从河面掠过。敌人发现了他们，几道手电光同时射来，对准了他们。碉堡里也喷出了子弹。危急关头，曾国华命令强渡。水手们加快了速度，战士们对准手电的亮点和岸上的发射点猛射。船帮被子弹打穿了，冰冷的河水灌进船来，战士们便用身体堵着漏洞射击。小船靠上冰排，曾国华说声"上"，战士们猛虎似的跃上冰排，杀声震天地向敌人扑去。一举拿下数个碉堡，占领了滩头阵地。随之红5团渡过黄河。阎锡山吹嘘的"固若金汤"的黄河防线，被红军一举突破。林彪十分欣赏曾国华敢打敢冲的勇劲儿。红军东渡成功后，曾国华提升为红5团副团长；东征结束后，又被提升为红5团团长。

邓克明，红12团团长，拟任115师686团3营营长。他和曾国华一样，也是抗大第二期学员。邓克明这位红军团长给林彪的印象是性格刚烈，擅长山地攻坚作战。此人几乎没有他不敢上的山，没有他不敢打的仗。白塘阻击战，时任副营长的他率一个连，抗击了敌人3个团在7架飞机配合下的轮番进攻，激战数日，歼敌600余名。大洋嶂阻击时，他又率侦查队趁着夜色，经过14个小时的附藤攀岩，先敌一步抢占大洋嶂峰顶，与敌展开激战……

林彪有"常胜将军"之美誉，其"常胜"秘密之一，就是对进入他视野的每一名红军干部，都要像战前了解地形一样，一定要熟悉和了解他们的才能和性格。当邓克明的音容笑貌在林彪眼前晃动时，不得不提到一件有关邓克明的轶事来。那是1936年的10月，为粉碎国民党军对陕北根据地的围剿，红军与国民党军队进行了山城堡战役。红1师13团首先向敌发起进攻，但因敌预先构筑了工事，火力猛烈，两次攻击均未奏效。这时，邓克明主动向师长李天佑请战。李天佑按照他的请求，让他带领一个连去找红1师师长陈赓。师长陈赓听了他的作战方法，决定让他们投入战斗，支援13团作战。按照事先的约定，13团于黄昏时分对敌发起佯攻，邓克明带领部队，趁着13团的轻重机枪、军号和杀声震撼山谷之际，在茫茫黑夜中迅速迂回到敌人侧后，突入敌阵地，灭敌一排，紧接着又冲入敌营指挥所，将其捣毁。敌军失去指挥后，乱作一团。13团突入敌阵地，一阵砍杀，取得了胜利。完成任务后，由于疲劳，邓克明命令战士们趁着黎明前的夜色在山头上休息一下，他自己也很快进入梦乡。不知过了多长时间，也许是刚一合眼，邓克明听到一阵吵吵嚷嚷的声音，睁眼一看，在他们身下的山坡上，约有一个营的敌人正往山上爬呢。邓克明迅速作出判断，这是一股逃逸之敌。山上大雾，敌人尚未发现他们。危急时刻，邓克明当即大喊："1营向左、2营向右、3营跟我。"睡梦中的战士，听到团长的喊声，立即爬起，摆开作战姿势。此时，敌群中有一个营长，在一块大石头旁，也喊了起来："弟兄们，别听他瞎喊，他们没有一个团！"邓克明一听不好，要是让他们识破自己这是虚张声势就糟糕了，他立即大喊一声："打！"上百粒子弹从山头的雾中一下子飞出，山坡前沿的敌人马上就有一大批倒地翻滚。同时，山头浓浓的雾中"冲啊"、"杀啊"、"缴枪不杀"的喊声响成一片。这阵势，惊得敌人魂飞魄散，敌群中有人喊："红军弟兄们，别打了，我们投降。"此人喊过，许多人也跟着喊起来："我们投降！"此役，邓克明只带领一连士兵，俘敌500余人。战斗结束，邓克明把俘虏集中起来训话时，在俘虏群中看到了那个营长，想到他曾经说过的"他们没有一个团"的那句话，大为恼火，便令他出列。那个营长走出人群，低着脑袋乖乖地站着，邓克明问他："刚才是不是你喊我们没有一个团？"那营长小声说："是。"邓克明狠狠地剜了他一眼，又问面前的俘虏兵说："你们说，对他该怎么办？"俘虏们一致喊出："枪毙！"于是邓克明命令拉出去，将这个营长枪毙了。枪毙了俘虏，犯了纪律，首长批评邓克明，他还为自己辩护说："我搞了民主，事先征求了俘虏们的意见。"

这次战斗，邓克明是有功的，但他犯了不杀俘虏的纪律，因此决定不给他记功，对他枪毙俘虏的错误批评教育。

……

在回部队的路上，马背上的林彪利用路上的闲暇时间，就像贩马人相马一样，几乎对 115 师营以上的干部进行了一次"抚摸"。他觉得，115 师汇集了红军中的大部分精华，是一支蕴藏着巨大能量的部队，这样的部队具有创造奇迹的潜质。这令他高兴，令他思绪如潮。他想"七七事变"以来，抗战前线，国民党军队的一败再败，一退再退，已经造成恶劣影响。全国民情悲愤，看不到抗日前途，对国民党已临近失望，这种情况如不扭转，将对中华民族的抗战不利。八路军 115 师此次进军抗日前线，一定比兄弟部队先期与敌人接触。115 师需当慎重首战，首战必胜，争取一个大的战果，取得抗战以来中国军队的第一个大胜利，给全国人民一个振奋，给抗战一个希望，为八路军造一个良好的声望。

"哎——林校长，站住！站——住！"

林彪飞马急驰着，忽听后面传来喊声，回头一看，只见大道上追来数骑。林彪看出是自己人，便打马停住。不一会儿，跑在前面的战士飞马来到林彪跟前时，马还未站稳，就从马背上跳了下来。只见他从怀里掏出一张粗糙的淡黄色的纸来，上气不接下气地张了一下嘴，把那张纸递向林彪。林彪接过一看，是中央来信，信中通知火速赶往洛川县冯家村，到那里参加中共中央政治局扩大会议，商讨抗日大计。

看罢信，林彪把信叠起，装进上衣口袋里，对警卫说了声"情况有变，中央要开会，改道洛川县冯家村方向"。然后掉转马头，在送信兵的带领下，向冯家村方向驰去。

第五章

阎锡山并没有意识到他精心搞出的"大同会战"是一个美丽的梦想。他被那个美丽的梦激动着，并且急着想把它付诸实施，立即电令有关"大同会战"的各路军界要员赶赴太原开会。为了表示此次会议之重要，他特意把会场设在自己的绥靖公署主任办公室里，他要亲自在这里宣布第二战区的抗日计划，下达与日寇在大同会战的命令。

当然，根据需要，阎锡山对他的绥靖公署主任办公室进行了一次特殊的布置，在屋子中央摆上了便于军界要员议事的长方形会议桌子，军用地图挂在了正面墙上，地图的上方，当然要悬挂蒋介石的画像了。阎锡山的军界要员大部分提前一天到了太原，早饭后，他们就早早地坐在这里了。因为都是军人，都很看重军人风度什么的，他们都像大钟一样直挺挺分坐两旁，等待着阎锡山的到来。

阎锡山有点姗姗来迟之嫌，阎长官嘛，总要拿一点架子的。他进门时，全体刷地一下子站了起来，立时，在阎锡山面前如同直直地立了两排桩子。这个动作，是一种礼节，表示尊敬、热爱、追随、服从等等之意，虽然这些站起来的人并不都是这样，但阎长官欢喜这样，因此他笑着边坐边摆摆手说："坐下，坐下，大家坐下，还不开会，不必拘礼。"

全体坐下了，坐的动作同样整齐而利索。

阎锡山把目光向每一个人的脸上扫了一遍，发觉都是他多年培植起来的晋绥军骨干，脸上露出了满意之色。这时他就在座的人中发现了一张熟悉的面孔，国民第15军军长刘茂恩。刘茂恩是河南巩县人。此人经历较为复杂，初入袁世凯办的模范团受训，后入保定军官学校。毕业后追随军阀胞兄刘镇华，东征西讨，扩充地盘，依附于各大党派与军阀之间，曾先后投靠孙中山、冯玉祥、阎锡山，最后归附于国民党的蒋介石。阎锡山因他曾在1925年投靠自己，因此很快就认出了他，便满脸堆上笑说："啊，这不是刘茂恩将军吗？"

刘茂恩立马站起说："鄙人刘茂恩携第15军向阎长官报道。"

阎锡山示意刘茂恩坐下，然后故意拉长尾音说："坐，坐，有刘将军加盟，我们二战区又多一员猛将啊。"

刘茂恩虽然听出阎锡山的话里带有吹捧的味道，但心里还是乐悠悠的，因此，他故作客气地说："猛将……刘某人不敢当，倒是愿听阎长官差遣。"

阎锡山说："咱们联合对敌。"

说到联合对敌，刘茂恩说："敢问阎长官，这次抗敌，二战区尽有哪路英雄加盟？"

阎锡山说："我晋绥军各部，你刘茂恩的第15军，共产党的红军改编成八路军后，要立即刻开到山西，参加抗战。"

刘茂恩一听，大吃一惊说："什么，他们也要来？他们也能抗日？红军要是能帮我们打日本人，那真是日头要从西边出来了。恐怕待日本人打来，他们就会乘虚而入，捣乱我们吧？"

阎锡山笑了。要是他山西的部下说出这种话，他会说，你的政治的不懂，你只懂得政治上的这一面，而不懂得另一面，反共未尝不能联共。而这个刘茂恩已经不是他的部下了，因此他说："日本人打来了，大敌当前，中国人应该团结么。

刘茂恩不以为然地说："我们跟他们，那可是有他们、没我们，有我们、没他们。"

刘茂恩的话引起了人们的一阵笑声，后来话题就转到了日本人进攻山西上面。一提到日本人进攻山西，阎锡山就来气，他说："日本人他奶奶的没良心，纯粹是他妈的狼，你就是有多少肉给他，他也要咬你。不过，咱山西的爷们也不是吃素的，对东洋小日本，我们要肩负起'守土抗战'之责，精诚团结，拒敌于山西之外。"

正式开会的时候，阎锡山按照程序的先后，有板有眼地让参谋长朱绶光等人介绍了全国及山西的局势，以及"大同会战"方案之概略。然后他自己站起，翻身指着身后的地图说："咱们山西的地理特殊啊，日本人要统治华北，必先图晋绥；欲图晋绥，必先争太原；欲争太原，必先夺大同。据判断，日军为了展开他的机械化部队，必然要把锋芒指向大同。因此我阎某人要在大同、聚乐堡一带，给他们布一个口袋阵，把他们在这一带歼灭……王靖国。"

"到！"坐在他近旁的王靖国听到喊他的名字，立马直直地站起。

王靖国，山西省五台县人。保定军官学校学生，毕业后投身晋军。王靖国治军注重风纪，在任第四混成旅第7团连长时，一天，全团统一集中在督署的操场上掘土填壕，突然狂风大作，暴雨倾盆而下。场上顿时像炸了锅一样，各连争先解散收工，唯有王靖国连有条不紊地集合、整队、报数，然后踩着正步撤回营房。此一幕正好被阎锡山看见，并牢记在心里。此后每有战功便被提升，直至为晋绥军第19军军长，在阎锡山营垒里，被称为"十三太保"之一。阎锡山看到王靖国笔挺的身子，颇有军人气质，便下命令说："你带第19军于大同东聚乐堡南北线占领主阵地，吸引敌于熊耳山和长城间南浑河盆地。"

王靖国回答："是！"

给王靖国下达完命令以后，阎锡山又说："杨澄源、刘茂恩。"

杨澄源、刘茂恩二人紧挨着，他们二人也像两根柱子，同时站起，嘴里一齐喊道："到！"

杨澄源，山西襄陵人，少时家境贫寒，家教严厉，读书成才，曾学习于东京振武学校和士官学校。辛亥革命后回国参加武昌起义，后回山西省供职，晋绥军的实力派人物，被称为阎锡山的"十三太保"之一。八路军平型关大捷前，曾有在绥靖地方兴办水利、发展农桑、开拓公路，整修尧庙、鼓楼等善举。后被解放军俘虏，经改造，思想感情回到了穷人阶级的立场，将所存银币 4.11 万枚，全部捐献人民。当然，此为后事。此时的杨澄源，抗日情绪可是高昂的。

阎锡山看看杨澄源，又看看刘茂恩，心里感觉也很不错，就说："你二人的第 30 军、第 15 军为南兵团，集结于浑源、东井集间。准备从南面发起夹攻。"

杨澄源和刘茂恩喊道："是！"

"陈长捷。"

"到！"

陈长捷，福建闽侯螺洲人，小名拾拾。他出生于一个贫困的农民家庭。因为母受人雇佣当乳母，早早地就给他断了奶，后不得已把他弃置在宗祠里。是哥哥姐姐把他从祠堂里抱回来，并为他取名拾拾，意为拾了一条小命。陈长捷聪明过人，2 岁便到私塾读书。先生田春干十分赏识他，免了他的学费，后又资助他到福州师范学堂读书，并把自己的女儿嫁给他。辛亥革命爆发后，陈长捷参加学生军。保定军校毕业后，受同窗好友傅作义邀请，服务于阎锡山部队，并成为阎锡山的"十三太保"之一。后被解放军俘虏。做战俘时，自费购买马列著作研讨。开头是出于好奇心，想看看到底写的是什么，读着读着，有了兴趣，竟至于手不释卷。特别是马克思的《资本论》，使他更加开窍，思想感情重又回归穷人。当然，此也为后事。阎锡山布置大同会战时，他担任晋绥军第 72 师师长。当然阎锡山也毫不怀疑他的才能。阎锡山说："我将你的第 72 师及于镇河独二旅编为预备第一军作为预备兵团，直属战区长官，集结于应县附近。"

"是。"

"孙楚、孟宪吉。"

"到！"

孙楚，山西解县人，保定陆军军官学校毕业。他虽然身体瘦小，但做事麻利，有勇有谋，屡立战功，并因此而不断升迁，任第 33 军军长，成为阎锡山"十三太保"之一。

孟宪吉，黑龙江省呼兰人。保定陆军军官学校毕业。孙楚之得力部下，时任独立第 8 旅旅长。

阎锡山对他们下令说："你们第 33 军和独 8 旅的位置在雁门关上。"

"是！"

"赵承绶、门炳岳。"

"到！"

赵承绶，山西五台县人，毕业于保定陆军军官学校第五期骑科。阎锡山的"十三太保"之一。赵承绶性格豁达，胆大心细，遇事能当机立断，敢作敢为。曾随傅作义在绥远与日本人作战，因抗战有功获颁二等宝鼎勋章。阎锡山部署大同会战时任骑兵第一军军长。

门炳岳，河北东光县人，保定军校毕业，国民党陆军骑兵中将，时任骑兵第6军军长兼第7师师长。

"你们以骑兵集团警戒南北两翼。"

"是。"

阎锡山向在座的军人发布完命令后又说："傅作义将军还在前线，来不及参加会议，这次我们决定，傅作义将军的第35军及绥远两骑兵旅为北兵团，集结于丰镇、得胜口、大同一带。这个决定事后得用电报通知他。李服膺的第61军的任务是在西湾堡、天镇、阳高等地占领国防工事，正面拒敌，掩护大同、聚乐堡主阵地。他们在那里要据守3天。给敌以节节抗击后，北移于镇边堡、长城线方面，归入北兵团序列。李服膺也远在大同，但他的任务重大，给他发报，让他火速到太和岭见我，我要亲自吩咐他。"

讲完上述话后，阎锡山问："现在命令下达完毕，各位有什么补充吗？"

在场的人纷纷说，阎司令长官"大同会战"的方案周密、高妙，我辈只有执行的份儿，哪会有什么补充啊。部下左一句、右一句赞美的话，把个阎锡山弄得飘飘然，他笑着用手捋了一下胡子说："好了，好了，不要吹捧了。你们要牢记自己的任务，马上回去行动起来。"

散会的时候，阎锡山说："最后交代一件事，这次大同拒敌，我要在代县太和岭指挥作战，请大家在那里与我联系。"

第二日，阎锡山带着他的指挥班子，从太原出发了。

黛色的山峦，长着庄稼的土梁田，伤口样的沟沟壑壑，组成了晋北特色的地形地貌。一条较为开阔的沟谷里，分明地排列着一道满是鹅卵石的干河床和一条路面坑坑洼洼的公路。公路上行驶着嗡嗡叫的车队。车队多数是吉普，也有卡车，其中一辆样子怪异奇特，不伦不类，在整个车队中显得大了点儿、丑了点、笨了点儿。那是一辆用汽车改造的坦克，阎锡山就坐在里面。他对自己的"大同会战"信心十足，会战虽未开始，但他却仿佛已经看到胜利的结局了。好心情的阎锡山，不时地把目光投向车外。时值夏末，原野一片老绿。各种庄稼都已长足了个头，不再生长。庄稼上，一穗一穗的果实也都成了形，等待着成熟。用不了多久，原野就变成一片秋黄了，老百姓就该收割他们的庄稼了。此时阎锡山有一丝悲凉袭上心头，他想，可是日本人就要来了，这次我老阎要是挡不住日本人，人们就不能安心收这个秋了。

妈的个 X！阎锡山在心里骂道：我阎锡山这回一定要教训教训那狗娘养的日本人。也让老蒋看看，他的成千上万的大兵挡不住日本人，我老阎却能让日本人寸步难行。

第六章

一大早，驻守晋北重镇大同的晋绥第 61 军军长李服膺接到了阎锡山的电报，让他火速赶到代县的太和岭村接受重要命令。电报虽没有说明是什么命令，但他已经知道跟日本人有关。他的第 61 军驻扎在晋北边沿的大同、阳高一带。南口一失守，山西这一带疆土一下子就成了暴露在狼口下的肥肉了。眼见得日本人已挥师山西，李服膺浑身的神经紧绷得一刻也不敢松一下，尤其是最近几天，从南口退下来的中国士兵的失败情绪已经开始影响他的部队，一些士兵的恐日心理已开始抬起头来。这时候 61 军该怎么办？阎长官却迟迟没有给他下达任何命令，这让他等得有些不耐烦了。就在这个时候，阎锡山的电报命令他火速赶到太和岭，说是有要事相托。既然是有要事，那就立马启程吧。

好多天没有下雨了，热如烈火的太阳高高地悬在天际。晋北大同一带的庄稼地显得有些干旱了。有些地段的玉米叶子灰灰的，已卷了起来，一些薄地的谷子细长的叶子也有气无力地卷曲着。其他庄稼的叶片，在烈日的暴晒下，老人脸一样灰灰地起了皱纹。看来老天要是不下雨，农民恐怕就要减收了。

坐着吉普车行进在庄稼地间公路上的李服膺，奇怪自己怎么关心起庄稼地里的事来了，以前他是从来不想的。他在心里找原因说，也许是想到前线战事吃紧，这里很快就要变为战地的缘故吧。他想战火烧起来的时候，农民们不知还能不能收割他们的庄稼。当他发现自己多愁善感，有点儿像娘儿们的心肠时，便命令司机开足马力，让吉普车快速奔跑起来。

一路奔波，过了中午，李服膺赶到了太和岭。此时，阎锡山也赶到太和岭不多时，正在洗手准备小歇用餐时，忽报李服膺到，阎锡山赶忙出来迎接。

李服膺也是阎锡山的"十三太保"之一。他生于山西的崞县，自幼随老阎从军打仗，与老阎相交甚厚，又是山西省主席赵戴文的义子，因而在山西军界非同寻常。但他长于"外交"，短于军事，对所属中级以下官员大半不识，练兵耍表面，作战重私情。可是这些短处平时却被阎锡山忽略了。

"报告长官，第 61 军军长李服膺报到。"

"好，好，好！服膺啊，你走得很快嘛。"

阎锡山那两个有些水肿的眼笑成了两道可亲的缝，这让李服膺心里很感动。

"哪里，我再快也迟阎长官一步啊。"

"好了，就随我们一起吃饭吧。"

吃饭时，阎锡山把山西面临的形势，以及他精心制定的"大同会战"计划跟李服膺讲了一遍，也把 61 军在大同会战的任务交代了一番。李服膺免不了对"大同会战"计划夸赞一番，对 61 军的任务表示坚决接受。饭后，阎锡山又把李服膺带到第二战区指挥室，拉开地图重复了一遍"大同会战"计划。然后说：

"我已在大同、聚乐堡一带布下了口袋阵，专等日本人钻进来消灭他们。但是目前大部队尚未布置就绪，需要你率第 61 军在西湾堡、阳高、天镇一线，占领已有国防工事，正面拒敌，掩护大部队在大同、聚乐堡主阵地集结。我估计集结部队三天完成，你部在天镇、阳高间抵抗三天，接到我的撤退命令后，北移于镇边堡、长城一线，归入北兵团序列，接受傅作义的指挥。"

"是。"

"记住，你的任务不轻，你能不能抗得住日本人，关系到大部队能不能在大同一带完成集结。"

"请阎司令长官放心，我第 61 军一定坚守阵地，为大军集结争取时间。倘若丢失阵地，我李服膺提着人头来见长官。"

"好！有你这句话，我就放心了。去吧，前线情况吃紧，瞬息万变，我这里就不留你了。"

"是，阎长官保重！"

"你保重！"

不一会儿，李服膺的吉普车又奔跑在从太和岭回大同的山道上。阎锡山望着他的吉普车卷着一团烟雾状的黄土消失在一个山口上。那时他想的是不久就会听到李服膺胜利的消息，决不会想到李服膺会全线溃退，更不会想到面对全国舆论的压力，他得忍痛演一场"挥泪斩马谡"的戏。

第七章

李服膺深感形势严峻和责任重大，一回到大同就电报通知 414 团团长白汝庸立即赶往军部商量要事，然后才觉饥肠辘辘，喊人赶快备饭。

414 团作为 200 旅部的守卫团驻扎在阳高县城，接到军部通知后，团长白汝庸立即上马，带着几个士兵，向大同方向奔去。通往大同的公路在阳高平原上笔直前行，与它平行的一条铁路叫张妥铁路，在约 6 华里外，还有一条龙似的长城随着铁路蜿蜒。路边田里干活的农民听到打马的嘶鸣，惊奇地抬起头观看，还没有看清骑马人的面容，几骑军马便奔驰而过。马蹄掀起的黄土，如一团旋风，紧随马屁股飞速滚动，而马背上的人腰板笔直，身子如粘在马背上一般，令田里的农人目瞪口呆。

白汝庸是 61 军有名的美男子和才子，一米八五以上的个头，身板挺拔如柱，气质英气儒雅，精通军事，骑术一流，而且还有着近乎狙击手一般的射击技术。他是距此仅百来里的浑源县人，毕业于陆军大学第九期，曾任第 71 师上校参谋处长。阎锡山慕其才，调至 61 军，委以 414 团团长大任。接任团长之后，白汝庸严格治团，很快把 414 团治理成了 61 军的虎狼团队。截至目前，414 团是 61 军唯一与日本军队交过手的团。大战在即，李服膺急急忙忙召白汝庸赶往军部，虽然没有说明原因，但他也能猜之八九，估计很可能与十多天前 414 团在察哈尔省万全县水关与日寇进行的那场战斗有关。因而他一边打马快跑，一边在脑子里细细地回忆水关战斗的每一个细节。

"七·七"事变后，从北平、天津的战局来看，日本人占领平津之后攻打山西的迹象越来越明显，几乎每天都有国军战败的消息传来，而且大有战火很快就要烧到晋东北的势头。阳高城一时处于一片恐慌之中，此时谣言也四起。街巷上，人们三三两两、凑一堆儿、交头接耳议论着局势，这种时候，往往就有从河北、察哈尔一带逃难过来的人凑上来说一些令人恐慌的话。他们说日军是不可战胜的神兵，那飞机呀、大炮呀、坦克呀，厉害着呢，咱中国的军队，在日军面前，不过是些泥军、纸兵，不堪一击。有人问，日本人的军队什么时候打到阳高城呀？他们有的就说快了。语气很肯定，好像他们是日本人肚子里的蛔虫，或者跟日本人沾亲带故似的，对日本人的情况知道得清清楚楚似的。

这些人的话加剧了人们的恐慌，阳高城里的人说，日本人马上就来了，咱们赶快逃离吧！不然，日本人进了阳高城杀人怎么办？有人就说，用不着逃，日本人打到阳高城时，只要咱们不抵抗，举上日本小旗旗欢迎日本人就行。阳高城人不知道日本小旗旗是什么样的，有人就向他们描绘日本小旗旗的样子，并说日本人看到拿着日本国旗欢迎他们，还会杀人吗？仍有人将信将疑，说万一日本人看见拿着小旗旗欢迎还要杀人怎么办？他们就说决不会，日本人已经占领了他们的家乡，他们亲眼看见日本兵不杀拿小旗旗的人。驻守在阳高城的白汝庸敏锐地感觉到了这些情况，他让人从街上抓来几个造谣者，一审问才知道，原来这些人大多是从张家口、南口那里过来的汉奸，日本人占领了张家口、南口之后，收买了一些地皮流氓，伪装成难民，跑到他们下一步准备占领的城镇村庄，到处散布日本不可战胜、日军不杀举旗欢迎的平民百姓等谣言，以此为他们的占领行动减少抵抗。

白汝庸震怒，一拍桌子，喝道："拉出去砍头示众！"

当街一连砍了几个造谣的汉奸，阳高城的谣言才算平息下来。接下来的一些日子，传来了军部的命令，让414团迅速离开阳高城，乘火车沿平绥路前行，准备执行作战任务。军部的命令没有讲明离城执行何种任务，在哪里下车，将跟谁接战，也未指定部队开往何处。这样的军令虽然令白汝庸一头雾水，但军令如山，军人只能不折不扣地执行。按照军令，他下达了出发命令，全团人马快速上了火车，火车吐着浓烟，驰离阳高县城。

414团隶属61军101师200旅，此次行动旅部同行。夜半时分，旅长刘谭馥找到白汝庸团长，面告："白团长，火车已到孔家庄了，前方情况紧急，日寇有攻袭切断平绥铁路的企图，你团立即下车，在孔家庄以北六七里的地带全面布防。"

白汝庸这才知道，他们的对手是日本人。他立即命令："全团下车，开赴指定地区，快速构筑野战工事，准备迎敌！"

414团的行动是迅速的，部队跑步来到指定地区后，战士们立即挥锹修筑工事。月亮西斜，离天明的时间实际上已经不多了，这时挖工事虽然有点儿急着抱佛脚的意味，但战士们明白，多挖一锹，他们用于作战的工事就坚固一点儿，就多一点儿胜利的希望，因而他们个个都在用力挖着工事。

天明了，战士们停下手中铁锹，望着面前的阵地。只见阵地前面静悄悄的，没有任何敌情。有人就问："这日本人到底来不来呢？"

"没准，也许要来，也许不来。"

"不来？那我们的工事不就白挖了吗？"

"我倒希望天天白挖工事。"

"……"

这时候，旅长刘谭馥在阵地上又找到团长白汝庸说："白团长，情况不妙，刘汝明的29军已由神武台方面纷纷败退。我旅兵力现在只有你们一团，目下左右无友军。为应急计，你即率团向北推进，开到万全县以北水关及其以西山地一带布防，阻止日军南进，掩护我后续部队，集结部署应战。"

"是!"白汝庸挺直身子，来了一个立定，举手敬礼，高声应答。

414团的对手是日本东条旅团和蒙伪军。

旅长走后，白汝庸命令全团，立即向指定地区开拔。时值盛夏，原野满是庄稼和树林，凭借庄稼和树林的遮蔽，414团迅速地向指定地区前进。队伍快到水关时，与前方退下来的刘汝明部29军的零散部队相遇，一些不甘心退败的士兵们向两边散开，手握长枪，伏卧在地，做出准备射击追来之敌的姿势。白汝庸料敌不远，命令1营立即占领水关，2营、3营速在水关以西的山地设防。

日军的追兵很快即到，由于是小股部队，一碟小菜，414团战士很轻松地将其吃掉。由于先取得一个小胜，战士们受到了鼓舞，士气高昂。白汝庸也是心里喜洋洋的。不一会儿，一名战士跑来报告：

"报告，日军的先头部队已经到达我团前沿。"

白汝庸在一处能够俯瞰整个战场的山冈上，举起望远镜向前方望去，看见414团阵地的前沿已经有日军士兵的人头晃动，下了第一道命令：

"传我命令，全体瞄准敌人脑袋。"

此时山野依旧安静，但仅仅片刻，就有飞机飞来，绕着414团阵地的上空转圈儿，同时地上的日军也开始进行火力侦察。飞机飞走后，日军的猛攻开始了。一时间，整个山谷枪声大作，喊声震天。白汝庸看到敌人虽然在全面出击，但1营阵地前的枪声明显比其他营的阵地密集，敌人的迫击炮一枚枚飞向1营的阵地，一团一团的烟雾蘑菇样升起，身穿屎黄色军衣的日本人，凭借地形，狼一样向1营的阵地运动。白汝庸判断，敌人是在玩以其主力猛攻一点的战术。

1营确实在进行着一场恶战，炮火响得激烈，人也叫得疯狂。官兵们已经忘记了战斗的恐惧，甚至忘记了自己是在打仗，个个脑袋冲血，狂喊，射击，扔着手榴弹。战友负伤了，无暇顾及；战友牺牲了，不管不顾，只急着把枪膛里的子弹发射出去，把手中的手榴弹扔出去。

"打，狠狠地打，给老子打!"1营长一边指挥，一边歇斯底里地喊叫着。

观战的白汝庸在望远镜里看到营长在战士后面急得来回蹦跳，感到1营的压力不小，他放下望远镜，从枪套里拔出手枪说：

"预备队，跟我来，火速支援1营。"

由于预备队的增援，进攻的敌人很快就被打下山去。战斗刚一停息，战士就去清理战场，他们有的拾起扔在地上的枪支弹药，有的抬着流血不止、痛苦呻吟的伤员，有的把刚刚牺牲的战友的尸体抬到附近的灌木丛中。

白汝庸坐在一块石头上休息，边抽烟边让1营长向他汇报战斗情况。

"团长，敌人的战斗力很强，武器也好……"1营长汇报说。这些话对于白汝庸来说实际上是废话，同时经历这场战斗，这些情况作为团长难道不知道吗？不过白汝庸还是认真地听着，他希望听到更为有用的信息。

"敌人训练有素，枪法很准，炮弹也准，我们碰上的敌人不可小视。团长你看，那些牺牲的弟兄大部分是头部中弹，他们大多是一露头就被敌人打中的……"

1营长汇报时一脸的沮丧，白汝庸完全理解1营长此时的心情，自己又何尝不是呢？但他明白这种心情如果不及时制止，就会造成自信心下降，因此他打断1营长的话："1营长，你小子被日本人打软蛋了？"

"报告团长，鄙职没有，鄙职只是心痛那些牺牲的弟兄们。"

"1营长！"

"到！"1营长直挺挺地打了一个敬礼，结实的身材如坚硬的木桩。

"我命令你，一定要打足精神，提高勇气，给我保住阵地！"

"是！"

接下来，白汝庸问道："1营长，你觉得为啥弟兄们死了那么多？"

"弟兄们刚到战场就接战，没有野战工事……"

"还不赶快抢修工事？"

"是！"1营长行过礼后，转身向战地上的战士们喊起来：

"抢修工事！"

战士们仿佛受到了提醒，立即打起精神抢修起工事来。由于是山地，土质坚硬，一时间，铁锹、铁镐碰上石头的声音响成一片。有战士跑来说，他们打扫战场时，从一个军官模样的日军尸体身上搜到一张地图和一本书。

白汝庸接过地图和书一看，不由得愣在了那里。他在陆军大学期间，学过日语，认得那上面的东洋文字，他看到那张地图绘制得比阎锡山组织人马绘制得还要详细百倍，图上布满了大大小小的村庄，密密麻麻地标着名称，有几条道路、几条河，在什么地方拐弯，拐弯处有何建筑，河岸的路边长有几棵杨树，什么树，都作了详细标记。而那本书更让白汝庸大吃一惊，书的名字叫《中国分省全志·第十七卷》，这是由日本东亚同文会编纂的。所谓第十七卷，就是山西省志。白汝庸迅速地翻着书页，发现里面除第一编概述自然面貌外，其余都是经济、交通、运输等情况的调查记录，有些地方特别仔细，对于一些要害部位，甚至用计步器实地作了测量。白汝庸特意翻看了书中的《第三十四章·阳高县城》，书中内容的叙述，如地理位置与地形，城区面貌与人口，市面与物价，民生与工资，道路夷险，井水之甘苦，无不与军事需要有关。侵华日军有此一编，就不难在我中华大地人马恣行、货物畅流。白汝庸是第一次看到日军使用的地图和日本人编写的《中国分省全志》，他感觉自己脑袋无限涨大，浑身血液流动加速，翻着书本的手甚至还有些颤抖。他猜测，绘制这样详尽的地图和编写这样一本志书，没有几十年时间，众多人参与，是不可能的。为此他们动用了多少特务，收买了多少汉奸，真是难以想象。由此他进一步断定，日本侵华是蓄谋已久的，做过充分准备的，而我中国却举国陷入内战久矣，对日本这一阴谋浑然不觉。他意识到刚刚拉开大幕的这场中日战争，将是一场十分残酷的战争，中国人不仅要与日本人进行恶战，还得与汉奸进行恶战。

正当白汝庸愁眉凝结，忧心中国之前途命运时，敌人的6架飞机从空中飞来。一架反着太阳白光的飞机扔着炸弹，俯冲着向白汝庸这边飞来。卫士高御天看到情况危急，大喊了一声"团长，卧倒!"猛地一跃，把白汝庸扑倒，压在他的身上。一枚炸弹在他们附近落地，巨大的响声震耳欲聋，身下的大地抖颤得厉害。炸弹响过，白汝庸推开身上的卫士，抬头看到几个受伤的战士忍着痛苦，挣扎着坐了起来。他想喊那几个战士快些卧倒，话还没出口，就听高御天在耳边喊："团长，你看!"他转过头去，发现阵地前沿攻上来的日军黄黄的一片，便喊道：

"1营长，敌人上来了，赶快阻击!"

1营长大喊道："全体进入阵地，狙击敌人。"

阵地上，战士们迅速成阵，羊粪蛋似的子弹顿成弹雨，向敌人倾泻。很快敌人的强攻失败，灰溜溜地滚下山去。

阵地安静了下来，白汝庸再一次把1营长喊过来，对他说："你发现没有，敌人的方法是在向我阵地发起进攻前，先派几架飞机轰炸我们的阵地，同时让进攻阵地的部队向我阵地运动。"

1营长点了点头，表示明白。

白汝庸接下来说："你们1营进入阵地前虽然没有修筑好工事，但由于抢先占领了山头，地形对于你们来说，还是有利的。你们要在战斗间隙，抢修工事，敌机来时，全体立即卧倒，敌人轰炸完毕，全体立即组织成战阵，猛烈射击。"

"是!"

　　敌人果然又如法炮制，组织了几次强攻，都被 1 营打退。敌人通过空中侦察，发现 414 团 2 营 3 营右翼无中国部队，便趁其空虚，派一支部队绕向二三营右翼后方发起进攻。情况危急，白汝庸分出一半预备队，亲自率领他们增援二三营。战斗进入最激烈时期，白汝庸投身战地前沿，边指挥边射击敌人。由于在陆大练就一手强硬的射击技术，凡进入他视野的敌人无不中弹倒地。

　　"团长，向旅部请求支援吧！"不知是谁在白汝庸身后说了一声。

　　"联络旅部！"白汝庸没顾得上回头，边射击边说。

　　一枚飞弹飞来，卫士高御天又一次高喊一声："团长，卧倒！"身子一跃把白汝庸扑倒在地。炮弹几乎同时落地，落地即响，数粒弹片飞入高御天的身体，钻出如泉眼般的弹孔，一股股鲜血从弹孔中流了出来。炸弹响过，白汝庸再一次把高御天从身上推下来。这一次，他发现高御天负伤了，脑袋一下子大了起来，着急地喊道：

　　"御天！御天！你负伤了？"

　　"姐夫，我可能不行了，今后你自己要多保重。"高御天是白汝庸的妻弟，白汝庸当团长之后，他投奔至白汝庸的门下，白汝庸让他当了自己的贴身卫士。这个情浓义重的妻弟自从来到他的身边，没有离开过他半步，一直悉心照顾着他的生活和安危，如今为了自己的生命竟又负了伤，他坚决地说：

　　"不，御天！我一定给你治好。快，拿担架来！"

　　"姐夫，我真的不行了，你看看我身上有多少窟窿在流血，你们不要白为我忙了。姐夫，我有一件事求你。"

　　"什么事，兄弟，说吧。"

　　"我死后你一定要把我的尸首弄回家去。"

　　"这个你放心，姐夫答应你。"

　　担架来了，但是刚把高御天放在担架上，他就咽下最后一口气，闭上眼睛，英灵出窍，飞向蓝天了。

　　"御天！御天！"白汝庸再喊他时，他已经不再答应他这个姐夫了。

　　联络旅部的战士跑来，报告说："报告团长，旅部没有预备队，无援兵可派，旅长让我们自己克服困难。"

　　白汝庸听后无言，他感到战局越来越对 414 团不利，阵地上枪炮声更加激烈起来，战事紧张，容不得他儿女情长，他强咽下悲痛，继续指挥作战。又一阵鏖战，敌人的进攻被打了下去。白汝庸靠在一块大石上休息，负责联络旅部的士兵来到他跟前报告说："白团长，旅长告知，傅作义将军的部队及我 61 军的增援部队对你团两翼敌军发起进攻，命令你团坚守阵地。"

414团在阵地上又苦战两天。第三天，两翼友军受敌猛攻，均撤退。白汝庸派去的侦察兵探知，一股敌军向友军追击，另一股则向平绥路方向挺进。与旅部联系，通讯已经断绝。种种迹象表明，414团已是四面受敌，全团在孤军困守绝地。白汝庸感到在友军阵地——突破的情况下，日军大举推进，中国军队败势已定，414团再坚守已失去意义，便率队通过山间小路向平绥路北侧西进，寻找旅部以领新命。部队到达柴沟堡时，傅作义将军正好也在那里，看到一股刚从前线退下来的部队进入村庄，傅作义让人打问是什么部队，当得知是刚从战场上退下来的414团时，他立即请团长向他报告情况。白汝庸向傅作义详陈了414团在水关战斗的经过后，傅作义说："你团突然与敌接触，英勇奋战，坚决苦撑，援军从两翼助战，更坚守阵地，很可表扬。援军受敌猛攻，被迫撤退，此乃预料外之事。此后你团与旅部通信被敌切断，我们情况不明。前方退下官兵传来消息说，你团全部壮烈牺牲，我们亦无法给你指示。如果此次通信联系好，我们很可能打一个漂亮的胜仗。水关一战，你团歼敌多少？伤亡多少？"

白汝庸回答："我伤亡官兵400余名，敌人死伤约一二百人。"

傅作义将军说："现在你团回原驻地阳高县城休整。"

……

"驾！"

白汝庸在脑子里梳理了一遍水关战斗后，甩鞭打了一下马屁股，坐上白马由小跑变为急奔，几匹随从的战马不敢怠慢地奋蹄急追。

那是一条较为笔直的公路，公路的一侧是京绥铁路，另一侧是破败不堪的内长城。看到长城的残墙断亘，白汝庸不由得又想起日本人编写的《中国分省全志·第十七卷（山西省志）》介绍阳高县城地理地形的一段文字来：

阳高县城在大同东北三省103华里处，位于阳高平原的北角，张绥铁路由此经过。西北两面环山，城西云门山高约2000尺，系当地唯一高山。东南地势平坦，一望无际，有通往大同的道路。京绥铁路经县北朝南方向延伸，东距铁路约6华里，万里长城几乎与铁路平行地蜿蜒东去。

如此形象的描述，倘若日本人从天镇进入山西，这铁路、这长城就成了他们进攻大同绝好的路标。想到此，白汝庸不由得打了一个寒战，他又甩鞭打了一下马匹，加快了奔跑速度。

经过数小时的奔跑，白汝庸一行数人到达了大同城。李服膺正在军部与同

僚开会，听见院里有马叫声，知道白汝庸来了，便让白汝庸马上进来。

军部在讨论 61 军在阳高、天镇一线如何阻敌，由于 414 团是目前唯一与日军作过战的团，因而李服膺决定暂停讨论，先让白汝庸介绍 414 团水关作战情况。

白汝庸遵命，详细地介绍完水关战斗后说："通过我团这次在水关与敌作战，鄙职认为，时值抗战之初，我处被动，敌处主动，今后作战，需认真对待。一者，日本人侵华事先是做过长时间准备的。他们通过汉奸带路当对中华大地作了详细的侦查。人家的作战地图那样详尽，连一棵树、一口井都作了标志，绘制这样的地图得多少人？得多长时间？我国又有多少汉奸参与其中？还有那部《中国分省全志》，此书虽标明由日本东亚同文会编纂，但这样庞大的一部地理志书，仅一个日本东亚同文会能够完成吗？我们中国又有多少汉奸参与其中呢？而我们在日本人绘制对华作战地图和编纂侵华地理志书时，却没有一个人知晓。二者，日军侵华不仅仅单纯是军事，还配合有政治宣传，而且为其宣传的是他们在中国培植多年的汉奸。日本人每占中国一城，便派汉奸装作逃难的难民，到下一个要占领的城中宣传日军不可战胜的神话，传播日军进城时，只要城中百姓手举日本小旗，排队欢迎，日军就不杀人的谣言。三者，日军侵华在军事上的准备是相当充分的，不仅武器先进，部队和单个士兵的作战能力也不可小视。他们在战术上往往选择我军队战线的要害部位，集中力量猛攻、强攻，通过攻克我要害阵地，达到全线击溃我军的目的。"

白汝庸讲话时，全场鸦雀无声。在他到来之前，初步的御敌方案已经定了下来。具体部署是军长李服膺率 61 军司令部与独立 200 旅旅长及 414 团进驻阳高城，李俊功的 101 师开到盘山以北的罗家山、李家山、铁路两侧国防阵地；师长李俊功带 201 旅旅长王丕荣率 401 团（李钟颐团）进驻天镇内负责指挥天镇的全线作战；独立 200 旅 400 团（李生闰团）开到天镇盘山高地，固守那里的国防工事阵地；201 旅 402 团（刘墉之团）固守罗家山阵地；213 旅 425 团（李在溪团）固守李家山阵地；213 旅 426 团（高朝栋团）以瓦夭口为据点，在铁路两侧狙击敌人；200 旅 339 团（张敬俊团）固守天镇城。

白汝庸讲完话，军部又议论了一番，最后李服膺采纳白汝庸的意见，专门补充了几条：

一、部队要迅速进入预设阵地，明天一早就出发。

二、进入阵地后，立即抢修工事，特别要多修防空洞。

三、遇到宣扬日军不可战胜、中国必亡者，杀！造谣老百姓只要不抵抗，举旗欢迎进城日军，日军就不杀头者，杀！为日军送情报者，带路者，杀。

同时把"杀头"权下放到连级，对于上述人等，无论平时或战时，只要发现，连长随时开枪杀死。在战斗进行时，遇到上述之人，排长即可开枪将其击毙。

第八章

第二天一大早，队伍就出发了。

从大同到阳高，一路上基本是一人多高的玉米地。田野一片盛绿，挺拔的玉米林夹着一条坑坑洼洼的一眼望不到头的土路。

晋绥军第 61 军行进在土路上。零乱的脚步踢起一团团尘土，肮脏了道路上的空气。士兵们大多数扛着大枪，少数扛着轻机枪，一些人共同抬着重机枪或其他重型火炮，个别军官骑着马。

军长李服膺则坐在一辆吉普车上。他看着从身边走过的队伍，脸有不满之色。车行至一个拐弯处，他看到一个骑马的军官，那有点傲慢的身影，有点像400 团的团长李生闰，便让车停下，伸出脑袋，喊了一声："李生闰！"

李生闰赶紧跳下马，向李服膺行了一个军礼，有点胆怯地说："李生闰拜见长官。"

李服膺不满地说："你们的行军速度太慢。"

李生闰又敬了个军礼说："是！"

随后，李生闰又转身对自己的队伍高声大喊："打起精神，快一点儿走。"

李生闰的喊声起了作用，队伍的速度明显地加快了。李生闰想跨马赶路，却又被李服膺家长般地喊了一声："慢着，急什么？"

李生闰赶紧又来了一个军礼，说："是，长官有何吩咐？"

李服膺的眼睛盯着李生闰那红润的方脸，用强调的口气说："阎司令长官给我们的任务是坚守三天，拒敌西进，你们团驻守的盘山是这次拒敌的主阵地，你一定要给我固守三天，否则拿脑袋见我。"

李生闰行礼保证："是！请长官放心，我们一定要完成拒敌任务。"

李服膺比较满意地让吉普车向前方驰去，不一会儿，他的车子就驰到了队伍的前面。眼前，两边长满将要成熟的高一片、低一片庄稼的黄土大道上，光光的，仿佛狗舔过一样，连个人影儿也没有，连个兔子也没有，连个小鸟也没

有。李服膺知道，在这兵荒马乱的年月，老百姓最怕兵了，见了兵，谁不退避三舍？当然，那些兔子、小鸟什么的，听到兵们弄出的响声，也是魂飞魄散。好长一段时间，他的部队就在这条空空荡荡的大路上畅通无阻地行进着，快到阳高县城时，路上开始出现从张家口、南口一带退下来的国军士兵。一开始，他们三三两两，结伴而行。后来，退兵多了起来，一伙一伙的，推推搡搡，说说笑笑，骂骂咧咧，除了身穿破旧的军服标明他们是军人外，他们身上已经失落了军人所有的东西，个个显得疲惫不堪，丧魂落魄，没有了军人的威仪、气质。明显地，他们已经属散兵游勇了，已经没有军官，哪怕是一个班长来组织指挥他们了。他们还能三三两两、一伙一伙地结伴而行，完全是因为一些别的原因了，如朋友、同乡或曾经同班、同连等。由于已是散兵游勇了，在他们身上竟令人可恶地多了些匪气，地痞、流氓气。看着这些，吉普车内的李服膺眉头结起了疙瘩。

李服膺部队的士兵好奇地打量着从前线退下来的士兵，从这些退兵衣服上的土尘、血迹，惨白的或是肮脏的紧缠伤口的绷带上，以及一些重伤号晃动着缺胳膊少腿的残体上，士兵们已经想象到了前方战争的残酷。一些士兵胆寒了，内心发虚了。终于，他们忍不住问那些退兵："兄弟，你们是从哪里退下的？"

"南口。"

"南口？"

"张家口，兄弟是张家口退下来的。"

"怎么，打了败仗了？"

"打败仗了，真他妈的窝囊。"

"日本人厉害吗？"

"厉害，头上有飞机炸你，地上有大炮轰你，歪把子机枪嘟嘟，一个劲地扫，还有日本人那手榴弹，你看不大点儿，也就球大点儿，就跟香瓜一样，可一炸一大片……"

啪啪啪！

正跟李服膺的士兵讲话的退兵，忽然被人照着嘴巴打了几巴掌。那退兵的嘴巴遭到巴掌的袭击，顿感一阵麻热，他捂着嘴，正要喊叫，忽然看清站在他面前的是一位长官，他的心里条件反射地产生了对长官的害怕。"啊……"他圆圆地睁着两只小眼，发呆样地看着打他的长官。

打人的是400团的团长李生闰。他看到他的士兵正跟退兵说话，就打马过来，一听说话的内容，不由火冒三丈，跳下马，照着那退兵的嘴巴就是几个巴掌：

"混蛋，乱说！"

李生闰这几巴掌打得很狠，不仅挨打的士兵不敢说话了，旁边别的退兵也不敢说话了，他们都在扬着头，发呆样地看着发怒了的李生闰。这时队伍中的几个战士看到团长在打人，下意识地停住了脚步，行进中的队伍也因此而不动了。

"报告长官，我们是29军的。我们连队在北平被打散了，现在我们找不见自己的部队，请求长官把我们带上，我们要跟着你们上前线，打鬼子。"

被打散的29军的张建才、王子梁、王军也在退兵们中间，看到李生闰打那个退兵的嘴巴，顿时对李生闰产生了敬意。连长张建才上前给李生闰行了一个军礼，请求参加这支准备开到抗日前线的部队。

自北平被打散后，他们三人一直在找部队。先是去了张家口，走到城下时，不料守军29军刘汝明部不战而退，张家口已落入敌手。无奈，他们又闻着枪炮声来到了南口，参加了傅作义部队的一个连队，不料这个连队又被打散。如今碰到了李服膺这支上前线的部队，又动了上前线的念头。

看着退兵中要求加入部队的三名战士，李生闰一时拿不定主意。这时，李服膺的警卫跑来，边敬礼边说："报告李团长，李军长让问一下队伍为何停了下来？"

"告诉李军长，这里有三名退兵要求加入队伍。"

原来走在前边的李服膺从吉普车的镜子上看到队伍停了下来，也看到李生闰情绪激烈地正在跟退兵发生着什么冲突，便对警卫说："看看后面发生了什么事情。"

警卫跑回来了，说："报告军长，有几个退兵要求加入咱们的队伍。"

"告诉李团长，收留他们。"

"是！"

一令传下去，李服膺的部队进入阵地时，已经收留了许多的退兵。

第九章

阎锡山让李服膺的61军在天镇、阳高布防，从南至北一字展开，意在设置一条南北防线，暂时阻止日军西进。一年前，由于担心日本人进入山西，阎锡

山向南京申请了一笔巨款，让李服膺在天镇县一带修筑了这一带的国防工事。这些工事大部分只完成了40%左右，虽然还未完工，但是他们还是有工事可依的。阎锡山向李服膺交代得清清楚楚，他的任务是在这一线抵抗三天。三天后，阎锡山一声令下，61军全体官兵就全线撤退，把日军引进大同一带的口袋阵，若如此，61军就大功告成，李服膺就可邀功行赏。在李服膺看来，日本人的军队装备虽然优良，战斗力也强，但是让他固守三天是没问题的，因而他是满怀着信心而来的。61军各部进入预设阵地后，李服膺顾不上休息，赶紧到各部阵地上视察。

这里是盘山阵地。浓雾低垂，战壕上烟色的晨雾如如不动，看不清战壕的面目，进入战壕的士兵感觉到战壕并不太深，可能不足一米，身子多半露在外面，在这样的战壕里作战实际上就像是对方的活靶子，许多士兵的心顿时凉了半截。后来，晨雾慢慢升起，战壕的真实面目渐渐地显现出来。这哪里是什么战壕，充其量不过是一个战壕的雏形，看样子只完成了1/4，许多地方一段一段的，断断续续地还没有连通，至于混凝土的指挥部、掩蔽所什么的，还绘制在纸上，这里当然见不到它们的影子。士兵们一看到这样的阵地，情绪一落千丈，谩骂声、怪话声顿时响满了战壕。

"他妈的，这是什么破战壕，让老子在这种战壕里打仗。"

"连身子也遮不住，这是让人家当活靶子瞄哪。"

"那帮修工事的人是干什么吃的！听说这里的国防工事去年就开始修了，怎么才修成这个模样？"

"八成是……"

"闭你妈的臭嘴吧，不想活了是不是？"

李服膺就是这个时候来到阵地上的，他来的时候事先没有通知团长李生闰，悄没声的很有些暗访的意味。在战壕一处顺着山体向前转弯的地方，一群士兵围在一起，争吵着什么。李服膺想弄明白他们为何争吵，便向那边走去，刚走了没几步，就听到一声枪响，只见一名士兵在战壕外面几步远的地方，做了一个"鸡奔食"的姿势，立即向前倒去。战壕的边埂上，枯木桩样站着一位手握短枪的军官。短枪在军官手里还冒着青烟，分明是那名军官在枪毙战士。李服膺走过去，问那位军官：

"为何枪杀战士？"

持短枪的军官一看来的是李军长，马上来了一个立正，"啪"地行了一个军礼，有些紧张地大声说："报告李军长，这小子是从前线退下来的士兵，散布失败谣言，动摇军心，被卑职枪毙了。"

"噢，他说什么啦？"

"他长日本人志气，灭中国人威风。"

持短枪的军官边说边用眼角扫了一眼战壕外那名战士的尸体。被枪毙、倒在战壕外的那个战士，脑袋血洇沙土，一只脚抽动了一下，像是想述说什么冤屈似的，不甘心一下子死亡。

"你叫什么名字？"

"报告军座，鄙人名叫高保庸。"

"你是什么职务？"

"鄙职2营营长。"

2营长高保庸回答军长李服膺问题时，心里暗暗吃惊，他想，自己在他手下打了这么多年仗，他竟然还不知道自己的名字。作为军长不认识自己手下一名营长，在李服膺看来，并不算什么事情。他只是平淡地问："那个战士犯了什么军法？"

"报告军座，他动摇军心！"

战壕外，屈死的战士是半路上加入李服膺队伍的29军从前线溃退下来的士兵王子梁。他加入李服鹰部队后，和同班战友王君以及连长张建才被安插在李生闰团的2营3连2排1班当战士。对于这个安排，王子梁一开始心里就颇为不满，他和同班战友王君小兵一个，安排在哪里都一样，可他们的连长那可是连长啊，怎么能让他也当战士呢？因此，他就多有怪话不合时宜地从嘴里冒出来。有一回竟被2营长高保庸听见了。高保庸一听，生气地说："妈的个X，不服？一个溃兵，丧家狗一个，老子收留了你们就挺不错了，怎么，还跟老子摆架？"

王子梁张口想顶撞一下这个蛮横不讲理的营长，可张建才拉了一下他的衣角，他就没再讲话。

加入李服膺的部队后，王子梁他们心里渐渐没了原来上下级界线了，情同兄弟，形影不离，连称呼也变成老兄老弟了。因为是从前线退下来的，李服膺部队里的一些士兵就不免向他们打问一些前线的情况，他们据实相告。于是前线的一些情况还没等李服膺的队伍开到防御阵地就在部队里盛传起来：

不是前方兄弟们打仗不英勇，实在是日本人的装备太先进。日本人的飞机好生厉害，飞机一群紧跟一群，俯冲着下来，扔下一枚枚炸弹，阵地上炸弹的烟柱一下子如树林样冲天而起，弹片乱飞，阵地上的兄弟们一片片倒下……

炮弹嘛，就像天上来的一群黑乌鸦，落在阵地上接连开花……

坦克就跟乌龟一样，整个是一块铁疙瘩，枪打不动，炮轰不动，逢沟跳沟，逢崖跳崖，平地能行，山坡能上，想到哪儿就到哪儿。如果它的背后再跟上一群日本士兵，不一会儿就把士兵送到了咱们中国兵的阵地上……

那歪把子机枪也他妈的制造得巧，一个人就能抱着突突，想到哪打就到哪打……

关于日本人武器装备先进的传言，虽然出之收留的溃兵之口，但它们在部队中间盛传时已经变了形、走了样，被大大地夸张了，对士兵们引起了极不好的影响，甚至产生了某种程度的恐慌。

2营长高保庸听到这些传言后，极为恼火，他知道这些言传出之那些溃兵之口，早就想抓一个倒霉鬼杀杀这股已在士兵中间蔓延的晦气。当士兵们全部进入战壕后，作为2营营长，他开始检查2营在自己那段工事的埋伏情况，当走到3连5排1班的地段时，看到前面的战壕里有几个士兵正凑在一起，交头接耳，不知说些什么，便不动声色地走了过去。开始，士兵们的话只言片语地传入他的耳内，再靠前，传来的话语变得清晰了、连贯了。原来战士们在抱怨眼前的工事质量太差。一个身材瘦小但透着精明的战士问一位部队在半路上收留的溃兵说：

"王子梁，你说说，你们29军的战壕有这么好吗？"

叫王子梁的溃兵说："比这强多了，起码我们29军修的是完整工事，可这里明显是半拉子工事，豆腐渣啊。"

王子梁的话一说完，周围的抱怨声又起。

"这算什么工事啊！29军的比咱们的强多了，都一样挡不住日本人的飞机大炮，咱们的这豆腐渣工事，能挡住日本人吗？"

"老兄，你说说看，咱这工事到底行不行？"

"还用问吗？这不是和尚头上的虱子明摆着吗？"

"这是谁修的工事，哪个驴操的修的工事？"

"不是一年前就开始修了么，怎么到现在还没完工？"

"八成是当官的把工程款克扣了吧。"

战士们的话像火星跌进装满汽油的油桶里，营长高保庸的火气突的一下冒了起来。他把眼珠子瞪得大如鸡卵，一下子跳到王子梁跟前，挥手在王子梁的脸上甩了两巴掌，怒骂道："妈那个X，造谣，动摇军心！"

王子梁脸上突然遭到巴掌的袭击，捂着脸，惊恐地抬头望着打他的人，发现是营长，而且其眼里的凶光闪电一样闪着杀气，知道自己很危险了，恐骇地向后退着。他边退边看到营长眼里的杀气笔直笔直的了，锐利似剑了，急着要逃命的双腿让他再也由不得自己，拔腿就跳出了战壕，向前跑去。营长高保庸的火气一下子加大了，拔枪照着飞跑的王子梁就是一枪。

"兄弟!"看着战友被枪毙，王君不由得大喊了一声，想跑过去把饮弹的战友扶起，被连长张建才紧紧地拉住。

营长高保庸站在战壕的土塄上，对战壕内的士兵们喊道："你们看见了吗？谁要是再造谣，动摇军心，他就是样子!"

就在这个时候，军长李服膺来了。营长高保庸向他大声汇报了枪毙士兵的缘由。他看了看那位已经躺着不动的士兵，又看看尚未完工的作战工事，不由得想起自己负责修筑这段工事的情形。

那是在一年前，由于日本人对山西的野心越来越明显，阎锡山为了抵御日本人进入山西，曾向南京国民党政府申请了一笔国防资金，并命令李服膺修筑晋北边界的防御工事。小商人出身的阎锡山出于使用金钱的吝啬，在拨付款项和物资时就像挤牙膏一样小气，而且经常不按时到位，加上管工程各环节官员的层层克扣，工程建建停停，不仅进度非常缓慢，而且质量也很差劲儿，就像卧在血泊中的那位士兵刚才讲的那样，这里的作战工事形同豆腐渣啊。想到阎锡山让自己把部队布置在只完成了1/4的工事里作战，李服膺感到有一种作孽的感觉，酸酸的像热流样从心底涌向喉咙，他紧闭喉门，却感到那酸的东西向脑门发散。

"李生闰，李生闰!"李服膺忽然大声地喊道。但由于来时没有事先通知李生闰，李生闰正在别处检查挥部队进入工事的情况。

"李团长，李团长在哪儿?"战士们把寻找李生闰的话互相在战地上传着。

"报告军座，李生闰到!"不一会儿，李生闰上气不接下气地跑了过来。

李服膺说："命令你的部队赶做野战工事。"

"是!"

"部队严禁传播失败谣言!"

"是!"

"军部的《告全军官兵书》发下去没有?"

"报告军座，部队刚到，还没有来得及发。"

"赶快发下去!"

"是!"

刚刚进入阵地后的李服膺部队，陆续接到了赶做野战工事的命令。在以盘山为重点，李家山、罗家山为左翼，朱家屯、石家庄为右翼，从南至北一字形摆开的约14公里的防御战线上，一时间，镐锹飞舞，尘土飞扬。与此同时，早已印好的油印《告全军官兵书》，也下发到了战士的手中。李服膺的部队兵源大都是山西农村穷困的农民，他们憨厚朴实，大都不识字，粗糙有力的大手巴掌拿圣物样拿着红红绿绿、轻如鸿毛的《告全军官兵书》，就是不知里面讲的什么。于是他们就找识字的念：

61军的抗日官兵们：

此值国家民族存亡关头，我辈军人，御侮守土，责无旁贷。希望全体官兵，精诚团结，同仇敌忾，英勇抗战，不怕牺牲，完成抗敌任务……

半路上收留的从前线溃退的29军的战士，此时也把《大刀进行曲》教给了阵地上的士兵。只是歌词中的"29军的弟兄们"变成了"61军的弟兄们"。很快地，61军的士气高昂起来，阵地上，军人的热血沸腾着，士兵们在奋力抢修着工事，准备着给那该死的日本人以迎头痛击。

这当儿，张建才看到营长高保庸的情绪已经有了好转，便走过去，对高保庸说："报告营长，那位兄弟的尸体不能长久地那么放着，天气太热，很快就会发出臭味的。"

高保庸扭头向战壕外王子梁的尸体看了一眼，说："去吧，带上个人把你那兄弟埋了吧。"

张建才和王君带着铁锹、镐头来到了王子梁的身边。王子梁面朝下卧着，营长高保庸的子弹是从他的后脑勺射进去的，子弹从印堂部位钻出，弹孔里流出的碗大一摊鲜血，已经变黑凝结，一群嗜血的绿豆苍蝇早已飞临在上面。这群豆苍感到了他们的到来，便"轰"的一声飞起，飞至尺许高度，又恋恋不舍地落下。惨相让张建才和王君心中一痛，眼泪便夺眶而出。他们不忍再看战友的尸体，叮叮当当地为战友挖起坟墓来。

王子梁，苦命蛋子一个，张建才记不起他是河北涞源县哪个村子里的人了，只记得他说过他的家在河北涞源县一个荒凉的山沟里。在一个山崖湾里，一字排开七个天然山洞，那就是他的家。他们家没有地，靠给附近村的富人扛长工生活。有一年发大水，水淹了他们的洞，也冲毁了附近的农田。水灾之后，他爹引着他们兄弟几人外出逃荒。在山西省灵丘县的上寨镇卖了妹妹；在该县觉山寺，把十几岁的弟弟留在寺院当了和尚；在山西广灵县的一个不知什么寺院，让他的又一个弟弟出了家。在河北完县，他们碰见了29军的队伍，他爹说："当兵吧，孩子。当兵虽然要打仗，但命大兴许还能活命。"于是，他就当兵了。他说，他当兵才过上了好日子，从此住上了人工盖的房屋，盖上了软和的被子，吃上了不错的饭菜。尽管当兵经常打仗，经常死人，但他并不在乎这些，整天快快活活，把兵当得很开心。而如今，他不慎因一句话送了性命。人啊，你的性命怎这么贱呢？

埋了王子梁，张建才和王君回到了战壕里。他们看了一眼王子梁的坟丘，心里说：兄弟啊，静静地躺在那儿吧，这世界没有你的事儿了，下面该着我们闹腾了。这样想时，张建才就有些嫉妒王子梁，他对王君说："这会儿，我有些眼红咱们的兄弟王子梁。你呢？"

"我也是。"王君说。

"注意了，日本人上来了。"耳边传来了营长高保庸的声音，"都瞄准，近了再打。"

他们把枪瞄准了敌人。

卷 六

第一章

　　高高的天，蓝蓝的天，仰头看去，巨大的天幕宛如一块无边的纯色蓝布，一尘不染。蓝天上游动的白云洁白到至纯。地上，红旗猎猎，红一军团和红 25 军的红军战士，踏着田地间的黄土路，经过数小时的行军，到达了陕北三原县的云阳镇。

　　三原县的云阳镇是红军司令部的所在地，中国共产党绝对的红区。这里的老百姓与红军早就是鱼水关系了。前来改编的红一军团和红 15 军的红军战士到达后，云阳镇和附近村子的老百姓早已把自家院子的一两间房子打扫得干干净净，等待着战士们的到来。

　　同林彪一样，红军改编后准备担任 115 师副师长的聂荣臻和准备担任 115 师 344 旅旅长的徐海东，也接到了去洛川开会的通知，他们立马赶到洛川，参加那里召开的中共中央政治局扩大会议去了。因此，红军改编的事务自然而然地就由准备担任 115 师政训处主任的罗荣桓、副主任肖华等人负责起来。此外，准备担任 115 师 343 旅旅长的陈光，因红军改编后新组成的 343 旅作为抗日先遣队，将立即开赴抗日前线，因此也留了下来，率先组织 115 师的 343 旅。

　　部队在云阳镇安顿下来以后，罗荣桓和肖华就一起来到红军司令部，接受改编命令后，他们又急急忙忙返回了部队。

　　路上，两人默默地谁都不说话，后来肖华打破了沉默，感叹地说："老蒋为了防止我们的力量壮大，真是千算万算，改编后的 115 师只是个丙种师啊。"

　　实际上，罗荣桓跟肖华想的是同一个问题。蒋介石限制共产党力量发展的企图是十分明显的。罗荣桓扶了扶眼镜说："共产党的力量是限制不了的，因为它的力量源泉在广大的人民群众之中，不过老蒋只给我们个丙种师的编制，这样一来，红军的干部就得降级使用。方面军总指挥当师长，军团长当旅长，师长当团长，团长当营长，营长当连长，而班长恐怕就得降为战士了。红军改编成国民革命军本身就让许多同志想不开，这样一来，咱们的思想政治工作可得抓紧啊。"

"是啊。"肖华说。

罗荣桓大肖华14岁，两人走在一起，罗荣桓明显的是一位师长，而肖华更像个孩子。作为共产党军队的缔造者之一，1927年9月毛泽东领导著名的秋收起义时，罗荣桓曾是起义队伍中一位戴着眼镜、学历最高的年轻党代表。三湾改编后，他成为我党最早的七个基层连队党代表之一，为实行毛泽东提出的"党的支部建立在连队上"的全新制度，进行了艰苦不懈的努力和探索。罗荣桓待人宽厚，脚踏实地，波澜不惊，工作起来却卓有成效。毛泽东曾感慨地说，这个人才我们发现得太晚了！他被任命为红一军团的政委后，与林彪长期合作，硬是带出了一支铁打的队伍。而肖华虽然年轻，却早已是红军队伍里出色的政委了。肖华出生在一个贫困的工人家庭，13岁参加了由毛泽东亲自在兴国主办的土地革命干部训练班，年底被推选为兴国共青团县委书记。17岁时任"少共国际师"政委。在红一军团任政治部组织部部长、红一军团1师政委等职。这

两个共产党部队里的政治干部，此时都感到，改编后的115师需要认真地做一番政治思想工作。

红军的改编工作出人预料地进行得很顺利。中国共产党的红军，其政治素质、人格素养等等，已经达到了让当时中国任何一支军队都得像仰望高山一样，自叹不如。红军里的干部几乎没有人因为自己被降级使用而有怨言，他们及时来到自己的岗位，认识了自己的战士，战士们也认识了自己的班长、连长、营长、团长、旅长，至于林彪、聂荣臻、徐海东虽然暂时没在，都是老领导，战士们一提就都知道。罗荣桓看到自己的同志被降级使用，思想上并没有产生多少不快，心里踏实了许多，倒是战士们对红军改编为国民革命军这一事实产生了不解和不满情绪，这让他心中担忧起来。一下子由红军改编为国民军，不仅让战士们难以接受，就连一些领导干部，思想上一时也难以转过弯来。罗荣桓感到这是一个严重问题，要让干部、战士尽快在思想上转过弯来，成功地完成由红军到八路军的转变。他决定组织编发政治讲话提纲，下发到部队，由各级政工干部，针对战士的思想实际，进行思想教育。同时他还决定和肖华等政训处的干部立即分头下到部队里去，做战士们的思想工作。

时间是上午，阳光很好。罗荣桓到了115师343旅685团5连。5连是共产

党部队的老连队，它的前身是国民革命军第25师和军官教育团的各一部分。南昌起义后，跟随朱德上了井冈山，在五次反"围剿"和长征途中，屡建战功。连长曾贤生，外号"猛子"，他曾是刘亚楼的贴身警卫，作战勇猛异常，他带的一连战士当然也是一连"猛子"。

在云阳镇西头的一户较富裕的人家的院子里，住着5连的一个班。院子虽然老旧了，但却是一个四合院，热心的主人把东、西、南三面的房间都让出来，这样，一个班的战士就都住在一个院子里。

班长带着几个人领来了崭新的国民党军装。战士们把新发的军装放在一边，面无表情地说："每人一套，你们自己拿着穿吧。"

可是谁也不去拿。

班长说："穿啊，怎么不穿？"

没有人理他，一班战士仿佛根本没听见他说话似的。

"怎么不讲话啊，你们是不是都聋了？"

还是没人理他。

"你们……"这回班长可是有些生气了。

"班长，你怎么不穿啊？"有个战士问。

班长不说话了。大家知道，班长也是舍不得他那身红军服装，不想穿国民党军装。

屋子里鸦雀无声了。

这时，连长曾贤生引着罗荣桓进来了。一个眼尖的战士看到进来的居然是首长罗荣桓，马上站起，就地一个立正，咧地来了一个军礼，口气有点慌乱地说："首长好！"

其他战士听见声音，一扭头，发现是首长来了，也一下子都站了起来，边行礼边喊："首长好！"

罗荣桓示意大家坐下，他们却仍旧站着，谁也不肯坐下，个个用疑问的眼神望着眼前的首长。

罗荣桓笑着说："坐，坐，坐呀！怎么不坐？"

还是没有一个人坐下来。

"坐。"

战士们稍稍迟疑了一下，然后就都坐下了。

看到战士们没有一个人去穿新军装，罗荣桓笑了一下，说："怎么，不穿？那可都是新的啊。"

"罗主任，俺们不想穿这身灰皮。"一个战士憋不住了，站起来，有些气呼呼地说。

"噢，怎么不想穿？"

"罗主任，我们参加革命就是为了打倒国民党反动派，为天下的穷人打一片天下。可如今，打来打去，却要戴这青天白日帽徽了……我们……我们自己也成了国民党军，这叫我们还有什么脸去见父老乡亲？"

"就是，国民党是咱们的死对头，为什么要和他搞合作？"

"国民党、蒋介石杀害了我们多少同志，他逼着我们爬雪山、过草地，这仇怎么能忘记！"

"……"

"是啊，罗主任，我的家乡就在瑞金。前天，我碰到一位老乡，红军撤出瑞金后，白军来了，因为他哥哥在咱们红军队伍里，就杀害了他全家。他跑出来，追上了咱们长征的队伍。他告诉我，我的父母兄弟姐妹七口人和十几口亲戚都被杀光了，父母被枪杀了，弟弟被活埋了，两个三四岁的小妹妹被扔到了水井里，连房子都烧了，祖坟也给平了。我现在在这个世上再也没有一个亲人了。"

"罗主任，你们知道'顾屠夫'吗？他叫顾敬之，是国民党鄂豫皖三省边区第一路游击师司令。这家伙残忍好杀，常用枪杀、刀砍、斧剁、分尸、火烧、活埋、'扒皮抽筋'等手段杀害共产党人和平民百姓，人们叫他'顾屠夫'。他在长竹园五里山一次就坑杀红军家属和苏维埃干部100余人。我爹就是那次被这个'顾屠夫'杀害的。"

"……"

国民党在这些红军战士心里播下了数不清的仇恨的种子，面对着罗荣桓，他们一股脑儿把憋在心里的话都向他道了出来。罗荣桓最了解这些苦水里泡大的被富人逼到绝路上跟着共产党起来闹革命的战士。此时他们心中的感受，其实根本就不用说，罗荣桓也是知道的。不过，他还是耐心地听着战士们讲完，然后问他们："你们说咱们的队伍是什么人的队伍？"

"这还用问？人民的呗。"战士们已经把罗荣桓围成了一个圈儿，内中，一个战士说。

"说得对，人民军队的战士应把祖国和人民的利益放在第一位。现在日本帝国主义者来了，正在华北疯狂地杀害我们的同胞，在国家和民族到了最危险的时候，需要我们每一个革命战士把救国的责任担当起来……"

这时一个年轻的小战士站起来说："打日本，救国家，咱是没问题的。要打咱自个打，那也用不着联合蒋介石和国民党嘛。"

罗荣桓看着这浑身稚气的小战士说："这位小同志听说过一把筷子的故

事吗?"

"不知道。"那个小战士用一只手摸着后脑勺,不好意思地说。

罗荣桓就笑着说:"从前,有兄弟十个。一天,他们的老爸把他们叫在一起,每人给他们一根筷子,让他们折断,他们轻轻地一折就把手中的筷子折断了。然后他们的老爸又拿出一把筷子,让他们兄弟轮着折断,结果谁也折不断。现在,面对着日本人,中国人不团结就是那一根根的筷子,最终都得让日本人打败。而中国人团结起来时,就如那一把筷子,日本人是打不败我们的,而我们中国人则能打败日本人……"

最终,战士们都被说服了,他们想通了,心中的不快冰释了,风飘了,云散了。

"首长你放心,我们会把这阶级仇恨暂时吞进肚子里的……"

"也罢,那咱们就再跟国民党一起抗一回日吧。"

红5连不愧是共产党的老连队,战士们的思想工作还是很容易做得通的。

第二章

按分工,师政训处副主任肖华下686团做思想工作。来到团部,他向团长李天佑传达了师部关于红军改编前做好战士政治思想工作的安排后,便提出到下面部队看看。李天佑问:"肖副主任想要到哪个营看看?"

"到一个思想工作可能比较难做的营去吧。"肖华说。

李天佑就说:"那就到3营吧。邓克明那儿的工作要是做通了,别人的工作就好说了。"

3营是由红军长征到达陕北经过整编后的红一军团红4师红12团改编而成的。过去的团长邓克明现在是3营营长,刘西元任教导员。李天佑这样说,一下子让肖华想起了在山城堡战役中邓克明枪毙已做俘虏的敌营长的那件事。肖华心想,邓克明性情耿直,狼鬼不畏,胆大包天,深得战士们的爱戴和信任。他能够想得通,战士们就能想得通。因此就说:"那好吧,咱就去邓克明的3营吧。"

在团长李天佑的陪同下,肖华来到了一个显得破旧的院落,这院子就是3营的营部。邓克明不在,一个战士说营长去了9连,肖华就说:"那我们也去9

连吧。"

在一个通信兵的带领下，他们沿着破土墙夹出的街道向一个古槐树下的奶奶庙走去。9连的战士就集中在奶奶庙前的一片空地上。他们刚刚吃完早饭，司务长让人抬来衣物，给大家换装。看得出，战士们没有一点发衣服的喜悦，他们的目光都直直地盯着那灰色的国军军服，谁也不讲话，谁也不上前去领服装。

"大家领衣服了，来领衣服了。"司务长一连叫了几声，仍没人来领。连长王永禄看到没人领衣服，便喊道："各排长，领你们的衣服。"

连长的命令起了作用，排长们把衣服领走以后，很快发到了每一名战士手中。战士们依旧一副乐不起来的神态。这时有人竟呼哧呼哧地哭了起来。大家扭头一看，哭者竟是他们的战友李思田，心里也跟着难受起来。

李思田是一个矮个子、脸色黑瘦的年轻战士。自小父母双亡，家中一贫如洗。那年，湖南老家爆发秋收起义的时候，他已几天找不到吃的，他一个人在家里饿着肚子等死。一个伙伴跑来告诉他，外面暴动了，你还在这里等死吗？他一听，二话没说，就从门后操起一把斧子，参加了暴动，从此他就跟定了共产党，为穷人打一片天下成了他做人最崇高的信念。也就是从那时候起，在无数次的战斗中，他和战友们打的就是头戴这种"青天白日"的"白狗子"。他

做梦也不会想到，如今自己却也要穿这种灰皮，戴这种帽徽的衣服。那帽子上的"青天白日"，对于他，简直就是不祥之物，它就像疯狗阴森森的牙齿一样，狰狞可恶。他心里一痛，眼窝就痛，接着嘴角也跟着痛。痛着痛着，就由不得自己，哭出声来。那哭声起先不大，后来干脆就放声嚎了起来。

令人想不到的是他的哭声像拉响了发动器一样，一下子竟引发了各种各样的哭声、骂声、喧嚷声。一时间，整个院子充满了激奋、不满和抱怨的情绪。

"爹——"

"娘——"

"哥——"

"姐——"

"孩他娘——"

"儿子——俺不能给你们报仇了。"

有一个大块头的战士，仰脸大声哭喊着，他的声音压过了所有的声音。这个虎背熊腰、大脑袋、宽脑门的汉子叫齐生，只见他大声喊叫时，眼里有豆大的泪珠滚落。一个月前，他的弟弟从江西老家逃难赶到陕北找他，给他带来一家人惨遭白军杀害的消息。仅仅因为他们是红军家属，红军长征走后，白狗子

们便找到他的家里，把他的爹、娘、哥哥、姐姐、妻子、儿子全部活埋了。而且是逼着他们自个挖坑，然后用木棒打进坑里的……

这里，686团3营9连的战士们，也像685团的5连一样，说出了同样的心声：

"娘的，白狗子杀了我们多少人，我们有多少战友牺牲了？"

"我们干吗跟狗日的合作，我们自个打日本不行吗？"

"我一看到这身灰皮就恶心，谁穿这身灰皮？这身灰皮我们不穿！"

"对，不穿！"

"不穿！"

"不穿！"

群情激愤到了极点，战士们觉得自己就是一团炸药，有的把刚发下来的国民党军帽摔到了地上，有的则把衣服也扔了，没有扔的马上效仿，有的战士甚至狠狠地用脚踩踏地上的军帽。一时间，衣服、帽子扔得满地都是，一片狼藉。面对乱相，身为营教导员的刘西元急了，他赶紧跳起来，朝战士们喊了起来："你们这是干什么？拾起来，拾起来，都给我拾起来！"

然而，无济于事，战士们好像根本没有听到他喊话似的，依旧我行我素。他只好把眼睛瞪得再大些，把嗓门提得再高些。

院子里虽然闹成了一锅粥，但营长邓克明却视而不见，由着战士闹腾，他在院子中央的一棵老槐树下，默默地把显得黑瘦的身子靠在黑铁样的树干上，手里莫名其妙地轻轻掂着一块银元。此时，表面上看去平静的他，内心却像闹海一样，翻着波浪。在即将换上灰色的国民党军服之前，他想再进行一次思考，想想自己到底为什么要当兵打仗。

他手里掂着银元，思绪自然也由这块银元引发。

同红军里的多数官兵一样，邓克明也是穷苦出身。那还是他16岁那年，他和同村一个叫满伢子的伙伴给外村一家地主打长工，因要过年了，那地主每人给他们一块银元。这是他们一年的工钱。这一块银元虽然与他们一年付出的劳动不相称，但总算见到工钱了。拿着银元，他们兴冲冲地走上了回家的路。二人嬉笑着，一会儿你前，一会儿我后，你追我赶着往村里跑。在一个大一点儿的镇子，路过集市，满伢子看到了猪肉摊子，想买一点肉回家过年。肉贩子称好肉，满伢子把银元递过去。接过银元的肉贩子用嘴吹了银元一下，迅速把银元放到耳边听，结果没有发出让他喜笑颜开的那种响声，便把银元往肉案上一扔说："你的银元是假的！"

"假的？"满伢子一听，急了，把银元拾起说："不可能！我这是刚领到的工钱。"

肉贩子说："刚领到的也是假的，你吹吹，听听有声音没有？"

这时，旁边有个人过来说："伢子，我给你试一下。"

那人一试，说："真是假的，伢子。"

接着，许多人都试，都说是假的。

"假的，假的，可能吗？我这是刚领到的工钱。"

"伢子，你给谁做工？"

"河口村兰胡子。"

"是那个黑心鬼啊？那就是假的了。"

"操，驴捅的……王八蛋！啊——我的妈呀！"干了一年猪狗活儿，到头来挣了一块假银元，悲痛欲绝的满伢子就地一躺，号啕大哭起来，发狠地说："兰胡子，烂心鬼！啊，啊，啊——不活了，这世道，还让人活吗？"

看到满伢子的银元是假的，邓克明急了，他把自己的银元掏出来，让人们辨认。人们一一验过，说这块银元倒是真的，这个兰胡子心眼还算没有坏透，还给了长工一个真的。

没有坏透吗？邓克明知道，兰胡子早就坏透了，只是那小子找软的捏，不敢对自己使坏罢了。于是他对满伢子说："满伢子别哭了，我这块是真的，真的给你，假的给我。"

满伢子依然咧嘴哭着说："我不要！你把真的给我，你怎么办？"

邓克明从小失去双亲，对生活有自己的一套过法。加上他为人仗义，看到落难兄弟，决定为他多吃一份儿苦。他说："你也晓得嘛，我家里没有老人了，有钱没钱一样活。这银元你拿去买猪肉吧，老子哪天嘴巴馋了想吃肉了，就上山打狍子，狍子肉也蛮香的嘛。"

满伢子停住哭，但目光还很犹豫，不肯接钱。见他如此，邓克明又说："过罢年，回兰胡子家做工，你怕我会放过他？哼，他给我们一块假银元，老子让他拿两块真银元来换！"说着，邓克明就抬起自己的胳膊，鼓起一团硬硬的腱子肉，撇着嘴说道："你不晓得我的胆气吗？"

"晓得晓得！"满伢子破涕为笑，接过了邓克明的银元。

过完年，邓克明和满伢子回到了河口村地主兰胡子家里。兰胡子素以贪婪吝啬，心黑手毒闻名乡里。老乡们恨他恨得咬牙根，但从来敢怒不敢言。但邓克明不怕他，邓克明记着兰地主付满伢子假银元的事，便寻机跟他要回两个真的来。

一日，邓克明下田归来，饿极，见灶台上放了一小碗红薯，二话没说，拿

起那碗红薯，狼吞虎咽地三口两口就吃完了。觉得肚子还饿，他想再拿几个红薯吃，不料兰地主的老婆不依了，还骂骂咧咧，说邓克明长了个猪肚子。邓克明一听，一下子感觉有一股灼热的怒火蹿到了脑门上，他一脚端翻了地上饭椅板凳，怒目圆睁，攥着拳头，骂道："好你个黑心婆，娘卖口的，老子给你们拼死拼活地干活，你们竟连口饱饭也不给。"

邓克明这突然的举动一下子把一家人怔住了。他们僵人一样地在那儿站着，不知所措。邓克明继续怒道："黑心婆，你给老子说，你们再让老子饿肚子不了？再让老子饿肚子，老子一把火烧了你们的房子。"

兰地主已经走出了屋子，怒极的邓克明竟然没有发觉他是什么时候走出来的。兰地主听邓克明要烧他的房子，高声呼叫："乡亲们哪，不好了，邓克明要放火烧房子了！不好了……"

因他平素心黑，乡亲们没人理他，都在悄悄地掩嘴窃笑。兰地主看着没人理他，只得转回来求邓克明了。不料，他刚一转身，却发现邓克明不知从哪里弄了一把干柴，蘸着素油，燃成了熊熊燃烧的火把，这一下真把兰地主吓坏了，"扑通"一声跪在地上求饶："邓克明爷爷呀，你千万别放火烧屋，今后你想吃啥吃啥，想吃多少就吃多少。"

邓克明举着火把对他说："兰胡子，你听着，你给满伢子那块银元是假的。你给我们一块假的，今天必须还我们两块真的。"

"行，行，行。我还，我还。"

……

邓克明手里掂着的那块银元就是兰地主付给满伢子的假银元。后来，他当了兵，经过北伐、反围剿、长征、东征，参加过大小无数次战斗，一直把它带在身边。无事时或者有什么想不开的事时，他常常把它拿出来，在手里把玩。玩着玩着，心里就明亮了起来，就知道自己该怎么办了。今天，正当他靠在槐树干上，把这块银元在手里掂来掂去的时候，肖华在团长李天佑的陪同下走了进来。

看到这样的场面，肖华心中不免就有些生气。只是多年来的政工工作使他练就了不怒形于色的定力，没有在脸上表现出来。他面带微笑，向邓克明走去。瞧着微笑着而来的肖华，邓克明马上迎上去，直直地站了个立正，挥手有力地施了个军礼，大声说："肖首长好！"

"他们是怎么回事？"肖华问。

对于眼前的情景，邓克明并非视而不见，只是他太了解他的战士们了。战士们并非不深明大义，只是心里窝着火。从长征开始，他们就知道日本帝国主义是中国人民的死敌，到达陕北后，他们都参加过红军组织的借道山西、开赴华北抗日的东征，抗日救亡的道理无人不晓啊，只是让他们一下子穿上国民党的军装，他们心中不快啊。因此，对于战士们出现的一些过激言行，他索性来了个视而不见、充耳不闻，让战士们发泄发泄。

"报告首长，战士们看到让他们穿国民党军服，心里憋屈，正在发泄呢。"邓克明营长报告说。

"战士们目前这种状态，怎么能上前线呢？"肖华问。

邓克明好像被提醒似的，转身跃到门台之上，对着喧闹的战士们高声大喊："全体注意！"

邓克明喊出的"全体注意"好像有着某种魔法，他这么一喊，战士们一下子不闹了，全都回过头来，眼巴巴地看着站在门台之上的邓克明。邓克明捏着手中的银元，扬起来说："你们看我手里拿的是什么？"

"银元！"战士们喊。

"不错，咱们这支队伍，除了去年东征时参军的山西新兵，都知道我有一块银元一直带在身上，没事时，也好拿出来在手中玩玩。你们知道我为什么一直带着它吗？"

邓克明的这块银元有着一串故事。当年他参加北伐军时，有一次在汉口附近激战，他把身子从掩体里探出来，指挥全班进攻，刚一喊，就感到左胸一震，疼得钻心，心想娘卖口的，这回子弹把老子打着了。他赶紧倒地静卧，稍待一会儿，试着晃了晃身子，觉得身子完完整整，还挺灵活的。再动动胳膊和腿，也是行动自如，什么事也没有啊。他满心疑惑，手摸到左边上衣的口袋时，发现口袋破了，从口袋里掏出银元，那块银元已缺了个口子。他一下子明白了，刚才是这块银元救了他一命。这个故事，许多战士都知道。

现在，当他问战士们自己为什么一直随身带着这块银元时，战士们回答："因为它救了你的命。"

"不对！"

邓克明又把手中的银元晃了晃说："这是我小时候一个伙伴为地主扛活的一年的工钱。一年哪！我们整整为那个姓兰的地主干了一年的活，他就给一块银元，还是假的。你们看它是一块银元，可在邓克明的眼里，它就不是银元。它是地主的黑心肝，黑世道的黑心肝。有人要问，你邓克明要那块'黑心肝'做什么？你们知道"卧薪尝胆"的故事吗？这'黑心肝'就是那苦胆啊！我邓克明一直把它带在身边，行军打仗累了，拿出来看看它，我就知道自己为了推翻黑世道在受苦受累。战斗负伤了，我拿出来看看它，心里就觉得我这血流得值

啊！刚才，我又拿出来看了它。你们知道我在想什么吗？我在心里问自己：邓克明啊，你为什么扛枪？我自己回答：为了推翻黑世道，打一片穷人的天下。我问自己：怎么给穷人打一片天下呢？我自己回答：打倒国民党反动派及其他们的白狗子。我又问自己：而今你为什么不去打那些白狗子，而要穿这身灰皮呢……"

战士们一听，营长跟自己想的一样，便睁大了眼睛，目光直直地盯着他，个个竖起耳朵，聆听着。

邓克明看了一下自己的战士，继续说："我给自己的答案是，如今日本侵略者要来了。这日本侵略者要是一来，这世道就更黑暗，更没有咱穷人的活头了。日本帝国主义要灭我中华，灭我民族。就是说，我们又要有一个更凶恶的敌人了。对付日本这个中华民族凶恶的敌人，单靠我们共产党和红军的力量是不行的，我们必须与国民党合作，动员全国的力量才能取得胜利。现在，我们穿着这套军装，并不是投降，而是一种策略，是为了联合国民党，结成更大的抗日同盟。你们想一想，我们这支队伍的性质没有变嘛。我们还是共产党领导的嘛，我们没有放弃我们的革命理想嘛，我们还是一支穷人的队伍嘛。只要我们手中有枪，天下早晚也是穷人的嘛。同志们，这就是我刚才想的，你们觉得我想的有道理吗？"

邓克明说到这里，故意停顿了一下，可是战士们静悄悄的，没有人回答他的问题。不过，看得出，每个战士都在严肃地思考这个问题。然后，他提高了嗓门儿，大声说："现在，师部肖首长来我营检查，当着肖首长的面，你们回答几个问题。"

听到营长的话，战士们赶紧排好了队形。

邓克明问："你们是白匪吗？"

战士们答："不是！"

"你们是人民的子弟兵吗？"

"是！"

"现在，日本人正在华北残杀那里的人民，你们应该怎么办？"

"开赴华北，英勇杀敌！"

"现在，我命令你们，把扔在地上的衣服拾起来，穿到身上去。"

战士们仍没有一个依令动作，邓克明厉声地问："你们小肚鸡肠吗？"

"不！"

战士们几乎同时在喊。喊过后，战士们开始把扔在地上的衣服拾起来，穿在身上。只一会儿，换上新装的战士雄赳赳、齐刷刷地站了一院。邓克明很高兴，喊道：

"全体，操家伙！"

战士们跑到旁边架枪的地方，伸手拿起自己的步枪，背上肩，然后迅速地回到原地。转眼间，一个英气勃勃的方阵威武地呈现在院落里了。

邓克明喊："全体持枪立正！"

整个方阵立刻又勃发出一种豪气。

"预备用枪！"

全体刷地摆出一个预备用枪的姿势。

"一步前进刺！"

"刷！"全体猛地跨出一步，有力地把枪向前刺出，众口虎啸一声："杀——"

邓克明又令："左刺！"

"杀——"随着虎似的喊声，全体又做出了一个漂亮的左刺。

"右刺！"

"杀——"

"下刺！"

"杀——"

……

"杀——"

"杀——"

"枪——放下！"

战士们一阵勇猛刚劲的刺杀表演，令肖华觉得顿时浑身也阳刚起来。这时邓克明来了一个标准的军人转身动作，接着有力地行了一个军礼，高声说道："请肖首长放心，等开到前线，我们3营一定是1营老虎！"

肖华不由说了声："好！"

这时团长李天佑也高兴地说："不错嘛，3营长，只听说你能打仗，没想到做思想政治工作也有一套啊。好，我们686团就用你刚才的方法开展思想教育工作。"

肖华也高兴地说："3营的方法值得推广。"

中国共产党的部队，自他诞生的那天起，只要有好的思想政治工作方法，好的战略战术，马上就会在全部队传播开来。这种优良作风，可以使整个部队的战斗力和政治思想水平得以迅速地提高。

第三章

8月22日，陕北的云阳镇西边的一个长满了小草的土坪上，一伙身着国民军灰色服装，佩戴"八路"臂章的战士正在布置会场。他们在草坪的西面，用当地老百姓的杨木椽和油松的绿枝搭起了一个大门形的简易会场彩楼。彩楼上方的松枝间贴着红纸黑字的大块斗方，上书"八路军 115 师抗日先遣队出征誓师大会"，彩楼两边是一副同样用红纸黑字书写的对联，右边是"华北遇劫，民族受辱，血性男儿上战场"，左边是"妇女遭淫，房屋被焚，收复江山救国民"。彩门楼下，几张陕北云阳镇一带学校的旧课桌并成了一排，显然这是他们为首长临时拼凑的主席台。

"不知首长们来了没有？我去看看。"

一名战士，腰间挂着一只铜号，离开在彩门楼下边欢快地忙碌着的战友，站在不远处一个长满荒草的土塄之上，一手搭成篷形，向远处的道路上望去。道路上，空空的没有人影，他便把目光离开道路，抬起头，改为仰望着高高的天空。

又一个晴好的日子。

高空，转动的太阳闪烁着旺旺的光辉，天幕湛蓝湛蓝，白云闲闲地游着。天之下，远远近近地旺盛着夏末的山峦、梯田、沟壑、树林、村庄。一只鹞鹰，张着棕色的铁弓般的巨翅，斜着身子盘旋。太阳把它的影子真切地投到地上，鹰动影动，所到之处，树林间、庄稼地里的麻雀、鼠类，再也不敢放肆地叽叽喳喳。看到鹞鹰的身影，号手对那只遥不可及的鹞鹰产生了一股无比崇敬之情，他兴奋地有些不能自禁了，想要放开嗓子，亮亮地喊出一句什么，气流刚到嗓门那儿，就听身后有说话声："哟嗬，这会场布置得不错嘛。"

听到说话声，号手咽下自己想要喊出来的话，回头看见罗荣桓、陈光等师部、旅部的首长从另一个方向走进了草坪。他们踏着草坪上的青草，惊得草丛中的蚂蚱泥点样四下里飞蹦。他想转身跑过去，问问首长们有什么吩咐，这时罗荣桓向他摆了摆手，他看出那是让他把手中的小号吹起来。于是他一步登到身边的小土包上，把小号对准蓝天，嘀嘀嗒嗒地吹起来。号声嘹亮，惊得蓝天上正在飞行的小鸟四下飞蹿。

嘀嘀嗒嗒——

这是八路军 115 师主力部队 343 旅召开奔赴抗日前誓师大会的集合号声。

在中华民族到了最危险的时候，中国共产党未等红军全部改编就绪，就命令 343 旅及师直独立团作为抗日先遣队，率先出师山西，奔赴抗战前线。听到集合号声，343 旅 685 团、686 团及师直独立团立即集合部队，向草坪这边进发。庄稼地后面，远远地传来了战士们跑步时喊出的号子声，让人感到有一股强大的力量在向草坪这边聚拢。最先赶来的是 685 团，团长杨得志跑在队伍的前面，亮着男子汉有力的嗓音，亲自喊着号子，带着 685 团，跑步进了草坪。几乎是在同时，李天佑带领 686 团，杨成武带领独立团，也从草坪的其他地方开了进来。各团在一片"立正"、"稍息"声中，有序地调整着队伍。不一会儿工夫，三个团便组成了一个英气勃勃的庞大方阵。

罗荣桓一直站在长桌摆成的主席台后面，他以欣赏的目光看着部队十分虎气地进入草坪，看着战士们无数双脚在首长们喊出的有力的口令声中，马蹄不乱地踢踏着，迅速地站出了一方阵，心中十分满意。

这是由中国最有出息的穷人组成的方阵。此前，他们集结在共产党的旗帜下，要为穷人打一片没有剥削、没有压迫的红彤彤的江山，如今国难当头，作为中华民族的优秀子孙，他们不计前嫌，又与昔日战场上与之拼命厮杀的对手联手，抗击日本人的侵略。想到将要带领这支队伍奔赴抗日前线，罗荣桓不禁豪情满怀，一股阳刚之气激荡起来。

"报告，685 团集合完毕！"

"报告，686 团集合完毕！"

"报告，独立团集合完毕！"

"好！"

罗荣桓高兴地挥了一下手臂，然后对一旁的 343 旅旅长陈光说："可以开始了。"

陈光抬手握拳，精干地从主席台后面跑步来到部队前面，然后放手，做立正姿势，柱子样立在战士前面，口里喊道："全体，立正！"

"刷！"战士的方阵英气地挺出了一个标准的立正姿势。

"稍息！"

"刷！"左腿同出，战士们又整齐地跨出一个优美的稍息姿势。

陈光大声宣布："八路军 115 师抗日先遣队出征誓师大会现在开始！"

陈光宣布完，接着又说："现在，由师首长罗主任讲话。"

"哗哗……"战士们高兴地拍出一串雷鸣般的掌声。罗荣桓微笑着向战士们招手，示意他们掌声停下。战士们显然明白了他的手势，热烈的掌声顿时停了下来。

罗荣桓像刚才陈光一样，站在战士们面前，情绪激昂，放声说道：

同志们！

今天——是——我们八路军 115 师抗日先遣队出征誓师之日。我们是工农子弟，更是中华民族的优秀子孙，我们肩负着解放天下劳苦大众的重任，也肩负着保卫祖国，抗击侵略中华民族敌人的重任。如今，日本帝国主义已经开始了全面侵华活动，祖国有难，需要我们以我们的血肉，筑成新的长城，抗击日寇，救国于危难。

"同志们！你们愿意吗？

战士们众口一词，猛力喊出：

愿意——

从战士们口中喊出的声音，声震长空，势冲霄汉。
罗荣桓继续说：

好！

同志们！现在，我郑重地告诉你们，卢沟桥事变后，日军迅速占领了北平、天津，随后又占领了我张家口、南口。南口失陷后，日军又迅速把战火烧到了山西晋北的大门口。第二战区司令长官阎锡山正准备在晋北重镇大同一带集结部队，抗敌会战。为了给大同的集结部队争取时间，现已令晋绥军第 61 军军长李服膺，率 7 个团，开赴阳高、天镇、盘山一带御敌。我八路军 115 师抗日先遣队今日要从陕西云阳镇出发，到芝川镇黄河渡口渡过黄河，然后行军至山西侯马，乘坐阎长官为我们准备好的火车，沿同蒲铁路，经临纷、霍县、平遥、太原、原平等地，到晋北前线，与友军配合，抗击日军。我们这次东进抗日，从陕西云阳镇到晋北地区要走 1000 多里，路上会遇到各种困难，大家要发扬我们红军不怕困难的精神，争取早日到达晋北前线……

战士们背着枪，紧紧地盯着罗荣桓的脸，聚精会神地听着罗荣桓讲话。罗荣桓继续讲道：

同志们，从今天起，我们就正式成为国民革命军第八路军啦。我们的林彪师长、聂荣臻副师长，因开会不能参加今天这个会议。为了打败日本帝国主义，现在由我带领大家宣誓。请大家抬起你们的右手！"

罗荣桓说着，右手成拳，庄严地举了起来。

战士们也右手成拳，庄严地举了起来。
罗荣桓庄严地说道：

日本帝国主义是中华民族的死敌。它要亡我国家，灭我种族。为了民族，为了国家，为了同胞，为了子孙，我们要坚决抗战到底！

战士们也庄严地跟着说道：

日本帝国主义是中华民族的死敌。它要亡我国家，灭我种族。为了民族，为了国家，为了同胞，为了子孙，我们要坚决抗战到底！

罗荣桓接着宣誓说：

为了抗日救国，我们已经奋斗了 6 年。现在民族统一战线已经成功。我们改名为国民革命军，上前线去杀敌人。我们要严守纪律，勇敢作战，不把日本强盗赶出中国，不把汉奸完全肃清，誓不回家！

战士们也跟着宣誓：
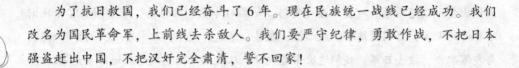

为了抗日救国，我们已经奋斗了 6 年。现在民族统一战线已经成功。我们改名为国民革命军，上前线去杀敌人。我们要严守纪律，勇敢作战，不把日本强盗赶出中国，不把汉奸完全肃清，誓不回家！

罗荣桓说：

我们是工农的子弟，不侵犯群众的一针一线，替民众谋利益，对革命要忠实。如果违反民族利益，愿受革命纪律的制裁和同志的指责……

战士们也跟着说：

"我们是工农的子弟，不侵犯群众的——针一线，替民众谋利益，对革命要忠实。如果违反民族利益，愿受革命纪律的制裁和同志的指责……

国民革命军第八路军 115 师抗日先遣队的宣誓声，如雷霆万钧之力，在陕北云阳镇碧蓝的天空中震荡。

第四章

这里是陕北高原上一个普通的村子。盛夏杨柳树的老绿里，隐若着一片不大的破烂不堪的陕北特色的民房，它们就像黄土高原上的黄土坷垃一样，挤挤搡搡。在村西头的一面土墙上，写着"冯家村"几个字迹不太清楚的黑字。长久以来，村里人默默地过着一种穷困、安静且毫无生气的生活。那时候，村里老少谁也不会想到会有大事在这个村子里发生。

那天天上的太阳特别的白，照耀得冯家村也特别的白。像通常一样，这样的天气里，村子里的一切，房屋、院墙、挂着绿果的树木、街道上的一堆粪驴、一摊鸡屎等，无一丝儿声息似的安静在太阳的白光里。就连耐不住骄阳躲到树叶后的蝉的叫声也透着一股安静的韵味儿。就在这个时候，一个身穿红军军服的年轻骑士，骑一匹一团火似的大红马奔进了村子。这位骑士是红军后方司令部的参谋长萧劲光。他受中央的委派，正在为即将召开的中央政治局扩大会议寻找合适的会址。只见他打马在村子里溜了一会儿，溜遍了村里所有的大小街道后，在一所学校的门前下了马，把马拴在门前大水塘旁边大柳树旁边，进了学校的大门。

那是一个只有两孔砖砌的窑洞，从窑洞里传来的读书声判断，学校里这会儿正在上课。出于礼貌，萧劲光没有马上进去打扰孩子们上课，只是打量起院子来。这是一处不足一亩地大的院子，因为是学校，院子里没种什么庄稼，空空的，显然用作了孩子们下课时的活动场地。院子里离教舍不远，长着一棵枝叶繁茂的老槐树，老槐树下，树荫铺地，萧劲光钻到树下的阴凉里试了一下，格外地凉爽，心中不由得一笑，心想如果屋里也很理想的话，这棵树正好可以让开会的首长们休息、纳凉、吃饭，也是开会讨论的好地方啊。

教书的先生可能是听到了院子里的动静，让学生的读书声停下，自己推门走了出来。教书先生是一位颇为儒气的约50来岁的中年男子，看到村下站着一位英俊的年轻军官正笑着，陪着小心，走了过来，轻声地问："长官是……"

萧劲光马上上前，行了个抱拳礼说："老先生，彼人姓肖，名劲光，红军后方司令部参谋长。先生贵姓？"

"免贵冯，名建勋。肖将军来我这私塾有何贵干？"

教书先生一听这位姓肖的军人叫自己老先生，加之看到来人气质非凡，知道他是一位品德很高的贤达，马上报上了自己的姓名，并亲切地称萧劲光将军。萧劲光看到这位先生对自己的到来没有反感，便说："不瞒先生说，我是奔这所学校来的。"

"噢，里面谈。"

来到两孔校舍前，征得主人同意，萧劲光看了看作为教室的窑洞，砖砌的窑洞内虽然不大，但作为二三十人的会场，还是富富有余的。再随着姓冯的先生进入隔壁的窑洞内，发现这窑洞原来是先生的宿舍，萧劲光一下子更高兴了，心想，这里是理想的会议地址了：这个窑洞可以让毛主席住下来，另一个窑洞做会场。

"冯先生，我们想租用几天您的学校，时间大约一个星期的样子。"

冯先生一听，样子有些吃惊，问："做啥用？"

"我们要召开一个会议，研究抗日大计。"

冯先生的脸上开始由吃惊变得有些难色了，说道："对不起了，肖将军。看装束，您是红军吧？我们这里已是国统区了，我把房子租给你们用，国军那面不好交代啊。"

"冯先生，我看您是多虑了。为了抗日，国共现在已经合作了。蒋先生说：'如果战端一开，那就是地无分南北，人无分老幼，无论何人，皆有守土抗战之责任，皆应抱定牺牲一切之决心。'您把学校租给我们，实际上是尽一份国民之责啊！"

冯先生想了想，说："行，国家兴亡，匹夫有责啊！就算是我对抗日的一点儿贡献吧。肖将军，你们几时用，我把学校腾出来。"

"冯先生，再过三天能不能腾出来？"

"能，能，能啊。"

冯家村虽是国统区，但这里却是东北军驻守着，西安事变后的东北军与红军更加和睦相处了，中共中央把它选为召开政治局会议会址，并没有实质性的危险，反而十分安全。地理上，冯家村地处咸榆公路的边上，这里距红军驻扎的三原、富平和党中央所在地延安都是百余公里，参加会议的政治局委员和部分红军高级将领，骑马一天时间就可到达。再则，冯家村位于洛川塬上，四面都有沟壑，村子里有几条通往外面的路，万一有个什么情况，开会人员随时都可以撤离。

几天后，在冯家村的街道上、村口以及村子不远的各路口，出现了带着各种大枪小枪的岗哨。他们是红军从延安调来的一个加强警卫营和一个手枪连。满怀炙热抗日情怀的友军——东北军，也派来了一个机枪连和一个手枪排，配合红军进行会议的保卫警戒工作。

毛泽东提前一天到达了冯家村，住在小学校冯先生的宿舍内。一整天，毛泽东都没有走出学校半步。对于目前的政治形势和任务、国共两党的关系、红军改编成八路军出征后的作战方针等，他虽然已经成竹在胸，但他趁开会前夕，仍在梳理着自己的思绪。

8月22日，各路奔赴冯家村的英雄到齐，他们在小学校门前的大槐树边下马，把缰绳交给等在树下的警卫战士，然后英气勃勃地走进了会场。会场是一孔普通的窑洞，从村里借来的5张灰旧粗糙的高桌，拼凑成一个会议长桌，长桌四周放着长条板凳。如此简陋的会场，虽然不能与国民党庐山国防会议豪华的会场相比，但聚集在这里的是当时全国最优秀的精英。在这里，他们以优秀的大脑将为共产党和他领导的八路军、新四军制定出抗战的最优决策。

到会的人各自找着自己的座位，互致问候，抽烟，说笑，烟雾弥漫的窑洞里充满了革命的现实主义和浪漫主义色彩。

说话间，李克农走了进来，他把一份电报拍在桌上，只见上面写道：

国民党中央军事委员会委员长令：

抗日在即，国家正在用人之际，中央本着既往不咎之态度，兹命朱德出面，将陕北流窜之土匪残部收编为国民革命军第八路军，由朱德任总指挥，彭德怀任副总指挥……八路军划归阎锡山之第二战区序列，防区划定为晋东北，敕令朱德三日之内将三师编就，本月底前全部开上山西前线，投入抗日之列……

朱德从桌上拾起电报，一看，从鼻孔中发出了一声轻视的哼，说了句："扯球蛋！"便把电报重又丢在桌上。接着其他人开始传阅起这份电报来。

毛泽东、周恩来等看了电报后，脸上也有阴云滚动，但他很快让自己平静下来，周恩来站起来说："我看大家不要太激动。蒋介石不过是过一过嘴皮上的瘾，我看他说什么都无所谓，他同意红军改编，重要的是我们胜利了。现在我们可以冠冕堂皇地去抗日，去发动群众，这不是很好吗?"

张闻天也说："恩来同志说得有道理，我们的目的已经达到了，去计较他的提法还有什么意义呢? 我看，现在我们正式开会吧!"

宣布开会后，窑洞里一下子鸦雀无声，安静肃穆起来。

"下面我宣布会议日程……"

这天，中国共产党在冯家村召开的政治局扩大会议，史称"洛川会议"。会议开了整整四天，通过了《中央关于目前形势与党的任务的决定》、《中国共产党抗日救国十大纲领》。着重解决了两个重大问题：一是怎样抗战和作战；一是既要独立自主，又要和国民党处理好关系。特别是要保持组织上、思想上的独立性。与会者在对会议的议题进行讨论时，除了红军改编后将怎样作战外，其他议题都取得了高度一致。

第五章

115 师 343 旅作为八路军抗日先遣队于 1937 年 8 月 22 日在陕西云阳镇誓师后，即刻由师部政训处主任罗荣桓、旅长陈光等率领出征，步行向黄河边上的芝川镇渡口奔去。他们要从那里渡过黄河，开到山西晋东北前线，参加那里正在进行的抗战。

8 月 30 日，先头部队独立团已经饮马黄河边上，团长杨成武命令部队在离黄河不远的树杨林里休息，自己则带着几个战士来到渡口边，查看情况。

波涛翻涌的黄河水流，滚滚东流，奔涌的流速看上去让人觉得有些眼晕。

不远处就是岸边的芝川镇渡口检查站。紧挨检查站停泊了许多空空的船只。杨成武判断，即将开到前线的八路军将在这里接受检查，然后坐上这些船只，开到对面去。

检查站的门口，有两个级别一高一低的晋绥军官正说着话。他们的身边有几个挎枪的士兵无聊地来回踱着步。清风把他们的说话清晰地送了过来。杨成武和几个随行战士停下来，他们用手指指点点，表面上看上去好像在议论黄河的波涛，实际上在侧耳细听站口两个晋绥军官的谈话。

"你是这里的渡口检察官，到时候你要好好地检查。阎长官吩咐，不得放一

个不在编制的共军过河。"

"是，长官，我决不放一个'黑户'过河。"

级别高一点儿的晋绥军官说完离开了渡口。渡口的检察官却自言自语道："扯淡。蒋委员长还说，一旦战端一开，地将无分南北，人将无分老幼，皆有守土抗战之责哩。"

听到两人的谈话，杨成武心里不由得警惕起来，他意识到晋绥军的渡口检查将会很紧，因为独立团不在国民党给的八路军编制里，明着报上"独立团"的名号，他们会让"独立团"过去吗？这时他又想到在云阳镇开拔时罗荣桓主任对他说过的话："现在虽然国共合作了，但蒋介石对我们的戒心很大，无时无刻不在担心八路军壮大起来。过黄河时，你们独立团要小心行事啊。"

看来首长的话说得很对啊。不过，为了进一步搞清虚实，他决定上前会一会那个检察官，来他一个"火力侦察"。于是，杨成武带着几个战士向渡口检查站走去。

检查站门口，渡口检察官掏出香烟，点着，抽一口，抬头看到了迎面而来的八路军官兵，脸现笑容："长官，你们是哪部分的？"

杨成武看到，检察官约二十五六岁，宽脸膛，有一点点儿书生气，面目也和善些，便说："我们是八路军抗日先遣队的，要过黄河开到晋东北打日本鬼子去。"

检察官一听，再一次让笑容现在脸上说："噢，敢问长官，你们是哪个部队的？""八路军115师。"

"115师哪个团？"

"独立团。"

"独立团？"渡口检察官抓着头皮想了想，说："独……八路军的编制里好像没有这个团。不好意思，我们上边儿有令，不在编制里的'黑户'一律不准过河。"

杨成武身边的一个战士急了，上前生气地说："什么黑户？日本人在前方杀人放火，你们却要限制我们八路军上前线为老百姓杀敌报仇。"

检察官显得有些不好意思，后退了一步说："对不起，兄弟是执行上边儿的命令，我也是没有办法。"

那战士还想上前理论，杨成武以手势制止。随后，他们转身离开了渡口，向部队隐蔽的杨树林里走去。这时，身后一位战士问："首长，刚才那个国民党军官为何说咱们独立团是'黑户'?"

杨成武有些感叹地说:"我们红军第一军团第一师,在云阳整编时,缩编为一个团。可蒋总司令那边企图利用整编限制削弱我们的力量,不准我团列入编制序列。没办法,我们就编为115师直属独立团,可老蒋还是不承认我们这支部队。这不,现在又想阻止我们过河。"

"那,我们怎么过河?"

"我们待一会儿,等686团过来再说。"

独立团隐蔽的杨树林里,明显地又多了许多战士,很显然,兄弟部队已经赶到了这里。在前面不远的树林里,有一块白色的大石头,石旁,罗荣桓和肖华正在商量着什么事情。杨成武因为有重要情况要报告,便走了过去。

杨成武把刚才在渡口检查站的情况向罗荣桓作了汇报。罗荣桓看了看杨成武的脸说:"这个情况很重要,我们得事先想想办法,否则会很被动。过一会儿,陈光、李天佑他们要来,咱们等等他们再说。"

罗荣桓一边说一边向一条林间小道张望,只见林间小道上走来三位精干的八路军军官,他们是陈光、李天佑、杨得志。罗荣桓说:"哦,他们来了。"

陈光、李天佑、杨得志走过来后,一起向罗荣桓敬礼:"首长好!"

"同志们好!"礼毕,罗荣桓就对他们说:"让杨成武同志说一下情况。"

杨成武说:"刚才我们去了一下渡口检查站,检察官说独立师没在编制序列,看样子我团渡河很困难。你们有什么法子能帮助我团过去?"

李天佑想了想,然后用手拍了一下自己抬起来的右腿说:"这还不好办!你们独立团混在我们686团里面,瞒天过海,一起渡河。"

陈光赞同说:"我看李天佑说的是一个办法。"

罗荣桓说:"对,这事就这么办。我和陈光先到渡口联系渡河事宜,你们等着。"

不一会儿,罗荣桓和陈光就回来了。罗荣桓说:"686团和独立团按刚才商量的法子先过河,685团随后过河。李天佑和杨成武要把过河的方法跟战士们讲清楚,动作要快,不能让他们看出破绽。"

"是。"

八路军抗日先遣队的渡河开始了。李天佑的686团及临时混编在里边的杨成武独立团悄没声地来到了渡口,隐蔽在河堤的后面。他们看到,渡口检查站里,一个宽脸膛的渡口检察官抽着烟,悠闲地哼着小调。他的旁边有几个士兵来回走动。在渡口检查站左岸边停放着 20 多艘大船。他们将要跳上那些大船，渡到河对岸去。

李天佑带着两个警卫战士走到渡口检查站，对渡口检察官说："我们是八路军 115 师 686 团的。北边前线情况吃紧呢，阎司令长官催促我军赶快过河开赴前线。"

渡口检察官打开皮夹查看。

趁着渡口检察官查找的当儿，八路军战士一拥而上，顷刻间站满了岸边的大船。

渡口检察官说："有 686 团这个番号，你们过吧。"

这时，渡口检查站门口一个站岗的士兵看到在一只船上有杨成武等人，就叫起来说："长官，你看船上那个人不是独立团的长官吗？"

渡口检察官生气地骂那个战士说： "妈那个 X 的，怕把你当作哑巴卖了吗？"

站岗的士兵就不再张口。渡口检察官说完扭头向河面望去，只见汹涌的波涛中，载满八路军战士的 20 多艘大船箭似的飞向对岸，那场面十分壮观。渡口检察官不由得感叹一句：

"嗬，八路军好威猛啊！"

卷 七

第一章

李服膺的部队进入阵地不久就与日本人全线接战。他们的对手是日本关东军察哈尔派遣兵团的混成第15旅团和混成第2旅团。南口战役进行一半时，关东军参谋长东条英机为了进犯山西，占领华北，组建了察哈尔派遣兵团。下辖独立混成第1旅团、独立混成第2旅团、混成第15旅团、堤支队、大泉支队。该兵团虽然是一支组建不到20天的部队，但它拥有轻型坦克、轻型装甲车、野炮等现代化部队和武装到牙齿的步兵、骑兵，因而却已经如狼似虎了。

察哈尔派遣兵团的先头部队开到李服膺的部队阵地前沿时，它的司令官由关东军副参谋长笠原幸雄接任。这是一个瘦猴一样，刚愎自用且性格凶残的日本军官，他刚一接任，就下令向李服膺的部队阵地发起进攻。在一片树林里，笠原幸雄拔出指挥刀，狼一样一声令下，混成第2旅团旅团长本多政材率领混成第2旅团扑向李家山中国守军阵地；混成第15旅团旅团长筱原诚一郎，率领混成15旅团扑向罗家山中国守军阵地……

李服膺的部队经过抢修工事，已使他们的阵地大为改观。先前不到一米的战壕已经能遮住一个人的身体了，原先没有相连的工事也连通了。不仅如此，他们还增加了许多单人散坑，各级指挥所也在他们认为便于指挥和隐蔽性好的地方搭建起来。如果敌人发起进攻，阵地基本能用了。

战前，李服膺视察了一次前沿工事，看到阵地已大为改观，心里踏实了许多，因为阎锡山毕竟只给他三天防守任务嘛。他心想，三天，这阵地就是质量再次一些也能守它三天吧。

这里是李家山阵地。此时周围的山野虽然还在酣睡中，阵地却早早地醒来

了。负责固守这片阵地的是李服膺的 61 军 213 旅 425 团，团长李在溪早早地醒来，他看到士兵们躺了一战壕，睡得正香，有些不忍心把他们喊起来，但是他知道他不能有妇人之仁，他必须早早地把他们喊醒，抢修工事，因为工事结实一点儿，就多一分胜算，就能多保证一名士兵的生命。这是一个常识，就连那些不是当兵的老百姓都知道。他走到一个正在睡梦中的士兵跟前，轻轻地踢了一下那士兵的屁股，声音不大不小地说："起来！"

睡梦中的士兵感到有人踢他，但乏困中的他没有醒来，只见他懒懒地翻了一个身，嘴里嘟嘟囔囔地说："谁呀，这么早，叫差鬼似的，我又不死哩。"

李在溪一听这士兵骂自己叫差鬼，不由心头火起，穿着皮鞋的脚狠狠地踢在士兵的腰上。腰眼上感觉遭到重击的士兵一个鲤鱼打挺，赶紧站了起来。当他看到怒气布满一脸的团长时，吃了一惊："啊，是团长，小……小的不知是团长……"

李在溪并没有再难为这个士兵，他跳到战壕的土塄上，对着阵地大声地吼起来：

"全体，起来！起来……"

有耳灵的士兵站了起来，看到大喊的是团长，赶紧往醒里弄身边还在梦中的伙伴。他们有的在轻踢，有的弯下腰去推。

"起来！起来……"

在团长的大吼声中，战壕里的士兵们都站了进来。李在溪接着下命令说：

"挖战壕！"

至此，425 团的李家山阵地全醒了。全团士兵镐起锹落，开始挖战壕了。顿时金属和石块的碰击声，士兵的说话声，相续不断，热闹了整个阵地。许多士兵，包括许多军官，都以为今天还会像前几天一样，他们所要做的事还是修工事，很少有人想到战斗即将开始。就在他们埋头修筑工事时，监视哨跑来报告，有一股敌人正在向阵地前爬来。李在溪一听，马上命令："全团立即停止修筑工事，操起家伙，准备迎敌。"

士兵们听令，扔掉手中的镐锹，操起武器，爬向迎敌一边的战壕，伸出枪身，小心地抬头看着坡下，果然看到一群黄屎色的日本兵向阵地涌来。

"好家伙，真的来了。"

出于当兵人见到敌人后的本能，阵地上的士兵立即拿枪向坡下的日本兵瞄准起来。士兵们依着各自的喜好，有的瞄准了敌人的脑袋，有的瞄准了敌人的心窝，有的却瞄准了敌人的裆里。一些初上战场的新兵，心里早已慌乱，他们虽然觉得枪口已对准了敌人，实际上却早已不知瞄到了何方。

日本兵涌到阵前的有效射程时，李在溪一声令下："打！"阵地上的轻重武器一起响了起来，射向敌人的子弹形成了一片"弹雨"。突然遭到打击的敌群，马上卧了下来。他们有的是中弹后支撑不住倒下的，有的却是训练有素闻枪卧倒的。这更刺激了阵地上中国士兵的射击欲望，他们的动作更加迅速灵活起来，自然地，那"弹雨"也更加猛烈了，压得日本兵抬不起头来，他们只好像这里的一种昆虫——"倒退牛"一样，紧贴着地皮，慢慢地倒着向后退去，当退到中国士兵的射程外面后，立马站了起来，转身向山坡下跑去。中国士兵见状，没用发布命令就从战壕中跃起，口里喊着"冲啊"、"杀啊"追了过去。当冲锋的士兵全部冲出战壕，由线变成片，散落在阵前的山坡时，几架飞机恶魔一般，从高空俯冲而下，向中国士兵冲锋的人群中投下了一枚枚炸弹。炸弹着地即响，弹片横飞，一股股浓烟柱子冲天而起。许多冲锋的士兵被日本人弹片击中，近弹者当即亡命，远一些的则躺在地上不堪伤痛，痛苦地呻吟着。没有中弹的，或者轻微受伤的，则返身向战壕里跑去。这时候，日本人的炮弹又一排排从山下射来，落在了阵地上，落在了士兵群中。

"卧倒！卧倒！卧倒！"

有经验的士兵边卧倒边高喊着。等奔跑的士兵全卧倒后，伤亡才少了起来。很快，日本人的炮声也戛然而止了。中国军队的李家山阵地上，一片狼藉，伤亡近百，不过令团长李在溪稍稍感到欣慰一点儿的是，日本人也丢下了 20 多具尸体。

"全团注意，抢修工事，准备再战！"

李在溪向阵地上下达了命令之后，马上向军长李服膺报告了刚才的战斗情况。

过了一会儿，罗家山阵地上的 402 团团长刘墉也向李服膺报告了罗家山的战斗，那里的情况跟李家山的战斗大同小异，只是规模好像没有李家山的大些，当然伤亡也就比较小，日本人丢下的尸体也比李家山少了点儿。

最后报来消息的李生闻说："敌人往盘山扔的炸弹不多，好像是佯攻，到现在我无一伤亡。"

李服膺提醒道："不要麻痹，你那儿可是主阵地啊！"

"是，请军长放心！我们一定守住阵地。"

后来，盘山阵地虽然又发生过几次战斗，但战斗规模不太大，敌人很快都被打了回去。第二天，敌人又开始向盘山阵地打起炮来，炮弹好像比昨天打得多了些，轰隆轰隆地震荡着山谷，火炮声中，李生闻在临时搭建的指挥部里从瞭望孔里往外瞭望，他看到四辆敌人的坦克并排着发射炮弹，掩护着士兵向阵地开来。战壕里他的士兵"嗒嗒"地用机枪还击，飞出去的子弹冰雹样打在坦克上"嘭嘭"地响，而那坦克却像打在别的物体上似的，毫无损伤，继续向前沿阵地开来。

"奶奶个X！"

李生闰狠狠地骂出这句脏话后，脑子里忽然闪出了一股智慧的火花，他从腰里拔出枪，冲出指挥部，跑到战壕边，对着战壕里正在射击的战士喊：

"1营、2营，撤出掩体，跟我上！"

战壕里的战士听到团长的命令，马上跳了出来，一窝蜂跟着团长冲下山坡。李生闰边跑边指挥士兵隐蔽在两边，然后命令道：

"兄弟们，贴近敌人，等坦克后的敌人暴露出来再打！"

坦克后的敌人全部暴露了出来。李生闰下令道：

"打——打狗日他娘的！"

埋伏在两旁的两个营的战士，机枪步枪一齐扫射，坦克后面举枪前进的日本士兵突然遭到猛烈的射击，立马就有许多饮弹倒下，没倒下的也被这突然的一击，弄蒙了，连滚带爬，退下山去。这时，四辆掩护的坦克，在距阵地只有十几米远的地方慌忙掉头逃去。

"奶奶的！"

望着逃去的敌人，李生闰感觉出了一口恶气，痛快地骂了一句"奶奶的"了事。他没有指挥他的部队继续猛冲，进一步去扩大战果。因此，在他的阵地前，日本人只扔下了40具尸体。不过，这一次他们打的还算不错，官兵们相互拥抱，舞动手臂，欢呼胜利。李生闰立刻给军长发报，报告战果。

应该说，李服膺的部队一开始打得是很不错的。敌人不但没冲垮他们的阵地，前线每天总有一两个不错的战绩发到军部。听完李生闰的汇报，他还没来得及夸赞几句，426团从前线把战报又发了过来。战报说，这个团的9连，刚刚在袁治梁铁路一带打了一场阻击战。

426团9连的连长名叫张成员，那是一个满身虎气的后生，不仅有一身蛮力，脑子也好使。在他们的阵地前是一片较开阔的地段，后面又无山地那样的有利地形可依，当9连长把部队带到阵地上时，心中知道他们面临的将是敌人的机械化部队的进攻，等待他们的将是一场恶战。可小伙子面临恶战有静气，他让战士在敌人可能通过的主要路段埋了许多地雷，然后隐蔽在有利打击敌人的地段上静候敌人。敌人的坦克掩护着步兵一辆辆地开来了，9连长瞧着敌人的坦克傻哩傻气地开进他们准备好的雷阵时，暗暗地传送一道命令："沉住气，瞄准敌人，等我命令，我说开火再开火。"战士们按照命令把枪瞄准了敌人。等敌人进入了有效的射程内，9连长大声一吼："打！"顿时，地雷在坦克群里爆炸，烟团涌起，弹片四射。9连阵地上瞄着敌人的轻重机枪、步枪同时吼叫起来。坦克掩护下的日本兵突然遭到打击，许多人在弹雨中亡命。坦克受阻，停了下来。9连长命令停止射击。战场上一下子安静下来。过了一阵，敌人的坦克又开始动了起来，9连长先是不理它们，等到又有利于战士们射击时，他又下了一道"打"命令，同刚才一样，敌人的坦克群一下子又陷入了雷阵，9连的战士当然也射向敌人一阵弹雨。接下来，敌人只得停止了前进。如此又进行了几次，敌人的坦克笨牛样开始后撤了。有的战士想要站起来欢呼，被9连长喝住了："妈个X，找死！"

话音未落，敌人的几架飞机就呼啸着飞了过来。这时，9连长大喊："注意隐蔽！"

战士们马上就地隐蔽起来。

敌人的飞机飞走了，9连长马上一道命令："抢修工事！"

就这样，9连的战士在连长有力的指挥下，该打时打，该停时停。打，打得恰到好处；停，停得也恰到好处。敌人的机械部队始终没有突破他们的阵地，倒是在他们的阵地前丢下了不少的尸体，而他们仅仅付出了伤亡十几人的代价。

这些战果，李服膺也及时用电报拍到了太和岭，报告给了阎锡山。阎锡山对他们取得的战果很满意，但其他向大同一带运动的部队，速度却很慢，迟迟形不成对敌作战的口袋阵形。这时，黄河渡口的守军也打来电话，说有一股改编成八路的红军要求渡过黄河开赴抗日前线。要论阎锡山的本心，他是一千个不愿意红军渡过黄河，进入山西。可是时局危急，只得让他们进来了。但他吩咐渡口检察官说："你们要仔细盘查，放进来的共党部队必须是在编的，不能放一个黑户进来。"

阎长官的这个命令，使得八路军115师343旅独立团不得不与686团混在一起过河。

第二章

李服膺的部队抵抗了三天。第四天一大早，他给阎锡山发电，称61军官兵成功地狙击敌人三天，请求阎长官下令退出战斗。阎锡山让人立马发出回电，

对 61 军在阳高、天镇的抵抗大加赞扬，但又告诉他们，因为"大同会战"的布阵尚在进行中，因此需要他们再固守三天。军人以服从命令为天职，没说的，李服膺部队就又在原阵地上抵抗了三天。这三天挺下来之后，在敌人猛烈的炮火下，随着一个个战士倒在血泊之中，阵地上开始产生了一股可怕的畏敌情绪。这种情绪就像传染病一样，在阵地上蔓延着，它不仅表现在战士身上，在军官身上也有。李服膺感到再坚持下去已经很吃力了，便又给阎锡山发电，请求撤退。想不到，阎锡山发来的电报只有几个字："再续守三天。"在敌人猛烈的炮火声中，李服膺刚读完阎锡山的电报，李家山阵地上的李在溪团长，越过旅长、师长，直接打电话向他请假。

"什么，你要请假？为什么要请假？"

"我有病。"

"有病，你有什么病？"

"我胃痛……"

"你小子是胆小怕死吧？"

"哪里啊，军长，我现在痛得一头一头的白毛汗……"

"不行，全线战事吃紧，敌人的进攻重点又在你那儿，这会儿让我从哪里找人替你？"

"我实在坚持不住了啊，军长。"

"不行，紧要关头，你下来对战局不利。"

"军长……"

"好你个李在溪，你再有病，比起那些身负重伤的官兵痛得如何？告诉你，你是军人，军人要有民族大义，你要是从战场下来，小心我毙了你。"

"军长……"

李在溪再讲话时，李服膺生气地把电话挂了。

其实李在溪并没有害什么病，他是害怕了。与日本人一交战，他就感觉到这是他从军以来从没见过的战斗。正如延安的毛泽东预言的那样，与日本人真枪实弹地进行阵地战，中国军队在军事上是占不了优势的。日本人的炮火是那么的猛烈，飞机是那么肆无忌惮，在日本人的飞机大炮面前，中国人的那点火炮根本算不上什么，每次战斗，实际上都是日本人的炮火飞机在耀武扬威，一仗下来，一个个活蹦乱跳的士兵、军官都躺在了血泊里，有的血肉模糊，有的甚至看不清是谁的尸首了。至于他们的阵地，在敌人的炮火下，每战下来，都是一片狼藉，几战下来，整个战地看去就像用犁翻耕了一样。他们苦苦坚持了三天，全团 9 个连，死了 3 个连长，5 个受了伤，只有一个是完好的，1300 名官兵伤亡过半，达700多人。一开始，敌人停止炮击时，他们利用战斗的间隙抢修阵地，后来却是利用战斗间隙抬官兵的尸首和伤员。一开始，李在溪是在忘我地指挥战斗，后来他胆寒了。那是战斗进行到第五天上午的时候，一场炮火中的战斗结束以后，他走出指挥所，想看看战后的战场。刚走上前沿阵地，就有一个小战士哭着来到他跟前，向他报告："报告团长，我们的连长牺牲了。"

那是他的3连连长。

躺着的3连长已经面目全非了，他的曾经像葫芦一样的大脑袋被敌人的炸弹炸去了一半，未炸碎的半个，被痛苦扭曲了，不成形了，一只狂怒的眼珠子，跳出了眼眶，如果不是一根细红的肉丝线拽着，这颗玻璃球似的眼珠子早就跑远了。再看看他的肚子，那曾经能装得下三斤黄糕二斤白酒的男子汉的肚子，就像狼掏空了一样，一大摊烂肠烂胃，惨然在腹腔的外面。再往下看，双腿没了……

身为团长的李在溪所经历过的战斗不在少数，看到过的死亡也不在少数，但他从没看到过如此的惨状。他感觉到自己从下面蛋根那儿开始发软了，而且不可阻挡地在向双腿蔓延，他觉得自己快要站不住了。但理智提醒他，他是一团之长，不能在士兵面前出洋相，便把目光马上从3连长的尸首上移开，强打精神立定，掏出手枪，虚张声势地对着头顶的蓝天连放三枪，边放边吼："日本人，操你们祖宗！"

但李在溪明白，自己对日本人的恐惧从此挥之不去了。后来随着战场上抗日战士的尸首增多，李在溪的畏敌情绪日甚，而且逃离战场的欲望也越来越盛。他终于想到了装病逃离战场的法子，没想到军长李服膺根本不买他的账，他只得硬着头皮坚持了。

李家山的战况一日不如一日了。战地上的兵员损失源源不断地传到了李服膺那里。李服膺感觉情况不妙，率幕僚人员，带着直属骑兵连奔天镇而来，在城西一个村庄住下来，亲自督战。第101师第213旅旅长杨维恒看到军长亲临前线，想到李在溪团损失惨重，将事先从该团抽出的作为旅预备队的一个营，加入该团阵地。该营上去仅一天，该团阵地就被敌人突破一个口子，全团退了下来。旅长杨维恒见状，带领执法队赶上前去，截住了从战场上跑下来的官兵。

已显得丧魂落魄的李在溪提着枪走上前来，用哭丧的腔调说："旅长，李家山阵地失守了。"

"不行，你得重新把阵地给我夺回来。"

"旅长……"李在溪还想说什么，看到执法队哗啦哗啦地把子弹推上了膛，他赶紧跳到一个土台之上，大声喊："全团，停止后退，夺回阵地！"

看到团长下达夺回阵地的命令，各营长只好也指挥全营反攻。经过数小时鏖战，虽没有全部收回阵地，但部分阵地得以收复，暂且站稳了脚跟。

听到前线已经稳住脚跟的消息，李服膺默默地念叨着："阿弥陀佛，神佛保佑吧。"

第三章

日本关东军参谋长东条英机看到他的察哈尔派遣兵团迟迟拿不下阳高天镇一线阵地，有些着急起来，他坐着飞机飞临前线，找到刚从他手里接过察哈尔派遣兵团的笠原幸雄，让笠原幸雄亲自汇报情况。笠原幸雄汇报完后，东条英机说："你们选错了突破点，你们应该先进攻盘山，盘山是中国军队的主阵地，占领了盘山，就可方便地控制平绥铁路，轻易取得天镇县城，进而向山西进发。"

"是，是，是。"

笠原幸雄连忙附和着，随后，东条英机提出要亲自到盘山脚下看看，笠原幸雄陪着他来到了盘山脚下。

硝烟弥漫的山坡上，日本兵士正在向山上发起进攻。

山坡下一处不足一人高的石崖旁，东条英机和笠原幸雄正在手握望远镜，观察日军向晋绥军阵地进攻的场面。

东条英机在望远镜里看到一群日本士兵，多数举着步枪，弯着腰，边走边向山上射击。少数夹在中间的鬼子，抱着机枪乱射，几处大石后面的重机枪，也好像各自为政，形不成有力的火力优势。进攻的鬼子行至半山腰时，被山上中国军队密集的炮火压得停住了前进，士兵们卧在地上，被动地还击……观察到这种场面的东条英机，脸现不快，口气略带生气地说："你们的火力大大的不够，你要重整旗鼓，要集中火力猛冲。"

笠原幸雄赶紧说："是，我的重整旗鼓。"

东条英机接着说："皇军与支那军作战以来的经验告诉我们，只要我们集中精力突破支那军的主要阵地，支那军队的其他阵地就会不攻而破。今天你们一定要拿下盘山阵地。你的好好地准备，我的让空军和炮兵帮助你们。"

"是！"

盘山下日军的炮兵阵地上，日军的大炮一字形排开。炮手们以预备的姿势等候在大炮旁。

一个日本炮兵军官挥着手中的小旗高喊："预备，放！"

一枚枚炮弹拖着火尾巴射了出去。

盘山，中国军队的阵地上，冒起了炮弹爆炸时迅速成形的烟团。起先只有几团，很快就满山皆是。这景观鼓舞了每一个日本炮兵，他们变得更加精神抖擞起来，操作大炮的动作也越发地麻利起来。对面的山坡上，炮弹爆炸的烟团，更加密集起来。

日本人疯了。

第四章

李生闰明显地感到日本人把攻击的目标重点转移到盘山了。一直以来，日本人对进攻只是佯攻性质。那时候，李生闰找准机会还能带兄弟们教训一下鬼子，现在不行了，日军密集而有力的炮火压得他们缩在战壕里不敢抬头，喘不过气来。

敌人一开始是从两翼发起进攻的，猛烈的炮声震得山响。李生闰明白，敌人用炮火把盘山与两翼兄弟部队的阵地割开了，盘山陷入了孤立。很快，敌人的一群飞机魔鬼般低空飞来，隆隆的声响震耳欲聋。指挥部里的李生闰感到一阵股颤，他当兵以来从没听到过这么大的飞机声响，从瞭望孔里，他竟然看到了飞机身上的太阳徽章，看到了机舱里敌人罪恶的脑袋。

"卧倒，卧倒！"

"快，卧倒！"

战壕里的官兵相互叫喊着，全部按要领叉开双腿趴在壕底。飞在阵地上的飞机群，像屙屎撒尿一样，把一枚枚炸弹投下阵地后，又远远地飞走了。炸弹在阵地上狂叫着开花，一团团浓烟冒起，弹片呼啸着四下里飞射。尽管士兵们趴得很得要领，还是有一部分人受伤了，阵地上的炮声停止了以后，他们"妈呀"、"爸呀"地叫着爬了起来。李生闰在瞭望孔里看得清楚，赶紧冲出来查看阵地上的伤亡情况。一个满脸稚气、名字叫刘小喜的通信兵紧跟其后。这当儿，

敌人的炮兵又开始向阵地上开炮了。一颗炮弹命中了他身后的指挥部，随着一声巨响，青石板和砂粒飞腾起来，指挥部的树木、荆条燃着了大火。在炮弹飞来的瞬间，通信兵刘小喜一下子扑到了李生闰身上，把李生闰紧紧地压到自己的身下。等李生闰翻转过身，把刘小喜从身上推下去时，发现刘小喜满脸是血，眼睛紧闭，没有了声息。"狗日的……"他想起来骂娘，可没等起来，又有一颗炸弹炸响了。

日本人炸炸停停，闹腾了一下午。黄昏的时候，总算是停了下来，李生闰命令士兵赶快吃饭。饭后，阵地上还安静着。士兵们给他修好指挥部后，他便钻进里面休息。一天的战斗使李生闰团长疲乏了，也使阵地上的士兵们疲乏了。指挥部里，李生闰的眼皮打着架入睡了；外面阵地上的士兵，除了负责警戒的、负伤没来得及送下战场、伤口痛得在呻吟的以外，其余也都眼皮打着架睡着了。他们都睡得死死的、香香的，连梦也舍不得做。后来，伤员们也陆续地睡着了。阵地上一片寂静，什么声音都没有了，连虫的声音也没有了，那些可爱的小生灵也许是被炮火吓着了，吓得不敢吱声了，或者是早就逃跑了。就在夜深人静的时候，敌人忽然把一串串照明弹，"咝咝"地送到阵地的上空。敌人的飞机群又一次低空袭来，士兵们被隆隆的响声刚一惊醒，炸弹就在他们身边爆炸了。飞机过后，又是一排一排的炸弹向阵地射来。指挥部里，李生闰看得明白，夜幕中，一些官兵身上着火了，火苗烧痛了他们的皮肉，痛得他们尖叫着跳出战壕，他们忽而扑倒，忽而站起，站起后又扑倒，满地打滚，想尽快扑灭身上的烈火。看到官兵们疼痛地在挣扎，李生闰的身上觉得也痛，他咬着牙，想起他曾敬爱的阎司令长官，不禁心生怨言，自语道，"天哪，阎长官，你怎么还没有布置好你那个口袋阵啊，兄弟们快坚持不住了。你让我们据守三天，三天过去了，你又让我们续守三天，续守三天又过去了，你怎么还不下令让我们退下去呢？你这是在干什么啊！"

敌人的炮火整整打了一夜，天明方止。炮火声中，喧嚣、叫嚷……乱了一夜的阵地此时又安静下来。士兵们开始整理战友的尸体，把伤员放到担架上，准备抬下阵地去。李生闰痛苦地走出指挥部，一股树木、野草烧焦的味道，连同衣服、皮肉烧煳的味道，混合着钻入他的鼻孔，让他恶心得想吐，但他强忍了一下，没有吐出来。这一夜，阵地上伤亡了100余人，战士们把早已咽气的已经变得生硬冰凉的战友的尸体，队列样并排放在了距指挥部不远的左边的空地上。李生闰忽然产生了想要看他们一眼的愿望，软着双腿向士兵们的尸体走去。经过整理，这些尸体已经改变了原来的模样，看得见，整理者尽量想让他们变得美一些，衣冠尽量整齐一些：有的战士虽然只剩下半个脑袋了，但他们仍给他整齐地戴上军帽，让他英俊一些；有的肚子被炸烂了，他们把流出来的心肝肠胃收拢起来，放回到开着很大口子的胸腔里；有的胳膊或腿被炸飞了，他们从各处找回来，放到胳膊或腿被炸的断处，对接起来。那胳膊和腿也不知道放对了没有？李生闯把目光从死者身上一一移过，移着移着就移至一副极为熟悉的面孔上，那曾经英气勃勃的眉眉眼眼，那刚毅的下巴、不屈的颧骨，棱是棱、角是角的下巴，分明是他的3营长侯永侦。李生闯一下子单腿跪地，跪在了3营长侯永侦跟前，痛惜地大声喊道：

"你，给我起来！再坚持不了几天吗？兄弟……"

然而，3营长侯永侦再也听不到他的话了，就在他悲极无声之时，敌人隆隆地又向阵地开炮了。

"团长，团长，快进指挥部！"

"去！"

李生闯把让他进指挥部的战士用力一推，第一次没进那狗日的指挥部，跑步来到阵地前沿，指挥起战斗来。

一颗颗炸弹穷凶极恶地在阵地上爆炸着，飞沙走石般恶狠狠地卷起黄尘，遮住了战壕官兵们的视线。李生闯透过飞尘，看到不远处的山腰上有6辆敌人的坦克展开队形，一些步兵端着枪跟随着坦克冲锋。李生闯急喊："2营长，你看……你的前面有敌人！"

2营长高保庸也看到了2营阵地前面的敌人，听到团长喊他，他把拳头一挥，下达了打击的命令："打！给我狠狠地打！"

2营同时射击，密密的子弹向敌人射去。前面的鬼子饮弹而亡了，后面的急急忙忙往坦克后面躲藏。此时，坦克疯了样开始猛烈地向阵地上还击，飞过来的炸弹声压住了阵地上的枪声。

"停止开枪！停止开枪！"

李生闯飞跑过来，上气不接下气地对2营长说："2营长，把……把命令向全营重复一遍，让日本人来吧，让他们来吧，来吧。让他们走近50米、30米，不，再短些，20米……"

李生闯最后一个"米"字还没有喊出来，敌人的一排排炮弹又呼啸着飞来，一颗炸弹落在离2营长高保庸不到一米的地方炸响了，说话间，他的身体被炸弹冲天而起的气浪举了起来，在急忙卧倒的李生闯眼里，2营长的身体就像飞起来一样，飞到约3丈高时，又重重地摔在阵地的壕沿上，弹到了李生闯的身边。李生闯爬过去，摇着已经命绝的2营长，再一次痛苦不堪地喊："兄弟……"

这时，坦克停止了前进。炮口狂吐着炮弹，敌人从坦克后面走出来，平端着枪逼近了阵地。李生闰放下 2 营长，瞪着充血的眼睛，嘶哑着声音大喊："打!"

阵地上的士兵再也不管什么炮弹了，他们把生死置之度外了，整个战壕里，所有的火力一齐怒吼起来，整整激战了两个小时，又把敌人打了下去。

战斗停下来的时候，李生闰命令统计战斗次数及全团伤亡情况。一个小时后，统计数字出来了，李生闰拿起电话，向军长李服膺报告说："我团进入盘山阵地以来，全团官兵冒死打退敌人 13 次冲锋，战死 500 多人，负伤 370 多人，在 3 公里的阵地上，完好的战斗人员只剩下 100 多名了。"

汇报完毕，李生闰问："军长，怎么办? 还打吗?"

李服膺迟疑了一下，然后回答说："打，在没有接到阎长官撤退的命令前，就是剩下你一个人了，也得打。"

这一夜，敌人的炮弹似乎扔得少了些，以至于让士兵们觉得好像是度过了一个比较平静的夜晚，他们竟然还安静地睡了一会儿。

天明了，士兵们摸了摸脖子上的脑袋，还在。心想，还得去打。此时，他们反倒挺羡慕那些长眠地下的战友们了，心里想这世界再折腾成个啥样，也与他们无关了，他们已是无命一身轻了。

敌人又来了，这次他们好像下了决心似的，在飞机的掩护下，在大炮的掩护下，在坦克的掩护下，蚂蚁般地向阵地上冲来。战壕里 100 多名官兵立马进入战斗状态，李生闰大喊一声："打!"

各种枪声叫了起来。但阵地上的火力明显地压不住敌人，进攻的敌人越来越近地接近着阵地，眼看着就要冲垮阵地了。1 营长席宝山沉不住气了，他端着机枪，跃出战壕，嘴里喊着："奶奶的，来吧!"不顾命地朝敌群中猛射，子弹从他身边尖叫着飞过，他不管不顾，仍一个劲儿地冲，一枚炸弹在他身边炸响了，他倒下了，炸飞了一条腿，他咬了咬牙，想端起机枪继续扫射，但疼痛让他卷曲了身子……此时，李生闰看着冲锋的敌人离阵地越来越近，而离他不远的一挺机枪却变哑巴了，他跑过去，连声向机枪手命令道："打! 打!"

那机枪手扭头看了一眼，指着一堆已经全空了的子弹带，无奈地说："子弹打光了，团长!"

"上刺刀!"李生闰望了望狼群样就要冲上来的敌人，大喊了一声。但是士兵们犹豫了一下，有人扔掉手中的步枪开始转身逃跑。他一急，朝天连放了两枪，又一次大吼："不准跑，谁跑老子毙了谁!"

没有能喊住谁，跑得已经跑远了，没跑的也开始跑了。

"团长，给个痛快行吗？先把我打死吧！"

这时，1营长席宝山抱着李生闰的一条腿，李生闰低头一看，只有一条腿的1营长疼痛得已经失了人形，望着他乞求快些结束生命的眼睛，他的心碎了，明亮的眼泪夺眶而出了。他扭头再看看阵地，阵地上已经无人抵抗了，都在忙着逃跑了，他喊了几声："别跑！"仍没有人理他，他知道指挥失灵了，用胳膊口袋样挟起一营长，尾随着士兵们溃退下来。

盘山失守了。

得到主阵地盘山失守的消息，李服膺知道大势已去，先急令独立第200旅旅长下令399团继续固守天镇城，掩护天镇一线的4个团撤退。随后他又下命令全军撤退。接到撤退令后，前线的士兵们立马就从阵地上撤了下来。这样一来，晋东北各县，一下子就如同裸露在野狼面前的胸膛一样，将面临着一场空前的劫难。

从前线撤退下来的李服膺部队，已不成队形，一拨一拨的四处奔散，他们已经溃不成军了，许多部队已是团长找不见营长，营长找不见连长，连长找不见排长了。这种撤退的场面，给晋东北的老百姓留下了极不好的印象，从那时起，在晋东北的老百姓中间就产生了一句歇后语：晋绥军撤退——比飞机还快。

第五章

115师抗日先遣队343旅越过黄河，快速向山西侯马行进。685团作为开路先锋，行进在全旅的前面。刚下过雨，头顶上的高天又是骄阳似火，被雨水浸泡过的大地经烈日曝晒，像蒸锅一样在蒸发。行军的八路军战士个个大汗淋漓、口干舌渴，可是团长杨得志还在催促战士们快跑。战士们知道，在杨得志手下当兵，你就得有快奔如飞的本领。团长打仗，讲究的就是一个"快"字。乌江之战，他们就是在团长的带领下，与蒋介石的部队比速度。那时细雨小雪连绵不断，落地结冰，路面像泼了一层桐油，当地百姓称"桐油凌"。一路行军，官兵不知摔了多少"桐油跤"，但行军速度不但没有减慢，反而加快了，他们白天走、夜间走，急行军转为强行军。经过几天几夜的强行军，他们终于抢在国民党军主力之前到达乌江渡口。取得战斗胜利，当然也是凭着一个"快"字。杨团长一声令下，渡江的战士乘着竹排，冒着枪林弹雨，于急流中像箭一

样飞向对岸，打退了守江的敌人，突破了乌江天险……"快"是杨得志的风格，也是他的性格，虽然现在抗日战场远在山西的东北，虽然行军的目标还是和平之城侯马，虽然到了侯马并没有什么战斗，不过是坐上火车继续北上，但杨得志就是不想让他的部队慢下来。他一个劲儿地喊快跑，战士们一个劲儿地给自己脚板上加着劲儿，因此，685团的速度在雨后的热天里，在晋南雨后泥泞的道路上，速度还是很快的。

紧随685团其后的是686团，团长李天佑对685团的这个速度很满意。他只要求自己的队伍紧紧地跟上，其他就用不着管了。一路上，他一句快跑也没喊，全团的行军速度仍然很快。他想起了"火车跑得快，全凭车头带"这句俗语。心想，343旅这时就如一辆火车，685团是车头，686团是车身，独立团是车尾……

到达侯马时，天色已近黄昏。落日的霞光印红了半天的云彩，旅长陈光命令全旅战士们在侯马火车站附件的一块空地上坐下来休息，自己则带着旅部的几个人到国民党侯马办事处联系北上的火车。

国民党侯马办事处位于离火车站不远的一个僻静小巷里。砖砌的拱形门楼，两边各有一尊雕刻精制的小石狮子。大门敞开着，门口两边各有一个站岗的士兵。陈光让警卫说明了身份和来因后，站岗的士兵恭恭敬敬地说了声："请进。"他们便走了进去。

迎接他们的是一个少校级军官，自称姓梁，名志堂。这个名叫梁志堂的人虽然身穿军装，实际上是个白面书生，当见到一身英武之气的陈光等人，立马点头哈腰，晃着笑脸说："陈旅长大驾光临，鄙职有失远迎。失礼，失礼！"

陈光不喜欢这套虚礼，照直说："我旅已经到达侯马车站，现在外面休息。战士们一路劳累，还未吃饭……"

"是吗，贵旅已经赶到？啊呀呀，真是神速、神速！鄙职以为贵旅得明天到呢，没想到今天就到了。鄙职失职，鄙职失职。"梁志堂一边吩咐身边人快些为八路军做饭，一边对陈光说："陈旅长里面请，里面请。"

进入里面，梁志堂亲自为陈光递烟倒茶。等到对方一阵虚情假意的寒暄过后，陈光说："梁先生，我们的部队马上就要开向抗日战场，请您为我们安排北上的火车。"

"贵军抗敌心急，梁某佩服、佩服。只是火车皮紧张，一时给你们调不到那么多的车皮。不急，请贵军先在这里休息一下，我们尽快解决。"

115师343旅在侯马火车站一待就是六七天。虽然有吃有喝，无所事事，但是这种平静的日子，却让一心上前线的战士厌烦了。

"怎搞的？前方正在打仗，他们把我们窝在这里干什么？"

"八成是阎锡山打了胜仗，用不着我们了吧。"

"他们？阎锡山？能打胜仗？"

"说不定吧！要不怎么不让咱们开到前线去呢？"

"我看咱们也不要小看阎锡山，阎锡山怎么就不能打个胜仗？"

"不是小看他，我们又不是没与他交过手。"

"……"

"……"

岂止是战士，干部们也沉不住气了。杨得志和李天佑两位团长已经几次来师部打探情况了，师部派他们也到国民党办事处催过几次。现在独立团团长杨成武和团参谋长熊伯涛也来了。由于是在行军途中，师部和旅部在一个屋里办公，罗荣桓正和陈光谈着什么事，见到他俩，罗荣桓对他们说："你俩再到国民党办事处催一下，让他们快些为我们落实车皮。"

杨成武和熊伯涛转身来到了国民党侯马办事处，那个叫梁志堂的少校军官听到他们是为催火车皮而来，假意地笑着说："不好意思，不好意思！这几天车皮紧张，车站方面正忙着往前线运送战斗物资呢，所以贵军还得等待几天。"

熊伯涛有些生气地说："你们估计什么时候能够凑齐呢？"

梁志堂眨着眼皮说："这个……这个难说，时间可能长一些，也可能短一些。"

杨成武说："你们快些，前线吃紧，把我们窝在这儿可要误大事啊。"

"好的，好的，我们尽量快些、快些。"

杨成武和熊伯涛走后，梁志堂对他的一个手下说："真是少见，还有急着上前线送死的人呢。"

"他们的抗日热情很高啊，为什么不让他们上去啊？"

"这你就不懂了，阎长官的意思是不想让他们深入山西，如果山西的兵能顶得住日本人，那就请他们回去。如果山西的兵顶不住日本人，那就让他们上去给咱挡枪眼去。"

"阎长官高明。"

"我们这里没有上锋的同意，是不能派车的。"

115 师 343 旅在侯马滞留七天了。罗荣桓一起床就生气地拍桌子说："今天我们在侯马已经滞留六七天了，他们怎么还没派车来？"

陈光说："怎么搞的，我们都催过好几次了，他们每次都说还没备齐车皮。"

罗荣桓说："不像话，今天你亲自去催催他们！"

"是。"陈光从墙上取下腰带，系在腰间，整整军帽，带上警卫，离开了旅部，又一次向国民党侯马办事处走去。

国民党侯马办事处的门被猛地一下子推开了。办事处的少校军官梁志堂没防备，打了一个冷战，抬头看时，陈光已经气呼呼地站在了他的面前："你们怎么搞的？我旅在这里滞留有六七天了，请问，你们为什么还没凑够车皮？"

那少校军官看到陈光今天已经生气，不由得怕了三分，连忙说："真对不起，长官，这几天火车皮吃紧，我们正想办法呢。"

陈光十分严厉地说："我们是奉阎司令长官的命令北上抗日的，耽误了我们北上的时间，你负得起责吗？"

"不敢，不敢，我再给长官联系一下。"

梁志堂拿起电话问："长官，八路军方面打问车皮的事儿……"

传来那头电话里的声音："什么！你们还没凑够车皮？实话告诉你吧，前线情况不妙，李服膺军长的 61 军从阳高镇一线败退，日军正向山西深入呢。妈那个巴子的，快让八路军北上。谁耽误了八路北上，我拿谁试问！"

"是，是。"打完电话，梁志堂说："请长官放心，今天我们一定凑足车皮。"

两个小时后，国民党侯马办事处派人送来通知，通知说：贵军需要的火车已经恭候在站台上，随时准备运送贵军奔赴抗日前线。

午饭后，侯马车站的站台上站满了待发的 115 师的健儿。

铁轨上停着一列拖着十几节破旧敞篷车皮的火车，每一节车厢里有十几名战士在打扫车厢里的一堆堆马粪。有的战士在说怪话：

"乖乖，阎司令长官就用这种车送我们上前线？"

"将就些吧，这比我们徒步行军好多了。"

"就是，我还是第一次坐这玩意儿，比我家的粪车大多了。"

"哈哈哈！"

"哈哈哈！"

不一会儿，打扫车厢的战士们陆续地从车上跳了下来。

一位负责打扫车厢的干部跑步向站在站台上的陈光旅长报告："报告首长，列车打扫完毕。"

陈光说："好，上车，出发！"

战士们快速地奔向各个车厢。

列车一声长鸣，115 师 343 旅的抗日健儿们，乘着阎锡山给他们准备的敞篷火车，驰向了抗日战场。

卷 八

第一章

盘山失守了，61军军长李服膺下达全线撤退的命令后，又令第414团团长白汝庸带领全团暂守阳高县城，掩护军部撤退，然后坐上吉普车，离开了阳高城。

李服膺让414团驻守阳高城基于两个原因：一者，414团不久前在察哈尔成全县水关一战牺牲战士400多人，全团仅剩官兵600余人，需要修整；二者，白汝庸毕业于陆军大学，懂军事、善谋略，必要时可以帮助他做一些谋划，因而在整个战斗过程中，白汝庸是军部、团部两头跑。

白汝庸预感到阳高城将有一场恶战。敌人显然已经知道61军的军部就在阳高城，飞机飞临阳高城的次数越来越频繁，扔下的炸弹越来越多，也越来越高级，恨不得要把阳高城炸平似的。再者，阳高乃大同城的门户，敌人欲攻大同城，必先攻下阳高城。

果然，李服膺刚一走，攻下天镇盘山的日军，就立即向阳高城扑来。一架架飞机飞来，丢下炸弹后又升高飞去，坦克、大炮、轻重机枪，疯狂地扫射。

414团守护的实际上是座破烂之城。好久未经战火，阳高城已经不设城防，破旧的城墙有几处仅有一两丈高，墙脚下砖土堆积，形成斜坡，平时行人图省事可过斜坡进入城内。城墙最宽处约三四仗宽，未开战前，白汝庸曾命令修筑防御工事，人们在城墙上挖了许多大而深的土坑，墙体最薄处只有一两尺厚，本意想构筑射击掩体，结果掩体还没有尽数筑成，日本兵就气势汹汹地跑来了。白汝庸急令全团接战。

白汝庸的部队大部分在城墙上抵抗，为了确保军部从阳高城安全撤退，白汝庸重新部署了阳高城的城防。命令1营坚守东城城关及北城的一半。2营接第1营右翼，坚守南城及南关。3营接2营右翼，坚守西城及北城的一半，其右翼连接1营。机炮连随时准备应战，并支援各营。一开始，由于先头到达的日军为数不多，白汝庸他们的抵抗很有效果，日军一时不能靠近阳高城。白汝庸在城墙上指挥得精神抖擞，一时竟忘了李服膺军长给他们的任务是为掩护军部撤离抵挡一阵，很有些要固守的样子。战士们的士气也旺，在城墙上边打边骂，昂昂扬扬的，个个一副中国人的派头。毕竟第414团在白汝庸多年的锻造下，已是51军的一支虎狼部队。

敌人一连攻城两天，不能得手。经过飞机侦察，攻城日军发现城西北角是薄弱部位，便集中炮火猛轰。看到那里炮火密集，敌人迭次猛冲，白汝庸率领机炮连立马赶到那里，亲临督战。

机炮连的炮弹在敌群中爆炸，日军的战阵被打乱，攻势也有所减弱。不久，日军又改变猛攻部位，城东北角的炮火又密集起来。白汝庸让中校团副曹静山留下协助3营营长指挥战斗，自己又亲率机炮连增援。

刚到城东北角，空中飞来几颗炮弹，在白汝庸旁边几米处爆炸，烟土飞扬弥漫，他的卫士刘效儒像前卫士高御天那样，猛地把他扑倒。烟灰飘散，白汝庸推下身上的卫士，喊了一声"刘效儒"，没有应答，再喊一声，仍没有应答，定神一看，这个卫士也如自己的小舅子高御天一样，为了救自己的性命，牺牲了自己的生命。再环顾四周，看到自己的士兵死伤枕藉，不由得气红了眼，一边挥枪射击一边大喊：

"弟兄们，打！狠狠地打！"

白汝庸的喊声十分管用，士兵们看到他们白团长到来，个个都来了精神，疲劳的身子一下子跃起，纷纷举枪，向敌军猛射。跟着机炮连的炮弹也开始吼叫起来，敌人攻城的势头一时弱了下来。这时，有士兵前来报告："报告团长，城西吃紧，3营请求增援。"

"机炮连留下一半，其余跟我增援3营。"白汝庸领着半个机炮连，又跑步上了城西北角。城西北角浴血在炮火中，他急于解这里的情况，一上城墙就喊了一声："3营长。"

"报告，3营长阵亡。"前来报告的竟是团副曹静山。

这消息如一枚炸弹"轰"的一声在白汝庸的脑袋里爆炸。3营长名叫都来宝，一米八的个头，真正的膀粗腰圆，他在414团的一条好汉、一员悍将，多么艰难的战斗任务交给他，总能圆满地完成。而现在他却战死了，这怎能不令白汝庸心痛呢？

"他在哪儿？"

"在那边。"

白汝庸看到3营长顾长的身体依着城墙垛静静地躺着，走了过去，摸了一下3营长没有血色的脸，感觉已经冰凉，心里不由一痛，有泪想要奔流，但他强忍着，站起身走到旁边一个城墙垛前，笔直着身子，举起望远镜观察攻城的敌人。团副曹静山跟了过去，在他耳边说："414团已苦战两日，今天日军好像铁了心要拿下阳高城。他们以步、炮、空、战车联合进攻阳高城。414团与敌激战进入了白热化阶段，仅半日，就死伤官兵百余人。"

白汝庸仍旧不说话，曹静山大了大胆子说："团长，撤吧，我看这阳高城是守不住了。"

白汝庸回过头来，生气地骂道："少说他妈丧气的话，阳高城要是在老子手里丢了，那是中国人的耻辱！"

这时响起了炸弹飞来时的尖锐声音，团副曹静山的身子跃起，把白汝庸扑倒，炸弹接着爆炸，震天动地，烟雾散尽，白汝庸站起，喊了一声："曹团副！"

曹静山应了一声。白汝庸一听曹静山还活着，心里一阵高兴，忙说："你活着就好，我已经欠了两位卫士的命了，千万别再欠你的了。"

"团长这是哪里话，你是团里的魂，我们死你也别死。"

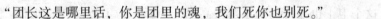

"少废话，兄弟，我们这是打仗哪。"

苦战了一场，日军的进攻停了下来。团副曹静山说："李军长给我们的战斗任务是掩护军部撤退，军部和李军长都已经撤退了，我们的任务完成了。"

白汝庸回头说："阳高城还有一城百姓哪！"

曹静山说："团长，阳高城我们是死守不住的，前些日，我团在万全县水西关阻敌，伤亡惨重，元气大伤。阳高蛋丸之城，城墙破烂不堪，兄弟们能守到今日就已经不错了……"

"给我闭嘴！"白汝庸生气地说。话音刚落，敌人攻城的炮火又起。对于军人来说，炮火就是命令，白汝庸和团副曹静山再也顾不上说话，转身投入了战斗。

城墙上的战斗越来越激烈，国民县府那帮人却如老鼠似的胆寒着。他们战战兢兢地听着从城外传来的隆隆的令人恐怖的炮声，感觉日本兵随时随地都可能冲进阳高城里来。

县长李庸汝（化名）在自己的办公室里犹如热锅上的蚂蚁，坐立不安。这个县长1935年8月到任，在阳高县最为显著的"政绩"就是积极宣传反共、防

共。从县城到乡村，再从乡村到山村，经常看到他的身影，他逢人便讲："共产党骗人骗得巧，共产党杀人如割草。"却从没提醒过阳高的人们："日本兵来了杀人如割草。"现在他开始担心日本兵来了割自己的"草"了。他摸了摸自己的脑袋，脑袋里慌忙蹦出一个字来："逃！"

其实，李庸汝的脑袋里不只一次蹦出这个字来。自从李服膺把 61 军军部安在阳高城，他心里就一直担心着 61 军抵挡不住日本兵。李庸汝并非是瞎担心，"七·七事变"以来，那么多国民党兵都挡不住日本兵，你区区 61 军能抵挡得住吗？他预感到日本兵大兵压境，阳高这座山西省边界上的县城，终究会被敌人攻破的。因此，他觉得待在阳高城是一种危险，他后悔当初不该来阳高城当这个什么狗屁县长了。是非之地，不可久留，可他一时又苦于想不出离开这里的法子。后来，他还是激灵一动，想出个万全之策，那就是安排一些乡下公务，带上县府里的一些官员到乡下办公，一旦形势危险，他们好溜之乎也。然而县城安着李服膺的军部，不免就有事需要与地方联系，几次找他不在，惹得李服膺大发雷霆，让人把他找回来，把他臭骂了一顿，从此他再不敢离开县府半步。现如今李服膺的军部已经撤了出去，阳高县城落入敌手实际上已成定局，自己何不趁早离开这个是非之地呢？

外面的炮声一阵紧似一阵地传来，一枚炮弹竟然落在县府的当院警告似的炸响了。炸弹响过，警察局局长问李庸汝："李县长，你说白汝庸那帮人能不能守住阳高城？"

李庸汝说："我看难说，北平、天津、张家口那样的大城市都丢了，国军几十万大兵顶不住日本兵，白汝庸那团人能行吗？如今，盘山丢了，李服膺军长和他的司令部不也从咱阳高县城撤走了吗？唉，想不到阳高城要落入敌手了。"

警察局局长探过头来，悄声说："李县长，该想想咱们的出路了。"

李庸汝说："是该想想咱们的出路了。你现在让秘书室的人来一下，让他们给我把县府各科的头头叫来。"

不一会儿，阳高国民县府秘书室、民政科、财政科、教育科、军事科、田粮科、户籍室、警察局等机构的头头全来了。李庸汝的县长办公室里，挤满了神色慌张的人。李庸汝说："大家都来了，现在我们长话短说，你们都看到了，形势十分危险，阳高县城随时可能失陷，因此我决定全县府放假，你们各自回去，把档案等物特找地方藏起来，然后各自回家。等日后我军收复县城后，大家再出来办公。"

李庸汝说完，县府各科的头头匆匆散去。警察局局长为李庸汝牵来两匹大马，一红一黑，红的骑人，黑的驮东西，丢下全城的百姓，悄悄地从西城门出去，踏上了逃跑的路途。

而这些，在城墙上御敌的白汝庸并不知晓，

日本人的一颗颗炮弹飞向了天空，又一枚枚下落在阳高城头上。枪炮齐鸣，喊声喧天。炮火中阳高县城在颤抖。

城墙上，白汝庸仍在指挥阻击攻城之敌，他声嘶力竭地大喊："打！打！打！给老子狠狠地打！"

白汝庸的副官曹静山直立在身后，举手行个军礼道："报告，我团损失惨重，3营又有100名士兵献身……"

白汝庸向城墙外摔出一梭子弹说："别讲了，你找李县长把警察局的那帮警察带到城墙上来。"

曹静山走进县府大门时，发现县府大院静悄悄的，进入院内已经很深了，里面仍空空无人，他很纳闷，在院子里转了一圈儿，看到所有的屋门都锁着，暗自骂道："妈X的，全逃了，连县长也逃了。这还像个他妈的县衙吗？"

曹静山又来到了警察局的院内。院内也是空无一人，和县府一样所有的屋门都锁着，气得曹静山骂道："妈那个B的，警察也逃得光光的了。"

搬兵未果，曹静山回到城墙上向白汝庸报告。也是曹君命短，他刚一回来，一枚飞来的炮弹落到他身后不到一米远的地方爆炸，随着"轰"的一声爆响，整个人的身体被炸得粉碎。

"曹团副！曹团副！"白汝庸见状，急得大喊。然而人已无影，怎喊也无用处，白汝庸只得举起手枪，口喊"打！打！"以发射子弹来排泄心中不满。

日军攻城的势头越来越猛，飞来的炮弹在墙上打开了几个缺口，日军先头部队开始攻入了城中，巷战开始，接战的士兵边打边退，不时有战士饮弹身亡，为国捐躯。1营士兵飞报日军已攻入城中的消息。白汝庸得知消息后，准备重新组织部队，展开巷战。身边的团参谋说："团长，我团人员仅剩300人，曹团副和3营长牺牲，连排长牺牲7名……我团的任务是掩护军部转移，现在已经完成任务，再战就要全军覆没了。"

白汝庸把手枪贴在太阳穴上，皱着眉头，一时难以决断。团参谋看他还在犹豫，再一次着急地说："团长，军部没有给我团死守阳高城的任务……留得青山在，不怕没柴烧。"

白汝庸放下贴在太阳穴的枪说：

"撤！从南城门突围。"

南城门是敌人攻城火力较弱的地方，白汝庸领着300余名战士一阵冲杀，突围出来。攻城日军见状，哇哩哇啦地狂叫着，从两面包围过来。看到敌人的包围圈还未形成，白汝庸意识到，处此危险时刻，唯有奋力奔跑，才可能摆脱敌人的围杀，于是大喊一声："跑!"奋力打马，向前跑去。敌人看到马上的白汝庸，断定白汝庸是中国军队的一名军官，纷纷举枪，向他射击。子弹乘风而来，耳边响起无数子弹的尖啸声。白汝庸身下的战马深感危险，全力奋蹄，飞快狂奔。一粒子弹打在了白汝庸的腿上，白汝庸在陆军大学曾学得一身好马术，就在他感觉子弹热辣辣打入他的大腿之时，身子趁势从马背上钻入马的肚皮底下，动作之快，令他的士兵们都感觉他被打下马来。

"团长!"士兵们不由得喊了一声。

敌人并没有成功包围414团突围出来的士兵，但是把他们冲散了。一些士兵后来投奔了傅作义的部队。傅作义得知白汝庸的"牺牲"，亲自为白汝庸开了"追悼会"，号召全军向这位为国"捐躯"的抗日英雄学习。他的家乡浑源县也准备接他的"亡灵"，让他魂归故里。

多年以后，人们才知道白汝庸所谓"牺牲"是一个误会。61军军长李服膺被阎锡山以"擅自后退"的罪名处死后，61军许多官兵被杀凉了心，纷纷脱离了阎锡山的军队，有的参加了八路，有的投奔了蒋介石的中央军。白汝庸也脱阎投蒋，从运城投奔到西安，先任西安行营第1组副组长，后任军令部西北参谋班教官兼中央军校第7分校高级教官。内战爆发后，他因反对内战被蒋介石边沿化。解放军解放上海时，他为解放上海做出了贡献。1949年淮海战役结束后，他赴上海与民革中央联系，参加起义。建国后他任国家林业局人事司工作人员，民革中央团结委员会委员，北京市朝阳区政协委员。

第二章

从阳高城突围出来的晋绥军61军414团官兵被日军冲散后，日军并没有马上入城。日军接到了命令，全部就地宿营，睡在了阳高城的郊野。城里的老百姓虽然听不到了枪炮声，但仍然战战兢兢的，他们不知道在哪一刻，枪声又会大作起来，炮弹又会飞到他们的院子里，落到他们的房顶上。天明了，城内的百姓不敢出门，城外的敌人虽然看不到城墙上有一个抵抗的中国士兵，但也不敢冒进。不一会儿，一架飞机飞临高阳城上空，超低空绕城转了一圈儿，飞行员看到城内的街上光光的没有一个走动的活物后，便升高飞走了。

这个时候，一个50来岁、略有点驼背的中年男人手提铜锣，推开自己家的门，来到了街上。这个人名叫孙存仁，他试探性地轻轻地敲了一下铜锣，又用劲儿敲了一下，铜锣发出的响声令他满意，于是他边敲边喊了起来："乡亲们，欢迎日本兵进城了。欢迎日本兵进城了。"

街道两旁的店铺，每个门都静静地关着，没有人理会这个敲锣的人。

"乡亲们，欢迎日本兵进城了。"

他继续喊着，看到没有人应和他，便又重重地敲了两下，大声地说道："乡亲们，咱们出来吧，别怕！俗话说，两军对战，不杀百姓。你们忘了十年前咱们还欢迎过奉军哪。"

听到孙存仁的话，一些人因对孙存仁的人品不屑一顾，便不去理他。也有一些人想起了十年前的一件事儿，那年奉军和晋军大战，晋军丢了阳高城，也是这个叫孙存仁的人，领头欢迎奉军。结果进城的奉军不但没有杀人，还对孙存仁大为赏识，赐他一顶支应局长的头衔。孙存仁帮助奉军征粮收捐，数月的光景，腰包就满了，一个穷光棍转眼间变成了小富翁。如今，日本鬼子打进来了，他孙存仁又想发财了吧？因此这些人仍不出去理他。看着身前身后的店铺仍然关着，孙存仁有些急了，他又用力敲了两下锣，使锣声增加了些震撼力，然后说："乡亲们，你们别犹豫了，出来迎接日军吧。晋绥军打败了，弃城跑了，县府也解散了，县长也丢下我们不管了，我们成了无娘的孩子了。俗话说，成者为王，败者为寇。如今是日本兵胜了，咱得给日本兵缴粮纳税了……咱是老百姓，谁来咱都得纳税。再说了，咱没给国民党纳税吗？没给阎锡山纳税吗？结果怎样？他们还不是扔下咱们不管么。出来吧，都出来吧，咱们欢迎日本兵吧！让日本兵消消气，要不，他们说不定要杀人啊！"

孙存仁一阵演说，并没有多大效果，人们的门依旧静静地关着。

看着没人响应自己，孙存仁便不在叫喊，他来到一个门洞旁，把门擂得海响："昝大个，出来，出来欢迎日本进城吧。"

被敲的门开了，从门洞里探出一颗硕大的头来，这大概就是孙存仁叫的昝大个吧，只见他问："不会有事儿吧？"

"不会的，昝大个，你忘了几年前咱们不是也欢迎过奉军进城吗？"

"奉军是中国人，这可是日本兵啊。"

"什么中国人、日本兵，刀搁在脖子上了，现在是活命要紧。"

昝大个说："你把我弄糊涂了，日本兵要杀人吧？"

"说不定啊，你见过哪个拿枪的人讲过理了？人家一恼，说不定就要杀人啊。"

昝大个不再犹豫，走出来，跟孙存仁一起吆喝人们出来欢迎日军。

街上仍空空的，没有人理他们。孙存仁就继续演说："晋绥军跑了，县长也跑了，他们丢下我们不管了，咱们出来迎接日军吧。胜者为王，败者为寇……"

咎大个也鹦鹉学舌地喊起来。

他们的喊叫毫无效果，街上依旧空空荡荡。有人想起大战前夕，从南口、张家口逃难过来的人说，日本人打来时，只要中国人不抵抗，举上日本小旗旗欢迎日本人，日本人就不杀人。当时守卫阳高城的晋绥军白团长抓了几个人，说他们是日本人派来的汉奸，造谣动摇军心民心，把他们杀了。也许那些逃难的人说的是真话吧，也许欢迎一下日本人，日本人就不会杀人了吧？

开始有人推开门出来了。最初是三三两两，后来人越来越多了。孙存仁开始高兴起来，对咎大个说："应该举着日本旗去欢迎日本兵。去，你到纸扎店去，让王老板做几面日本旗子。"

"日本旗子？我不知道啥样。"

孙存仁一看咎大个不懂，就用手比画着说："你让他剪这么大一块白麻纸，再用红纸剪这么大个圆，贴上去就行。"

"你怎么知道那就是日本旗？"

"你没见过日本兵长枪上挑着那种白旗吗？"

"就那样啊！"

"快去吧。"

一会儿工夫，咎大个就拿着好多日本小旗跑来了。这时街上聚集了约四五百人了。孙存仁看看小旗不够，但觉得有人举着也像一回事了，就让咎大个随便发给了身边的人，然后让人们排成队，跟着他们走。原来乱纷纷的一街人，逐渐形成了一道人流，很有秩序地随着孙存仁、咎大个向西大街移动。没有人知道他们在走向一个惨剧。

日本兵经过飞机侦察，确信阳高城已没有了抵抗的部队，便开始组织部队进城了。出于警惕，他们让坦克在前面开道，装甲车、汽车、步兵依次殿后。当欢迎日军的人流行至西大街口时，正好与大街上进城的日军相遇。孙存仁见状，喜形于色，带头呼喊口号："欢迎日本军！"

愚昧的人们也跟着喊："欢迎日本军！"

开在前面的坦克不明白出了什么情况，它们就像惊呆了一样，停了下来。这时，一队荷枪实弹的日军从汽车的后面跑了过来。孙存仁见状，更加用力地喊了起来："欢迎日本军！"

愚昧的人们也更加用上了劲儿："欢迎日本军！"

一个留着人丹胡子的日本军官瞪了一眼前来欢迎的群众，扭头对旁边的一个翻译说:"他们的,什么的干活?"

这日本军官名叫山本一郎,来自日本的名古屋,参军前是一名小学教师,如今已完全成为一名杀人成性的日本法西斯军官了。一时,他没有弄懂这帮中国人来做什么,翻译哈巴狗样,点头哈腰,挤眉弄眼地说:"太君,他们是欢迎大日本皇军的中国老百姓。"

山本一郎狞笑了几声,然后转身,向身后的士兵挥挥手说:"你们分开两路,把他们包围起来。"

日军迅速疏开队形,端着明晃晃的刺刀,把人们包围起来。人们不知道日本兵为什么把他们包围起来,有的人似乎感到了不祥,脸色紧张起来。

"日本兵要干什么?"

"不知道。"

"杀气腾腾的,他们好像并不喜欢我们欢迎他们。"

这时,翻译站在道旁的一块大石上,对着人群喊:"大家注意啦,你们不要拦皇军的道路,太君要你们往北面走。"

于是人们被日军押着向北街方向走去。人们不知道日本兵让他们去做什么,也不知道日本兵葫芦里卖的是什么药。他们只是盲从地随着人流走,到了北大街口,山本一郎忽然凶神恶煞般地喊了起来:"跪下,统统地跪下!"

押着人流的日本士兵,举枪在人们眼前晃着,明晃晃的刺刀寒光闪闪,吓得人们赶紧低下头,齐刷刷地跪下。这时候传来一阵大皮鞋踏击路面的响声和隆隆的类似汽车的声音,有人悄悄地扭头看了一眼,看见一股日本大队人马开进了县城。先头的是扛着长枪的队伍步行开过,继之是坦克、汽车、大炮开了过去,最后是骑兵。同时日本兵三步一岗、五步一哨,沿街布满了岗哨。

日本兵的大部队过去了,押着他们的山本一郎对着人群大喊了一声:"统统地起来,继续往北前行。"

于是,在荷枪实弹的日本兵武装押解下,人们又向北走去。此时又有许多人感到了不祥,他们开始悄悄地议论起来。

"日本兵要押着咱们干什么?"

"不知道。"

"莫非他们要杀人了?"

"不至于吧,日本兵总归也是人吧,他们总不会对欢迎他们的老百姓下手吧。十年前我们不是还欢迎过奉军吗?"

"咱们太天真了,奉军怎么说也是中国人,日本兵可是外国人啊!"

人群里传出了嘤嘤的哭声,哭声越来越大。这时正好也走到了一个较开阔

的地段，山本一郎让队伍停下来，哈哈地说："猪，猪，中国猪。"随后跳到旁边一个高台上，举着指挥刀从空中立劈下来，用笨重的中国话说："你们的听着，大日本皇军，良民的不杀，如果无人保释你们，我们的，统统地格杀勿论！"

孙存仁急了，狗一样爬出来，给山本一郎叩着头说："大人饶命！大人饶命！大人，我们……我们可是欢迎你们的老百姓啊！"

翻译把孙存仁的话翻译给山本一郎。

山本一郎指着人群对孙存仁叽里呱啦说了一顿日本话，孙存仁一句也听不懂，翻译对他说："太君说，你可以引上几个年长的人出去，找城里有头脸的人保释他们。"

"是，是。"

孙存仁匆匆忙忙从人群里找了两位老者——一个是知识界梁老先生，一个是商业界孙掌柜——离开了人群。

这时候，阳高城街上已经是满街的日本兵了，看着骄横的日本士兵，梁老先生叹着气说："唉，没想到我一生识文断字，如今竟干出这么一件丢人的事。"

孙存仁着急地说："您别这么说了，快想想办法找人保释吧。"

"唉——我们该找谁保释无辜的人们呢？谁能证明他们无辜呢？"

"是啊，县长跑了，县府里的人也都跑了，咱们该找谁好呢？"

孙掌柜说："我看咱们到九天楼找商务会长刘藻去吧。"

"对，咱们找找他吧，县政府没了，在咱这城里商会还算个组织啊。"

于是，他们便快速地向商会九天楼走去。

立于当街的阳高城商务会址九天楼，是一处连为一体的三栋二层飞檐阁楼，主楼的东北角已被昨天飞来的炸弹炸烂，如同伤口样张着硕大的口子，里面的木头骨骼似的露了来。他们三人来到九天楼下，急急地敲门。一阵紧似一阵地敲了好一阵，里面的人说了声"来了"。

应声开门的人正是商务会长刘藻，只见他从门缝里露出毫无表情的脸来，见到了孙存仁他们脸上也没有什么喜色，语气淡淡地说："你们，进来吧。"

进得门来，孙存仁颤着音说明了来意。刘藻好长时间不说话，梁老先生说："外面四五百人命在旦夕，你救不救他们，倒是说话呀！"

刘藻慢慢地说："不是刘某不想保释他们，是刘某无力保释他们。"

孙掌柜说："您是商会会长，德高望重。"

刘藻心想，你以为日本人他们会看中德高望重，保释那些人得钱，你们以为我刘某的钱能像印鬼票子那么容易来吗？他心里这么嘀咕着，嘴里却说："刘某不才，也无德，你们另找高明吧。"

看着请不动这个商务会长，他们三个人只好从商会出来。刚一出门，梁老先生就昂首痛斥自己说："我好悔啊！我梁某一生熟读四书五经，识文断字，结果是书读到狗肚去了，竟然引着乡亲们去投狼口啊。"

孙掌柜说："梁老先生你也别太自责自己了，还是想想法子救救乡亲们吧。"

"想，想什么法子呢？找那些我们缴税养活的国民党政府官员吧，人家早就跑了；找那些他们说的'杀人如割草'的共产党吧，咱又没见过；城里现在唯一能找的咱中国人的组织是商会，可人家刘会长不出动啊。"

"要不咱们还是去求日本兵吧，当兵的打仗，与咱们老百姓什么相干，他们总不能没人性到连老百姓也不放过吧？"

"人家早就说了，无人保释，格杀勿论。"

"那咱们也去求他们吧，给他们多磕几个头总行吧？"

没办法，他们三个人又返回到北大街口。只见被押到此的四五百人仍在日本兵的刺刀下跪着。孙存仁他们三人跪到山本一郎面前，磕着头说："日本大人，行行好，放了他们吧，他们可都是好人哪。"

山本一郎问过翻译后，对他们说："不行，无人保释的，大大的不能放。"

"日本大人，行行好……"

"……"

这时，人群里有人对孙存仁他们说："你们再为我们找找人吧。"

孙存仁他们只得再次来到商务会的九天楼前，这次刘藻连门也没让他们进，只是把头伸出门缝，对他们说："没跟你们说吗？你们另找高明吧。"说完，刘藻又把头缩回门里，把门紧紧关上。

梁老先生气得对着紧闭着的门骂："刘藻啊，刘藻啊，见死不救，死后要堕地狱的。"

刘藻在门里说："我顾不上死后，只顾眼前，眼前不挨日本兵的刀就行。"

"呸！刘藻，你也不怕你的后代生孩子没有屁眼儿？"

"你放心，我的后代肯定会有屁眼儿，一人一个，不多长也不少长，而且还屙黄屎。"

"呸！"

"呸！"

"呸！"

无可奈何，他们三人再一次回到北大街，跪到山本一郎面前，连连磕着头说："大人啊，他们真是好人哪，放了他们吧。"

"不行，无人保释，大大的不能放。"

梁老先生站了起来，对日本兵说："日本兵先生，我用这把老骨头担保，他们都是大好人哪，他们没有一个人跟你们日本兵作对啊！你瞧，他们手里还拿着你们的日本国旗呢，他们这可是出来欢迎你们哪。"

翻译再一次把梁老先生的话翻译给山本一郎。山本一郎鼻子下的人丹胡子跳了几下，狞笑了一声，说："你的老骨头能担保他们吗？你的老骨头能值多少钱？"说完，山本一郎黄狼样跳在墙根的一个土高台子上，挥着手比画着说："你们的注意，青壮年的这边的跪，老年小孩的那边的跪。"

日本兵端着刺刀，逼着人群按年龄大小分作了两堆。梁老先生先是被分在了老人堆里，山本一郎见状，对部下说："他的青壮年的站在一起。"

于是，梁老先生就被揪着拉到了青壮年堆里。

在日本兵举着刺刀按年龄大少往开分人群的时候，西街猪肉铺李拐子悄悄地对他身边的儿子说："狗日的，要杀人了，你跑吧。"

李拐子的儿子扭头看看左右无人，悄悄地挪出了人群，一拐弯，溜进了一个巷子里，然后飞奔着逃跑了。日本兵没有发现他，很快他便消失得没影了。这是唯一有幸逃出来的青年。

人群被分作两堆后，山本一郎指着跪着的青壮年说："你们统统的起来，南边的走！"

日本兵丢下一边的老年人，押着另一边的青壮年向南面走去。老人们茫然地望着被押走的年轻人的背景，一时弄不明白日本兵让这些年轻人干什么去。有人想起山本一郎"无人保释，格杀勿论"的话，才慢慢地醒悟到这群年轻人凶多吉少。

"三子，赶快跑吧，日本兵要杀人啊！"

老人堆里，不知是谁喊了一声。好像响应老人的声音似的，被押着的青壮年那里，一个青年突然转身向巷内跑去。跟前的一个日本兵立即端枪射击，只听那青年应声倒下。

"啊呀！日本兵要下毒手了。"

人群中有人惊呼。刹那间，人群像炸开了锅，哭爹喊娘，乱成了一片。日本兵用枪托乱砸，用东洋刀横劈，鸣枪狂叫。人群在日本兵刺刀的威逼下，又开始向前走去。很快，他们像赶羊一样，被逼进了瓮城。在一片哭爹喊娘声中，他们看到了瓮城四周的城墙头上架满了轻重机枪。黑洞洞的枪口阴森可怖，顿时脸色大变。这时，人们听到山本一郎大喊了一声："统统地跪下！"

“日本兵杀人了！”

“乡亲们，跟狗日的拼了。”

“拼了！”

“拼了！”

走到绝路上的人们，发了疯似的向端着刺刀的日本兵扑去。这时，密布在城墙上的机枪狂叫起来。人们在机枪的狂吼下，一片片倒下。跟着城墙上的日本士兵也扔出了一颗颗手榴弹。一股股黑色的烟团冲天而起，烟团中，人们的四肢、脑袋、衣物等也随着浓烟冲天飞起。城墙上的日本兵被这惨烈的场面刺激得发起疯来，他们狂跳着、狂笑着、狂叫着，更加发狂地把手榴弹扔下去，握着歪把子机枪，用力扫射着。他们把抬到城墙上的手榴弹扔光，把歪把机枪里的子弹打尽，才停了下来。

整个瓮城安静下来。烟雾散尽后，一具具淌血的青壮年的尸体，你压我，我压你，躺满了瓮城。只见有的满脸鲜血，面目不清；有的难以瞑目，双目依旧瞪着；有的好像难以把仇恨咽下，咬牙切齿；一股血水小溪似的从尸体的身底下流淌出来……

慢慢地，从死人堆里爬起一个血肉模糊的人，此人虽然一脸血污，面目已经不清，但从他那身体的姿势上不难看出，他就是被敌人强行分到青壮年堆里的梁老先生。看到刚刚活生生的一群人如今已经变成了一堆血肉，梁老先生的心像被疯狗撕裂一般，他以手拍胸，大喊道：“为什么，为什么？”

梁老先生喊着，泪水从眼里涌了出来，泪水一出眼眶，就被脸上的鲜血染成了红色。透过泪水的红色，他看到了身下的肉山血海，闻到了浓烈的腥风。渐渐地，他从肉山上看到一张极度扭曲的脸，那脸，痛苦和枪伤虽然使它变了形，红血污了它，但他还是认出那是他的邻居张昌，这个年近40的方脸人，临街开了一个豆腐房，虽是个买卖人，却不曾在斤两上、价格上坑害过人，他不识字，却懂得为人应知的礼仪，懂得君君臣臣、父父子子，孝顺父母，一生小心，战战兢兢做人，老少无欺，不曾害人。几年前他曾经连日本也不知道，那天，是梁老先生告诉他天下有个日本国。他不曾害过日本兵，可如今却不明不白地被日本兵杀死在这尸山上了。梁老先生把目光从张昌的脸上移开，落到另一张也是满脸血污的脸上，这张圆脸，还保持着命终时痛苦地张着嘴的姿势，这是寡妇吕玉莲的儿子，这孩子和他的寡妇老娘都是佛的信徒，把一只蚂蚁、一只苍蝇的命看得跟人一样贵重，对任何生命都不打不杀，当然也不会害日本兵一命，可如今却也躺在这里了。接着，梁老先生看到了许多从小就受孔学教育、佛教、道教教化的好街坊，他们一生小心做人，安分守己，从不图财害命，不丧天良，他们深信因果，相信好心有好报，做梦也不会想到会惨死在日本兵的手里……这时，有一张长脸印入梁老先生的眼里，那是一张平时就不被梁老先生看好的脸，那是赌徒宋宁的脸，此人平时以赌钱为业，游手好闲，好吃懒做，最让梁老先生鄙视的是宋宁平时喜欢勾引良家妇女，可是宋宁再坏，勾引的也是中国人的良家妇女啊，并没有去勾引你们日本的女人啊，他再坏也没有去奸淫你们日本女人啊，轮得着你们杀害吗？想到这里，梁老先生的心寸寸痛断，他扬起头来，看到几个日本兵正站在城墙上欣赏他们刚刚制造的尸山血海，便从死人的尸体上爬起来，冲着城墙上的日本兵怒吼起来：

"你们！畜生！为什么杀害他们，他们祸害过你们日本吗？杀过你们的日本兵吗？抢过你们的东西吗？强奸过你们的女人吗？"

"哈哈哈……"

城墙上的日本兵看着下面悲愤地喊叫着的梁老先生，大笑起来。一个日本兵，端起手中的长枪，对着梁老先生扳动了枪栓，一个子弹叫了一声，钻进了梁老先生霜白的鬓角，梁老先生"啊"地叫了一声，顿时被剥夺了话语权，接着，双腿一软，生存权也跟着丧失。

就在梁老先生倒下来之后，又一个血人从死人堆里站了起来，这人就是孙存仁。孙存仁抬着自己的血脑袋，向四围看了看，又看了看城墙上敌人还没有搬下去的黑洞洞的机枪口，骂道："他妈的，真黑，连亡国奴也不让当。"

哒，哒，哒……城墙上那黑洞洞的机枪口突然飞出一串子弹，孙存仁当即饮弹而亡了。

"哈，哈，哈……"

城墙上响起一串串笑声，发笑的人就是导演这场惨剧的日本军官山本一郎。看着他的"杰作"，他对自己身边的一个副手说："井上君，知道我们为什么留下他们的老年，枪杀他们的青壮年吗？"

"我的不明白，请长官明示。"

"这些青壮年虽然手里没有武器，但日后会武装起来对付我们皇军的。你看，今天咱们消灭了多少中国军队，至少一个营吧？"

"咳！长官高明！"

……

第三章

日本人在阳高城大肆屠城的当天，遥远的陕北，灰蒙蒙的天空下着绵绵细雨，长满庄稼的原野上，一条洛川至西安的土路上充满了积水，两匹火样红的战马冒雨奔驰着。马背上骑着两位身穿八路军军服、英气勃勃的年轻军官，他们一位是八路军115师师长林彪，一位是副师长聂荣臻。他们身上的衣服水淋淋地早已湿透，路宽时，两人齐头并进；路窄时，一前一后错开。显然，马背上的两位并没有把大雨放在心上，一边策马奔跑，一边兴致勃勃地大声谈论着什么。

他们刚刚参加完洛川会议，由于343旅及师直独立团组成抗日先遣队，早在召开洛川会议的当天，于云阳镇誓师后向山西开拔了，因此，他们要策马追赶部队去。

洛川会议开得很成功，他们二人对洛川会议的成果都很满意。抗日统一战线已经建立，红军改编成八路军后已开赴抗日前线，今后，中国共产党领导的八路军能不能取信于国人，发展壮大自己，成为抗日的一支生力军，就看他们这些搞军事的如何表现了。马上的这两位先期赶赴抗日前线的共产党战将，此时是兴致勃勃、踌躇满志。当他们的战马在一个路宽处再一次齐头并进时，聂荣臻对林彪说："林师长，党在这次洛川会议上提出了我们的抗日方针是独立自主的山地游击战，但不放松有利条件下的运动战。我军这次北上山西，你有何打算？"

林彪用双腿使劲夹了一下马身子说："蒋介石给我们划定的作战区域在晋东北一带，那里是太行山、五台山、恒山三大山脉的接合部，我想那里定是山峰林立、千沟万壑，可晋绥军那帮人，到现在还没有把胜利的消息传来。咱们这次上去，应当利用那里有利的地形，打他一个大胜仗，给全国人民一个大振奋，也为发动群众、壮大八路军打一个好的基础。"

"这想法不错。115师如能首战告捷，定会给全国人民一个振奋，有力地影响全国抗日战局。"

"快到西安了吧？"林彪问。

聂荣臻回答说："大概快了。咱们快些赶路，到了西安，坐火车赶部队去。驾！"

"驾！"

雨中，二人策马疾驰，此后便很少说话，一心一意地飞马赶路。当到达西安时，他们浑身上下溅满了泥，成了两个泥人。吃过饭，喂饱了咕噜咕噜的饥肠，他们二人又碰了一下头。得知罗荣桓已带着 115 师抗日先遣队 343 旅到达了山西境内，而 344 旅还在陕西境内由徐海东带领向黄河边开进，所以二人商定，林彪继续东行，追赶已在山西境内的 343 旅；聂荣臻留下来小停几天，等待徐海东带领的 344 旅，然后同 344 旅一起奔赴抗日前线。

林彪搭火车到达潼关，然后换木船向黄河对岸山西的风陵渡开去。黄河对林彪来说并不陌生，一年前，红军东渡黄河东征抗日时，就是他亲自为红军测量过黄河。不过，雨季的黄河，浊浪滔天，湍急的河水滚滚而来，咆哮而去。渡船在激流中颠簸，时而跃上浪尖，时而跌入谷底，惊心动魄。此时此刻，林彪领略到了黄河的雄壮，感到了一种不可战胜的力量，浑身热血陡然沸腾，气宇昂昂。

到了风陵渡，由于一些军务需要到太原办理，林彪乘火车直达太原。火车经过灵石火车站时，他从窗口看到 115 师 343 旅的官兵正在站台上吃饭，就在心里说：部队怎么才到这儿？这个阎老西，怎么这么用兵呢？前方正吃紧，却要把八路军滞留在后方。活该你们挨揍，防共也用不着这么防嘛。

那时候，林彪还不知道李服膺的部队已经全面败退，更不知道，入侵阳高城的日军在大屠城。

第四章

阳高瓮城的大屠杀刚一结束，商会九天楼的朱漆大门，就被恶狠狠地敲打着，"啪啪啪！"声音激烈得怕人。

"开门，开门，你的大大的开门！"

老天爷，分明是日本人来了。商会会长刘藻听到敲门声，就像听到叫差鬼叫门一样，身子一下子发酥了，双腿软得支不起身子来。

"爷爷呀，爷爷呀……"刘藻在心里弱弱地叫着。刚才日本兵在瓮城杀人的枪声，他在九天楼听得真切，现在日本兵又来敲商会的门了，他们莫不是来要他的命吧？刘藻越这样想，越觉得自己的灵魂在急切地逃离自己的身体。他快要软得躺下去了，但他知道他不能躺下去，他得强拎着身子，开开门，去见日本兵去。

“开门，开门，快快的开门。”

“来……来了。”刘藻颤抖着手刚一拉开门上的插关，门就被撞开了。跟着几个日本兵就像黄狼一样，闯了进来。闯进来的日本兵掀起一阵清风，把软着腿开门的刘藻掀了一个跟头，狗一样跌坐在地上。进来的日本兵迅速站成一个警戒圈儿。

“哈哈哈！”

这时，刚制造完瓮城惨案的山本一郎牵着一条狼狗，带着翻译走了进来。狼狗在离他脑袋大约一尺远的地方，伸着血红的舌头，“呼哧、呼哧”地喘气。他生怕那条狼狗在他鬓角上咬上一口，因此，大气不敢出。

山本一郎嘴里硬硬地蹦出一串日本话，刘藻大张着嘴，扬起头，两眼不住地看着山本一郎。这个姿势就像在说，您说的是什么话，小人的不懂。

翻译说：“太君问你，你在这里是干什么的？”

刘藻强挤出一点儿笑，忙说：“小人是……是郿县的商会会长，日本大人有何贵干？”

山本一郎对翻译说：“你们的政府、军队，统统地被我们打败了。你们商会的，要效忠我们皇军，为我们办事。”

刘藻连忙说：“那是，那是，日本爷的吩咐。”

山本一郎对翻译说：“嗯，现在，你的把话对他说。”

翻译就说：“明天中午十二点皇军要在城里大清乡，皇军让你组织商会的人为住在这城里的人发良民证，凡是有良民证的视为城中居民；没有良民证的，视为潜伏在城里的中国军队便衣队，格杀勿论。明白吗？”

“明白，明白，小人的明白。只是这良民证是什么东西，小人从哪里去弄？”

“笨蛋！”

“是是是，小人笨蛋。”

翻译作了一番吩咐，然后丢下刘藻走了。刘藻马上把商会的那二十几个人叫来，开始为城里的人发放“良民证”。

“到商会领‘良民证’吧，日本兵明天要清乡了，没有良民证就按便衣队的论处了。”

人们惊恐地相互传告着，浪潮一样，一拨一拨涌地向商会涌来。每一个人

都想尽快地弄到一张"良民证"，以免明天即将开始的"清乡"之祸。

刘藻为人们设计的"良民证"，是一张巴掌大小的白麻纸。翻译本来吩咐，在纸上写上"良民证"三个字，填上姓名，再盖上章就可以了，可这个刘藻出于对日本兵的讨好心理，却让人用小碗在白麻纸上扣上碗圈，一笔一笔画上格字，先弄出个花样来，然后才填上姓名，盖上日本兵扔给他的长条形印章。这样慢腾腾地弄出一张"良民证"得用好长时间，等在外面的人急了，你一声、我一声地抱怨起来。

"刘藻啊刘藻，你们描花呢！这样描花样，啥时候才能描完啊？"

"行行好吧，会长，简单一些吧，只有一夜了。一夜你们能描出多少张啊。"

"不行就多设个点儿吧，就你们一个商会，能发多少啊？"

"别扭捏了，你们这是拿一城人的脑袋开玩笑啊。"

听到外面人们的抱怨声，刘藻假装没听见，一声不吭，不理不睬。后来人们的怨言越来越烈，刘藻就出来，拿腔拿调地对等在外面的人说："乡亲们，马虎不得，马虎不得，这是给日本兵干事，马虎不得啊！"

入夜了，商会门前的街上，人们仍然山山海海地挤着，等待着商会的人给他们制作"良民证"。

商会的人制作"良民证"不紧不慢，外面等领"良民证"的人等得心急如焚。

不知什么时候，月亮没了，乌云来了，整个天被黑云遮掩得阴惨惨的。要下雨了吗？老天，难道你也来捣乱吗？人们仰望着阴气重重的天，心里更加忧郁起来。忽然，一道闪电火蛇样在天空窜了出来，跟着炸响一个闷雷，天上的雨被震落下来。雨落在人们头上、身上，可是没人理会闪电，没人理会雷声，也没人理会落在他们身上的雨水。他们仍在等着"良民证"，因为没有"良民证"，明日叫日本兵见了就格杀勿论啦。天上的闪电越来越多了，它们就像条条火蛇样在天幕跳跃欢腾，而雷声则一声声恐怖地吼叫，雨瓢泼样哗哗下来，满街的人仍然树柱样被雨淋着、等着……

天明了，仍然有满满一街人在等候着……

十二点了，满街的人凝滞不去。刘藻慢腾腾地从商会走出来，还打了个呵欠，揉了揉眼睛，对着满街的人说："乡亲们，按日本兵的命令，现在停止发证了。刘某不才，对不起大家了。大家回吧，各依天命吧。"

站了整整一夜，如今仍两手空空的人们，失望极了，他们有的落泪了，有的骂骂咧咧。

"回吧，乡亲们，还站着干什么？待会儿日本兵过来就没命了。"

人们散了。阳高城内的每条街上，都空空荡荡的，没有行人的影子，甚至没有鸡狗的影子。人们都战战兢兢地躲在家里，不敢出来。特别是没有搞到"良民证"的人家，更是提心吊胆，恨不得家里有个地缝钻进去。即使有"良民证"的人们，心里也不踏实，瓮城的枪声令他们心有余悸。日本兵那么凶狠，刘藻给他们发的这片巴掌大的纸，能保他们的安全吗？

日本兵的大搜捕开始了。原国民党县府的院内，日本兵排起了五列长长的队伍，山本一郎站在队伍前面，叽里呱啦，恶狠狠地下达了大清乡、大搜捕命令。日本兵扛着上了刺刀的步枪，甩着胳膊，列队开步走出院子后，又自动分队走进了各条街巷。他们每走一段，留下三五个人，破门进了居民的院子。不一会儿，长长的队伍就化整为零，消失了。

各家的门洞里，很快传出了日本兵的叫喊声、主人的求饶声、枪声、惨叫声、哭喊声……一幕幕惨剧，在光天化日之下，在一座座民宅里，在一道道街巷里，惨然地发生着。

"你的良民证的有？"

"日本先生，我的良民证没有领上，商会那些人手慢……"

"没有良民证，大大的便衣队的。"

这是在阳高城居民白开喜家的院子里，一个日本兵正在盘问惊慌失措的白开喜，看到日本兵眼冒凶光，尖尖的刺刀不住地晃动，白开喜心下不由得害怕，他一转身，从门洞里跑了出来，没跑几步就被追出来的日本兵"啪"地一枪打倒在地。白开喜还没有死，跌倒后，身子痛苦地蜷曲着，追出来的日本兵上前补了一枪，又补了一枪……这个日本兵名叫中村利夫，来自日本栃木县，到中国之前是一介农夫，枪法不怎么好，这使得白开喜在被枪杀时多了许多的痛苦，中村利夫一连补了三枪，白开喜才躺着不动了。

"我有'良民证'，我有'良民证'。你们说了，有良民证'不杀的。"

与白开喜隔墙的邻居名叫郭有良，他手里晃着"良民证"，嘴里辩解着，但还是被几个日本兵押着走出了街门，女人尖声喊着"孩子他爹"，从门洞里追赶出来，一个日本兵端起枪，"叭"的一声把女人打死在门洞里。枪声响后，一个十几岁的女孩和一个四五岁的男孩闻声跑出来，他们看见倒在血泊中的娘，哭着去扶，又被另几个日本兵开枪打死。

"老子跟你们拼了！"被押着的郭有良转身夺一个日本兵的枪，却被其他几个日本兵举起枪，用刺刀捅死了。

顷刻间打死四条人命，日本兵们哈哈哈地笑了起来。

打死这家居民的日本兵共四个，一个叫川上喜雄，战前在日本枥木县当教师；一个叫枚里秀夫，曾是东京一家公司的职员；一个叫永岛俊男，福井县人，屠夫出身；一个叫山崎喜一，千叶县小商人。他们四人笑完，又去砸旁边另一户人家的街门。

门朝里插着，枚里秀夫在前面用枪托砸门而入，这家男人正想跳墙逃跑，枚里秀夫举枪把男人从墙上打下来，跌到院内。听到枪声，一个年轻媳妇从家里跑出来，想去扶自己的丈夫。

"啊哈，花姑娘，花姑娘。"

几个日本兵一看，跑出来的是一个年轻媳妇，高兴地叫了起来，淫笑着，扑了过去。最先扑上去的是枚里秀夫，他一下子就把年轻媳妇扑倒在地，然而却遭到了年轻媳妇的强烈反抗。永岛俊男见状，上来就按年轻媳妇的腿，而川上喜雄则大笑着伸手去解那媳妇打了结的裤带，是个活节，在中国东北的时候，川上喜雄经常和同伴一起强奸中国妇女，对中国妇女裤带上的这种结相当熟悉，他攥住结的一头，只轻轻一拽，那结便开了。年轻媳妇感到自己裤带上的结被解开了，一边更厉害地挣扎，一边"牲口、牲口"地大骂。由于挣扎的缘故，年轻媳妇一块白皙的肚皮露了出来，川上喜雄被刺激得淫性大发，哈哈笑着，一下子拉下了年轻媳妇的裤子……

"妈——"

一个四五岁的女孩儿哭着从家里出来。山崎喜一随手拾起刚丢在地上的一支枪，举枪将小女孩儿打死。

"杏儿！"被蹂躏的年轻媳妇唤着女儿的名字。

川上喜雄已经把年轻媳妇的裤子脱掉，嬉笑着把嘴伸过去，想轻薄时，却被年轻媳妇呼喊女儿的嘴猛然咬住了鼻子，年轻媳妇锐利的牙齿一用劲儿，"哎哟！"川上喜雄突然惊叫着跳了起来，显然他的鼻子被咬掉了，他连忙双手捂住鼻子，鲜血从手指缝里直流。这突然的变故，让其他不知情的日本兵不由得一愣，按年轻媳妇的手劲儿松了下来。年轻媳妇趁机翻身，爬到旁边的一口井边，跳了进去。

"川上君，你的，快找医生的包扎。"

明白发生了什么的日本兵，赶紧搀扶着被咬掉鼻子的川上喜雄，从这家人的院子里走出来，原路返回，找医生包扎。在他们身后，刚才还空空荡荡的街上已经横七竖八地躺了几具尸体。远处，几家街门的台阶上，也躺着被杀的大人和孩子。他们的尸体下面流着还冒着热气的鲜血，逐臭的苍蝇，已在血摊上乱舞。

枪声、哭喊声从四面八方传来，显然，日本兵的屠杀已在全城的各个角落开始了。

第五章

满载着 115 师抗日健儿的敞篷火车一声长鸣，驶出了灵石车站，向晋北方向奔驰。

火车的铿锵声向战士们表明，他们这是向抗日前线奔去。

"日本人什么样？"

"不知道，没见过。"

"谁见过？"

"谁也没见过吧！"

"首长们见多识广，他们可能见过吧？"

战士们把目光投向车厢内首长们的脸上。营长邓克明看到战士们投来询问的目光，摇了摇头，意思说，日本人？我没见过。指导员刘西元看到战士们把目光移到了他的脸上，也向战士们摇摇头，很显然，他也没有见过。

"首长，你是师部的大首长，你见过吗？"一个战士问与他们同车的肖华。

肖华说："很抱歉，我也没有见过日本人。大概林师长、聂副师长、罗主任他们三位见过吧。"

"他们一定见过，他们都是有本事的人，见多识广嘛。"

"可惜他们不在我们这个车厢里，要在，让他们给咱们讲讲日本人长啥样。"

"听说日本人长得是红头发、蓝眼睛。"

"不可能吧，那不成鬼了吗？"

"怎么不是鬼，你没听人说吗？日本鬼子，日本鬼子。"

"哈哈哈……"

"哈哈哈……"

听到战士们把日本人猜想成鬼的模样，肖华不禁失笑，他对战士们说："你们说的都不对，日本人长得和咱中国人一样，就是比咱们中国人个子矮一点儿。"

"首长，你不是说没见过日本人吗？"

肖华笑着说："我听聂副师长说过。聂副师长出洋留过学，他见过许多外国人。你们说的红头发、蓝眼睛，那不是日本人，是西洋人。日本人是东洋人。"

"啊，聂副师长真了不起，他还出过洋哪！"

"你怎么连这也不知道？"

"听口音你是晋南人。你是新兵吗？"

"是，俺是红军东征的时候参加红军的。"

"告诉你吧，咱们的林师长、聂副师长、罗主任都是有大本事的人。只要这三个人凑在一起，总能打胜仗，而且还是大胜仗。"

"这个俺知道，早听老同志给俺们讲过了。"

……

"唉，你们说，这日本人杀人吗？"

"废话！日本人不杀人，又是飞机又是大炮地跑到咱中国干什么来啦？难道给你来送馒头、送糖果来啦？"

"我不是说的这个，我是说日本人也像白狗子那样，杀老百姓吗？"

一个战士刚说完这话，其他战士就把目光盯在了肖华的脸上。肖华说：

"杀人是日本帝国主义的本性，他们早就对中国老百姓动手了。上海的《申报》曾报道过日军在东北对中国平民的一次惨无人道的大屠杀。在我辽宁省抚顺城南面有一个叫平顶山的村子，"9.18"事件后，由于东北军执行了蒋介石的不抵抗政策，这个村子也随着整个东北沦陷敌手。

"平顶山村原是一个依着小土山的小村。由于紧挨抚顺露天煤矿，好多矿工们就在这里搭盖简易房屋居住，渐渐地形成了一个大的村子。400 多户人家，3500 多口人，大多数是矿工，还有少量的小商贩和小手工业者。

"1932 年 9 月 16 日，像平常每个白天一样，男人们大多到煤矿做工去了，村里大部分是守家的妇女儿童以及老弱病残。一开始，村子和平时一样，很平静。村里人做梦也没有想到，一场巨大的灾祸正在悄悄地向他们靠近……"

战士们听肖华讲故事，都围了过来，个个伸直了脑袋，睁大了眼睛，竖着耳朵听起来。肖华继续讲道：

"就在 15 日晚上，一支东北民众组织的抗日自卫军大刀队，在攻打抚顺时，烧了平顶山的日军配给店，打死了日本人的炭矿长渡边宽一，还烧了那里的仓库、工场、选炭所、变电所等，沉重地打击了日本侵略者。事发后，日本人把平顶山村人作为了报复对象，疯狂地进行了报复。理由是中国自卫军的大刀队袭击抚顺时途经了村子，没有人通知他们，村里有人勾结大刀队。

"日本人出动了近 200 名全副武装的日本宪兵队和守备队，将村子包围起来，同时一部分日本兵则进村逼着留守在家的村人，到村外的一片草地集合。由于男人们到矿上做工去了，留在村里的人大多是妇女、儿童和老弱病残。日本人威逼他们说：'你们统统地去照相，照相的没关系，不照相的大大的通匪。'

"在日军的威逼下，善良的人们集中到了村外草地上。四周的汽车上、山坡上，已经站满了端着刺刀的日军。在正面还摆着黑布蒙着的几个据说是'照相机'的东西。看着那东西，正当人们猜想着日本人究竟要干什么时，突然有人大喊：'不好了，日本人放火烧咱们的房子了。'人们回头一看，整个平顶山村烟雾弥漫，这才知道日本人把房子烧了。许多人想冲出去救火，可是敌人的刺刀比着他们的胸口，谁出去就是一刀。这时候，蒙在照相机的黑布也揭开了，这哪里是什么照相机，分明是 6 挺瞪着眼睛的独眼兽一样的机枪。随着日本指挥官的一声'开火'，那 6 挺机枪突突地响了起来。周围的敌人也疯狂地叫着，举起手中的武器，向老百姓开起火来。在机枪、步枪、手枪野蛮的射击下，在手榴弹轰轰的爆炸声中，3000 多名妇女、儿童和老弱病残，一片一片地倒地，直到没有一个站着的人……"

"打到日本帝国主义！"肖华还没讲完，邓克明就忍耐不住了，只见他就像一头豹子一样，双眼瞪得如铜铃，猛地站起，举着拳头，喊起口号来。

"打到日本帝国主义！"战士们立马跟着喊。

营教导员刘西元也站了起来，振臂高呼："把日本赶出中国去！"

战士们跟着高喊："把日本赶出中国去！"

邓克明又喊："誓为死难同胞报血仇！"

战士们跟着喊："誓为死难同胞报血仇！"

刘西元喊道："钢枪饥餐豺狼肉！"

战士们高喊："钢枪饥餐豺狼肉！"

邓克明高喊："大刀饮血鬼子头！"

全体跟着高喊："大刀饮血鬼子头！"

在一片口号声中，八路军 115 师 686 团 3 营的全体官兵彻底地完成了由红军到八路军的转变。

第六章

早晨，太阳战战兢兢地出来了。太阳一出来，日本人就吼叫起来，屠杀又开始了。

士兵川上喜雄的鼻子已包扎了雪白的药布，他两眼闪着凶光，上了刺刀的长枪来回地晃着，仿佛在寻找复仇的对象。川上喜雄的身后，除了跟着昨天的同伙枚里秀夫、永岛俊男、山崎喜一外，还跟了一个中村利夫。在阳高城的街上，他们就如同几头凶残的野狼，寻找着他们要惨杀的百姓。

人们已经设法躲了起来，日本兵所到的街巷都是空巷，街面光光的，连条狗也没有，连头猪也没有，连只鸡也没有。他们也不指望在街上能找到他们想要找的活物，只管沿门挨户地搜查，找到人，已不再问有"良民证"没有，也不管老人孩子，也不管男女，完全由着性子行事，想怎么着就怎么着。在一户人家搜查时，他们家里院外搜了个遍，也没找到一人，后来发现这家人藏在菜窖里，就嘻嘻哈哈地笑着往里面扔了几枚手榴弹，把一家人全炸死在窖子里。在另一户人家，他们搜来搜去，搜不到一人，正在火头上时，川上喜雄发现柴火房的烂柴堆里躺着一个被病痛折磨得头冒热汗、曲成一团的老人，说了声："你的病得厉害，我们的早日送你上西天。"然后上去就是一刺刀，扎在老人的肚子上，老人一声惨叫，其他人快活地笑着，上去每人各补了一刀，把老人活活地刺死……一个多小时下来，在西大街的一条小巷里，他们已杀死了十多个妇女老人，捕捉了十多个青年男子，然后押着他们向西大街南边的一块菜市场走去。

所谓菜市场，实际上连一点儿市场的影子也没有了，已经没有小贩敢到那里摆摊了，当然也没有人敢到那里去买菜了，那里实际上已经成了日本兵的杀人场了。一连好几天了，日本兵在附近的居民区里搜查到青壮年，一律带到这里枪杀。当川上喜雄伙同枚里秀夫他们一伙押着这十多个青年男子来到菜市场时，已经有300多具居民的尸体躺在了那里，尸体下面有的血迹已干，变黑，散发着恶臭；有的还在艳艳地红，涓涓地流，泪水样仿佛诉说着死者的疼痛。被押着走进杀人场的这十来个青年表情木木的，这几天阳高城发生的太多的杀人事件，已让他们的神经对死亡感觉麻木了、迟钝了。他们知道，一旦落到日本兵手里就如同进了鬼门关，死定了。因此谁也没有反抗，反抗也是白反抗。被赶在这里赴死的这些人，是阳高城里的庄稼人、小买卖人、小手艺人，他们的双手从小只会荷锄、打算盘、使个小锉刀什么的，他们从小不学使枪，不学杀人，他们从没想过杀人，也没想过被人杀。最初听到或看到日本兵杀人时，他们胆寒了，魂飞了，魄散了。为了求生，他们逃过、藏过，也有人自矮人格，摇着太阳旗欢迎过日本兵进城。可一碰上日本兵，就像碰见阎王爷的叫差鬼一样，一个个还是难逃被杀害的命运。既然碰到了日本兵就得死，那就死吧，谁让咱在这鬼地方投胎，过去是给大清，现在是给民国缴粮纳税呢？唉，老百姓，老败兴……面对着死亡，无可奈何的人们，像被屠杀的绵羊般平静，他们默默地任由日本兵押着，人家叫做什么就做什么，叫左拐就左拐，叫右拐就右拐，叫走就走，叫站就站。

"你们的站住！"

深入到菜市场几十米，到了一处墙头已经歪斜的公厕旁，日本兵让他们站住，他们就站住了。此时，他们都看到懒人们平时撒尿时撒在厕所门口的一片尿摊上，躺着两具尸体，两具男性的尸体，都是被刺刀捅死的，曾经血流如注的刀伤口上，已无血可流，众多的苍蝇群舞着，在伤口上过着快乐要死的幸福生活。由于刚死不久，还能看清他们的面目，一个是东街同仁药堂的王医生，另一个是东街书院的白先生。一个心慈面善，每日里靠治病救人积功累德；一个颇具圣贤品德，一生深信孔孟之学能够修身齐家、治国平天下，每日以向学生教学孔孟之道为最大快事。唉，阳高城这两个行好向善的人也死了。老天爷呀！就连这两个好人也被日本兵杀了。这些将死的人，看到已死的人，心中为已死的人惋惜着。他们中有个叫李向良的青年，看见先生仰面八叉、姿势不雅地躺着，不由得想起了平时先生教学《论语》的兴奋情形。这是个深信"半部《论语》打天下，半部《论语》治天下"的好先生，虽然他能把《论语》背得倒背如流，却不能用《论语》救下自己一命。想到此，李向良为先生流下了一滴眼泪。

"你们的，统统地靠墙站着。"

这时，日本兵川上喜雄大声地对押来的十来个人喊了一声。由于用力过猛，他把鼻子上的伤口都扯裂了，痛得倒吸了一口冷气，赶紧用手把鼻子捂住。可是这十来个赴死的中国人迟疑着，其余的日本兵——枚里秀夫、永岛俊男、山崎喜一、中村利夫等，嘴里喊着"八格"、"八格"，手里挥起枪托，用力打在人们的肩上、腰上、屁股上。在日本兵的威逼下，这十来个人靠墙站成了一排。面对着将要来临的死亡，他们依旧表情木木的，好像把死亡看淡了。他们没有

高喊："打倒日本兵！"没有高喊："中国人是杀不完的！"也没有高喊："我操你日本兵的祖宗！"喊什么呢？没得喊。

"一、二、三，刺！"

倒是川上喜雄大喊起来。随着他的喊声一落，枚里秀夫、永岛俊男、山崎喜一、中村利夫等人的刺刀就捅进了他们面前中国人的胸膛。鲜血喷吐了他们每个人一脸。他们哈哈地笑着，就像洗脸样，用手摸下脸上的鲜血，然后把手上红的鲜血甩到地上——这几天他们常常这样用中国人的血洗脸，每有鲜血飞溅到他们脸上，他们就变得快乐，大笑不止——在日本兵的大笑声中，被刺的人已经支撑不起他们的身子，倒在了公厕的墙边。接下来，日本兵狂笑着，把公厕的墙推倒，把刺死的人压在了下面。做完了这一切，他们就心满意足地离开了这里，拐到左面的一条街道里继续搜查起来。

这是一个临街的书店。书店的门头挂着"黄金书屋"的牌子，铺门紧闭着。川上喜雄和中村利夫走在这伙搜查的日本兵前面，看到铺门关着，他们就来气，上去就用枪托猛砸，边砸边喊："开门！开门！快快地开门！"

门被砸得"咚咚"响，可就是没有人来开门。

"开门！开门！"

日本兵紧握枪托越砸越用力，砸门声一声紧似一声，十分地恐怖。

"八格！开门！"

"喀嚓"一声，里面的门闩断了，两片门扇惊叫着忽一下洞开，几个日本兵像撞开门的狼一样，一个跟着一个闯了进去。书店里空无一人，迎面一个柜台，柜台后面的货架上摆着整齐的书。破门而入的日本兵在书店的货架上乱翻一气。川上喜雄和中村利夫看看大多是宣扬孔孟之学和一些算命看风水的书，骂着随手丢在地上。枚里秀夫、山崎喜一不识中国文字，看不出什么名堂，看都不看，只是顽劣地把书架上的书抽出来，乱扔在地上。不一会儿，书架空了，他们才离开货架，准备转身离开书店。

"哈，哈！你们看，这里的还有一个门。"

门是一扇阳高人家中常见的那种上半部分安有窗户的单扇门。那门悄悄地躲在书架的东头，被日本兵发现后，好像胆怯地在发着抖，这让日本兵知道，门的后面还有一个套间。山崎喜一只一脚就把门踢开，一个空洞的内屋便暴露了出来。内屋光线较暗，几个日本兵进来后，看到这屋靠后墙盘了一条大炕，后墙上修有一孔不大的后窗，窗子已经打开，只见一个青年正想爬上窗户逃走。"叭！"永岛俊男抬枪，一子弹打在青年的屁股上，青年惨叫了一声，从窗户上掉了下来。

"哈哈哈！"屋里顿时响起了日本兵快乐的叫声。青年回头看见几个日本兵站在面前狂笑，吓得顾不上伤痛，退到墙角，害怕地抖作一团。

"叭！"山崎喜一停住笑，抬枪把子弹射在青年的左小腿上。

"啊！"青年抱着受伤的左腿，痛得哭了起来。

"叭！"中村利夫又把子弹射在青年的右小腿上。

"啊！"青年看到自己的双腿被日本兵打废了，泪水更像小泉了。

这时，川上喜雄跳上炕来，刺刀尖顶着青年的胸口，厉声叫道："你的，东亚病夫！"

只见他刚一喊完，就恶狠狠地把刺刀用力捅进了青年的胸口，那青年惨叫了一声，鲜血沿着刺刀的刀刃从伤口处小孩儿尿样喷射出来，直射到川上喜雄的胸脯上、下巴上……

"哈，哈，哈……"

这青年名叫吕儒，青春刚满19岁。一月前才受雇于黄金书店当店员。吕儒小时候曾有过三年私塾经历，在长辈人的教育下，深信"书中自有千钟粟，书中自有黄金屋，书中自有颜如玉"，因而他很爱自己的这份工作。每到书店无人时，他便从书架上取出圣贤书来读。李服膺提师阳高城，指挥他的部队在阳高天镇一线抗击日寇时，具有先见之明的书店老板提早跑到乡下躲避战祸去了，把他留下来照看书摊子。由于战争，枪炮声弄得人们惶惶不可终日，已经没人光顾书店了，这使吕儒有了大量读书的时间。他整日在古代圣贤们开示的世界里畅游，做着圣贤们曾经做过的美梦。阳高沦陷之后，他索性不再开门，把自己关在屋里，干脆来他个两耳不闻窗外事，一心只读圣贤书。快近中午了，他觉得肚子里有点饿了，便放下手中的一本名叫《菜根谭》的书，烧水做饭。他刚把一锅水烧开，日本兵就破门进来了。出于逃生的本能，他想从后窗上逃走，不想刚一爬上窗户就被一枪打下来了。他想不到日本兵们会把他当作玩物，你一枪、我一枪地嬉笑着玩起来，更想不到一个白布裹着鼻伤的日本兵，就像跟他结了什么冤仇似的，竟狠狠地把刺刀捅进了他的胸腔，他感到尖锐的刺刀穿透了他的心脏，大喊了一声，巨大的恐怖立时就让他失去了知觉。以后发生了什么事，他就一点儿也不知道了。

川上喜雄看到自己把青年吕儒一刀捅死，陡然产生了一种魔鬼才能有的"杀人成就感"，他意犹未尽，把刺刀从枪上拔下，像握杀羊刀一样，弯下身子，把已经绝命的吕儒的头割了下来，然后血淋淋地提在手里，"哈哈哈"狂笑。一旁围观的其他日本士兵，也获得了一种共鸣性的快感，野兽般随着川上喜雄一起大笑着。川上喜雄笑着把吕儒的头扔在了地上，这一动作又把中村利

夫的兴致提起来，只见他提起吕儒的头，走到锅台跟前，此时满锅里的清水开得滚烫，乳白色的蒸汽正从一面圆圆的、充满中国劳动人民智慧的柳木锅盖的缝隙里冒出来，升腾着。中村利夫一手揭开锅盖，一手把吕儒的头扔进锅里。地上日本兵的又一波大笑顿起。滚沸的水把吕儒的头托起，抖动着。

为什么？

生命已绝的吕儒再也不会问为什么了。

第七章

115师343旅坐的敞篷火车在北去太原的原野上奔驰，火车头上的烟筒里一股浓浓的黑烟喷出，刚一冒头就被无形的风吹弯，于是那浓烟便似龙一般，与火车平行着舞动。

几天来，343旅的行程是在风雨和烈日炎炎中行进的。但是经过长征的锻造，这车战士根本就没把这些当作一回事。尽管百十来号人挤在车厢里，风雨烈日轮番着不断光临他们，但他们的斗志旺旺的。部队在某一个记不起什么名字的车站休息时，罗荣桓问肖华："686团3营那节车厢为什么喊口号？"

肖华就向罗荣桓汇报了他在686团3营做思想工作的情况。罗荣桓觉得用日本鬼子屠杀中国平民的事实教育战士，是一个绝好的方法。于是他把343旅营长以上的干部召集起来，开了一个短会。会上先让肖华介绍了日本人制造的"平顶山惨案"，然后指示说：

"3营的经验值得大家学习。大家回到各自的车厢以后要好好地回忆回忆，把'九·一八'事变以来你们知道的日本人制造的惨案都想出来，讲给战士们听，让他们讨论。要让每一个战士认清日本帝国主义的杀人本性，灭我中华的狼子野心。要让每一个战士怀着中国士兵对日本帝国主义应有的仇恨走向战场。"

开罢会，各团干部马上分工，走入各个车厢，对战士们开展了新一轮的教育。于是，"平顶山惨案"和其他一些日本人制造的杀人惨案在全旅战士中间传播开来。各个车厢里，"打倒日本帝国主义"、"为死难同胞报仇"、"钢枪饥餐豺狼肉"、"大刀饮血鬼子头"等口号，愤怒地响了起来。这种教育收到了奇效，115师343旅的全体官兵很快也完成了由红军到八路军的转变。

火车在原野上行驶着。日本人在平顶山村制造的惨案，在战士们头脑中挥之不去。

"畜生啊，日本人怎么这么畜生！"

"没想到日本人比白军还没人性啊！"

"你当他们是群什么牲口啊？"

"说不定日本人现在正在晋东北杀人呢。"

"说不定。"

"该死的日本鬼子，这次上了前线，咱们一定要好好教训教训他们。"

"就是，咱们要让日本人知道知道咱红军的厉害。"

此时，战士们虽然还不知道日本人在阳高、天镇县城屠城杀人的消息，但他们确信日本人一定在那里疯狂地杀人。这使他们个个义愤填膺，他们恨不得立刻就开到前线与敌人杀个痛快，为死难的同胞报仇。

"阎长官这破车，怎么这么慢啊！"

"真是的，太慢了。"

大概是急于上前线吧，战士们已经觉得火车太慢了。

这时，天空下起雨来，雨下得很急，滂滂沱沱的，战士们的衣服很快就被淋透了。在686团3营的车厢内，肖华看着顷刻间变成落汤鸡的战士，问道："同志们冷不冷？"

"不冷！"

雨中一个战士说："在火车上洗个冷水澡有什么了不起，比爬雪山、过草地舒服多了。"

战士们附和着："对，比爬雪山、过草地舒服多了。"

肖华说："同志们，咱们唱一支歌吧。"说着，他起了个头，这一节敞篷车内，指挥员和战士们高声唱起歌来：

同胞们，向前走，
生死已到最后关头。
用我们的血和肉，
去拼掉敌人的头。
生死已到最后关头，
生死已到最后关头！

……

这个车厢歌声一起，其他车厢也随着放开了歌喉，很快，整列火车全部唱了起来……

歌声在山西雨中的原野上飘荡。一首歌声刚停，另一首歌声又响起：

> 大刀向鬼子们的头上砍去！
> 全国武装的弟兄们，
> 抗战的一天来到了，
> 抗战的一天来到了！
> 前面有工农的义勇军，
> 后面有全国的老百姓，
> 咱们中国军队勇敢前进，
> 看准那敌人，
> 把他消灭！
> 把他消灭！
> 冲啊！
> 大刀向鬼子们的头上砍去！
> 杀！

歌声使敞篷车上 115 师 343 旅的抗日健儿们热血沸腾了。他们又想起了在陕北云阳镇誓师出征时的情景：

日本帝国主义是中华民族的死敌。它要亡我国家，灭我种族。为了民族的利益，他们都发过誓言，不把日本强盗赶出中国，不把汉奸完全肃清，誓不回家！

现在他们希望列车跑得快些、再快些，快些把他们载到抗敌战场上去。

第八章

自从日本人占领阳高城那天起，一直以《朱子格言》治家的本城居民郝天福一家，虽然仍在"黎明即起，洒扫庭除，要内外整洁"，但他们没有以前那么从容了。街门一直关着，家里人无论大小，无论男女，一律不准出去。其实谁也不敢出去，街上天天在杀人，谁还敢出去？借一百个胆也不敢。

郝天福的院子是一处北方殷实人家喜欢住的那种院子，其结构布局有点抄袭北平人四合院的意味，有正房，有东房，有西房，有南房。家中大小共13口人。

母亲郝刘氏住在正房，享年八旬，是家中最大的长者，不过老人早已不再操持这个家了，家里大小事务一律交由大儿子郝天福管理，自己则每日在家里吃斋念佛，修心行善，为全家人祈福。

郝天福居住东房，多年前受母之托操持家事以来，守分安命，一本《朱子格言》成了他治家的大纲，小心谨慎，不敢有半点差错。他的妻子郝李氏性情温和，是一个标准的"三贤"女子，即人人夸赞的"贤妻、贤母、贤媳妇"。

郝天福有一弟，名换天成，住房与兄相对，住在西房。郝天成也是一个富有德性的人，爱母、爱兄、爱妻、爱儿女、爱邻里，无人不爱，老少无欺，在阳高县城有很好的口碑。

郝天福的妹妹郝天仙，住在南房，与母亲的正房相望。天仙芳龄十八，人品一流，相貌美而不艳，行为大方而不放荡，几年前就开始有媒人不断到郝家来，因郝母没有看到中意的君子，不曾把女儿嫁出去。

郝家第三代人，大多已是少年，只有天成的小儿子最小，才5岁。可他已经能像哥哥姐姐一样，把那《三字经》、《朱子格言》什么的，背得滚瓜烂熟。

有道是积善之家有余庆，积不善之家有余殃。日本人来了，他们把这条中国人坚信了几千年的真理颠覆了。战争的枪炮声还在城外轰响的时候，郝老太太就把家里所有的女人叫来，在她正房地上的佛堂前念佛。女人们念佛的虔诚之心，倘若天地有知，定会为之感动的。一开始，灾祸确实没有光临这个家庭，郝老太太说，佛祖显灵了，孩子们好好地念佛吧。于是，在郝家的院子里，佛号声声，更加嘹亮，连续不断了。

南无佛，南无法，南无僧
南无大慈大悲救苦救难观世音菩萨
……
天罗神，地罗神，人离难，难离身，
一切灾祸化为尘
……

然而，大慈大悲的观音菩萨却阻止不了日本人作恶。一心要给中国人降灾

降难的日本兵，还是抡起枪托砸起这家人的街门了。

"开门！开门！"

"快快地开门！"

耳听得外面激烈的砸门声响起，正房里女人们的念佛声一下停了下来。郝老太太命令道：

"不能停，继续念！"

于是正房里的念佛声复又响了起来，但声音里明显地颤抖着惊恐和不安。

"来了，来了。"

听到日本兵的砸门声，作为一家之主的郝来福沉不住气了，他胆寒着步子，从东房里走出来，走到了街门跟前，颤抖着手，不情愿地去拉街门的门闩。门一开，几个日本兵黄狼样一个个冲了进来。郝来福急忙退到一边。郝来福生平从来没见过日本人，当然不认识这几个日本兵，不知道他们姓甚名谁。

日本兵川上喜雄用刺刀逼住郝天福的胸口问："你的什么名字？"

郝天福赶紧给人赔着笑道："我，我叫郝来福。"

"让你全家统统地出来。"

"是，是，是。"

实际上，这时候其他几个日本兵早已把女人们从正房里赶了出来。只是东、西、南房的人还战战兢兢地躲在屋里不敢出来。郝来福去无奈地对他们说："你们都出来吧。"

家里的人一个一个胆战心惊地从各自居住的屋子里走出来，他们虽没接受过队形训练，却自动地排成了一行。郝大福赔着小心说："这是俺的一家子，一共13口。这是俺的娘，今年八十岁。这是俺的妻……他们是小字辈：俺的儿，俺的女，俺的侄，俺的侄女……"

"好的，好的，你家女人漂亮，统统地漂亮。你们的，良民良民的是，她们的慰安皇军的。"

"什么，您说什么？什么叫慰安？"

郝天福不知何为慰安，样子傻傻地问。旁边一个日本兵看出他不懂什么是慰安，便走过一步，笑着拍了一下他的肩膀，说："你家花姑娘的漂亮，我们大日本皇军的用用。"

"你们……"

此时日本兵们已一拥而上，把女人们拉出全家人站得不是很好的队列，往正房里拽。敏感的女人们已经感到了日本兵的不怀好意，她们惊慌地叫了起来，有的拒绝着，有的喊着自己男人的名字。

"你们，牲口！他们是我们的妻子，你们不能动他们！"

男人们急了，想夺回自己的女人。几个日本兵转过身来，举着枪，用刺刀逼住了男人们的胸口。

"你们的，统统地站到一边去。"

外面，又一批日本兵进来，更多的刺刀尖对准了这家的男人。望着离自己的身子仅有一寸远的闪着寒光的刺刀，男人们退到了西房的山墙根上。几个日本兵从西房里搜出了几条绳子，把被他们逼到墙根上的男人们一个个捆了起来。最后又用一根绳子把他们绑在了一起。

此时正房里已传出了女人们被蹂躏时的挣扎声和谩骂声。凄惨的声音，一声声刺在被捆绑的男人们的心上，他们愤恨地骂着，无助地哭了起来。

"日本大人，行行好！日本大人，行行好！你们不能这样……他们可是良家妇女……良家妇女。"

郝刘氏——郝老太太一直跪在地上，抱着从他面前走过来的每一个日本兵，那些日本兵狠狠地把郝老太太踢开，郝老太太再爬起来，继续求他们。

"求求你们，求求你们……"

"哈哈哈……你的老姑娘的，也来慰安慰安皇军的。"

一个日本兵狂笑着，把郝老太太一把从地上揪起来，使劲往正房里拉。

"畜生！牲口！畜生！牲口！"

看到日本兵连自己的老娘也不放过，被大绳绑着动弹不得的郝天福悲痛欲绝地骂着："畜生！你们连俺老娘也不放过，俺老娘80岁了。你们还……畜生！丧天良啊！"

从家里出来几个日本兵，他们手里各拿着一大团棉花，来到谩骂的男人们面前，把谩骂不绝的男人们的嘴堵上，然后转身又走进了正房。

……

天上，一大团一大团黑色的云，微弱的月光从黑云缝里漏了出来。从窗户上可以看见郝天福家每间房子都点着油灯，窗户上映着日本兵蹂躏女人的身影，传出日本兵蹂躏女人时发出的野兽般的叫声。

蹂躏女人的日本兵已经排起了长队，从院里一直排到院外。

墙角一堆被捆着堵上嘴的男人们以泪洗面。

整整一夜，来发兽欲的日本兵来了一批又一批。外面，绝望的男人由哭喊变为沉默；里面，拼死挣扎的女人不再挣扎；静静的夜晚，响着日本兵快乐的笑声。

天明了，一声尖利的哨声在街上响起，蹂躏女人的日本兵们急急忙忙从屋里跑了出来，又跑出了院子。

院子里死一般的寂静。

过了一会儿，被踩躏的女人们一个个从屋里走出来，她们走过来，为被捆了一夜的男人们解绳。

男人女人们抱在一起，哭作一团。

"这是什么世道？"

"没有咱们的活头了。"

"爹，咱们死了吧。"

"死了吧。"

"死了吧。"

大难过后，郝天福一家作出了如此决定，大到80岁的老母，小到5岁的孩子，都不一而同地选择了平时让他们想想都害怕的死亡。此时他们觉得，唯有死才是他们应该走的路，否则无路可走了。

晨曦中的关帝庙显得枯瘦凄凉，旁边是一口怪兽似张着大嘴的大口井。

郝天福一家互相捆绑着，来到了大口井边。郝天福扬头看了一眼灰蒙蒙的天，惨然地叫道："老天啊，收留我们吧，这世界实在没有我们的活路了。"喊完后，郝天福回过头对一家老小说："咱们走吧，有日本人在，咱们活不好了。"

郝天福最小的女儿用她嫩嫩的童音说："爹，你别说了，咱们走吧。"

郝天福哽咽着，说："走，咱们走。"

郝天福说着纵身一跃，跳进井里。其他人也随着一跃，一一跳进井里。

关帝庙前，大口井怪兽似的张着大嘴。

大约在半前晌的时候，一个老汉引着一对哭成了泪人儿的约30来岁的夫妇，来到了大口井边。老汉说："大女儿，你爹他们就死在这口井里。"

大女儿惨叫一声："爹！"

大女儿哭着扒在井口的边沿上往下看，只见大口井里一家人的尸体浮在水面上。大女儿又惨叫一声："爹，我跟你们去了。"

悲痛欲绝的大女儿一头栽进了井里，她的丈夫见状，大叫一声："孩他娘，我也随你们去了。"大女儿的丈夫说完，也纵身一跃，跳进井里。

卷 九

第一章

阳高城失守的第二天，天镇县城也落入了日军手中。负责驻守天镇县城的是晋绥军第 61 军独立第 200 旅第 399 团。城外盘山、李家山等地发生战斗时，天镇城没有战事，偶尔有敌机飞临上空，但多是侦察性质，也扔过几颗炸弹，炸坏了几间民房，但人畜未伤，算不上什么损失。盘山阵地被突破后，李服膺命令第 399 团固守天镇，掩护前线 4 个团撤退。团长张敬俊接令后，胸前挂着来回晃动的望远镜，手里提着一把黑手枪，快步登上了城北门的城墙，木桩样站在了城门楼上。他举起望远镜，向城外眺望，只见一堰一堰浓绿的庄稼地间穿行的大大小小的道路上，从前线退下来的兄弟团的官兵们犹如被狼追赶的羊，拼命地在奔跑。他们已无所谓队形可言，没有组织，没有了指挥。一些军官在路边想收拢部队，但许多士兵见了指手画脚的军官，非但不听军官的指挥，反而跑得更快了。

张敬俊心里说，没想到中国军队会败得这么惨，真是他妈的岂有此理。

张敬俊来自曾经出过无数梁山好汉的山东，山西兵学团毕业，在 61 军中也算是一位有名气的团长。此人身上颇有梁山好汉的遗风，为人仗义，软不欺、硬不怕，他看到兄弟团如此惨败下来，心里不但没有畏惧，反而有一股狠劲儿从心里升了上来。他心里说，他妈的，不信你们日本人就他妈的那么厉害！老子就是退也要上去咬上你们几口。399 团辖 12 个步兵连，一个机枪连，一个迫击炮连，官兵共计 1240 多名，营连干部 2/3 毕业于山西兵学团和北方军校，官兵大多数来源于山西、山东、河南等省，个个性情强悍勇敢。61 军拉上盘山一带阻敌以来，399 团未发一枪一弹，毫发未损，团长张敬俊深信，即使日本人

的军队再厉害，这个团扑上去狠咬他狗娘养的两口还是有可能的。

张敬俊举着望远镜观察的时候，发现有两个兄弟团的溃兵向天镇县城跑来，就对身边的孙团副说："你看，那两个兄弟好像投奔我们来了，你让下边的兄弟把城门打开，放他们进来。"

"是。"

"站住！告诉他们，打开城门后就别关了，让别的投奔我们的兄弟也进来。"

"是。"

孙团副转身走下城墙，张敬俊继续举着望远镜观望。一会儿，孙团副带着那两个投奔他们的兄弟走上城门楼，来到了张敬俊身后。

"报告团座，两位兄弟到！"

张敬俊回过头来，看到两个投奔他的兄弟已经站在了面前。只见这两个兄弟土眉灰脸，衣服上有好多被战火烧出来的牛眼大的黑窟窿，浑身散发出硝烟的味道，知道这两个人是从火线上下来的，便问："你们是哪个团的？"

"报告团座，400团。"

"你们团伤亡大吗？"

"我们团伤亡很大。"

"伤亡多少？"

"团座，我是战士，具体数字不清楚，估计至少也有半个团吧。"

"为什么退下来的？"

"日本人的炮火太猛，兄弟们支撑不住了，就逃离了阵地……"

"妈那个巴子的，你们是逃兵！"张敬俊一听，不由一股火气蹿上了脑门，一下子拔出了腰间的手枪，满脸怒容，把黑乌乌的枪口对准了两个从战场上逃下来的士兵，完全一副随时射击的样子。

"长官，别，别！我们是来投奔您的，您打死我们容易，可日本人就会少死许多人。"两个前来投奔的战士被眼前突然的变故吓了一跳，年岁稍长一点儿的慌忙说。

慢慢地，张敬俊的面容变暖了，他收起了枪，说道："我最恨逃兵，尤其是从战场上逃下来的逃兵。今天看在你们还有心打日本的份儿上，就饶了你们。"

"谢谢长官不杀之恩，谢谢长官不杀之恩。"

"你们叫什么名字？"

"长官，我叫张建才，他叫王君。"

"张建才，王君，日本人真得厉害吗？"

王君想开口回答，刚一张嘴，张建才就拉了他一下，示意他不要乱说，王君赶紧闭了嘴。张建才说："报告长官，日本人倒是不厉害，就是他们的炮火厉害。我们 400 团的阵地就是让敌人的炮弹炸得待不住了，兄弟们才退了下来的。"

"李团长呢？"

"李团长一开始想喊住溃退的士兵，后来一看队伍收拢不住了，也尾随着部队逃了下来。"

"我是说他现在在哪儿？"

"我们两个是最后从阵地上下来的。下来后，一直没有找见过我们的团长，因此就来投奔长官来了，希望长官收留我们。"

"好吧，你们就待在我这里吧。"张敬俊已经变得很高兴了，他说，"把你们分到一连，就在这儿守这个城门怎样？"

"太好了，谢谢长官。"

城门楼上，他们正说着话，一直在举着望远镜观察的一位高个团参谋忽然对张敬俊说："团座，你看，那几个是不是日本人？"

张敬俊不再跟他们说话，连忙转过身向外观看："可不是吗？奶奶的，看看小子们来了几个？"

"一个班，11 个。"参谋说。显然他早已数好了。

"团座，要不要把城门关起来？"孙团副在后面问。

"不要关，把小子们放进来，让一连埋伏在街道两边，进一个杀一个，进两个杀一双。"

"是！"孙团副答。然后他对张建才和王君一晃脑袋，说："走吧！"

"好的。走！"张建才和王君高兴地跟着孙团副下了城门楼。

天镇城外，茂盛的庄稼地间，在一条蛇行样的土路上，11 个排成纵队的日本士兵，在一面长枪绑着的小小的太阳旗的引导下，走得十分得意和傲慢。他们是日本关东军东条纵队本间旅团的一个班。班长松田久二，日本山形县人，30 来岁，短木头桩一样的身段，抬脚走路，十分骄横。这个参加过"九一八"事变的日本大兵，在与中国兵多年的交战中，已摸出了一条经验，不管中国兵有过多么强烈的抵抗，只要阵地一垮，溃退的士兵就会像一群惊慌失措的鸭子，他们脑子里仿佛只剩下"逃命"一个念头了，这时候，只管尾追着他们，随便照着他们的屁股开枪、放炮，他们除了逃跑，再不会有别的反应。因此，松田久二领着他的班第一个冲上盘山阵地后，并没有在阵地上停留，而是尾随着丢弃阵地的中国兵追了下来。一开始，他们就像赶鸭子样恣意，当追到山下，追

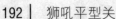

到庄稼地边的时候，溃兵们纷纷钻进了碧绿无边的庄稼地的青纱帐里。这时候供他们可追的中国兵已经很少了，但他们并没有放弃追击。追着追着，不觉追到了天镇城下。当天镇县城静静地以一片和平景象出现在他们的视野时，他们凭着老经验判定，这是一座空城，军队已经逃离，老百姓恐怕也所剩无几了。这让他们很是欣喜，他们又可以进入那里，放心地吃香喝辣、抢东西、奸淫妇女了。于是，他让跟在他屁股后面的一班战士，排成纵队，要气气派派地进入眼前的这座静静的城。

很快，他们来到了城门楼下。松田久二抬头望一眼城门，只见城门洞开，更加相信这是一座空城了，于是他说："中国军队被皇军大大地吓破了胆。我敢说，这座城里已没有一个中国的兵了。"说完，他放心地引着他的班，进入了城门。城门和一条并不繁华的商业街相连着，有厕所在烈日下蒸发出的酸臭气扑入了他们的鼻子。原来紧挨着城门是一个临街的公厕，他们憋着气，赶紧快走了一段，才躲开了厕所里屎粪尿味道的袭扰。街面上空荡荡、静悄悄的，没有人的影子、鸡的影子，也没有猪、狗的影子。松田久二笨笨地想，这街上没有一个人影，连一个活物的影子也没有，难道连老百姓也跑光了吗？因此他又说："我们皇军的威名，不仅让中国的军队，也让中国的百姓，闻风丧胆，落荒而逃啊。"

"哈哈哈……"

"哈哈哈……"

"我们皇军，是无坚不摧的，战无不胜的。"

"……"

这班日本兵，个个都傲气勃勃的。他们边走边望着街两边的店铺，只见少数店铺门上挂着一把长长的黑色的铁锁，多数店铺门上虽然没有上锁，但也都关着。他们想找一个门面大一点的进去发财，可他们觉得哪一个也不算大，哪个也不中意。因此哪个店铺也没有进去。他们继续行走着，谁也不会想到街道两旁的店铺内埋伏着中国的军队，谁也没有想到自己这是正在向着死亡走去。

埋伏在街道两边店铺内的中国守军，是晋绥军61军399团1连的半个连。直接指挥者是一名姓丘的连副。丘连副25岁，中等偏高一点儿的个头，脑袋大而虎气，一双黑眼睛铃铛似的，张嘴说一口地道的灵丘县南山土话。他命令5人一组，迅速把半个连从城门开始，凡开着门的店铺一个一个地都埋伏上了士兵。一切布置停当之后，他对张建才和王君说："你们两个新来的，跟我来吧。"

丘连副和张建才、王君埋伏的这家店铺是一个日用品店，处在"丁"字街的街口上，两边是南北大街，坐西向东，正对着东城门，不足半里的东西大街一览无余。

店铺的主人是一个瘦干瘦干的中年男人，看见进来几个大兵，用害怕的眼睛望着他们，躲瘟神似的向墙脚后退了几步。丘连副说："你们别害怕，我们在你这店子里埋伏一会儿，等打完日本人就走了。"

店铺主人默默无语，表情上很无奈，显然心里是老大不情愿。丘连副他们根本不管他那一套，说着就转过身，面向窗户。这家店铺的窗户是北方人常见的那种纸糊的木格窗户。丘连副伸直食指，在一孔窗户纸上捅开了一个小洞，然后闭上左眼，用右眼对准小洞向外观看。

"奶奶的，日本人走得很牛气。"

张建才、王君学着丘连副的样子，在窗户上各捅开一个小洞，果然看见一个日本打旗兵在前面开路。想到在盘山阵地上死去的战士，他们心底各有一股怒火蹿了上来。同时，都把自己的耳朵竖直，一旦丘连副一声令下，他们就猛冲出去杀敌。

敌人是越来越近了，已经能够看到他们的眉眉眼眼了，看到他们脸上恶魔似的硬皮和鼻下一小撮可憎的黑胡子了。丘连副这是第一次近距离看到日本人。他觉得日本人果然一副凶狠模样，难怪人们叫他们"日本鬼子"哩，真他妈像厉鬼啊！看看这几个鬼子完全进了他们的包围圈，他把窗户上的小洞用手枪柄弄大，口喊："打！"同时搬动了手枪的扳机，"啪！"的一声脆响，前面的打旗兵立即应声倒下。

丘连副的这声枪响是事先约定好的冲击的命令。听到枪响，埋伏在街道两旁的店铺里的战士纷纷冲出来，举枪扑向了敌人。日本人事先没有预料到街两旁会有中国的伏兵，刚一感觉到异样，中国士兵的刺刀就捅进他们的肚子里。由于我众敌寡，许多战士还没有动手，日本人就被战友们刺死了。日本兵每人身上至少挨了七八刀，血和肠子以及臭大粪从伤口中流了出来。

这十几个日本兵几乎是瞬间被刺死的，张建才和王君冲过来的时候，他们已经全部躺在地上了。看到日本兵这么快就结束了小命，张建才和王君心中感到既高兴又遗憾。高兴的是这几个鬼子兵得到了应有的下场，遗憾的是十多个鬼子没有一个是他们亲手杀死的。王君气不过，上去还在一个死鬼子的裆里狠踢了几脚，这样才觉得心中的闷气有所缓解。

"全死了吗？"城门头上，传来了团长张敬俊的问话声。

"报告团座，全死了，一个也没有活。"丘连副回答说。

"好的，你们把那几个日本兵的脑袋割下来吧，然后给咱带到城头上来。"

"是！"

听到这样的命令，战士们一下子又兴奋起来，他们纷纷弯下腰去，抽出腰间的刺刀，像割猪头样，三下五除二，把日本兵的脑袋割了下来。这次张建才和王君各割下了一个日本兵的头颅，高兴地提在手里。在他俩的带领下，十多个士兵笑哈哈地提着还在滴血的头颅，排着单行的队伍，向团长所在的城门楼走去。

团长正站在城垛后面举着望远镜向外观看，听到身后的笑声，回过头来，看到十多个战士提着日本兵的头颅，排成一行，正在嘿嘿地看着他笑，便也笑着说："哈哈，你们光提着敌人的脑袋上来，没有绳子有什么用？"

战士们不知道团长要绳子做什么，个个站在那儿傻愣着，团长看到士兵们没明白他的意思，就说："用绳子把鬼子的头吊在城墙上啊！"

战士们一听，把手中的头颅一丢，嘻嘻哈哈，又转身下到城里去找绳子。日本兵的头颅，在城墙的砖地上，西瓜样丢了一堆。嗅觉灵敏的苍蝇，已有一两只先行官样嗡嗡叫着飞来，后来越来越多，竟然在头颅堆上黑豆样落满了一层。不一会儿，战士们又都上来了，只见他们大多一手提着绳子，一手提着一个毛驴的笼头。团长张敬俊看到拿来了笼头，满意地说："好啊，你们很有办法啊！"

"是老百姓教我们用驴笼头装的。"战士们边说边把日本兵的头颅装到笼头里，然后用长绳拴住，把装好头颅的笼头一个一个挂到了城门楼的城墙上。

馋嘴的苍蝇又飞到城墙上叮食。

此后，天镇城外就开始了一段绝对的安静。这段时间内，田野上没见过一个61军的溃兵，也看不到一个后追的日本人。张敬俊心里说，难道兄弟们已经全部后撤了？日本兵不追了？这样也罢，也省得399团的兄弟们流血丢命了。

大约是午饭后，日本关东军东条纵队本间旅团的一个大队——宫田大队，沿着玉米地间的大道，群狼般向天镇县城奔袭而来。大队长宫田一男，日本浜松市人，矮个头，肥猪型体形。只见他骑在一匹日本红色高头大马上，两片太阳镜在阳光的照射下，吓人地折射出闪闪的白光。从一出发他就一个劲儿地下达快跑的命令，因此，他的队伍看上去就像是飞奔那样快。

"停！"在东城门不远处，宫田队长突然向部队下达了停止前进的命令，并从马背上滚了下来。

原来，他远远地看到城门楼上有异物，想看看清楚，便举着望远镜向城门楼的城墙上盯望了一阵，终于他看清了，在城门楼的城墙上挂着的是十几个血肉模糊的日本士兵的头颅。他一惊，立即跳下马来。

"全体注意，准备攻城！"宫田大队长挥着指挥刀，歇斯底里地向着他身后的部队喊道。他气极了，狂跳急躁的心觉得要炸了，两只黑玻璃球样的眼珠子也鼓得要爆裂似的。虽然他的大队自进入华北战场以来，采取过刀砍、穿刺、火烧、活埋等残忍的手段杀害过不少中国俘虏、平民百姓，但他从没见过，也没想过，中国的军队也会把日本士兵的脑袋砍下来，挂在墙上。他在心里说，他们是天皇的士兵，中国人怎么能这样对待他们呢？这太不合天理了，这是对天皇的侮辱。他决定立即指挥部队攻下这座县城，然后在县城疯狂地杀人。

"炮队准备！"宫田大队长一声喝喊，他的炮队立即抬着60门迫击炮，跑到队伍前面，一字排开，迅速地架起炮筒，填弹手也跟着把炮弹放在了炮口之上。

"放！"宫田恶狠狠地下达了放炮命令之后，一枚枚炮弹冲出炮弹筒，乌鸦样飞向了前面的天镇县城。

"轰轰轰！"

"轰轰轰！"

炮弹大部分落在了城门楼上及其附近的城墙之上。那里一堆堆硝烟开花样顿起，弹片乱飞。一阵猛烈的炮轰之后，想象着城门楼及附近城墙上的中国军队可能大部分已被炮弹送命，宫田又下达了攻城命令。只见他身后的士兵，黄狼样一拥而起，叽里呱啦叫着，快速向县城扑去。

起始，宫田大队的冲锋没有遇到任何抵抗，哪怕是从县城方向飞来一粒步枪子弹也没有。这种情况让宫田觉得很奇怪，难道这是一座空城，难道中国军队早已闻风而逃了？正当宫田要给自己一个肯定的结论时，冲到城墙下的日军忽然遭到了雨点般的步枪射击。前面的士兵立马倒地毙命了，紧跟着，数十枚手榴弹也从城墙上飞了下来，落在日军群中开花。中国守城军队来了个近距离突然袭击，日军的攻城队伍一下子乱了。士兵们转身往回飞奔，直跑到步枪子弹够不着的地方，才停了下来……

399团之团长张敬俊，在李服膺的61军还算得上是个会打仗的团长。当他在望远镜里看到日本城外摆开炮阵时，立即命令城墙上的所有人员都撤下去，隐蔽起来。当敌人的炮声停息之后，他立马又带部队冲上去，等到攻城的敌人冲到步枪的有效射程之内，他高喊一声："打！"士兵们一阵猛射，把冲上来的敌人打退。如此反复了数次，在天镇城外，敌人已倒下了50多具尸体。宫田大队长气疯了，他让他的炮队射来的炮弹越来越多，一些城垛及城门楼的大半已被炸毁。敌人又一次炮火停下之后，派上去的观察哨报告，离县城约8华里的火车站，敌人开来了一列火车，只见大批的士兵正下火车。张敬俊一听，心里想，可能是敌人派来的增援部队吧。于是他马上命令道：

"平射炮，平射炮高速度连续射击！"

399团的平射炮共有两门，是旅部根据他们守城需要，临时拨给399团的。团长将他们布置在离城门楼较远的左右两边的城墙垛后面。由于一直没有使用，还未引起敌人的注意，因此还安然无恙地静静躺在那里。训练有素的炮手们立即跑到炮位跟前，迅速把炮口对准了火车站刚下火车正在排队集合的敌人。

"放！"

两门平射炮几乎同时开炮，炮弹犹如一只只饥饿的野鹰，呼啸着急飞而去，飞向远方的火车站。

"轰！轰！轰！"

炮弹落地爆炸，只见敌人刚排好的队列中团团硝烟顿起，犹如一朵朵烟色的巨大花朵。

"好！"张敬俊在望远镜里看得真真切切，心里高兴地说，好炸弹就得往敌群里扔。

"轰！轰！轰！"又有一批炮弹排空而出，瞬间飞到火车站杂乱的敌群中美美地开花。其中一枚飞到了横在铁轨上的车厢里，爆炸时，竟有人头、胳膊、步枪的残体飞出，可见车厢里还有一部分日本兵尚未下车。

张敬俊被眼前的战果鼓舞着，但他同时也感到增援的敌人越来越多了。庄稼地间，敌人一拨一拨地在向城墙这边运动。

"孙团副，该迫击炮连的兄弟们上了。"

"是！"

一会儿，等候在城墙下面的迫击炮连的官兵们，抬着迫击炮，迅速上了城墙。

张敬俊过来说："兄弟们，哪里的人头最多，就往哪里给狗日的扔炮弹。"

"轰！轰！轰！"迫击炮连的一枚枚炮弹，从城墙上呼叫着飞到了攻城的敌群中。

看到一枚枚飞炮在敌群中炸响，张敬俊心里自然很乐，嘴里不由得夸道："好，就这么打！"

"团长，你看，敌人把坦克开来了。"

张敬俊果然看见5辆坦克掩护着三四十个攻城的敌人向这边开来。

"奶奶的，连坦克也用上了。"

"报告团长，应该组织一个小分队，绕到坦克的后面消灭敌人。"

张敬俊回头一看，跟他说这话的是刚从盘山上下来投奔他不久的张建才，便把期待他讲下去的目光投在他的脸上。张建才读懂了他的目光，就说："团长，我们那时候就用过这个法子打过敌人。这法子管用。"

"好，去把你们丘连副叫来！"

丘连副离团长不远，也就是二丈那么远的地方。听到团长叫他，他立即提着枪跑了过来。他挺了一下身子，来了一个军礼说："报告团长，1 连副连长丘某到！"

张敬俊指着城下面的坦克，交代说："你马上组织一个小分队，悄悄地开出城去，绕到坦克后面，消灭尾随的敌人。"

"是！"

丘连副很快组织了一个约有一个半排人的小分队，由一个姓王的副排长带领，迅速从西门出城，钻进长势喜人的玉米地里。张建才和王君也参加了小分队的行动，并且紧随在王排副的后面。由于是第一次执行这样的任务，王连副在带领小分队运动的时候，总觉得自己心里空空的，少个什么谱谱，便问："你们在盘山怎么打坦克后尾的敌人？"

"我们埋伏在坦克必经的道路上，等敌人过来时，突然开火。"

"你看日本人的坦克会从哪里通过？"

"小桥那边。"

"兄弟们，向小桥那边靠拢。"

由于有遍地的玉米作掩护，小分队前进得很顺利。他们很快就接近了小桥。在距离小桥 50 米的地方，王排副命令小分队停下。身后的张建才却说："不行，排长，这里离敌人太远。"

"那就再前移 20 米。"

"不行，还是太远。"

"再前移 10 米。"

"排长，还不行。"

"干吗搞得那么近？"

"排长，越接近敌人，兄弟们就越能瞄准敌人。万一还有残敌没有被打死，兄弟们可以迅速冲上去，把敌人挑死。"

看着王排副还有犹豫，旁边的王君说："排长，老王在 29 军的时候也是连长，正连长。"

"那就依你老兄的意见。"

小分队迅速埋伏在小桥附近的庄稼地边。敌坦克还没有来，兄弟们还得等上他们一会儿。王排副扭头看了看身边的张建才说："兄弟真是 29 军的？"

"是的。"

"你让兄弟觉得像共军。"

"共军，我怎么像共军？"

"兄弟当年在晋南跟共军交过手，他妈的他们就喜欢打近战。"

"我倒是没有当过共军。"

敌坦克来了。5辆，乌龟样并排着开了过来。在它们的后面，30来个敌人，举着枪，弓背弯腰，小心前行着。道旁埋伏的中国士兵，早已把枪瞄准了每个敌人的要害处。看着敌人越来越近，个个竖直耳朵，把手指头放在了枪机上。坦克笨重地开了过去，紧随其后的敌人跟着来到了战士们的面前。

"打！"王排副一声令下，小分队的子弹几乎同时向敌人射出。大部分敌人中弹倒地，小部分没有倒地的敌人被突起的枪声弄懵了，还没等弄明白怎么回事，就听得一声："上！"一群中国士兵猛地冲上公路，只几下就把他们用枪挑死。

"撤！"王排副及时地下达了撤退的命令。战士们迅速地钻到了玉米地里。王君在战士们的最后面，当他钻进了玉米地里时，又回头看了一下。他看到一个受伤的敌人挣扎着想站起来，就把一颗手榴弹扔了过去。手榴弹在敌人的脚下落地开花，"轰！"一团顿起的烟雾吞没了敌人的身影。

……

张敬俊率399团在天镇城孤军抵抗了一天，在越来越多的攻城敌人面前，已感觉到吃不消了。他让各营清点了一下人数，把报告上来的数字一加，娘的，全团伤亡了500人。他把这里的情况向军长李服膺汇报，李服膺电告他，他已经完成了阻敌任务，现在立即从天镇城撤退，同广灵方向转移。

晚上，张敬俊带着他的399团，丢下全城的百姓，悄悄地撤离了天镇城。

第二章

1937年中国的平民有两类：一类是无觉悟之民，如阳高、天镇城的平民者，由于共产党的力量尚未发展到那里，马列之理想尚未传播，人性多传承传统，信赖孔孟之学，贫穷低下，心善而胆小，软弱如绵羊。面对凶残如狼的日本侵略军，一者无力反抗，二者无胆反抗，三者束手无策，因而命运悲惨，他们甚至自我低贱，甘当顺民，摇旗降服，也难求一命。另一类是有阶级觉悟之民，那是中国当时社会里最有出息的平民。他们追求光明，信奉马列，追随中共，信念坚定，不怕困难，不惧牺牲，手握刀枪，向黑世道宣战。当得知倭寇侵我中华，在他们的血液里，中华民族的优秀血性如热锅里的开水般沸腾，他们知道，对于凶残的日本帝国主义，只有拿起刀枪，奋勇拼杀，才是唯一出路。

就在阳高城一批欢迎日本人的平民被惨杀在瓮圈（瓮圈即瓮城，当地称瓮圈）的时候，又一支有觉悟的中国穷人组成的抗日队伍，从陕北的云阳镇宣誓出发了。这支队伍是八路军 115 师 344 旅。

中国共产党在洛川召开的政治局扩大会议结束后，参加会议的 344 旅旅长徐海东立即回到部队，带领全旅 5000 多官兵，向黄河边进发，追赶已先期出发的 343 旅。

344 旅由 687 团和 688 团组成。687 团的团长张绍东，副团长田守尧，688 团团长陈锦秀，副团长韩振纪。在红军时期，他们都是有名的战将。688 团战士的构成多是参加过长征的红军战士，他们当然是中国有觉悟的平民，敢于向黑暗宣战的战士。688 团战士的构成中，有许多是东北军围剿陕北根据地时，红 25 军团抓的战俘。他们是东北的穷人，为了能有一口饭吃，参加了东北军。当了红军的俘虏，被共产党革命化后，他们已经不是混饭吃的军人，而是有理想的战士了。"九·一八"之后，在蒋介石不抵抗政策下，东北军退出东北，一直是他们心中的痛，如今终于可以开赴抗日战场，打日本鬼子了，因而个个斗志昂扬、摩拳擦掌，准备痛杀一场。

"快走，快走，你的速度太慢了。"

已经是小跑的速度了，后面的人还嫌太慢。前面的人听到后面人的怪怨声也不生气，只是默默地在脚板上加力，加快了速度。正午，队伍很快到达了黄河边上。

临河的堤岸就是渡口。

副师长聂荣臻站在河堤上，等待着 344 旅的到来。旅长徐海东走到聂荣臻面前，致礼道："报告副师长，344 旅按时到达。"

聂荣臻看看排着三路纵队开到自己面前的队伍说："好，让战士们休息一下。"

徐海东便让身后的警卫传令各团，原地休息，然后跟着聂荣臻向渡口检查站走去。因李服膺的部队晋东抗敌败退，山西连失阳高、天镇两县，渡口检查站方面对要过河的八路军的态度已经大为改观，他们不再询问有没有黑户，也不再强调黑户不允许过河了。检察官的脸上闪动着友好的笑容，说："贵军是忠义之士，前方战事吃紧，阎长官命令我们，对于开赴前线的八路军，大开方便之门，热情接待。长官有什么要求，尽官说，鄙职一定设法办到。"

徐海东说："我们344旅全部人马已到，请你们马上准备饭菜，吃过饭我们就要过河。"

"这个嘛，我们早已准备好了。香喷喷的大米饭和猪肉炖白菜正等着贵军享用呢。"检察官说着扭过头去，对站在身边的副官说，"让他们把大米饭抬到堤下去，八路军战士已经在堤下等候呢。"

很快地，大米饭和猪肉炖白菜被抬来了。大米雪白的秀色，猪肉和白菜的奇香，令战士们口里泛水，饥肠跳舞。他们一边享用美餐，一边说笑：

"不错，这大米饭不错。"

"不错，不错，比我家乡的大米好多了。"

"你知道为什么山西的大米比咱们家乡好吃吗？"

"为什么？"

"因为这里一年只收一季稻，而我们那里一年三季。"

"……"

"都说阎老西小气，他今天给咱们抬来了这么好的大米饭，不小气嘛。"

"说不定他让日本人打屁股打痛了，求咱们为他们出气呢。"

"有可能。"

"不是有可能，是肯定。去年咱们跟他们交手，已经见识过了，就他们那熊样，要不吃败仗才怪呢！"

"就是，我觉得山西兵不怎的。"

"……"

说笑间，战士们已经风卷残云般把饭吃完。掌勺的炊事员说："兄弟们吃不了？伙房里还有。"

"不了，留下你们自己吃吧，老乡。"

饭后，稍稍休息了一会儿，344旅开始渡河。放在岸边的木船"一"字排开，黄色的波涛拍岸，水势很急。由于战士们多来自多水的南方，即便是来自东北军的战士们，从东北到西北，一路上也是见过许多大江大河，因此眼前的黄河之水，虽然是波急浪惊，但没人把它放在眼里。见到了船，战士们从河堤上奔跑而下，一个个鲤鱼跳龙门似的轻轻一跃，跳到了船上。等到全部跳上船后，大家才发现，原来渡口准备的船太少，脚下的木船在一船战士的重压下，已吃水尺许。

"过，没事，船压不沉的。"

离岸船向波涛驶去。急流中，一个一个惊浪扑来，但战士们齐心协力，使船体一直保持着平衡，达到对岸时，无一只木船翻船，也无一名战士落水。战士们从靠岸的船上迅速跳到岸上，各连以排为单位，排队点名，然后逐级上报点名结果。点名毕，徐海东跑步来到聂荣臻跟前，立正，敬礼，报告说："报告首长，全旅全部过河。"

"好。"聂荣臻看了一眼各处排队的士兵，站到身旁一个高台说，"同志们，我们已经过了黄河啦。下一步，我们要继续前进，到侯马城去。在侯马，我们将要坐上火车，向晋北出发，开到抗日前线去。

"现在，晋北前线战事吃紧，晋绥军抵抗不利，61军已经从阵地上退却下来，阳高、天镇两座县城已经丢失，大同重镇也是岌岌可危。有消息说，日军已在阳高、天镇两城血腥地屠杀平民。同志们，前线需要我们，那里的人民需要我们。我们要迅速向那里开拔，力争早日到达抗日前线，痛杀敌寇，解放正在受难的同胞。"

聂荣臻正讲着，有人带头喊起口号来。一声声口号声，响彻河畔。

"打倒日本帝国主义！"

"打倒汉奸走狗！"

"开到前线去！"

"解救受难同胞！"

口号声喊毕，聂荣臻继续说："我师343旅已于前几日开赴前线，现在他们正在路上。下面我们要快速向山西侯马行进，在那儿坐火车追赶343旅。"

聂荣臻讲过话后，344旅以小跑的速度向侯马方向开进。

第三章

天镇县城在落入敌手前静悄悄的。提心吊胆了一夜的天镇县城居民，忽然发现城外的枪声停了，炮声停了，炸弹声停了，一点声音也没有了。

"怎么啦，不打啦？"

"真的不打了。奇怪，怎么不打啦？"

人们小心地走出自己的家门，碰上熟人就问："没枪声了，是不是不打了。399团呢？"

"399团早已撤退了。"

"日本人呢？"

　　"不知道，咱上城墙看看去。"

　　胆子稍微大一点的人上了城墙。妈耶，只见城外的日本人正整顿部队准备进城呢。看得人不由觉得脑袋像发糕一样发大，心"扑通扑通"地跳，连带着两眼也在眼眶内不安起来。他们赶紧走下城墙，逢人便说："日本人要进城了。咱们中国军队败了，日本军队要来了。"

　　"咱们怎么办？399团杀了人家那么多人，还把人家的头颅挂到城墙上，他们会不会也进城杀人啊？"

　　"谁知道啊？按说两军交战，不杀百姓。当年奉军战领天镇的时候就没杀人啊！"天镇人也想到了奉军。

　　"那是中国军队，谁知道日本军队会怎样？"

　　人们在街上神色慌张地议论着，一时不知该如何是好。

　　"咱们到县衙里去吧。找找县长，向他讨个主意去。"

　　人们相约来到了县衙。天镇县的民国县衙，设在清时的县衙院内，整座县衙按照中国古老的风水修建，呈长方形，前后约有20亩大的两进院子，青砖碧瓦房屋，角檐微翘，龙形脊兽昂昂，整个看上去略有点宫殿庙宇风格。县衙正门高大，两边蹲着的两尊张牙舞爪的石狮子，使之更显出一种威严之气。平日里，老百姓只要看到它，就生出一种敬畏之情。而今由于情急，人们早已忘记了它平日的威严，只见一伙老老少少，鱼贯而入。然而，县衙院内却空空如也，每个房屋的门都紧紧锁着，别说是人，连一个老鼠的影子也没有了。

　　"哎，人呢？"

　　"就是，人哪儿去了？"

　　"哎哟，县衙里的人跑了。"

　　"咳，他们跑光了。"

　　"这帮老爷，平日里要税要得紧，到了节骨眼儿上，全他妈的跑了。"

　　"他们跑了，却丢下咱们老百姓不管了。他妈的，禽兽不如。"

　　向县长讨主意的人们骂骂咧咧，失望地向县衙外边走去。他们出县衙大门时，刚好和路过的东北街街长王国安相遇。这个王国安约40岁左右，中等偏低一点的个头，胖胖的脑袋，走路晃一个略微突出来的绅士肚子。他在东北街开了一个很像样子的百货店铺，日子过得不错。平日里与县衙里的人交往较密，混了个街长，在天镇县城也算是一个头面人物。看到许多人从县衙里走出来，他觉得有点奇怪，便问：

　　"你们到那里边干什么？"

　　"找县长。"

"找县长?"

"眼看着日本人就要进城了，咱问问他老百姓怎么办?"

"哎呀，你们找他们? 他们早就跑他娘的了。"

"他们什么时候跑的?"

"半夜，和399团一起跑的。"

"这伙王八羔子，走也不跟咱老百姓打声招呼。咱们被他们害死了，早知道他们守不住，咱们也逃到外面去。"

"那个李县长，纯粹是他妈个笑面虎。"

"不是好东西，他还借我200块大洋呢。"

"这回好，你到阴间跟他要去吧。"

听到人们说这儿说那儿，王国安说:"你们别瞎嚷嚷了，还是商量商量怎样应付日本人的事吧。"

人们的说话声停了下来。有人问:"你说怎么办吧? 王街长。"

王国安听到有人跟他讨法子，便说:"你们要是听我的，各回各家，快做些纸旗子，咱们敲锣打鼓，迎接日本人去。"

"这样行吗?" 有人怀疑道。

王国安不耐烦地说:"怎么不行? 俗话说，胜者为王，败者寇。如今是国民党败了，日本人胜了。日本人马上就要进城了，这县衙马上就要换上日本人的县长了，今后咱还得给日本人纳税是不?"

人们仍心存疑惑地站着。王国安看了一下人们疑云不散的脸，不满地说:"你们还站着干什么? 日本人也是人，人心都是肉长的，你给他个热脸蛋，他还能给你一个冷屁股? 你敬他一丈，他还不给你十尺?"

这时，人群中有人说:"王街长，你说的有道理，可是这事非同小可，你是不是找几个年长的人出城跟日本人谈判谈判? 如果他们进城不杀人，咱们就去欢迎他们; 如果他们要杀人，大伙可得躲躲啊。"

"就是，就该这样。"

王国安当即从人群中挑了几个平日里喜欢帮众人办事的老头，他们决定出城去跟日本人谈判。临走，王国安对众人说:"你们先回去准备吧，要是日本人答应不杀人，我们就以敲锣为号，你们就出来跟着我们去迎接日本人吧。"

王国安引上几位老人走了，人们目送着他们远去。一个穿长袍马褂的老头扭过头来，用沙哑的细老嗓门儿说: "你们回去吧，别忘了给日本人烧水做饭。"

王国安他们一行数人走出城时，城外的日本人正在整队，准备入城。看到

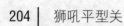

日本人长枪上明晃晃刺刀，他们在向日本人走去时不由得就有些胆寒，小腿肚子有些要抽筋似的发颤。

"咱们这么冒冒失失向日本人走去，万一日本人向我们开枪怎么办？"

"咱们是老百姓，日本人不杀老百姓。"

"日本人要是不杀老百姓，那咱就回吧，还出来干啥？"

"是啊，咱们几个不是来求日本人别杀老百姓的吗？"

"古语道：两兵交战，不杀来使。"

"人家怎么知道咱们是来使呢？"

"你鼻子底下有个什么？"

于是他们又边走边一声声喊起来："日本大人，我们是来使！"

"我们是来使！"

"古人云：两军交战，不杀来使！"

"砰！"忽然从日本人那面传来一声枪响，感觉有子弹从头上飞过，他们赶紧站住了，也不敢喊了。

"咱们别喊了，日本人是外国人，听不懂咱们的话。"

"那怎么办啊？"

"有个白旗就好了，咱打出白旗他们就看明白了。"

"那不是投降吗？咱们是来谈判的，不是投降。"

"你以为咱是来干啥的？咱求人别杀城中的百姓，然后欢迎人家进城，这跟投降有啥区别？"

"唉，咱要当亡国奴了。"

"咱命苦哟。"

"别命苦了，还是想想怎么办吧。求人家总得到人家跟前去吧？"

"有啦，这不是白旗吗？"一老者指着王国安身上的白衣衫说。

王国安脱下身上的白衣衫，从路边的小杨树上掰下一根树枝，把白衣衫挑起来说："咱们走吧。"

他们就又走了起来。没走几步，就听得日本人那面有人喊："站住！你们是什么人？"

他们站住了。一位老头说："我们是城中的百姓，有话要跟日本大人说。"

日本人那面暂时无话。一会儿，又听刚才那人说："好吧，太君说了，你们过来吧。"

向他们喊话的是翻译。他说的太君是宫田大队长。宫田大队长整好部队，正要下令进城时，心里又犯起了咕噜：城里真的没有中国军队了吗？几天来的攻城，他觉得这支守城的中国军队很邪门，经常制造一些假象，让皇军上当。现在他们是不是真的退了？正犹豫间，看到有几个老头向他们走来，就让翻译问他们是什么人。得知他们是城中的百姓，并且是来找他谈话，他心想正好探一下城里的虚实，便对翻译说，让他们过来。

王国安他们战战兢兢地来到了宫田大队长面前。宫田大队长双手挂着指挥刀，故意摆出一副威风高贵的架势。王国安看到宫田大队长一脸横肉，唇上一小片黑胡子难看地跳动，感到一股杀气袭来，不由得心上打了个哆嗦，腿下发软，抖颤着手，无力地抱着拳说：

"大……大……大人，小……小……小人是城中百姓。两……两……两军交战，不关老……老百姓的事。是晋……晋……晋绥军与大人作对，希望大人不要拿……拿……拿……老百姓出气。如果不拿……拿……老百姓出气，我……我领上城里的百姓，敲锣打鼓欢迎大人进城。"

王国安好不容易把话说完，翻译把他的话翻译给了宫田。宫田叽里呱啦说了一顿王国安他们听不懂的日本话，然后翻译对他们说：

"太君说了，皇军的，城中老百姓的，一个不杀，你们回去组织人们欢迎太君进城吧。"

"谢谢，谢谢……"

"谢谢大人不杀之恩。"

"谢谢大人不杀之恩。"

老头子们一听，一下子变得欢乐起来，他们叩首作揖，点头哈腰，向宫田谢起恩来。翻译不耐烦地挥手说："去去去，回吧，回去组织人马欢迎皇军吧。"

"是，是，是。"

"镗！镗！镗！"

王国安的锣声在城北街敲响了。听到锣声，人们从各自的家门走出。有人问："王街长，你们跟日本人谈妥了吗？"

"谈妥了，日本人答应我们，进城不杀百姓。"王国安有些兴奋地回答。

有的人不知道他为何敲锣，便问："街长，你敲锣干啥？"

"我们要欢迎日本人进城，你也参加吧。"

"我？"

王国安看着问话的人有些犹豫，不再解释，又把手里的铜锣敲得海响，边敲边大声喊道："乡亲们，快出来吧，出来欢迎日本人进城吧。我们已经跟日本人谈妥了，只要我们出门欢迎日本人进城，日本人就不杀城里的百姓。出来吧，

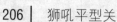

乡亲们!"

不一会儿,不少人从家里走出来。

"日本人真的不杀人吗?"

"不杀人,王街长跟他们谈妥了。"

北街很快就集中了200多人,人们听信了街长王国安的话,排着长长的队伍,敲着锣、打着鼓,举着纸做的彩旗,喊着"欢迎大日本皇军"的号,向城北门走去。

这时,日军也开始进城了。从城门洞里钻进来的日军的队伍可谓浩浩荡荡。前面是耀武扬威的坦克,紧随其后的是拉着物资的汽车,汽车后面是三路扛着长枪、甩着胳膊的大队人马。天镇县城前来欢迎日军的百姓从没见过这种阵势,他们一时呆了,凝住不动了。

"乡亲们,咱们靠边,咱们靠边,让日军先过。"

王国安看到他领的欢迎的队伍站着不动了,赶紧挥手让人们为日军让路。人们按照他的话刚一靠在边上,日军进城的队伍就如同洪流一般从他们眼前经过。一个日本军官骑着一匹黄红色的高头大马,昂着脑袋,挺着胸脯,傲傲地走来。王国安认得是刚刚在城外跟他们谈话的那个日本军官,便嬉笑着叫了一声:"大人。"

骑马的日本军官把马喝住,笑笑,伸出大拇指,对王国安说:"你的,大大的良民。"

王国安受了奖赏似的,觉得有股甜的液体似的东西,乐乐地从心底升了上来。他正想跟这位日本军官说句话,却听得这位大官对他身后的一位骑着同样高大的白色大马的军官说出了一连串咕噜咕噜的日本话。骑白马的大官回答了一连串咕噜咕噜的日本话后,打马出了队伍。这时人们看到的已是队尾了。骑白马的军官对着队尾咕噜了几声,这个队尾就像蜥蜴的后尾一样,与大部队分离了。骑白马的大官又咕噜了几声,队尾顿时散开,日本兵们"哗啦"一下围上前来,用刺刀硬硬的刀尖对准了人们的胸窝。这回真得把人们吓傻了,他们站着不敢动。王国安仍然示好地笑着说:"大人,我们可是欢迎你们进城的百姓呀!"

白马上的军官并不理他,生硬地对众人说了一句:"你们的,那边的去!"

众人顺着日本军官手中的鞭子一看,那边是北城门的瓮城。天镇县北城门边上的瓮城并不算太大,也就有羊圈那么大。因此,人们称那里的瓮城叫"瓮圈"。

"他们这是把咱们往瓮圈里赶吗?"

"不，不知道。"人群里不知是谁胆怯地低声回答。

白马上的军官看着人们不动，又严厉地喊了一句："你们的，那边的去！"

人们这时看清楚了，这个日本人的鞭子指的确实是瓮圈方向。

"他们让我们到瓮圈干什么？"

人们还在犹犹豫豫，没有人肯迈动脚步。这时，一脸铁青、眼射凶光、包围着众人的日本士兵，嘴里不满地"嘿"了一声，端着枪，凶狠地向前跨出一步，人们害怕地连忙向后退去。人群前面的人低头看时，枪刺的钢尖离他们只有一寸来远，吓得不由得面如土色。

"乡亲们，日本人可能是让我们到那儿开会吧。"人群里的王国安说。他的话音里明显的没有底气。

无可奈何，人们只得向瓮圈走去。

瓮圈空空如也。除了静悄悄的奶奶庙，什么也没有。

"日本人把我们弄到这里到底要干什么？"

内中一个叫侯裕的人一进来心里就犯嘀咕。他举目向城墙上望去，只见东、西、北三面的城墙上，有一伙日本兵在快速地架着机枪。侯裕预感到不妙，焦急地喊了起来："乡亲们，不好了，日本人要杀人了。"

"啊，日本人杀人啦！"

"日本人杀人啦！"

一下子明白了一切的人们发了疯似的向庙门口冲去。然而，迟了，"哒哒哒……"城墙上的机枪疯狂地吼叫起来。

人们一片片地倒了下去。

"哒哒哒……"更多的人倒了下去。

"轰！轰！轰……"城墙上的日本兵向人群中扔起手榴弹来。瓮圈内，手榴弹爆炸的烟团不断地冲起。人们在枪声、手榴弹的爆炸声中，绝望地哀嚎着，栽倒在血泊之中……

第四章

经过几天的行军，终于看到侯马了。庄稼地的远处，侯马城的影子在灰灰的雾中隐隐约约地显现。聂荣臻骑在马上，用望远镜望见了它。他从一系列的房舍中看到了侯马火车站。站台的铁轨上静静地停着一辆火车，那样子仿佛在等候 115 师 344 旅的将士们。

"快到火车站了，那里已经有火车在等待我们了。告诉战士们，再加把劲儿。"聂荣臻放下望远镜，对徐东海说

骑在马背上的徐东海扭过身去，对着身后的队伍说："大家加速前进，前面就是车站，那里已经有火车在等着我们了。"

战士们大都是头一遭坐火车，一听说有火车在等他们，一下子就振奋了起来。他们把肩上的枪往里背了背，打起精神头，加快了行军速度。刚下过了雨，雨水把道路泡得十分泥泞。战士们毫不在意地抬脚踩着脚下的水洼，溅起无数的泥点，弄得他们下半身全是泥水。踩过一段泥泞后，队伍开进了车站。

"立定！"

"稍息！"

站台上，战士们边在首长的口令下排队，边把眼睛投向了眼前的火车。他们每个人的眼光都是惊奇的，好像都在说：啊，这就是火车啊！不小呢，能拉多少东西啊？想到马上会坐到火车上去，他们的心里更加高兴了。

"大家原地休息，过一会儿吃饭。坐下！"

坐下来休息的战士们兴趣还在火车上，他们说说笑笑，话题大都在说火车，有的在讲以前听过的火车的传闻，有的对火车的功能作着大胆的可笑的猜测。他们的说话声、笑声，仿佛把侯马车站也弄得异常地兴奋了起来。

不一会儿，车站方面把一桶一桶的饭菜给抬来了。这次抬来的是白面馒头，山药蛋白菜炖猪肉。有人说，山西盛产山药蛋，今后我们就要常吃山药蛋了。有人说，这山药蛋还真是好吃。有人说，你们知道外面的人叫山西人什么吗？叫什么？叫山药蛋啊！哈哈哈……在后来的日月里，他们干脆把山西兵叫成山药蛋了，就连首长在指挥战斗时，看到山西兵，也说：山药蛋，冲！

就在他们吃饭的当儿，铁轨上的火车徐徐开动了。有一个尖尖的声音喊：

"哎哎哎，快快看，火车开走了。"

"怎么，这辆火车不是给我们准备的？"

"不是，不是，给咱们准备的火车可能还没来呢。"

"这火车要干啥去呢？"

"谁知道呢？你知道？"

"哈哈，我不知道。"

这列火车确实不是给他们准备的，这是一趟专列。专列上坐着八路军首批赴晋干部，他们是中共中央军委副主席周恩来、八路军副总司令彭德怀、129师副师长徐向前等中共军队的高级将领。他们要赶赴山西抗战前线，会晤第二战区阎锡山，商讨八路军入晋抗战的有关事宜。列车开动时，这些首长们坐在窗前，默默地与站台上吃饭的战士们挥手告别。战士们并不知道列车上坐着他们的首长，一伙一伙地围着饭桶菜锅，有说有笑地吃得很香甜。

后来来了一列火车，徐东海旅长一声令下，战士们蜂拥上了火车。火车开动了，有一个战士说："哎，你们发觉没有，咱们坐着的这辆火车跟前面出站的那辆火车不一样。"

"怎么不一样？"

战士们想了想，说："还真是不一样哎，咱们这列是敞篷的，前面那列是不敞篷的。"

"那列火车多漂亮，像一排房子，还有一孔一孔的玻璃窗子。说不定里面更好看……"

第五章

阎锡山在天镇城犯的错误，就跟在阳高城一样，他最对不起那里人民的地方，就是事先没有像当年动用庞大的宣传机器宣传"共产党杀人如割草"一样，告诉人们"日本人来了杀人如割草"。更没有在命令61军撤退时，把阳高城和天镇城的老百姓也安全撤离。他派到天镇县的县长，在日军大兵压境之际，也跟阳高城的县长一样，没有做任何疏散百姓的工作，只宣布县政府所有人员"放假"，然后自己溜之乎也。1937年9月12日的天镇县城，就像被群狼追赶着急着逃命的大人丢弃在荒野的孩子，完完全全变成野狼口中的肉了。

日军一进城就开始杀起人来，宫田大队长命令他的部队分成三路，向东的一路以江上中队为主，深入东街，沿门挨门，一户一户地进入，不管老幼，逢人就杀；中间的一路，以松下中队为主，任务是扫荡南北大街；西路以小野中队为主，他们当然是屠杀西街的居民。

最早死于日本人刀下的是东街居民刘五金。他早在日本人制造瓮圈惨案之前就被上城墙侦察的日本兵一刀砍下头去。

刘五金正值中年，399团在县城抗击日军的时候，有几个399团的士兵来到他家，对他说：要借借他家的门板，在城墙上作掩体。他有些不愿意，领头的一个瘦高个子——大概是个班长吧，把眼睛一瞪，说："怎么，不愿意吗？拆！"

几个士兵不由分说，上去就把他的家门给拆了下来。他眼巴巴地看他们拆门，大气也不敢吭一声。他知道，军爷们是小民们不敢惹的，尤其是在打仗的时候，军爷的脾气大，比平时更加野蛮，因此对他们的行径尽管不满，但还是忍一忍吧。

在后来的几天中，城外的日本人一个劲儿地往城墙上打炮，每有一个炮弹在城墙上炸响，他的心就痛一下。他怕自己的门板被炮弹炸坏了。然而，日本人才不管他的心情呢，轰隆轰隆打来的炮弹，竟把那儿的城墙打开了一个豁口。

今日，天刚明，他从睡梦中醒来，发现攻城的枪炮声已经停止，城墙上也不见炸弹爆炸的影儿了，这表明战争停了，不打仗了。他心里一乐，赶紧穿衣下床，迎着早晨的一缕清风，向城墙的豁口走去。他边走边自言自语地说："这伙晋绥军，借我的门板作掩体，用完了也不还就跑了。"

就在刘五金向城墙上走去时，他做梦也不会想到，死神已在城墙豁口等他了。原来当东方微明，城外的日军宫田大队长看到晨曦中的天镇县城静悄悄的，就猜想中国军队是不是夜里悄悄撤退了，城里现在是不是没抵抗部队了。但是他不敢肯定他的想法，于是就派几个侦察兵，悄悄地进城探听虚实。几个侦察兵打算从东城墙炮弹炸出的豁口那儿上到城墙去。因此，刘五金刚一上到城墙豁口，就与从外面上来的日军的侦察兵相遇了。刘五金吃惊地一愣，嘴里说了一声"娘呀"，拔腿就往口跑，没跑几步就被追上来的日军侦察兵挥起一刀，砍在头上，只见刀起头落，落在了城墙脚下离自家的街门不远的地方。

刘五金的妻子左等右等不见自己的男人回来，有些纳闷儿，就想五金干啥去了？就在这时候，从北城门瓮圈那儿传来了激烈的机枪声和手榴弹爆炸声。这几天天镇城天天打仗，刘五金的妻子没太在意从北城传来的那些枪声、手榴弹声。后来，那些枪声、手榴弹声停了，刘五金还没有回来。妻子心里有些慌乱，心想，街上野枪子乱飞，丈夫在街上瞎溜达什么？她心里放心不下，便从家里出来，想把男人喊回来。她万万没有想到，出门没有几步，就看到一个头西瓜样早滚在了城墙下的街道上。意识到那是一颗人头时，刘五金的妻子就吓得灵魂出了窍，当她看出那眉眉眼眼像自己的男人时，她的双腿软得已支撑不起自己的身子，整个人由不得自己，跌坐在地上。也就是在这个时候，日本人江上领着他的中队开进东街里来了。日本人的队伍中，有人看到坐在地上哭泣的刘五金的妻子，抬枪就"啪"的一声，像随便打死一只麻雀、捏死一只蚂蚁样，把刘五金的妻子打倒在地。刘五金的妻子饮弹倒地的时候，从日本兵的人堆里发出嘻嘻的笑声。此后，一大伙日本兵继续向前走去，几个日本兵则顺脚进入了刘五金的院子。

刘五金的院子里空空荡荡，除了几只四处乱跑的惊恐的身份渺小的鸡外，别的什么也没有。由于院子里没有什么可吸引人的东西，几个日本兵照直进了刘五金的家。空空的屋子表明，这是一个家徒四壁的穷家庭。中国北方不讲卫生人家的那种特有的难闻的气味扑入鼻子，令刚进来的日本兵的鼻孔感到很不舒服，这使他们有了想退出去的念头，可这时他们看到了一条几乎占了半间屋子的大炕，大炕上，脏烂的被子还未叠起来，烂被里滚着三个男孩，大的也就是十来岁那么大，小一点的六七岁的样子，最小的约有三四岁。见到这三个孩子，日本兵驻足了。最初这兄弟三个无忧无虑地在炕上打闹着，见到日本人进来了，他们一下子停住了打闹，眼睛迟迟地看着出现在地上的几个持枪的日本兵。"哇——"最小的孩子一下子哭了起来。由于害怕、恐惧，哭泣的孩子从鼻孔里喷出了鸡蛋大的鼻涕泡。那鼻涕泡灰亮灰亮，脏，令人恶心。日本兵们刚看到这几个孩子时，原先还想猫逗老鼠似的逗逗这几个孩子，现在他们其中的一个被小孩的灰鼻涕恶心得起了杀心，他抬起枪照着小孩的脑袋搂响了枪机，"啪！"子弹飞入了小孩的脑袋，血和脑浆惊得从孩子脑袋上的枪眼里飞了出来。"啪！""啪！"其他几个日本兵的杀心也被同伴的枪声勾起，他们跟着也搂响了各自的枪机，飞出的子弹立即把另两个兄弟的小命儿夺去……

冲入东街的江上中队，这会儿正三个一伙、五个一群，分头猛烈砸着沿街居民的街门。叫骂声，哭喊声，狗吠声，鸣枪声，在东街的街头巷尾响起。一时间，整个街巷变得异常恐怖起来。

这是东街居民贺贤的院子。贺贤的爸一大早跟着王国安欢迎日本兵进城去了。这会儿他爸虽然已经躺在瓮圈的血泊中，可他们并不知道。夜里，他家的门朝里插着门栓，爸走的时候打开了。爸走后不久，贺贤就起床了。他习惯性地拿起扫帚，打扫着院子里的尘土。院子刚扫一半，忽然听到街上一片哭喊声、

惊呼声、响枪声。外面这是怎么啦？他提着扫帚走出街门一看，娘呀，日本人在杀人哩。于是他赶紧退回来，把门栓再朝里插上，然后跑回家，对还赖在被窝里的妹妹说："月娥，快起，日本人杀人了。"

贺贤的妹妹贺月娥，约十二三岁。十二三岁的贺月娥一颗童稚的心并不清楚日本人杀人的全部严重性，但从哥哥苍白的脸色和变了调的声音中感到大祸临头了。她急急忙忙刚穿上衣服，哥哥就闯进来说："妹妹，快跑!"

外面，猛烈的砸门声已经响起。家里养的大白花狗汪汪地叫着，冲到门边，企图吓退正在砸门的日本士兵。

贺贤是激灵的，他拉着妹妹向山药窖边跑去，准备藏在里面。

门被砸开了。头一个冲进来的日本士兵，开枪打死了冲着他们汪汪叫的大白花狗。后面的日本兵举枪用刺刀逼住了没来得及藏起来的贺贤兄妹，凶狠地说："你们地，统统地出去。"

明晃晃的刺刀逼在贺贤兄妹的胸口上，没办法，兄妹二人被逼着向院外走去。他们刚一出院，就见街上一伙日本兵正在拉扯一名十五六岁的穿红衣的少女。从少女的叫喊声和反抗的姿势看，他们知道那是邻居家的张女女。看到贺贤兄妹，有几个日本兵不再纠缠张女女，他们嘴里叫喊着"花姑娘"，提着枪围拢过来。这时，身后押着贺贤兄妹的几个日本兵也淫荡地笑了起来，他们前后夹攻，开始对贺月娥施行非礼行为。贺月娥也同张女女一样，奋力反抗着。贺贤急了，喊："放了我妹妹!"

他这一喊，惹火了押着他们的那几个日本士兵，他们把他的妹妹丢给围拢过来的同伙，然后连打带拉，把贺贤拉进旁边一户人家的院子。

这是天镇县居民高明的院子。贺贤被拉进院子后，看到已有十多个人被日本人赶到了院子里。他们被几个日本兵用枪逼着，在正房的窗前站成了一排。约50来岁的高明，跪着向一个日本低级军官叩头，边叩头边说："日本大人，行行好？行行好，日本大人，行行好。千万别在我这院子里杀人。"

这时一个日本士兵跑进院里，对那个低级军官说："太君，外面花姑娘的有。"

听到外面有花姑娘，那个日本低级军官命令士兵把贺贤和高明推到正房前，强迫他俩和那里已站成一排的人们站在一起。

"统统地死啦死啦的有。"

日本低级军官狼一样吼叫着，士兵们举着枪站成一排，同时开火。顷刻间，十几个无辜的居民饮弹倒地。

"哈哈哈……"

行完凶的日本士兵狂笑着从高明院内走出来。大街上，如狼似虎的日本兵，分作两堆，推拉撕拽，仍企图非理少女贺月娥、张女女。由于两位少女拼命反抗，他们还未得手。两少女"牲口、牲畜"的怒骂声，刺激了刚从高明院内出来的日本士兵，他们哈哈笑着，分头向贺月娥、张女女扑去。

　　这边，愤怒的贺月娥抓破了一个日本兵的脸。被抓的日本兵恼羞成怒，举枪对准贺月娥腹部捅了一刀。贺月娥痛喊着倒地，肠子随着鲜血流了出来，她怒视着日本兵，脸上很快失去血色，含恨而死。

　　那边，狂笑着撕拽张女女的日本兵们，已经把张女女身上的衣服撕光，张女女处于极为不利的地位，几个日本士兵把她仰面朝天，用力按在地上，刚才在高明院里指挥杀人的低级军官，野兽样刚爬到张女女身上，就听"哎哟"一声尖叫。正要发着兽性的低级军官猛地站了起来，只见在他左眼下方的脸上多了一个黑乎乎的口子，血从黑口子里流了出来。原来他的脸蛋上被张女女狠狠狠地咬下了一块肉，张女女把吞在嘴里的肉，用力吐在了低级军官的脸上。低级军官掏出手帕捂在伤口上，随后恶狠狠地吼道："八格牙鲁，死啦死啦的有。"

　　一个士兵举起了长枪，刚对准张女女，低级军官双吼道："不，把她抬起来，撕裂！"

　　几个日本兵把张女女抬了起来，各抓住一条腿，向两边用力一拉。

　　"啊！"

　　烈女张女女被撕裂了。

　　……

第六章

八路军 115 师 344 旅的战士们，坐着火车，行驶在山西的原野上。

一上火车，战士们就发现，阎锡山为他们准备的车厢太少了。百十号人挤在一个敞篷车厢内，只能枪也似的站着，根本就坐不下来。战士们还发现，火车行驶的速度很慢，没有汽车快，只是比几匹马拉的胶皮大车快了些。

当头一轮艳阳，好似一团旺旺的烈火，烈烈地照着。抛撒下来的光热，火一样烤着战士们的脑门、肩膀，热汗小泉样流着，身上的单衣很快湿透了，灰色的衣布被汗水粘贴在皮肤上，要命的是嗓子眼儿也干了，难耐的干渴要命地折磨着每一名站得双腿已经发困的战士。

"好热。"

"真热。"

"热死了。"

"谁有水喝？给咱一口吧。"

"谁还会有水，早就喝光了。"

"连长啊，给咱弄口水喝吧。"

这是在第二列车厢。车厢里的百十号人是 687 团 3 营 8 连的战士。年轻的连长名叫赵镒。红军改编八路军时，干部大都是降级使用。军长当旅长，师长当团长，团长当营长，营长当连长。唯有这个赵镒，却是在战场上由排长升任连长，改编后却仍然当连长。由于他带一个连时间不长，遇到一些问题，处理起来还不是那么麻利。其实他早就意识到车上无水这个严重问题了，但是苦于没招，只好默不做声。现在战士们把这个问题提出来了，他不由得就慌乱了起来，他知道在火车上，在战士们把身上带着的水喝光的情况下，解决干渴的问题，唯有忍耐。

"是啊，渴死了。"

许多战士把求助的目光投向了年轻的连长。看着被干渴熬煎的战士，赵连长深感歉意和慌乱，他不好意思地说："大家忍耐一下，忍耐一下，很快就到站了，到站就有水了。"

"是啊，到站就有水了。请大家忍耐一下。"炊事员老余为连长解围说。

战士们不再叫了，因为他们也知道，在这种情况下是很难找到水的，忍耐是唯一的法子。

艳阳继续烈烈地照着，战士们身上又有更多的汗水流了出来，干渴更加难以忍耐了。实在没法子的时候，炊事员老余解开裤带，把一泡尿冲到喝水缸里，然后屏住气，扬头一口气喝了下去。战士们被老余的举动惊呆了。喝完，老余像喝完烧酒样吧嗒着嘴，抬手擦了一下嘴说："好香，就跟酒一样。"

"哈，哈，哈！"战士们被老余惹得一阵大笑。

老余说："你们别笑我老余，你们谁要是想尿了，千万要像我老余，一定要咬住牙把它喝了。咱们现在身体最需要水分了。长征途中，有的同志不是喝过马尿嘛，道理就是为了保持身体的水分啊。"

战士们不笑了，大家知道，他说得对。

"啊哈，老余，你白喝尿了，你看天上的黑云，要下雨了。"

不知是谁叫了一声，大家抬头一看，果然是黑云滚滚，厚厚的黑云涌来，一块块地堆积起来，很快遮蔽半个天空。接下来，下雨肯定是无疑了。想到老余刚才喝了自己的尿，战士们又一次开心地笑了起来，都说老余的尿白喝了。老余并没有悔意，嘻嘻哈哈地跟战士们打着哈哈。

风来了，凉凉地吹在战士们的身上，一时间，大家浑身上下感到无比的凉爽和痛快。风是雨的头，第一个雨滴飘下来的时候，落在了老余的额头上。老余用手把雨滴摸下来，一看，笑着叫道："哈哈，雨滴不小呢。"然后又把双手举起来，相对成碗状，接起雨滴来。一滴，两滴，数粒雨滴落在手掌里，竟汇成了一小汪清亮的水，老余把雨水捧到嘴前，用嘴一吸，啊，真甜！其他战士一看，也学着老余的样子，伸出双手，接起雨滴来。雨下得很急，雨滴有铜钱那么大。转眼之间，接雨的战士，衣服全部被雨水淋湿了。

"快，快，大家打起伞来！"连长赵镒提醒说。

一把把雨伞打了起来，但是无济于事，雨水还是顺着伞与伞之间的缝隙流了下来，战士不可避免地被雨水淋透了衣服。

"工农兵学商，
一起来救亡。
……

虽然淋透了衣服，但凉爽的雨水赶跑了难耐的干渴，战士们一时倍感精神起来。不知是谁首先唱起歌来。歌声引得大家兴奋起来，他们一起跟着唱道：

拿起我们的刀枪，
走出工厂田庄课堂，
到前线去吧，
走上民族解放的战场！
……

歌声压过了雨声，在大雨中飘荡。这时从后面的车厢里传来悲壮的歌声：

我的家在东北松花江上，
那里有森林煤矿，
还有那漫山遍野的大豆高粱，
……"

战士们知道这歌声是从 688 团战士的口传出来的。688 团有许多是东北籍的战士，他们原先在东北军为军阀卖命，围剿陕北根据地时做了红军的俘虏，被转化为红军战士，改变了人生，自己的血肉之躯和手中的那支枪也随之属于天下老百姓了。丢失东北，一直是他们心中的痛；上前线打日本，一直是他们的梦。眼见着这梦就要成真了，他们的心情当然是激动的，身上的热血多日来一直在沸腾着。此时此刻，能够表达他们心情的就数《松花江上》这支歌了。他们的歌声刚起，其他车厢的战士就和着传来的歌声唱了起来。歌声悲壮、激越、昂扬，战士们的战斗激情被更大地激发出来，风声、雨声顿时被高亢的歌声压了下去。

不知什么候时候，雨停了。阎锡山的敞篷车厢原本是为了拉货设计的，车底没有出水洞，因而车厢里积了许多雨水，战士们的脚全部在水里泡着。有战士开始抱怨说：

"这是什么狗屁火车啊，阎锡山这是在让咱们受洋罪。"

"就是，坐也不能坐，睡也不能睡，倒像在水牢里。"

"忍耐一些吧，再怎着也比咱们长征条件好多了，起码不用咱们走路了。"

战士们说着，火车停了下来。说是到灵石火车站了，下来一看，火车停在车站外面，离车站还有一里来地。

"怎么回事？怎么没进车站就停了下来？"

"听说大雨冲毁了前面的铁路。"

"这是什么狗屁铁路啊？我看咱们还是步行走吧。"

前面，铁路方面的人正向旅长徐海东求援。求援的人很像铁路上的一位小小的负责人，那人弯着腰、笑着脸说："长官，不好，前面的路被大雨冲垮了一截。铁路上一时找不到修路的民工，您看是不是让弟兄们帮忙修一下路。"

徐海东让他领着看了看那段被冲毁的路况，估计那段冲毁的路一时半会儿修不起来，并鉴于这辆火车拉一个旅的部队已经严重超载，每一节车厢都很拥挤，加上前线吃紧，不宜把大量的部队滞留在路上，决定兵分两路：一路步行出站，赶到前面的介休车站，到那里后，再联系北上的火车，继续赶路；另一路留下帮助修路，路修好后，再追赶部队。

……

第七章

在松下中队长抽出长鞘、挥舞起来的日本武士刀的指点下，松下中队的日本士兵狼奔一样，冲入了天镇城南北大街。一个个穿黄的士兵，凶狠地砸开一户户的街门、家门、店铺门，把男的女的、老的少的、有病无病的人，统统从家里赶出来。人们在刺刀的刀尖逼迫下，在向一个地方——马王庙走去。

马王庙是松下中队长亲目选好的杀人场。

马王庙坐落在南北街的路东，门朝西开。日本兵已在南、北、西三面架起了机枪。阴森森的枪口对着已经满满跪在大街东西两侧的天镇居民。人们悄悄的，不敢大声喧哗。

"他大爷，他们这是要干什么？"

一个老妇人的声音嘤嘤的，还没有一只苍蝇的声音大。但是听者声音却更加微小，不满地说："悄悄的吧，别让日本人听见。"

又有一批天镇居民被日本兵用上着刺刀的枪逼着来到了马王庙前。这批居民中有一人是天镇城有名的绅士，年近70的张凤祥。张凤祥在城内有三个杂货铺，在城外有300多亩土地。晋绥军第61军跟日本人在盘山对战那会儿，有好心人劝他暂时出去躲躲。可他舍不下自己的产业，要留下来自己看着。日本兵一来，他才知道日本人纯粹是他妈不讲理的畜生。张凤祥的杂货铺前面临着南北大街，后面连着他的家院，是那种前店后院格局。像往常一样，他早早地就让店里的小伙计开了店门。他自己却在院子的井台边，放着个有些古旧的黄铜脸盆儿，习惯性地洗脸漱口。忽然，他听到铺子里有吵嚷声，他以为是小伙计在跟顾客们吵架，心想，这孩子怎么跟顾客吵架呢，那些顾客可是我活生生的财神爷啊。不行，我得骂骂他去。然而，还没等他直腰，就听得铺里传来小伙计的一声惨叫。出事了！他的脸一下子就黄了，惊恐之色在他的老脸上激烈地蹦跳。他慌乱地从后门进了自己的铺子，只见几个荷枪的日本兵在铺内乱翻一气，而他的小伙计则躺在地上，腿脚痛苦地抽动着，再一细看，原来他的小伙计已躺在血泊里，肠子也从一道很长的刀口里流了出来，流了一大摊。

"张掌柜，他，他们……"

小伙计还没有死，但一句话还没说完就断气了。不过，张凤祥已经知道小伙计是被日本兵杀死的了。一定是日本兵进来了，他们一定是走进柜台里，在货架乱翻一气，想寻一些他们需要的东西，小伙计不让，他们就杀了小伙计。一辈子靠精打细算过活的张凤祥老人，怎么也不会算计到他会有如此劫难。他被眼前的惨相吓得一下子魂飞了，魄散了，他"娘呀"地叫了一声，同时禁不住尿了一裤子，双腿软得面条似的，支不住身子，跌坐在地上。

"你的起来！"翻东西的日本兵听到张凤祥惨然的叫声，转过身来，把尖尖的枪刺伸到离他咽喉只一寸的地方，眼里闪闪的凶光分明在说，你若不起来，我就捅进去了。张凤祥老人只得站起身子，由日本兵押着上了街，加入了一伙正好被日本兵押着从他铺子门前经过的乡亲们中间，战战兢兢地来到了这里。

"男人东边的跪着。"这时，松下中队长用刀指东面说。接着他又指着街的西面说："女人西边的跪着。"

日本兵们按照松下中队长的命令，把人们按性别分成了两群。

"日本人这是玩的什么名堂？"人群里有人小声地问。

"狗日的，日本人要下毒手了。"回答声同样小小的。

有人想偷偷地溜走，站起刚走几步就被把守的日本兵用枪托拦了回来。

张凤祥，悄悄地看了一眼人群，心里说："娘呀，要有四五百呢。"可能是张凤祥一身绸缎，在一群衣衫褴褛、形同乞丐的人群中显得十分耀眼，松下中队长一眼就在人群里看到了他。松下中队长用刀指着说："你的，出来。"

张凤祥吓得脸色更加灰白，抖抖颤颤地站了出来。

松下中队长又从人群中发现了几个绅士模样的人，也让他们站出来。绅士们走出人群，规规矩矩地站成了一排，松下中队长扬刀指着马王庙说："你们的，里边的进去。"

几个绅士就被几个日本士兵押着进了马王庙。

天镇城的这个马王庙分里外两个院子，从西开的庙门进去，可以看到正房三间、南房三间。南房的右侧是个通往后院的小门。张凤祥等几名绅士被几个士兵押着进了前院后，又从南房右侧门进了后院。后院约有一亩地大小，靠后墙是一个长2丈5尺、宽深各1丈5尺的大坑子。坑内已经有半坑刚刚被杀死的老百姓的尸体。张凤祥想起来了，这是晋绥军399团让老百姓为他们修的防空掩体。从坑内飘过来的血腥味表明，日本人把它当作杀人坑了。这让张凤祥再一次股颤，他知道这个坑子就要成为他的坟墓了，双腿就沉沉地提不起来。

"快走！"

他被用枪托在屁股上打了一下，痛得他不由得向前走了几步。

"快快的。"

屁股上连着挨了几枪之后，张凤祥被逼到了杀人坑的边缘。同他一起的还有几个绅士赶在了坑子边。张凤祥紧闭着嘴唇，痛苦地扬着脸，流下了泪水。

"杀！"

松下中队长的指挥刀一挥，后面的日本兵就端着刺刀冲了上来，他们用刺刀从绅士们的背部穿至前胸，使劲一挑，便挑至坑内。

张凤祥被挑下去时还没有死，但挣扎了几下，很快咽了气。

日本人在马王庙杀人简直就是一场游戏。一批又一批无辜的人们被赶了进来，一个一个地被挑在了大坑内。在这个过程中，院内一棵老榆树下，始终有不断喝酒的日本兵。他们杀人累了，就跑过来，围着一堆肉罐头，说说笑笑，吃喝起来。这个日本兵刚坐下，另一个日本兵就站起来，加入了杀人的行列。

大土坑被尸体填满了。

几个日本兵拿来几床被子，将坑内的尸体盖住，再压上些大石头，然后逼着还未杀死的人用锹往上面填土。

越来越多的人被押了进来，但都无一幸免地被一一刺死。被逼着往土坑填土的人，刚在被子上薄薄地填上一层土后，又被逼着往南房里填尸体，很快，三间南房就被填满了。

这时，一个急于逃命的青年看到院内南面有个山药窖子，便悄悄地跑过去跳入窖内。但还是被一个矮个头的日本兵发觉了，那日本兵追过去，把手榴弹投入窖内，"轰"的一声响，从窖内冒出了一股黑烟。随后，日本兵就一批一批地把人刺死挑入窖内。窖满了，他们又把紧靠窖边的一堵墙推倒，把窖压住。

……

松下中队的第二个杀人场在西城门南侧的金云店前。金云店前是全县最大的杂货店，它的前面有一块很大的空地。松下选中了它，就派一个小队去西南街抓人，最初，日本人在别处杀人的时候，西南街相对还算安静，仿佛还是一道和平街，街巷里，竟有几只鸡在墙根下安然地寻食，一头猪也是悠然地用它的黑嘴头子左拱右拱。因为平静，就有了很大的欺骗性。50岁多一点的张有凤看到自家的水瓮里没一点水了，心里就对自己的两个懒孩子产生了一丝怨恨，同时产生了出去担一担水的想法。他从门头上取挂起来的担杖，边把担杖放在肩上边生气地说："瓮底都朝天了，你们几个懒虫谁也不担一担水去。"

张有凤担着两个空桶，从街门洞里出来，他的两个儿子也紧追着出来。大儿子对他说："日本人到处抓人，你还去担水？"

张有凤赌气说："他妈的，我不担水，你们喝西北风去？"

二儿子说："爸，咱还是想个法子逃出去吧，"

张有凤头也不回地说："逃？鬼子把城门口把严了，往哪里逃？"

前面巷里出现了一个抱着歪把机枪的日本兵的影子。日本兵先看到了担着水桶的张有凤，不由分说，端起机枪扫了一梭子，张有凤应声倒地。后面的两个儿子一看情况不好，掉头就跑，但是子弹追上了他们。先倒地的是大儿子，接着二儿子叫了一声，倒在自家街门洞口。一只黑尾巴白底小花狗狂吠着从街门洞里跑出来，抗议性地对着过来的日本兵叫了起来。

"嘟嘟嘟！"歪把子机枪又叫了几声，小花狗应声倒下。

原来端着机枪的日本兵身后，还跟着一伙日本士兵。他们是松下中队临时组合起来的一个抓人小组。任务是从这条西南街上挨门逐户地抓人，然后押到西城门南边的云金店前的一块广场空地上。杀了张有凤父子之后，这几个日本兵并没有进入张有凤的院子，而是从他们的尸体上跳过，进了旁边的一个诊疗所里。

这个诊疗所由一个名叫周炳的医生所开。这个医术高超能为乡邻治百病的周医生，虽然平时也算得上是一个头脑灵活的人，但也有其愚痴的一面。日本人还在外面攻城那阵子，一些机警的人开始逃离县城，躲避战乱。临走时，有人劝他说："周医生，你也躲躲吧。"

周医生笑笑，说："不，你们躲吧、藏吧，我不！你们想想，哪个国、哪个军打过来没个负伤的、得病的？他们负伤了，得病了，就得找我周医生的。"

原来周医生脑袋里打着这样的小九九儿，他还真的没走。坐在诊所等着日本人把伤兵、病人给他送来。几个日本兵破门而进，他一阵欣喜，赶紧站起来，干瘦的小脸儿笑成一朵带一点黑色的小菊花，尖着老嗓门说："你们好啊，你们把伤兵带来了吗？"

日本兵似乎听不懂他的话，愤怒地把枪尖伸到了他的胸前，恶声恶气地说：

"你的出去。"

"奇怪，你们没弄错吧，我是医生。我门头上有牌子，上面写着哪，诊所，诊疗所。"

"你的出去，不许说话。"

周医生感觉到屁股上挨了一枪托，痛麻痛麻的。但他心里想，日本人这是听不懂我的中国话吧，于是他用手比画着，说："我是医生，可以给你们的伤员疗伤，给病号治病。"

日本兵好像仍然听不懂他嘴里说的话和两手比画的意思，瞪着眼，眼珠里狠狠喷射出来的两道黑光仿佛在说，如果你再要啰唆下去，我手里的枪就更加狠狠地砸到你的腰上去。周医生无奈地笑了笑，只得屈从一下，走出了自己的诊所。

周医生走出自己的诊所时，原先空空如也的街上已经有了许多的人，他们显然也是刚刚被从家里赶出来的，日本兵正在挥舞着枪托，强迫他们站成队形。

"你们连我瞎子侯二也不放过吗？"周医生听到他的瞎邻居侯二的声音在不远处尖尖地响起。他抬头望去，押着侯二的有两个日本士兵，举起枪托在侯二的屁股上一人一下，把侯二打倒在地。瞎子倒地的姿势十分可怜。周医生心里就说：唉，侯二，都是你的嘴太尖了。这就叫祸从口出啊！

"你的起来，快快地起来！"

侯二被两个日本兵的大头皮鞋在腰上狠狠地踢了几脚，他忍着痛，硬撑着地，站了起来。刚一站稳，嘴里又骂起来："操你们妈的，踢死你爷了。"

日本兵听不懂他的话，但从他的口形和声调上断定，这个中国的瞎子正在骂他们。于是一个日本兵在侯二的腰上又用力打了一枪托子，嘴里说道："你的进去！"

侯二一个趔趄，摇晃着被打入了人群里。

人们在日本兵的威逼下，哭哭啼啼，骂骂咧咧，终于站成了一条恐惧的不整齐的队形。日本小队长向弯曲的蛇一样的队伍发出号令："开路。"

被逼迫站成的队伍不情愿地挪动起来。

周医生夹在队伍中间，一开始他听到日本人发出"开路"的口令时，心想，这日本人就是他妈的跟人不一样，守城的中国军 399 团，队伍出发时，口令是"齐步走"，这日本人却是"开路"。后来，他已不这么想了，他想的是如何跟日本人说明自己是医生，能为日本军队治病、疗伤。想来想去，觉得还是打手势有可能跟日本人交流得通。于是，他转过身，对刚才那个喊队的小队长一边打着手势一边说："我是医生，能给你们的伤员疗伤，病号治病。"

"啪！"日本小队长挥起胳膊，一个耳光打在了周医生的脸上。他说："八格牙鲁！我们大日本皇军，有的是医生。他们是世界上一流的医生，用得着你这个东亚病夫吗？"

周医生被打得耳朵铃铛样嗡嗡地响。日本兵用的是日语跟他说话，因此他并没有听懂日本兵说的是什么话，倒是明显地感到这个日本兵的蛮横和不讲理。他伸手抚摸着自己被打得火辣辣的脸，有些气愤地说："混蛋，等你们请我治伤的时候，非给你刮骨疗毒！"

"周医生，你快悄悄的吧，日本人是听不懂你的话，要不，非打你不可。"这时，身旁有一个叫张进恩的老汉说。

周医生看了看张进恩说："娘的，日本人不讲理。"

张进恩白了他一眼，说："他们讲理还来侵略咱们中国？"

"你等着瞧吧，到时候我非给他们刮骨疗毒！"

张进恩不再理他。心想，这个周医生平时看着挺聪明的，现在这是怎么了？吃错药了？

很快，人们被押到了西城门南面云金店前的一块空地上。这里已经密密麻麻跪下了一大群无辜的城中的居民。人群的周边，站满了持枪的杀气腾腾的士兵。前面的高台上架着一挺重机枪，乌黑的枪口，随时可能会有子弹喷吐出来，看上去令人浑身顿起鸡皮疙瘩。张进恩看到高台上黑洞洞的枪口对着人们，一惊，脸色陡然大变，左右瞧瞧，趁着无人注意，转身就跑。然而，由于惊慌，他还是弄出了动静。日本小队长立马提刀追了过去，举刀将张进恩的一条腿砍断。张进恩惨叫一声，坐在地上，双手抱着断腿，看了一眼血流如注的断处，抬头怒视着日本小队长，高喊："操你妈的，给你爷爷一个痛快吧！"

"你的骂人？"

"爷就骂你，你们这些日本牲口！"

"八格牙鲁！"日本小队长掏出手枪照着张进恩就是一枪，张进恩倒地而死。

人群有些骚动。日本兵举着上了刺刀的枪逼了上来，明晃晃的刺刀对准了前面人的心口。尖寒的刺刀面前，人们不敢再动，安静了下来。

日本小队长跳在架着机枪的高台上，挥着手，凶狠地说："十人一批，统统地拉出来枪毙。"

人们被一批一批地拉了出去，高台上的重机枪疯狂地鸣叫着。人们的哭爹喊娘声、怒骂声夹杂其中。

周医生临死时还在说："他妈的，我是医生。"然而，他的声音淹没在机枪声中，淹没在人们惨然的哭骂声中。

很快，云金店前，尸体堆积如山。

第八章

急于上前线的八路军战士个个企盼着火车快些前进。然而阎锡山的火车却是行进得很慢很慢，慢得就如一辆马车。

"这是什么破火车，速度怎这么慢？"

"是啊，跟笨牛似的，还火车呢！"

"你们知道为什么这么慢吗？"

"为什么啊？"

"因为山西的铁路不是标准的铁路，是窄轨铁路。你想，火车在非标准的铁路上行驶，它能快吗？"

"山西的铁路为什么要修窄？"

"因为阎锡山的性格特别抠，他修窄轨铁路一是为了省钱，二是为了不让外省的火车开进山西，他自己好割据山西，做土皇帝。"

"哈哈哈，阎老西这人真会算计。"

"我看他这路也修得不好，一路上我经常感到这火车在颠簸，这说明他的路修得不平啊。"

"……"

就在战士们你一言、我一语议论阎锡山的火车为什么走起来很慢的时候，火车竟然慢慢地停了下来。

"这是怎么回事？"

"怎么停下了？"

战士们莫名其妙地互相询问着，可谁也不知道答案。旅长陈光下了火车。这时，前面的火车司机也下了车。陈光便走过去，问道："司机老乡，怎么回事？火车怎么不动了？"

那火车司机看到向自己走来的是一个军官，不好意思地伸手摸着自己的脖子，笑着说："长官，不好意思，今天拉得人实在是太多了，现在火车正在上坡，拉不动了。您看能不能先让兄弟们下来一下？"

陈光一听，原来如此，心想阎锡山的火车这叫什么破火车，质量未免也太差了吧。他看了看冒着灰烟的令人哭笑不得的火车头，回转身，大声下令说：
"全体——下车，推火车。"

陈光的命令火速向各个车厢传着。所有车上的干部战士全都下了车。有的
连排开始排队，其他连队纷纷效仿，不一会儿，战士便排成队，站在了一边。

火车司机开始开车了。火车像一头拼命拉车上坡的老牛，"呼哧、呼哧"
地喘息着，火车头上的烟囱里，灰烟也变成了黑烟，一团一团地喷突出来，但
整个车身却是纹丝不动。如此数次，竟没有将火车拉前半寸。没奈何，司机只
得走下来，对陈光说："长官，今天这火车怎么也发动不着。要不，让您的弟兄
们帮着推推吧！"

"推火车？"

"是的。"

陈光无奈地笑笑，又高声向全旅下了第二道命令："各团注意，分左右两
队，推火车！"

各团分成两路队形，团长右路指挥，副团长左路指挥。左路有序地从就近
的各车厢间的缝道里通过之后，两路战士开始拥向车边，寻找自己推车的位置。

"人说，牛皮不是吹的，火车不是推的，咱们今天可是推了火车了。"

"哈哈哈……"

"685团注意啦，准备好了没有？"

"准备好了！"

"686团，准备好了没有？"

"准备好了！"

"独立团，准备好没有？"

"准备好了！"

"好啦，听我口令，一、二、三，推车！"

"嗨——"

战士们在陈光的统一号令下，奋力推着火车，火车徐徐地开动了，渐渐快
了起来。看着推车成功，所有战士都无意识地松开了推车的手。本来，343旅
这次推火车是在有组织的状态下进行的，而且组织得很科学很合理，但是685
团3营5连一个名叫王楚云的战士，在松手那一刻，一不小心，被脚下的一颗
石子拌了一下，身子一斜，倒了下来，双腿伸进道轨上，滚滚的车轮像刀子切
一样，把他的双脚自腕处齐齐地切了下来。

"王楚云，王楚云，你怎么了？"

火车走开了，战士们发现王楚云在地上痛苦地打滚，便围了过来。

"连长，连长，不好了，王楚云负伤了。"

猛子连长曾贤生跑来，见王楚云双腿已断，急忙把他抱在怀里，同时大喊："卫生员，快！"

卫生员来了，看到王楚云双腿断处鲜血正小泉样流出，不由得脸上飞起一片灰色。他知道这种严重的伤势不仅是他，许多人都会束手无策的。他的手抖颤着，笨拙地从药箱里拿出白沙布、止血药……

"快把营里的卫生员叫来！"赶来的营长曾国华看到连卫生员笨拙的动作，连忙喊营卫生员过来。紧接着团长杨得志和副团长陈正湘也赶来了，随着他们的到来，团里的卫生员也加盟进来。实际上由于受当时医疗条件的限制，师里的医生对这样的伤也是无能为力。陈光和罗荣桓赶到后，旅和师的医生虽然也赶了来，但是他们失望地摇着头，只是不忍心不管这个战士，才让人把伤员放在担架上，送到师部卫生队占的第三节车厢治疗。

担架从686团3营战士跟前路过时，营长邓克明看了一眼受伤的战士，发现这个战士有些面熟，便往前走了几步，把目光投到战士的脸上。那惨白如纸的面容，宽宽的额头和略微有些上翘鼻尖告诉他，这是他们在兴国县的一次战斗中失踪的士兵。那时他是红三军团8军4师3团5连的连长。为了粉碎敌人的每两次对根据地的"围剿"，他曾带领导5连一个连的战士，在一个山头布阵，抵抗敌人一个营。那时，战士们每人只有3发子弹了，3颗手榴弹。而敌人却人多弹足，邓克明清楚，这种时候，只有近战，才能最大限度地发挥全连的威力，他观察了一下阵地，下令捡拾石块。敌人进攻至山腰时，他命令放"跑石"打击敌人。当一块块"跑石"从山顶往下滚时，敌人觉得就像冲出一群狼一样，吓得纷纷躲避。没来得及躲避的被滚滚的石头打在了头上。"跑石"打完，他命令战士不准乱开枪，瞄准敌人，静候他的命令。进攻的敌人离阵地只有50米了，他不下命令；30米了，他还不下命令，20米了，敌人的眉眉眼眼都看得清清楚楚了，他才下令"开火！"山头上全连的子弹同时射出，一排排敌人倒下。后继者再上来时，战士们又甩出一枚枚手榴弹，打得敌人纷纷倒地。接下来，他又下达了第三道命令："拼刺刀！"战士们纷纷跃出战壕，与敌人开展了白刃格斗……那一战正过瘾，5连虽然人少弹少，却打退了敌人一个营的进攻，俘敌100余。那时在他的队伍里有一个十五六岁的小战士，叫王楚云，是连里的通讯员。每逢战斗，这个王楚云小战士都不离他的左右。这次战斗中，当他说"拼刺刀"，王楚云第一个从他身旁跃出，冲进敌群。他担心这孩子身小力薄，在敌群中会吃亏，不料他却一连刺倒好几个敌人。后来因为战事吃紧，他就顾不上这个战士了。战斗结束，打扫战场时，王楚云的影子又出现了，他背着五六支大枪，抱着一怀的子弹带，笑着向自己起来。"好样的，小鬼。"他高兴地夸着这个孩子气十足的通讯员，还拍了一下他的肩膀说："你到营部跑一趟，向营长报告一下我们的战果。就说红5连打退了敌人一个营的进攻，打死打伤敌人百余，俘虏敌人百余。"王楚云马上把枪和子弹放下，说了声"好的，连长，我马上去"，便转身飞下山去。

谁知王楚云一跑就没了踪影。有人说："连长，王楚云一定是逃跑了。"

"不可能，他不可能。"凭他对王楚云这个战士的了解，觉得他不可能当逃兵。

王楚云是连里最小的战士，参军时才14岁。邓克明清楚地记得那天的情景。那时他刚担任五连的连长。红3军团8军4师3团正在进行一次战役，行军中，连里得到一个消息，在一个叫大铺的村子里驻着敌人的一个营部，连里几个领导经分析，捣毁这个营部对打胜这场战役至关重要，于是他们向上级请示，由5连端掉敌人这个营部。上级批准了这个请求。敌人的营部设在一个地主的院子里。按照事先的计划，他们悄悄地把这个地主的院子包围了起来。为了顺利地拿下那个院子，他下令动手前先观察一下院子的地形。那是一个高门大院，厚厚的朱色大门半开着，门两边的石狮子旁站着两个站岗的白军士兵。街上除了几只鸡狗外，光光的没有一个行人走动。这时，一个衣衫褴褛的约莫十三四岁的小乞丐，一手握着一根细竹竿，一手提着一只破口袋，出现在街上。小乞丐不知道将要发生一场战争，赤脚踏着地面，身子晃得悠然。当他走到地主的大门跟前时，看到门口站着白军士兵，只是朝门里看看，没敢进入，继续心不在焉地走他的路。忽然从门洞里蹿出一条黑色的大狗向他扑去，看得见他反应极快，马上一个闪身躲过了一扑。扑了空的黑狗狂叫着，立即又转身向他扑去，他又一闪，伸手抓住了那狗的额头，一下把狗摔在地上，双手迅速抓住了狗的上下嘴巴，用力来回拉动了只几下，那狗便不叫不动了。"狗崽子，把狗打死了，你赔爷！"这时，那家地主的儿子从门洞里跑了出来。小乞丐见势不妙，拔脚就溜，地主儿子紧紧地追赶，左面站岗的士兵见状，也离开哨位，帮着追赶。邓克明举起手枪，照着门洞边站岗的士兵甩出一粒子弹，嘴里喊了一声"冲！"周围埋伏好的一连战士马上冲向了院子。由于是突然发起袭击，战士们很快就结束了战斗。就在全连准备撤出战场离开村子时，那小乞丐跑到邓克明跟前，跪下，连连磕着头："谢谢长官，谢谢长官。谢谢长官救命，谢谢长官救命。"

"起来，起来。"看到小乞丐如此懂事，邓克明马上把他扶起来，问他："小鬼，今年多大？"

"14。"

"叫什么?"

"王楚云。"

"家里还有什么人?"

"什么人也没有了。"

"噢? 愿意参加红军吗?"

"愿意。"王楚云眼睛一亮,高兴地说。

从那时候起,王楚云就参军了。看他机灵,两条长长的瘦腿又善于奔跑,跑起路来如飞,邓克明因此让他当了连里的通讯员。

在共产党的队伍里,有许多人最初当兵的动机仅仅是为了一口饭吃,可是在队伍里待上一阵子就变了,变成有觉悟的穷人了。王楚云也是,数月下来,他感觉当兵的好处早已不是"不用乞讨要饭"了。他也有了理想,有了责任。他爱部队如家,实际上部队就是他的家。因此,邓克明判断,王楚云没回来、失散、负伤、牺牲、被俘都有可能,就是不会当逃兵。如今邓克明见到他了,他没有当逃兵,在685团里。可是,他负伤了。这让邓克明难过,他不由得上前,握着王楚云的手,喊了一声:"小王。"

伤员王楚云虽然脸色已经发白,但脑子还很清醒,看见邓克明是他曾经的老连长,便说了一句:"我没有当逃兵,连长。"

邓克明噙着泪花,说了句:"你是好样的。"然后松开那个战士的手,看着担架把他抬走。

前面不远,火车被推上坡后停下来等着战士们上车。几个战士把伤员抬上车后,首长命令"上车",战士们便徒步向火车走去。

一个小时后,火车在一个叫人作"洪善"的小站停了下来。邓克明惦记着王楚云的伤势,先从车门上下来,走到第三车厢时,王楚云被从车上抬下来。他站在车门口,望着抬担架的战士,用目光询问他们:他怎样? 抬担架的战士摇了摇头,用表情回答:他牺牲了。

站在地上的邓克明觉得脚下有胶状物把自己的脚和脚下的土地紧紧地粘住了,心里忍不住一阵发痛。

"猛子"连长从车上跳了下来,向担架边跑去。接着是营长曾国华赶来,团长杨得志,副团长陈正湘也随后赶到。再后来,邓克明看见陈光、罗荣桓、肖华等首长也来到了担架边。他们一一摘下帽子,面向王楚云的遗体默哀。完后,罗荣桓主任轻声说:"去,到村子里给这战士买一口棺材吧。"

"猛子"连长和营长曾国华喊了几个战士去了紧挨车站的村子。

团长杨得志让人拿来王楚云身前的被子，整理着王楚云的遗物。邓克明走过去，他看到王楚云的红军服、红军帽、红五星还打在被子里面，心中又一阵发紧："把红军服给小鬼穿上吧。"

大家把红军服装给王楚云穿上，团长杨得志把红五星端端正正地别在了红军帽上。

很快，"猛子"连长把一口红棺材抬来，大家默默地把王楚云的遗体放在棺材里，然后抬着他向不远处的一片树林里走去。

"连长，我没有当逃兵。"这时候，邓克明仿佛听到他的小兵王楚云在他耳边对他说。他的内心一痛，眼窝发潮了。

车站上的工人从候车室的后门抬来了热腾腾的饭菜，大米粥、猪肉、粉条的香味一阵风似的飘来。邓克明看见工人们把一桶桶饭菜抬到站台上，排放在紧挨站台的车厢前面。几个身着白色围裙的伙夫，手持铁勺，等待着车上的八路军战士下来吃饭。

开始有战士从车厢里走了下来，每个战士下车后都自动排队。这令饭桶边掌勺的伙夫感到吃惊，他们脸上惊讶的表情好像在说：瞧，八路军的战士多自觉啊，他们有着多么好的纪律。

战士们排成的队伍越来越长了，但还有一部分战士在车厢里没有下来。这时候，邓克明的耳边听到了一个不详的声音，战场经验告诉他，这是飞机俯冲的声音，他一抬头，一架飞机仿佛从头顶上往下坠似的，向着火车俯冲下来。

"卧倒——敌机！"邓克明焦急地大喊。正在排队的久经战火的战士们迅速地就地卧倒。几乎与他们卧倒的同时，两颗炸弹从飞机肚子下面直落下来，一颗落在了他身后的车厢里，一颗落在了没人的车厢那边。"轰！轰！"两颗炸弹同时炸响。邓克明由于只顾喊身边的战士卧倒，自己却一直站着。但是因为炸弹在车厢里爆炸，自己毫发未损。他清楚地记得，车厢里还有战士没有下来，赶紧转身，登上车厢门去看。只听他"啊"了一声，转身就跳了下来，然后扬着头，冲着蓝天的高空，骂道：

"王八蛋！驴捅的……"

经过点名确认，这次共有20名战士牺牲。

这是日军第一次在八路军115师播下的仇恨的种子。每一个战士都在发誓，遇上了日本鬼子，定要狠狠地揍他们，为牺牲的同志报仇。

这次事件之后，罗荣桓和陈光商量决定，为了防止敌人空袭，火车改为夜间开动，乘着夜色，开往太原。

第九章

在天镇城，小野中队长瞪着野性的如豆的小眼睛，从弯弯的刀鞘里拔出闪亮的指挥刀片，挥着，恶狠狠地指向前面的一条空巷，口里喊着："全队，这边的进发！"

立即，一个中队的士兵野狼样扑向了空巷。

像天镇城别处的街巷一样，天性善良的人们，很快便被这群野狼从家里搜了出来。有的人想逃脱日本人的魔手，刚一抬脚，不是被飞来的子弹夺命，就是死于利刃：满脑子仁义道德的教书先生王振文，第一个被嗜血成性的子弹在头上穿了窟窿；平时看去流氓成性、实际上有心无胆的张四，被挥起的马刀削掉了脑袋。想逃的妇女更惨，全城家风堪称一流的阎家的闺女阎晓丽，逃跑时被追上抓住，五个日本兵狞笑着强奸了她，完后又把她扔在臭水坑里淹死；贞女刘玉兰、刘银兰，被日本兽兵奸污之后，两人紧抱在一起，双双上吊自尽……与此同时，唐代就耸立在街口的慈广楼起火，浓黑的烟柱，直直的，魔影样升向阴惨的天空；全县最大的银行——实业银行被一群日本兵哄抢后，又被泼上一桶桶汽油，点火焚烧；街面上凡是像样的商铺，也都是先被哄抢然后又被烧……

《论语》云："有朋自远方来，不亦乐乎？"有强盗目远方米，中国的老少爷们又该怎么办呢？千百年来，天镇城这方面的教育是缺失的。当这场兵灾突然出现在人们眼前时，就像降临一场极大的地震一样，人们惊惧无助，束手无策。很快，人们就被日本兵从家里一一赶了出来。在小野中队长的指挥之下，在日本士兵的怒吼声中，人们只得战战兢兢地排成队，绵羊似的被明晃晃的刺刀押着，向天镇县县衙走去。

天镇县的县衙此时早已不叫县衙，而叫天镇县国民政府了。天镇县国民政府的大门狮子大开口样临着大街。走在前面的人已经能从宽敞的大门里看到院内气派的大照壁了。

"日本人把咱们带到这里干什么？"

"怕是要开会吧？"

"阿弥陀佛，老天爷爷，要是开会就好了，千万别杀人。"

"你们的，不许说话！"

"不许说话！"

说话的人屁股上挨了一枪托子，人们便不再说话，乖乖地被押进县政府的大门，来到了大照壁的后面。

"跪下！跪下！"

这时，日本兵们命令人们跪下。深知下跪意义的人们不愿跪下，并且人群里开始有些骚动。

"跪下！跪下！"

一些人的腰上、肩上、屁股上，重重地挨了枪托。

"畜生！连老人也打，你们日本人有人下没人养吗？"

队伍的前面，响起了一个老人的骂声。尖而怒的声音告诉人们，骂日本人的是南街上70多岁老人张模。原来是一个日本兵用枪托打在张模老汉的肩上，张模痛得叫了一声，回头怒视着打他的日本兵，骂道。

"八格牙鲁。"那日本兵又打了张模老汉一枪托子。这一托子狠狠地打在张模的尾骨上，痛得张模又大声骂了一句："畜生！"

"你的出来。"

这时，小野中队长听到骂声，跑了过来，把张模老汉拉了出来，挥起战刀，照着张模的脖子猛劈下来。

"操……"

后面的话还没说出来，张模老人的脑袋就飞落下来，西瓜样向一边滚去。

"老头子！"

人群中一个老太婆惊呼着跑出人群。人们看到这老太婆是张模老人的妻子，只见老太婆没跑几步就又跌倒在地上，然后再爬起来，拖着发软的腿扑向已身首分离的张模身上。

"八格！"

小野中队长见状，又挥起刀来，"嘿"了一声，把老太婆的头颅也砍了下来。随后他弯下腰去，把张模老汉和老太婆血淋淋的头颅提起来，对着早已惊呆了的人群说："你们的瞧瞧，不听话的，这就是榜样榜样的！"

人们就像一群看到被杀掉了猴的鸡一样，乖乖地跪了下来，低着头，不敢再看日本人手中滴血的人头。

一群天镇居民又被押了进来。

不一会儿，县政府大照壁后面的空地上就跪满了人。

"你们的，起来起来的！"

由于外面的日本人还在一个劲儿地往这里送人，看到大照壁后面再无一处放人的地方，小野中队长就又指挥着他的士兵把人们送到大照壁西面的警察局院内。

警察局院内的格局很是普通，有正房数间，东、西房各三间。院中有一棵样子也很普通的老柳树，树上有一巢喜鹊窝。由于战争，窝里的喜鹊早已不知道飞到了何方。被押进院内的人们大部分是守法居民，对警察局院子的格局不太清楚。如今看到整个院子普通得再也不能普通了，平时对警察局的神秘感顿失，觉得警察局的院子不该是这个样子的。然而，不允许进来的人们有太多的闲心，他们的脚跟尚未站稳，日本兵又"叽里呱啦"地要他们进到两边的东、西房里。由于不知道日本人葫芦里卖的是什么药，人们迟迟疑疑不愿意进去，日本兵就用枪托、刀背、皮鞋逼他们进去。

小野中队长在用刀背砍一个名叫李喜的青年时，那青年的身子趔趄了一下，上身的衣角一摆动，露出了红裤带的头子，小野中队长看得分明，以为这青年是中国一个什么组织的组成人员。他把李喜一把抓了过来，凶狠地问道："你的什么地干活？"

李喜十分害怕，胆怯地回答："我是做买卖的，大人。"

小野中队长把指挥刀伸过去，挑断了李喜的裤带。李喜的红裤带无声地飘落在地上。小队长用刀尖挑蛇似的把红裤带挑起来问道："你的为什么系这种裤带？"

"大人，我刚刚结婚，所以系红裤带。"李喜回答说。

"八格牙鲁！你的说谎的有。"

"我真的是结婚，我们中国人结婚都系红裤带。"

"你的撒谎，你的撒谎撒谎的有。"

小野中队长脸上现出一丝冷笑，把挑起来的红裤带丢在地上，然后命令旁边的几个士兵说："你们的用他的裤带把他的眼睛蒙上。"

两个日本兵紧紧拧住李喜的胳膊，另一个日本兵拾起红裤带把李喜的眼睛紧紧地箍住。

"你们的闪开！"

小野中队长让抓着李喜的两个士兵闪开，自己高高地举起指挥刀，使出吃奶的劲儿，对准李喜的脖后颈，用力劈下去。

"啊！"李喜一声惨叫，脑袋飞落，一时身子竟未倒地，断脖上"哧——"的一声，喷泉似的冒出一股鲜血后，才倒了下去。

院里的人被惊住了，呆呆地看着。

之后，日本兵们继续往屋里驱赶着院里的人们。日本人的野性再一次显现，人们不再反抗，乖乖地进了两边的房子。

这时一个日本传令兵赶来，跑到小野中队长面前，木桩样直直地来了一个立正说："宫田太君命令你们，把抓到的人统统地带到城外去。"

小野中队长回过头来，满脸疑问神色。传令兵继续说："太君说了，这个的院子要住部队，不能当作杀人场。"

小野中队长一个立正，高声说道："哈伊，小野的明白！"

传令兵走后，小野中队长对他的士兵们说："你们的，把门打开……"小野中队长的话刚说了半句，两个鬼眼又转了转说："慢！你们要把他们的裤带解下来，再用裤带把他们的手反捆起来，然后把他们排队带到城外去。"

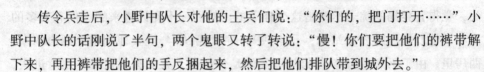

这是一个让日本士兵异常兴奋的命令，他们立即把已经关满了人的东、西房门打开，然后一个一个地把人们拉出来，强行解开他们的裤带，把他们反捆起来。因为失去了裤带的束缚，人们的裤子立时滑落到了膝下，顿时下身裸露出来。这是他们有生以来从未遇到过的奇耻大辱，然而控制在魔鬼的手里，他们又什么法子也没有啊。

无奈的人们七嘴八舌地说开了，一开始声音不大，后来发现日本人一句也听不懂他们的话，声音就有些大起来，不过有日本人在面前，也大不到哪里去，只是彼此能听见就行了。

"操他们祖宗的，倒了八辈子大霉啦，落到牲口们手里就别想好啦。"

"怎么办啊？能怎么办，到了这步田地，只好由着牲口们了。"

"日本人怎这么牲口？没有一点人性。"

"他们这又是要耍什么花招啊？"

"日本人怎这么狠啊？以前老阎说，共产党来了杀人如割草，可没跟咱说过，日本人来了也杀人如割草啊。"

"快别提那个阎锡山了，咱白给他缴粮纳税了。看他那些兵，打不过日本人，把咱们扔下不管，狗一样夹着尾巴逃跑了。"

"听说共产党并不是杀人如割草，他们是为咱们穷人打天下。"

"快别说啦，共产党又没在咱跟前，他们就是大救星这会儿也救不了咱。"

"他妈的，我看咱们这回是死定了……"

"小伙子，依着人家点吧，说不定咱们这回还能活。"

人们吵吵嚷嚷，日本人被弄烦了，他们嘴里喊着"闭嘴"，手里的枪托同时也在凶狠地让人们闭嘴。人声小了，很快就没一点声了。没声音的时候，人人都真实地感到了一种命悬一线的可怕。有人发出了一声抑制不住的低泣，这低泣声传染似的在增加，竟然很快便连成了一片，声音也渐渐地大起来，很快就要冲破他们极力控制的界线了。

"闭嘴！闭嘴！"

又一阵枪托砸来，人们再一次鸦雀无声了。

"排队！排队！"

屋子里的人全部被拉出来了，小野中队长就命令人们排队。士兵们在他的嘴里发出这样的喊叫时，举着枪托逼着从没有排过队的人们排成了歪歪扭扭的队形。

"出发！"

前面由三挺机枪压阵，两边持枪的虎狼般的士兵，押着裸露着下身的人们从警察局的院内出来，绕过大照壁，走出了县政府的大门。

由于下身裸着，裤子滑落在脚面上，犹如拴在马蹄腕的绊绳，队伍走得很慢。走过大奎阁前，又见阁前的空地上蹲着一群同样被反捆着、裸露着下身的人们。等他们走完时，那些人被打起来，续在了队尾上，于是队伍又加长了，就如一群无数只黑蚂蚁组成的行雨的队伍。大约一个多小时，队伍走出了县城。只见天镇城外，原先那一片片墨绿的长势喜人的庄稼地，已被日本兵的双脚、战马的马蹄、坦克的履带、汽车的轮胎、炮弹的狂炸、弹雨的飞射，践踏得满目疮痍。队伍中大部分是住在城里的农人，看到他们的庄稼被糟蹋成这个样子，不由得就有一股疼痛袭上他们心头。

"他妈的，把庄稼全糟蹋啦，这回让老子吃什么呀？"

"说不定咱们连命也保不住了，还吃什么吃？"

"日本人这是要把咱们往哪里赶？"

"……"

队伍又有些乱了，速度也随之慢了下来。日本兵又一次恼了，他们嘴里叫喊着"快走"，手里的枪托就用力砸了下去，砸在了人们的肩上、腰上、屁股上。一阵狠砸，人们就不敢再说话了，羊群一样，规规矩矩地向前走去。

穿过庄稼地，再穿过一片杨树林，一条大河就展现在眼前。这是天镇人的南洋河。南洋河从遥远的有山的天边而来，河边是水草茂盛的湿地，河心是日夜奔流的河水。虽然是雨季，但由于这几天没下雨，河水并不澎湃，没有往日那种一米多高的大浪，有的只是一些不足一尺的小浪。当然河水也不混浊，清清的，既发绿也发蓝。有经验的天镇人知道，这个时候，南洋河最深处顶多过膝，河流对涉入者也造不成多大的冲击，人们完全可以轻松地从河里趟过。日本人好像也知道南洋河这时的脾性，他们令人们趟水过去。由于两腿被滑到脚面上的裤子绊着，涉入水里的人们行走得异常缓慢。70多岁的老头李嘉禾，由于体力不支，落在了后面，小野中队长二话没说，拔出枪就把他打死了。

人们战战兢兢地趟过了河，上了河的北岸，日本人又让他们向不远处的霜神庙走去。孤零零的霜神庙并不算大，约有一间房那么大，里面供奉着面目狰狞的霜神。霜神在天镇人的印象里不算好神。常常是秋天刚来不久，庄稼还未完全成熟，一夜之间，霜神就在庄稼上下了一层白白的冰霜。冰霜在暖日的照耀下消融，庄稼的叶子便无力地卷曲了，顿时没了往日的朝气，更为糟糕的是还未成熟的果实这时也被严重地冻病了，地里的产量也就因此大打折扣。每年，天镇县城的人们为了让霜神迟下几天霜，为了有个好收成，都要到霜神庙烧纸上香。只是今年还不到下霜的时节，人们还未来拜过霜神。当然他们也不会想到，会以这种裸着下身的方式来见霜神。

"霜神爷，你千万别动怒啊！你没看见吗，我们这是被那些日本牲口们逼的呀。"

人们一边暗暗地求着霜神爷原谅，一边羞惭地向霜神庙移动着。

"停下！"到了霜神庙的后面，小野中队长吼了一声，接着他又吼："跪下！"

裸露着下身的人们，约有600多名，黑压压地跪了一片。最前面的人们看到，离他们仅有五六尺远的地方，是一条开口约五六尺、深3尺多的大水壕，水壕后边是一片坟地，对面的三个坟头上架着三挺机枪。

"乡亲们，日本人要杀人呀，能跑赶快跑吧。"前面的张四如不顾命地喊了起来。离他不远的小野中队长听到喊声，跑过来，拔出战刀，一挥，把张四如的脑袋砍了下来。

人群慌乱起来。四围的日本兵上前一步，刀尖狠狠地逼紧了恐慌的人们。面对凶残的敌人，人们再一次害怕地不敢动了。

这时，一队约30多名的日本士兵跑步来到人们前面。小野中队长对他们说："你们是天皇陛下的新兵，现在请用你们手中的刺刀练掉对支那人的怜悯心，练出对天皇的忠心来。"

有5个人被拉了出来，押到水壕边。新兵队伍里跑来5个士兵，狼一样扑上去，刺刀从背部穿透人的前胸，被刺的人发出吓人的惨叫，跌在了水壕里。

惨叫声令跪着的人们浑身颤颤发抖，豆大的汗珠害怕地滚落了下来。有的人竟然禁不住屎尿，从身下边的两个羞耻的孔里，流出了臭气熏天的体液。臭味扑鼻，钻进了后边人的鼻孔里，刺激得一些人呕吐起来。日本人根本不理会这些，他们把人们5个一批、5个一批地拉了出来，让新兵队们一个一个地挑

入了大水壕里。在屠杀的过程中，如果有谁没有一下子被挑死，几个日本兵就围拢过来，从前后左右扎进了这个人的身子。

日本人的杀人游戏整整进行了一个下午。水壕里已经扎满了人。日头落山了，小野中队长才下令停止了这种杀人游戏。

"报告太君，还有 90 多人没杀完呢。"

小野中队长看了看还没有杀完早已吓得瘫软如泥的人们，命令道："统统押到北城门的瓮圈去，明日的继续练习。"

于是，这伙人又被喊起来，往城里赶。

北城门的瓮圈，先前被日本人杀死的 200 多人的尸体已被清除出去，他们被赶进瓮圈时，里面已是空无一人，但还可以看到一摊一摊的干涸了的黑血迹。血腥味浓浓地扑入鼻子，搅得肚里马上有一团肮脏的东西泛起，冲着喉咙，想吐。但是此时，所有人都是空空饥肠，谁的肚子里也没有什么东西可吐出来。

过了一会儿，又有 500 多人被押在了瓮圈。他们也被反捆着，裤子掉在膝盖以下。大家都是同城的人，彼此认识的不少。身材瘦小的王家珍认出了有点发胖的魏科子，大个儿李远途认出了个头大约比他低一寸的张志喜，歪嘴田士英认出了平日的仇敌邓子儒……这些人彼此认出对方之后，大多不打招呼，只是点点头，以示问候。王家珍和魏科子挨得比较近，只有他俩悄悄地说着话。

"老兄是被从哪里押来的？"

"金云店。你呢？"

"霜神店。"

"那边杀了不少人吧？"

"五六百吧，全是用刺刀挑死的。金云店那边呢？"

"200 多吧，都被用机枪射死了。我们被押到那里时，日本人已经杀完了人，就又被押到这里了。"

"……"

"……"

入夜了，朦胧的月光微弱地抛洒在瓮圈约五六百被反绑着的难民身上。高高的城墙上架着机枪。日军的哨兵在城墙上来回走动。下面安静极了，但不时地还会传来一两句的说话声。

"你说咱中国是不是要亡了？"

"难说呀。唉！晋绥军都跑了，县长也跑了，没人能顶住日本人啊！"

"这回可轮到咱老百姓遭殃了。"

说话声让城墙上的哨兵听见了，哨兵就恶狠狠地朝下面大喊："你们的不许说话!"

天明了,被折腾了一天又囚了一夜的人们,神情木木地被押出了瓮圈。在一伙日本兵的叫喊打骂下,他们依然裸着下身,机械地来到了东北街的大操场上。清朝时期,大操场曾经是守城清军操练的地方;民国了,偶尔进驻城中的国民军也用以出操。晋绥军 61 军 399 团驻守天镇城时,一开始也作操场用,战事紧张了,挖了三条防空战壕,长约 11 米,宽约 2 米,深约 3 米。日本人进城了,完全改变了这里的用途。他们在三条防空壕的尽头架起了机枪。小野中队长用日语,对枪一样立在这边的士兵们说:"这里的壕沟是中国军队专门用来对付我们皇军的,现在将要由你们把这战壕变为中国人的坟墓。你们要好好利用那些活靶子,把自己练成一流的射手。"

几个士兵立马行了个日本军礼,齐声说:"嗨!"

小野中队长挥着刀说:"你们的,把他们十人一组,带到土壕边上去。"

几个日本士兵从人群中押出数十个难民,魏科子也夹在里面,他好像在想什么。又走了几步,魏科子向跟前一个日本士兵猛扑过去,想咬他的脸,可是由于双手被反捆着,裤子套在脚脖子上,没有咬住。

中野中队长见状,疯子似的狂奔过来,嘴里喊着"八格牙鲁!"挥起手中的刀,正对着魏科子的脑袋狠劈下来。魏科子倒地,小野中队长又挥刀照着魏科子的脑袋横劈下去。此时,魏科子的脑袋被劈成了四瓣!

"死啦死啦的!统统地死啦死啦的!"

小野中队长劈死魏科子后,更加大声地狂叫起来。这时,士兵已经把人们分别赶到了三条沟壕边旁。

"哒哒哒……"

机枪吐着火舌,吼叫着。一排排的难民跌在了土壕里,转眼就填了半壕沟。

……

卷 十

第一章

日本关东军察哈尔派遣兵团占领天镇、阳高之后，日军第 5 师团团长板垣征四郎怀着一个野心，指挥着日军第 5 师团占领了河北的蔚县、阳原。

"七七卢沟桥事变"的消息传到板垣征四郎的耳中时，他正在摩挲一位日本少女白皙的皮肤。传达消息的部下笔直地站在窗外，简短地向他报告了事件爆发的经过。

听毕，板垣征四郎把怀里鱼儿一样赤条条的姑娘推开，自己的身子则像被弹簧弹了似的一下子就站了起来，他举起双拳，转着圈子，舞之蹈之，忘情地喊了起来："好，好啊……大大地好啊！"

板垣征四郎从 1917 年被遣往中国从事特务活动始，频繁出入中国，从事侵华阴谋活动 20 年，足迹遍及大半个中国，并参与策划"九·一八"事变，炮制伪满洲国，日本国内称其为"中国通"。4 个月前，当他被从中国召回日本担任陆军第 5 师团的师团长时，他就知道全面的对华战争不久就要爆发了，可是他竟然等了漫长的 4 个月。4 个月啊，当烦躁的情绪忍耐不住时，他只好怀里搂个姑娘来慰藉一下狂躁的灵魂。如今他盼望的消息终于来了，美丽的姑娘用不着了，所以他把姑娘用力一推，高兴地跳了起来。极度高兴的他跳着叫着，忽地看到墙壁上挂着的军刀，扑过去，摘了下来，嘴里喊一声"杀"，舞一个招式，又喊一声"杀"，又一个招式……

板垣征四郎的狂喜并非没有理由，没几日他就接到了进攻中国华北的命令。接到命令后的板垣征四郎喜不自胜，立马提师第 5 师团——板垣师团，渡海扑向中国，在天津大沽登陆，加入日本中国驻顿军系列作战。8 月 16 日，结集于昌平以南一带的板垣师团，接令投入战斗，参加对中国南口的进攻。

南口为绥察之前门，平津之后门，华北之咽喉，冀西之心腹。守住了南口，即可阻止日寇占领察哈尔省，进而分兵山西、绥远的图谋。南口城及其沿线长城要隘是阻击日军的天然屏障，中国方面负责指挥作战的汤恩伯在此布置重兵防守，准备与板垣师团决一雌雄。

开战前，在一片树林里，板垣征四郎站在一辆隐蔽在树林的坦克之上，举起望远镜，向中国阵地远望，发现中国军队的阵地虽然依山草建，但官兵已经是严阵以待的状态，由此他断定这里将有一场恶战。不过，板垣征四郎并不感到胆寒，此时在他那阴森的八字胡子上飞起了一丝轻笑。在华从事间谍活动 20 多年，被称为"中国通"的板垣征四郎对于汤恩伯之为人是十分了解的，此人虽是中国血性男儿之一，拥众 6 万，但他的部队只有步枪、手榴弹、大刀，少量的机枪和少而又少的几门大炮。而板垣师团，加上两个混成旅团，以及川岸第 20 师团之一部，总人数约有 7 万。武器方面，除了日本陆军本来就优于中国军队的常备武器外，还配备了大量的火炮、坦克、飞机参战。板垣征四郎心想，双方力量对比如此之悬殊，你汤恩伯再有热血，即便你是一条蛇、一只老虎，但在皇军面前也是一条病蛇、一只病虎。板垣征四已经看到了此战之尽头是胜利，因此他下了向中国军队"开炮"的命令。

两军对峙前的阵地是寂静的，寂静得能听见蚊虫嘤嘤的轻唱，听到自己的心跳和血液的流动。战前这种寂静是难耐的，可怕的。趴在阵地上的中国士兵既怕它到来，又有点儿企盼它到来。突然一枚炮弹黑鹰一样，从高空中呼啸着飞来，落在阵地上，恶毒地炸响。"战斗开始了。"战士们这样的意识刚一升起，敌人黑鹰一样的炮弹就一群一群飞来，飞落得满阵地都是，跟着一团团硝烟就像黑色的毒花一样膨胀性开放，弹片纷飞。以前参加过战斗的战士，有经验地紧紧伏在地面上不动，没经验的新兵想起身逃跑，刚一起身即被嗜血的弹片叮咬，重者亡命，轻者负伤。一阵炮弹过后，事前草草筑起的阵地已是满目疮痍，许多地方被严重地炸毁。"修……"阵地指挥员一句"修工事"还没讲完，一群飞机又鸟一样飞来，鸟粪样扔下一枚枚炸弹后远去。飞机轰炸过后，日本士兵才开始向阵地冲锋。这时候，中国指挥员才痛痛快快喊出一句："开打！"

……

这是战场上初始的情形。后来中国军队总结了经验，转变了打法，每两个兵士为一个单位，在山石上掘开一个小小的隐蔽洞，敌人的飞机或大炮向阵地开炮时，当即隐蔽在洞里。敌人的轰击停止后，隐藏在洞里的战士从洞里立即提枪而出，伏在战壕的掩体塄上，送出手中的长枪，射击冲上来的敌人。如此一来，阵地上的伤亡减少了，阵地前，敌人扔下的尸体增多了。这种结果引来日军更加猛烈的反扑，一些地段的阵地落入敌手，中国守军立即组织争夺，如此反反复复，阵地多次易手，日本人始终没有巩固住一片阵地。

"大炮的给！"

"飞机的轰！"

进入疯狂状态的板垣征四郎下达着一次比一次更加凶狠的命令。敌人的进攻一次比一次猛烈了。阵地上，战斗中的官兵们感到脚下的土地被轰轰隆隆海响的炮弹声震得地动山摇，但他们的血液沸腾着、叫喊着。

官兵们的顽强不仅令板垣征四郎疯狂，也使他吃惊、佩服。在中国的时候，他曾对汤恩伯专门做过研究，认为他是中国为数不多的几个硬汉之一，想不到他的士兵中也有许多忠勇之士。这时，板垣征四郎在望远镜里看到了令他更加吃惊的一幕。

在中国的阵地上，他看到大约一个班的人在山头上架着机关枪射击。他断定那儿是一个机关枪班长，班长是一个大块头，他在指挥着几架机关枪战斗。日军冲上来了，他在背后大喊大叫的，仿佛在痛骂机关枪手打得太慢。一个枪手阵亡了，那班长就把这架机关枪接过来，亲自射击。只见他一不小心，顺山坡跌滚下去，但机关枪仍在他怀中抱着。他赶紧爬起来，迅速赶到阵地上去。这时，日军已占领山头，他与日军短兵相接了，只见他把机枪一丢，空手把眼前一名日本指挥官的指挥刀夺了下来，挥刀向那名指挥官砍去，第一刀砍到了指挥官的钢盔上，第二刀把指挥官的头砍了下去……

"坦克的上！"板垣征四郎气急败坏地下令道。

十几辆坦克向中国守军的阵地上冲去。

"连长，你看，铁怪，铁怪！有十几个铁怪向我们的阵地冲来！"一个战士显然是第一次看到坦克，他叫不上他的名字，给他起名叫"铁怪"。

连长顺着那个战士手指的方向一望，果见几个铁疙瘩向他们开来。连长猛然想了起来，美国顾问在什么地方曾经说过这个武器叫坦克。这种武器由 3 寸厚的钢壳做成，什么也打不透它，炮弹打着了它，最多不过打一个翻身，然后它又自己调整着继续行驶。这种武器什么坡、什么沟、什么崖，都奈何不了它，他照样前进。怎么办呢？怎么办呢？连长想着想着，忽然说："1 排、2 排，全都过来！"

两个排的战士们围拢过来，连长对战士们说：

"你们看着，前面那些你们叫作"铁怪"的东西，叫作坦克。这东西用 3 寸厚的钢板做成，连炮弹也奈何不了它，子弹上去跟他妈抓痒痒一样。不过你们看到没有，在它的身上有许多射击孔，你们两排人立即跳出阵地，冲向坦克，攀上去，给我把手榴弹从射击孔里丢进去，没有手榴弹的，给我把枪伸进去打。"

战士们按照连长的吩咐，一窝蜂冲进了日军的坦克群。这伙不要命的中国士兵，以血肉之躯和钢铁搏斗，还真把手榴弹从射击孔里扔了进去。很快约有五六辆坦克停着不动了，其余的掉头就跑。

那两排战士死伤大半，但阵地保住了。

"八格牙鲁！"板垣征四郎对这种结果十二分的不满，只见他把一腔愤怒全堆积到脸上，脸色变成了铁黑，吼叫着，抽刀砍掉了身边一株胳膊粗的杨树头，发疯地喊："所有炮弹，前面山头的给！"

板垣征四郎一声令下，山下所有的大炮对准前面的山头发射起来。

"放，放，给我放！把那座山头给我轰平！"板垣征四郎看着一枚枚飞出去的炮弹，狂叫道。

日军凶残的炮弹，落到阵地上立即开花。本已伤亡过半的守军，立马又有许多人牺牲。在敌人猛烈的炮火下，越来越多的士兵胆寒了，他们预感到，哪怕再多在阵地上待一秒钟，也有丢命的危险，于是他们丢弃阵地，翻身跑了下去。板垣征四郎在望远镜中看到中国阵地上士兵在一片一片地逃离阵地，心头一阵狂喜，放下望远镜，挥刀命令道："步兵的冲锋！"

黄狼样的日军，一群群向前方阵地发起了冲锋。但他们很快发现没有中国军队的抵抗，便加快了步子冲上了阵地。先头冲上去的前线指挥官，看到背面的山坳里到处都是丢弃阵地逃跑的中国士兵，把指挥刀一挥说："前面的追！"

冲上阵地的日军士兵，看到逃跑的中国士兵全无抵抗，便提枪追了起来。一些士兵追上了逃跑的士兵，他们瞄准逃跑兵士的后背心，上去就是一刀，中刀的士兵惨叫着毙命，其他的士兵听到惨叫，只顾逃命，并不返身拼杀。这种懦弱的行径，刺激了日本兵的刺杀欲望，他们加快了动作，更多的中国士兵被他们穿透了身体。此时，板垣征四郎赶到了山头上，他看到日本士兵追赶中国士兵，不禁扬头大笑："哈哈，多么壮观的场面，皇军追赶中国士兵就像赶鸭子一样。"

"是啊，这是皇军对华开战以来，经常看到的奇观。"他的手下献媚地说。

"他们的正面阵地突破了，这是一个转折点。我敢说，从现在开始，南口战役将变得对我军有力。从此，我军将士只管赶那些'鸭子'了。"

南口战役历时一个月零三天，汤恩伯指挥中国军队让日本人丢下 1.5 万人的尸体后，终于顶不住日本人的进攻，败退了。

中国南口失陷后，板垣师团编入华北方面军，准备作为主力，进攻山西。

关东军察哈尔派遣兵团在阳高、天镇一线跟李服膺的 61 军对峙的时候，板垣师团获得了在南口短暂休整机会。板垣征四郎本意想利用这段短暂的时间休息一下，但他体内的狼子野心不让他休息，脑子一刻也没有离开日本眼下在中国进行的战争。这天，他一个人站在作战地图的前面，根据手头上掌握的关于晋绥军的动向资料，研究着山西方面阎锡山的作战意图。他思考着，用手比画着，忽然发现运动着的晋绥军部队，好像正在向大同城不远的一个叫聚乐堡的地方结集。他猜想了一下阎锡山各部队可能的落脚地点，然后再宏观看了一下全图，发觉阎锡山摆下的颇似一个口袋阵。

"阎锡山，狡猾狡猾的有！看来他是想让皇军钻进他的口袋阵啊。"板垣征四郎把拳头狠狠地擂在了地图上标有聚乐堡的地方，然后坐在椅子上，思考着破阵对策。

板垣征四郎在华期间，怎样用兵中国的山西一直是他思考的重点。还是在他担任日本关东军参谋长时，他就估计到未来阎锡山可能在聚乐堡一带与日军的机械化部队展开作战。在那里作战，日军虽然拥有强大的机械化部队，但阎锡山打得是有准备之仗，日军纵然能战胜阎锡山，但付出的代价必然会很多，这样的蠢事皇军是不能干的。那时候他就想，如果阎锡山在这一带布下重兵，那就运用中国兵家始祖孙子"避实击虚"的原则对付之。他估计一旦阎锡山在聚乐堡一带布下重兵，晋东北平型关一带防守必然空虚，如果这样，皇军就应当避开聚乐堡，突破平型关，然后再取山西省府太原。目前的形势，与他战前估计的一样，因而，日军应放弃进攻聚乐堡进而拿下太原的计划，改为从平型关一线进攻太原。于是他把自己这一想法向日军华北方面军司令部司令官寺内寿一报告。寺内寿一因为板垣征四郎长期在中国从事过侵略活动，加之他在攻打南口的表现，对他的报告很重视，经过研究之后，又上报日本中央统帅部。日本中央统帅部很快批准了改道平型关攻打太原的建议。

依照板垣征四郎的建议，日本关东军察哈尔派遣兵团占领天镇、阳高之后，派一支部队，佯攻大同，意在虚晃一枪，摆一个日军仍在垂涎大同的姿势。与此同时，板垣征四郎迅速占领察哈尔省的蔚县、阳原，准备图谋山西省的广灵、灵丘、浑源等县，然后突破平型关，进入山西腹地。

第二章

陕西省三原县阳云镇的天空特别明净，这几天，老天好像特别青睐这里似的早早地就把太阳明明亮亮地悬在了天际。小鸟在树梢上叫得清脆。草滩和庄稼地里，蟋蟀也鸣叫得特别欢畅。一群小孩子被什么事情激动着，向镇外跑去。飞跑的孩子们大部分赤着脚，踩踏着脚下的小草，惊得草丛里的蚂蚱泥点似的，四下里飞溅。他们跑过夹在庄稼地间的土路，在一处宽宽的草坪旁站住。哦，原来这里果然有热闹可看。十多天前，八路军115师曾在这里举行过抗日誓师大会，如今八路军总部的抗日誓师大会也在这里举行。只见总部机关和警卫总部的特务团、随营学校的3个团一起雄赳赳地列队在草坪上。在队伍方阵的正前方，立着115师使用过的门形简易会场彩楼。彩楼换上了新鲜的油松树枝，标语当然也是新换了的。上联横书"八路军抗日出征誓师大会"，右联是"华北危机，民族危机，八路军挥师上战场"，左联是"独立自主，坚持敌后，组织民众救中国"。彩门楼下，朱德、任弼时、左权等总部首长坐在主席台上。由于是在夏末，草坪上有团团飞舞的蚊子，也有嗡嗡叫的灰头苍蝇。首长们不时用手驱赶着准备在他们脸上降落的苍蝇、蚊子。小个子、精干、清爽的邓小平主持大会。会议已经举行了一半，在赶走一只蚊子的侵扰以后，他站起来宣布：

现在由八路军总司令朱德同志领读八路军抗日誓词。

长着一副慈父般面容的朱德，严肃地从自己的座位上站了起来，来到了队伍的前面，庄严地举起右拳，用浓厚的男中音说道：

现在，我们宣誓……

在朱德总司令的领读下，八路军的抗日誓词响彻云霄：

日本帝国主义是中华民族的死敌！

他要亡我国家，

灭我种族！

杀害我们父母兄弟，

　　奸淫我们母亲姊妹，

　　烧我们的庄稼房屋，

　　毁我们的耕具牲口！"

　　……

　　为了民族，

　　为了国家，

　　为了同胞，

　　为了子孙，

　　我们只有抗战到底！

宣誓完毕，邓小平宣布：

现在，由八路军政治部主任任弼时同志宣读"三大纪律，八项注意"。

　　任弼时走到队伍前面，看了一眼八路军总部排列的方阵，握着讲稿，正准备神情严肃地大声讲话时，嗡嗡地飞来一只苍蝇，落在了他鼻翼的左边上，他原本想不理会这只苍蝇，可这苍蝇却在伸出细细的脚挠他的痒痒，使得他不得不挥手驱赶它，边赶边说："这只臭苍蝇，跟日本人一样讨厌。"

　　那只苍蝇在他大手的驱赶下飞远了，前排站着的战士忍俊不禁，由不得自己笑出声来。任弼时笑着说："好啦，现在我宣读八路军的三大纪律、八项注意！"

　　一下子，全场静了下来。任弼时严肃地大声说道：

同志们，为了取得抗日战争的伟大胜利，中共中央军委制定了八路军的三大纪律，八项注意。

　　三大纪律是：第一实行抗日的纲领；第二服从上级的指挥；第三不拿人民的东西。

　　八项注意是：第一进出要宣传；第二早起内务整理好；第三说话态度要和好；第四买卖要公平；第五借人东西要还；第六损坏东西要赔；第七不虐待俘虏；第八不随地拉尿。

　　三大纪律、八项注意宣读完毕，任弼时又说：

同志们，三大纪律、八项注意是我军优良的革命传统，也是我军区别于国民党军队的重要标志，更是我们团结人民、战胜敌人的法宝。现在，红军虽然改编为八路军了，但是我们的性质不变，传统不变，我们仍然是一支人民的军队。为了人民，为了民族解放，今天我们就要走向抗日的战场了，作为抗日军人，我们每个同志要牢牢记住三大纪律、八项注意这一铁的纪律，要在战斗中相互监督，决不违反！同志们能做到吗？

"能！"全场齐声回答。

任弼时宣读完三大纪律、八项注意之后，朱德总司令向队伍发出命令：

全体——出征！

激情的队伍，迈着坚定的步子，走出了草坪，在朱德总司令的带领下，踏上了抗日征程。

骄阳高高，淡淡的已有些秋味儿的白云浮在高高的蓝天上不动。地下，茂盛的玉米地间的大道上，八路军部队的铁流迅速昂扬地穿行。战士们一路嬉笑，互相之间在谈着三大纪律、八项注意的变化。

号手小王问马夫老张说："老张同志，我发现咱们的三大纪律、八项注意又改了。"

"是啊，形势不同了，得改改了。咱们现在这是抗日去，得有一个抗日的三大纪律、八项注意。"

"老张同志，咱们的三大纪律、八项注意原先尽是什么样的？"

马夫老张参加过"八一南昌"起义，他的军龄跟共产党的军队年龄一样长。老张想了想说："咱们的三大纪律、八项注意是毛主席和朱总司令提出来的。当年我跟着咱们的朱总司令与毛主席的队伍在井冈山会师时，井冈山的部队实行的是三大纪律、六项注意。那时的三大纪律是行动听指挥，不拿群众一个红薯，打土豪要归公。六项注意是上门板，捆铺草，说话和气，买卖公平，借东西要还，损坏东西要赔。"

"怪怪的，上门板、捆铺草是什么意思？"

"哈哈哈，小王，你连这也不知道？"

"这不怪小王，小王是陕西兵嘛，北方人嘛，怎么能知道这些呢？"

这时旁边一个老兵插进来说：

"是这样的，小王。我们在南方打仗的时候，土地潮湿，部队在村子里住宿时，常借老百姓的门板作铺板，借稻草作铺草。部队撤走，有的战士不物归原主，门板稻草一丢一大堆。对此群众很有意见，毛委员就在六项注意里面规定了'上门板'、'捆铺草'。"

"噢，原来这里面还有这样的故事啊。"

"三大纪律、八项注意里的故事嘛，可多了。"

"是吗？你们老兵们给咱讲讲。"

于是老兵们就七嘴八舌地为新兵们讲了起来。

"其实在井冈山一开始只有三大纪律：行动听指挥，不拿群众一个红薯，打土豪要归公。六项注意是后来提出来的。"

"噢？"

"再后来，我们朱毛的队伍在井冈山会师了，成立了工农革命军第四军。正式规定了三大纪律、六项注意，把'不拿群众一个红薯'改为'不拿工人农民一点东西'。"

"我懂了，后来又增加了"洗澡避女人"和"不搜俘虏腰包"两项内容，三大纪律、六项注意变成三大纪律、八项注意啦。"

"你这小鬼，真机灵啊。"

"这回又改了不少。"

"是啊，现在是抗日时期，什么时期有什么时期的要求啊。"

战士们议论着新宣布的三大纪律、八项注意，快到黄河边时，从他们嘴里飞出来的，已是一首雄壮有力的军纪歌了：

　　　　抗日军人个个要牢记，三大纪律八项注意。

　　　　第一实行抗日的纲领，最后胜利才能有保证。

　　　　第二服从上级的指挥，坚决杀敌才能得胜利。

　　　　第三不拿人民的东西，到处群众拥护又欢喜。

　　　　八项注意件件要做到，一时一刻切莫忘记了。

　　　　第一进出宣传一定要，抗日主张远近都传到。

　　　　第二早起内务整理好，室内室外脏物要打扫。

　　　　第三说话态度要和好，接近群众言语最重要。

　　　　第四买卖价钱要公道，不准强迫群众半分毫。

　　　　第五借人家具用过了，当面归还切莫遗失掉。

　　　　第六若把东西损坏了，按价赔偿一定要办到。

　　　　第七优待俘虏要周到，瓦解敌军工作最重要。

第八到处厕所要挖好，绝对禁止随地拉屎尿。

倘若把这规则破坏了，铁的纪律处罚决不饶。

抗日军人相互监督到，军民胜利一起赶强盗。

到处民众动员起来了，全国胜利实现在明朝。

9月16日，这支唱着《三大纪律、八项注意》歌的队伍来到了韩城县的芝川镇，他们决定在这里渡过黄河。

阎锡山方面已经准备好了渡船。几十只木船一字排开，停放在码头边。战士们有序地上船，往船上搬东西。朱德、任弼时、左权等总部领导坐在一艘由两只木船联结起来的渡船上。当上船队伍全部上船之后，朱德命令过河，于是几十只渡船在汹涌翻滚的波涛中开始前进了。朱德柱子一样挺立在船头上，两眼看着黄河的波涛，不由得想到蒋介石曾想让他和毛泽东出国留洋的事。这时，他从鼻孔里轻轻发出一声："哼！"心想，国难当头，民族危亡，老蒋这个人总是要小肚鸡肠一下，连我和老毛的抗日救国权力也要剥夺……想到此，他内心不由得感慨道：共产党和八路军的抗日救国权可是斗争得来的啊。想到这里，朱德习惯性地举起望远镜向黄河的东岸瞭望。紧挨着他们的渡船，数船竞帆，拨水击浪，在船的周围，百十匹战马赳赳地昂着脑袋，声声嘶叫着，兴奋地泅水渡河。

渡过了黄河，在朱德的率领下，八路军总部的全部人马，马不停蹄，继续向侯马城进发。在那里，他们将要坐上火车，开到晋北抗日前线，独立自主地领导八路军的抗战。

第三章

山西代县雁门关下的太和岭，安静在一片北方秋天初晨那种特有的清凉之中。一切尚未醒来，四周全是一片寂然。

中国第二战区的前线司令部安卧在太和岭下。

一缕缕略带微寒的清凉晨风从岭口流了过来，吹散了沟谷里的灰雾，太和沟两边的村子，布满被露珠浸湿的鹅卵石的河道，隐在山脚下的第二战区行营，眉目清晰地显现了出来。山、树、村子以及行营的房舍，一时让这里美成了一处人间仙境。

第二战区司令长官阎锡山从行营里缓慢地走了出来，他的后面默默地跟着两名年轻体壮的警卫。很显然，阎锡山边走边在想着心事，只见他脚边的草丛

中出有数只蚂蚱惊惧地向两边飞蹦。不觉间，他们就走到了满是鹅卵石的河床里。河床里没有奔腾的河水，却有一股细细的像河仙子飘带般的溪流在潺潺地欢流。这让阎锡山有一丝舒缓的轻笑浮现在脸上，进而感染得两个警卫也很兴奋。

前面不远处，一只黄狗抬腿在往一块大石头上撒尿。黄狗的不远处，村人和行营每天倒在河床里的生活垃圾上，几只白鸡和黑鸡以及灰花鸡，正在用爪子刨垃圾里的人们扔掉的各种食物的残渣。一只黄土色的野兔旁若无人地从河床上横着过，不料被黄狗发现了，黄狗很兴奋，只尿了半泡，便急不可耐地停下撒尿，迫不及待地去奋力追赶大意出现的野兔。一下子感到了危险的野兔拔腿就跑，一蹦一蹦地，很快就钻进已经熟黄了的庄稼地里……

眼看着前面一切的阎锡山，突然恼怒地大声喊："把那只狗给我枪毙了。"

两警卫同时掏出枪，"啪，啪"两声枪响，那条追兔的黄狗应声毙命。狗死了，阎锡山脸上的恼怒却仍然不退，两个警卫不解地互相望了一眼，然后又知趣地跟在了后面。

刚才那条狗的霸道让阎锡山想到了日本人，想到了板垣征四郎。还是在昨天傍晚，从前线送来了板垣征四郎的第五师团占领了察哈尔省的蔚县、阳原。这消息让他一整夜没有睡好觉。他曾做过这样一个梦：一条硕大的狼狗到了自己的枕边，呼哧呼哧地喘气，把湿漉漉的长嘴送到他的耳边，尖尖的牙，一条长舌来回抽送，滴答着口水。阎锡山很害怕，出了一身冷汗。阎锡山说到底还算是个聪明人，知道这梦隐喻着板垣征四郎占领了蔚县犹如恶狗把嘴伸到了他的耳边。下一步，板垣征四郎只需伸一下爪子就到山西省的广灵县了。一年前，板垣征四郎以老师的身份到太和岭探望过他，那时候板垣征四郎对他的态度曾是那么的友善。想不到一年后，这个所谓的老师已经兵屯蔚县，就要跟他刀兵相见了，完全不认他这个学生了。

"日他妈的，日本人就这德性，都他妈恶狗转世，翻脸就不认人。"阎锡山恶声恶气地骂过，狠狠地照着狗尸踢了一脚，然后返转过身，原路返回了自己的行营。

太阳尚未升起，一切仍处在初明时的青灰之中，阎锡山走过的小路上一片寂然，细细的路面上，空空的连一只蚂蚁那样大的活物也没有了，小路的两旁，哪怕是一丝儿小虫儿的叫声也听不到了。

回到行营，阎锡山没有再进自己的卧室，而是来到了作战室。作战室内空无一人，按照指挥需要摆放的桌椅上整齐地放着待人使用的电台、电话。西面墙上挂着一张巨幅的军用地图。悄然进来的阎锡山随便在身边一个空椅子上坐下。有警卫送来了早茶，他很有讲究地拿起茶具，完全一副要好好品茶的样子。然而他的内心却丝毫不在品茶上。看似平静的他，此时脑袋里翻腾着近几天来晋北前线的风云。李服膺兵败晋东北，阳高、天镇两座县城丢失，日本关东军察哈尔派遣兵团一部由阳高、天镇出发，进攻大同，板垣征四郎提师攻下蔚县、阳原……日本人这一系列行动意欲何为呢？所有这一切，对阎锡山来说虽然还是一团迷雾，但他隐隐约约地觉得，这迷雾的后面还藏着一种什么硬块似的东西。是什么东西呢？他自己一时也拿捏不清楚。正当他百思不得其解之时，忽然有人来报，说孙楚求见。阎锡山心想，他有什么事？由于想知道孙楚为何事而来，便说："让他进来。"

孙楚行过军礼，阎锡山让他坐下。

孙楚是阎锡山 33 军的军长。在晋绥军中，他的资望较高，在一些战略战术上颇有一些思想，指挥上也经常花样翻新，常人不好理解，因此背后人们都叫他"孙神经"。按照"大同会战"的安排，他的位置在雁门关一带。这个位置虽然不在前沿，但他估计一旦大同失守，雁门关一带必然会有一场恶战，而应对这场恶战必须有坚固的工事。现在他的部队正在防区忙着修筑工事，但一些物资严重匮乏，需要向阎锡山张口要些。聪明的孙楚没有说"一旦大同失手"，他只说"这里很可能会有一场恶战"。他要的东西，阎锡山早有准备，只是出于商人的精明，怕孙楚不当东西使用，形成浪费，所以没有一次性拨给他而已。因此，阎锡山很爽快地答应了他的要求。孙楚很高兴，马上来了一个立定，举手行了个军礼说："多谢阎长官！"

"谢什么谢！要说谢，我老阎得谢谢你们这些前线的将士们。"阎锡山边说边看着孙楚因激动而光彩四溢的脸，忽然想起孙楚在晋绥军中的绰号"孙神经"，心想自己何不把心中的担忧跟这个"孙神经"商量商量呢？于是他对孙楚说："孙军长，我有一事不决，想听听你的意见。"

"什么意见，阎长官？"

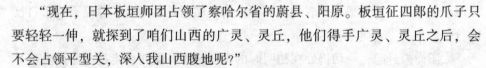

"现在，日本板垣师团占领了察哈尔省的蔚县、阳原。板垣征四郎的爪子只要轻轻一伸，就探到了咱们山西的广灵、灵丘，他们得手广灵、灵丘之后，会不会占领平型关，深入我山西腹地呢？"

孙楚没有马上回答，他走到阎锡山身后的地图跟前，看了一阵，然后转身对阎锡山说："我看阎长官不必担心。日本人的目光盯的是大同、聚乐堡一带，他们不会把主力指向平型关一带，板垣师团夺得广灵后，就会去夺取浑源而达大同，得手后直取太原。如果板垣师团真有一支部队进攻灵丘，进而攻取平型关，也只是一支游动奇兵而已。因为平型关一带的路段极为狭窄，是不适合机动车辆行走的。"

阎锡山听了孙楚的这番话，觉得挺有道理，心里似乎亮了一些，也有一些笑容浮现在了脸上。

"孙军长说得对，虽然李服膺的部队败退，但日本人跟我们在大同会战的动机还是存在的，现在我们仍应把精力放在大同一带。"

阎锡山心情好了一些后，较为香甜地吃了早饭，然后又来到了作战室。约两个小时后，前线报来了日军突破大同聚乐堡的消息。这消息让阎锡山感到就像当头挨了一棒，一屁股坐在椅子上，傻子样愣了半天。当他稍稍回过神之后，就又走到作战地图跟前，默默地看起来。战区参谋长朱绶光悄悄地来到了阎锡山的身边，伸着脖子也看起地图来。阎锡山闻到了朱绶光的气息，知道他与自己近在咫尺，便问："你说，日军的主攻方向究竟是在大同还是在广灵？聚乐堡阵地被攻克后，大同究竟能不能守得住？"

朱绶光觉得自己现在该讲实话了，便说："阎长官，日军的主攻方向不在大同，也不在广灵，而在我雁门关。"

"噢？"阎锡山扭过头来，两只眼睛忽然发亮地看着他的军事参谋朱绶光，说："请讲。"

朱绶光说："李服膺败退阳高、天镇之后，我军还未完成大同会战兵力的集结，实际上大同会战的基础已经丧失，日军终究会占领大同。到时候，占领大同的日军会兵临雁门关，这时蔚县、阳原的板垣师团就会在占领了广灵、灵丘等县之后，抄我雁门关后路，在雁门山一带，与我军会战，突破雁门关后，两军会合，进攻太原。"

阎锡山说："分析的有理。下一步我们如何应对？"

"放弃大同会战，把布防到大同的各部队南撤至雁门关、阳方口一线，组织雁门山会战，在雁门关山区一带与敌军主力决战。"

阎锡山摸着脑门想了想说："那就按你的建议再作打算吧，现在你就拟写电文，把布防到大同的部队撤下来吧。"

日本人向大同方向进攻，原是做个架势，目的是让阎锡山的兵力滞留在大同一带，好让板垣师团趁平型关一带布防空虚，突破平型关，抄雁门关的后路。然而，李服膺的部队撤退路过此地时，把失败后的恐日情绪传染给了驻守在聚乐堡的士兵。日本人的大炮、日本人的飞机、日本人的歪把子机枪、日本人的三八大盖步枪、日本人的刺刀，以及日本士兵勇猛和不怕死的武士道精神，一时竟被渲染得神乎其神。有一种说法干脆就说，日本兵就是神兵，中国兵根本就不是他们的对手。也有人想不信邪，可是从战场上退下来的李服膺的部队士兵惊恐的神色，用白布缠起来又被从伤口洇出来的血染红了的脑袋、胳膊、肩膀、大腿等等，又分明在说明着战场的激烈和残酷。

"爷爷呀，日本人千万可别来啊。"

"问问他们日本人现在到哪儿了？"

"日本人现在在哪儿啊？"

"在我们屁股后面追着呢。"

"你们怎么不抵抗？"

"老子抵抗了，可是日本人的炮火厉害啊……"

也有李服膺部队溃逃的士兵回问他们："兄弟，你们在这儿这是干什么呢？"

"等日本人呢。"

"你们是在等死吧？"

"日你娘，说的是什么话？"

"兄弟，你别骂人，日本人的炮弹喝血啊，当心别被咬着啊。"

……

其实不仅士兵传染上了恐日症，军长王靖国也传染上了恐日症。按照"大同会战"的计划，他的19军据守聚乐堡阵地，属北翼军团，听从第七集团军总指挥傅作义的指挥。这里是大同会战"口袋阵"的口袋底。王靖国当初就知道阎长官的如意算盘：把敌人放至口袋底，扎住口袋，然后痛打。然而从一开始他心里就犯嘀咕，阳高、天镇的李服膺能坚持多少天？他能不能在那里抵得住敌人，从而保证南北翼兵团的按时集结？自己这里的口袋能放多少敌人进来？放多了，能不能把敌人吃掉？因有这么多的担心，他的心从一开始就感觉悬着。实际上，日本人在阳高、天镇打退了李服膺，就开始攻打聚乐堡了，最先接敌的是19军段树华的209旅。段旅激战两昼夜，损失两个营。那时候王靖国的主力还没有动呢，但这两个营的损失已经让他股颤了。战斗刚刚探了个头，就让他损失了两个营，要是真拉开架势打起来，不定会损失多少个营哪。王靖国急了，他马上向阎锡山告急，要求提前推进在应县的预备队，并且直接给陈长捷发电要求准备应援；又不断要求傅作义把集结在丰镇的第35军相机南移大同，给他以直接支持。阎锡山被李服膺的兵败和王靖国的不断求援搞得心烦意乱，他甚至怀疑大同会战能不能坚持下去。

敌人的进攻越来越猛烈了。王靖国把部队一一投到阵地上去，但是炮火过于密集，许多士兵刚一冲入阵地就倒了下去，没倒下的被炮火压得抬不起头来。而有的地段，19军的士兵还没进入阵地，就被日本人冲垮了……19军终于支持

不住，丢了聚乐堡阵地。

聚乐堡阵地丢失之后，王靖国命令部队向大同城收缩，准备在大同城再抵挡一阵子，这时太和岭阎司令长官让他南撤的电令来了。抓着阎长官的电令，他不由得一阵欣喜，认为这是天在助他，于是他一面命令炸毁大同城东的御河大桥，一面命令部队南撤。

点火炸桥的是个浑源籍士兵，那士兵生得愣头愣脑，有点傻气。点火前，他看到好端端的一座大桥顷刻间就要炸毁，觉得有点可惜，就抬起头来，对站在桥头的连长说："连长，这么一座桥，好端端的，炸了不可惜吗？"

连长是灵丘县人，这时用难听的灵丘音和灵丘土话说："欢点你娘那 B 哇，就你能扯蛋，不炸桥，灰你娘 B 的咱们还能撤退吗？"

点火炸桥的士兵一听，心里说：爷爷呀，我这脑袋真他妈那球的笨，还是人家那球的聪明。人家聪明人就是那球的聪明，连撤退也懂得那球的炸桥。

点火炸桥的士兵一边唠唠叨叨自说自着话，一边把导火线点着，导火线"咝咝"喷吐着火星，吓得他拔腿就跑。他跑着跑着，身后"轰"的一声巨响，一股浓烟就冲天而起，他回头一看，看到一块从浓烟里飞来的石头，鹰一样冲他而来，于是他脚下发力，想极力躲开那块石头，而那块石头却不偏不依，正好打在他的脑袋上。力量强极，他的脑袋被打得开了花，身子像木柱一样，直直地倒在地上。不久，飞来了一群苍蝇，苍蝇在他的尸体上生下无数的卵，卵变成蛆，蛆把他的血肉变成了浓血，最后连他的骨头也液化了。后来有人看到他的尸首，不知道死的是谁。

炸毁御河大桥后，王靖国的部队开始一拨一拨地从大同撤退。天上敌人的飞机追来，往队伍里一枚枚扔着炸弹。原本排好的队形，一下子散开了，兵士们盲目地四下里跑着，有的钻到了庄稼地里，有的钻到了树林里，日本飞行员见状，哈哈笑着，就把炸弹往庄稼地和树林里扔。一个躲在庄稼地里的士兵看到日本飞机低低地飞来，一下子火了，他抽出手榴弹，照着飞机就扔了上去。手榴弹在空中爆炸了，但炸不着飞来的飞机。但那飞机没敢再往下俯冲，也没有再扔炸弹，惊慌地飞走了。

"操你娘的，老子没炸着你个灰孙子，再回等你灰孙子飞得低点，老子再给你扔手榴弹。"

庄稼地里那兵的声音，有点儿像浑源、灵丘两县交界一带人的声音。这种声音简直就是噪音，更加难听。

由于飞机的尾追，19 军的撤退形同于溃逃，许多士兵为了逃命，丢了手中的武器，撤退路上，各种枪支扔得遍地都是。没奈何，阎锡山只得派人把那些丢弃的武器再捡了回来。

19 军退了，大同城内一片恐慌。原国民县政府文书白蔚武、商会会长马永魁及两名外国传教士，商议着投降日本人。13 日，他们组织一些人带着投降书，手持白麻纸做的日本国旗排队出城，在大同城东门外，哈巴狗一样，俯首迎接日军入城。

第四章

大同城的丢失，令太原城恐慌起来。灰蒙蒙的雨雾遮天盖日低垂在整座城的上空，双塔寺的双塔尽管还直直地挺着身腰，但让人感觉它们像两个面对危险且内心早已感觉空虚，表面上仍要装一装硬汉的男人。人们的恐慌写在脸上，不时有市民、学生走上街头游行，唱歌，呼喊抗日口号。在太原八路军办事处里，林彪觉得街上的游行队伍比往日多了起来，口号声也明显地喊得更响了。其实这座城早就恐慌起来，几天前，林彪一进太原城就感到了这座省城的不安，只是现在更加恐慌了。

"七七事变"以来，北平、天津丢了，张家口丢了，南口丢了，如今晋北大同也丢了，前线抵抗的晋绥军兄弟们，你们能抗得住吗？人们担心着，焦急着，相互询问着前线的情况，希望听到中国军队胜利的消息。可是，没有。哪怕连一次小的胜利也没有。日本人就那么难打吗？中国就真的打不过日本而要亡国吗？

作为一个即将上前线的军人，在太原这座城市，林彪强烈地感到，此时的太原，此时的中国，太需要一次大的捷报了。这个捷报，犹如一个被打得昏迷的人需要注射一针强心剂那样重要。林彪觉得，这个捷报很可能得由他带领115 师亲手摘取了。不是他小看前线那些国民党军官，是他们自己太没出息啦，他跟国民党军队打了多年，对他们太了解啦，他们在腐败方面还行，在打仗方面基本上别指望他们。

林彪早已为115 师上前线办理完了一切需要办理的事务，但因为部队尚在北进途中，因此他还得等待几日，等到部队赶到太原后，好带着部队继续北进。在空余的日子里，林彪虽然是在等部队，但他的样子并不是多么着急，相反显得很平静。实际上，林彪感到自己获得了一段宝贵的时间，他让八路军办事处的人找来一份山西地图，一个人整天待在屋里，用一支铅笔，在那张地图上实

一下、虚一下地比比划划。一来他要熟悉一下山西的地形，二来他要看一看115师在哪些地方能寻找到更有利的战机。

林彪对地图有着超乎常人的感知能力，他看地图就像天空中高飞的大雕俯视大地一样，山山水水，沟沟壑壑，尽收眼底；风声水声，尽在耳畔。很快，山西的地形，林彪就把它烂熟于心了。现在他正在研究在什么地方摆开战场能给敌人一个猛力痛击。根据敌情、友情、我情，他估计115师可能的作战地域在晋东北一带，在这里他找了几处可能寻找到战机的地方，一处是蔚县、广灵、灵丘一带的山地，一处是灵丘到平型关一带的山地，再一处是平型关到五台山脉。这几处实际上连成一线，有一条公路——蔚代公路贯穿其中。日军如果选择从晋东北进攻山西的话，必然沿这条公路开进，否则的话，他的机械化部队就难以行进。不知为什么，林彪还特别关注了一下平型关这个地方，他在地图上就此处画了一个圆圈。刚刚画完，铅笔还没有放下，八路军办事处就有人来告，午夜十二点，115师343旅到达太原火车站，休息几个小时，添好煤、加好水后就要出发。林彪一听自己的部队到达，不由一阵兴奋，心中一股带部队奔赴抗日战场的豪情油然而生，他赶紧站起身，紧了紧腰间的皮带，抖擞了一下肩膀，开始着手做起准备工作来了。

入夜，太原火车站热闹非凡。太原各界派来代表队，各自排成方阵，欢迎八路军115师开赴抗日前线。

天顶上下着秋天的蒙蒙细雨，秋雨透凉。站台上，欢迎八路军的代表们手持雨伞，身披雨衣，在雨中等待着载着八路军将士的火车进站。

在晋绥军士兵代表队的方阵中，有一个高出身边人半头的年轻军人，名叫王江，他一手打一把宽大的黄油布雨伞，一手持一面红色三角纸旗，望着前方从黑灰的夜色中伸进来的两道发冷的铁轨，心想，他这是第二次迎接中共的部队了。一年前，红军为了打通抗日路线，准备对日作战东征山西时，他在黄河岸边的碉堡里用枪弹迎红军，如今，他又举着小纸旗，带着晋绥军欢迎八路军的士兵代表队，站在太原火车站的站台上，迎接八路军了。两次迎接共军，迎法如此地不同，这使他心中不由得生出一番感慨来。此时，他又扭头看了看其他各界欢迎八路军的代表队，心想，一年前他们这些人在太原街头游行集会，怀着对"共产党杀人如割草"的恐惧，高喊反共口号时，恐怕也不会想到，今天他们会在这里怀着别样的心情，欢迎八路军吧？

火车一声长鸣，冒着浓浓灰烟，从深邃的夜色中开进了火车站。几声"来了，来了"之后，站台上便爆发出一阵阵口号声。

"欢迎八路军开赴抗日前线！"

"打倒日本帝国主义！"

"誓死不当亡国奴！"

"祝八路军旗开得胜！"

火车徐徐停下来之后，欢迎八路军的各界代表队派出几名代表，提着大大小小的包裹，纷纷从车门上走进每一节车厢，把带来的鸡蛋、苹果、核桃、红枣等食物热情地往战士们手里塞。不料想，这些战士却把送到手的东西视为烫手山芋似的，连忙往外推着，边推边说：

"不要，不要。谢谢，谢谢，老乡，我们不要。"

"拿着吧，拿着吧！孩子，你们就要上前线为我们打日本了，这是我们的一点儿心意。"

"不不不，老乡，你们的心意我们心领了，东西拿回去罢。"

"拿着……"

"不不不……"

"老乡，我们有纪律。"

一名战士说到纪律，后面就有几名战士跟着说：

"三大纪律，八项注意。"

"不拿群众一针一线。"

上车慰问的代表都是太原人，他们都曾接受过阎锡山"共产党杀人如割草"，"共产党来了不管穷人富人都糟糕"，"共产党共产又共妻"的宣传。而眼前的八路军战士，个个朴实仁义，待人可亲，哪里有阎锡山说的那种影子？真是眼见为实、眼不见为虚啊！

"想不到你们共产党的军队这么君子，拿着吧，这不过是一些瓜桃李果嘛，这算什么东西？"

"老乡，我们可是老百姓的队伍，老百姓的东西什么也不能拿啊！"

从车外传来一阵《松花江上》的歌声。歌声听来悲凉，且夹杂着唱歌人的泣声，那泣声由小到大，最后竟全然用哭声歌唱了。车厢内，八路军战士的情绪被这悲凉的歌声感染了，大家都平心静气地听了起来。

"是那些从东北逃难来的学生娃儿们在唱。"

"失掉家园的人们真可怜。"

"起来，不愿做奴隶的人们……"这时，八路军战士中开始有人领唱。这战士的歌声刚起，就有许多战士跟着唱了起来，很快整个车厢及整列火车的八路军战士也都唱了起来：

把我们的血肉，筑成我们新的长城

中华民族，到了最危险的时候，

每个人被迫发出最后的吼声。

起来！起来！起来！

我们万众一心，冒着敌人的炮火，前进！

……

晋绥军欢迎八路军士兵代表队们代表王江进了685团3营的车厢。他的高个头晃动着在车厢门出现时，战士们看到他有些慌乱，或许是有些激动，但他很快稳住了脚跟，笔直地挺了挺身子，抬手敬了一个标准的军礼，自我介绍说："共军兄弟们，鄙人是晋绥军欢迎八路军士兵代表队代表王江，现在请允许我以晋绥军代表的身份，向你们致以崇高的敬意！"

看到一个晋绥军士兵进来了，车厢内的八路军战士们一下子愣住了，一时竟不说话。他们习惯了与国民党军刀兵相见，从来没想过会这样见到一个晋绥军士兵。他们下意识地用一只手握住了枪脖子，食指钩住了枪机。但他们很快就意识到这个晋绥军的善意，便变得君子起来，齐声喊道："晋绥军兄弟好！"

"好，好。"晋绥军士兵代表王江听到八路军战士齐声问他好，说话竟有些哽咽。营长曾国华上前握着他的手说，"欢迎你！"然后又转身对战士们说，"大家欢迎这位晋绥军兄弟！"

车厢内，八路军战士鼓掌的声音犹如爆豆般响了起来。鼓掌过后，曾国华说："好了，现在让这位晋绥军兄弟给人家讲几句话。"

王江被彻底感动了，他眼窝里有了点潮潮的东西，动情地说："共军兄弟们，不瞒你们说，去年你们过黄河东渡打日本的时候，兄弟我就在你们对岸的碉堡里，阻止你们渡河……"

战士们一听，这位曾经在黄河对岸阻止他们渡河，不由"啪"地把手拍在枪脖子上，一下子把枪挺了起来。王江不知缘由，赶紧把话停了下来。

"干什么？干什么？你们要干什么？"曾国华急了，大声喊道。

战士们知道自己冲动了，连忙放下放在枪脖子上的手，同时让脸上的神情也缓和起来。曾国华松了一口气，对王江说："没有事，没有事。兄弟继续讲，继续讲。"

王江又讲了起来："对不起，那时候我们只顾自己那点儿地盘，兄弟们要去前线抗日，我们却跟你们打打杀杀……不过，如今好了，如今我们晋绥军跟兄弟们终于可以联手打日本了。"

"打倒日本帝国主义！"这时，战士中间不知是谁带头喊起口号来。3营的车厢内口号声顿时响成了一片：

"兄弟阋于墙，外御其侮！"

"全国民众团结起来！"

"……"

口号声停止以后，战士中又有人问："这位兄弟，前方的战事怎样？"

"实不相瞒，前方战况不佳，61军在阳高天镇一线御敌不力，现在已全线

败退下来，不仅阳高、天镇两县被敌占领，晋北重镇大同也落入敌手。"

"你们的仗是怎么打的？"

"兄弟还没有上前线，不过兄弟昨天在太原街上遇到过一个从战场上退下来

的61军的兄弟，他们说敌人的飞机大炮太过猛烈……"说到这里，王江知道自

己说漏了嘴，马上打住。

这时，一个战士说："请你快别说了，长敌人志气，灭自己威风。你们晋绥

军我们又不是没有领教过。"

"是是是，我们领教过贵军的厉害，希望这次贵军上去，马到成功。"

"请你们放心，我们上去一定狠狠地教训狗日的小日本，送一个胜利的消息

给你们！"

"……"

这里是686团3营的车厢。车厢里，在众多的八路军战士面前，一个阳高

籍的女学生哭成了一个泪人儿。她现在声泪俱下，少女的泪珠像断了线的玉珠

子滚落而下，声音像受尽委屈的小妹子向大哥哥求助那样哭诉着："八路军的大

哥哥们，小女子是太原成成中学的学生。家住晋东北阳高县城。日本人已经占

领了小女子的家乡，在那里屠杀平民……"

"什么，他们在屠杀平民！真的吗？"有战士一听日本人在杀人，气愤

地问。

女学生的眼里有两颗发亮的泪水很痛地落在双颊上，喉咙里带点哽咽地说：

"八路军大哥哥，这是真的啊，千真万确。小女的家父是阳高县城经营着几家商

铺的商人。昨天刚逃难到太原，消息是他带过来的。"

"小妹子，日本人怎样杀人？你快快讲吧！"急于知道情况的战士急切

地说。

"日本人还没占领阳高县城时，家父就逃在了乡下。日本人占领县城后，家

父担心自己的商铺被日本人糟蹋，就向从城里逃出来的人打听消息。他们告诉

家父，日本人一进城就杀人了。

"我们的县城失陷了，街上已无国军的一兵一卒，国民县政府也解散了，工

作人员各回各家。老百姓提心吊胆，担心日本人进城，会不会杀人呢？这时有一个叫孙存仁的人，当年东北奉军打下阳高时，此人曾经领上一伙人欢迎过奉军，奉军让他当了支应局长，他因此发了财。日本人来后，他利用人们害怕被杀害的心理，又故伎重演，招呼了500来人，排队欢迎日军。哪知日军丧尽天良，把他们赶到瓮城，在城墙上架满机枪，竟用机枪和手榴弹把他们全部屠杀……"

"打倒日本帝国主义！"听着女学生的叙述，营长邓克明怒不可遏，举起攥得钢锤一样的拳头，喊起口号来。

"打倒日本帝国主义！"战士们跟着他怒吼。

"为阳高同胞报仇！"教导员刘西元豹子样瞪着的眼睛喊起来。

"为阳高同胞报仇！"战士们吼声如雷。

女学生被战士感动得有几颗泪蛋子从眼睛里飞了出来。战士们的号声一停，女学生又说："八路军大哥哥们，日本人在阳高城杀人放火，抢掠财物，奸淫妇女，无恶不作。家父说，阳高城内，许多妇女被强奸轮奸，摧残致死。东街有一家姓郝的，这家的女人，不论是老娘、媳妇还是女儿，被一帮日军轮奸了一夜，第二天，他们感到没有活路，全家十三口人用一根绳捆绑，一起跳井自杀。他的大女儿和女婿听到后，跑到井跟前看他们，当看到井里一家人的浮尸，悲痛至极，夫妻俩也双双跳到了井里……"

"东洋鬼子丧天良！"怒不可遏的邓克明，再一次振臂高呼起来。

"东洋鬼子丧天良！"战士们随之喊起了愤怒之声。

"中华民族不可辱！"刘西元接着领喊。

"……"

女学生继续说道："小女子的家父在阳高城办了一个书店，他逃难时，把书店托付给了他的一个年轻伙计。家父听人说，日本人在城里大搜捕，闯入他的书店乱翻一气，还把那个守店的青年杀害，将青年的头颅割下来，扔到开水锅里……"

"钢枪饥餐豺狼肉！"这次是刘西元带头喊了起来。

"钢枪饥餐豺狼肉！"怒火已在胸中熊熊燃烧的3营战士，把胳膊举得直直的，像枪一样。

"大刀饮血敌寇头！"邓克明随后领喊。

"……"

从一上火车开始，战士们就担心日本人在前方杀人，现在，这个女学生把前方日本人屠杀平民真实情况带进了车厢，证实了他们的担心，使得他们这些

20世纪30年代首先觉悟起来的中国穷人个个义愤填膺，发誓上前线碰见日本鬼子后，一定要狠狠地揍他们，为死难的同胞报仇。

……

阎锡山指示太原国民政府在太原火车站组织欢迎八路军上前线活动达到了高潮。林彪带着警卫在这个时候走进了车站。车站里洋溢着的抗日情绪感染着他，激动着他。他走上火车，回望站台上欢迎八路军的热血沸腾的群众时，自己也热血沸腾了。

第五章

如果说，李服膺的61军抵抗失利，天镇、阳高、大同的失陷，对于阎锡山的"大同会战"来说，犹如一个怀揣大肚的孕妇被恶人在高高凸起的肚子上踢了几脚，因为遭受猛撞而流产。而他的"雁山会战"则像一个想怀孕而没有对象的女人一样，只是虚想了一下，根本就没有受孕的机会。就在他准备跟他的军事参谋朱绶光研究一下"雁山会战"的方略时，他的部下一连送来了前方几份战情报告：

第73师战情报告：

9月12日上午10时13分

于登场堡战斗指挥所

敌有步炮联合之队约两千余名，于9时整从蔚县出发，进攻该县西部之暖泉镇。我师派往此处警戒的一个连队接战，但因敌我力量悬殊，抵抗不支，全部阵亡。

据敌情判断，敌军主力意图由暖泉西进，借助炮兵和飞机沿蔚代公路直扑广灵县城，或者重点进攻安头山，越广灵而进窥灵丘。

大敌当前，我师拟作以下部署：

一、我师拟由安头山，经南加斗、洗马庄，横亘东焦山1520高地，至李家窑之线，占领阵地，阻歼西侵之敌。

二、第212旅以主力占领南加斗、洗马庄、西崖头之钩形地区，并以强有力之一部占领安头山，俟敌陷入不利态势时，以短促之火力将敌压倒后相机由右翼转移攻势。

三、第197旅（欠393团）右由东蕉山经1520高地，左至李家窑一带地区占领阵地，并以一部火力侧防东蕉山、西崖头前进阵地。

四、各旅须在东石门右后官庄西端，沿社家庄东端横亘高明寺、直前沟口之线，构成警戒阵地，竭力迟滞西进之敌，务尽诸种手段，放敌于不利态势，并须与主阵地确保联系。

五、第393团为师预备队，分位于小峪及八角堡，准备策应并候令出去。

六、两旅战斗地境，以龙虎岩、中蕉山、暖泉镇北端之线，线上属212旅。

七、野战医院开设于西河乡。

八、师指挥所设在登场堡。

第73师师长 刘奉滨

第73师是于8月底接到太和岭阎锡山的命令，由繁峙县越过平型关转进广灵县执行防守任务的。该师进驻广灵县后，曾报告其师部及393团驻县城，第197旅、第212旅分驻广灵城东洗马庄、东蕉山、安头山、南加斗、西崖头一线。此后，他们那儿平平安安，再也没有什么战报报过来。

"敌人开始向广灵进攻了。"看完73师的战情报告，朱绶光说，"日本人的主攻方向到底在哪里呢？"阎锡山疑惑地抓着头皮问，然后又说："会不会是平型关？"

对于日军的主攻方向，阎锡山曾自信地认为在大同一带。自从得知日军占领蔚县，他心里就有了疑心，自己的军事参谋朱绶光和33军军长"孙神经"都说不在平型关，他才没有肯定自己的想法。他现在想起"孙神经"曾说，即使日军攻打平型关也是一支奇兵，果真是一支奇兵吗？

看到阎锡山又一次疑惑，朱绶光说："敌人的主攻方向也说不定就在平型关吧。"

听到部下给了一个疑惑的回答，阎锡山说："给73师发电，让他们死守阵地，没有命令不能撤退。"想到李服膺退兵的后果，他强调一句，"撤退枪毙！"

"是。"朱绶光说。

"至于敌人的主攻方向在什么地方，我看先观察一下再说。不过现在我们也应该考虑一下，一旦日军主攻方向在平型关，我们该怎样应对。"

"是。"

"我得会一会中共方面的代表。你让人把周恩来他们请到会客室里来，我在那里等他们。"阎锡山说完，走出指挥部。天上一缕阳光射来，射到额头上暖洋洋的。他抬首仰望，望见天特别的蓝，白云特别的安详悠闲，这才让他意识到自己连日来是在劳累不安中度过的。他想悠闲一下自己，可是日本人的炮弹成天在屁股后边响着，不让他悠闲。他得搞清日本人的主攻方向到底会在哪里？这个问题搞不清楚，就不知道把主力部队结集在哪里。日本人就会日他娘的直捣太原，取了山西。

阎锡山走出指挥部后，拐了个弯，踏着一条两边长着老杨树的土路，向一处比较幽静的地方走去。那里是他的会客室，他走了进去。里面空无一人，趁着中共代表还没到来，先靠在沙发上闭目养神。

以周恩来为首的中共代表到太和岭已经有许多天了。他们就八路军开赴山西抗日前线的有关事宜与阎锡山进行了多日的谈判，已取得了一些重要成果。几日前，周恩来等人到大同会晤傅作义将军，刚从大同回来，大同城就丢了。鉴于形势的严重，他们正在研究大同陷落后山西的抗日形势。此时，阎锡山的一个作战参谋来到他们住处，说阎司令长官有要事邀请贵党代表共议。周恩来说："请告诉阎先生，我们马上就到。"

随后，周恩来、彭德怀、徐向前稍作商量后，便起身向不远处阎锡山的会客室走去。

门哨见到中共代表走来，立即转身进入室内报告："报告阎司令，中共代表到。"

听到"中共代表到"几个字，阎锡山像弹簧样从沙发上跳起。他整了整衣冠，亲自出门迎接。在门边，他寒暄着与中共代表一一握了手，热情地把他们让进了屋。按宾主、长幼之序各自坐下之后，阎锡山说："周先生，把你们几位请来，主要是想听听你们对山西目前抗日形势的高见。望周先生赐教！"

周恩来说："赐教嘛，谈不上。形势嘛，倒是可以谈一谈的。"

"噢，请讲。"

"阎长官，非常遗憾，大同失守后，您的'大同会战'基础已失。为今之计，只有再选择战场，与日军会战。"

阎锡山一听，急切地问："您看战场选择在哪里？雁门山一带行吗？"

"雁门山一带不大可能成为会战的主场。"周恩来说。

"为什么？"阎锡山忙问。

"这个问题由我们的徐向前同志来回答吧。"

周恩来说完，阎锡山不由得扭头把目光投向了徐向前。徐向前也是山西省五台县人，与阎锡山是同乡，此时阎锡山很想听听徐向前的看法，便说："向前高见？"

徐向前意味深长地看了阎锡山一眼，然后挺了挺肩膀说："现在的形势是日本人的关东军察哈尔派遣兵团占据天镇、阳高、大同之后，已对雁北形成威胁，而板垣师团占据阳原、蔚县、涞源一线之后，正在对我晋东北地区虎视眈眈。以我之见，下一步板垣师团的主力可能在夺取广灵、灵丘、浑源之后，力取平型关，以抄雁门关后路，这样一来，我第二战区主力将腹背受敌。因此，阎长官应当早做准备，以便与敌人在平型关一带会战。"

"日本人是机械化部队，尤其是板垣师团，更是日本人机械化部队中的精锐，平型关一带山势险峻，不利机械化部队展开，难道板垣征四郎会攻平型关？"

"孙子曰：'兵者，诡道也。'又曰：'出其不意，攻其不备。'阎司令长官与板垣征四郎打交道多年，他之为人，您不会不知道吧？这个长期在中国从事反华活动的'中国通'，一来对中国兵法绝对不会不通，二来他与阎长官打仗也绝不会有多么君子，不会不玩阴的吧？平型关一带地势固然险要，但如果在这里防务薄弱，思想松懈，会被人利用的。"

阎锡山一字一句地认真听着，徐向前说完，他扬脸笑着说："哈哈哈，有道理呀。没想到向前会有如此高见，真是后生可畏啊！"

阎锡山大徐向前18岁。两人虽是仅一河之隔的老乡，但走的却是不同的人生道路。阎锡山响应武昌起义，率领所部杀死太原巡抚，掌握了山西的军政大权时，徐向前入山西省立国民师范学校学习。"五四"运动开始时，他积极参加了学生运动。阎锡山对学生运动进行了残酷镇压，引起了徐向前的强烈反感。后来徐向前考入黄埔军校，参加了共产党，并成为红军的有名将领。阎锡山才为徐向前没能成为自己手下一员战将而惋惜。这次他随同周恩来到山西商议联合抗战之事，其才华不时展露，让阎锡山更加感到惋惜。不过，出于傲慢，此时阎锡山骨子里还是轻视徐向前的，直到十年后，当他被徐向前指挥华野第一兵团赶出山西时才彻底服了徐向前，连连长叹，我阎某白活了65年，竟败在了这个邻村后辈手里。

中共代表对阎锡山还是很有点拨的，经过这次与中共代表会晤，他开始重视起平型关的防务来了。

第二日，阎锡山来到指挥部不久，前线又有一份战情报告送到了他的手里。那是晋绥军独立第3旅从前线发来的。这个旅于9月初奉命从五台县开到灵丘县北山布防，分别在苟庄、白旷、牛角坝、伊家店、刁泉一线的各咽喉地段构筑工整，准备阻击蔚县之敌。今天，这个旅的战情报告称，蔚县之敌经广灵县的石门峪向刁泉一线的独3旅阵地发起进攻。独3旅正在冒着日军飞机炮火的猛攻，奋力还击。看完独 3 旅的报告，阎锡山什么话也没说。他来到虎皮样挂在墙上的大幅作战地图跟前，找见了独 3 旅的防守位置，然后从察哈尔省境内又找见了蔚县的位置。在蔚县那个点上，弯曲出一条小虫样淡淡的黄线，这条线是蔚县通往山西代县的蔚代公路的标志线。因其细小而暗淡，极易被人忽略。当阎锡山的目光碰到这条以前他从未注意过的路线时，脑袋不由得想了一下，他想起，一年前板垣征四郎以旅游为名，带着一个部下徒步从蔚县到代县太和岭看望他时，走的正是这条公路。他猛然醒悟过来，这老鬼哪里是在探望我这个学生，分明是在为攻取平型关侦察地形嘛。奶奶的，我太麻痹了，当初怎么就没想到这一则呢？

阎锡山猜得很对。当年身为关东军参谋长的板垣征四郎沿着这条公路西行的目的，就是为了夺取平型关进行侦察。令阎锡山不知的是，他还考察了沿路的军要地理及各处的国防工事，特别是对灵丘到大营这段的地形勘察得更为详细，甚至还绘制了地图。

"朱绶光。"阎锡山忽然喊了一声。

"到。"军事参谋朱绶光听到阎锡山喊他，马上来到了他跟前。

阎锡山说："你来看看，去年板垣征四郎到太和岭看望我时，是不是走得这条路线？"

朱绶光低头在阎锡山指头按的地方看了一下，说："是啊。"

阎锡山拍了一下自己的脑门，后悔地叹了一声："唉——，阎百川啊，阎百川！板垣征四郎那个老鳖子是他妈的一条恶狼，你怎么没想到呢？"

接下来，阎锡山又对朱绶光说："现在我们可以肯定了，日本人的军事意图是想采取两路'钳形合击'的迂回战术：一路以板垣这鳖子的第 5 师团为主攻，首先攻占平型关，沿公路向西迂回攻取繁峙、代县；另一路以关东军察哈尔兵团为助攻，攻占我茹越口、雁门关，占领恒山之战略中枢，控制滹沱河谷，然后两路并力夺取忻县，南下攻取我太原。"

"对，对，日本人是这么个意图，是这么个意图。"朱绶光说。

阎锡山说："我太大意了，竟没有识破板垣这个老鳖子的诡计。现在咱们也用不着费心思考虑那个什么'雁山会战'了。下一步，该考虑考虑怎样在平型关对付板垣这个老鳖子了。"

阎锡山经过和军事参谋朱绶光等人一番筹谋酝酿，有关"平型关战役"的作战方案出笼了。这个方案由朱绶光形成文字以后，又交给阎锡山审阅。

平型关战役具体部署方案

根据目前战局，战区司令部判断日军必将夺取平型关，进而汇合大同之敌，南犯太原。因而司令部决定组织平型关战役。阎司令长官的设想是围绕砂河以西地区摆一个口袋阵，先敞开平型关这个口袋，诱敌深入到砂河以西地区以后，再收紧平型关要隘这个口子，这时埋伏在五台山、恒山的南北各军发起进攻，钳击敌人，将敌聚歼于滹沱河上游盆地。此役的具体部署如下：

一、平型关正面

以 33 军（独立第 3 旅、独立第 8 旅）第 17 军（第 2 师、第 84 师）及 73 师，在灵丘、繁峙新交界的内长城线已设阵地，掩护雁北守军撤退至恒山、雁门山内，阻敌西犯，支持足够时间并给敌以重大消耗之后，主动南移五台山区，作为南机动兵团待机出击，接近繁峙城之敌。

以上各部，统一由第 6 集团军总司令杨爱源指挥（副总司令兼第 33 军军长孙楚代行），指挥部设于大营。

二、雁门山北侧

第 19 军附属山炮、野炮各一团，守备茹越口至雁门关之间的既设阵地，其 3 个主力旅自东而西排列于峪沟至雁门关两侧。新归入第 19 军序列的独立第 2 旅，防守五斗山、马兰口、狐峪口之间。第 19 军的保持重点在雁门关方面。

第 34 军守备北楼口以西至茹越口间阵地，第 101 师守北楼口至大小石口。第 203 旅守茹越口。第 196 旅控制繁峙城附近。第 34 军保持重点为茹越口。

三、决战地带

选定砂河以西至繁峙城之间地区为决战地带。

第 200 旅附山炮两个连于沙河以东占领广大正面，遮掩主决战阵地，以逐次抵抗姿态，诱敌向繁峙城深入，使敌人进入繁峙城东主决战阵地，尔后撤入主阵地后方。

第 1、第 2 预备军共 12 个团，各附一个山炮营，在繁峙城垣、恒山顶为支撑点，构成主决战阵地。第 1 预备军在南，保持重点在五台山北麓；第 2 预备军在北，保持重点在繁峙城。在主决战阵地预构纵深坚固工事，吸引敌军使之胶着于主阵地前，以利南北机动兵团发动钳击，对敌进行决战。

第 1、第 2 预备军及配属的野炮团、重炮营、工兵营统归第 34 军军长杨澄源指挥。

四、机动兵团

机动兵团分南、北两个兵团。

南机动兵团：从平型关、团城口南移入五台山中的第 33 军、第 17 军，警戒东台、北台各口，以第 17 军为主力，待繁峙城东主阵地展开决战，敌军受到我集团炮兵压制时，分另茶坊口、峨口出击，牵制敌军于五台山北麓，并于北机动兵团从恒山发动南击时，同时呼应夹攻。八路军的 115 师到达后，驻扎五台山东侧大营一带，进击平型关、团城口，强力截断日军后方，33 军独 8 旅和 73 师支援 115 师的行动。

北机动兵团：第 15 军先隐蔽于恒山之中，警戒大营口南北两方，和团城口第 17 军、北楼口第 34 军东西联系，待第 35 军从宁武集结并东进繁峙东北恒山后，从右侧联合对进入主决战阵地之敌发动围攻。

阎锡山审阅完朱绶光草拟的平型关战役方案后，脸现满意神色，笑着说："行，就按这个方案执行吧。不过，八路军的 120 师来了怎么使用？"朱绶光想了想说："120 师到达后，让他们在雁门关一带配合作战。"

阎锡山说："那就这么办吧。现在共产党的 115 师走到哪里了？"

"他们已经到达了原平。"

"那就命令他们向大营口一带开进吧。"

第六章

阎锡山放弃"雁山会战"，忙着策划"平型关战役"的时候，晋绥军第 73 师在广灵、蔚县之间各要隘与犯境的日军展开的战斗越来越激烈了。

他们在这一带的抵抗与李服膺的 61 军在阳高、天镇的抵抗大同小异。相同的地方都是暂时抵挡一阵，到时候回兵内撤。不同的地方是，李服膺的部队是为阎锡山的"大同会战"调兵争取时间。而 73 师是在为阎锡山策划平型关战役、调整兵力部署争取时间。

两场战斗的进程也打得颇为相似。一开始日军虽然在暖泉镇一下子就吃掉

73师一个连，但并没有在部队引起恐慌，反而更激起了部队的斗志。战士们拉上阵地之后，打得都很卖力。一排排子弹从枪膛射出，一枚枚手榴弹在阵前冲上来的敌军中爆炸。各要隘所有的阵地都坚如磐石。

73师的顽强抵抗，让板垣征四郎气急败坏了，仅在南加斗、安头山一带，就增派飞机6架，野山炮10余门，一时间，这一带的阵地上地动山摇，一团团炸弹爆炸后膨胀起来的烟雾，犹如雨后迅速绽放的黑色蘑菇，弥漫了一片。炮火一停下来，硝烟还未散尽，日本人就又发起了进攻。

73师已经战死的战士，完全一副一切与他们无关的样子，静静地躺在地上，再也不理会人间的一切事物。未战死的战士，却又拿起武器，投入战斗。冲锋的敌人数次被打了下去，人员在逐渐减少。减员中一部分已经光荣牺牲，一部分是负伤被抬下去的，还有一部分则是趁乱逃离阵地。一天之内，阵地失而复得6次。

夜幕降临，师长刘奉滨让各要隘阵地汇报战情。阵地虽然暂时未失，但伤亡惨重，仅一天时间，全师就阵亡一个营，负伤一个营，逃跑2个半连，其中阵亡排以上干部20余人，其营长1名、连长3名……师长刘奉滨一面把一天的战斗情况向太和岭战区指挥部汇报，一面请求增援。战区指挥部的回答是："请你们再坚持数天，一切安排停当后，再令你们后撤到平型关一带。"

第二日，东方一白，73师的战斗就打响了。知道今天将是一场恶战，师长刘奉滨亲临第179旅，同旅长王思田一道指挥松树坡阵地的战斗。

战斗是越来越激烈了。板垣征四郎好像舍出血本似的，不断地把各种炮弹向着中国守军的各处阵地上倾泻。可是他的这种战术仿佛效果不大，73师竟然没有一处阵地失守。在巨幅的军用地图前，板垣征四郎像狼一样转来转去，急得抓耳挠腮。猛然，他想到了日军侵华以来得到的一条经验，那就是只要突破中国守军防线上的某一重要阵地，他们的整个防线就会全线崩溃。于是，他命令：集中炮火，猛轰松树坡守军。无数枚黑铁疙瘩，凭空飞来，落到阵地上，轰隆隆开花，顿时，松树坡成为一片火海。

"撤！"师长刘奉滨看到敌人火力一下子猛烈起来，及时下达了后撤命令。这是一种战术性后撤，事先他们约定，当敌人集中炮弹猛轰阵地之时，迅速后撤到无敌人火力的地方；敌人的猛轰一停，就立刻进入阵地。敌人的炮火大约轰了十几分钟，戛然停了下来。

刘奉滨见状，大喊："进入阵地！"

战士们听到命令，立刻向阵地冲去。他们的速度是那样迅疾，很快就进入了阵地。弯曲的阵地像百孔千疮的被打烂的蛇一样惨不忍睹。战士们趴在战壕的后面，把手中的步枪送了出去，等待着冲上来的敌人。然而阵地前空空荡荡，连个日本人的毛也没有。奇怪，这次敌人怎么没冲上来？正纳闷间，忽然敌人的炮弹黑压压地飞来，落在阵地上，恶狠狠地响了起来。有人产生了惧战心理，没听到命令就返身逃离阵地。一个人，两个人，越来越多的人站了起来，然而他们没来得及返身，就被爆炸的弹片夺命。这一次，他们吃了大亏，战场上，战斗减员又增加了不少。师长刘奉滨看出敌人改变了战术，命令敌人的炮轰停下来后，部队不要急于进入阵地，等看到敌人的步兵冲上来时再进入阵地。日军又猛轰了几次阵地，由于中国军队没有进入阵地上他那个当，自然就没有了伤亡。敌人已经有一阵子没有炮轰阵地了，刘奉滨命令注意观察警戒。

"敌人上了。"不一会儿，有人说。

果然日军如蚂蚁一般，在阵地前的山坡上出现。

"进入阵地！"

战斗又一次激烈地打响。

激战中，前沿的战士抓住日军3个俘虏。这3个落入中国军队之手的俘虏，又踢又咬，嘴里哇哩哇啦好像还在骂人。这种举动惹恼了抓住他们的战士。一个小个子，瞬间爆发出惊人的力量，说了一声"操你妈的！"一枪托子捅上去，打碎一个俘虏半个脑袋。其他人也被这战士的举动引动得杀心顿起，嘴里喊着"日本人，我操你妈的！"手中的枪刺猛力一送，"呼"地进入俘虏心脏，尖尖的刺刀，从前心捅到了后背，结束了这3个俘虏的性命。刺杀俘虏的士兵意犹未尽，从俘虏衣服上扯下布条，拧成绳索，将那3个俘虏的尸体吊在阵前三棵耀眼的油松上。此举极大地刺激了日本兵，他们的进攻更加猛烈了……

但是，时间帮了73师的忙，如血的残阳落山了，敌人退了下来。刘奉滨命令阵地上的官兵加强警戒，防止敌人夜间偷袭，自己则返回师指挥部，听取各个阵地一天来的战况汇报。

听完各阵地的情况汇报，刘奉滨深感不安。这是战斗最为惨烈的一天，也是减员最多的一天。这一天，牺牲在战场上的官兵最多，战斗中逃离阵地的也最多。刘奉滨隐隐约约地感到，他的部队存在着一股逃跑的暗流。这股暗流随着战斗越来越激烈，也会越来越大，越来越难以遏制，甚至会出现天镇盘山守军那样的情况，士兵们丢弃阵地整体而逃。刘奉滨越想越觉得情况危险，立即给坐镇大营的33军军长孙楚发电，要求派兵增援。

第二日，东方刚露鱼肚白，一颗敌人的炮弹呼啸着飞来，落到阵地上，"轰"的一声巨响而爆炸。这是敌人射来的第一颗炮弹，睡在阵地上的士兵们被从睡梦中强烈地震醒了。他们摇了摇脖子上的脑袋，脑袋还在，便提起武器，扒到战壕的土塄上，准备迎接蹿上来的敌人。

师长刘奉滨是在师部里听到炮声的。他也在睡觉，听到炮响，立马从被窝里坐了起来，边穿衣服边喊马夫："备马！"当他穿好衣服，从屋子冲出时，马夫已经把马给他拉到了门口。他跃上马，双腿一夹马背，喊了一声"驾！"抽马向阵地驰去。他骑的是一匹白马，跑至阵地前时，敌人的第一轮炮轰刚刚完毕。为了躲避炮弹的轰击，退到阵地边沿的战士尚未进入阵地。阵地的山坡前，持枪的日本兵漫山遍野而来。

"进入阵地！"刘奉滨从马背上滚了下来，边滚边喊。

听到命令的战士立即跑入阵地，各种武器鸣叫起来。一颗子弹飞来，打在了他的胳膊上。

"师长，你胳膊上的血。"跟在他身后的警卫说。他低头看了一眼自己胳膊上的伤处，然后抬起胳膊晃了几晃，自觉活动自如，说了声"没事"，便又若无其事地指挥起战斗来。大约过了几分钟，身后的警卫员觉得有异物飞来，猛力一扑，把师长扑倒在地，几乎是在同时，不远处一颗炸弹炸响。硝烟散尽，师长刘奉滨坐起来时感觉自己的右大腿有痛感，低头一看，大腿根处有三处弹片的擦伤，流着血。

"不好了，师长挂彩了。"同时爬起来的警卫喊起来。师长想，这个孩子，怎么不说受伤反说挂彩呢？你还不如说挂花了呢。娘的，还真有挂花一说哩。师长正这么暗自嘀咕着，又听警卫员喊："快派担架来，师长负伤了。"

"奶奶那个熊，谁让你喊了？"刘奉滨骂着自己的警卫。然而，几个战士已经把担架抬来了，他们赶紧把担架放到地上，说："师长，请您上担架。"

"滚远，谁让你们拿担架来？"

这时第 179 旅旅长王思田赶来，对刘奉滨说："师长，你下去吧，这里是我们旅的阵地，由我来指挥。"

王思田说着给旁边的战士递了个眼色，那几个战士领悟了旅长的意思，强行把刘奉滨放在担架上，抬起来就走。师长刘奉滨在担架上骂道："王思田，你想当师长吗？娘的，老子处分你！"

"师长，等我打完了仗你再处分吧。"旅长王思田说完，转身指挥起战斗来。

刘奉滨被抬到师指挥所包扎伤口时，孙楚发来电报。电报写道：

73 师师长刘奉滨：

你师立即放弃原有阵地，向广灵南直峪口转移。

军长 孙楚

接到电报，刘奉滨喜不自胜，他说："传我命令，马上命令各阵地的兄弟撤退，向广灵南直峪口转移。"

73师各处阵地大部分与进攻的敌人处于胶着状态，有的阵地已经濒临崩溃，当听到撤退命令后，士兵们立马转身逃离阵地，向后飞奔。

"妈那个B的，怎么撤退呢?"阵地上的指挥官一看，战壕里的士兵们没等他们安排兵力掩护，就返身逃跑，造成了无组织的撤离，便着急地喊道。但是，这时后撤的士兵就像流水一样，难以阻挡了。

73师撤离阵地后，他们的阵地上已无任何火力阻挡日军了。看到中国军队在撤离阵地，日军士兵们没用指挥官下令，就冲上了阵地，跨过空无一人的战壕，尾随着只顾逃跑的士兵，边跑边射击。一时间，野山坡上，中国士兵竟像被人追赶的鸭子一样乱窜。

这次与73师对战的是日军第5师团步兵第21旅团。旅团长三浦敏事现在站在山头上，欣赏着眼前日军追赶中国军队的情景，对身后的一个随从说："给板垣师团长发报，就说我正在山头上欣赏着皇军战士在坡上追赶鸭子呢。"

很快板垣征四郎发来电报：

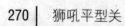

乘胜追击，拿下广灵。

三浦敏事在山头上下达了攻打广灵的命令。日军第5师团步兵第21旅团的士兵们，就像群狼一样向广灵城扑去。当他们来到离城不远的西崖头、西王凹两个不大的村庄时，三浦敏事命令停止追击，并命令炮队支炮，准备在进攻县城之前往城里放弹。

广灵县城已空无一人。

此前，天镇、阳高、大同失陷的消息，以及有关日本人杀人的消息，连续不断地传到广灵县城，并且日军已从蔚县赶来的消息也在城里疯传，加之城内的73师师部及第393团撤离县城，国民县政府解散，县长骑着一头骡子溜之乎也，平民百姓也随之纷纷逃离县城。

"放!"三浦敏事野兽一样地喊。

顷刻间，30余发炮弹飞入城中，落在了东、南、西一些居民的院子。平素安静的小院，忽然响起一声前所未有的巨响，硝烟顿起，房屋倒塌，破椽乱瓦纷飞。

一阵炮轰之后，三浦敏事发现眼前的县城静悄悄的，且毫无反抗之象，从那里居然没有发来一弹，打来一枪。他想，莫非那是一座空城？于是派一支小小的侦察队伍侦察。侦察鬼鬼祟祟进了城内，只见许多居民的房舍被炸成了废墟。一条条空巷，家家门户紧闭，路无行人。偶尔有几只鸡、几条狗、几头猪出现在巷内。显然这是一座空城。他们就派一个旗兵站在城门楼上挥起了旗子。旗语说，这里是一座空城。

三浦敏事一看，一阵欣喜，马上对他的部队发令道："进城！"

广灵城空空荡荡的大街上，一阵嘈杂声响起。三浦敏事的步队从正街上开了进来。先头的是摩托车兵，其次是骑兵，再次是扛枪的步兵，步兵的后面是汽车兵，队尾是几辆坦克。

侦察小队队长跑至三浦敏事跟前，直直地行了个日本军礼说："报告太君，这是一座空城，守军早已溃退，政府也大门紧闭，这个县的县长和其他官员也早已逃得无影无踪了。"

三浦敏事一听，高兴得摇头晃脑地说："哈哈哈，我敢肯定，从此以后，每到一城一地，我们将不会遇到抵抗，皇军三个月灭亡中国指日可待了。"

两天后，当他派长野一郎率第 21 联队攻打浑源城时，浑源城果然是一座无人把守的空城。城内没有守军，没有县政府，每户平民的院子都紧紧地闭着，街上空空荡荡，无一活物走动。进城的日军队伍依次是坦克，骑着高头大马的骑兵，扛着长枪的步兵。骑在马上的长野一郎想到自己没费一枪一弹就进入了浑源县城，心中感到一种悠然的喜悦，对手下说："给旅团长发报，就说这又是一座无人抵抗的县城。"

在广灵的三浦敏事接报后，一拍脑袋，高兴地说："我敢肯定，下一个还是一座空城。"

正当日军的上层为进入两座空城而欣喜之时，一些军队中的士兵和下层军官却因没射一枪一弹，而感觉手头痒痒的了。他们成群结队，在空荡的大街上，凶狠地沿街砸门，顿时引起一城的狂吠声。一片吠声中，不时地响起狗的饮弹而亡的哀鸣声。

几个日本士兵砸开一户居民的街门，走了进去。

那几个日本兵实际上共四个：一个与板垣师团的参谋长同名，叫西村利温；大脑袋的叫山田铁四郎；瘦脑袋的叫小口原秀；最小个头的叫山崎真一。四位进入院内时，一条黄狗冲着破门而入的他们"汪汪汪"地叫着，西村利温举枪一枪打死了黄狗，山田铁四郎进入屋内，揪出一位形容枯槁的老汉。

山崎真一举枪对准了老汉。

小口原秀伸手按下山崎真一举的枪说："太君有令，不准杀人。"

山崎真一说："山崎君，好几天没杀人了，我手痒痒了。"

山崎真一说："混蛋！这个城里的人大部分跑了，再杀谁来给皇军当苦力？"

西村利温叹着气说："唉，看来我们只有杀畜生的份儿了。"

牛棚里一头牛不识时宜地叫了一声。几个日本兵冲进牛棚，把一头老黄牛用枪托赶了出来，然后一起把刺刀捅进了牛的肚子里。牛疼痛地挣扎、哀鸣。一旁的老汉看着，吓得双腿哆嗦，有尿液从裤管里流出。山崎真一拍拍老汉的肩膀，说："老汉的别怕，你的，我们大大的不杀；牛的，大大的杀。"

很快，浑源的街头，掀起了一股杀害牲畜的狂潮。

一群愚笨的牛被赶入一条窄窄的小巷，日本兵在巷口架起一挺机枪，对准牛群猛烈地扫射。鲜血乱喷、拼命挣扎但毫无效果的牛儿们，绝望地悲鸣着。

一户居民的院内，集中了许多的大大小小的纯黑色的不幸的猪，数十个日本士兵手握长枪，用刺刀对准院内的猪乱捅乱扎。

而在一户居民院内，日本士兵们玩的则是杀鸡游戏。院中央的一棵老杏树上，绑满了拼命挣扎的鸡。那些日本士兵们举着长枪，对准树上的鸡射击。一时间，鸡毛乱飞，鸡血如雨。

……

第七章

广灵、浑源两城相继失陷之后，太和岭第二战区司令部急急忙忙召开军事会议。参加会议的有第 6 集团军总司令杨爱源、第 7 集团军总司令傅作义，第 11 军军长王靖国，骑兵第二军长何国柱，预备第 2 军军长郭宗汾，战区军法执行总监张培梅等。61 军军长李服膺也被通知参加会议。33 军军长孙楚，因为正坐镇大营，负责平型关方面的防备，没有参加会议。

杨爱源、傅作义、王靖国、何国柱、郭宗汾等提前来到了会议室，互相寒暄了几句就谈起了目前的局势。他们各人的处境不同，观点也不同，不过谁也不跟别人论战，只是发发牢骚，因为家有千宗事、主事由一人，很快，阎司令长官就会作出安排的。

外面，安安静静的。进入秋天以后，天气变凉了，有些庄稼开始一叶半叶地发起黄来。急于求偶交配的蟋蟀尖尖地鸣叫着。庄稼地边的土塄上粗壮的杨

树排成行，排成行的杨树夹着一条长长的寂寞的黄色土路。李服膺的吉普开进来时，掀起一片令人生厌的尘埃。在会议室前，李服膺的吉普车停了下来，从西面的偏房那儿，走出一个穿灰色军衣的军官，那张笑脸让李服膺认出那是战区军法执行总监张培梅。张培梅笑得很暧昧，看不清他那笑容是吉祥还是阴毒。张培梅把手伸过来，说："李军长一路辛苦了。"

李服膺把手伸过去说："不辛……"

一个"苦"字还没有讲出来，不知从什么地方跑出来几个战士，他们像狼一样扑来，出手非常迅速，还没等李服膺反应过来，就被缴械了，手上"咔嚓"一声也被戴上了手铐。

张培梅依然笑笑说："李军长，受惊了。对不起，兄弟是依令行事。"

李服膺受惊之余已经猜到了自己被捕的原因，但他还是问："为什么逮捕我？"

张培梅说："李军长违反军令，擅自撤退。"

李服膺说："我是按阎长官的命令相机撤退的。"

张培梅说："这个你等着跟阎长官说吧。"

李服膺被关在一个类似禁闭房的屋子里，那屋子里有一孔小窗，糊着一层麻纸，李服膺粗鲁地扯下一块窗户纸，从拳头大的窟窿里他看到，阎锡山、朱绶光、张培梅三人相随着进了对面的会议室。会议室前的院子，一时又变得空空如也。他本来是被通知去那里开会的，可自己却被关到这个小房子里。这时，他才意识到自己遇到危险了，被禁闭了，阎锡山要问责了。他心想：阎长官会怎么处置我呢？他想了许多阎锡山可能处置自己的方法，有轻的有重的，当然也想到了会把自己处死，他觉得别的各种处置方法都有可能，唯独不可能的是把自己处死，因为阎锡山毕竟跟自己相交深厚，老家伙不至于狠心下那个黑手罢？不过许多个日日夜夜，他都把心悬着，直到20多天后，阎锡山下令处死他时，他才知道，原来他想的都他妈的不对。那时，阎锡山彻底输掉了平型关战役，被迫与日本人在忻口一带展开忻口会战。他匆匆离开了太和岭，赶回了太原。这时接到蒋介石的来电，要求"军法从事"李服膺。当时全国舆论对第二战区抗战连连失利也颇为不满。加之山西抗战以来，许多晋绥军将领，行动迟缓，常常不按时进入阵地，贻误战机，军中还掀起了逃跑之风，整个晋北之原野，随处可见仓皇乱窜的逃兵。他觉得自己必须下狠心来杀人，来他个杀鸡给猴看，以儆效尤了。因而他决定赶在忻口会战之前，处决了李服膺。

10月3日的晚上，大约十一点左右，阎锡山坐在省府大堂之上开始审讯李服膺。大堂内灯光惨淡幽暗，气氛阴森。阎锡山亲任审判长，阴着个脸端坐大堂中央。两边分审判官、军法官、陪审官、宪兵司令等，李服膺的义父山西省政府主席赵戴文也坐在其内。

"把李服膺带上来。"

几个宪兵队的人把李服膺押了上来。李服膺看了看阎锡山，阎锡山看了看李服膺，有那么几分钟，大堂内静悄悄地谁也没有说话，后来阎锡山说："李服膺，从你当排长起，一直升到连长、营长、师长、军长，我没有对不起你的地方。"

李服膺说："阎长官对我恩重如山，没有对不起我的地方。"

"可你对不起我！"阎锡山忽然大声说。李服膺身体不由一振，一下子意识到事情不妙了。阎锡山接着说："叫你死守天镇、阳高，你却退了下来。"

李服膺想为自己辩解一下，说："阎长官，兄弟们在简陋的工事内打了9天，他们已经尽力了。"

阎锡山一听，生气了，说："你做的工事不好。"

李服膺想起自己奉命在阳高、天镇一带修筑国防工事时，阎锡山时常经费不到位，自己根本无钱买材料，为这事他正有一肚子气，便说："没有材料……"

阎锡山没让他继续讲下去，打断他的话说："你放弃阵地，擅自撤逃，坏了我'大同会战'的大事。"

李服膺急了，他知道这不是闹着玩的，这是重罪，于是便插嘴说："我有电报。"

阎锡山知道他是指那份"相机撤退"的电报，心想，你个不识死活的东西，我让你相机撤退，那是让你寻个有利的时机撤退，由于你的撤退，坏了我的"大同会战计划"，你他妈的就寻了这么个机会吗？于是阎锡山大声说："你胡说！"

李服膺想，怎么是胡说呢？他正要说出这份电报就在我的手里时，阎锡山恼怒地做了个制止他说下去的手势，然后说："今日处办你，实让我伤心，但我不能因私害公。你的家，你的儿女，有我接济，你不用顾虑。"阎锡山说完，匆匆离席转身，从大堂后门疾步而去。

望着阎锡山的背影，李服膺已经明白阎锡山决意要杀自己了，便说："那还说个球？"

接下来，李服膺被押赴了刑场……

李服膺之死是后来的事，现在他仍从窗户上那个窟窿里望着那边空空的会议室的院子，望着会议室前一棵不知什么树后面的玻璃窗子，心想：那里，现

在不知开的是他妈什么会议？

阎锡山把晋绥军的高级将领召集在这里，正在宣布"平型关战役"的作战方案。军事参谋朱绶光讲完"平型关战役"的具体部署后，阎锡山站起来问："你们大家对这个部署有什么意见？"

开会的主将虽然觉不出这个部署有什么高明之处，但他们自己也没有什么锦囊妙计，因而表情木木的，都默默地不讲话。阎锡山看部下没有什么意见可说，便说："既然你们没有什么意见，那么就当齐心协力，打好这一仗。希望诸位在这次与敌决战中，严守军令，顽强作战，违者，本司令长官将严格军法从事。前几日，李服膺在前线擅自撤逃，造成我军战局失利，大同会战计划泡汤，致使山西抗敌陷入被动。刚才，我已奉蒋委员长之命，将他扣押，等待他的将是军法从事。"

由于无人异议，他跟朱绶光在几天前制定的平型关战役方案，一字未动就确定了下来。阎锡山最后说："好了，都是军人，就不闲扯蛋了，接下来诸位就依令行事吧。散会！"

会议结束以后，第6集团军总司令杨爱源向部下传达了阎锡山关于"平型关战役"的作战计划。因坐镇大营负责平型关一带防线的33军军长孙楚听得尤为认真。杨爱源讲完后，孙楚在地图前琢磨了一阵后，心中不由得发笑，他发现阎锡山选择的决战地域，是当年晋军打败奉军的地方。日本人不是奉军，阎长官在此与日军决战，说得不好听一点就是有点守株待兔啊。他觉得日本人的主攻地点仍在雁门关一带，因而转身对杨爱源说："杨兄，我看咱们阎长官把敌人放进关内的打法欠妥。"

"噢，何以见得？"

孙楚分析说："从日军展开全面侵华战争以来，他们使用的多是机动性很强的机械化部队，配备的多是大炮、坦克、装甲车等重型武器。就是说他们进行的是大兵团作战，而大兵团作战必然要沿铁路和公路展开。我认为，板垣老贼的如意算盘是以其主力经浑源而达大同，沿北同浦路攻取雁门关，得手后，直趋太原。而进攻灵丘、平型关者，仅仅是一支游动奇兵，因为蔚代公路的平型关地段，山地险要，公路狭窄，敌人机动的车辆不便通过。我料板垣老贼无胆从那里通过。"

杨爱源觉得孙楚分析得很有道理，便问："你的意思是说，板垣老贼的进攻重点在雁门关而非平型关？"

"是是是。"

杨爱源继续问："依你之见，我们应该拒敌于平型关外，而非放敌入关？"

"是是是。"孙楚看到杨爱源很认可自己的见解，便一口气把自己的想法讲了出来："小弟以为，我们以第17军和小弟的第33军据守平型关之险要，以八路军115师配合抄袭敌后，日本人是难以突破平型关的。因此，小弟希望老兄应当把小弟的意见当面向阎长官陈请。"

　　"这个不难。"

　　告别孙楚之后，杨爱源来到太和岭，想把孙楚的看法转告阎锡山。

　　会客室里，阎锡山正在跟负责雁门关防区的第19军军长王靖国谈话。在军事会议上，王靖国虽未对阎锡山的兵力部署提出疑义，但他一直担心自己抵挡不住大同方面的南下之敌，私心里很想让阎锡山为他的防区多增加点兵力，因此他说："阎长官，靖国以为板垣征四郎的主攻地域，很可能仍在雁门关，平型关只是一个支战场。阎长官应当为雁门关决战准备充分的兵力。"

　　"板垣征四郎狡猾狡猾的，我们不得不防啊。"

　　"防是应该防的，但是我以为板垣征四郎不敢冒险走平型关险道，他在雁门关会合大同方面的敌人与我作战的可能性最大。"

　　虽然已经制定了平型关战役计划，阎锡山又觉得王靖国讲得也有点道理，便不说话，想让王靖国说下去。这时，警卫进来，说杨爱源求见，阎锡山想，正好，让杨爱源也来谈谈看法。便说："让他进来吧。"

　　杨爱源进来，向阎锡山行了军礼后，便面对阎锡山，挨着王靖国坐下。阎锡山问："杨军长有何事？"

　　"我本人倒没有什么事情，我是受孙楚之托，找阎长官谈一下他对平型关作战计划的看法。"

　　"噢，孙楚因坐镇平型关，军事会议没让他参加，他有什么看法？"

　　杨爱源就把孙楚的建议加上自己的看法讲了出来。王靖国一听，孙楚的建议跟他刚才讲的一样，心里一乐，便极力附和起来。俗话说，三人成虎。阎锡山被他这三个部下这么一搅和，便又对原来的"平型关作战计划"产生了动摇。在杨爱源和王靖国进一步忽悠下，阎锡山批准了孙楚在平型关外拒敌的建议，对原计划作了修改。

第八章

　　阎锡山的军事会议以后，73师接到孙楚的命令，从前线上撤了下来，向平

型关一带运动。师长刘奉滨因在战斗中负伤，被送到第二战区医院治疗。第179旅旅长王思田代理师长之职，指挥撤退。73师实际上已是一支被打烂的师。这个师从最基层的班到最高的师部都是缺员的，而有的连排实际上已不存在了。缺员的原因，除了伤亡外，就全是逃兵了。

73师从松树坡一带的阵地上撤下来之后，又在广灵与灵丘交界的义泉岭一线组织了数天的阻击。这几天，战斗之激烈，伤亡之惨重，不堪回首。尤其可怕的是，逃兵更加多了起来。有一次，他命令一个连队去占领一个山头，部队拉上去了，但士兵们很快就作鸟兽散了。他在望远镜中看到士兵逃散的情景时，气得吹胡子瞪眼睛，骂道："奶奶个X！执法队，去，给老子抓几个逃兵来！"

执法队一拥而上，冲入逃兵群中抓来几个逃兵送到他的面前。一见几个逃兵的熊样，他感到有一股热血直冲脑门，差一点冲破脑门子上的血管。他不由分说，学着几天来在望远镜中看日本军官教训士兵的样子，左右开弓，狠狠地甩了他们每人一顿大耳光子，然后说："讲，日你奶的，为啥逃跑？"

"报告长官，我们开到阵地上的时候，有事找班长，发现找不见班长了；找排长，排长没了；再找连长，连长也不见了。弟兄们说，当官儿的都没了，谁来指挥呀？这仗打不来了，他娘的，咱们跑他娘的吧。"

"这是谁说的，你吗？"王思田大声问。

"不是。是他！"那个战士低下头，呶了呶嘴，示意这话是身边挨着他的一位战士说的。

"拉下去斩了。"

执法队就把那个战士押下去，在离他十多米远的地方，挥起大片刀，照着逃兵的脑后颈，猛劈下去。逃兵倒下去的一声惨叫传到他的耳里来，他的心一抽，暗暗地骂道：执法队，他妈的，尽是牲口，不是人！

看到逃兵越来越多，王思田担心这仗很难打下去了，幸亏孙楚及时来电，让他们向平型关转移，要不这支部队恐怕难以控制了。

在转移的路上，骑在马背上的王思田看到他的部队脚步慌乱，惶惶不可终日，哪里是在转移，分明是在逃跑。他想骂娘，可是不知该骂他们谁。就在这个时候，敌人的飞机飞来了。听到飞机声，庄稼地间狭长的路上大约有一连士兵吓得拥挤在了一起，这时，他看到一个样子像连长的下级军官喊道："散开！散开！他妈的散开，找死啊！"

挤在一起、被提醒的士兵们，马上四下里散开，向路边的庄稼地里散去。情况危急，王思田也滚下马，钻进了庄稼地里。

敌机俯冲着照着路面丢下了炸弹，好在士兵们，及时分散，路面上只有几个没来得及散开的士兵永远躺下再也不会起来了。

"集合！集合！"

飞机飞走后，刚才喊散开的那个连长模样的下级军官，重又回到路面，高喊着集合队伍。然而过来集合的人却是寥寥无几了。王思田看到一连士兵，仅一会儿时间就失去了一半，眉头间不由得打了一个鸡屁股样的结，心想，再也不能命令战士散开了。于是他给部队各级军官下达了一道命令，不论什么军官，遇到任何情况，都不能下达散开的命令。部队就是死也得抱成一团。

中午时分，部队跑到了灵丘县城。那时县城基本是一座空城了，老百姓大部分跑了，县政府也解散了。前方战事一吃紧，这个县的县长张普晋就整日惶惶不可终日，他料到灵丘早晚也是日本人的一碗肉，早想一走了之，只是碍于面子又怕阎锡山问责，所以才一直强撑着。当得知广灵、浑源二县落入敌手之后，他再也坐不住了，立马召集县府人员开会，命令把平日档案严密藏起来，然后放假，各回各家。开完会后，他又把平日里私交不错且又会武功的高个警察杜璠叫来，让他把自己送到原平火车站去。现在，他们早已在西逃的路上了。

王思田不知道县政府已经解散，打马来到了县政府的大门前，想找县长给战士们安顿一顿午饭。可是县政府的大门挂着一把大锁，紧紧地闭着。王思田知道灵丘县的县长早已逃跑了，不由得一股火气从脑门上冒起，他下令道：

"他妈的，给老子砸！"

两个战士走上去，一人一枪托把门上的锁子砸烂，一个战士抬起脚，一脚把门踢开。县政府空空荡荡的院子，立马出现在了眼前。

越来越多的士兵来到了县政府的院子里。有的士兵开始喊叫："老子饿了，饭呢？怎么还不开饭？"

王思田知道该给战士们吃饭了。要是县政府的人在，也许热腾腾的饭早已做好了。可是现在这里连根吊毛也没有了，哪里还会有人给士兵们做饭吃啊。他意识到该给士兵们解决吃饭的问题了，可偏偏这时军需官报告：没粮了。

"没粮了？他娘的，抢！"

于是，士兵们分头走进了城中居民的院子。城里的人已经提前逃跑了，只有少数老人还留在家里看门子。他们看到士兵们闯进家来，乱翻一气，想上前制止，却被打了耳光，或挨了枪托子。一个由于生病没有逃出的女人，被几个进来的士兵奸污了。他的公公想上前阻止，被那几个士兵捆了起来……总之，这一顿午饭是在人们"牲口、畜牲、土匪"的谩骂声中解决的。代师长王思田第一次意识到，他的师坠落成匪了。他想，在这种近似大逃亡的撤退中，在失掉了纪律的约束下，他的兵在别的地方也在抢老百姓的东西吧？此时他们也正

被老百姓骂着土匪吧。

　　好不容易在灵丘县城安顿部队吃完了饭，王思田下令部队继续向平型关一带撤退。临走时，想到早已逃得光光的县府的官员们，王思田心中的火气不由得又蹿了上来。这些怕死的家伙临危脱逃，才使得他在灵丘城吃了一顿土匪饭。面对着县府的大门，他狠狠地瞪了一眼，然后对身后的人说：

　　"他妈的，县府这帮人个个都是软蛋，日本人还没来就他妈的跑光了。"说着不由得愤愤地提高了嗓门，用近乎喊的声音说：

　　"张普晋，老子日后碰见你，一定狠狠扇你两耳光子！"

第九章

　　73 师的一个士兵以一个土匪的野性姿态，进入了一个叫韩淤地的村子。

　　韩淤地村就像是一颗闪闪的明珠，镶嵌在距灵丘城西约 30 里上的唐河边上。村子的北面是一条连绵到恒山那边的黛色山脉，村子的前面依次是茂盛的庄稼、响着波涛声的唐河以及向西而去与五台山脉相连在一起的恒山余脉。村子里 20 来户人家全是老实巴交以苦力种地的庄户人。世代耕种着村前的河滩地和村后的土梁地。那个 73 师的士兵灰眉土脸的脑袋南瓜样地在街上晃动的时候，人们一眼就认出他是个逃兵。这几天，人们天天都可以看到一伙一伙逃跑的晋绥军从村子的野外或村子的街上走过。73 师的士兵扛着一杆大枪，其他就再无可威武的地方。论个头中等偏小一点儿，长形的马脸上土不拉几的，肩膀上落满了尘土，整个人没啥精神头儿，倒显得很疲惫。

　　那个 73 师的士兵一进村，就很冲地问："你们这村里谁是村长？"

　　"叫……叫韩军，长官。"街上有人说。

　　73 师的那个士兵说："引上我找找。"

　　"行，长官跟上我走吧。"

　　人们把 73 师的士兵引到家里来的时候，村长韩军一眼就看出他是一个逃兵，可韩军看到这个逃兵的疲惫神情时，对他产生了怜悯之心，客气地说："长官，有啥事，您吩咐。"

　　73 师的那个士兵凭着多日来当逃兵的经验，发现老百姓很害怕当兵人肩膀上的枪。这几天，他一路好吃好喝，凭的就是他肩上那杆枪。他故意摇了摇肩

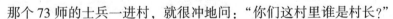

膀上的枪，语气很冲地说："老子走乏了，在你这地方歇歇脚。"

73 师的那个士兵晃枪的动作，韩军看在眼里，心里头不由得就蹿上一股小火苗，要是往前推 20 年，他会照脸给这逃兵一个耳光的，让他好好地长长记性，但他如今年老了，没有那个力气了，不过他城府还是有的，他压了压蹿上来的火气，笑笑说："行，行，行，长官，请上炕。"

73 师的那个士兵穿着鞋上了炕，靠着后墙坐下，很响地拍了拍腰里的手榴弹，然后把大枪立在挨右手很近的墙上。他这样做一是怕枪被人抢去，二是告诉人们不要乱来，他带着家伙呢。他坐好后，扭头看了看四周，见村长家里有几件像样的家具，知道是个殷实的主儿，心中便很欢喜，但他仍恶着脸说："老子饿了，快给老子弄些吃的来。"

73 师的那个士兵这声"老子饿了"，又使韩军刚压下去的火气复燃了，他很想上去照嘴给一个嘴巴子，但理智又让他把火气压下去了，他说："行，行，行。"接着又对一直站在地上的妻子韩师氏说："快，给长官做饭去。"

韩师氏和丈夫韩军的年龄差不多，都 70 来岁，衣服穿得挺干净，给人一种心灵手巧、手脚利索的感觉。刚才丈夫的不满，她是看得清清楚楚的，她怕丈夫真的动起气来，会在这个当兵的年轻人手下吃亏，马上说："长官想吃些啥？我给您做。"

73 师的那个士兵说："先弄盘鸡蛋压压饥。"

韩师氏说："行，行，行。"

"再煮一只鸡。"

"行，行，行。"

"再打一壶酒。"

"行，行，行。"

"有白面吗？"

"有，有。"

"烙上几张饼子。"

"行，行，行。" 73 师的那个士兵说： "多烙几张，老子走时要带点儿干粮。"

韩师氏说："行，行，行。"

73 师的那个士兵提出的要求——满足了，酒足饭饱之后，他又问村长韩军："你们村里有大烟吗？"

村长韩军想，这小子还想抽大烟哩。这个也不难，答应他，便说："有，有。"

……

谁知73师的那个士兵生了狗的胆子，抽足大烟后又说："再给咱弄个姑娘来。"

"啊？姑娘！"韩军吃了一惊，心想，这个晋绥军得了锅台想上炕，酒喝了，烟抽了，还想要女人，谁家的女人让他糟蹋呢？

逃兵看到韩军神情有点儿犹豫，一下子瞪大了眼睛，威胁说："怎么，不给吗？老子在前方为你们打仗，跟你们要个姑娘玩玩，不行吗？"说着，伸手就摸立在墙上的那杆长枪。

"罢罢罢，如此就别怨老夫心狠手辣了。"

就在73师的那个士兵把枪摸在手的当儿，韩军作出了果断的决定。为了稳住逃兵，他故意做出害怕的样子，连忙说："行，行，行。长官息怒，长官息怒！姑娘有的是，有的是，我这就为你找，为你找。"

73师的那个士兵又把枪立在身边的墙上，满意地说："这还差不多，快去找吧。"

"您等等，您等等。"

韩军退出屋，转身走出了自家的院子。原先他打算出村找他的儿子、侄儿做帮手的，那会儿，他的儿子文正、文赋和侄儿文清正在村后的坡梁地上领着老婆孩子收山药呢。当他走到街上时，正碰见老柳树下有村里的四个大男人正赤膊露肩懒在树下歇凉哩，便改变了主意，跟他们说了73师那个士兵要姑娘的事。四条汉子一听，个个义愤填膺，说："日他祖宗的，这不是欺负咱们嘛。"

韩军说："我想把他做了，你们愿意帮忙吗？"

"愿意，咱们就把他做了。"

当下，他们五个人就凑一堆，商量起来。韩军让他们其中的一人扮成姑娘，其他人各操一根大棒，背在背后，悄悄地来到韩军的院子。

韩师氏还在屋里又是茶又是水地支应着那个晋绥军逃兵。村长领着装扮成姑娘的小伙子进了屋，先给韩师氏递了个眼色，示意她出去。韩师氏会意，出去了。然后韩军说："长官，我给你把姑娘找来了。"

73师的那个士兵心花怒放，脸上也笑得灿烂，刚要开口，想不到眼前的姑娘猛虎似的一跃，大吼一声，扑了上去，双手紧紧地卡住了他的脖子。随着喊声，门外的那四个后生也冲了进来，他们挥起大棒，狠狠地打在晋绥兵的身上。

"打，打，打！"

"啪，啪，啪！"

屋子里喊声、棍棒声，响成了一片……

"轰!"

不知是谁，一棍子打响了 73 师的那个士兵腰里的一颗手榴弹。一股浓烟冲破了韩军的房子，韩军并四个韩淤地村的大男人的身子在浓烟中飞了起来。

悲剧就这样发生了。村里几户人家的院子里一下各停放了一口棺材。一时间，各家痛哭亲人的声音，使村子里的空气变得异常凄惨。

就在这时候，又有两个晋绥军士兵从村外进了村子。自从发生了那样的悲剧，村子里的人恨透了那些晋绥军的逃兵。他们看到那两个走路看样子已经很疲惫的逃兵，决定把他们抓起来，挖了他们的心肝，祭奠他们的亲人。最初起这个念头的是韩军的两个儿子韩文正、韩文赋和侄儿韩文清，后来又加进来三个也属韩氏兄弟的后生，他们商量好后，悄悄地向那两个士兵靠近。两个疲惫已极的士兵一点防人的意识也没有，后生们已经靠近他们了，他们也没有觉察出来。韩文正给韩文赋递了个眼色，韩文赋给韩文清递了个眼色，三个人一起点了点头，猛地来了个饿虎扑食，把两个士兵扑倒在地，另外三个韩氏兄弟立马扑上来援手，把两个毫无防备的晋绥军士兵死死地按在地上，连动也不能动一下。

"下了他们的枪。"韩文清提醒说。

有两个人把他们的枪下了。

"快，拿绳来!"

人们手头上可没有现成的绳子，一时间互相傻望着。

"看啥? 回去拿绳去!"几个跑过来看热闹的小孩倒是听懂了大人的话，返身跑回去，很快拿来了自家的背绳。韩氏兄弟把两个士兵结结实实地捆了起来，然后绑到街旁的两棵长得已经很高大、相距不远的杨树上。

"老乡，你们为啥要抓我们?"一个老相的个头大一点的士兵问。

村长的大儿子韩文正说:"为啥? 因为你们是土匪，杀人犯!"

"你们弄错了，我们没有抢人，也没有杀人，我们可是抗日军人啊。"

韩文正气狠狠地说:"你们没有杀人，没有抢人，我们的父亲兄弟是谁杀的? 老百姓的东西是谁抢的啊?"

"兄弟，我们刚进你们村，什么也没干啊?"个头大一点的士兵说。

个头小一点的士兵也说: "我们只不过从你们村里过过，你们村不让过人吗?"

"文哥，还跟他们说球个啥? 给咱爹他们报仇哇，打吧!"这时弟弟韩文斌说。

韩文正果真就动起手来，挥手一个耳光打在了那个大个头的士兵身上。他

这一动手，带动了所有在场的愤怒了人们，他们无论青年壮年、男人女人、老人孙子，竟然疯了般一拥而上，拳打脚踢，又抓又咬，顿时两个倒霉的士兵，衣服被撕烂，身上出现了许多花花点点、大大小小、深深浅浅的伤口。被打的士兵顿觉浑身如力箭穿心般疼痛，惨然地大叫。

"停停，别打了，让让道。"人群的后面，响起了一个男人的声音。人们回头一看，原来是刚死去村长的侄儿韩文清。只见他双手端来一个脸盆大的黑瓷盆儿，里面盛了半盆清水，随着脚步的走动清水晃动着，反射着太阳的青光。当他走近一点时，人们又看到，盆子的水里原来还有一把杀羊的刀子。于是，人们不再打那两个士兵，自动让开了一条道。

韩文清走到两个被捆在树上的士兵跟前，把水盆放到那个大个子兵跟前，把杀羊的刀子从水里捞出来，拿在手里，晃了晃说："你想做个明白鬼还是做个糊涂鬼呢？"

那个大个子兵说："当然是做个明白鬼。兄弟，咱们无冤无仇，你要讲讲明白，为啥要杀俺们。"

韩文清说："好吧，那就告诉你们吧，刚才是你们的一个弟兄把我叔和村里的好几个人杀了。"

大个士兵一听，坏了，原来这些被国军败逃官兵折腾得很苦的百姓就要迁怒他们了，赶紧说："兄弟，冤有头、债有主啊！"

个头小一点的士兵也着急地说："他们是他们，我们是我们！"

"住嘴！"韩文清丢开大个士兵，生气地跳到个头小一点的士兵跟前，伸手"嗤——"的一声撕碎了士兵胸前的衣服，只见他那胸口顷刻间就露了出来。光光的，韩文清伸手摸了摸他心口上不住地跳动的皮肤，举起杀羊刀，欲捅还住，嘴里说："实话告诉你吧，人虽然不是你们杀的，但我们老百姓被你们这帮人折腾苦了。我们杀你们谁都不冤。"

"住手！"就在韩文清将把刀尖捅进那士兵的皮肉之时，一个高个子男人冲了进来，一把攥住了韩文清的手。

韩文清一抬头，说了一声："姐夫！"

"兄弟，不能！"

攥住韩文清手的高个男人姓杜，名叫杜瑶，他在县城里做警察。过世的村长韩军就是杜瑶的岳丈。杜瑶此人，品性君子，为人侠义。在灵丘县城是数一数二的汉子。平素韩氏兄弟很敬佩他们这个姐夫，有事喜欢跟他商量。可今天这事太大了，涉及杀父之仇，而且又都在气头之上，因此韩文清说："这帮坏蛋害死了俺叔，今天我们要掏了他们的心肝，祭奠叔叔。对不起，姐夫，这事你就别管了，小弟今天不能听你的了。"

杜瑨又用力攥了一下韩文清的手问："家里到底发生了什么事？"

韩氏兄弟就跟他讲了刚才村里发生的事。韩文清说："我们刚刚装殓了叔……"

"姐夫，爹现在就停在院子里，我们的正房也炸塌了。"

听明白发生了什么事后，杜瑨不由得被一股悲愤充满。但岳丈的死确实与这两个士兵弟兄无关，便说："冤有头，债有主，爹的死与这两个兄弟无关，你们不能把他们抓起来。"

"他们是一路货色，都是坑害百姓的坏蛋。"

杜瑨知道他很难说服韩氏兄弟，便说："好了，正好张县长也在，我看这事就交给张县长来断吧。"

人们这时才发现，在他们后面站着三头骡子，两头骑人，一头驮着木头箱子和包裹。在骡子前面站着一个书生样的中年男人，这大概就是县长吧。

人们猜测得很对，他就是灵丘县县长张普晋。此人穿一身蓝色中山服，留着小平头，白白净净的脸，文文静静的人，看去就是一个文文明明的读书人。看到这人的面相时，没有人会把这个外表文静的人与一个丢下一县人民而逃跑的县长联系起来，也没有想到县长会逃跑。人们觉得这人虽然文弱，却是县长啊，大权在握，自然小看不得，那就请他来断断吧。因此就自动后退几步，让出一块空地，让他来断。

张普晋在逃跑的路上早已把自己是县长的意识丢得一干二净，没想到在离开灵丘之前，还要审上一案，就又找回了做县长的感觉。他咽了口唾沫，润了润嗓子，对着捆在树上的两个士兵问："你们是什么人？"

老相一点的士兵说："兄弟东北人，名叫张建才，原在东北军里服役，后投奔了29军，'七七卢沟桥事变'时，兄弟在宛平城升任连长，那位小兄弟名叫王君，兄弟的战士。他是你们山西广灵县人。在保卫北平的战斗中，兄弟的连队被敌人打散了，兄弟领着这位王君和另外一个叫王子梁的兄弟从北平退到你们山西，半路上参加了晋绥军第61军。天镇盘山战斗中，王子梁兄弟牺牲，几天后，守卫盘山的队伍又被打散，兄弟二人随后又投奔了天镇城的守城部队。从天镇城撤退后，我们一路退到了广灵。在火烧岭一带，兄弟听到有战斗的枪声，便脱离了部队，参加了高桂滋的第84师，在那里与日军战斗两日后随部队后撤，后来在进灵丘的途中又与部队失散。为了寻找抗日部队，我和王君兄弟闻着枪声，走到了这里，没想到刚一进村，就被这里的村民抓了起来。"

张建才的话，已让韩氏兄弟感到他们可能冤枉了这两个当兵的人。这时县

长张普晋又问村民韩文清："请问这位村民，你叫什么名字？你们为何抓他们？"

韩文清就把叔叔和村里几个人遇难的事，以及他们想挖这两个当兵人的心肝祭奠叔叔的事讲了一遍。

张普晋听着不由得头皮有些发麻，暗暗地出了一身冷汗。心想，没想到这村里发生了这么大的事情。这村里的人怎这么野？他们做的事，听着就让人害怕。不过他还能意识到自己是一县之长，把一股悄然而起的不敢告人的胆怯悄然地压了下去之后，默默地给自己一个鼓励，拿出官腔说："村民韩文清听着，当兵的敲诈勒索当然犯法，你叔及你村的遭遇固然值得同情，可这两位与你叔他们的遭遇毫无关系……"

韩文清马上辩解说："他们跟那些逃兵一路货色，这些天我们老百姓被这些逃兵害苦了。"

"大……"张普晋想说大胆刁民，但马上意识到自己不是在县衙的大堂之上，而且面对着一伙如此性蛮的山村野夫，便没敢造次，改口说："大理不通！冤有头、债有主，你们怎么竟然迁怒于这两位抗日之士呢？"

绑在树上的张建才说："我们可没做什么伤天害理的事情。一路上，我和这位兄弟可是乞讨着过来的啊！"

张建才说到乞讨，那边的王君心上一痛，眼里就有透明的眼泪一粒一粒掉了下来，紧接着便泣不成声了。

"你为啥哭啊？"

"县长大人，为了乞讨，我还在你们灵丘一个叫土成庄的村子被狗咬了。现在还没有好，化脓了，在腿肚子上。"

在一旁一言不发、静观县长审案的杜璠，向王君走了过去，问："兄弟，你的伤在哪条腿上？"

王君抬起左腿，杜璠拉起他的裤管，只见王君的小腿肚上好像打瞎的牛眼样的伤口，显然恶狗咬他时咬走了一块肉。

"兄弟，冤屈你了。"杜璠边说边给王君解下了绑他的绳子，然后又给张建才解了绳子。

在杜璠给两位国民党士兵解身上的绳子时，韩氏兄弟及周围的村人默默地看着他，谁也没说话，也没去阻拦。杜璠为两位士兵解完绳子后，对韩氏兄弟说："兄弟们，你们错冤了好人了。这两位兄弟可是抗日的好兄弟啊！"

眼看着一场危险的悲剧化解了，县长张普晋心头高兴起来。他笑了笑，然后提高嗓门说："韩氏兄弟听判！"

人们一下子愣住了，这才意识到县长这是在审案。他们不由得心就扑扑地跳，个个竖起了耳朵，认真地听起来："你们兄弟性子太野，不分好歹，随便打人，本县长对你们兄弟野蛮之行径判决如下：一、向两位抗日之士赔礼道歉。二、把这两位抗日之士带回家中，为他们疗伤，直到康复。韩氏兄弟，你们服判吗？"

　　"服，县长大人，你这判决我们服。"

　　韩文清对县长说完，一下子跪到张建才和王君面前，举手抱拳说："两位兄弟，文清鲁莽，差一点酿成大错。现在请你们跟随文清回家。我们韩氏兄弟一定把你们二位兄弟如亲兄弟般相待，给你们治病疗伤。"

　　中午，杜璠和县长张普晋住在岳父家中，吃过午饭，在岳父灵前烧了纸、上了香，悲痛地哭过岳父，告别了岳母及岳母家里的人，骑上骡子，同县长一道西行了。

　　他们出了村子，过了唐河，拐入一道名叫小寨沟的大沟，又行数里，便钻进窄如地缝的长长的乔沟。当年，他来这里当县长时，走的就是这条长沟，虽然骑在马上，但他仍能感觉出其深险来。这让他心里顿升灰暗，心想：这是什么鬼地方，我怎么到这样的地方当县长啊？出了乔沟，看到灵丘被四面高山围起来一片土地肥美的平川时，心里才稍稍好了一些。如今，一晃几年过去了，现在他又要从这条大沟里离开灵丘了。想起曾经在灵丘的快乐日子，真还舍不得离开这里啊……

　　出了乔沟，上了平型关梁，走近关楼的门洞跟前时，县长张普晋从骡子背上下来，转过身去，望着遥远的灵丘县城方向。这里是灵丘与繁峙的县界了，他要最后看一眼灵丘县，把这个他曾经当过县长的偏远小县在记忆里记一下。已经看不到县城的影子，眼前是远远近近的山梁，在那些山梁间，有隐隐约约的村子，村子里当然会有人。这些人原是国民的子民，现在将成为日本人统治下的亡国奴了。想到这里，张普晋不由得心中一阵悲凉，心想，我不知能不能再回到这里当县长了？

　　这样的情绪，让张普晋的眼睛不由得湿润起来。从关楼的门洞里吹来已是秋味十足的凉风，他的满是汗水的后背感到一阵舒适的爽快。他想多站一会儿，让凉风吹吹，可是从远处传来了隆隆的炮声，炮声提醒他快走，于是他对站在背后的杜璠说："咱们走吧。"

　　他们上了骡背，打骡进了门洞，消失在平型关关楼的背后。就这样，灵丘县国民党县长张普晋在灵丘即将沦陷的时候，丢下全县百姓自己逃命去了。灵丘人也万万没有想到，大难临头，他们为之缴粮纳税的灵丘县国民县政府会如

此丢弃他们。

那时候，大敌当前，山西的国民党县长逃跑成风，当日本人的铁蹄踏入灵丘县的地界时，被占的晋东北各县的国民党县长全部逃之夭夭。

对于国民党和它的灵丘县国民政府，灵丘县人民是仁至义尽的。杜璠护送县长到原平的行动，是灵丘人对这个党和它成立的县政府所给予的最后的义气之举了。看到一队队国民党退兵，想着自己这是在护送县长逃离灵丘，杜璠的心里很是沉重。一路上，他一句话也不说。他知道，国民党的部队和县政府一走，日本人就来蹂躏灵丘了。国民党是指望不上了，灵丘人该自己想自己的出路了。

"杜璠。"

"嗳。"

由于一路上无话，张普晋感到寂寞了，他想跟杜璠说说话，便问杜璠："怎么不说话？"

杜璠回答说："没的说。"

"你把我送到原平火车站，返回灵丘后准备做什么？"

"我父亲曾当过灵丘县的义和团，他对我的教育是好男儿必须爱国。当亡国奴我于心不甘，回到灵丘后，我想效仿东北人组织义勇军。"

"哦，这个想法很好嘛。"张普晋一听，不由得称赞道。

"官府走了，老百姓只好自己干了。"听杜璠的口气，心里好像对自己很有怨气，张普晋想说什么，但又觉得底气不足，只好不说什么了。

黄昏了，落日的余晖把西天的云彩映成了一片不忍看的血色。一路的沉默，使情绪低落到了极点。前面的村庄影影绰绰，张普晋问："我们这是到了哪里？"

"砂河。"

这时候从公路的前边开来一队人马。起初杜璠并没在意，当这队人马越来越近时，他才猛然意识到这支队伍是与他一路上碰到的撤退的队伍相向而行的。不用问，这是一支开赴前线的队伍。当这支队伍以小跑的速度来到跟前时，他惊异地发现，这是一支着装很乱、形同乞丐的队伍。士兵们有的穿着看上去像是刚刚换上的灰色新军服，有的却还穿着破旧的不知道哪路军头的衣服。他们背后大多背着南方人的斗笠，穿着刚到膝盖的被灵丘人称作大裤衩的短裤。脚上大都穿着草鞋，穿布鞋的不多，有不少人还赤着脚。他们每人背上背着一口大刀，步枪好一点儿的不多，大多是老套筒、汉阳造，有的兵手里拿的还是长矛、打狗棒。别看他们穿着装备不好，可每个兵却是精神头十足，脚步快得如生风，队伍就像河流一样从他们身边走过。杜璠感到这支部队很奇异，心想，这是一支什么样的队伍呢？心里这样想时，嘴里就不禁问道："你们是什么队伍，干什么去？"

"八路军。我们到前方打日本去！"

八路军是什么队伍？刚才那个答话的八路军战士仿佛知道他内心里想的是什么似的，又回头说："我们是共产党的队伍。"

共产党？截至目前，共产党的势力还没有发展到灵丘。灵丘县还没有一个共产党的组织，也没有一个共产党员。

"共产党杀人如割草……"灵丘县国民政府曾经在灵丘全县广泛进行过这样的宣传。杜璠也曾跟着县长张普晋深入农村进行过这样的宣传。想想他们手中的武器，看看他们身上穿的衣服，杜璠想，就这样穷的队伍，能杀人如割草吗？

卷十一

第一章

阎锡山恐怕创造了火车运兵使用时间最长的纪录。八路军 115 师抗日先遣队 343 旅 9 月 1 日坐火车从侯马出发，14 日才到达原平。要是在平时，坐火车从侯马到原平，有一天就到了。人们刚吃过早饭。在火车站的候车内以及候车室外面的广场上，已经男男女女、老老少少聚集了不少人。这些人大都是从华北各战场撤下来的溃兵和为躲避战乱赶来坐火车的国军军官家属。溃兵大多来自晋北各战场。战争已经把他们折磨得很疲惫，候车厅内和外面的广场上到处是他们横躺竖卧的身子。他们身子上散发出硝烟味和汗水味混合而成的酸臭味。一位穿着紫红色旗袍的年轻太太，在一个挎枪的年轻警卫陪同下从外面走进了广场，她的高跟皮鞋的后跟硬硬地踩在广场平滑的青色石板面上，"咯咯"地脆响。一股仿佛来自女人腰际的说不上是什么东西的香味开始四下里飘散，传播着雌性信息。躺在广场上的士兵们被这钻入鼻孔的味道撩逗得一下子来了精神，躺着的坐了起来，睡着的睁开了眼睛。他们都把目光直直地投向了那女人。只见那女人涂着血红的口红，描着弯弯的细眉，尤其是旗袍两边的大开衩上裸露出的白皙如玉的大腿，更是给这些士兵一种莫名的震撼。

"瞧这女人，多漂亮。要能跟这女人玩一次，死了也值了。"不知是哪个士兵说出了这样的话。

紧跟在女人后面的警卫回头向这边狠狠地瞪了一眼。显然他这一瞪并没有起什么效果，一个士兵说："还是女人是宝啊，这位至少是位团长太太吧？战争来了，人家要被藏起来了，而咱们这些命贱的人，团长却命令我们冲！"

"就是，人跟人就是不能比啊。"

就在他们怪话连篇的时候，下了车的八路军战士从站台出口走了出来。他们排着队，一队一队地进入了广场，自动有序地排成了一个很大的方阵。广场站满了，后面出来的八路军战士又在左右两侧的宽道上排队。

"这是什么部队，要拉到前线去吧？"躺在旁边的国军溃兵又把兴趣从女人身上转移到出现在他们面前的这支队伍上。

"嗬，不少呢。"

"我估计他们这是三个团，一个旅的兵力。"一个有经验的样子有点老的士兵说。

"上多少部队也是白填馅，有多少也得被打下来。"

"请问兄弟，你们这是什么部队？"旁边一个溃兵问跟前正在排队的八路军战士。

"我们是八路军。"被问的八路军战士说。

"八路军？八路军是哪路军头，我怎么没有听说过。"

"八路军是由红军改编过来的，是共产党的队伍。"

"啊，你们也开上来了？"

"是的，我们也要开到前线去。"

一些溃兵看到这支八路军的部队中许多人还破衣烂衫，穿着烂草鞋，或赤着脚，背的又多是老得没了牙的武器，便有些怀疑地说："你们？你们上去能打赢吗？"

"能赢，我们一定能赢。"被问的八路军战士信心十足地说。

"我们都没有赢，你们能赢吗？"

"请问，你们跟红军交过手吗？"

被问的溃兵不讲话了。这里的溃兵多是晋绥军中的士兵，在去年红军东征时，他们在战场上都曾跟红军交过手。对于红军的厉害，他们确实是领教过的。这个八路军战士这么一讲，他们只好不张嘴了。

"希望能听到你们胜利的消息。"

"你们等着听吧，我们一上前线就会把胜利的消息给你们送来。"

"你们行不行，上了战场才知道。"一个溃兵不服气地说。

"对头。"一个四川籍贯的八路军战士说。

"1、2、3、4、5、6……"

八路军的方阵以连为单位报了数，各团长把报数情况向旅长陈光报告，陈光又跑步走向林彪，立定敬礼，大声报告说："报告师长，343旅除21名战士牺牲外，部队全部带到。"

关于 343 旅除 386 团 20 名战士被日本人飞机炸死的情况，林彪在太原上火车后，罗荣桓已向他作了汇报。飞机对步兵的威胁，林彪是知道的。火车越深入晋北，林彪感到部队受敌机威胁越大。如何对付敌机的威胁呢？路上，林彪早已在思考这个问题了。这时他意识到不能再让部队在这里结集了，必须马上解散，否则敌机一来，后果就不堪设想了。想到这里，林彪说："全师立即离开这里，到附近指定村庄休息待命。如天上有飞机飞来，战士马上各自分散躲避。敌机一走，立即集结前进。"

此令一下，结集在车站广场前的 115 师 343 旅及独立团，在师部预先派到车站附近村庄为部队号房的官兵带领下，迅速离开了这里。

部队离开后，一个通信兵来到林彪面前说："报告首长，我们师部的驻地在不远的小营村。"

"好，我们这就去那个村子。"

林彪没有照直去小营村，而是牵着马，先和几个警卫在原平镇的街上转了一圈儿。原平街上到处是从前线溃退下来的伤兵，秩序十分混乱。许多重伤员躺在担架上，由老百姓抬着。伤势较轻的兵，三三两两结成伙，骂骂咧咧，相扶着走。也有不少是根本无伤、完好无损的溃逃者。他们往枪刺上挂着各种花花绿绿的包裹，有的挂着几只鸡，一看就是从老百姓家里抓来的。对于眼前的情形，林彪并不感到奇怪，凭着十多年与国民党军的作战经验，他们这样是正常的，否则就不正常了。他想了解一点日本人的作战情况，便向他们走去。

三个伤兵结成了一伙。一个左臂负了伤，整个小臂被白布层层缠得如一截木棒般僵直，一根白带把失掉往日活力的伤臂绕脖子吊了起来。另一个伤在手上，外观看，好像掉了三个指头，整个白布缠着的伤手看上去丑得不成比例。最轻的一个伤在腿上，他把左腿的裤管挽在膝盖以上，一条不很宽的白布条缠在腿肚上，伤口处泅出来的血已经干结，形状圆圆的，有铜线那么大，仿佛日本一面小型国旗上的红太阳。林彪知道，在战场上，他受这种伤势，可以说是老天对他的恩赐了。受了这种伤即可以下火线免于一死，伤好后又落不下什么残疾。林彪在心里浅浅地笑了一下，决定跟这几个伤兵谈谈。

"这几位兄弟好。"林彪说。

几个伤兵一看来的是一位带着几个警卫的长官，就估计不是一般的官儿，连忙排成一队，行着军礼说："长官好。"

"兄弟们是哪个军的？"

"61 军的，长官。"伤手的士兵说。

"你们的阵地在哪里？"

"天镇的盘山。"

林彪一听是从盘山上退下来的，更来了兴趣，问道："那里的战斗打得很激烈吗？"

"激烈。兄弟当兵以来从没打过那样的战斗，长官。"

"噢？"

伤腿的士兵怕林彪听不见似的，往前走了一步说："我们这些受伤的都是命大的，别的兄弟都死在战场上了。许多人连个完整的尸首也没落下。"

"你们的仗是怎么打的？"

"这位长官，你们这是开到前线去吗？到时候你们就知道了。日本人的飞机大炮轮番着打，我们刚修了工事，就被炮弹炸得稀烂。许多兄弟一进入阵地，就被乱飞的弹片打死。有时候，兄弟们打得眼红了，不要命了，结果更惨。长官，没办法，我们没有飞机，没有大炮，更没有坦克……"

"难道你们的长官没有组织一支奇兵，袭击敌人的炮兵阵地吗？"

"这个，这个倒是没有，我们的长官也许他压根儿就没想过吧。"

"飞机来了你们怎么对付呢？"

"长官，实话告诉你吧，我们的阵地后面挖有防空洞，敌人的飞机来了，战士们就钻进去；飞机走了，再钻出来。要不我们哪能坚持那么多天呢？"

"你们坚持了几天？"

"9天，长官。"

"对于敌人的坦克，你们是怎么打的？"

"长官，我们埋伏在路旁，等坦克过去后打它后面的敌人。至于坦克，它的外壳儿都是钢板，像乌龟壳儿一样，太硬了。我们飞出去的子弹冰雹样打在坦克身上'嘭嘭'地响，就是打不进里面去。那玩意儿，据说得冲到它的上面去，揭开盖子，扔手榴弹。可坦克的身上有弹孔，人很难近它的身子。"

林彪一边听几个伤兵说话，一边在脑子里根据他们的谈话描绘着战场上的情形。他觉得飞机、大炮、坦克也将是八路军与日作战中会遇到的先进武器。如何对付这些武器让它们发挥不了作用，这是八路军与日本人作战必须解决的问题。

"兄弟们辛苦了，好好养伤。"

"是，长官保重。"

告别了这几个伤兵，林彪和几个警卫继续沿街前行。前面不远处几个穿戴不整齐的士兵迎面走来，其中一个还赶着一头毛驴。毛驴背上驮着一些鼓鼓囊囊的五颜六色的包裹。这几个士兵除了穿戴乱了一些，脏了一些，都是好胳膊

好腿的，好像并没有负伤。可能是看到有军官带着警卫走来，他们的神情显得有点慌乱。林彪猜测他们可能是逃兵，便对警卫说："让他们站住，问他们到哪里去。"

警卫领会了林彪的意思，便从枪套里拔出手枪，上前喊道："站住，到哪儿去？"

这一声喊，让几个逃兵吓得打了一颤，接着就呆子样定在了那里。

"你们是逃兵吧？"林彪用不高不低、不恼不怒的声音问道。

"哎哎，长官，我……我们……不……不是逃兵，我们是退下来的。"一个年长一点儿的士兵慌乱地说。

"退？怎么退下来的，从哪里退下来的？"

"长官，兄弟们是从天镇盘山退下来的。兄弟们本不想退，可我们的连长排长退了，其他的兄弟也退了，我们只好也退了。"

林彪一听这伙也是从天镇盘山退下来的，便说："你们为什么不找部队，到处乱窜？"

"不是我们不想找部队，长官。打散了，我们的部队打散了。我们从战场上退下来之后，战士找不见班长，班长找不见排长，排长找不见连长。部队无法合拢了，所以我们几个结伴走到了这里。"

"你们怎么这么不禁打？"林彪有点生气地问。

"日本人厉害啊，长官。他们有飞机、大炮，我们的武器抵不过他们。"

林彪说道·"好了，不要长敌人志气、灭自己威风了。"

"是。"

林彪感到原平街上这些晋绥军伤兵和溃兵身上弥漫着浓浓的失败情绪和恐日症状，他既感到恶心又感到窒息。他不想在原平街上停留了，于是加快了步子。警卫从他突然变快的步伐上猜出他是要离开原平了，便也加快了脚步，在前面为他带路。

出了原平城。蓝天下，出现了一片气势昂昂的玉米的原野，虽然已是秋天，但玉米的叶子还未发黄，旺旺的盛绿给人一种壮阳的感觉。空气新鲜而略带甜味。清凉的秋风一阵阵吹来，令人心身不由得畅快起来。林彪贪婪地吸了几口原野的新鲜空气，感觉从原平街上带出来的郁闷消失了。他想快一点到达小营村，翻身跃上了战马，在马脖子的右边空甩了一下鞭子，听到"啪"的一声脆响，在艳阳照耀下闪着白光的战马奋起蹄来。几个警卫和前来带路的通信兵也各自跃上了自己的马背，打马紧随其后。庄稼地两边的玉米头上、谷穗子上，一群群麻雀惊得向远处飞去。

不一会儿，他们来到了小营村。

藏在庄稼地中间的小营村，以往一直平平静静的，而今天因为有八路军的部队来驻扎，变得激动起来、欢乐起来。村民们早已为部队腾出了房子。战士们进院后的第一件事就是放下行李，拿起扫帚和扁担，挑水扫院。孩子们三五成群，兴奋地结伴在街上来回跑着跳着，这家跑跑，那家看看，嘻嘻哈哈，传播着他们看到的新鲜事儿。大人们也很兴奋，他们已经看了出来，这个名叫"八路军"的部队，是一支好部队，仁义的部队。因此，有许多人主动为部队做义工。

林彪和师部的几位重要领导被安排在村西的学校里。林彪进来时，院子里乱乱地堆放着行李、箱子等杂物，这里显然还没有安顿妥当。林彪一下马，就对等候在院子里的罗荣桓说："给党中央和总部发电，报告我们的位置。"

说完，林彪回头又对警卫说："让陈光和孙毅来一下。"

罗荣桓给党中央和八路军总部发完电报，来到林彪身边，递给他一份电报，说："周副主席和彭副总司令来电。"

林彪接过电报，只见电报上说：

林彪、罗荣桓：

阎锡山同意用汽车将部队运到前线，请你们与第二战区驻原平军事交通处联系。

周恩来、彭德怀
9 月 14 日

林彪读完电报，对罗荣桓说："不错，用汽车把我们送到前线。不知道阎锡山的汽车是不是也很慢？"

罗荣桓笑着说："大概不会了吧，那不成了牛车了嘛。那样还不如步行呢。"

林彪笑着对罗荣桓说："罗主任，你看让谁跟他们联系汽车呢？"

罗荣桓说："让杨成武跟他们联系吧。"

343 旅的旅部离师部很近，距师部也就 200 来米，正说间，陈光和孙毅赶到：

"报告，陈光到！"

"报告，孙毅到！"

看到陈光和孙毅来到，林彪站起身，走向前来，先对孙毅说："我们出火车站后，顺便在原平街上转了一圈儿，那些从前线退下来的溃兵身上，普遍存在着恐日症，散发着失败情绪。现在，我们的队伍应避一避这股晦气。你回去通知全旅，无关人员一律不准到原平街上去。"

"是，师长。可不可以让宣传队上街宣传？"

林彪看了一看罗荣桓，想了想说："可以。部队安顿下来以后，团里的领导也可以到街上了解一下前线的情况。"

吩咐完陈光，林彪又对孙毅说："周昆因故未到，你就暂时留在师部，代行参谋长之职吧。"

"是。"红军改编时，孙毅任343旅参谋长，他知道现在师部缺人手，就答应留了下来。

师部的家当安顿就绪。村里的几个老乡把他们早已为部队准备好的热腾腾的小米饭抬了过来。罗荣桓看到金黄的小米饭，眼睛一亮，说："嘀，银饭变成金饭了。"他说的银饭指的是大米饭，金饭指的是小米饭。

肖华说："晋北盛产小米，我们往后就很难吃到大米了。"

师部里的几个领导边吃边谈了起来。林彪端着饭碗，慢慢地吃着，不插一句话，他一直静听着别人的谈话。

"这里是杂粮区了，今后咱们会吃到许多古怪的饭。"

"是啊，路上，我问过一个晋北这边的战士。他说他们老家种的庄稼有玉米、谷子、黍子、糜子、高粱、莜麦、胡麻、荞麦、土豆、黄豆、黑豆、红豆、大豆、小绿豆、豌豆等等，总之，多着呢。至于当地人用这些粮食做成的饭，也是多种多样，光窝头就有玉米面窝头、高粱面窝头、红豆窝头、小豆窝头、豌豆窝头等等。"

"嘀，晋北这地方，你看着它贫瘠，可它却能长出这么多种庄稼来。"

"是啊，祖国的每一寸土地都是宝啊，要不怎么说祖国的好山河寸土不让呢。"

"山西还是资源大省，尤以煤炭著名，特别山西的军事地理位置重要，占据它就可以谋图全国任何一个地方，日本人可在想凭借它三个月灭亡中国啊。"

……

吃罢饭，门外站岗的战士来报："报告师长，外面有一个记者求见。"

这个记者的腿可真勤啊，林彪他们刚吃过饭他就来了，看来是个尽职的记者。因此林彪便说："记者，哪里的记者？"

"报告，来人说他是《大公报》的记者。"

林彪平时对《大公报》有一点儿好感，就说："请他进来吧。"

进来的记者模样精干、清瘦，明亮的眼睛透着精明、干脆的作风。林彪笑着跟他握手，让座，然后说："记者先生贵姓，时间紧迫，希望您马上进入采访，好吗？"

"好好。鄙人姓孟，名秋江，大公报记者。既然林师长要求进入采访，那么鄙人马上就直问直说。请问林师长，近来山西战况不妙，日本人气焰嚣张，叫嚣要一个月占领山西，三个月占领中国。面对危局，阎先生在山西雁门关至娘子关建起了千里防线，你认为在这条防线上，日本人最先可能把哪里作为攻击的目标呢？"

"平型关。"林彪不紧不慢、不高不低地回答。

"噢？在太和岭我采访过徐向前先生，他也说是在平型关。请问你们八路军的将领怎么都会认为在平型关呢？"

"这个明眼人一看就明白，阎长官集结大量兵力于雁门关一线，而平型关一带的防务相对较弱。天镇、阳高失守，大同古城放弃，如今敌人又攻入广灵、浑源两县，灵丘不日也会被敌人攻克。灵丘失守后，日本人很有可能会挥师进攻平型关，越过平型关，与大同之敌夹攻雁门关，会合之后，经忻县占领太原。"

"哦，真是奇怪，徐向前先生也是这么说的。莫非真应了那句英雄所见略同的话了吗？"

"我们的猜测还得事实验证啊。"

"是，是。不过我还是觉得你们共产党分析得有点道理。请问，你们八路军115师开向前线之后，将怎样打击敌人呢？"

"我们开到前方后要寻机打几个大仗，改变目前这种中国军队老是战败的状况。"

"您认为这样的机会能够寻到吗？"

"前面是广大的山区，我相信在那里是可以找到有利于发挥我军特长的战机的。"

"希望八路军马到成功。"

"一定，一定。"

……

大公报记者孟秋江采访完就走了。走后，师部得了一会儿安静。林彪眉峰紧皱，一段木桩样静静地坐着。室子里的人都知道他有静静思考的习惯，因此没有人去打扰他。原平街上，国民党军溃兵身上的失败情绪再一次浮现在他的眼前。民族危亡的紧要关头，中国亟须取得一场像样的胜利，共产党和八路军亟须取得一场像样的胜利。而作为先期到达抗日战场的 115 师，取得这样一场胜利，责无旁贷。115 师应当向总部和中央军委请战，于是他用铅笔起草了一份电文，递给孙毅说："拿去发给总部和中央军委。"

孙毅拿过一看，只见上面写道：

朱、彭、任并毛：

在广灵失守、灵丘附近到敌的情况下，原定 115 师经灵丘到涞源计划已不执行。先拟将 343 旅及独立团集中大营，准备待敌仰攻大营东之平型关友军阵地时，我相机袭击敌之左侧后，歼敌一部，以扩大战果。

林　彪

朱即朱德，彭即彭德怀，任即任弼时，毛即毛泽东。

第二章

部队在离原平镇最近一个村子里驻扎下来以后，686 团团长李天佑、副团长杨勇决定带着三名警卫兵到原平街上去：一来，了解一下情况是林彪的指示；二来，由于越来越接近前线了，他们也想从前线上退下来的溃兵口中了解一些战场上的情况。

刚一进街，他们就看到街上乱了。街上的行人，无论是当兵的还是老百姓，都在惊慌失措地四下逃散，好像在寻找什么能够藏身的地方。这时天上也传来飞机的响声，他们知道这是敌人的飞机来了，由于旁边没有更好的掩体，他们就近躲在了一户人家的门洞里。

从天上传来的飞机声越来越大了，街上的乱象更乱，人们在四下里寻找能躲藏的地方，男女老幼的各种惊恐慌乱的叫喊声，充斥了整个街头。

"团长，你看！"一名小警卫战士指着街面对团长李天佑说。李天佑、杨勇顺着那战士指的方向一看，只见慌乱的人群中，有一位老大娘，左手抱了一只鸡，右手拖着一个约莫五六岁的前脑门留着一片火铲头的儿童，慌乱得不知跑向哪里。

"老大娘，往我们这儿跑。"李天佑喊。

"老大娘，到这儿来。"杨勇也跟着喊。

"老大娘……"两人的喊声此起彼伏，可是老大娘好像没听见似的，依旧乱跑乱窜。

这老大娘的小儿子原来在李服膺的部队里当差。在天镇作战中，日本人的飞机扔下的炸弹炸掉了小儿子一条腿。为了给儿子补身子，她想到街上为儿子买一只鸡。可是街上的晋绥军伤兵和溃兵一伙一伙的，由于失去了部队的约束，个个满身匪气，动不动就发火，打人骂人，抢东西。因此，往日繁华的大街上根本无人敢摆摊卖货了。临街店铺的门也是小心翼翼地开着。看到街上无人卖货，老大娘就一家一家地沿门为儿子买鸡。这时节，老百姓院里的鸡大部分还在下蛋，没有人愿意把鸡卖给她，走过好多家以后，终于在村东头一户人家里买到了一只不下蛋的花母鸡。买到鸡后，老大娘高兴地拉起小孙子的手往回走。不想，快到自己家门口时，听到有人喊飞机来了。这时，天上飞机的嗡嗡声也传到了她的耳里。听到天上的飞机响，她吓坏了，魂灵一下子就从身上惊飞了，她扭头朝天上望了一下，只见飞机如一只巨大的铁鹰，像要啄她的后脑勺似的向她俯冲下来。她"娘呀"叫了一声，魂也惊飞了。她想拼命跑，可双腿像灌满了铅一样沉重，拉也拉不起来。更为要命的是，她觉得身子里的骨头好像被人抽去了，没有了，老想要往地上摔跤似的。离自家的院子只有十几丈远了，可她头脑昏昏，眼前一片黄红，什么也看不见了。手里的鸡也飞了，她也没知

觉。就在她急得毫无主张的时候，八路军一个小伙子飞快地跑来，把她快速地抱到了自家的大门洞里。她不知道这个八路军的小伙子叫杨勇。可她儿子告诉她，这个救她的八路军小伙子是个大官。这个八路军大官的力气真大，当时把她就像拎鸡毛一样，拎到了大门洞里。

"哒哒哒……"

就在杨勇把老大娘救到大门洞的时候，外面，天上的飞机向地面射下了一梭子子弹。这是一架敌人的侦察机，因此没有投弹，只是在俯冲的时候，冲着奔跑的人群射击，子弹射进土地，溅起一串小土块和尘埃，然后飞走了。所幸没有人员伤亡。

"阿弥陀佛，观世音菩萨，谢天谢地，谢谢你们的大恩大德。"被救进门洞的老大娘一下子跪了下来，连连给眼前站着的八路军磕头。

"起来，起来，老大娘，应该的，应该的。我们八路军是共产党领导的队伍，是人民的子弟兵……"

"什么，你们是共产党？"老大娘一听，吃惊地问。

"是的，我们是共产党领导的队伍。"

"娘呀，妖怪。"老大娘惊叫一声，转身就跑，不料却被人从后面抓住了衣服。抓她的人是团长李天佑。就在她惊恐地回头看时，李天佑说："老大娘，我们不是妖怪，我们是人。"

"怎么，你们是人？"

"是啊，我们是人。刚才你不是还说我们是观世音菩萨吗？你看看，我们有胳膊有腿，有眉有眼的，不是人是什么？"李天佑笑着说，同时松开了抓着老大娘衣服的手。

老大娘睁大眼，认真地看了看说："不是说共产党是妖魔鬼怪吗？共产党杀人如割草，共产又共妻吗？"

"老大娘，那是他们在瞎宣传。我们开到山西是来打鬼子的。要说杀人如割草的话，那是杀日本鬼子。中国人嘛，只要他不是汉奸，我们一个也不杀。"

"你们不共妻？"

"哈哈哈，那是屁话！我们共产党坚决不做那种没人伦的事情。"

这时，杨勇也帮腔说："老大娘，您别听他们瞎说，我们是穷人的队伍，我们来了要实行减租减息，减轻人民负担。"

就在李天佑和杨勇一人一句跟老大娘说话的当儿，这家的老头子从屋子里走出来。看到门洞里站着几个当兵的，就小心地走过来，语调有点儿胆怯地问："长官是什么军头？"

"八路军。老头子，他们是八路军，刚才是他们救了我。"老大娘抢先回答说。说完，又想起什么似的说："唉，鸡呢？我的鸡呢？"

老大娘低头看到自己手里空空，脸上不禁变了色，踮着小脚，赶紧又跑到街上。老头看着自己老婆疯疯癫癫的背影，不好意思地对李天佑和杨勇他们说："我老婆是为我们儿子买鸡去了。我的儿子在前方负伤了，让飞机丢下的炸弹炸飞了一条腿。"

"是吗，他是在哪里负的伤？"李天佑一听，忙问。

"在天镇，长官。他刚从医院回来，正在家里养伤呢。"老头子说。

上街就是为了解前线情况，李天佑就对杨勇说："走，咱们看看这位弟兄去。"

老头子的家里是北方平民家中常见的那种格局。他们一进屋就看见了一条大炕，炕边紧挨窗子的一头是一个硕大的锅台，地边依着墙紧紧地排一溜大瓮。老头子受伤的儿子躺在炕头上，只见他身上穿着缝了众多补丁的灰军衣，左面的一条腿由于负伤被从膝盖以上截肢了。伤口还未痊愈，缠着已经弄脏了的白绷带。见到李天佑他们从外面进来，要强的小伙子咬着牙坐了起来，用两臂撑着身体，向后靠在身后的被子垛上，然后举起右手，给他们敬礼说："长官好！"

"好，好，兄弟好。"李天佑说。

"长官是哪部分的？"

"我们是八路军，就是陕北的红军。为了抗日，刚刚改编为国民革命军第八路军。"杨勇说。

"是嘛，好好，欢迎八路军开到抗日前线。"

"兄弟贵姓？"

"小人姓张，名叫张光玉。61军李服膺将军手下的一名班长。天津盘山战斗中左腿负伤，医院治疗时被医生将腿锯断。"

"兄弟不要称自己小人，我们是兄弟。"李天佑说。

"在长官面前，小的不敢称大。"

"我们八路军是共产党领导的穷人的队伍，官兵平等，兵民平等，从来不分大人小人。咱们就兄弟相称吧！"

"那当然好啦，既然长官要与兄弟平等相处，那咱们就兄弟相处了。"张光玉脸上露出了激动的红光，接着说："在部队的时候，兄弟就听弟兄们暗地里议论说，共产党的部队官兵平等，今日一见，果然不假。"

李天佑和杨勇向伤兵张光玉介绍了八路军队部队的一些情况，然后说："不瞒兄弟，我们八路军初上前线，到现在连一根日本毛也没有见过。我们今天到原平街上，是想找一个从前线退下来的兄弟打问一下前线的情况。"

一提前线，张光玉情绪就低落下来，他长叹一声说：

"不怕长官骂我，也不是兄弟不长中国人的志气。说句丧气话，我们中国人怕是打不赢日本人啊，长官。"

"怎么打不赢他们？"

张光玉痛苦地说："日本人的武器厉害啊！鬼孙们飞机、大炮、坦克一齐来，我们呢？武器不好，战场一摆，日本人轰轰一气炮轰，好不容易修起来的阵地全被他们炸得稀烂。许多兄弟还没有跟进攻的敌人接火就被炸弹炸死，敌人上来了，赶紧对着上来的敌人打，可是咱的武器不行，压不下敌人的火力。打退敌人的一次进攻，往往得牺牲许多兄弟的生命……"

说着，张光玉哽咽了，他极力克制着不让自己哭出声来，但他心里太痛苦了，还是忍不住哭出声来，泪珠也像玻璃珠一样从眼睛里蹦出来，滚落在两边的脸腮上，他边抑制哭声边擦泪水边说："那些死在战场上的兄弟们，都是十八九岁二十郎当的青年，他们家里穷，当兵为了填饱肚子，挣些军饷，回家娶个媳妇，生孩子过个光景。日本人来了，看到那些牲畜在践踏中国的国土，杀害

自己的同胞，他们生气了，发火了，冲上去跟日本人拼，可是他们手里的武器不行，一个个被炮弹炸死了，被敌人的子弹打死了。"

李天佑他们完全理解此时这个叫张光玉伤兵心中的苦痛，但也认为不应该这么悲观。

"悲观吗？长官，卢沟桥事变以来，我们国军开辟了多少防线，哪个防线没被冲垮？我们摆开了多少战场，哪一场仗不是失败了？唉——想想看，我们丢失了多少土地。想不到咱们中国……"

张光玉眼泪纵横，长长地叹了一口气，他可能想说"想不到咱们中国就要亡了"，但却把最后几个字咽了回去，改口说："长官，在前线，我们国军不行，这回就看你们共军的了。"

"这位兄弟放心，我们八路军上去一定要狠狠地揍揍他们，给那些死去的国军兄弟报仇。"

"如果能这样，我就替死去的兄弟向你们敬礼了。"说着，张光玉举起右手，向面前的几位行了个标准的军礼。之后，他的情绪明显地平静下来。

这时李天佑说："这位兄弟，你们跟日本人对战的时候，日本人对阵地的最大威胁是什么？"

"大炮，飞机。"张光玉很干脆地说。

"坦克呢？"

"在山地，那个铁疙瘩基本发挥不出什么威力。"

李天佑又问："敌人用大炮轰你们，你们的长官没有让你们去端敌人的炮兵阵地吗？"

"没有，我们的长官没有这么想过。不过，敌人的炮兵阵地大概不好端吧？"

"寻找战机，安排一支奇兵，应该是可能的。"

"我们的长官没有你这位长官的头脑，要是长官能指挥我们就好啦。"

"你说对了，李团长经常指挥我们打胜仗。"李天佑身边的一个警卫战士说。

"这个我信，李长官跟我们的长官想法确实不一样。"

说到打仗，张光玉变得快活起来，脸上的泪水没了，痛苦也消失了。他说："对付敌人的炮兵，用长官的法子也许能行。那飞机呢？飞机可是在天上飞着啊，我们手中的枪可不是说打就能打下来的。"

"飞机是一直在天上飞的吗？它不落地吗？"这时，杨勇插嘴问。

"长官是说在地上打吗？"张光玉有所领悟地说。

李天佑说："依我看，侦察到敌人的飞机场在哪里，派一支部队偷袭，在地面打一家伙，应该是目前打飞机最好的办法。"

李天佑他们在跟伤兵张光玉谈话的当儿，张光玉的母亲从外面回来了。她怀里抱着一只鸡，显然她把那只鸡找回来了。看到刚才从飞机下救她的人们还在屋里，她没有直接回家，而是进了东边的闲屋。老大娘有一点儿私事，就是刚才躲飞机的时候，自己吓得尿了一裤子，她想在闲房里换换裤子。再说，从街上买来的鸡是为儿子补身子的，拿到那面的屋里，不给救自己命的人吃，面子上也过不去。不如先放在闲房里，等客人走了再拿过去。老大娘找了一截小绳，把鸡绑了，然后找来一条破旧的裤子把尿湿的裤子换下来，这才回了正屋。

"老大娘回来了？"

"回来了。"

"鸡找到了吗？"

老大娘一听问鸡，心想糟了，他们知道我找鸡去了，她想说没有找见，可又觉得这几个当兵人救过自己，不该骗他们，就说："找到了，长官们上炕先坐，我给你们煮鸡。"

这时，张光玉发现八路军长官一直在地上站着跟他说话，便欠了欠身子，让八路军长官上炕坐着。李天佑连忙说："兄弟别动，小心你的伤。"然后对老大娘说："老大娘，时间不早了，我们要走了。你把鸡煮给儿子吃吧，他需要补补身体。"

李天佑一行人走了，张光玉在心里细细地跟他见过的长官作了对照，他发现这几个八路军长官身上确实有许多跟国军军官不一样的地方。在他们身上有股暖洋洋的亲和力，跟他们谈话用不着提心吊胆，只管放开肚肠痛痛快快地说。他们居然跟一个负伤战士谈军事，谈怎样打飞机，端敌人的炮兵阵地。他想，也许他们能教训教训小日本那些狗娘养的。

数天后，果然就从前线传来八路军 115 师在平型关全歼敌人 1000 余人的大捷。

一个月后，又传来了八路军夜袭阳明堡飞机场，炸毁敌机 24 架的消息。

他对人说，一定是那个姓李的八路军军官带令他的人马干的。后来，他已经是一个花白胡子的老头了，他的一个孙子对他说："你错了，爷爷，阳明堡打飞机的那个八路军团长姓陈，不姓李。"他对孙子说："是吗？孙子，爷爷告诉你，八路军打仗向来是机动灵活，人家的战略战术高明，那个姓李的八路军长官是没有侦察到飞机场，要是侦察到飞机场，他也会袭击敌人的飞机场的。爷爷这辈子就服八路军。"

第三章

　　杨成武听说林彪叫他，立马赶到师部驻地。见到林彪，他精干地行了个军礼，说道："报告师长，独立团杨成武到。"

　　林彪看了杨成武一眼，说："阎锡山同意用汽车将部队运到前线，请你们与二战区驻原平军事交通处联系。"

　　一旁的罗荣桓发现，林彪此时说出来的话与一个多小时前周恩来、彭德怀拍来的电报竟一字不差，心里不由得就很佩服林彪的记忆。

　　杨成武领命后，立即回到团部，叫上参谋长熊伯涛，向原平大街走去。大街上，晋绥军的伤兵和溃兵多了起来。他们个个神色慌张，急急向着有着火车站的原平镇涌来，是为了赶上南下的火车，赶到尚无战事的南方去。看到这些人的惧战神态，杨成武和熊伯涛感到心中一阵阵恶心。他们不想再多看这些人一眼，让脚下升了一阵小风，加快了行走的速度。

　　师部的宣传队已经来到了街上，几个精干的宣传队员身着灰色国民军服，正在街上的墙上粉刷抗日标语，张贴抗日传单。一面宽大的墙上，并排贴着的两份传单吸引了许多人。杨成武和熊伯涛走过去一瞧，原来这里刚贴上去两份传单，一份是《国民革命军第八路军全体军人为东下抗日告同胞书》，另一份是《国民革命军第八路军全体指挥员战斗员告抗日友军将士书》。围观的人中大多是前线退下来的伤兵和溃兵，也有一些原平的老百姓。识字的人高声朗读着传单，不识字的人则竖起耳朵认真地听着，另有一些人则议论着：

　　"哦，原来是共军开来了。"

　　"是啊，红军改编成八路军了。"

　　"打鬼子，他们能行吗?"

　　"行个屁! 刚才我在火车站看见了他们的队伍，哪里是什么队伍，纯粹是一群乞丐，大部分穿得破破烂烂，手里拿的是老掉牙的武器，我说他们不行，他们还嘴硬。"

　　"你别看他们穿得破烂，他们还真能打，我跟他们交过手，说不定那日本鬼子还真得这些人教训啊。"

　　听着围观人的议论，杨成武和熊伯涛谁也没有插嘴。他们知道，事实胜于雄辩，八路军行不行开上前线就能见个分晓。他们默默地离开这里，向着国民党原平军事交通处走去。

国民党原平军事交通处是一个宽宽大大的院子，里面排了大约近百辆汽车，在已近中午的太阳照耀下，汽车的窗前玻璃反射着很强的闪光，令打量他的人不由得眨巴着眼睛。

"什么人？站住。"哨兵对着他们喊。

"我们是八路军的代表，找你们的长官。"杨成武说。

听到哨兵的盘问，从正房走出一高个子、少校军官模样的人来，他很客气地问杨成武和熊伯涛："请问，二位是……"

杨成武看到问话的人虽然穿着军服，却有一点儿文人的气质，因而以同样很客气的态度与这位少校军官打着招呼，自我介绍说："我们是八路军115师的代表，请问你们这里谁是管事？"

"啊，对不起，兄弟就是这里的管事，有事请跟兄弟讲吧。"

杨成武把手伸过去，跟这个少校管事握了握手说："那好吧，明天我军就要开到前线去，阎长官答应要用汽车把我军送到前线去，现在请你为我们安排上前线的汽车。"

少校管事说笑着："贵军要上前线抗日，勇气可嘉，兄弟十分佩服。可是不巧，现在车辆紧张，兄弟不能马上满足你们的要求。"

熊伯涛一听，心里就有些生气，现在前线吃紧你们还这个样子，看来日本鬼子还没有把你们的屁股打痛。但他没有这样说，他转过身去，指着满院的百来辆汽车说："这些汽车，我们只要一半就够了。"

杨成武也紧逼一句，说："现在是国共合作时期，既然是合作，就该有诚意。有这么多车而不派给我们，难道这是合作态度吗？何况这还是阎长官亲口答应的啊。"

少校管事被问得十分尴尬，压低声音，不好意思地说："实不相瞒，这些汽车上面已经作了安排，我们准备用它们往后方运送物资和家眷，兄弟实在难以从命。"

杨成武没有客气，大声说道："这位兄弟，现在战事紧急，你现在故意刁难，耽误了我们上前线的时间，贻误了我军歼敌战机，这个后果可得由你负责啊！你不给我们派车，那么好吧，我们马上就把今天的情况向战区司令长官汇报。"

"啊，不，不，这是上头的意思，二位请进屋，我马上把贵军的请求向战区长官司令部报告。"

　　杨成武和熊伯涛随着少校管事进入了办公室。少校管事对他们说："二位请坐，我马上请求上级。"说完就进了办公室的里间去打电话。过了一会儿，他又从房里出来，满脸笑容地说："阎长官指示，全力满足贵军的要求，希望贵军以最快的速度开赴前线，顶住日军。不过，虽然这院子里的100辆汽车可不能全部给你们，兄弟尽最大的努力，也只能给你们拨50辆。"

　　杨成武想想，50辆大概也差不多了吧，就说："早这样不就得了？"

　　少校管事说："不是兄弟不愿派车，这样大的事，兄弟实在是不敢自作主张。"

　　在送杨成武和熊伯涛出门时，少校管事又问："贵军真的要上前线？"

　　杨成武说："这还有假，这不，汽车都让你们派上了。"

　　少校管事不好意思地说："兄弟是说，日军来势凶猛，从北京到山西这儿，大炮轰，飞机炸，我们国军几十万都顶不住，你们那点儿人马，能顶得住吗？"

　　"你们不行，我们行。红军的战斗力，你不会不知道吧？"

　　"知道，知道，兄弟曾随部队跟贵军交过手。在陕北，我们的牛师长还被贵军俘虏过。"

　　从国民党原平军事交通处出来，少校管事的那句"你们那点儿人马，能顶得住吗"的话还响在耳畔。杨成武不由得想起了红军反围剿和爬雪山、过草地的长征岁月。他心里想，"九·一八"事变，本来中国就已经很危险了，可你们那个蒋委员长偏要搞什么"攘外必先安内"，一心要对红军赶尽杀绝，使我们牺牲了多少兄弟。你们要不是这样的话，把我们那时的红军全部拉到抗日前线去，中国也不至于丢失那么多国土啊。你们这些家伙，误国啊！

　　经过一段时间的忙碌，得了一点儿空闲，在师部的大屋里，林彪利用这点儿空闲在对罗荣桓传达洛川会议精神。为了让罗荣桓准确了解洛川会议的情况，他尽量叙述得客观一点，详细一点。罗荣桓虽然没有参加会议，但由于林彪叙述得十分详尽，因此有一种亲临会议的感觉。听着林彪的叙述，他仿佛看到了那个掩映在绿树中的叫冯家村的小村庄，并且随着林彪的战马进了村子里那个只有两孔窑洞的小学校，在院中央的那棵老槐树下，与毛泽东、朱德、张闻天、周恩来、彭德怀、聂荣臻等人——握了手，然后张闻天宣布开会，然后毛泽东发言，然后大家热烈地讨论……

　　"会议除了八路军开赴前线后怎样作战外，其他议题都取得了高度一致。毛泽东同志的主张是开展独立自主的山地游击战，反对集中用兵，进行死打硬拼的阵地战。彭德怀同志反对，提出应当以红军擅长的运动战打几场歼灭战。我比较同意彭德怀同志的意见，也在会上发了言。休息时，在那棵老槐树下我又重新跟毛泽东同志谈了我的想法，再开会时，毛泽东同志修改了自己的意见，将八路军的作战原则改为基本的应是独立自主的山地游击战，但也不放松有利条件下的运动战。"

罗荣桓认真地听完林彪的叙述，用赞赏的口气说："这个作战原则定得好。既规定了八路军最基本的战略战术，又鼓励八路军指战员放开手脚，积极寻找集中兵力打大仗的战机。"

"是啊。我现在有一个想法，想跟罗主任交流一下。"林彪说。

"好啊，林师长请讲。"

"自从日本人全面侵华以来，国军与日军进行大小战斗数百次，次次以失败告终。此种结果对国军士气大伤，令全国人民失望。这种形势下，我军如果能集中兵力，寻机歼敌一部，打一个漂亮的胜仗，无论是对国军，还是对全国人民，都将是一个振奋。也有利于我们扩大八路军的影响，发动和组织群众参加抗日救亡运动。"

"这种形势下，我们中华民族确实该有一个像样的胜利了。"罗荣桓很赞同林彪的想法，但他又提醒说："不过，能不能寻到战机，却是很关键的一步啊。"

林彪说："现在，国军处于节节败退之中，而日军正在步步追击之中。这种态势一定暗藏着有利于我军打他数个大战的玄机。只要我们积极去寻找，就能找到。"

"那样的话，当然再好不过了。"

看到罗荣桓对自己想法的首肯，林彪心中十分高兴，他知道，大战当前，他跟罗荣桓、聂荣臻几个师里的主要领导看法一致、意见一致，至关重要。不然的话，自己纵有千条妙计，也无济于事。

林彪向罗荣桓传达完洛川会议精神后，又问部队的思想状况和士气情况。罗荣桓说："上前线打日本，战士们可以说是毫不含糊。而对红军改编成国民革命军却是想不通的，感情上也多觉痛苦。改编前，政治部已经进行了这方面的教育，开向晋北的路上，我们仍在对战士们加强这方面的教育。政治部把日寇当年在东北制造的'平顶山'惨案及时向全体战士作了宣传，到达太原车站后，又将日寇近日在阳高、天镇制造的惨案传达到每一节车厢，因而，战士们已经基本上完成了由红军到八路军的转变，他们的杀敌激情也大大地被激发起来。我敢说，见了日本人，我们的战士个个会是一头勇猛的狮子，会用利齿狠狠地撕咬倭寇的。"

"好！"林彪不由得赞道。

"师长，总部来电。"这时孙毅在外面喊过报告走了进来。他手里拿了一份电报，交给林彪。

　　林彪看过之后，又交给罗荣桓说："是总部传来的新编的'三大纪律、八项注意'歌。"

　　罗荣桓看完后说："很好，我们八路军就唱着这首歌走向前线，走向群众，走向胜利。"

　　林彪说："这首歌的开头一句就是'抗日军人个个要牢记'，这对于战士们的身份提醒很有意义。而下面的却是我们区别于国军之处。让肖华马上发到部队去，让战士们今天下午就学唱'三大纪律、八项注意'。"

　　"是。"孙毅敬礼后，转身就找肖华去了。

第四章

　　八路军 115 师的 343 旅及独立团在原平镇及附近的村庄休息了一天，第二天一大早，就向前线开拔了。第二战区司令部命令他们向大营镇开进，大营之东不远就是内长城上的平型关。在那里，将由坐镇大营的国民革命军第六集团军副总司令兼第 33 军军长的孙楚指挥，与日本的板垣师团展开一场战斗。

　　阎锡山拨给 115 师的汽车仅有 50 辆，只够两个团及师部使用，而另一个团得徒步开向前线。经研究，师部决定，师部、独立团和 585 团坐车开进，686 团则步行开往前线。

　　一大早，686 团率先离开驻地向东进发。田野秋味已浓，路旁的杨柳树枝上已有些许的叶子开始发黄，玉米、谷子、豆子等杂粮作物叶子黄尖的也不少。黎明，悄悄地下了一层霜，眼前的路面，路两旁的庄稼像撒了一层白盐。最为要命的是天气变凉了。无论是身边的庄稼还是脚下的路面，都透着难忍的冷气。686 团的战士大都来自南方，晋北这种已经近乎冬天的寒冷的早晨，让这些还穿着单衣的南方娃们感到有无数个细尖的针尖在刺激身上的皮肤一样，有的战士冷得上下牙齿开始打起颤来。寒冷让骑在马上的李天佑意识到该让队伍跑步前进了，便向着战士们喊："跑起来！"

　　"跑起来，首长让跑起来。"后面的战士把命令向前边的战士传递着。很快队伍就跑起来了，整个原野已马嘶人欢起来。队伍跑了不到半里，战士们身上的热量就散发出来，刺骨的寒冷被驱散了，每个人都感到身子热乎乎地非常痛快。后来，太阳就出来了。初到天上的太阳让人感觉十分亲切，肩膀上仿佛最先接受了太阳的热量，这种热量无比温暖地浸透全身。有了太阳供应热量，李天佑又及时下达命令："全体，变跑步为步行。"

部队慢下来的时候，原平及周围诸村已被战士们丢开六七里地。战士们回望它们的时候，已经看不见了它们的影子了。他们又前行了约一小时，前面出现了一个村庄。由于那个村子不是行军的目的地，且出于保密的原因，他们绕开了那个村子。又行进了大约二三里地的时候，在前面的道路上出现了国民党溃兵。他们开始三三两两，后来五个一伙、六个一群，皆不成军。这些人看到有大队人马开来，都自动站在路旁，用询问的目光看着这支大部队从自己的眼前路过。有的人忍不住问："你们是哪部分的？"

"我们是八路军。"

"共产党的部队。"有的战士看到溃兵们弄不明白八路军是什么队伍，便对他们解释说："八路军是红军改编过来的。"

溃兵们听出来了，想不到国军昔日的宿敌也开上来了，个个睁大了惊奇的目光，询问似的互相你看看我、我看看你。八路军队伍里的战士们看到溃兵们脸上不解的神色，说道："现在国共合作了，我们中国人要并肩对付共同的敌人了。"

"咱们两家不打了？"

"日本人闯进来了，还打什么？"

听到自己的士兵这样跟国军士兵讲话，李天佑心生感慨。他想到红军在陕北改编的时候，战士们曾是那么想不通，而如今已开始这样跟国民党兵讲话了。看来一路上的政治工作没有白做，现在战士们已经放下思想包袱，以昂扬的斗志奔向抗日战场了。

部队继续前进，前面拐弯处开来了晋绥军的大约半个连队。走在前面的是个连长。这是个懂礼貌的连长，他转过身去，正要命令自己的队伍分两边站开，给眼前的大部队让路，可话还未喊出口，就听到天上有嗡嗡的飞机响声，他的脸一下子变成了土色，扬起手，嘴里的话变成了："飞机来啦，赶快卧倒！"

听到连长的喊话，一连士兵马上就地卧倒。

几乎与这位连长同时，李天佑也听到了飞机的响声，也几乎是在同时，他向自己的战士发出了与前面晋绥军连长不一样的命令："飞机来啦，分散隐蔽！"

听到命令的八路军战士，马上转身隐蔽在玉米地里。就连李天佑身下的战

马也敏捷地一跃，跃在路边高高的玉米林，训练有素地卧倒在庄稼间一动不动。

一架日军的飞机擦着树梢飞来，疯狂地把几颗炸弹扔在路上卧着的晋绥军士兵群中，炸弹落地爆炸，几团烟雾蘑菇样升起。扔完炸弹后，日本飞机远去，卧在路上的晋绥军站了起来。此时，钻入玉米地隐蔽的八路军战士也从地里钻出来。李天佑知道自己的队伍成功地躲过了敌机的轰炸，从玉米地钻出后，便来到了前面的晋绥军跟前，关切地问道："兄弟们，有伤亡吗？"

"亡的没有，有几个受伤的。"晋绥军连长说。

李天佑看到，几个受了伤的战士痛得咬牙咧嘴，骂着小日本的祖宗。他对那位连长说："这位兄弟，你怎么不命令战士们分散躲避？"

那位连长给李天佑敬了个礼说："报告长官，我们刚从战场上下来，不敢分散，一散就合不拢部队。你看，我的连队只剩下半个连了。"

"兄弟是从哪里退下来的？"

"天镇。"

"现在日军在哪儿？"

"听说占了广灵、浑源了。现在日军每天以百里的速度推进，估计很快就战领灵丘了。长官，你们这是往哪儿开？"

"前方。"

"祝长官旗开得胜！"

"……"

这时，副团长杨勇走了过来，他对李天佑说："团长，越来越接近前线了，一路上我们遇到的飞机会多起来。现在应当想想怎样躲避飞机的办法。"

"你说得对，日本人的飞机他娘的想来就来，不防着点不行。"李天佑说着跃上了马背，挺直身子，右手搭在眉上，以手遮挡天上射来的阳光，四下里眺望。"嗬！"他望见四周的田野是海一样无边无际的玉米青纱帐，心想，山西北方这种长满高秆庄稼的田里可用来防空啊！于是他跳下马，命令："全团注意，迅速排成两路纵队，分别沿着道路两旁挨近庄稼地的边沿行军。一听到天上飞机响，立马钻进庄稼地隐蔽！"

李天佑一声令下，各营、连、排迅速变换队形，继续前行。

686团出发不久，独立团乘坐二战区司令部拨来的数十辆汽车，也从驻地出发了。蜿蜒在庄稼间的土路上，汽车鸣着嘀，很快就追上了686团的队伍，因为686团早已排成两路纵队沿着路边行军，因此独立团的汽车没有受到任何障碍就通了过去。连日来，由于敌人飞机的轰炸，汽车越接近前线，公路上的炸弹坑就越多了起来。加上公路上拥塞着溃退下来的晋绥军败兵，独立团的速度慢了下来。

　　路边的溃兵神色仓皇，有的用步枪当扁担，挑着包袱、鸡鸭；有的歪戴着军帽，斜披大衣，以武器当拐杖，边走边骂；躺在路旁的伤兵无人理睬，呻吟、呼号；担架上，马车上坐着的却是妖模怪样、衣着华丽的女人。

　　汽车开到一个拐弯处，车上的战士们看到，一个头上缠着绷带的伤兵满面痛苦，他挥着一把缺了口的大刀，有些疯癫地吼道："不许退，一个也不许退。冲啊！和鬼子拼到底……"

　　看到那个样子已经疯癫了的晋绥军伤兵，战士们对那个伤兵充满了同情和敬意。有人说："看来，国军里面也有不怕死的。"

　　"其实，在国军里面当兵的都是咱们的穷兄弟，他们只是没有阶级觉悟，才去国民党队伍里混饭吃。"

　　"是啊，山西这地方，共产党的力量不够强大，大多数民众还不觉悟。但他们是爱国的。"

　　"是啊，所以咱们才有优待俘虏政策啊。"

　　说到优待俘虏，有的战士就想到了八路军对日军的优俘政策，他们说："日军中也有穷人当兵的吗？"

　　"大多数应该也是工人、农民吧。日本的地主资本大概也是少数吧？"

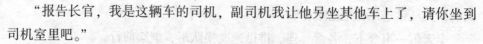

　　"那么说，对日本人实行优待俘虏的政策也是对的吧？"

　　"肯定是对的。"

　　"……"

　　685团是夜间出发的。鉴于日军的飞机经常白天飞临在八路军东进途中，师部再一次决定夜间行军，开赴抗日前线。

　　开到驻地的汽车一辆辆停在了街上。685团的战士们听到汽车响，一个个从老乡家里出来，排着队，紧张而有序地上着汽车。团长杨得志指挥团部的战士上车后，自己正准备扒着车厢上车，司机一个立定，站在他的面前，行着军礼说：

　　"报告长官，我是这辆车的司机，副司机我让他另坐其他车上了，请你坐到司机室里吧。"

　　"谢谢兄弟。不用了，还是让你的副手坐吧。"

　　"不，长官，今晚我们要走的路被敌人的飞机炸得坑坑洼洼的，坐到司机室里舒服一点儿。"

　　"这个嘛，无所谓，我坐哪儿都一样。"

　　"长官，你们八路军官兵平等，令兄弟佩服。您能坐到司机室里来，是兄弟

的荣幸。"

看到司机十分真诚，杨得志想到自己也应该多了解一些前方的情况，便决定坐在司机室里。

夜晚的路是难行的。车前灯探着前边的路，灯光里的庄稼、土路、杨柳、荒草、干河滩、弯弯的蛇行一样道路，一一闪过。杨得志能与司机一室，确实令司机十分激动。司机一上路就打开了话匣子，只是到了崎岖难行之处，才闭上嘴巴，聚精会神地开着车。

"兄弟哪儿人？"

"山西灵丘人。前方就是兄弟的家乡灵丘县。"

"噢，这么说我们这是往兄弟的家乡开啊。"

"是啊，日本人很快就打到兄弟的家乡了。阎长官派过去那么多队伍，都没能挡住日本人，这回可指望你们八路军了。"

"你觉得我们八路军能挡住日军吗？"

"能，兄弟见识过你们共军的勇敢。"

"噢？"

"不瞒长官说，当年兄弟的汽车连曾开到过江西，参加蒋委员长组织的对中共中央苏区的围剿。后来共军长征，兄弟的汽车连紧随着你们到过云、贵、川、陕，最后到过甘肃。"

"嗬，你可是追了我们一路啊。"

"是啊，日本人打进来了，中国人本应团结抗敌，可我们的蒋委员长偏要同室操戈。不瞒长官说，我非常愤慨中国人打内战，可话只能憋在肚里，不能说，现在好了，红军也改编成八路军了，中国人终于不打中国人了。不瞒长官说，今天能开车把你们送上前线，兄弟心中十分高兴。自觉得在做一件大好事啊！"

杨得志非常喜欢这个爱国的国民党兵了。与国民党军十多年交战的经验告诉他，在国民党的军中，实际上有许多苦大仇深的穷人士兵，也有许多热爱祖国的仁义之士，他们不过是投错了门，一旦有机会投到八路军来，都会成长为有觉悟的革命军人的。因而，他心中暗祝将来这位兄弟能成为革命军人中的一员。

黎明时分，汽车在一个小村旁停下。

"长官，不好意思，这里已是终点了。再往前走就没有公路了，前面的路程得弟兄们自己走了。"

"谢谢兄弟一路相送。"

"不用谢。祝贵军旗开得胜！"

"好的，听我们胜利的消息。"

第五章

林彪走在了队伍的前面。

共产党部队的指挥员们，特别崇尚一个"勤"字，林彪更是"勤"字当头。每有大的军事行动，他都毫无例外地走在队伍的前面，该过的沟，一定要亲自过去；该爬的山头，一定要亲自上去；该了解的情况，该调查的问题，从不惜走路，不怕劳累，一定要亲自弄个水落石出。他坚决杜绝懒惰，认为"懒"会带来危险，甚至带来惨败。一个"勤"字，常常使林彪在军事指挥上表现得相当优秀。

在原平，林彪下达了出发命令后，很快就在一位从晋绥军要来的向导带领下，带着几个警卫，骑马奔出了小营村驻地，没入了遍野的庄稼地。他们一路狂奔，连运送独立团的汽车也没有赶上他们。在以后日子里，林彪把自己的队伍丢得越来越远。仅两日，林彪就赶到了大营镇。就在这时，毛泽东拍来电报，电报称：

林、罗：

……我军应坚持既定方针，用游击战配合友军作战，原则上不要动摇。

原来延安的毛泽东读到林彪在原平发来的请战电文后，觉得林彪的电文中，字里行间透着一股强烈的集中兵力打运动战的冲动。这种冲动对于毛泽东来说是熟悉的，在洛川会议上，林彪和彭德怀等人都表现过这种冲动。毛泽东并不反对八路军一开到前线就打一个大的胜仗，若如此，那真是再好不过了。但是他担心，这种冲动如不加以控制，会成为八路军初上战场军事思想上的主流。他敏锐地从国民党战场上的败绩中看到，与装备占明显优势的日军死打硬拼就是自取其败。眼下，八路军不仅不能与日军面对面地展开阵地战，就连运动战也不合适，八路军只能以自己的拿手好戏，在敌后配合国民军与敌作战。再则，害人之心不可有，防人之心不可无，初上战场的八路军一定要防止国民党中一些人欲借日本人之手，消灭八路军于抗日前线。因此，他觉得应当重申八路军开赴抗战前线时的既定方针。

对于毛泽东的担心，林彪是清楚的，但他觉得目前必须为 115 师争取到与日军展开一战的机会，因此就给毛泽东回电说：

在敌人目前正在进攻的情况下，我先头部队应以作战灭敌为主要目标。

电文发出去后，林彪又有些后悔。他觉得自己在电报中所说的话干巴巴的，没有说服力，应当在前方侦察到好的地形、有了好的作战方案再向军委请战，到那时，相信毛泽东会同意自己的请求的。于是他决定先见见晋绥军方面坐镇大营的指挥者孙楚，和他谐调一些意见，然后再到前方去侦察地形。

孙楚长林彪 18 岁，身材精瘦，这个已届不惑之年的第 6 集团军副司令，曾在"围剿"陕北红军的战场上，与林彪兵戎相见。他们虽曾是对手，但孙楚对林彪的军事才能，从心眼儿里佩服。当时，他正在作战室的地图前研究怎样向平型关内长城一线布置兵力，听到林彪求见，立马就说："让林彪进来。"

握手，说欢迎的客套话，相见时的"热情"程式完结以后，林彪不再跟孙楚废话，打问起前方的情况来："敌情怎样？他们现在在哪儿？"

"不妙，不妙，日本人已经占领了灵丘县城了。"

听到敌人占领了灵丘县城，林彪在心里量了一下灵丘城至平型关的距离，算出敌人离平型关的距离约有 30 公里左右，便说：

"敌人要是进攻平型关，用不了一天就赶到了。"

"是啊，日本人已经赶到我们眼皮底下了。情况紧急，贵军现在到达何处？"

"开进途中，估计明天就能够到达这里。"

孙楚叹了一口气说："鄙人原先打算你们开来之后，让你们八路军去守卫灵丘县城，不想灵丘城失守了。115 师很快就要开来了，林师长打算在我平型关长城防线哪一段驻守呢？"

听到孙楚这么说，林彪无声地笑了笑说："根据我八路军总部拟定的计划以及我军和战区阎长官的商定，我军不担当正面作战的任务，八路军的作战是配合性质，我想我们的作战位置在敌后的侧面，不在正面。"

孙楚也笑笑说："那是，那是。那么请问林师长，贵军开来后准备怎样配合我军作战呢？"

"我军擅长游击战和运动战，贵军正面阻击，我军应绕到敌后，寻机侧击敌人。我想了解一下贵军正面战场在哪里，然后再决定我师的作战地域。"

"林师长来看。"孙楚来到作战地图跟前，林彪紧跟其后，孙楚用手指着地图说:"本人估计敌人占领广灵、灵丘、浑源之后,很快会派一支流动牵制性的奇兵,奔袭到平型关一带,抄袭我雁门山后路,与大同之敌配合,在雁门山一带与我作战。得手后,经忻口进攻太原。因此,我们准备以第33军、第17军两部,扼守这平型关至团城口之间的险要地带……"

林彪认真地看着孙楚摆的阵形,觉得他凭高守险没错,但布阵过于单一,这种单线条的阵地,在林彪看来,是一种有缺陷的阵地,但碍于面子,不好意思给他点破,因此说:"友军凭高守险,在地利上占有优势,在这里阻敌应该说没错。"

"林师长所言极是。"孙楚听到林彪在赞扬他,有点得意地说。林彪看到孙楚正在兴头,马上说:"如果我师绕到敌人背后,给贵军一个有力的配合,胜算就会更大。"

"好啊,如此再好不过了。"孙楚说。

林彪接着说:"我打算到前面侦察一下地形,为我军选择一个好的作战地段。"

孙楚高兴地问:"好啊,请问林师长什么时候去前方侦察?"

"我打算吃过午饭就去。"

孙楚就说:"林师长这种雷厉风行的作风真是令人佩服。这样吧,林师长一路风尘仆仆,一定很劳累了,我给你派一辆吉普车吧。"

"那就谢谢孙司令了。"林彪说。

午饭后,孙楚亲自坐着吉普车,送到了林彪的住处。林彪立即出门迎接。两人握手时,孙楚说:"不好意思,让林师长久等了,我把车送来了。"

"谢谢,谢谢,我们马上就到前面进行实地侦察了。"

临别,孙楚吩咐说:"日本人已占领了灵丘城,随时可能开过来,你们要多小心啊。"

林彪说:"请司令放心,不会有什么事的。"

林彪和孙楚道别后,引上随从人员上了孙楚送来的吉普车,驰离了大营镇。

吉普车在金黄色田野间的土路上奔跑着。平坦的地方是一望无际的长势喜人的玉米,向远处土梁和山峰缓伸的地方,渐渐地谷子多了起来。此时的林彪不是在以一个农民的眼光打量着这些玉米、谷子地,而是在以一个军事家的眼光打量着眼前的这片金黄。眼前的景致让他好高兴,他想,如果这条夹在庄稼地间的长长的土路走过来一队日本人,事先在两边的庄稼地里埋伏千军万马,一声令下,伏兵如猛虎般跃出庄稼地,只需一阵猛刺,便可把敌人刺个稀烂。他发现,前方的这种玉米地、谷子地是打伏击时理想的藏兵之地,不但能把人埋得严严实实,而且里面干燥、凉快,有利于长时间埋伏。想想那些国军,从

北平到平型关这儿，竟然没有一个人敢这样伏兵打一仗，活该他们挨揍。

林彪这样想时，觉得解决了什么难题似的，心里亮堂了起来，身心也觉得有了轻松的感觉。他开始确信晋东北是兵家施展本事的好地方了，这眼前所见只是晋北最常见的地段，便有了军事上可以利用的价值，而远处那些山梁，如果继续深入，一定可以发现更佳的抗敌战场。因此，他一任司机在庄稼地间的土路上迅跑，而自己则把目光投向野外，两眼寻找着更佳的作战地形。

吉普车在庄稼地间的道路上轻快地跑了一程之后，渐渐地林彪觉得地厚天高了，身子也仿佛被神话般地抬了起来。他定神一看，原来到了一处山峦上，在两座不很高的苍凉的山头间，立着一座已经相当残破的关楼。他想，这大概就是平型关楼吧！于是他让司机停车。车停后，林彪等人下了车，过了关楼的门洞，回头一看，果然看见了关楼门匾上的"平型关"三个字。顿时，林彪的心头微颤起来，有一种类似醉酒似的眩晕。他赶紧把自己的目光远送，只见平型关岭层层叠叠，似一波一波的浪涛，向远处奔突。尤其是关楼脚下向东一面的地貌，更是令人震撼。眼见得两列相距数里的山脉，作腾龙状，几乎平行着向平型关岭奔来。在两山之间，是一堆一堆的黄土圪梁群。亘古以来，雨水在黄土圪梁的中间，成千次上万次地切割，切割出一条罕见的长沟，自己脚下的这一条公路就从平型关岭的缝隙中蜿蜒而出，钻入那道长长的深沟里。在深沟的两边是较开阔的黄土梁地，继之就是连绵起伏的高山了。凭着自己对地图的熟知，林彪知道这便是乔沟了。

林彪举起望远镜，急切地观察着前面的地形。蜿蜿蜒蜒的乔沟，深约20多里，而且越来越窄，最窄处，仅能行一辆汽车，而内边的沟壁则险如刀削般……

林彪喜形于色，心想道：嗬，好长的一条沟啊，足有十多里长，更妙的是沟的两边是开阔的梁地。这里是敌人进攻太原的必经之地，我们何不在这里埋伏上千军万马……

观察地形的林彪，眼前出现了幻景：在他的望远镜里，从远处的沟口开来一队傲慢的日军。日军越来越多，很快涌了一沟。顷刻，日军的队伍又幻化成一条毒蛇，在沟里穿行。

此时，沟底穿行着蛇的幻影，又幻化成激烈战斗的场面。

平时，杨得志指挥战士猛打猛冲的场面在林彪眼前出现。对，让685团埋伏在这一带。杨得志可是一员虎将，他定能领着战士们把蛇头砸烂。

林彪随之把望远镜的镜头移至十里乔沟时，乔沟的蜿蜒、深险，印入了他的眼帘，他已有意把这里作为将来伏击日军的主战场了。林彪的心里说道：战斗打响后，这里将是最激烈的地段，到时要将敌人在沟底斩成一段一段，分割歼灭。这斩腰的任务由谁来完成呢？此时林彪的眼前幻化出的面影是李天佑。对，让686团负责斩腰，李天佑这神最能打硬仗。

最后林彪把望远镜移到小寨村一带。那边的地形看上去虽然有些模糊，但不难看出，应该在那里斩断"蛇"尾。林彪想，这里虽不是主战场，却是关系到战斗胜败的关键一环。布置到那里的伏兵既不能暴露目标，让敌人放心地进入伏击地域，又要扎紧"口袋"，断了敌人的退路，还要负责阻击从灵丘方向增援的敌人。这断尾的活儿也不轻松呢，仍需要一员虎将。让谁来负责断尾呢？此时，在林彪面前晃动的身影是徐海东，同时他也想起了徐海东带的那个虎虎生气的旅，心想，那就让徐海东带领344旅在这里断尾吧。

林彪显然把自己弄得激动了，他放下望远镜，向司机摆了个继续前进的手势，然后和随行人员上了停在一边的吉普车。吉普车呜呜叫着，从平型关岭沿着土路奔驰下来，钻入了十里乔沟。车行沟底，林彪已能近距离感受乔沟了，乔沟的幽深，两边沟壁鬼斧神工般的陡峭，沟底仅行一辆汽车的狭窄，再一次激动了他，坚定了在此与日寇一战的决心。

吉普车继续向前奔跑，出了乔沟，进了蔡家峪峡谷，之后，就来到了灵丘平川，顺着田间的公路，行至距县城约一二里的地方，林彪让吉普车停下来，隐蔽在一片杨树林里，自己跳上一个土台，举起望远镜，向灵丘城方向望去。

灵丘城的城墙上，太阳旗下，一个日本岗哨肩膀上扛着长枪，正在来回走动。林彪这是第一次看到日本兵。想到将要在平型关一带给日本人掘一个大墓时，又一次想到让战士们多抓几个日本俘虏，带到太原等城市游街，让那里的老百姓开开眼界，看看日本人是什么样子，日本兵是什么样子。

观察完灵丘城，林彪让司机开车回奔大营村。路上他想起孙楚对他说，广灵、灵丘、涞源等县城已被敌人占领，平型关战斗一开，那里的敌人一定会来增援。就想应该让独立团大胆深入敌后，隐蔽穿插至腰站一带，准备狙击涞源城的增援之敌。这也是关键的一环，这一环万不能忽略。

林彪回到大营村时，343旅已经全部在大营一带结集。他回到师部，什么事也不干，立马起草电报一份，吩咐孙毅快点发出去。孙毅接过电报，只见电文写道：

朱、彭并告毛：

关于我师目前行动方针，我意不只陈旅应在现在域协同友军作战，师直及徐旅亦因同样任务而靠近作战，陈旅暂时不应以做群众工作为中心任务而进驻阜平。因为：

1. 目前敌正前进中、运动中、作战中，为我进行运动战之良好机会，我友军目前尚有抗击敌人之相当力量，为能得到友军作战之良好机会，现地域为山地，乃求、山地战之良好机会，倘过此时机，敌已击破友军通过山地，并进占诸主要城市时，即较难求运动战、山地战及友军配合之作战。

2. 目前军民正在看我军直接参战，如我参战兵力过少，则有失众望。

3. 兵力过少，则不能将以绝对优势兵力消灭敌之一部。

4. 目前须以打胜仗、捉俘虏，提高军民抗战信心，提高党与红军威信，打了胜仗更容易动员群众与扩大红军。

目前如集中一师以上兵力于狭窄区域求战，当然是不妥的，用不开的，但以一师以下兵力则是需要的，用得开的。目前第一仗应以集中约一师的兵力为好，待尔后客观情况上已失去一师兵力作运动战之可能时，再分散做群众工作和游击。

林　彪

孙毅发出电报后，罗荣桓下部队安排工作回来，林彪高兴地和罗荣桓握手后，把自己在前方发现有利地形，并想在前方打一仗的想法告诉了他。罗荣桓一听有好地形可以利用，便说：“有好地形，当然要打。不过，这可是我八路军的首战。首战必胜，为慎重起见，就应当对那里的地形作更详细的了解。”

“是啊，这一仗一定要打得慎重，明天我再去那里一次，对那里的地形再进行一次详细的勘测。”

“要不要我跟你一起去？”罗荣桓问。

“不用了。罗主任，你留在部队当家吧，部队上没有一个总当家的怎么行？”

第二天一大早，白天因侦察地形身子颇感劳累的林彪，一觉昏睡到天明，刚刚醒来，孙毅就送来一份八路军总部的命令。林彪一看，是总部命令115师立即进入太白山区上寨一带驻防，候机侧击敌人，以有力的游击战动作，配合国民党军在平型关一带的作战。

原来八路军总部已于昨日到达了晋北的五台山南茹村。朱德总司令顾不上休息，马不停蹄，赶到太和岭，会晤阎锡山，商讨八路军配合晋绥军作战的问题。

由于朱德被南京政府委任为二战区副司令长官，加上他带领红军打出来的威名，阎锡山对他的到来表现出十分的热情和尊敬。一阵亲热的寒暄过后，阎锡山便向朱德介绍他在平型关至团城口一线的布防情况。完后，他又说："我们部署平型关战役的时候，贵军 115 师尚在东进途中，所以没有在正面为贵军安排作战地段。现在贵军已经开到平型关下，朱副司令长官从这一带防线上为贵军挑一处防守地段吧。"

朱德俯首看了看墙上的地图，然后说："阎先生利用这一带有利地形，居高临下打击敌人很好，很不错。不过，在朱德看来，如果派一支有善于打游击战的部队绕到敌后或者敌侧，狠狠地打击敌人，会取得更大的胜利的。我军最善于游击战法，应该派 115 师绕到敌后或敌侧作战，而不是在正面。"

阎锡山觉得朱德意在避免八路军与敌人正面作战，但又觉得朱德分析得也很有道理，他想，也许把八路军派到敌后或敌侧，更能发挥这支部队的特长。这时他也觉得，光在正面部署兵力，而不派兵袭扰敌后是一种疏漏，因此便说："那好吧，就依朱副司令的意见，占领灵丘城的日军很快便会攻到平型关下，贵军如能开到灵丘南山上寨一带，以此处的大山为依托，有力地侧击敌人，对我正面战场也是一个很好的配合，从而增加我正面作战的胜算。"

商量好八路军的作战地域和作战方式之后，朱德又提出了八路军的装备供应问题。阎锡山因为心情很好，爽快地答应道：

"这个嘛，眼下我手头上的武器弹药也不富足……这样吧，每人发给你们 5 颗手榴弹、100 百发子弹如何？"

朱德想到阎锡山平时以小气著名，一下子能给八路军这么多弹药已是很不错了，因此心里就有了几分满意，便说："好，这些装备定能壮我军力。不过，希望阎长官尽早把装备发下来，果如此，我军将士就能以猛力扑向敌人。"

"好好，这个没问题，没问题。不过贵军到达灵丘南山后，就得自己筹粮了。"

"为什么？"

"唉，不瞒你们说，我那些个县官，尽他妈的软蛋，县城一丢，都他们的跑了。"

"明白了，那我们就自己筹粮吧。"

朱德和阎锡山谈完话后，便向八路军总部发报，传达阎锡山让八路军 115 师进驻灵丘南山上寨地区的命令。

林彪和罗荣桓接到进驻上寨的命令后，二人研究决定，第二天一早，由罗荣桓带着部队立即向灵丘南山上寨一带开拔；林彪则带两个警卫，化装成老百姓，继续到平型关一带侦察地形。

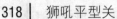

卷十二

第一章

日本人尾追着第33军73师的屁股侵占灵丘城的那天，正是中国的农历八月十五。这一天是中秋节，中国人传统的团圆节。每年的这一天，全世界只要血管里流着中国人血液的人，都要想方设法回到自己的家里，与亲人团圆。而今年，灵丘城里的人合家团圆却是一种奢望了。日本人不让他们团圆，他们不得不携带家小，弃家逃离县城，投奔到乡下、南山和北山的亲戚家里避难了。已经远逃的县长张普晋，战前对灵丘县的唯一贡献是事先派警察杜番和另外一个姓马的警察，到天镇、阳高县城附近打探清了日本人屠城的情况，并且让人把日本人屠城的消息告诉了县城里的百姓，让百姓了解了真相。

"他大娘，听说日本人早上就从广灵出发了，咱们快跑吧。"

城里的人们相互打着招呼，提着早已准备好的大包小包，你拉我拽，纷纷奔出了城门。正在逃难的人们逃离县城不远，忽然听到城东"轰轰"响起几声手榴弹的爆炸声，跟着就是一阵激烈的枪炮声夺人魂魄地骤然响起。听到枪炮声，人们不由得驻足，惊恐地回头观看，只见大约在县城的东面，随着一声声"轰轰"声响，一股股硝烟魔影般升腾，同时团团火光在魔影般的硝烟下面吓人地闪现。

枪炮声震得脚下的大地发颤，发颤的大地震得脚板发麻，浑身颤动，尤其是震得魂灵儿抖颤。

"不对吧，晋绥军不是早已逃跑了吗，怎么还会有枪炮声呢？是不是日本人在杀人哪？"

事后人们知道，城东那几响手榴弹是一个晋绥军的散兵游勇扔的。那个游荡在城墙头上的晋绥军士兵在城东的城门楼上看到一队日本兵正旁若无人地从城东门的瓮城穿过，抽出随身带的 5 颗手榴弹，照着瓮城下面的日军一颗一颗地准确扔出，5 颗手榴弹随即着地开花，日本兵顷刻间死伤一片。城外的日本人听到手榴弹响，以为碰到了守城军队的抵抗，立即组织各种火炮，向城头倾泻，瓮城之上，顿时枪炮声大作，硝烟滚滚，火光闪闪。那个晋绥军士兵却乘乱逃离了城头，远远地逃走了。

日本人在城东的瓮城头上一阵猛轰，却发现没有一粒子弹、一发炮弹向他们射来。看到没有抵抗，指挥官便命令停止轰击。

开到灵丘城外的这队日军，是板垣师团步兵第 21 旅团的一支。旅团长就是一年前陪同板垣征四郎沿平绥路经平型关侦察的三浦敏事。一大早，几天前率队占领广灵县城的三浦敏事就接到师团长板垣征四郎从河北蔚县发来的命令，让他立即率队向灵丘城进发。这命令让三浦敏事异常兴奋，眼前立刻就出现了一年前在灵丘县城吃过的焦黄的熏鸡、脆黄的黄烧饼。他立刻跳出院子，挥着双拳，命令道：

"队伍马上集合！"

队伍很快就集合好了。三浦敏事抽出指挥刀，指着灵丘方向，歇斯底里般吼道：

"灵丘那边的，出发！"

于是三浦敏事的队伍黄潮般涌出了广灵城，向灵丘方向滚滚开来。

八月中秋时节，灵丘的秋熟了，黄透了的田野，成熟的庄稼粒，散发着浓烈的香甜味儿。成群的各色鸟儿飞落在沉甸甸的庄稼穗子上，吃乍熟的庄稼籽儿。然而欢乐的鸟儿们刚刚抓住庄稼穗儿，就被开来的黄狼样的日本人惊飞了。

三浦敏事带着队伍开到灵丘城东的瓮城下时，瓮城的城门洞开，城墙上光光的没有一个人影，城里静悄悄的没有一点儿声息。这情形，傻子都感觉出这是一座空城。虽然他的队伍曾经有过在类似的情形下贸然进城遭袭的教训，但是在他的部队所向无敌、连克数城的情况下，他基本上可以断定这是一座空城。因此，他一任他的先头部队，扛着枪，大摇大摆地进了城门。当那个晋绥军士兵在瓮城顶投下 5 颗手榴弹时，他才知自己又大意了。他马上组织枪炮，轰击瓮城。当他发现并没有人抵抗时，又下令停止了轰击。

灵丘城还是那么寂静。

三浦敏事有点儿不敢相信这是座空城了。他马上给远在蔚县的板垣征四郎发报，请求派飞机侦察灵丘城是不是一座空城。

一架飞机开来，绕着灵丘城上空转了几圈又飞走了。

板垣征四郎告诉三浦敏事，灵丘城内各条街巷空空荡荡，城墙头上，光光的无一伏兵。

三浦敏事这才擦了擦头上的细汗，放心地命令部队："向灵丘城开进！"

果如飞机侦察的那样，灵丘城内的街道空空如也，一群黄狼似的日本兵荷枪开到城门边的街口上时，街口只有几条被遗弃的狗汪汪地叫着反抗，企图阻止穷凶极恶的日本兵入城。

"八格牙鲁！"

三浦敏事军刀向狗群一指，前排的几个士兵举枪一齐射击，几条狗"吱吱"叫着，饮弹而亡，为保卫灵丘城流尽了最后一滴血。

"欢迎大日本皇军！"

"东亚共荣！"

狗声刚停，口号声又起，而且还是地道的日语。三浦敏事奇怪，这偏远的小城，哪里来的日本人？正心疑之际，看到一个中国青年手摇着日本小国旗，从前面街道里跳跶着而来。接着，又看到在青年的身后，有一支很像一家老小排成的不整齐的队伍。那些老小想竭力跟紧他，并同他用极难听的日语喊着口号。快到跟前时，那中国青年一脸喜气，边摇小旗边喊："皇军，我在大日本国留过洋，我会日本话，我愿效忠皇军。"

那时候，三浦敏事已经意识到向他们欢奔而来的这个中国年轻人是一个中国人深恶痛绝的汉奸。但那时日本人一路攻城略地，在中国的土地上开进顺利，也使他没有意识到汉奸对于日本人的意义。三浦敏事厌恶一切中国人，包括向他欢奔而来的这个没有脊梁骨的中国年轻人。

"死啦死啦的！"

三浦敏事突然伸出指挥刀，指着那个跳跶的中国年轻人吼道。前排的日本兵举起长枪，一阵齐射，那个年轻人身饮数十弹，倒下……

这个年轻人名叫王表，是城里王姓富户的三公子。去年王表从日本留学回来，闲在家里无所事事，一月前的一天，听到日本人进攻中国的消息，一下子从炕上跳了起来，一边作揖一边说："阿弥陀佛，阿弥陀佛，喜从天降，喜从天降。"

"何喜？"他爹看他喜得张狂，便问。

王表看爹不懂，便说："老爹你想，这日本人到咱中国来，你儿子不是有事做了吗？"

他爹依然不解地说："日本人来你能有什么事干？"

王表眨巴眼说："老爹，我在日本留过学，懂得日本话，我可以给日本人当翻译。翻译，你懂吗？那可是日本人的嘴和眼啊！给日本人当嘴和眼，日本人会亏待咱吗？咱们升官发财的机会不是来了吗？"

他爹顺着他这个儿子的思想，越想越觉得对，便对他说："那你就赶快去投日本人吧。"

王表说："用不着儿子去，日本人自会找上门来的。现在日本人这不是去打太原吗？他们必定会从咱这灵丘县城路过，到时候咱全家老小，手里拿着日本国旗，排着队，迎接日本人进城，日本人必定乐得不行。"

自从打定卖国的主意，当灵丘城的人呼儿唤女倾城逃难时，王表一家并没有出逃，他们一家大小在王表的指导下，屁颠屁颠地忙着赶制日本国旗，同时，跟着王表用日语学喊"欢迎大日本皇军"、"东亚共荣"等汉奸口号。

半前晌时，城东瓮城忽然枪炮声大作，王表一惊，继而心生奇怪：灵丘城内并没有一兵防守，怎么会有枪声？于是他便战战兢兢地出门观看。刚出家门时，枪炮声已经停了，一架飞机正在县城上空盘旋。他知道这是日本人在侦察。飞机飞走了，他便走出院子，来到了街上。这时，街上已经有日本人扛着枪，嘈杂着、踢踏着进来。王表心头顿喜，赶紧跑回院子里，喊出所有的家人，让家里老小排成纵队一列，手摇日本小国旗，在他的带领下，出村欢迎日本人。

王表一家人的举动令日本人惊奇而不解。

王表也好像觉得，面对他们这些前来欢迎的中国人，日本人好像并不高兴，他们呆子一样站着，忽然，他看到那个日本军官用军刀一指说："死啦死啦的！"前边的日本兵便举起枪，对着他们把枪膛的子弹射出。数十颗子弹打穿了王表的身子，王表手捂着伤口，一个鸡奔食栽到地上。

"皇军，皇……"他扬起不解的脸，想问问日本人，可话没说完，就跌入黄泉。

听到枪声，跟在后面的王表一家人，一下子惊在了那里。他的爹跌跌撞撞地跑过去，扶起他的头，看到他两颗眼珠子傻子样不再动了，抬起头问日本人："我的儿子可是投靠日本的，你……你们为啥要杀他？"

日本人虽然听不懂他说的话，但已猜到了他的意思，便又举枪对着他"叭叭叭"一阵扫射。

王表的一个平日和他有点过节的嫂子看到眼前的惨景，骂道："王表，你把全家害了。"说完，子弹就射了过来。

街头上一下子就横七竖八地躺了王表家十三口人的尸体。望着七仰八躺的一摊血泊中的尸体，日本人哈哈大笑了起来。三浦敏事快意地挥了挥手，说了一声："开路！"后退几步，让身后的队伍从眼前的尸体上开了过去。

先过去的是一队扛枪的日军，随后是隆隆的坦克，坦克后面是一辆辆满载军用物资的汽车，汽车的后尾跟着一辆一辆也拉着军用物资的马车。顷刻之间，王表一家人的尸体在日本人的足下，在坦克的履带下，在汽车的轮子下，在马车的胶皮轱辘下，出血肉模糊变成一摊一摊的肉血碎骨混合的泥泞的浊物了。

这时，三浦敏事手下的一个联队长粟饭原秀走来，对正在欣赏自己进城的队伍的三浦敏事说："旅团长阁下，灵丘城果然又是一个无人抵抗的县城。"

三浦敏事得意地说：

"中国的军队不经打，在山西，皇军自从打下了阳高、天镇后，广灵、浑源、灵丘都是无人防守的县城。哈哈！你发现了没有，几乎成了一种规律，对中国军队，你只要狠狠地打他一个点，他就会全线溃退，只要集中拿下他几个城池，周围的城池就会成为一座空城等你去占领。等着瞧吧，不几日，我们将像今天这样荣耀地踏上太原的街头。"

粟饭原秀说："对，对，阁下说得对。三个月后，中国的每一个城市都将踏在我们日本军人的脚下。"

接着粟饭原秀又压低了声说："阁下，有几日没有练手了，士兵们的手都痒痒的了，您看我们今天是不是在这个城里练练手？"

三浦敏事说："不，不，这里已是一座空城，已无人头可练。传令下去，暂时不许在这个县城练手。要让县城的每个门都大门洞开，让老百姓自由出入，当那些跑出城外的人们看到我们没有杀人，就会回来，那时候，我们再关起门来……"

粟饭原秀说："是！阁下英明。"

第二章

灵丘县城的居民乔有苗，随着逃难的人一从县城跑出来，就想回去。看看城外满世界的秋色吧，遍地的金黄火焰一样，烈烈的，那可是今年老天爷送给咱庄稼人的一份厚礼啊！可是日本人来了，占了灵丘县城了，灵丘城人有家不能回了。眼看着老天馈赠的厚礼不能收了，这怎能不让老乔的心里焦急呢？老乔像热锅上的蚂蚁，在城外头的一块秋田里转来转去，又在一处田间的塄头上蹿上跳下。只见塄这边的谷子已经熟极，狼尾巴似的穗子压弯了谷脖子，凉风顽劣地掠过，谷穗碰谷穗，饱满的谷粒就沙沙地落下，撒在垄沟里。而塄那边的豆子，鼓鼓的豆荚子在烈日的照耀下，纷纷地爆裂了，豆粒子撒落了一地。老乔种了一辈子的庄稼，熟知灵丘秋天的脾性。灵丘的秋天娇贵着呢，庄稼熟到这个份儿上，再不收割，就会有许多的颗粒下落，就收不到满秋了。

"日他那个娘的，都是日本人闹的。老子一辈子老老实实地种地，什么时候招惹你们小日本了。"

　　一辈子在灵丘种地的老乔不久前还不知道这世界有个小日本哩，怎么会招惹你们呢？老乔觉得委屈，觉得日本人不讲理，不算人哩。带着对日本人的怨恨，老乔不知不觉离开了那块庄稼地，忽地，脚下一滑，一抬头，发现自己靠近了灵丘城。

　　此一刻，灵丘城悄悄地寂静在一片金黄的秋色中，灰蓝的城墙，飞檐的城楼，艳蓝的天空，走游的白云，让人感觉到一种从未有过的纯美。城里有老乔的家，以前老乔可是想出就出、想回就回，如今城里被日本人占了，老乔不敢进去了。

　　"我日死你娘哩……"老乔骂着，就觉得中国人窝囊，也觉得自己窝囊。心里一痛，就有眼泪玻璃珠子样从眼窝里滚落下来。

　　老乔来到了城门洞跟前，藏在城门跟前的玉米地里悄悄地观望。城门洞开着，没有一个岗哨。伸出脖子从城门洞望街，街上空空如也，只有几只鸡觅食。

　　怎么没有日本人？难道日本人没有进城吗？

　　老乔终于看到了几个排成一队的扛枪巡逻的日本人。日本人头戴小锅样的铁帽，肩扛长枪，脚踏大头皮鞋，笨笨地吭哧吭哧地走过来，到了城门口，又返身走去。老乔探头想往街的深处看看，可是街深了看不见。

　　老乔想：日本人大概不会杀人吧？两兵交战，怎么能杀老百姓呢？老百姓又没招惹他们。这些天，那些日本人杀人的传说怕是谣言吧……不能吧，日本人也是人吧，也知仁、义、礼、智、信吧。

　　老乔想着就抬腿试着走出了庄稼地，小心翼翼地进了城门洞。只觉有凉风轻轻地从背后吹着，老乔觉得自己身如白纸，虚着步子让风吹着，过了城门洞。进了城，在街上只行了几步，就见日本巡逻兵迎面走来。老乔想躲起来，可是来不及了，巡逻的日本兵已经看见了他。老乔只得双腿软软地站着，一脸土色，两只眼迟迟地望着走来的日本兵。

　　"你的，大大的好。"巡逻兵擦肩而过，一个日本兵说。

　　听到日本人说"你的，大大的好"，老乔像是吃了定心丸，心生了一点儿快乐，向前走了几步，拐进了自家的院里。

　　自家的院子毫发无损，走的时候什么样子，回来的时候还是什么样子。院内，玉米秆围起来的篱笆上，豆荚子的叶子勃勃的，风轻吹着它们，孩子小手样晃着。篱笆内，亮亮的西红柿红如灯笼，黄瓜擀面杖样垂挂在蹿上架的秧藤上，形态古朴的苹果树送来芳香……沿着篱笆和院墙夹出来的窄道，老乔又往院里深入了一截，只见弯弯的木犁还在南房的窗台下放着，犁铧闪亮闪亮地照

着人的眼睛，大锄挂在闲房的窗户上，靠窗台还立着把子被他的双手磨得光溜的旧镢子，正房的门台上白花猫卧着睡得正酣，门上好好地上着锁。老乔心下一阵兴奋，兴致地扒着左右邻家的墙头探头往院子里瞧。只见左右邻家的院子也跟自家的院子一样，一片祥和，家门上也都好好地上着锁子。

"日本人不杀人。"老乔得出了这样的一个结论。

"也不糟害人。"老乔又得出了一个结论。

老乔兴奋地走出自家的院子，出了城，喊逃在外面的人们回来秋收。由于老乔的判断失误，蕴含着日本人阴谋的信息向外传播着。

那时候逃出城外的人中有许多老乔这样的人，面对老天今年送来的少有的金秋，他们心焦地里的玉米、高粱、谷子、豆子、山药。灵丘的秋天最为危脆，庄稼不但怕风，还怕雨，风能干裂豆子的荚子，吹落熟透的高粱、谷粒，绵绵的连阴雨，则能把玉米、高粱、谷子、豆子、山药烂在地里。而灵丘的秋天，经常不是刮风就是下雨。庄稼是人的命，他们怎能平心静气地任凭风雨蹂躏地里的庄稼？因此，听到日本人不杀人的信息，人们心头极喜，急急忙忙地往城里赶。

在行人如蚁的回城的道路上，还有些是商人，他们走时没有来得及把他们的商品藏起来，大部分锁在店铺里。也有一些心焦留在家里的老人和病人的，因此，他们的步履也是急匆匆的。

当人们一拨一拨地走进洞开的城门时，日本人就像看着一只只愣头愣脑地往网里撞的鸟儿一样，心里禁不住一阵阵窃喜。而此时，急急进城的人们没有一个意识到，他们正在投入日本人撒下的阴谋的网中。

日本人让城门洞开了两天，第三天一大早，当发现逃难的人差不多都回来时，三浦敏事就一连下了两道命令：一道是命令第 11 联队尾家大队、第 21 联队平岩大队和第 42 联队折田大队，由自己带领，由灵丘城出发，经平型关向大营进发；一道是命令暂留县城的部队准备沿门挨户地抓人，以抓来的人"练手"，血洗灵丘城。这命令兴奋着每一个日本官兵，鸣哩哇啦地乱叫起来。几个日本兵，快步跑到了一直洞开的各个城门口，木桩样站起岗来。外面的人只管进来，里面的人统统地不准出去。三浦敏事带着三个联队出发离开县城后，城里的部队便开始杀起人来。

那天，老乔是第一个被日本人杀死在城门口的人。

一大早，老乔的一只公鸡跳上鸡窝引颈一打鸣，老乔就起了床。老乔起床后发现院子灰蒙蒙的罩在雾中，雾极为清淡，老乔揉了揉眼睛，就看清了院子里的篱笆，篱笆里的蔬菜和红苹果压弯的枝头。老乔觉得身子有点儿乏困，但忙秋让他顾不得这些，他从闲房的窗户上取下镰刀，蹲在磨石上，伸手撩上水，沙啦沙啦地边磨镰刀边喊老大娘起床做饭。

饭熟了，老大娘喊他吃饭，他十分急切地粗粗地把碗里的饭扒拉到嘴里，看看孩子们还在细嚼慢咽，生气地把饭碗一扔，说："快快吃，吃完了到地里收秋去。"然后，直了直因收秋实际上很乏的身子，下了炕，走到院子里，顺手把一条大背绳甩在了肩上，拿了镰刀，拖踏着一双沉重的大脚向东城门走去。

那时候，晨雾已经消失了，老乔一出院门，就看到了离他家不甚太远的东门的城门洞。老乔还发现，在城门洞两边今天多了两个站岗的日本人。心里有日本人不杀人的看法，加上两天来日本人确实没有杀人，老乔心中没起一丝儿害怕，没事似的向城门口走去。

"你的站住！"

刚到城门口，老乔就听得一声断喝。还没听明白是怎么回事，两个站岗的日本人就伸出长枪，"啪"地碰出一个"X"，挡住了他的去路。老乔一惊，慌忙倒退了三步。老乔不知出了什么事，茫然地望着瞪着凶狠目光的日本人。

"你的回去，今天出城的，大大的不允许。"

听出来日本人是不让出城时，老乔说："我外面有庄稼等着收割哩，你们怎么不让我收割庄稼？"

这两个站岗的日本人是来自长畸的日本农民，一个叫板田一二，一个叫长野稻香，没来中国之前，和老乔一样，以种地养家糊口，所不同的是老乔以种玉米为主，他们以种水稻为主。因此，他们虽然听不懂老乔的话，但也能猜出老乔因什么而急。不过他们并不对这位中国老农生出一点儿怜悯之心，而是极其野蛮地说："你的回去，庄稼的不许收割！"

在两个曾经的日本农民的威逼下，老乔软了腿骨，不敢再前进一步，他倒退着，连连说："是，是，是……"

如果说一开始板田一二和长野稻香这两个日本人是例行公事的话，后来他们的行动就是自发的了。当老乔无比沮丧地转回身，拖踏着步子往回走的时候，他们相互对视了一下，都从对方的眼里读出了和自己心思一样的意思。

板田一二说："他们的很快就要'练手'，我们的这边的站岗，没意思。"

长野稻香说："我的手早已是痒痒的了。"

板田一二说："我们把他叫来练练手？"

长野稻香说："好啊，大大的好啊！"

他们朝老乔喊："你的，过来！"

往前走的老乔听到喊声，心想，叫我吗？便站住了。站住的老乔回头看了一下，看见两个站岗的日本兵笑着向他招手，迟疑了一下，转身走了过来。

“你的，大大的好。我们皇军的，练手练手的。”

老乔听不懂他们的话，不知道“练手”是什么意思，但是，他从日本人非同一般地狞笑感到了一种可怕的杀气。老乔很害怕，又不知所措。

板田一二命令说：“你的，墙那边的站着。”

老乔就顺着日本人的意思乖乖地靠城墙站着。

长野稻香顿时有一种异样的兴奋红艳在脸上，只见他取下肩上的长枪，晃动着刺刀，做出一个标准的冲刺动作，一刺刀捅进了老乔的肚子。老乔一惊，这才知道日本人是要杀人，他惊骇地瞪大眼睛，双手把日本人的枪把紧紧抓住。长野稻香用力一拉，把刺刀从老乔的肚子上拔出来。已经变红了的刺刀，滴滴答答滴着老乔冒着热气的艳红的鲜血。老乔感到自己肚子上的刀口热辣辣的，不由骂了一声“牲口！”骂声刚一出口，板田一二“啊哈”一声，又把刺刀捅进老乔的胸口里。这一捅，用力极猛，一下子穿透了老乔的身子，红的血顺着穿过后背心的刺刀小泉样流了下来。老乔支持不住了，木桩样倒了下去。板田一二和长野稻香又在老乔身上补了几刀。

老乔死了，一个懂得仁义礼智信的中国农民躺在自己的血泊中死了。

两个曾经也是农民的日本人望着自己的“杰作”，摇头晃脑，哈哈大笑起来。

离城门洞不远是灵丘城居民王祥家，老乔之死，王祥媳妇完完全全地看见了。

王祥媳妇30来岁，一大早，她端着尿盆去厕所里倒尿。哗，她把一盆尿倒在厕所的粪坑后，便把尿盆翻扣过来，放在面前的墙角角儿里，然后解开自己的裤带，哗，又把憋得小肚子鼓胀的一泡尿撒了下来。就在这时候，她听到墙头外面有日本人呜哩哇啦地乱叫声，便就着近儿，眯缝着眼睛，伸头从厕所墙上出粪洞的石头缝里向外观看，只见日本人逼着老乔靠在了城门洞边的城墙上，一个鬼子上去就是一刺刀，一下子穿透了老乔的胸膛。“娘呀！”原本撒尽了尿的王家媳妇惊叫了一声，不知又从哪里来了一泡尿，哗地又撒了下来，同时惊恐地喷射出一股稀屎来。慌慌地，王祥媳妇又从石缝里向外观看，外面，老乔又被另一个日本人的刺刀穿透了，老乔倒下了，日本人还用刺刀在他身上乱扎。王祥媳妇草草地做了些便后处理，提上裤子，回到家里，对还睡在炕上的丈夫王祥说：“快起吧，死鬼！不好啦，日本人杀人了，乔有苗被杀死了。”

“你就瞎说吧。”

“不哄你，就在城门洞那边的城墙底下杀死的。”

王祥听到妻子的声音抖抖的，脸色也蜡黄蜡黄的，便问：“真的吗？”

“真的，不哄你。”

王祥夫妇重又来到厕所扒着墙头向外观看时，更加惨烈的一幕正在城门洞那边上演着——

原来老乔的大儿子乔大明吃过饭后，也像爹一样，往肩上甩一条背绳，提着镰刀出了家门。当他快要走到城门跟前时，他看见他爹已被那两个日本哨兵打死在血泊里了。

"爹！"乔大明大叫一声，向他爹的尸体跑过去，想把他爹抱起来。

"啊哈！"长野稻香握着刺刀，照着大明弯下去的背，狠狠扎了进去。

"啊哈！"板田一二随着也从大明的肋下捅进了一刀。

"妈呀！"大明惨叫一声，挣扎着站起来，却又被长野稻香和板田一二一人一刀捅死。大明的血和他爹的血流在了一起，看起来父子俩就像倒在一个血泊中。

"操你娘！"这时候，乔二明也挎着背绳，提着镰刀赶来了。前面的惨相乔二明看得分明，激愤的二明手挥着镰刀，冲了过去。

"哈哈！"

"哈哈！"

两个日本人高兴地笑着，一左一右迎接着挥镰赶来的二明。只见他们手握刺刀，你一下、我一下，虚一下、实一下，逗着玩似的，在破口谩骂的二明身上扎来扎去，二明拼命抵抗着，不久就不行了，也像他爹他哥一样，倒了下去。

就在二明与那两个日本人争斗的当儿，老乔的三儿子乔三明赶来了。乔三明看到前面有两个日本人在左一刀、右一刀地扎他的二哥，双眼冒火，嘴里骂着"我操死你们那个妈的"，手里挥着镰刀，也要冲过去。可是，他只跑了几步，便被人紧紧地拦腰抱住了。抱他的是王祥。王祥和媳妇在厕所墙头上看到乔三明也跑来时，赶紧跳过墙头，把乔三明死死地抱住。

"三明，别去了，你这是白白送死。"

"谁？你他妈的别抱我，关你屁事。"

"三明，别去了，你们家就你一个男的了，你死了谁给你爹你哥报仇呢？"

三明只有十五六岁，王祥很快就把他抱着腰拉到了自家的院子里。

王祥媳妇也说："三明，你就别逞能了，这会儿你过去只有送死。这不，你们家的人不就白死了。"

慢慢地，三明的情绪也稳了下来。但他还在哭着骂："我操死你们那娘的……日本人……"

那时候，日本人在全城的大搜捕已经开始了，男男女女、大人小孩的啼哭声和叫喊声，鸡飞狗吠声，日本人的野蛮的狂吼声，夹杂着骇人的枪声，不时地从县城老百姓的院子里，从每一条大街小巷，从每一个角落里响了起来。平静了一夜的小城，就像突然遭到狼袭一样乱了起来，陡然间变得骇然、惨然、

凄然了。

在院里的王祥他们，已经听到在离他们家不远的巷子里，在邻居家的院子里有日本人在抓人了。

"你们赶快藏起来吧。"王祥媳妇对依然抱着三明后腰的丈夫和三明说。说着又跑到自己家的窨子跟前，揭开窨盖，对丈夫和三明说："你们赶快藏到里面吧。"

王祥依然紧紧地抱着三明的后腰，把三明拉到窨子里面，当要招呼自己的媳妇也下来时，却发现媳妇已把窨盖子盖上了。王祥媳妇把窨盖盖上之后，又从院里搬来一捆柴草，压在了窨盖上，她还想多压一些，想让柴草看上去是一堆，而不是一捆。然而这时，一个胖得猪一样的日本人进来了。胖猪日本人手里端着枪，见到王祥媳妇眼里就冒光，就用枪对着王祥媳妇的胸口说："啊哈，你们，花姑娘的，我的，皇军的享用……快快的，出去，出去的。"

惊恐中的王祥媳妇，没有完全听清日本人嘴里的混话，她只听到"出去，出去的"，加上刺刀尖就在自己心口一寸的地方逼着，只得随着日本人的意后退着出了自家的院子。

在窨子底下的王祥和三明一点儿也没有听到院子里发生的事情，当然也不知道妻子后来遭到了日本人蹂躏又被刺死。一个月后，窨子里的这两个人都参加了灵丘义勇军。

用枪逼着王祥媳妇的日本人是日本茨城人氏，名叫沼田十郎。沼田家是当地有名的色魔之家，其父沼田五沟一生作恶多端，全身随处可见被妇女抓咬的痕迹，多次被判处徒刑，但恶习不改，到老还在家中强奸过自己的亲孙女。沼田十郎把他父亲的色狼基因全部继承了下来。15岁时，把自己的亲妹妹奸污了，为此母亲狠狠地打了他，并决定把他送到"少年开导所"去。然而，他的父亲沼田五沟反对说："对于女孩子来说，这还不是早晚的事。"

"那不一样，他们是兄妹！"

"女孩子只有靠父亲和兄长教一教，将来结婚后才能更好地侍候丈夫！这对他来说是好事。"

"这是乱伦！"

"只要大家高兴，能得到享受，有什么不好！他们能自愿在一起，说明他们已经成熟了。上帝造那个东西就是让人玩的……"

后来，沼田十郎参了军，随军来到了中国。他发现，战争为他这条色狼创造了天堂，他发誓要在硝烟中玩弄中国一万名妇女。

王祥媳妇被逼着来到了灵丘城内最大的寺院大云寺的红门前。红门的两边，耸立着两棵略有点儿弯曲的，得两个人合抱的老松树。松树底下已有数十个女人和王祥媳妇一样，被十几个日本人用枪逼到了那里。

"脱，脱！"

"脱，脱！"

"脱！"

已有几个吓坏魂魄的女人颤抖着开始在日本人的刺刀下脱起衣服来。女人们先脱的是上衣，由于都是穷人，谁也没有内衣穿，衣服只脱去一层，就露出乳房来，她们害羞地双手护住双乳，惊恐地看着日本人。

"脱！"日本人用刺刀比划着要她们脱去裤子。

她们犹豫着。

"八格！"

有几个日本人的刺刀扎进了几个女人的乳房，刀尖进去五分深，血痛苦地流了出来。

"脱！"

女人们脱掉了裤子，顷刻间，便一丝不挂了。日光下，数十条洁白无瑕的中国女人的身体光艳艳的。此刻，她们的身上暴发出了一种惊人的美。她们面前的日本人惊呆了，中国女人从来是只把身体让自己心爱的男人看，如今不知哪里来的一群畜生盯着她们的身子看，让她们感觉到一种从未有过的奇耻大辱。但恐惧把她们的胆子吓碎了，他们只是本能地用双手护着羞处，浑身颤抖着。突然，发呆的日本兵们狼一样叫着，一齐向女人们扑去。

扑去中国女人的这群日本人，有东京的熊井雅男、青山明弘，名古屋的山田治夫，北九洲的古泽敦郎，山形县的岩浪安男，三鹰县的岩田晴雄，八王子市的羽田广子，静冈县的横山常佐……这些人在日本大部分都是有妻室之人，在日本他们的家庭都有很好的名声，更无辱女人的记录。

"牲口！"

这时候，从松树下女人们的身上，王祥媳妇看到了自己将要面临的遭遇，她骂了一声后，拔脚就跑。跟在她身后的日本人沼田十郎哈哈笑着，丢下枪就追。

"花姑娘的，大大的刺激，好的，好的。"

没跑几步，王祥媳妇被沼田十郎抓住了，她拼命反抗着，大声骂着、抓着、咬着，最后还是被撕破了衣服，被糟蹋了。

"哈哈哈……"

沼田十郎糟蹋完王祥媳妇后，十分快意地仰首大笑起来。他的裤子没有提起来，裆里那个罪恶之物，随着一声声大笑，无耻地颤动着。

　　仰躺在地上痛不欲生地痛哭的王祥媳妇，看到那个罪恶之物无耻地颤动时，心中的怒火不由得更加猛烈地旺烧起来，"啊——"她大叫着，猛地坐起，如饿狼扑食一样，疯狂地扑向了沼田十郎，锋利的钢牙一下子咬住了沼田十郎的罪恶之物，然后用力一撕……

　　"啊呀！"

　　沼田十郎惨烈地一叫，立即用双手捂住裆部，鲜血从指缝里虫子样窜了出来。

　　"呸！"王祥媳妇的嘴里，血糊糊飞出一物，扎扎实实打在了沼田十郎的脸上。

　　在那边，狼样践踏妇女的十几个日本人，听到沼田十郎惨然的叫声，一下子愣住了，他们扭过头观望，看到沼田十郎痛苦地在地上扭动，同时看到他身边的一名中国妇女正在狂笑不止，愕然了。稍后，他们暂时放开正在糟蹋的妇女，边起身边紧裤带，拾起扔在地上的枪，围拢了过来。沼田十郎的痛苦之状让他们明白了一切，于是，他们丧心病狂地提起枪在王祥媳妇身上你一下、我一下乱扎起来，顿时，王祥媳妇那光洁如玉的身体变得血肉模糊了……

　　那时候，日本人在大云寺门前、老松树下造的这场孽，惊动了寺内的老和尚广显。广显老和尚正在诵着一本《大乘无量寿经》，忽然从外面传来了日本人的喊喝声、妇女们的惊叫声。广显和尚为修定力，一般不肖顾及红尘琐事，尤其是在诵经的时候，更是这样。因此上，外面的声音他只当没有听见，全力贯注在经书上。然而，随着日本人一声声喊喝，妇女们一声声惨叫传来，老和尚坐不住了，经书诵不下去了。他放下经书，穿上禅鞋，提着禅珠，轻轻地来到寺门跟前，弯下腰从门缝里一瞧，呀，阿弥陀佛……只见数十个赤条条的妇女，被十几个日本人用枪逼着，绕着一个赤裸着躺在血泊中的女人的尸体在跳舞。妇女们胆怯地哭泣着，日本人骇人地狂笑着。广显和尚一生从没看见过这样的场面，就连他想象中的地狱也不是这样的。他看不下去了，惊骇的脸上失去了血色，白得如墙皮一样了。广显和尚感到自己一向处在定中的心剧烈地跳动着，快从嗓子眼儿里蹦出来了。他颤抖着步子，来到了观音殿，面对着观世音菩萨的圣像，双手合十，急速地念道起来：

　　"南无观世音菩萨，

　　"南无大慈大悲观世音菩萨，

　　"南无大慈大悲救苦救难观世音菩萨

　　"……"

第三章

日本人侵占灵丘城的消息报到阎锡山耳朵时，阎锡山感到板垣这只老狼已把呼着热气的血嘴伸到了自己的脸前了，他马上命令孙楚的第 33 军和高桂滋的第 17 军赶往平型关一带的预设阵地，依托平型关至团城口一线的内长城狙击敌人。

第 33 军独立第 8 旅最先被阎锡山按照"大同会战"的计划安排在雁门关一带防守。旅长孟先吉接到军长孙楚调往平型关的命令后，立马率全旅星夜出发，向平型关急进。当他们赶到大营镇时，正好与八路军 115 师相遇。同八路军一样，急进的独立第 8 旅还没有与日军交过手，途中他们虽然也受到前线溃兵失败情绪的影响，但不算太大，总体而言士气还算高昂的，特别是看到八路军的装备比起他们差多了，心理上还悠然而生了一种优越感。

独立第 8 旅没有在大营镇停留，赶到了距平型关不到二里的平型关村。平型关村过去曾是守关军队的关营，四周是砖砌的城墙，仍然完好无损的墙体，见证着当年的繁荣。如今历史早已让这个关营变成了平民百姓居住的村子。与别处的村庄一样，村里的老百姓住的房舍一片破烂。先头部队进入村庄后，住进了老百姓的闲房里，而后续部队开来后就无房可住了，只得在村子里的街上搭起了帐篷。街上住满后，后来的部队便在村子的城墙外搭起了帐篷。林彪和他的两个警卫小宋、小梁化装成拾粪的老百姓，再一次到前面侦察地形，路过此地时，独立第 8 旅已经把帐篷搭在了村前的山坡上。山顶上的长城就是他们的阵地。从阵势上，林彪看出阎锡山确实想在此与日本人展开一场大战。因昨天对这一带地形已有了基本的了解，林彪觉得在这一带摆开阵势与敌人展开战斗非常不错。如果 115 师在友军的正前方，利用有利地形给友军一个配合，晋绥军在此一定会一雪南口以来的战败之耻，打他一个漂亮的胜仗。想到将要可能有的战果，林彪一下子就抖擞起精神来，他不由得加快了脚步，竟把两名警卫落在后面，两名警卫赶快紧跟了上去。

林彪打扮得很老相，样子大约在 50 岁左右。他的两名警卫也很像这一带上了岁数的人。他们这种成功的乔装打扮得利于从老乡那里借来的破旧的已看不出什么颜色的土布衣服，也得利于他们事先在脸上涂的灰土。他们每人胳膊上挎一个拾粪的破筐，手里提着一柄粪叉，从独立第 8 旅的阵地上经过时，那些晋绥军官兵们竟然没有人看出他们是经过化装的。这让他们在以后的侦察中——钻沟、上梁、爬山，一直很自信、很从容，一点也不担心被人认出来。

这一天，他们侦察地形侦察得很辛苦。灵丘县这地方的气候到了秋天有时会出现几天类似三伏天的炎热，当地人把这样的天气叫作"老来热"，意即老秋来的热。这样的天气正好被他们赶上了。烈日炎炎地当头照着，每个人都是满身的汗水，快到响午时，口干舌头渴，嗓子眼儿冒烟。林彪对两名警卫说，前几天这里可能下过雨，你们要留神沟里的低凹地，兴许会碰到积起来的雨水。两名警卫就留心起来，不一会儿，他们果真在一个水旋洞里碰到了一洼积水。这洼积水最初的浑浊已经澄清，水面平静，清澈见底。这令他们欣喜，警卫小宋从怀里拿出事先藏起来的水壶，灌满，递给林彪说："师长喝水。"

林彪接过水壶，仰起头大口大口地喝了起来。喝过水，三人又美美地用这洼水洗了脸。精神爽过来之后，林彪的话多了起来，他说："小宋，小王，你们现在是我的警卫，将来还要下到作战连队当战士，当班长、排长、连长，说不定还会带上一个营、一个团、一个师呢。你们想过将来怎样带兵打仗没有？"

小王说："没有，我只想怎样当好首长的警卫，别的没想过。"

"你呢？"林彪问小宋。

小宋不好意思地摸了一下自己的脖子说："我也没想过，我的脑子笨，学不会带兵打仗。"

林彪说："那就不对了，带兵打仗的本事不是天生的，是能学会的。你们知道抗大吗？"

"知道，您当过抗大校长嘛。"

"为什么要有抗大？就是因为带兵打仗是可以学会的。不过打仗并不一定要到军校里学，在战争中也可以学。"

"在战争中也可以学？"

"当然了。从现在起，你们脑子里就应该装上一个'怎样带兵打仗'的问题。要在战争中不断地寻找答案，答案越多，将来打仗的本领也越强。"

小宋、小王两名警卫，此时把惊奇的眼睛瞪得如同铃铛一样，他们显然是第一次听说带兵打仗也是可以学的。林彪看到两名警卫天真的面容，谈兴更浓了，他说："你们知道，这里的地形我在昨天就已经看过了。为什么今天还要来看呢？凡要进行一场战斗，应从能否胜利的条件出发，对于不能胜的仗，断然不打，不装好汉；对于能胜利的仗，必须艺术地组织，用最高超的战术，坚决地打。这一条很重要，今天我们再来这里侦察地形，就是为了在地形上寻找更多更好的胜利条件，寻找最好的作战方法，增大胜算的把握。"

听林彪上战争课，两名警卫很高兴。这时林彪的肚子里响了一下，他知道那是饥肠开始辘辘了，便问他们说："你们现在的肚子饥不饥呢？"

"报告师长，我们肚子饥了。"

"好，我们找些吃的去。"

他们三人从沟底爬上了土梁，天地一下子变得开阔起来。林彪抬眼望去，发现沟上的土梁大部分长的是谷子，心下就有些许的遗憾，心想：如果是玉米多好啊！玉米地更便于埋伏，那样的话就可以靠前安排部队。

"小宋，小王。"

"有。"

"你们到谷地里面去，埋伏起来，然后再来回爬几步。"

小宋、小王得令，马上钻进了谷子地，并按照林彪的吩咐，在地里爬起来。林彪观察着，发现他们在地里爬行的痕迹很明显。心想，部队战前必须在天明前做好埋伏，并且得一动不动。

做过埋伏的实验后，他们又沿着沟沿向前走去。走不多远，在谷子地中间发现了一块山药地。林彪向地里看了一眼，看到已经枯萎了的山药秧根部，尽是鼓起来的裂了缝的土包，脑子里便出现了大如鸭梨的山药蛋，不由得舌下生津，便对两名警卫说："小宋，小王，今天咱们吃梨。"

"梨，梨在哪儿？"

"那不是吗？"林彪指了指山药地说。

"噢，师长，你是让我们吃那种梨啊！"两名警卫说着跟到了山药地里，挖出十几个山药蛋，来到了林彪的面前。

小宋笑着说："给，师长，梨。"

小王马上从他手里抢过来说："还带着泥，怎么给师长吃带泥的梨呢？"

山药即土豆，是粮食、蔬菜兼用作物，学名马铃薯，俗名山药蛋、薯仔、地豆子、地蛋蛋等。茄科茄属，一年生草本，块茎可供食用，但不可生食。生食口感滞涩，舌头发僵，难以下咽，人不到万不得已，绝不生食。然而他们已经饿极了，正所谓饥不择食，何况接下来还要急着侦察地形呢。在这种情况下，有生山药吃也是美食啊。小王从小宋手上抢过山药蛋，又在衣襟上擦了擦，递给林彪说："好了，师长，这回能吃了。"

林彪接过小王递来的山药蛋，"咔嚓"咬了一口，说了声"不错"，尔后果真像吃梨一样"咔嚓咔嚓"地吃了起来。

他们吃得十分香甜，竟没感到口涩。

吃完山药蛋，林彪对小宋说："带钱了吗？给老乡在山药秧下面埋一块银元。"

小宋回答说："带着呢，写纸条吗？"

"写，不过不要写八路军了，写三个抗日军人吧。"

"为什么？"

"保密。如果让敌人看到就知道我们八路军已经开来了。"

"明白。"

小宋在一张纸条上歪歪扭扭地写道：

老乡，我们今天吃了你们十二个山药，付一块银元。

三个抗日军人

埋好了纸条，他们三人站了起来。林彪向西北方向的山梁上看了看，用手指着说："现在咱们到那面的山梁上看看去。"

他们从老爷庙梁的下面走过去，钻进一道乱石滚滚的荒沟，在一个有三道分岔的地方，上了中间的那道土梁，沿着土梁继续向西北而行，看到对面山梁的内长城上有人头晃动，再近而视之，原来是刚刚到达的中国军队。从位置上看，林彪断定这里是 17 军的防守地段，因而他进一步断定这是高桂滋的部队已经开到阵上了。

林彪判断得十分准确。那儿确是高桂滋部队，他们正在往阵地上布兵呢。林彪他们一行三人行至团城口时，高桂滋部队的军马在道路上屙下了许多新鲜的马粪。为了不引起高军的注意，他们把那些马粪拾在筐里。小宋拾得最多，小王次之，林彪又次之。高军的人马正在忙着进入阵地，没有人注意从阵前经过的这三个其貌不扬的拾粪"农民"。

由于没人注意他们，他们边走边对高桂滋的阵地进行了观察。林彪发现，在布阵方面，高桂滋的部队跟孟宪吉的独立第 8 旅布阵一样单调，仅仅依着长城一线展开部队，没有利用这里绝好的地形严密布置，这会影响他们将来取得更大的战果。

观察完高桂滋部队的阵地，他们开始转向大营方向，向着自己的营地走去。路过迷回村时，发现村里村外搭满了帐篷。村子里的水井可能已不够使用，高桂滋的部队在村前的沟里截流修了一个临时水库，蓄水供人马饮用。林彪搞了一下目测，他估计高桂滋的部队至少在约 30 里的长城线上布防，部队约两个师。他估计得很对，高桂滋的部队包括他的 84 师和李仙洲的 21 师。高的部队属中央军，他们开拔到山西抗战，同八路军一样，都属客军。

此时已近黄昏，林彪决定在大营村休息一夜，第二天赶到上寨村与大部队会合。

第四章

115 师 343 旅及师直独立团一早从大营镇出发，一路跋山涉水，开到上寨这一带村子时，夜已经很深了。月亮底下，如同凝固的海浪样的群山静静地安睡着。先头部队 685 团行进在上寨河上游的串岭村边时，团长杨得志低声命令说：

"685 团注意，队伍靠边慢行，让兄弟部队通过。"

685 团得令，放慢了行军脚步，拐向了右面的路边，给后面的部队让开了路。杨得志又命令部队停下，用低而有力的嗓音说：

"全体从此过河，然后沿河东下，行至南坡村时，1 营进村宿营，行至那峙台村时，2 营进住宿营，3 营和团部在雁翅村宿营。注意，进村一律睡在街上，不得弄出声音，惊动百姓。"

杨得志发布完命令后，685 团趟水过了上寨河，在南岸的几个村庄住下了。

继续前行的部队，行至上寨村时，师政治部、旅部及 686 团留下，1 营和 2 营涉水过河住在河对岸的河南村，3 营随师政治部、旅部进驻上寨村，并负责师政治部、旅部的安全。独立团开向前面的上寨北、口头村驻扎。团部住在口头村。

八路军 115 师 343 旅及师直独立团这支经历特殊的部队，经过 八一南昌起义、秋收起义、井冈山革命斗争、五次反"围剿"、长征、东征之后，已经锤炼成了一支藏则藏于九天之下、动则动于九天之上的神奇部队。一路上，他们并没有惊醒安睡的群山和沉睡在它们臂弯里的那些村庄。部队进村后，官兵悄悄地躺在了村子的街头，连耳灵的狗也没有觉察。

上寨一带的村民们一大早醒来，推开街门一看，街上满满躺着一街正在睡觉的八路军士兵，不由得愣住了，吓傻了。爷爷呀！什么时候来了这么多的兵。此前，这一带的村庄曾经多次来过各种名头的兵，什么晋军、奉军、中央军。可那都是些土匪一样的兵，所谓"兵匪一家"，远远地看到兵来了，村里人就呼儿唤女，慌慌地跑到村外的山沟里躲藏起来。老百姓把自己这种逃避兵祸的行动叫作跑反。然而今天来的这伙兵，却神不知、鬼不觉，诡秘得很，这回可坏了醋了，想跑反也跑不成了。站在街门口的村民脸色吓成了灰白色，手脚僵直，竟一时不知所措。

站岗的哨兵提着枪，轻轻走过来，说："老乡，千万别出声，战士们行了一天多的路，累坏了，让他们多休息一会吧。"

借一百个胆也不敢出声了，以前的人生经验告诉他们，天下最不讲理的人就数兵了，何况人家已经明告诉了你，你还敢出声吗？听到士兵们的请求，出来的人倒退着回了家，告诉家人千万别出声，千万别出去。有些人家的狗听出了异音，吠叫起来。但只叫了几声，主人便抱住狗的脖子，嘴贴着狗的耳朵说："嘘，别出声，外面来的是兵，你找死吗？"

狗儿们便也悄悄地不做声了。然而公鸡却打起鸣来。虽然已是秋天，但这一带山村的天气却还很热，为了躲避酷热，从伏天就卧在树枝上过夜的鸡们还保持着树上睡觉的习惯。鸡是被狗吵醒的，当发现天色已明时，知道自己失职了，有些惭愧地把脖子伸长，鼓足了劲儿打了一声啼鸣，啼声响亮，划破了山村早晨的寂静。第一声鸡鸣刚起，村子里所有的鸡便响应起来，你一声、我一声，从各户院子的树上传来，连成了一片，把香睡中的山村吵醒了。睡懒觉的人们穿好衣服，从自家的街门里出来，也发现了街上的兵。不过他们见到的已不是睡着的兵了，而是排成队的兵了。只见当官的对排着队的兵们说了声："现在帮助老乡担水、扫院。解散！"

兵们便散了队形，三三两两，有说有笑地来到人们的院子里，有的找水桶，有的找扫帚，帮助人们担水打扫院子。起初，村人们害怕地傻在那里，后来看到战士们一个个和蔼可亲的样子，慢慢地就有点儿不害怕了，试探着问：

"你们这是什么军？"

"八路军，老乡。"

"八路军？"

"就是陕北的红军……红军听说过吗？"

"没有听说过。以前，我们这地方只来过晋军、奉军、中央军，没来过红军。"

"红军是工农的子弟兵，过去是打土豪分田地，现在日本人打过来了，国共合作啦，红军就改编成八路军开到你们这里打日本了。"

战士们发现这里与世隔绝得太久了，跟老乡们一时半会儿说不清楚八路军是怎么回事，便长话短说："这么说吧，老乡，八路军是老百姓的队伍，到你们这里来是打日本的。"

"打日本？听说日本人挺厉害，都是些神兵。"

"神兵？狗兵。碰上咱八路军，定送他们回老家。"

战士们显然不满日本兵是神兵的说法，眼睛瞪得大大的，老乡吓得不敢说话了。

"你在那边瞎说什么呢？这么好的兵，你见过吗？还不赶快给他们做饭去。"

战士们听说老乡们要给他们做饭，赶紧跑进家里，把老乡的锅盖捺住，说什么也不让老乡为他们做饭，说是"八路军有纪律，不拿群众一针一线，我们的饭，部队统一做，不麻烦老乡"。

这支有着严明纪律的部队很快取得了村民的信任，村民们一反过去对当兵人的恐怖，喜气洋洋地为八路军打扫他们闲置的房子，让战士们住。

部队顺利地驻扎下来后，罗荣桓立即开会，布置后勤工作。为了隐蔽部队的行踪，同时命令各部队加强警戒，暂不上街宣传，战士不得上街走动。并向老乡讲明，部队是暂住性质，动员老乡暂不出村。因而，虽然这里有115师的主力部队驻扎，但表现上看去，仍然静悄悄的，一如平常。

下午两点多钟，林彪一行赶到了上寨。他与罗荣桓一见面，就问："344旅现在什么位置？"

"他们已到达原平。老聂来电说，原平街上那些国民党溃兵身上的恐慌情绪实在令人担心，为了避免影响我们部队的士气，他们决定不走我们走过的代县、繁峙那条比较好走的大路，改道绕向五台山，沿着山间小路开拔。"

林彪听着罗荣桓的讲话，脑子里猜想性地浮现出聂荣臻、徐海东他们骑马率领344旅行进在山间小路上的情形。他说："344旅可能经过五台山，穿过龙泉关，到达阜平县的丁家庄，然后插入灵丘三楼、下关一带。"

事后证明，林彪的这一猜测，十分地对。

正说话间，孙毅拿着一份电报进来，看见林彪在，便递给林彪说："总部的电报。"

林彪接过来一看，只见电文说道：

林、聂、罗：

总部转毛泽东电报如下：

德怀同志：

阎锡山现在处于不打一仗则不能答复山西民众，要打一仗则毫无把握的矛盾中，他的这种矛盾是不能解决的。你估计放弃平型关，企图在沙河决战的决心是动摇的，这种估计是完全对的。他的部下全无决心，他的军队已失战斗力，也许在雁门关、平型关、沙河一带会被迫地举行决战，然而大势所趋，必难持久，不管决战胜败如何，太原与整个华北都是危如累卵。个别同志对于这种客观的必然的趋势似乎还没有深刻的认识，被暂时情况所诱惑，如果这种观点不变，势必红军也同阎锡山相似陷入于被动地应付的挨打的被敌各个击破的境遇中。今日红军在决战问题上，不起任何决定作用，而有一种自己的拿手好戏，在这种拿手好戏中，一定能起决定作用。这就是真正独立自主的山地游击战（不是运动战）。要实行这样的方针，就要战略上有有力部队处于敌之翼侧，就要以创造根据地发动群众为主，就要分散兵力，而不是以集中打仗为主。集中打仗则不能做群众工作，做群众工作则不能集中打仗，二者则不能并举。然而只有分散做群众工作，才是决定地制胜敌人援助友军的独一无二的办法，集中打仗在目前是毫无结果之可言的。目前情况与过去国内战争根本同，不能回想过去的味道，还要在目前照样再做，我完全同意你18日电中（使敌难深入山西，还处在我游击战争的四面包围中）这个观点。请你坚持这个观点，从远处大处着想，对于个别同志不妥当的观点给予深刻的解释，使战略方针趋于一致。林彪同志来电完全同意我17日的判断与部署，他只想以陈旅集中相机给敌人以打击，当然是可以的，但许久远无机可乘时，仍适时把中心转向群众工作为宜。王震率一个团暂时到五台山也是可以的，但请注意到适当时机仍以赴到晋西北为宜。以情况判断，林率陈旅即使能打一两个用仗不久也须转向五台山来，统请斟酌处理。

毛泽东
1937 年 9 月 21 日

林彪是怀着一颗跳动的心阅读这份电报的，读着读着，他的眼中不由喜光迸发，高兴地对面前的罗荣桓说："老罗，主席同意我们集中打一个大仗。"

"是吗？"罗荣桓高兴地接过电报，边看边说："好啊。我们八路军初上战场，全国人民都在看着我们，115 师若能打一个大胜仗，一定能提高八路军和共产党的威望。"

"是啊，就目前的形势，我们国家，我们民族，我们共产党，我们八路军，太需要这样一个胜利了。"

罗荣桓发现，对面的林彪，兴奋得就像一个孩子，而这在林彪身上是十分少见的。当然，罗荣桓也很兴奋，在他们的合作生涯中，二人的情绪又一次共振了。

战前，首长们这种英雄所见略同式的一致，是取得战斗胜利的好兆头。

林彪告诉罗荣桓：

"明天，我再到平型关把地形再详细地侦察一遍，等老聂会合后，咱们再研究怎样打好这一仗。"

第五章

21 日这天，灵丘县南山区上寨镇一带的村子因为八路军的到来而激动着、欣喜着，而灵丘县城、县城至平型关一线的村子，却因为日本人的野蛮屠杀惊慌着、哭号着。日本人不仅在县城到处屠杀平民，而且也在向平型关进发的路上，腥风血雨 60 里。

日军第 5 师团第 21 旅团接到师团长板垣征四郎的命令后，旅团长三浦敏事立即命令新庄车队把日军主力三个大队，第 11 联队尾家大队、第 21 联队平岩大队和第 42 联队折田大队，从灵丘送到平型关前线作战。

一大早，新庄车队分出一部分汽车拉着尾家大队从灵丘城出发了，一小时后，平岩大队和折田大队坐着新庄车队余下的汽车跟进。

新庄车队好似日军第 21 旅团的腿。三浦敏事派往平型关的步兵、炮兵主要靠他的车队运送。新庄本人，一身黄色军装，矮矮的个头，凶狠着一颗猪一样的脑袋，经常命令车队停下来，让车上野兽样的士兵屠杀沿途碰到的平民。

田野已换盛装，由一片碧波一样的绿色，变成了动人心魄的金黄。从庄稼的长势和成熟的成色看，今年老天他老人家送给灵丘人的是一个旺旺的金秋。然而日本人却不让人们收获这个金秋。庄稼人对金秋有着外人体验不到的深深的爱恋。尽管有日本兵杀人的消息在疯传，但庄稼人却怎么也放不下野外那金黄一片的漂着熟秋香味儿的庄稼啊。庄稼是什么？那可是一年的口粮啊！一想到这些，人们就更放不下外面的金秋了。他们忍不住就想到外面去，拿上镰刀，把已经熟透的庄稼收割回来。

"日本人要来了。"这时候，往往就有人提醒说。

然而，在别人的劝说下，刚把镰刀放下又忍不住把镰把攥住，心里狠狠地说：他妈的，这日本不是没来吗？也有一些冒出天真的想法的：

"两军交战，不杀百姓。"

"我又没惹日本人，日本人不会杀我吧？"

"日本人不会不让老百姓收庄稼吧？他们也要吃粮吧？不让农民收庄稼，难道他们来了喝西北风？"

"阎长官说，共产党来了杀人如割草，日本人不会和共产党一样也是杀人如割草吧？"

"……"

"……"

总之，在县城通往平型关的公路两边，在不远的庄稼地里，三三两两，总有几人在收割他们地里的庄稼。

新庄的汽车队呜呜叫着开来了。站满车厢的日本兵，呜哩哇啦说着中国人听不懂的日本话，站在边上的士兵平举着长枪，瞄准着庄稼地收割庄稼的中国农民。"啪！"一声枪响，远处庄稼地的农民便应声倒下，躺在血泊中。这样，每倒下一个农民，驾驶室里的司机们就按一阵喇叭，以示祝贺。一路上他们以开枪射击庄稼地里的农民为乐。他们惨杀中国人有着许多的理由，根本不问那些在田地里干活的农民是不是他们的仇人。他们受到的教育就是中国人该杀。

城西黑龙河村南路的一块玉米地里，40多岁的农民李进如一大早就起来砍他的玉米。当他来到自己的玉米地时，野外静静的还没有一个人。正值壮年，他既有力气又是种田收割庄稼的把式，一只磨得飞快的镰刀在他手中挥舞着，"咔嚓咔嚓"，砍得玉米秆儿脆脆地响。不一会儿，在他身后就倒下了一大片玉米，他砍玉米砍出了快意，痴痴地有些忘我，越砍越兴奋，浑身热热地冒出了汗水，汗水冒着白气，从黑色的乱发中烟雾样漂出。这个时候日本人的车队来了，一个叫伊田一夫的士兵，举起枪向他瞄准，他只顾砍着玉米，并没有意识到有人正在他的背后开黑枪，"啪！"几乎是与听到枪声的同时，一颗硬硬的子弹打入了他的后脑勺，穿透了脑骨，进入了脑髓，随后破骨进入了嘴里，冲掉两颗门牙，飞到对面他正要往倒砍的玉米秆上，断了玉米秆的腰之后，便不知道了去向。

李进如倒下了，引起了日本人一片笑声，笑得最欢的是伊田一夫。这个伊田一夫也曾是一个农民，在日本枥木县拥有二亩稻田。战前，他被征召到尾家大队的时候，大队长尾家正二问他说："伊田，你的知道为什么参军吗？"

"为大日本国效力，为天皇尽忠！"他回答。

这话让尾家正二很高兴，他说："哈哈哈，说得对。不过，你得记住，我们大和民族是优等民族，支那人是劣等民族。现在天下最大的不公是劣等人占据着很大的空间，播种着最好的良田。知道吗？劣等民族是不配占据很大空间，播种最好良田的。如今天皇的士兵，将要把这个不公翻过来，懂吗？"

"不懂。"

"嗯？"

"过去的不懂，现在的懂了。"

"哈哈哈！记住，将来到了支那，看见支那人就要像看到仇人一样。"

"咳！"

来到中国，这个曾经的日本农民伊田一夫，每当看到田野上种地的农民，果然就如看到仇人一样。自从踏上中国的土地以来，一见田里的农民，他就举起手中的长枪，搬动枪机，让子弹怪叫。每每打倒一个种田的人，他都会感到一种说不清的快意。

前边，倒在玉米地里的李进如什么也没有感到，没有感到子弹的穿透，没有感到疼痛，没有感到恐惧，没有感到生命的消失。

杀了农民李进如，新庄的车队继续前行。行至一个叫作"唐之洼"的村前时，车厢上面的士兵使劲儿擂着驾驶室的后顶，新庄让司机停下，从车门的窗上伸出头来，骂道："八格牙鲁，你们的干什么？"

"哈哈，长官，你的那面的看看。"

新庄扭过头去，顺着车上一个士兵手指的方向看去，只见前面约 200 米的地方是一片金黄的谷子地，谷子地里约有十来个农民在收割穗子好像狼尾的谷子。

新庄回头一笑，对车上的士兵们说："你们的去吧。"

一车黄色的士兵纷纷跳下了车，自动分开，向割庄稼的农民包抄了过去。

那几个农民是老地主宋培的长工。最先发现敌人的是身子长得细长细长的小长工刘拴子。刘拴子一脸孩子气，十五六岁的样子。因为年轻，耳朵灵，他老早就听到了汽车的声音，只是因为声音还远，没太在意。汽车声越来越响了，他就不住地回头来看。当一辆汽车从旁边的玉米地边露出头时，他对前面还在弯腰割谷子的长工们惊奇地喊："你们看，那是什么？"

长工们都回过头去。汽车在眼下是稀缺之物，居住在穷乡僻壤的灵丘人，虽然大部分没见过汽车是什么玩意儿，但还是有人认出了它。这人是张峰吉，早年阎锡山和奉军作战时，他见过阎锡山的汽车。他身边的侄儿张明珠也见过。张峰吉说："汽车。"

张明珠帮腔说："呀，真的。"

所有的人都停下手中的活，回过头去，张着嘴巴，看着突然出现的汽车。他们觉得汽车很眼生，脑子里顿生出一些傻问题，并且脱口说出来："怎么，汽车不用驴拉？"

"啥也不知道，汽车使用的是汽油。"

"汽油是啥？能炸糕吗？"

"就知道吃，汽油是一种不能吃的油。"

"瞧，他们下车了。他们下车干什么？"

"是不是要杀人啊？听说日本人见人就杀。"

"不好，他们要包围我们。"

"快跑！"

长工们看出势头不对，转身就跑。日本兵们叫喊起来：

"你们的站住！"

"不许跑，八格牙鲁！"

"死啦死啦的有！"

日本兵说的是日本话，长工们不懂日语，在他们听来，那些叫喊声全是哇哩哇啦一个音。不过"死啦死啦的有"这句还是听出来了，这把他们吓得魂飞了似的拔腿就跑。可是成熟的谷穗在捣乱，一些谷穗穗头竞相连在一起，阻拦着他们。要是在平素，他们会停下来，小心翼翼地把两个脖子交在一起的谷穗分开，可是今天，秉性热爱庄稼的他们顾不上这些了。性命要紧，逃生的欲望使他们拼命奔跑，穗头相交在一起的谷子被他们奔跑的身子产生的冲劲儿从脖子上崩断。然而，冲断了这对相交的穗头，很快就有另外一对穗头相连了起来。因此，尽管他们拼命奔跑，但速度就是快不起来。

"明儿。"张明珠忽然听到一个很低的声音在喊他。他低头一看，是叔叔张峰吉在喊他。原来他叔藏在了他脚下的谷垄里。他也学着叔的样，缩着身子趴在谷垄里不动。

"站住，八格牙鲁！"

谷子地外边，传来日本人的喊声，张明珠悄声地问他叔说："叔，这样藏起来能行吗？"

"咱们是乘乱藏起来的，日本人可能没看见咱们吧。"

叔侄俩侥幸逃过一命，其余的人却被日本兵们追住，硬硬的枪刺，比着他们的脊背，一阵阵地发寒，他们全身抖颤着，被逼在了村边武连云院墙外边的场面上。

"哈哈哈，好好好，大大的好！"

看到被押囚犯样押到场面上的这几个中国人，新庄喜极，哈哈笑着，从腰间抽出指挥刀，号叫着，双手握着刀柄，照着农民宋四眼的脑袋，猛力举起，狠狠落下，"嚓！"宋四眼连叫也没来得及叫上一声，脑袋顿时成了两瓣儿。

"啊！"旁边的刘拴子看见宋四眼的脑袋西瓜样被劈开，惊得尖尖地惨叫了一声。新庄又手起刀落，把刘拴子的脑袋削掉，滚落在地上。新庄望着一颗满是孩子气的脑袋在光光的场面上滚动，乐得合不拢嘴，从血红的嘴里怕人地发出一阵阵"哈哈"。

眼看着新庄的杀人行径，旁边的几个农民，脸上的血液被惊得马上退回到身体的深处，脸皮惨白得怕人。农民张千金还把一股臊尿撒在腿裆里。张明杨更惨，他把一股稀屎屙在了裤子里。屎臭味下作地飘散，钻入他身后一名日本士兵的鼻腔里。"八格牙鲁！"闻到臭味的日本士兵一下子被屎味激怒了，他气急败坏地大叫着，把尖尖的刺刀扎进张明杨的后心里，刺刀还未拔出，红血便喷射出来⋯⋯杀，杀，杀！这时，所有的日本士兵把刺刀就近扎进身边的农民身上，眨眼之间，8名中国穷苦的农民就躺在血泊里。他们被杀时的一声声惨叫传到墙头那边武连云妻子的耳里。武连云的妻子正在院里的鸡盆边喂鸡，听到惨叫声，赶紧跑过来，扒着土墙头往外一看，不想，血泊里躺着几个男人的尸体。呀——武连云妻子不禁大惊失色，魂飞魄散，边往回跑边叫着："老头子，不好啦，咱家的长工被日本人杀死了。"

老地主宋培的老婆子大惊失色地跑回家时，宋培因感觉外面传来的声音不对，正要下地，听说长工被日本人杀了，连鞋也没顾得上穿就跑了出来。看到不久还活生生的几个长工如今已经躺在血泊中，绝望地叫了声"娘呀"，当即就坐在场面的边上，人事不省。人们过来扶他时，只见灰黑色的恐惧僵僵地凝在他的脸上，嘴巴死死地紧闭着，鼻孔空空洞洞，没一丝气了。

新庄的汽车队继续前进，见到村子，日本兵们就下来作孽。

东河南是灵丘县第一个大村，隐蔽在唐河南岸一片秋黄的如火的杨树林后面。发现这个村子后，新庄就命令车队停下来。坐在他后面车上的尾家大队长从车上走下来，问："新庄君，怎么停下了？"

"尾家君，你看看河那边树林后的村子是不是东河南？"

尾家大队长看了一眼树林中的村子，让人拿来地图对照了一遍，然后说："那边的，东河南的大大的。"

"出发时，三浦太君让我们做什么？"新庄提醒说。

"抓苦力。"

新庄的车队重又开了起来。过了唐河，在村北口戏台前的广场上停了下来。

"下车，下车，你们的快快下车！"

尾家大队长一下车就冲车上的士兵们喊着。士兵们从车上跳下来，立即排成了方队，接着，尾家大队长站在队伍前面，训话说：

"你们的听着，皇军进入中国灵丘这个鬼地方以来，老百姓多是闻风而逃。我们所到村庄，十室九空，害得我们苦力的大大地缺少。现在我命令你们，进入这个村子，为进攻平型关，抓苦力的有！"

说完，尾家大队长亲自指挥，冲入村庄，沿街挨户，破门捉人。和许多村庄一样，东河南村的青壮年早已跑光，日本兵们抓来的都是些老弱妇孺，约30多个。尾家大队长生气了，说：

"这些都是废物，死啦死啦的有！"

日本兵一听队长说抓来的人都是废物，并要把他们死啦死啦的，便不由分说，把尖尖的刺刀捅进了抓来的这伙老弱妇孺身上。最先动手的是士兵山本太郎。他猛力把刺刀捅入了村民卢秉贤老母的肩上。卢秉贤老母八十有六，一生吃斋念佛，慈悲生命，平时连个蚊虫也不伤害，如今却被日本这个山本太郎狠狠地一刀从肩部穿透。"啊！"老人凄厉地惨叫着，听着令人毛骨悚然，然而山本太郎却哈哈笑着，快意地看着老人挣扎。山本太郎的这一刀，起了带头作用。老人的惨叫响起后，其他的日本士兵接着也把手中的枪刺捅进了眼前村民的身上。整个小巷，老人、孩子、女人的尖叫声，一下子惨然地响起。巷道中，垂死挣扎的人痛苦地在血泊中打滚。

"我操死你们祖宗！"

忽然一声喝喊，从一户人家的门洞里冲出来一个手持炉锥的人来。此人名叫刘大成，二十四五的样子，生得人高马大，虎势威猛。开始的时候，为了不让日本兵抓去，他藏在了自家院子里的柴火堆里，当听到街巷里老弱妇孺的惨叫声时，他却再也藏不下去了，一股难耐的怒火从胸中升起，猛然从柴火堆里跃起，跑回家拿出一根铁炉锥，大叫着冲了出来："老子跟你们拼了。"

看到冲出来一个愣后生，几个日本兵慌忙举枪围拢过来，一起对付刘大成。怒火中烧的刘大成，手脚虽然用着猛力，但他动作却很笨拙，根本对敌人形不成威胁。只那么几下子，手中的炉锥就被一个日本兵的枪杆碰落，身后的山本太郎在他的屁股上捅了一刀。痛得刘大成一声惨叫，坐在地上，但他很快又咬着牙站起来，想与日本兵拼命。尾家大队长见状，喊声道："快快的，用他手中的家伙，把他钉在地上。"

有两个日本兵扑上来，架起刘大成的双臂，山本太郎拾起地上的炉锥，手握钢钎似的把铁炉锥安在了刘大成的脑后颈椎上，一个日本兵配合似的举起枪托，抡锤样狠命地砸了下去。

"啊！"刘大成一声惨叫，很快就被钉在了地上，到死都直挺挺地立着。

"哈，哈，哈！"

日本兵们一片大笑。

在东河南没抓到民夫，日本人的情绪是败坏的。杀完了人，他们坐上了汽车，向前开去。又走十里，看到了一个名叫蔡家峪的村子。他们没有进村，却打死了村边几个在地里收割庄稼的农民。绕过村子，拐到了一个陡然变窄的深沟，再行不远，看见路面上坑坑洼洼，东一个坑坑，西一条壕壕，知道这里的路面被中国人破坏了，不得不停了下来。新庄骂着"八格牙鲁"，走出车门，对同时也走下车的尾家队长说："中国人把公路的破坏了，我们得修路才能前行。"

尾家队长命令全体下车，一部分人抢修公路，其余的人加强警戒。

"打！"

当警戒的人散开队形，利用就近的地形卧倒之后，当修路的士兵用锹才填了几下土坑之后，忽然在他们身后沟边的梁头上射来一阵子弹，有几个修路的士兵被子弹射中倒了下去。枪声令日本兵们一惊，立马训练有素地就地卧倒，有的则就近找见了既有利于隐蔽又有利于射击的地形。许多的子弹从他们头顶的上空飞过，但不密集，证明他们遭到了小股中国军队的袭击。这种判断令他们胆壮起来，甚至是兴奋起来。躲在汽车一侧指挥的新庄和尾家，两人急速地交换了一下意见，便由尾家队长发出了全队向对面土梁上射击的命令。日本人由集体射出的子弹像疾风骤雨一般，飞向了对面中国军队居守的黄土梁头上。这样的招数立马就产生了效果，土梁上中国军队的射击明显地减弱了。

在土梁上与日本兵对射的是孟宪吉独立第 8 旅的一个连，当部队在平型关附近内长城一线的预设阵地上全部部署好以后，孟宪吉站在平型关的关楼下用望远镜向西远眺。他把部队从雁门关带到平型关这面布防时，孙楚军长特别吩咐，要他顺便收留从广灵前线溃退下来的 73 师。他向西远眺就是看看路上有没有 73 师的兵了。当他看到，前面起起伏伏的山梁间，长蛇一样的公路上，光蛋蛋的，已经没有一个人影了，这才想到，应该派人破坏那面的公路，以阻滞敌人行进的速度。于是他命令身边阵地的一个连长带一些人到前面破坏公路。那个连长姓张，名来顺，30 来岁，高个头，长脸，略显得有点儿干瘦。接受命令后，亲自带了半个排的士兵，跑到小寨沟口一带，破坏起公路来。起先，他们用镐、用锹费力地挖，挖了几个散坑和几道土壕之后，一个士兵觉得这样太慢，便对张连长说："连长，这样挖法，几时才能挖完，咱不如使用手榴弹炸它。"

"唉，奶奶的，是个办法。"

正当他们准备尝试这个方法时，忽听到有汽车声响起。侧起耳朵，用心听听，声音像是在蔡家峪方向。

"连长，是谁的汽车呢？"

"能有谁的？八成是日本人的。"

"我们怎么办？"

"撤他娘的。"说完，张连长命令破坏公路的士兵住手，马上撤到左边的土梁上去。上了土梁，张连长又命停下。

"连长，怎么不走了？"

"看看狗日的日本兵来了多少，这里的地形很好，如果他们来的少了，咱们吃了他们；如果来的很多，咱占他娘的几个便宜再走。"

于是，张连长的这半个排便埋伏在土梁上。

战斗在紧张地进行着。张连长感觉到自己这半个排的火力太弱，无法对抗沟下那群日本人构成的火力，而且一开始就打死了几个敌人，也算占了点儿便宜，命令部队后撤。

山梁上的枪声没有了，中国军队显然后撤了，新庄对尾家说："尾家队长，我们是不是追击？"

尾家队长摇着头说："追击的不可以，中国军队不过是小股部队，散兵游勇的也说不定。我们不必理他们。"

尾家队长说完，命令修路的士兵继续修路。中国军队破坏的公路并不算太长，他们很快就把破坏的公路修完。这时，尾家队长发号说："继续前进！"

满载着士兵的汽车队继续前行，行不足二里，车队拐了一弯，发现前面的沟内安静着一个村庄。因为刚在前面受到中国军队的袭击，胸中满是愤恨的新庄、尾家报复之心大发，他们又让汽车在村前停下，然后组织士兵，群狼一样扑向村子。

这村子名叫小寨，约住200多户人家。日本人跑进村后，发现这是个空村子，村里人好像已经跑光，街上的活物只有鸡、猪之类。一些人家的室院子里，各有一狗在狂吠。急于泄愤的日本兵把枪对准那些鸡们猪们狗们乱射一气，顿时，村子里的街道上就掀起了恐怖，掀起了血腥。很快，他们就有了收获，在村西一户人家的房背后，有一面黄土崖，土崖根下有几个用作存物的土窑洞。几个日本兵搜索到这里时，从中间一个土窑洞里传来一声婴儿的哭声。婴儿尖尖的哭声令他们喜极，他们用枪比着窑洞的洞口，生硬地说出了一连串中国话：

"你们的，统统的出来！"

"出来，出来出来的有……"

"出来，不出来，死啦死啦的。"

洞内，婴儿没声息了，但空洞的洞门仍不见一个人出来，一个矮个头但样子凶狠的日本兵持枪警惕地走了进去，里面并不太深，大小也就相当于一间房那么大，约五六个妇女藏身在这里，其中王志贤的妻子李贵蛾，怀中还抱着她几个月大的婴儿。看到里面尽是女人，日本兵高兴地狞笑起来，他把枪刺伸到妇女们面前，晃着命令说："你们的，出去，快快的出去。"

洞内吓得面如土色的妇女们，被日本兵刺刀上的寒气逼得不敢再待下去了，她们胆战心惊地不情愿地走出了窑洞。等在洞口的几个日本兵看到走出来的是几个妇女，高兴地大笑起来，接下来，他们一拥而上，在一片惨然的哭喊声中，无耻地要践踏这几位妇女。出于保护孩子的本能，王志贤的妻子李贵蛾紧抱着孩子想溜走，没跑几步，却被一个日本兵一刺刀扎在小腿肚上，痛得她伤腿跪地，整个身子失了平衡，倒在地上。这时，又有一个日本兵跑上前来，从李贵蛾的怀里把孩子揪了出来，用力摔在地上，被摔痛的婴儿发出尖利的哭声，这哭声像针尖一样刺着年轻母亲的心，李贵蛾挣扎着爬过去，想把自己的孩子抱起，不料那个日本兵又把刀尖扎进了孩子的心窝里。"啊！"李贵蛾叫着，扑过去，张嘴咬向了日本兵攥着枪柄的手。被咬痛手的日本兵，飞起一脚，将李贵蛾踢倒。

"你们放开我媳妇！"

李贵蛾的婆婆张李氏也在被害媳妇们中间。年岁已近七十的她虽然已被一个日本兵按倒，但她挣扎，想护她的孙儿和儿媳。她看到自己的孙子被刀尖捅入心窝时喷出了血，裆里的小鸡鸡也硬硬地一挺，射出一股清冽的小泉一样的尿水。

"牲口！"

张李氏不知哪里来的蛮力，伸出一只手，铁爪一样抓向压在她身上的日本兵的脸。日本兵的脸上遭到如此猛力一击，顿时出现了几道深深的抓痕，黑稠的血迅速地流了出来。感到疼痛的日本兵伸手在脸上抹了一下，然后把手指拿到眼前看，当看到指上的鲜血时，脸上一下有蹦蹦乱跳的恼怒蹿了上来，口里骂了声"八格牙鲁"，从腰间抽出一把刺刀，照着张李氏的右眼扎去。

"啊！"

张李氏惨然地大叫，叫声尚未喊完就半途戛然而止了。剧烈的疼痛让她一下子失去了知觉，天地没了，自己没了，日本人没了，该感觉的一切都没了。

不知过了多长时间，当疼痛重又回到张李氏身上时，她猛然想起发生了什么事，一下子就坐了起来，接下来她又恐惧地发现自己的一只眼睛瞎了，裤子也被牲口日本人脱了下去，羞处火辣辣地痛，自己分明是被侮辱了。羞耻心让她找见自己的裤子，慌乱地穿上，然后她就探寻似的向四周看。日本人早已没影了，在她跟前躺着几具被日本人蹂躏后又杀死的裸着下身的女人的尸体。她的目光从这些女人身上滑过，当看到自己的儿媳时，浑身不由得一颤，只见儿媳一丝不挂地在那里仰面躺着，两条白腿没羞没臊地叉开，给她惹来杀身之祸的某处，让人狠狠地插进一截玉米秆子。一片尚连在秆头上的枯黄叶子，小旗样飘动。

"贵蛾！"

张李氏惊叫着向儿媳的尸体爬过去，抖颤着手摸儿媳的身子时，发现儿媳的一只乳房竟然被割了下来。她连忙伸手抓起儿媳的乳房，放到胸脯上碗大的鲜血已经凝结的伤口上去。她想把儿媳的乳房再安上去，然而，这是徒劳的，她把儿媳的乳房刚一放上去就掉了下来。如此反复几次，都以失败告终。

"丧天良啊，丧天良！"张李氏泪如泉涌，伤心欲绝地哭喊着。

"还不快跑，日本人来了！"

不知是谁，在张李氏背后喊了一声。听到喊声，张李氏回过头来，她看到身后的一片村子已是一片火海，一些房屋已经在大火中倒塌，另一些房子正在倒塌。再看看自己的院子，也是火光冲天。

"快跑吧，日本人真的要来了。"不知是谁，又喊声了一声，只听见声音，看不见人。

张李氏见旁边有一只破筐子，便拾起儿媳的乳房，放到筐里，提起来逃离了村子。从此，在小寨村旁的土梁上，一个瞎了一只眼的老太婆提着一只破筐子，幽灵一样游荡。老太婆不知从哪里找了一块破布，把儿媳的乳房小心地包了起来。

第六章

日本人在小寨村杀人放火，撒了一阵野后，便集合队伍，爬上汽车，向平型关方向开去。他们出了村半里，便顺着公路，进入了一个更为狭窄的深沟。这条沟就是林彪反复侦察了两次，准备在此给日军一个伏击的乔沟。新庄的车队拉着尾家的大队进入这条深险的长沟时，发现中国军队并没有破坏沟里的路面，高险的沟梁上，也没有什么伏兵埋伏在上面，因此，他们走得非常通畅，很快就走完了乔沟的全程。出了乔沟，从老爷庙梁的脚下，再进入一条较为宽一点儿的大沟，一气开到了一个叫东跑池的村子。在这个村，车队停了下来。这里是他们的目的地，按照旅团长三浦敏事刚下达的命令，他们到了这里要停下来等后面的部队。

东跑池村也是一个空村子，老百姓大都闻风跑到村外的山里躲避，村里只有一些老弱病残还待在家里。他们看到日本人进了村，用恐惧的眼睛看着这些叽里呱啦说话的人。心想，这就是日本人吗？个子低低的，除了说话和中国人不一样外，其他好像没有不一样的。不过他们仍是提着心、吊着胆，尽量躲避这些日本人。不过，日本人好像对他们并不感兴趣，叽里呱啦地忙着搭帐篷。

三浦敏事的命令是在尾家大队行至半路上下达的。板垣征四郎师团长电告三浦敏事，日军的飞机已经侦察到中国军队到平型关内长城一线布下重兵。想到自己的尾家大队可能快要进行到平型关下时，他命令他们在东跑池村停下，一面等待后面的部队开进，一面搭建帐篷，以备三浦敏事作为指挥部使用。

新庄车队把尾家大队送至东跑池后，立即返回，开往灵丘城去接平岩大队和折田大队。

东跑池村破烂的房舍散落在一处较宽的土沟内，村民大都紧依着两面的土崖而居。尾家队长站在街上向西仰望，进入眼里的依次是陡峭的黄土崖，锅帽一样的黄土梁，起伏的以火黄为主色的秋天的山峦，在山峦上蜿蜒的长城以及长城上的几个老人牙齿一样的狼烟墩子。

按照旅团长的电告判断，在长城的后面就应该埋伏着中国的军队。从上面的长城那儿，到东跑池这个村子，约二三里地，这个距离，中国军队的机枪和步枪是射不到的，这个倒不必惧它。如果从上面冲下来呢？经验证明，中国军队大都是守在阵地上等候日军冲锋，自动出击的时候很少，再说他们的战斗力皇军已经多次领教过了，即使他们自动出击也不必惧怕。但是如果那儿埋伏着一个炮队，从上往下射炮那就麻烦了。想到这里，尾家队长向后看了看正在搭建的帐篷，觉得那几个蘑菇样连在一起的绿色帐篷，极易成为大炮的目标，便命令把它们移到村子西面炮弹打不到的土崖下面，同时也让大队沿着土崖根一字排开休息。

尾家队长判断得十分准确，在东跑池西面的土梁上还真埋伏着一支中国的军队，那是孟宪吉旅的 623 团第 1 营 3 连。见到敌人后，连长马上电告营长，营长报告团长，团长报告旅长，旅长下达的命令是注意隐蔽待敌，敌人不进攻不打。连长完全明白上边命令的含意，敌人虽然在自己的鼻子底下，动之则惹火烧身，不如让敌人先动别处的阵地。因此下达了这样的命令：

"全体进入战壕，不得露头，不得走动，不得暴露目标。"

上面的不打，下面的不冲，自然就不会爆发战斗。

大约两个多小时后，新庄车队拉着平岩大队到来，同来的还有旅团长三浦敏事。三浦敏事听了尾家队长的简短汇报后，也决定暂时不打，等待折田大队到来后再向中国军队的阵地发起进攻。为了尽可能多地调动部队到平型关来，

他一连下达了两份电令，一份令灵丘城的新庄车队将折田大队火速运到平型关、关沟一带，另一份令浑源县城的两全大队经小道口、西河口等地向平型关进发。

11点，按照三浦敏事的命令，新庄车队把折田大队运到平型关下关沟一带，准备进攻平型关关岭；尾家大队结集在东跑池一带，主要保护旅团指挥部的安全，平岩大队做好进攻东跑池西北面下凹岭的姿势，从浑源出发的两个大队，运动到团城口后，立即向那里的守军发起进攻。

日军进攻的架势拉开后，折田大队先派一支部队计约200多人，向平型关孟宪吉旅的一个前哨阵地发起了进攻。敌人先用迫击炮猛势投掷炮弹。孟宪吉旅因首次与日本人作战，对日军炮弹的攻势估计不足，当一枚枚炮弹突然落到阵地上时，一下子把守阵地的官兵打晕了，他们一时不知道该怎么对付。阵地上，许多士兵饮弹倒下，聪明一点的伏在地上一动不动。迫击炮停止后，进攻阵地的日本士兵已经运动到阵地的前沿，中国军队刚开始射击，就被前面的数十挺歪把子机枪形成的弹雨把火力压了下去。这个阵地上的中国军队虽有一个营的兵力，但在敌人猛力的攻势下，无法正常发挥，情况十分紧急，在平型关关岭上用望远镜观战的孟宪吉，看到自己的部队根本无力还击，为了避免无谓的牺牲，便命令放弃前哨阵地，向主阵地撤退。

三浦敏事看到很轻松就夺得了一场胜利，便认为驻守在平型关附近内长城一线的中国军队不堪一击，心下一阵窃喜，随命令运动到平型关下的三个大队暂时休息，同时点火做饭，准备饭后发起更大进攻，一举攻克平型关。

这时，占据了孟宪吉旅前哨阵地的小股日军出于安全考虑，正在向周围搜索，以探明阵地外围是否还有中国军队埋伏。在关沟村不远的一条山沟里，约一个班的日本士兵，搜索一处山洞时，听到有人咳嗽的声音，便向里面喊话：

"我们的，大日本皇军的，你们的出来，不出来，炮弹的给！"

山洞里面约有20来个关沟逃难的村民。听到被日本人发现了，里面的人吓得个个面如土色，心在胸膛内"嗵咻嗵咻"地跳，毫无主张地你看看我、我看看你。周福林说："不好了，我们出去吧，你们不知道，那炮弹一炸一大片，日本人真要是把炮弹扔进来，咱们谁都得死。"

周福林第一个走了出来，他前脚出，他的家里人，妻子、儿子、女儿后脚跟着也走出来。日本人狞笑着，说："你的，大大的好。"

周福林听说大大的好，以为没事了，没想到，他们全家出来后，周围的几个日本人就扑上来，一人一枪，把他们全部捅死在洞口。后面的人，每出来一个，日本人就用枪、用刀杀一个。听到外面的惨叫声，里面的人不敢出来了，他们就进去，把人们赶出来。最后一个出来的人叫王银树，60来岁，生着病，当他看到外面的血泊里倒了许多人时，气得浑身发起抖来，脸上黑紫一片，嘴里骂道："我日死你们祖宗的日本人，中国人操你们的娘了？挖了你们的祖坟了？凭什么把他们一个个打死？"

日本兵们听不懂他的话，但从表情上断定这个中国人在怒骂他们。这时一个指挥官走了过来，看到王银树脸上的怒色，叫道："死啦死啦的有！"

跟前的日本兵们得令，恶狠狠地扑上前来，五六杆枪刺，前后左右，一齐捅向了王银树。

"啊，我日死你娘的！"王银树惨叫着，倒了下去。日本指挥官上前一步，一刀劈下去，劈下王银树一只胳膊。

"我日你娘！"

又一刀，劈下王银树的另一只胳膊。

"我日你娘！"

王银树的一条腿被劈离了身子。

"我日你娘！"

王银树的另一条腿被劈下。

"日……日你娘！"

指挥官双手举刀，奋力一劈，"咔嚓"一声，王银树的脑袋逃离了身子。

……

第七章

就在开到平型关下的日军烧火做饭，养精蓄锐，准备饭后一举攻破长城上中国军队防线的时候，八路军 115 师师长林彪，带着他的两名贴身警卫小宋和小梁，又一次来到平型关前侦察地形。他们是昨夜 11 点多的时候摸黑从上寨村出发的，依然挎一个粪筐，提着粪叉，伴作拾粪的农民。他们在山沟里行了大约 100 多里地，中午 12 点多钟才走到了老爷庙跟前。由于肚子闹意见，小宋来到山药地里，挖了几个山药蛋，然后在旁边的一苗山药秧根部埋了一块银元和一张纸条，那张纸条上仍旧书名"三个抗日军人"。做好这一切，小宋包好山药，从山药地走出来，来到坐在一棵小杨树下乘凉的林彪和小梁跟前，笑笑说："给，首长，吃梨。"

　　林彪和小梁各拿一个山药蛋在手，在上衣上擦了擦泥，然后像吃梨一样，"咔嚓咔嚓"地吃了起来。那香甜的滋味，天下再也没有第四个人感觉到过。林彪边吃边问两名警卫说："你们说，今天我们来这里侦察的任务是什么?"

　　这一问，真把两个警卫问住了，他们你看看我、我看看你，还真不知道首长这次引他们来侦察什么。林彪看他们猜不出，笑笑说：

　　"你们哪，就是不多动脑子，脑子里不想事。实际上，经过前两次侦察，我们对这里的地形早已烂熟于心了，可为什么还要再来一次呢? 一是要再看一下有什么疏漏。有时候，指挥员一个小小的疏漏就会使战果大打折扣，因此，每一战的战前都要精打细算，细心的侦察地形，艺术地组织战斗。二呢? 这二可是我们再来的主要目的，那就是确定一下各团埋伏的界点。能不能选择好各团的埋伏界点，可是个大学问哪。你们知道俗话为什么说打蛇打三寸、打蛇打七寸吗?"

　　小宋回答说："我知道，打蛇打三寸就是打离蛇头三寸那个地方的脊梁骨，打断了那地方的脊梁，再凶猛的蛇也无法抬起头咬人了。"

　　"对头。小梁说说为什么打蛇打七寸呢?"

　　"打蛇打七寸自然是打蛇头以下七寸那个地方，那里是蛇的心脏，打烂蛇的心脏，那蛇就必死无疑。"

　　"首长，那我们这次是打蛇的三寸呢，还是打蛇的七寸呢?"

　　"我们这次是蛇的头，蛇的三寸、七寸，蛇的腰，蛇的尾都要打。"

　　"啊，全打啊?"

　　"对，全打，用山西老乡的说话，全打那狗儿们的!"

　　林彪跟两名警卫正谈得高兴时，无意中，他发现了前面不远处有一座土桥，眼睛一亮，对两名警卫说："走，咱们到土桥那边看看去。"

　　土桥在乔沟的尽头，乔沟底的公路行到沟的尽头时，蛇一样爬上一面斜坡，这座土桥极像刚伸上来的蛇头。土桥只有一孔石灰石砌成的桥洞，桥面与沟下的公路同宽，也仅能走一辆汽车。站在小土桥上，林彪问身边的警卫："你们看出没有? 如果把开到桥上的汽车打瘫，沟下面的汽车就无法前行了。这可叫打蛇的三寸啊。"

　　"首长，你怎么知道敌人会来汽车呢?"

　　"向平型关这面运动的敌人是机械化部队，他们的步兵其实跟我们的步兵不一样，我们是真正地靠两腿走路，他们的步兵是靠汽车兵运送。我们在来的路上不是曾听到枪炮声了吗? 那枪炮声就在平型关下，说明已有一股日军运动到了那里，你们再看这桥面，是不是有汽车的车印呢?"

"可不是怎的，首长你真细心，我们怎么就没有发现？"

"你我是什么？首长是什么？首长是首长，你我是你我。"小梁说着，问林彪说："首长，敌人为什么只打了一阵就不打了？"

"现在是什么时间？"

"正午啊。"

"正午的时候人们干什么？"

"吃饭……啊对了，敌人正在吃饭。"

"刚才那阵枪炮声是敌人的试探性进攻，估计那一阵对战，日本人对守关的阎军使用什么武器，武器的配备情况，士兵作战是否勇敢等，已知道个七七八八了。"

"首长，敌人吃过饭后就进攻吗？"

"他们可能会发起进攻的。走，咱们趁他们吃饭的时候到前面看看去。"

说完，林彪就引着两个警卫转身向西，向约十多里远的内长城下走去。敌人就在长城下面的沟内，快接近敌人时，林彪低声吩咐："我们要十分小心，当心碰上敌人的监视哨。"

他们更加放轻了脚步，利用尚未收割的庄稼、树木、土塄、壕沟等可以利用的隐蔽物，神不知、鬼不觉地向敌人靠近。终于，他们在东跑池村东的沟崖边看到了敌人。敌人正在吃饭，雪白的大米，令人馋涎欲滴；清风送来的肉香，让他们舌下泛水。小梁心里说：嘿，敌人的伙食不错。小宋则想：长城上的国民党军真蠢，这时候要是派一支奇兵悄悄地运动到敌人的背后，给敌人一个袭击，即使不全歼敌人，也够他们喝一壶的。林彪的目光直直的，专注地看着沟下的一切。过了一会儿，他悄声地对两名警卫说："好了，咱们走。"

他们便又转身翻了回来。走到老爷庙梁下时，林彪问："你们看到了什么？"

小梁先回答说："大米饭，肉。"

"哈哈哈！"他的回答令林彪和小宋不由得笑了起来。小宋说："你就知道吃。"

林彪说："知道吃也没有什么不对。人不吃饭不行嘛。不过，咱们八路军是穷人的队伍，有严明的纪律，要吃一顿大米饭可真是一件不容易的事啊。"

说着，林彪不言语了，一副若有所思的样子。小梁问："首长，你想什么呢？"

林彪说："我想我们伏击的时候，伏击敌人一支运输队多好啊。那样的话，我们就可以缴获敌人许多武器、许多大米，到时候让你们好好吃上一顿。"

"那敢情好啊！不过，首长，敌人会来一支运输队吗？"

"也说不定啊！你们难道没有发现，敌人是粮草未动，兵马先行吗？他们的运输队还没过去呢。"

说到这里，林彪又问小宋："小宋，说说看，你看到了什么？"

小宋说："我嘛，也看到敌人在吃饭。不过我想，长城上的那些国民党兵真蠢，要是我，我就带领一支部队，悄悄地运动到敌人的背后，给敌人猛扔几颗手榴弹。"

"噢？你这个主意不错。可是他们是不会派兵的，国民党那些人习惯于在阵地上等敌人，毛主席对他们的战法下了个定义，你们知道是什么吗？"

"是什么吗？"

"片面的阵地战。"

……

"首长，刚才在东跑池观察敌人时，你看到了什么呢？"小梁问。

"我发现那里是敌人的一个指挥部。"

"啊？"

林彪说："不知你们注意到没有？沟下那些日本士兵里有几个军官模样的人，其中一个岁数稍大一些，约40来岁，其余的都在30岁左右。年轻的军官们始终不离老一点军官的左右，随时听候调遣似的。这说明，在那里有一个日军不小的指挥部。"

说到这里，林彪又回头望了一眼远处的长城，当想到日军已经运动到那边的长城脚下时，猛然意识到原先设想的伏击计划，得根据当前敌情的变化加以修改。他在心里对自己说：长城下有了敌人，战斗一旦打响，敌人就可能会派一支部队回援，这样一来，杨得志部队的任务就不单单是砸蛇头了，他们的阵地，也得是一个口袋，把回援的敌人装进来，那么张口袋的地方应该在哪儿呢？他连忙转身向身后老爷庙梁的山坡上走了约20多米，隐蔽在一块大石头后面，用望远镜细细地向西望了一阵，他想起在前面的山沟里，还有一个村子叫"辛庄"。辛庄离东跑池的敌人最近，杨得志部队的西界点应该定在辛庄那儿。

"呜呜呜……"

东跑池那面传来了汽车的声音，由于汽车行在沟里，因而看不见它们的影子。林彪收拾起望远镜，从山坡上走下来，对两个警卫说："敌人的汽车队来了，咱们得隐蔽一下。"

他们向东走了一段，在乔沟东边的庄稼地里隐蔽下来。不一会儿，敌人的汽车队从东跑池那面开了过来，约有近百辆汽车，全部空着。这是敌人往平型关运送步兵的汽车队要回灵丘了。从此敌人就要在乔沟这条公路上常来常往了。这样一来，原来决定两面埋伏的计划也得改改了。两面埋伏目标太大，而且对面也在平型关敌人瞭望哨的视野之内，我埋伏的部队一旦被敌人发现，后果就危险了。那么，仅埋伏在东面行不行呢？应该行吧，下面的沟深着哪，我们的部队即使只在一面打击敌人，敌人也是插翅难飞啊。

汽车队进入了乔沟，在林彪的视野里消失了。

"轰轰轰……"

"哒哒哒……"

"叭叭叭……"

这时，左面的平型关下，传来了大炮的轰鸣声，机枪的哒哒声，步枪的射击声。小梁说："听，日本人发起进攻了。"

"首长，日本人能攻克平型关吗？"小宋问。

林彪没有马上回答他们，他听了一阵，然后说："平型关一线，国民党部队有18个团把守，阵地又都在山头上，日本人是不会轻易攻下平型关的。走，咱们再到乔沟门那边看一下，然后立马赶回上寨。"

林彪他们从隐蔽的庄稼地里站起来，一会儿就到了乔沟门。站在沟门的土崖边上，他们看到乔沟门窄窄的，一出沟口，大沟就变得宽阔起来。两名警卫没有问，但他们已经知道这里就是砸蛇尾的最好地方了。如果把首长正在精心设计的阵地比作口袋阵的话，这里是最好的口袋口了。乔沟门是那么窄小，在这里收口是很容易的，无需费力的。

"首长，这一段你准备让谁来守呢？"小宋忍不住问。可他话一出口就后悔了，这可是军事秘密啊，我是不是多嘴了。可是林彪并没有责备他，而是笑着问他："小鬼，如果是你，你将怎样使用兵力呢？"

小宋一听首长没有责备他，就大着胆子说："报告首长，要是我的话，我就在这里部署一个旅的兵力。"

"噢？说说看。"

"这里，一出沟门就变得宽阔起来，而且沟还很长，我估计部署在这里部队可能有两个艰巨的任务：一是收口，不让一个进入乔沟的敌人跑出来；二是打援，战斗一旦开始，灵丘城的敌人就可能会赶来增援。在这样长的地形已经不太好的地段，我感觉仅放一个团的兵力恐怕有些不够。"

"好，说得不错，看来打起仗来我如果光荣了，你完全可以接替我指挥啊。"

"首长这是哪里话？"

看样子林彪今天很高兴。这几天两名警卫都觉出林彪一到这里就高兴。他们三人高兴地说笑着，一阵清风送来一股木头烧焦的烟煳味道。他们循味望去，看到了沟下谷子地尽头的小寨村。只见村边几株杨柳树下的房子好像塌了顶，山墙的三角形墙尖，油黑油黑的，很像是大火烧过后的颜色。

"走，进村看看去。"林彪说。

他们进了村，一下子傻了眼。只见村子约 200 户人家的房子大部分被大火烧了。凡是过了火的房子，没有一间不是塌了顶的，有的檩椽还没有完全化为灰烬，令人心痛地冒着青烟，钻进鼻子里的味道中，除了浓浓的檩椽灰烬的味道外，还有烧衣服被褥的味道，烧焦粮食的味道，烧死老鼠的味道……不用问，这是那些日本兵干的。在村子的街上，他们还发现了几具老人和孩子的尸体，在一户人家后院的土崖旁，还发现了几具裸着下身的女人的尸体，最令他们震惊的是一具年轻妇女的全裸尸体。日本人竟然在她的羞处插入了一根玉米秸秆，还割去了她的一只乳房。想不到日本人竟如禽兽，怪不得，八路军的抗日誓词说，日本帝国主义是中华民族的死敌。今天一见，果然如此。

林彪他们三人，紧攥着拳头，牙齿咬得嘎嘎响。

第八章

灵丘城内，日本人正在疯狂地杀人。作孽的是日军在灵丘城内的留守部队。

大屠杀是从早晨开始的。一大早，日本兵就分头进入了城中百姓的院里。乍一看，人们的院子是空的，屋子是空的。可日本人疑心人们已经藏了起来，因此仍在家里院外，乱翻一气。一阵折腾后，竟把一些藏起来的人找了出来。于是日本兵就喝喊着，用枪刺比着他们的后背，往老君庙后的一片空地上赶。

惨白的，仿佛失去了血色的太阳忧伤地走到了中天，老君庙后的一片空地上，一小队军人挺着刺刀，逼着抓来的约 100 多名平民密密麻麻地跪了一片。他们个个是清一色的男性，个个用惊恐的眼神望着敌人。他们不知道在日本的部队里，有一个不成文的规定，抓住中国青壮男性，特别是青壮年男性，一定得"死啦死啦"的，因为放跑一个中国青壮男性，在将来的战场上就会多一名抵抗者。

在黑压压的一片跪着的人群前面，约有几十个中国青壮年正在日本兵的刺刀下用镢头、铁锹挖坑。土坑长条形，已经挖得很大了，很像要挖一个什么菜窖似的。日本人挖菜窖做什么，难道他们不走了吗，想要储存秋天的菜吗？这群习惯于从善良的愿望出发想问题的人们，根本不会想到他们这是在给自己挖掘坟墓。

一个士兵押着一个偻腰的老年人走了来。人们认得这老年人名叫张善，张善的怀里抱着一大团草绳。草绳用稻草拧就，极容易弄断。人们想，鬼孙子日本人要用这些草绳做什么？人们这样想时，就抬起头，用在眼里闪动的询问目光，盯着前面一个站着的凶狠的，挎着长刀的当官人模样的脸。

挎刀的日本人叫桥本顺正，中佐，日军第5师团参谋。板垣征四郎没有让他随三浦敏事到达平型关前线，让他暂时和灵丘城留守部队在一起。对此，桥本顺正心中不快，屠杀开始后，桥本顺正把心中的这种不快泼洒到了灵丘城百姓身上。他口气凶狠地命令刚刚抱着草绳上场的张善说："你的，把他们捆上。"

张善听后，一时弄不明白，桥本顺正见他没有听明白自己的话，就指指跪着的人们。顺着他的指头一看，张善就明白了，明白了之后就很害怕，但张善还是这样说："日本大人，我不能把他们捆上。"

桥本顺正听不懂张善的话，翻译把张善的话翻译完后，他立即就瞪眼了，怕人地问："什么？你的，不听我的……话？"

看着日本人生气了，张善很胆怯，但还是硬着头皮说："日本大人，我不能捆他们。他们没犯国法，一没杀人，二没放火，三没耍流氓玩女人，没偷没抢……不能捆他们。"

"八格牙鲁！"翻译把张善的这一堆话翻译完后，桥本顺正脸色大变，"哗啦"一下抽出刀鞘里的长刀，很专业地向张善的头上挥去。张善的脑袋害怕似的飞出了老远，落在地上时，两眼好像还在惊恐地望着桥本顺正挥着的刀尖。

"娘呀！"

"爹！"

"爷爷！"

"上帝！"

"菩萨！"

跪着的人们看到张善飞起来的脑袋，心里一紧，心底不由得暗暗喊着爷娘老子、上帝、菩萨。不少人惊出了一身冷汗，害怕地发抖。对这样的结果，桥本顺正很满意，他快意地笑了起来。边笑边把目光向旁边持枪的日本士兵身上扫去，想从中找个人用草绳把跪着的这群中国百姓捆起来。

日本士兵的队伍里，一个身材略显瘦小的士兵进入了他的视野。这个士兵没在他的辎重队，而在日军灵丘城留守部队——下条大队。进入中国以来，桥本顺正不只一次地看到下条井扎训斥他的这个士兵，骂他"非国民"。在日本，凡被骂成"非国民"的人，都是不愿效忠天皇、反对战争的人，至少也是对战争抱有怨言的人。昨天，下条井扎跟桥本顺正讲了这个士兵的身世。这个士兵叫稻田有仁。

战前，稻田有仁在日本佐世保市是一名小学教员。那时候，出于为全面侵华做准备的政策，日本小学实行的是军国主义教育，而且越接近战争，这种教育越热，简直热到了很疯狂的程度。稻田有仁，这个日本人中少有的清醒者，因抵抗军国主义教育、反战，遭到了当局的被捕。后来又取消了他的只服短期兵役的权利，被迫使他成了一名现役兵。由于反战，稻田有仁从到部队那一天起，就成了同伴们嘲笑、虐待的对象。

"你们看，来了一个瘦猴。"

"哈，个子不低呢。听说是个思想犯。"

"思想犯！"

"思想犯！"

"非国民！"

从那时候起，"非国民"就成了他的绰号。

在日军的部队里，普遍存在着老兵折磨新兵的现象，而且还被当官的认可，并且美其名曰"课目"。

"非国民！"

"哈伊！"

"摘下眼镜！"

他知道"课目"就要开始了，乖乖摘下了眼镜。

"站稳了。"

他就站稳了脚跟。很快铁拳飞来，他的脑袋被站在对面的老兵挥拳从各个方向猛烈地擂着。眼前一团团地冒着火花，血小虫样从嘴里、耳里、鼻孔里流了出来……不堪忍受时，他就张嘴哭。这样的事发生的次数多了，他满嘴的牙都东倒西歪了。

"哈，哈……"旁观的人开心地笑着。

有时候，他和新兵们一起接受老兵们的"课目"教育。

"间隔一步排开。"

老兵们命令着，新兵们就间隔一步排成一行。一个样子穷凶极恶的老兵手舞棍棒，从队头至队尾，一个一个挨个打。

"稻田有仁留下，其他人解散。"

新兵们解散了，稻田有仁留下继续被"课目"。

有时候，他还会成为被新兵们课目的对象。

"非国民！"

"哈伊！"

未等他站稳，脸上就挨了一拳。那些新兵的拳头比老兵们的慈悲不了多少，一拳之后，他的脸上火辣辣的，眼冒金星，经常是头晕目眩、天旋地转地向后仰着倒地……

自然，桥本顺正视稻田有仁这种人为日本人的异类，对他们在骨子里有一种轻视和愤恨。当他看到稻田有仁一侧黄色的脸皮时，忽然产生了作弄这个异类一下的念头。于是他走过去对稻田有仁说："你的出列。"

稻田有仁听到命令，向前跨了一步，走出了队列。

这时候，又有五六个灵丘城的平民被几个日本兵押到了这里。

桥本顺正拍了一下稻田有仁的肩膀，命令道："你的，把他们捆起来。"

稻田有仁看了看桥本有意难为自己的脸，一声不响地弯腰拿起地上那团草绳，不情愿地把那五六个平民捆了起来。

桥本顺正接着命令道："让他们跪进里面去。"

"你们的进去！"

稻田有仁可能不想再给自己惹来无谓的祸端，虚张着声势，假意地在他们面前端着刺刀，那五六个平民乖乖地走到了黑压压跪着的人群的边上，并自动地跪了下去。

稻田有仁没想到这几个平民会这么乖顺，这让他吃惊地想起了"顺民"二字。战前，在日本国内，他的一位和他一样有着反战思想的汉文老师曾悄悄地告诉他，受儒家文化熏染的中国国民个个温厚贤良，现在看来，在受过"狼"化教育的日本人面前，他们就跟温顺的绵羊一样。他在心里这样问道，我的自谓人种优越的同胞们，天照大神的子孙们，屠杀如此温顺的人们也能称得起英雄吗？难道这也算是人种优越吗？难道这也算是天照大神的子孙吗？天照大神的子孙啊，良心安在？万人敬仰的天照大神啊，难道你也是暴戾之君吗？

他在内心里考问日本人的良心时，中国人的坑已经挖得很深了，只能看到他们往外扔土，看不见他们的人头和锹。

"你们的，那边的过去。"

在桥本顺正的指挥下，几个日本人提着上了刺刀的长枪正从跪着的人群里

往外拉人。顷刻之间，十几个人被拉了出来。他们被强迫排成队，押到土坑边。

较远处一截已经破旧的黄土筑就的矮墙下，架着一挺后来被中国人称为歪把子的机枪。歪把子机枪的旁边站着几十个机枪手，他们都是新招入伍的新兵。这些新兵由于刚上战场，被认为心还太慈，手还太软。为把他们训练得心狠手辣，杀人不眨眼，长官们常常让他们射杀手无寸铁的平民或俘虏，并把此称为他们的必修课。

被押过来的人已经看到了架着的机枪，他们很可能根本认不得那是啥玩意儿，只见木木的表情有些许的疑问。

"突突突……"

歪把子机枪响了起来。被反绑着，已站在坑边鲜红的土塄上的一排平民，随着一声声突突，饮弹倒了下去。有的倒在了土坑里，有的倒在了边沿上。

"啊！"

枪声惊醒了跪着的人群。人们原以为顺着日本人就可以免灾避难，没想到灭顶之灾在等着他们。他们哭喊着，站了起来，由于双手被反绑着，都感到行动被限制着。

"跪下，跪下，你们统统地跪下。"

人群边上，握着长枪的日本人挥着枪托砸在人们的肩上，先挨了枪托的人又被强迫跪了下来，还没跪下的人眨眼间就被飞来的枪托重击在肩上。很快，哄然而起的人们又一层层地跪了下来。

人们的哭声依旧。

几个日本人跑来，把刚才倒在地坑边的几具平民的尸体推到了坑内后，又有一排被反捆的男人站在了土坑边。

"预备！"

桥本顺正不知从哪里找来一面日本的太阳小旗，一挥说："开始！"

"突突突……"又一排平民应声倒下，一头栽进了土坑里。

"预备！"

"开始！"

"突突突……"

……

很快，土坑里已是半坑尸体了。

听着"突突突"的机枪声，看着那半坑尸首，稻田有仁流着泪想，天皇发动的这场"圣战"，正在使大批的日本良民变为杀人狂魔，也使整个日本变成了杀人狂魔。此时，他多么希望能有中国人的子弹射穿那些正在变成狂魔的日本人。然而，没有。中国人啊，难道你们真的成了"东亚病夫"了吗？

"非国民！"桥本顺正在喊他。

"有！"他慌忙地应了一声。

"你的，那边的过去，练练手去。"

他没想到会让他"练手"。然而，桥本顺正确确实实这样命令着。

"我，我？"

"对，你，你的过去！"

稻田有仁看到桥本顺正的眼里射着威逼的目光。自从当兵以来，稻田有仁经常看到队长这样的目光，久而久之，在他的心里已经形成了一种机制，只一接触到那样的目光，他的心就不由得痉挛，继而由痉挛而恐惧，由恐惧而产生一种以逃避灾难为动机的服从。在这种心理的推动下，稻田有仁鬼使神差似的向那挺机枪走过去，痛苦地趴在了地上。他的一只手软软地摸上了机枪的歪把子，又一只手软软地摸上了机枪的歪把子，先摸上去的手用食指轻轻地钩了一下枪机。

"突突。"

突然，机枪在他的手里叫了几下子。他吓了一跳，看前面时，土坑边不知什么时候站了一排中国平民，显然他毫无射击技术可言，在那排平民的旁边，有几个被子弹断了腿的平民抱着腿，坐着呻吟。

"突突……"

他狠了狠心，把枪膛里的子弹全部倾泻了出去，可那些子弹飞过去后，全都钻进了那排平民脚下的湿土堆里。

"八格！"

"八格！"

旁边的同伴们一拥而上，大头皮鞋铁板样硬底纷纷踢在他的屁股上。然而他的屁股上却感觉不到什么疼痛，痛的地方在心里……

稻田有仁又一次被打得鼻青脸肿。

"滚！"

桥本顺正狠狠地在稻田有仁的屁股上踢了一脚后，命令他滚开，然后又命令旁边的其他士兵说："你们的，轮番射击。"

"突突突……"

"突突突……"

躺在地上的稻田有仁看到，一排排穿着破衣烂衫的中国平民被射到坑内。不一会儿，流淌着鲜血的尸体填满了眼前的坑子。最后没有被杀的平民，在日本兵刺刀的威逼下，流着泪把他们的同胞用土埋起来。

这一天，日本人还在大马场、奶奶庙前的空地上，以同样的方式坑杀灵丘平民 600 多人。

第九章

9 月 22 日，天气十分晴朗，副师长聂荣臻带着 115 师司令部和 344 旅开进了灵丘西南的三楼、下关一带的山村。

344 旅还在铁路上东进时，林彪就发电催促 344 旅快进，后来几乎天天接到类似的电报。从一份份电报上看，聂荣臻猜测到林彪在准备一场大的行动，因此加快了 344 旅的行军速度。队伍到达三楼、下关一带之后，人马还未安顿下来，聂荣臻就率领师司令部骑马赶往上寨与林彪会合。

几天前，344 旅到达了原平。和 343 旅一样，部队一下车就与车站里的从前线退下的伤兵以及败退下的溃兵打了个照面。聂荣臻敏锐地发现，这些溃兵身上散发令人讨厌的失败情绪，他很担心这种糟糕的情绪像瘟疫一样传染到八路军战士身上，便产生了部队早点离开这里的念头。

部队下火车后，集合在站外面的广场上吃饭。这一餐依然是大米饭炖猪肉，当然是阎锡山让人事先准备好的。

吃罢饭，聂荣臻让人把徐海东找来，对他说："你闻到了没有，这里的味道不对。"

"闻到了，这帮国民党兵身上有一股奇臭无比的坏情绪。刚才，我还与士兵一起议论呢。"

"噢？讲讲看。"

刚才，徐海东和士兵们一起吃饭，无意中听到他们在议论日本人，便竖起耳朵听了起来。

"听说日本兵的枪法很好，闭上眼睛就能把电线打断。"

"他们有飞机，有大炮，有坦克……"

"刚才我听一个国民党伤兵讲，日本人的坦克厉害啊，浑身都是轱辘，打翻了还能跑。"

"他们装备好，国民党七八十万大兵都没挡住他们。"

徐海东一听，这还了得，让这些说法在部队流传，部队还能打胜仗吗？于是接过战士们的话茬问："同志们，请问你们谁见过日本兵，谁见过坦克？"

他一问，旁边的战士都停住嘴，你看看我，我看看你，不说话。

"旅长问我们，谁见过日本人，谁见过坦克？"刚好，687团的团长张绍东也在场。看着仍没有人说话，他说："说呀，刚才还七嘴八舌的，现在怎么不讲话了？"

徐海东接着说："眼见为实，耳听为虚。你们都没见过坦克，就相信它厉害得不得了啦？谁也没有和鬼子打过仗，就知道他枪法神，还闭上眼睛就能打断电线。这不是狼吃了鬼了吗？同志们，现在有一种恐日症，你们要当心哪！不要受传染，不要自己把自己吓着了。同志们，日本鬼子厉害，我们比他更厉害。厉害的碰上厉害的，他就厉害不了啦！我们是共产党的队伍，是英雄好汉硬骨头，不是怂包软蛋。怂包见了蛇都怕，你们哪个是怂包？"

"哈哈哈……"听完徐海东的话，战士们大笑起来。

一个战士说："旅长，我们谁都不是怂包软蛋，我们的蛋硬着呢!"

"哈哈哈……"战士们又是畅笑一片。

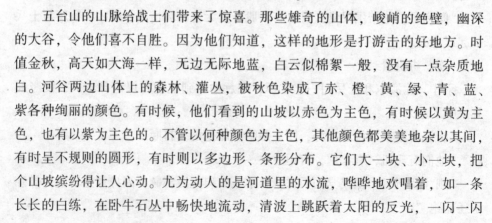

徐海东讲完刚才的故事，聂荣臻对他说："这股'恐日症'厉害啊，想不到我们刚到这儿它就在我们队伍里传染上了。看来我们得取消部队在这里住一天的计划，马上离开这儿，并且为了避免在路上遇到国民党的溃兵，不再走343旅走过的路线，改道五台山，赶往灵丘县的南山，与343旅会合。"

"首长说得完全对，我们是需要马上离开这里。"

聂荣臻摊开地图，向徐海东讲了改道后的行军路线。徐海东看出那是条最短的路线，便没有多言，转身去安排部队出发的事了。

很快，344旅就出现在五台山脉的山谷里了。

五台山的山脉给战士们带来了惊喜。那些雄奇的山体，峻峭的绝壁，幽深的大谷，令他们喜不自胜。因为他们知道，这样的地形是打游击的好地方。时值金秋，高天如大海一样，无边无际地蓝，白云似棉絮一般，没有一点杂质地白。河谷两边山体上的森林、灌丛，被秋色染成了赤、橙、黄、绿、青、蓝、紫各种绚丽的颜色。有时候，他们看到的山坡以赤色为主色，有时候以黄为主色，也有以紫为主色的。不管以何种颜色为主色，其他颜色都美美地杂以其间，有时呈不规则的圆形，有时则以多边形、条形分布。它们大一块、小一块，把个山坡缤纷得让人心动。尤为动人的是河道里的水流，哗哗地欢唱着，如一条长长的白练，在卧牛石丛中畅快地流动，清波上跳跃着太阳的反光，一闪一闪

的，逗人眼目。行军的战士，有时在前面的清水河里惊起一只飞姿似鹤的黑鹳，有时惊起数只灰色的苍鹭，不时地也会惊起一对形影不离的鸳鸯。山鸡在两面的山坡上对鸣，苍鹰在头顶的蓝天上盘旋。在如此美丽的山地行军，心情是爽快的。"祖国的好山河寸土不让。"这句曾经令战士们热血沸腾的口号，此时，再一次化作在战士们浑身涌动的可感的情绪。许多战士在心里说，狗日的小日本儿，想把中国如此美丽的大好河山拿走吗？门儿都没有。这得问问爷爷手里的家伙愿意不愿意。

战士们的行军很快，快近正午的时候，由于从原平小营村找来的向导对前面的道路已不熟悉，行军的队伍只得在一个叫作豆村的村子停下来休息。这个豆村是一个建在山脚下、河滩边的小村子。村子的羊倌发现有一股兵的队伍向村子开来，立马跑下山，通知村里的人，有兵来了。村里的人互相吆喝着，一齐跑出村，在树林里、灌丛中、山沟里藏了起来。聂荣臻命令把已进村的部队开到村外的河滩，并对旅长徐海东说："过去，晋军和奉军在这一带打过仗，老百姓深受战乱之苦，因此他们都躲起来了，我们的部队必须遵守《三大纪律，八项注意》，只在河滩休息，任何人不得擅自进村，另外，应立即派人到山上找人，劝乡亲们回家。"

徐海东大约安排了半个排的人到周围的山上找人。隐匿在山林中的村人很难被找到，他们站在山坡上，两手对成喇叭，对着山梁吆喝起来：

"哎——乡亲们，大家出来吧，你们别怕，我们是八路军，是老百姓的队伍，不祸害老百姓。"

"哎——乡亲们，我们不是国民党兵，不是土匪，我们有《三大纪律，八项注意》，不打人骂人，不拿群众一针一线。"

"乡亲们，我们八路军是红军改编过来的。红军你们知道吗？红军是共产党的队伍，是为穷人打天下的队伍。"

"我们是开到前线打日本的，我们不打中国人。"

"……"

"……"

战士们喊话的声波冲到对面坚硬的山坡上，激起了许多回音，但好长时间没一个人出来。喊话的战士相信藏起来的村人听见了他们的声音，只是对他们不相信才不敢出来，因此，他们一直就这么喊着，一声声呼喊声充满着渴望人们对他们的理解。慢慢地就有一些人沉不住气了，他们小心地从树林或灌木丛的缝隙间探出头来，目光悄悄地向下望着村子。他们发现他们的村庄比他们在时还要安静，没有一个当兵的进去抢东西，抓鸡杀狗，祸害百姓。当兵的全部停在村前的河滩休息，伙夫兵可能在做饭，几股炊烟在队伍的一边袅袅升起。莫非这伙当兵的真的不祸害百姓？人们开始疑惑起来，胆大的人回到了村庄。当证实这支叫"八路军"的队伍确实像他们说的不杀中国人时，他们又上到山上，把其他的人也叫了回来。

"乡亲们全回来了吗？"聂荣臻问。

"大部分可能回来了。有一个老头没有回来。"687团一个叫赵镒的连长说。

"噢？"

赵镒连长就说起了碰到那位老人时的情景。刚才，赵镒连长带着几个战士在南面的山坡上寻老乡寻了半天寻不着，便也学着别处战士的样子，双手对成喇叭，吆喝起来。他们吆喝着，一不小心，脚后跟被绊了一下，差一点跌倒。那战士立住身，低头一看，原来在自己脚边的灌木丛中，藏着一个老头，只见那老头蜷曲着身子，发抖着，两只眼睛害怕地看了他们一眼，便把目光闪开。赵镒见状，就蹲下身子，用亲切地口气对他说：

"老人家，你知道我们是哪个队伍吗？"

"俺们老百姓不知道。"老头说，低着头不敢看赵镒。

"你知道红军吗？"

"我没有听见过。"老头摇摇头说。

"你知道朱毛吗？"

"我不知道朱毛是什么。"老头子的回答令他们很失望，"朱毛"那是什么样的名头，要是在别处，一提"朱毛"，老百姓就知道你是什么性质的队伍了，可在这里，"朱毛"的名头不响。看到老头子不知红军，不知"朱毛"，赵镒就对他说："老乡，我们是八路军，是开到你们山西打日本的。"

"打日本？俺们这里还没来过日本。"老头疑疑惑惑地看着他们，眼里害怕的目光不退。

"你知道共产党吗？"为了更清楚地向他解释什么是八路军，赵镒继续问。

老头子一听到"共产党"三个字，不由得打了一个哆嗦，并且一个激灵，坐了起来，眼里陡增了恐怖之色。嘴里说："共产党我是听人家说的，我没见过共产党。"

"共产党好不好？"一个战士插进来问。

"我没见过共产党，我不知道共产党好不好。"老头子说。

"老人家，我们就是共产党领导的队伍。"

"噢？"老头子打量了他们一眼，又说："不像，不像，你们不是共产党。"

"我们怎么不像？前几天共产党就来了，他们在外面还写了许多标语，这个难道你没听说过吗?"

老头子由于跟他们说了许多话,最初的害怕情绪好像缓解了些。这时他说:"你们别哄老头子了,你们不是共产党,你们是打共产党的。共产党不敢来。"

"共产党为什么不敢来?"

"有你们老总哩。有你们老总,共产党他敢来?"

赵镒想,他是把我们当成国民党兵了吧,把我们的首长当成阎锡山了吧?于是他跟老头子讲起了共产党和八路军的性质,可老头子仍然保持着警惕,不肯相信他的话。此时,他看到山下面的村口,已经有许多老乡了,便没再跟老头费口舌,从山上走了下来。

听连长赵镒讲完这个故事,聂荣臻说:"这里的群众过去受阎锡山的反共宣传太深了。阎锡山曾经在山西的民众中妖化过共产党。说什么'共产党杀人如割草,共产共妻,共产党来了穷人富人都糟糕'。我军初到山西,阎锡山又曾经恶意宣传过我们,看来我们今后一定要严守革命纪律,多打胜仗,打出八路军、共产党的名头来,让人民迅速了解我们,只有这样,才能动员、团结群众抗战。"

说到这时,徐海东带来一位老乡,对聂荣臻说:"聂首长,这位老乡可为我们带路。"

这是一个约40来岁的农民。中等个头,身体壮实,样子诚实。聂荣臻对他很有好感,便问:"老乡,你熟悉前面的路嘛?"

"长官,我对去五台山路熟悉,再往前您得再找别人了。"

"好,那你就带我们去五台山。"

傍晚,在这位农民的引领下,他们来到了五台山的台怀镇。在这里住了一个晚上,第二天由动员来的一位和尚带路,继续前进。

一切按照林彪的意愿发展着,他第三次到平型关一带侦察完地形赶回上寨后,聂荣臻来电说,344旅已经开到灵丘县西南的三楼、下关村一带,现在他正带着师司令部往上寨进发呢。

林彪很高兴,出去迎接聂荣臻。

前面的山口空空,还没有来人的影子。林彪每到一地都有先熟悉地形的习惯,但由于近来痴迷于平型关一带的地形,对上寨村的地形还没有来得及打量呢。他又趁聂荣臻还没有到来的当儿,观察起面前的地形来。他首先看到了一脉低山,那是村子西北面的大山延伸出来的一个小余脉,山脚下流着哗哗的流水,清冽的水流顺着河的弯道流向了一条更大的河流。林彪已经在地图上不只一遍地读到过它,它叫"上寨河",是唐河在灵丘南山的一条最大支流。前面山脚下那条河，林彪在地图上没有见过，但他判断这条河从北面石凡村的脚下而来。心想，大概那条河就叫"石凡河"吧。石凡河之东，是一片不规则的山角形草坪，那草坪约有篮球场那么大，在草坪稍偏北一点是一所小学校。目及至此，眼前所见到的景物在他脑子里已经形成了一个独立的地理小单元。他想，这里是一处理想的开会场所，战前，应该在这里召开一次全师连长以上干部的动员大会。开会时，还可以向小学校借几张桌子。

"唉儿唉儿!"

小山的后面传来马的叫声。虽然还不见马的影儿，但林彪知道，聂荣臻他们来了。不一会儿，果然从前面的山口来了一队驮着 115 师司令部全部家当——各种包裹和木箱的马队，聂荣臻骑着白马走在前面。林彪没有走上前去，只是站在原地，笑着望着他们走过来。聂荣臻从马上跳下来，对林彪说："我把部队带过来了。"

林彪说："很好，很好，我正盼着你们来呢。"

两人碰面后，高兴地并肩走在了一起，司令部的人马跟在他们后面慢行。

"你们快走一些，先在前面进村吧。"聂荣臻站在一边，对司令部的人马说。听到聂荣臻这样说，林彪也站在一边让路。

司令部的人马走过去后，聂荣臻问："前面的情况怎样?"

林彪边走边对聂荣臻说："敌人几天前就占领了灵丘县城，现在他们已经运动到平型关下与国民党部队接火。在平型关下，由西南向东北方向一带，有一条特别适合我军伏击的大沟，全长约 30 多里，其中地处中间的乔沟一段，地形最为险要，此沟长达 10 里，沟底仅能容一辆汽车行走。两边沟壁陡峭直立，高处数十丈，低处十余丈。它是东通河北平原、西达雁门关的必经之路。沟的两边是长满谷子、玉米、高粱的黄土梁。如果我们在黄土梁上埋伏下重兵，居高临下，突然向敌人发起进攻，定能打一个大胜仗。"

聂荣臻认真听着，林彪说完后问他："基本情况就是这样，这仗你看咱们打还是不打?"

聂荣臻说："打，居高临下打击敌人是很便宜的事，怎么不打?"

真可谓英雄所见略同，林彪原以为聂荣臻可能会提出不同意见，没想到一上来就同意打一仗，这使林彪十分高兴。此前，在平型关打一仗的问题上，他早跟罗荣桓取得了一致，聂荣臻同意打一仗，意味着师里三个主要领导意见取得了一致。这很重要……接下来，他们该全力以赴，一心一意地精心谋划这场战争了。

林彪住在村北紧靠后土梁边一个屋子，看上去很不起眼的老乡家里。一会

儿，聂荣臻、罗荣桓、周昆、陈光等人就陆续来到这个院子，进了林彪住的一间小东房。

"现在，我们开会。"

林彪兴致勃勃，宣布开会后，首先发言：

"今天，我师343旅和344旅在晋东北这个灵丘县的南山地区胜利会师了。会师后，我师如何行动呢？军委毛主席、周副主席、总部朱总、彭总都同意我们暂时结集，打一两个硬仗，然后分散到敌后，开展游击战，发动群众，建立抗日根据地。今天我们这个会研究两个问题：一是如何在平型关打一个大胜仗；二是如何执行中央分散到敌后，开展山地游击战，发动群众建立抗日根据地。"

接下来，林彪讲了近日内把部队拉到平型关一带给敌人一个歼灭性打击的设想。随着他的说话声，开会的人看到了一场将由他们做主要演员的惊心动魄的战斗——

那是一片纯蓝纯蓝的天空。天空下，五台山、恒山、太行山像三条巨龙一样，把头伸在一起，就像是商量着一件什么大事似的，悄悄地低语着。巍峨的山脊上，蜿蜒着巨龙腾跃一样的长城，长城上一处名叫"平型关"的关楼，宛如早已等在这里准备干一件大事的巨人，常年的风吹日晒，已经使它显得老相了。平型关之下，把山峰托起来的是一座座黄土梁，梁与梁之间，被一道道深深的沟壑割裂着，那些沟沟壑壑，像蜘蛛网的网线一样，连接着。在这些沟壑中，有一条约30华里长沟，伸向平型关脚下的叫关沟，中间最为险要的一段叫乔沟，乔沟以下依次叫小寨沟、唐河大峡谷。一个月黑风高的夜晚，115师全体将士，悄悄地开到这片神奇的地域，沿着那条30里长沟的一侧，埋伏下来。此时，一队傲慢的不把一切放在眼里的日军，耀武扬威地进入了那条长沟，钻入了115师的口袋阵。"开火！"三颗信号弹升起。115师的将士们，如雄狮、猛虎一般，从长沟一侧的庄稼地里猛然跃起，冲到沟沿，呐喊着，把一枚枚手榴弹扔下沟去。沟下的日军听到头上一片响雷般的响声，惊得刚一扬头，就看到一阵手榴弹雨劈头盖脸地倾泻下来。接着，落在脚底的手榴弹愤怒地吼叫起来，无数弹片乱射，深深地钻入万恶的鬼子的肉里，鬼子哭爹喊妈，不，连爹妈也没有来得及叫，就到地狱报道去了。

……

"就这样，我军全歼了日军。我军大胜，敌人大败。"最后，林彪结束说。

在座的都是军事专家，没人觉得林彪所讲的是天方夜谭，也并非梦呓。他们都意识到，115师遇到了极妙的战机，需要及时抓住战机，猛扑上去，给敌人以有力一击。因此，他们个个显得很兴奋，注意力一下子都集中到如何打好这一仗上来。

"这种砸蛇头、斩蛇腰、掐蛇尾的战法绝妙。不过，我注意到，你并没把独立团安排进去。这个团你准备怎么使用？"聂荣臻问。

林彪对独立团早有安排，他是故意没讲出来的，为的是看看有人能不能发现这个'遗漏'。如果有人能够发现，说明自己的这个安排就很有必要。现在聂荣臻讲了出来，他十分高兴，因此指着地图说：

"目前，敌人在平型关正与国民党军作战中；如果敌战不利，就会派大量援军来；如果敌战有获，也会派大量部队开到平型关。因为敌之目的是越过平型关，在雁门关与大同之敌会合，进而攻打太原。而现在运动到平型关下的敌人，还仅仅是先头部队，大部队尚未来到。我师在乔沟一线歼敌之时，敌人可能有灵丘、广灵、涞源三个县城的敌人增援。灵丘城之援军，将由徐海东旅在东河南至小寨一带对付；广灵、涞源之敌，可以派独立团穿插到腰站、冯家沟一带，狙击敌人，使敌人不得靠近平型关。大家觉得这样安排如何？"

林彪说完，开会的所有人好长一段时间都没有讲话，他们都把目光集中到腰站、冯家沟一线，拧眉思考着。

"我看能行，这样更能万无一失。"罗荣桓首先对这一方案作了肯定。

"行行行。"其他人也纷纷表示同意。

此后，代行参谋长之职的孙毅对只在长沟一侧埋伏部队提出了异议。林彪说：

"只在一侧埋伏部队出于两个方面的考虑。根据地形讲，那条沟大部分地段窄而深险，一侧伏兵足能解决问题。眼下，敌人已在平型关与国民党军接触，如果我们两面伏兵，目标过大，容易被敌人的后卫监视哨发现。能不能成功埋伏，是关系到此战能不能获胜的较为关键一环。"

林彪讲得在理，无人再提异议。此战 343 旅担负着主攻任务，陈光一直在凝神思考未来乔沟一线的战斗，看着别人不再发言了，陈光讲："师长对阵地的安排很细，细到了各团，我们能不能再细到营呢？"

接下来他们就研究如何安排各参战营的战斗位置。此后，又研究了向导问题，发动老乡支前问题，战地救护、后勤保障等等问题。最后，在政治部主任罗荣桓提议下，他们还研究了一个一旦战敌失败的应对方案。这个方案假定平型关战斗一旦达不到目的，各参战部队以团为单位，在团长的带领下，向三楼村一带撤退集结，然后全师开向大山更深部的河北省阜平县。同时，会议还决定，为了保证全师退到阜平县后，能够立即站稳脚跟，发动群众，开展敌后游击战，建立根据地，先由罗荣桓带领政治部机关和骑兵营等部队，东进阜平。

今天，他们把会议开长了，当一切安排妥当以后，已经是夜深人静了。有月亮在天边悬着，八月十五后的月亮，依旧那么圆润而明净，村里不知谁家的婴儿降生了，一声嘹亮的啼哭快乐地响了起来，激动了夜色中的村子。

这种时候，干完了大事情的男人往往是想妻子的时候。

"散会，睡觉。"林彪说。

第十章

"非国民！"

"非国民！"

睡梦中，稻田有仁被一只野蛮的脚猛力踢在腰眼上，一阵钻心的疼痛让他悠地坐起，他慌乱地往头上套着上衣。喊他的是大队长下条井扎。这是一个来自日本水户市浑身霸气的人。加入下条井扎的部队以来，稻田有仁觉得这个一向野蛮对待士兵的大队长，对他似乎有一种更天然的敌视，对他的仇视、蛮横有加。看到稻田有仁开始起床，下条井扎退出帐篷外，要离开时，又大声地回过头对着帐篷喊：

"非国民，快快的起来，要'练手'了。"

听到要"练手"了，稻田有仁不由得停顿了一下，起床的热情顿减，动作明显地慢了下来。

"八格，非国民，快快的起来！"

下条井扎可能是嫌稻田有仁动作太慢，没有很快从帐篷出来，又返回来，钻进帐篷，瞪着眼睛在稻田有仁的腰上乱踢。经常挨打的稻田有仁只当他在踢别人，踢一截木头，似乎根本没有挨打这回事似的，不紧不慢地穿好衣服，扣好扣子，系上鞋带，然后提上枪，向帐篷外走去。

外面灰蒙蒙轻飘着晨雾，稻田有仁有点儿不适应，脚下一个碗大的石块一绊，一个趔趄，差一点儿跌倒。

"笨蛋！"

他刚一站定，背后的下条井扎就在他屁股上用力踢了一脚。他又一个趔趄，样子就跟一只干瘦的仙鹤落地一样，长胳膊翅膀样一展，同时迈出了一小步，使身子保持了平衡，没有跌倒。

"哈，哈……"

在他前面响起了一片笑声，一抬头，看见一排队伍已经站在了帐篷前。他赶紧跑过去，站在了队尾。只见他瘦高的个子高出了他的同伴们一头。

"今天，上级的命令，我们的'练手'。现在，三人一组，统统地捉'靶子'去。"

稻田有仁心想，他们又要造孽了。

县城乱了。中国老百姓的哭喊声，鸡飞狗吠声，日本人的呵斥声，还有

一些枪声，乱糟糟从四面八方恐怖地传来，折磨着人的耳膜，惊吓着人的心胆。

大搜捕开始了。稻田有仁想。

稻田有仁被命令和福田负太郎、岩岛原三郎组成一组，搜查一条窄窄的巷子。福田负太郎、岩岛原三郎是两个恶棍一样的人，经常欺负稻田有仁，下条井扎正是看上了这两个混蛋对稻田有仁的心狠手辣，才经常让稻田有仁跟这两个混蛋搭伴。

"非国民，快点儿。"

不知不觉，稻田有仁落在了后面。听到那两个同伴喊他，他赶紧加快了脚步。

他们来到一户居民的院子里。

这是一户住在城里的种田人家。户主姓王，名希生。日本人占领灵丘县城前，王希生曾带着全家在西福田村避难，和许多逃走又回来的人一样，听说日本人不杀人，他们也回来收秋了。在他们院子的南角，已经小山样垛起了割回来的谷子。日本人没到他家之前，他们一家三口正坐在炕上吃早饭。当街上乱嚷嚷的声音传到他们耳里时，他们都感到有大事发生了，但不知道是什么大事。

"我出去看看。"

王希生放下饭碗，走出家门，来到院墙头边，扒着墙头向外一看，只见墙外的巷子里，几个日本人正用刺刀捅一个穿着黑衣的老头，那老头好像邻居李

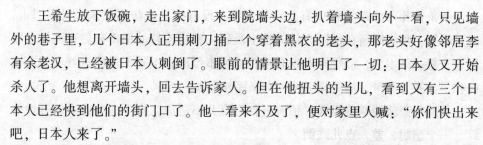

有余老汉，已经被日本人刺倒了。眼前的情景让他明白了一切：日本人又开始杀人了。他想离开墙头，回去告诉家人。但在他扭头的当儿，看到又有三个日本人已经快到他们的街门口了。他一看来不及了，便对家里人喊："你们快出来吧，日本人来了。"

先跑出来的是他的女人，女人边跑边喊："儿子，快点儿。"并就近躲在了谷子垛里。

看不到儿子的影子，他们的儿子显然是贪嘴了。他着急地喊："儿子，快点儿，躲到窨子里来。"他边喊边躲到了窨子里。

他们的儿子跑出来了，向窨口这边跑来。然而，日本人进来了。福田负太郎不由分说，端起枪，"啪"的一枪把他们的儿子打倒在窨口边。

"儿子!"

窨里的王希生痛苦地喊了出来。

"儿子!"

躲到谷垛里的妻子听到枪声和丈夫的喊声，推开挡住自己身子的一捆谷子，从谷垛里钻出来，跑到窨口边，把满身是血的儿子抱了起来。

"啪!"岩岛原三郎一枪又把妻子打死。

跟在后面的稻田有仁看到只一会儿工夫，他的两个同伴就把这家母子打死了，闭上了眼睛，痛苦地摇了摇头。

"非国民，你混蛋!"福田负太郎狠狠地骂着。稻田有仁依旧痛苦地闭着眼睛，对同伴的呵斥不理不睬。

"你，混蛋! 非国民，走，到别的院子里搜查去。"

岩岛原三郎在稻田有仁背后喊着，并把枪举起来，做着随时要把枪托子砸在他屁股上的姿势。正当稻田有仁转身准备走出这家人院子里的时候，"轰"的一声，在他身后传来一声手榴弹的巨响。他惊惧地回头一看，一股浓浓的黑烟从窨口冒出来。福田负太郎站在窨口旁，嘿嘿地笑着，显然刚才是他把手榴弹扔进窨里。

稻田有仁再一次闭上了眼睛，他能想象得出，爆炸过后，窨里人的尸首惨然成一摊泥血、碎块的情形。

那天，他们沿街抓了许多平民。在那些平民中，有一个约二十四五岁的年轻小伙子。这小伙中等身材，虎头虎脑，背阔腰圆，壮得如一头中国北方的一头耕牛。这小伙子叫武正，不过日本兵不知道这小伙子叫武正，在杀害他前，日本人也不必知道他叫什么名字。稻田有仁看到武正的椽似的粗膀大臂，心中想，可惜了，中国政府没有及时把这样的小伙子组织起来，要是把他们组织起来，日本的军队恐怕难以踏上中国的土地。由于怜悯这个中国小伙，稻田有仁想作出个破绽，给这小伙子一个逃跑的机会，但发现福田负太郎和岩岛原三郎的眼睛对他看得紧紧的，因此没敢造次。

他们没有把这群中国人送到老君庙那边去，而是把他们就近送到了另一个日军的杀人场——大马场。

这里是骑兵队的杀人场，为杀人而预备的大坑早已挖好。跟老君庙那边一样，大坑的不远处，跪着一片黑压压的中国平民。只见在那片跪着的平民的东南西北不到十米远的地方，各架着一挺轻机枪，黑洞洞的枪口随时准备着向人群倾吐着魔鬼般罪恶的子弹。显然这些机枪是由于骑兵的人手少，为防备中国平民逃跑、暴乱而采取的措施。他们走进去的时候，在大坑边已站了一排中国平民。一个肉头军官手握指挥刀准备对一个骑在一匹红色大马上的士兵下达命令。他们都是骑兵，对那个肉头军官和马上的士兵，稻田有仁都不认识。

"开始!"肉头指挥官几乎吼着下了命令。

那匹红色大马在主人猛力的鞭策下如燃烧着的火团飞来，只听"嚓嚓嚓"的一阵响声，在大马飞奔过去的瞬间，一颗颗人头飞落到地上，继而惊恐地滚到了坑里。

"他们正在杀人哩。"

武正惊骇地想。他已被赶到人群的边上，其他几个被同时押来的人未等日本人把他们捆起来，自动地挨着跟前早已跪着的人跪下。

"跑吧。"

滚落的人头让武正立马闪出了逃跑的念头。武正猛地推了一下近旁的稻田有仁，稻田有仁没防备，仰跌在地上，武正的眼前顿显一条生路，稻田有仁想让这个无辜的人逃跑成功，故意躺着不起来。然而就在武正跳过稻田有仁的头想要从跟前的一堵墙头上跃过去的时候，日本人福田负太郎跑过来拦住了他的去路。

福田负太郎把枪在他眼前一横说："你的，回去!"

武正转回头，想再寻路逃走，岩岛原三郎跑了来，拦住了他的去路。岩岛原三郎把枪在他眼前一横说："你的，回去!"

武正扭头再寻第三条逃路时，刚才下命令杀人的肉头官，手握指挥刀，呀呀叫着，截住了他的退路。在日本人三面夹攻下，武正不但没有了退路，而且可据逃跑的圈子也在缩小。武正不再择路，心一横，想从前面硬冲出去。不料，挡在对面的肉头指挥官握着刀硬硬地捅来，情急之下，武正双手抓住了捅来的指挥刀。刀刃锋利，他用刀一攥，利刃割破了他手指内的皮肉，鲜血红虫样从指缝间流出来。但是他不敢松手，他知道他一松手，这个日本人就会挥刀从自己的头上劈下来。他紧紧地攥着日本人的指挥刀，想把刀从日本人的手中夺过来，用力一拉，十个手指头齐茬茬割断了，落在地上，在地上痛得乱蹦。显然，武正没想到会是这样的结果，惊恐地举起断了指的手看。"哈呀!"肉头指挥官大吼一声，把长长的指挥刀捅进了武正的心窝，武正忙用断了指的肉掌把刀夹住，然而，长刀已经穿透了他的身子，他腿下一软，身子向后倾倒之时，鲜血沿着刀刃，孩儿尿似的流了下来。

又一个生命完结了。稻田有仁闭上了眼睛。

"乡亲们，跑吧！咱们不能等死！"

"跑吧！"

"跑吧！"

"啊……"

跪着的人群中，一个老头突然站了起来，愤怒的胡子匕首样翘着，没牙的黑洞样的嘴巴大声吼着喊着。随着老头的吼喊声，更多的喊声响起来。逃命的欲望被唤了起来，人们一个个站起来，想向四外逃去。

"哒哒哒……"

"哒哒哒……"

架在四周的日本人的机枪同时响了起来。人们全都被草绳反绑着，行动显然很不灵便，大多是刚站起来就被飞来的子弹穿透了身子，一片一片地倒下去。

稻田有仁还没弄清怎么回事，那边原先跪着的人群已经变成了一堆血尸，顿时鲜血的味道，浓烈烈烈、热辣辣地扑了过来。看着顷刻间变成四处飘散着血腥味的人尸堆，想到里面有自己抓来的几个人时，稻田有仁的心就像被两只大手猛地抓住，拧麻花似的一阵痉挛……他强烈地意识到自己也参与其中，他问自己不是曾反对战争、反对杀人吗？今天怎么也成了杀人魔了？

"不，不，我不杀人，决不杀人……"突然，他大喊。两臂高举，样子疯狂，脸上有黑紫的血好像就要崩破愤怒的脸蛋，喷射而出。

"混蛋！"旁边的福田负太郎被他激怒了，飞起一脚，牲口蹄子一样坚硬的皮鞋踢在了他的屁股上。同以往任何一次一样，第一脚踢来之后，无数的脚也跟着踢来了。

"非国民！"

"混蛋！"

有人一脚猛地把他踢倒了。

在众多飞脚的踢踏下，他滚着、喊着："不，不，我不杀人，决不杀人……"

越来越多的脚纷纷踢来，稻田有仁感到浑身热辣辣的，疼痛消失，浑身上下，里里外外，紧跟着而来的是无以言说的大快。他哈哈笑着、滚动着，喊着："好啊，哈哈，好啊……好，舒服，痛快……打啊，踢啊……"

"停！"肉头军官把手一挥，大喊一声。

听到喊声，士兵们停了下来。他们有些狐疑地回头望着那喊停的军官。那军官走过来，对躺在地上的稻田有仁说："你不是不想杀人吗？今天我非让你杀人不可。"

"起来！"岩岛原三郎听说，伸手抓住稻田有仁的衣领，把稻田有仁提了起来。稻田有仁的嘴角流着被鲜血染了的涎水，由于被提起来时脑袋晃了一下，涎水飘成了一股肮脏的抛物线，红色抛物线飘然的样子，逗得日本兵哄然大笑。

肉头军官也笑着，笑完扭过头去，小眼睛里的目光扫过身后飘散着腥味的人尸堆，却没有发现一个躺在血泊里的尸首是活的。他正想细细找找，却听到一声声男性的呵斥声和一片女性的哭叫声，再扭过头去，只见大马场的入口一群妇女正惨兮兮地被赶了进来。

押着这群妇女的是大队长下条井扎，还有几个士兵，肉头军官不认识。

下条井扎说："大日本皇军的英雄们，给你们送妇女来啦。让她们给你们慰安吧！"

"哈，花姑娘。"

肉头军官并一伙士兵，看到被押来的妇女，眼里狼一样闪出了亮光，他们不再纠缠稻田有仁，"哗啦"一下子站起，口喊着"花姑娘"，牲口样围拢过去，一个个扑向了妇女们，撕扯她们的衣服。稻田有仁看见，许多妇女和日本兵厮打起来。妇女们的惊叫声、怒骂声和日本兵的狂笑声响成一片，顷刻间，十几个妇女的上衣已被撕破……

稻田有仁不忍再看下去，眼里蹦出两滴清泪，一抬头，看见了空中的苍白的无啥表情的太阳，此刻，他想起了小时候母亲对他说过的话：日本人是太阳神的儿女……

太阳神的儿女……

太阳神的儿女啊！

第十一章

上寨村小学校前的草坪上，盛满了八路军的欢笑声。虎虎生威、坐满草坪的八路军115师连以上干部，个个揣着颗兴奋激动的蹦跳的心，张张年轻的脸上，笑容像扇动翅膀的喜鹊样飞扬。来这里以前，团长就打了招呼，说师部决定把部队拉到前方打一个大仗，战前，师首长要作一个战斗动员。这种消息对于八路军115师这些目前中国最有觉悟的军人来说，就像中国老百姓企盼过年一样，就像姑娘小伙企盼洞房花烛一样，就像赶考的秀才个个企盼金榜题名一

样，就像猎人听到远方的野兽鸣叫一样，就像……总之，就像人们企盼着所有企盼的美事美物一样，他们的心房一下就跳跃了起来，喜了起来，乐了起来。一感到天明他们就像听到号声一样起了床，跟留守的干部说了声"走了"，然后跃上马背，摔响马鞭，踏路飞奔起来。没有马的连队干部，则要起得早些，他们因为事先与留守的干部睡前就打好了招呼，离开部队时屏气凝神，轻轻地迈着脚步。出了村，步子就加快起来，后来，快走嫌慢，就变成小跑了。共产党的部队以团结紧张、严肃活泼见长，他们从来不用以不能按时集合部队而犯愁。早上6点钟以前，从四面八方的村子里起来的115师连以上干部，就满满地坐在了上寨小学校前边的草坪上了。

太阳升起来了，杏黄色的光带着暖意射在了草坪上每个人的身上。没有太阳时，微风轻轻吹拂着，使人感到一阵阵凉意；太阳出来后，凉意隐遁了，代而取之的是说不出的快意。由于好心情，他们开始打量起周围的景物来。在黄色秋天的怀抱中，上寨村安详在一处静静的山弯里，村外到处是庄稼地，黄黄的杨柳村，唯有他们脚下国民小学校前是一块金草茂密的草坪。草坪大小正好能容下全师连以上干部开会。有人说：

"你们看，这草坪就像老天专门为我们开会准备的一样，这里，往别处，再也找不到一处这样的草地啦。"

"那还用说，咱们的首长们天生就是寻找地形的高手嘛，他们找的地形，保管管用。"

"是啊，那还用说。听说这次首长又为咱们找到了一处绝妙的地形。"

"听说是一条长长的沟。"

"听说那沟很深很险。"

"听说我们站在沟上面扔手榴弹就行了。"

"听说别说是手榴弹，就是扔石头也能把鬼子砸死。"

"听说在沟上面尿尿就能把敌人淹死。"

"哈哈哈，你还不如说站在沟沿上放屁也能把敌人熏死呢。"

"哈哈哈……"

"别开玩笑啦，首长来了。"

人群中，不知谁说了一句话，全场顿时安静下来，大家立刻把目光投向了前方。

那儿是全世界最简陋的会场，没有会标，一颗孤独的柏树，耸立在秋草萋萋的草地上，独然、傲然、卓然。柏树下只放着一个颜色灰旧的方桌，后面连一个供坐下讲话的凳子也没有。林彪、聂荣臻、罗荣桓从小学校的一侧走了过来，全场马上响起一片由男人们拍响的万马踏蹄般的掌声。立时，激情暄腾起来，每一颗心激烈地跳着。林、聂、罗三人是115师的灵魂性人物，三人中只要一人在，这个师就勃勃的生机不断，而今他们是三人一起步入会场，这更让人感到一种豪气、壮气。

罗荣桓挥了挥手，示意掌声停下来。很快全场就寂然无声了，大家的上百双眼睛，期待性地投了上来。罗荣桓很满意，微笑着说：

"同志们，今天我们把大家召集起来开一个动员大会。前几天，林师长为我们在前方侦察到了一个绝好的战斗地形，师部决定把全师拉上去，给敌人一个猛击。现在请林师长讲话。"

"哗——"掌声再一次潮水般响了起来。林彪敏捷地站到方桌跟前，用少有的激动嗓音说：

"同志们，与大家分别已一年多了……"

有人在心里算了算，林彪从离开部队去抗大当校长到重又回到战斗部队，还真有一年多了。

"现在，我又荣幸地回到部队，跟同志们一起战斗了。罗主任说了，今天我们开的这个会是动员大会。下面我要告诉大家的是，我们要打一仗，打一个大仗，打一个有影响的大仗。"

大家一听，林彪要直奔主题了，便屏气凝神，瞪大眼睛，攥紧拳头，竖起耳朵，认真地听了起来。

"就在大家向灵丘大南山这地方进发的时候，我到前面侦察，发现了一处非常有利于我军作战的地方。在我们现在这个地方的西北面，有内长城上的平型关。毛主席说了，不到长城非好汉。什么意思呢？并不是说你走到了长城什么也不干就成好汉了，你还得干好汉的事才算得好汉。我们师马上要开到长城去了，在长城平型关的脚下，干一件好汉的事情……"

接着，林彪介绍了平型关下乔沟一线的有利地形。他告诉战士们：

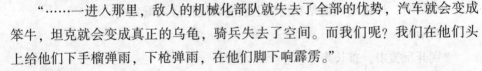

"……一进入那里，敌人的机械化部队就失去了全部的优势，汽车就会变成笨牛，坦克就会变成真正的乌龟，骑兵失去了空间。而我们呢？我们在他们头上给他们下手榴弹雨，下枪弹雨，在他们脚下响霹雳。"

"嗷——"

"嗷——"

"哈哈……"

"好啊——"

"高——"

"妙——"

"哗哗哗……"

全场一下子响起了掌声，喊喝声响成一片。

"师长，要是敌人的飞机来了怎么办？"

在正对林彪的685团3营的方阵里，不知是哪个战士问了一声。林彪张了张嘴，想要回答，却又把嘴合住了。这是他一直以来苦苦地思考的问题，至今还没有答案，他想说，我们要速战速决，等到敌机来了，我们已经结束了战斗，但又觉得这样回答这个战士不妥，因为这几乎等于无策。这时，前排几乎跟他面对面的3营长邓克明说："师长，飞机来了，我们就冲到敌人伙里跟他们拼刺刀。"

林彪说："邓克明，开完会，你到司令部来一下。"

渐渐地，会场平静下来。林彪看了一眼现前一片激动的面孔，挥了一下手说：

"同志们，正如聂副师长说，居高临下打击敌人是很便宜的事。可是大家别忘了，我们的原则是凡有把握能打胜的仗，必须很艺术地组织，坚决地打。因此，我要求大家现在脑子里就装一个问题，那就是如何打好这一仗。我们打的这一仗是一场大仗，必须做好每一个环节的工作：一要充分准备，前线、后勤、战地救护、俘虏的押送等等，要细细地筹算；二要及时地达到伏击地域，神不知、鬼不觉地埋伏。不能及时赶到伏击地，就抓不住最为有利的时机。不能神不知、鬼不觉地埋伏，暴露了目标，就有前功尽弃的危险；三要等待统一号令，号令一下，全师一起动手，敌人蛇头、蛇身、蛇尾无处不受打击，就只有挨打之份，而无还手之力；四要务必全歼。七七事变之后，如今快三个月了，在这段时间内，全国乃至全世界的人们看到了什么呢？看到了国民党调动国军80万，竟然挡不住敌人30万。不仅如此，从北京到平型关下，在一连串的抵抗、防御中，中国军队竟然没有打过一个胜仗。我们全师这次开上去，一定要全歼敌人，给敌人一个大打击，给友军一个配合，给全国人民一个振奋！"

"哗哗哗……"

雷鸣般的掌声又起。

林彪此时激奋的心情也仿佛达到了极点，眉毛在跳动，左手有力地挥了一下说："好啦！现在我宣布各团的作战任务。"

"杨得志！"

"到！"杨得志从人群中站起。

"你带领685团埋伏在新庄到老爷庙梁土桥一带，负责砸蛇头任务，如果东跑池之敌增援，你们一定要全力阻击，不得放一个敌人进入我伏击圈内。"

"是!"

"李天佑!"

"到!"李天佑从人群中站起。

"686团是这次战斗的主攻，你们全团要埋伏在土桥至乔沟门一线，将敌人的腰给我砸烂!"

"是!"

"徐海东!"

"到!"徐海东同样柱子样站了起来。

"你旅的主要任务是掐尾，埋伏地段从乔沟门至东河南村西一带。你要以687团牢牢地守住乔沟门一带，不得放一个乔沟的敌人出来。另以688团埋伏在东河南至蔡家峪一带，主要任务是配合687团守住乔沟门这个口袋口，阻击从灵丘城出来增援的敌人。"

"是!"

"杨成武!"

"到!"杨成武一直竖耳听着师长在发命令，当任务差不多快分配完时，心里犯起了咕噜，心想：没有独立团的任务吗？正着急时，听到师长叫他的名字，高兴起站了起来。

"你率独立团，开到腰站、冯家沟一带，阻击从涞源、广灵方向增援平型关的敌人。"

"是!"

战斗任务下达完后，林彪的激情滚沸至极点，只见他昂扬地挺了挺身子，提高嗓门说：

"大家注意啦，战斗任务下达完毕。会议结束后，各部队要立即回去做好一切转移的准备，找好向导，务于傍晚从驻地转移至冉庄一带的村庄，以便进一步靠近平型关，做好扑敌人姿势，给敌以有力的一击!"

"哗哗哗……"

在战士们一阵潮起似的掌声中，林彪退下，罗荣桓宣布：

"下面——由聂荣臻同志讲话。"

聂荣臻兴致勃勃地来到桌前，情绪激昂地向鼓掌的人群挥了挥手说：

"同志们，林师长刚才告诉大家，我们全师就要开到平型关下，与敌人作战了。这次战斗如何打法，林师长已经给讲了，下面我要说的是取得这次战斗胜利的伟大意义。

"我们此去要办一件大事，要破一个神话。七七事变以来，为了抵抗日军，蒋介石共动员了 80 万大军，却抵不住 30 万日军的进攻。从北平到平型关，他们布置的一道道防线被攻破。于是一些人就得了'恐日症'，说什么日军不可战胜，中国就要亡国了等等。而日本人呢？他们却在疯狂地叫嚣什么，一个月要拿下山西，三个月占令全中国。我们 115 师这次开到平型关去，就是要破一个'日军不可战胜'的神话，灭他一个'亡我中华'的美梦，治一治某些人的'恐日症'。就是说，在平型关打一个漂亮的大胜仗，首先是我们中华民族的需要，是祖国交给我们 115 师的光荣任务。打好这仗，同志们有没有信心啊？"

"有！"

"同志们，取得平型关战斗的胜利，当然也是共产党和八路军的需要。共产党和八路军的宗旨是广泛地团结全国人民群众，打败日本侵略者，救祖国和人民于水深火热之中。我 115 师，作为共产党派来的八路军抗日先遣队，初上战场，应以勇于为人民立功的大无畏精神，向人民证明，向全世界证明，共产党和八路军有能力、有智慧团结全国人民打败日本帝国主义。同志们，我们要不要打好这一仗？"

"要！"

"当然了，取得此战胜利也是我们 115 师的需要。作为抗日先遣队，首战得胜，对于我们 115 师来说，既可以为我军抗敌作战提供一个典范，又可以取得宝贵的抗敌经验。更重要的是，此战胜利，有利于树立我 115 师的威望，有利于我们更好地团结民众，争取更大的抗日战果。同志们，你们说，这样的胜利，我们该不该全力争取呢？"

"该！"

群情鼎沸。坐在前排一直聆听师首长讲话的陈光再也按捺不住，用足全身力气，带头呼起了口号：

"打到日本帝国主义！"

"粉碎日本帝国主义美梦！"

"打出八路军神威！"

陈光领头呼罢口号，徐海东又站起来振臂高呼：

"砸碎日寇侵略魔掌！"

"给全国人民一个振奋！"

"给友军一个配合！"

一时间，雄壮的口号声，犹如雄狮怒吼，打破了山村的宁静，震荡着山谷，气冲霄汉。

115师的战前动员大会开得相当成功。动员会后，与会者立即返回部队，积极地做起战斗准备来。

　　邓克明被林彪的警卫小王叫到了师部。

　　"报告师长，邓克明到。"

　　一见邓克明，林彪就很热情地跟他握了手，让他坐下，笑着对他说："邓营长，刚才开动员会的时候，你曾说，如果敌人飞机来了，就冲进敌人伙里跟敌人拼刺刀。我想问你一下，你这样说是不是有这方面的亲身经验？"

　　"报告师长，有！"

　　"好，请你讲讲。"

　　邓克明说："那大概是在1934年的3月份吧，当时我是红3军团第12团2营副营长，率红5连参加白塘阻击战。当时战斗非常激烈，敌人动用了3个团的兵力，在7架飞机的配合下，向我阵地轮番进攻。开始我们没有经验，敌机来了，就地卧倒；等飞机走了，再起来与敌战斗。后来采取了一个办法，一听到飞机响声，就命令士兵冲入敌群，与敌军展开肉搏，这时天上的飞机看到我们与白军混在一起，干着急没办法，只得远远地飞走。这样，我们在白塘与敌激战数日，歼死600余名，取得了胜利。"

　　"是吗？"林彪一听，脸现惊喜之色，便又说："以后战斗，你们又用过这个方法吗？"

　　"用过。这次战斗十多天后，我们又使用这个招数对付过敌人的飞机。"

　　"那是哪一场战斗呢？"

　　"大洋嶂。"邓克明说："那次战斗发生在福建泰宁县境内，4师师长洪超命令我率侦查队星夜抢占千米高峰——大洋嶂，阻击敌89师265旅的进攻。我带领侦查队经过14个小时的附藤攀岩，于拂晓前先敌一步抢占大洋嶂峰顶，与敌展开激战。在12团5连及2营主力先后投入战斗后，两架敌机和狮子山方向的敌人炮群，向大洋嶂峰顶狂轰滥炸。我伤亡很大，2营长牺牲。上级命令我接任营长。我采用近战和混战的方法，敌人的飞机大炮优势大减。傍晚，我率红5连趁势对敌人实施反冲击，大洋嶂阻击战胜利结束。此战，我们12团2营以一个营的兵力击退敌一个旅的疯狂进攻，歼敌一个团，毙敌400余名，其中团长一名，俘副团长一人及官兵百余名，胜利地完成了狙击敌人、掩护红军主力转移的光荣任务。"

　　"好，谢谢你向我讲了你的经历。时间紧迫，你现在马上回去做准备，争取在平型关下再立大功。"

　　"是，首长！"

在回营部的路上，邓克明心想：奇怪，师长怎么问起了这些。难道他想用与敌肉搏的方法对付敌人的飞机？

晚上，等晚霞落尽，做好了充分准备的 115 师，由驻地出发，开始向冉庄一带的村庄进发。罗荣桓率领师政治部及骑兵营等部队，也开始向太行山深部的河北省阜平县进发。临行，林彪和聂荣臻在村头与罗荣桓握手道别。

罗荣桓说："很遗憾不能跟你们一起参加平型关战斗，祝你们大捷，我在阜平听候你们胜利的消息。"

林彪把手伸过去，用力与罗荣桓握着，说："请你放心，我们一定会把胜利的消息送给你。"

聂荣臻也跟罗荣桓握着手说："一定！"

第十二章

灵丘城内，日本人的杀人游戏依然在血腥地进行着。一群日本兵在大云寺跟前的街道上，继续沿门挨户地搜寻着藏起来的平民。几天来，他们差不多杀光了曾经逃出县城又回来收秋的男人，现在他们一拨拨地押着的多是魂飞魄散的妇女。一群被刺刀比着的女人走近大云寺门前的街巷时，看到了躺在那里的十几俱在昨天就被日本兵蹂躏过又杀死的女尸。她们全裸着，有的仰面八叉，惊世骇俗地裸露着活着时打死也不愿意露着的女人特有的东西。有的曲体侧卧着，显然是死前痛苦挣扎留下的最后没气时的动作。有的则是爬着的姿态，死前她们可能想爬着逃跑，被日本人从背上狠狠地扎了一刀。黑血窟窿就在背上，曾经小泉样流出来的血干涸了……

"啊呀，妈呀！"走在前面的女人被眼前裸露着的女尸吓着了，她们再不敢向前，惊叫着返身跑过来。后面的女人也看见了前面的尸体，只不过没有前面的女人看得清楚，当发现前面的女人惊恐地返回头时，也惊吓地返头想往回跑。

"八格！"

"八格！"

后面的日本兵持枪比着她们，断了她们的后路。不过，混乱出现了，有两名妇女趁乱闪身逃进了大云寺。

这时候，主持广显和尚听到外面妇女的叫唤声，从禅房里走出来。两名妇女一见到广显和尚就跪下来磕头，慌张地说："广显师救命！"

"阿弥陀佛！"广显和尚扶着她们的胳膊说："施主快快请起，快快请起。这群魔鬼，他们快把回城的男人杀光了，又向女人下毒手了。"

广显和尚把她们让进身后的禅房里，自己走进观音殿，面对观音，捏着佛珠，念起经来。他一面默念"南无观音菩萨"，一面望着观世音菩萨的金身圣像，心中苦苦地祈求着。

实际上，自从灾难降临灵丘县城，广显和尚就为灾难中的灵丘人祈求脱离苦难之法了。他一遍一遍地向佛祖如来祈求，向阿弥陀佛祈求，向观世音菩萨祈求，然而如来、弥陀、观世音皆寂然无语，有一阵子，他甚至感觉到对佛的坚信力就要濒临崩溃了。可他毕竟是有着几十年修行的老和尚了，他骂自己信力不够，不该对佛祖如来、阿弥陀佛、观世音菩萨心生怀疑。真是罪过，该死，该堕地狱……他对自己进行了深深的自责之后，便又默默地以比平时快5倍的速度诵起《观世音菩萨普门品》来：

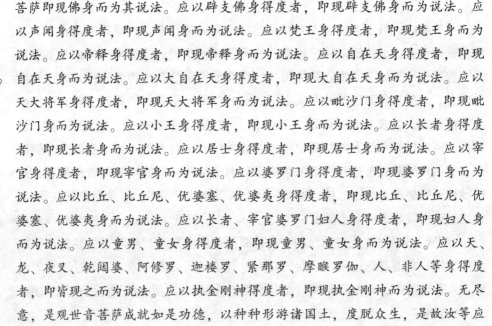

……佛告无尽意菩萨，善男子，若有国土众生，应以佛身得度者，观世音菩萨即现佛身而为其说法。应以辟支佛身得度者，即现辟支佛身而为说法。应以声闻身得度者，即现声闻身而为说法。应以梵王身得度者，即现梵王身而为说法。应以帝释身得度者，即现帝释身而为说法。应以自在天身得度者，即现自在天身而为说法。应以大自在天身得度者，即现大自在天身而为说法。应以天大将军身得度者，即现天大将军身而为说法。应以毗沙门身得度者，即现毗沙门身而为说法。应以小王身得度者，即现小王身而为说法。应以长者身得度者，即现长者身而为说法。应以居士身得度者，即现居士身而为说法。应以宰官身得度者，即现宰官身而为说法。应以婆罗门身得度者，即现婆罗门身而为说法。应以比丘、比丘尼、优婆塞、优婆夷身得度者，即现比丘、比丘尼、优婆塞、优婆夷身而为说法。应以长者、宰官婆罗门妇人身得度者，即现妇人身而为说法。应以童男、童女身得度者，即现童男、童女身而为说法。应以天、龙、夜叉、乾闼婆、阿修罗、迦楼罗、紧那罗、摩睺罗伽、人、非人等身得度者，即皆现之而为说法。应以执金刚神得度者，即现执金刚神而为说法。无尽意，是观世音菩萨成就如是功德，以种种形游诸国土，度脱众生，是故汝等应当一心供养观世音菩萨。是观世音菩萨摩诃萨，于怖危急难之中，能施无畏。是故此娑婆世界，皆号之为施无畏者……"

诵着，诵着，广显和尚的心中豁然开朗了，脑子里也如白昼一样亮堂起来。他忽然明白，自己一直以来把佛祖如来、阿弥陀佛、观世音菩萨当作一个个有

灵的实体了。其实佛祖如来、阿弥陀佛、观世音菩萨是无相的，遍体的，尽虚空遍法界的。所谓佛陀、菩萨，是大慈大悲大善的标体，一慈一悲一善皆是如来、阿弥陀佛、观世音菩萨。自己有心救人们于苦海就是佛陀，就是那观世音菩萨。想到这里，广显和尚不再向佛祖、阿弥陀佛、观音菩萨祈求了，他十分智慧地认为外求不如内求，他让自己的脑筋像台机器样开动着。他想，日本人把整个灵丘城变成苦海了，要脱离这个苦海，唯一的法子就是让人们尽快离开灵丘城。怎么离开呢？每个城门都被日本人把守着，城墙上还有日本人的巡逻岗哨在巡逻……想到城墙，想到城墙上的巡逻岗哨，广显和尚的心头猛然一动，一条帮助灵丘城人们脱离苦海的计谋在他那光光的脑袋里诞生了。他拍了一下脑门，返身要从观音殿里出来，刚一迈腿，一下子愣住了，只见大云寺院内，不知什么时候密密麻麻地跪了半院城中的百姓，其中以女人最多。

"广显师父，救救我们！"

原来日本人押着那些可怜的妇女走远了。这些感到无处藏身的人们看到几天来到处杀人行凶的日本人没有进过大云寺，便来到这里躲避。这些人的面孔广显十分熟悉，他们都是平日里常来寺院里听经念佛的善男子善女人。当想到他们不久将得到救助，广显和尚心中十分快乐。此时，跪在院里求救的人们也发现，站在台阶上的广显和尚脸上放着佛光，红彤彤的脸庞美成了一朵艳艳的向阳花。广显和尚说："施主们先回吧，晚上，你们从家里带上绳子，再来这里，到时候老和尚趁着夜色，帮助你们从城墙上逃走。"

一个妇女想到日本人正在外面杀人，胆怯地说："我们不敢回去。"

广显和尚说："施主们别怕，现在我这里也不安全，待会儿日本人的巡逻岗哨就要从城墙上走过来了，他们看到这院里有这么多妇女，那还了得？"

一些妇女开始向外移动了。

广显和尚吩咐说："施主们晚上来时要多告诉些人，就说广显和尚今晚要救人出城。"

入夜了，成片成片的灰云在天空中阴沉着，月亮静静地朦胧在阴云里，就像有意为灾难中的人们收敛光芒似的仅从云缝里泄些微弱的光。大云寺内，院子里空空荡荡，观音殿前那棵老松树长长的影子由于微风吹拂有点儿晃动外，灰灰的地面上再无活动的东西和影儿可见。而逃难的人们却都藏在观音殿内，悄悄地大气儿不敢出。偶尔，可听到号称"叫死鬼"的秃死叫的凄厉的叫声，阴森可怖。那是灵丘常见的一种类似猫头鹰的鸟儿，嗅觉异常优秀，能闻见人之将死从身上发出的那种酸甜的臭味儿，因此灵丘人视它为"叫死鬼"一类的鬼物。

秃死叫的声音让每个人大难临头似的头皮发麻，浑身"刷"地起满了鸡皮疙瘩。

"啃哧，啃哧……"

远远地能听见日本巡逻哨的硬皮鞋踩踏城墙的声音了。

人们更加不敢出声了。

耳听着"啃哧，啃哧"的声音从寺院旁边的城墙上走过，并且渐渐地走远了。广显和尚从殿门上伸出头看了一阵，而后回头对殿里的人们说："现在日本人走远了，我和几个男人先到城墙垛上拴绳子去。待会儿你们从寺院的后门分批上去，注意看我的手势，我在城墙上摆两下手就是让你们上去；摆三下手，就是巡逻的日本人来了，你们就别上去了。注意，你们谁也不要慌，不要弄出响声。"

说完，广显和尚走了出去。几个男人紧跟其后，他们的肩膀上各挎了一团绳子。

出了寺院的后门，仅一米就是县城的城墙。由于年代久远，城墙里边的这面砖块大多已经剥落，露出了凄凉的土质。从寺院的后门始，有一条老和尚闲时上城墙观景的小路斜斜地通向城墙的顶端。他们就从城墙的这条小路上攀了上去。微弱的月光下，广显和尚和那几个男人悄悄地在城墙垛上拴了好几条绳子，然后把拴好的绳子蛇一样送下了城墙外面的墙根。

"你们先下去逃命吧。"

那几个男人抓着绳子下了城墙。随后，广显和尚就向着院内的观音殿摆了两下手，十几个妇女从观音殿里走出来，沿着城墙的小路攀上了城墙。在广显和尚的指导下，妇女们抓着绳子下了城墙，弯着腰，钻进野外的庄稼地里，不见了。

最后一个妇女下了城墙之后，广显和尚警惕地向城墙的西面望了望，又侧着耳朵听了听，估摸着日本人的巡逻哨兵一时半会还不会来时，广显和尚又向着院内的观音殿摆了两下手，又有十几名妇女从观音殿里走出来，攀上了城墙……

这一夜，广显和尚用这种方法救出了城里几乎所有的女人和几乎所有的成年男人。

第十三章

夜，月色朦胧。115 师 686 团的抗日健儿们行进在一道深险的山谷中。一个战士险些跌倒，走在旁边的团长李天佑一把将他抓住。前面一个战士回头低声报告说：

"报告，前面那个村庄就是冉庄。"

李天佑抬头向那个战士手指的方向望去。夜色中，冉庄村在一片大山的怀抱中睡得正酣。李天佑扭头低声对自己的战士说：

"传令，今晚夜宿街头，不得打扰老乡。"

队伍中，战士们把这个命令一个一个地传了下去：

"今晚夜宿街头，不得打扰老乡。"

轻轻地，轻轻地抬腿，轻轻地落脚。长长的一队战士每个人都在屏气凝神，小心翼翼地在冉庄的街头上前行着。生怕惊动老乡的战士们，但还是惊动了老乡们的狗，渐渐地犬吠声响成了一片。

在一片犬吠声中，战士们已经满满站了一街。

"就地坐下。"李天佑轻声下着命令。

战士们一片一片席地而坐，相互靠着休息。

冉庄村的主街道是一条长长的笔直的南北大街。686团一团人马把整条街塞得满满的。师司令部的人马也在里面，他们夹在686团的中间休息。

许多人家的狗还在院子里不识时务地叫着。战士们把嘴贴到每个街门的缝上，低声对走到院里想看看究竟发生了什么事的老乡说：

"老乡，我们是八路军，要打日本去，别让你的狗叫了，我们是隐秘行动。"

于是，这家的狗就不叫了。

那是当街一个姓连家的院子，主人已是年近七十的老头了。当他养的一条大花狗在院里焦急地吠叫时，他觉得今天大花狗叫得有点异样，便悄悄地穿衣，轻轻地推开家门，轻手轻脚地来到墙根，扒着墙头，向外张望。

月光下，连老汉看到大街上坐满了背靠背睡觉的士兵。往近处的士兵身上看，这些兵们穿着单衣、短裤、草鞋，有的脚上连个鞋子也没有，光光地赤着脚。他心中好生奇怪，悄悄地问着自己，这是哪路军头儿？晋军？奉军？还是中央军？不像，不像，要是那些个爷，还不把村子闹翻天。这……对，这是一支义军！哪里来的义军呢？

认为这是一支义军时，连老汉就想问问这是哪来的义军，义军的名头，于是他放开胆儿推开街门走了出来，来到战士们跟前，小声地问："请问，你们是哪路义军？"

一个战士连忙站起，低声说："老大爷，我们是八路军，是专打日本鬼子的。"

连老汉也是第一次听说八路军，此前他对八路军一无所知，不过小战士一句"专门打日本"的话，已让连老汉知道这是一支什么样的队伍了。老汉心里不由得一热，他有一个预感，这支义军一定是一个圣人组织的队伍，这个圣人就如朱元璋、李闯王一样，也是一个穷人。他想问问这个圣人是谁，可看到跟自己说话的战士穿着单衣，身体好像有点抖，便像爷爷怜悯孙子样，痛起这个战士来，小声说："小伙子，秋天，夜里凉了，你到我家里休息吧。"

"不冷，大爷。"

"别客气，大爷家里就大爷跟老太婆两个人。"

这时李天佑走了过来，他对连老汉说："老大爷，天不早了，我们就不打扰乡亲们了。"

连老汉说："你们是义军，打日本的，怎能说打扰呢？"

李天佑解释说："老大爷，不打扰群众，这是我们的纪律。您别让您的狗叫了，今夜我们是秘密行动。"

"是，是。"连老汉连连应着，忙退回自家的院子。大花狗仍在不懂事似的吠叫着。连老汉伸手摸了摸大花狗的前额，然后把手掌在它的前额上一按说："别叫了，他们是义军。"

大花狗听明白了似的，一下子就停止了吠叫。连老汉起身走进屋子，看到自己的老太婆不知什么时候也起了床，便对老太婆说："外面来的是一支义军。老婆子，快，起来给他们烧点儿热水去。外面天冷了，让他们热热身子。"

老太婆走到院子里抱烧火柴去了。连老汉想到在外面见到八路军的情形，再一次确信村子里来了义军。这支义军有严明的纪律，不坑害老百姓，说话一口一个老乡。跟那些国民党兵相比，简直一个天上、一个地下。

这几天，也有三三两两的国民党溃兵偶尔来到村子里。那些溃兵身上的痞子样，看上去就让人觉得不是东西。加上他们强拿强要人们的东西，虽说是兵，但更像是匪，就在昨天，几个从前线退下来的晋绥军骑兵，路过连老汉的豆子地，老汉正在地里割黑豆，那几个骑兵看到一捆一捆割倒的豆子，便跳下马来，把地里的几捆黑豆抱出去喂马。连老汉看到自己刚刚割倒的豆子被他们抱去喂马，心中就有些不快。便问他们："你们不能拔草喂马吗？怎么偷老汉的豆子喂马？"

一个厚嘴唇且眼睛有点歪斜的士兵满不在乎地说："老汉，你没喂过马吧？马吃黑豆上膘。"

"那也不能不打招呼吧？"

"打招呼？老汉，你这不是睁着眼睛看着吗，我们这叫拿，不是叫偷。"

老汉还想说点什么，但知道跟这帮兵是不能说清什么的，便不再做声了……

老太婆把烧火柴抱回来了。连老汉说："你快点烧，我再出去一下。"

连老汉来到街上，对街门边靠墙睡觉的战士说："喂，小长官，哪位是你们的长官，让他到老汉家里睡觉吧。"

这位战士被他从睡梦中叫醒后，他又对着战士的耳根重复了一句刚才说过的话。那位战士便耳语着把他的话传给旁边的另一个战士："告诉首长，有位老大爷要首长到他家里睡觉。"

这句话便你传我，我传你，战士传班长，班长传排长，排长传连长、连长传给营长，营长传给团长，团长传给旅长陈光。陈光向师长林彪、副师长聂荣臻报告。夜色中，林彪、聂荣臻问明情况后，又对陈光说，请告诉老人家，谢谢他老人家了，红军有纪律，不得扰民。半夜三更的，就不打扰了。于是这话就由一个一个的官兵，又传给了连老汉。连老汉感慨地说："义军，八路军是义军！"

此时，115师各部队也摸黑进入了冉庄周围的各个村庄，他们都如同进入冉庄的师部及686团一样，不打扰正熟睡的村民，夜宿街头。

这种行动震撼了各个村子的村民，天一明，他们就自动打开街门，来到街上拥军去了。

"你们是哪路部队？怎么睡在街上？快进家暖和暖和吧。"

"老乡，我们是八路军。共产党领导的队伍。"

"啥？"

问话的乡亲一听说"共产党"三字，吓得面如土色。这种情况战士进入山西之后，见得多了，只是没想到阎锡山的反共宣传连这样偏远的山沟沟也没放过。于是说：

"老乡啊，你们别听他们瞎宣传，那是对共产党的诬蔑，实话对你们说吧，共产党的部队是穷人的队伍，过去我们是打白军、打土豪，现在日本鬼子来了，专门打日本了。"

"快别说了，你们黑夜睡在街头，不扰民，已经说明了一切。快进家吧，冻了半夜了，喝口热水暖暖身子吧。"

战士们进了村民的家，并没有喝水暖身子，而是拿起扁担和扫帚，为村民们担水扫院。这种行为又把村民的心热了一把，激动的村民们对他们赞不绝口。

"你们真是好兵啊。"

"老汉活了这么多年，还真没见过这么好的兵啊。"

"他们可是共产党啊。"

"什么共产党不共产党的，不扰民就是好党。"

"是啊，是啊！眼见为实，耳听为虚啊！"

就这样，115师的官兵迅速与这一带的村民交融了。

部队在村子里安顿下来后，各团团长留下副职，带着自己团里的营长，告别部队，飞骑奔冉庄而去。

按照昨天师部的安排，他们天一明就在冉庄集合，在师部吃过饭后，再由副师长聂荣臻率领，到平型关下乔沟一带侦察地形，寻找各团、营的作战位置。

师部早已为他们预备好了早饭，他们是随到随吃，吃完后边等后面来的同志边做准备。688团因宿营地距冉庄较远，最后一批到达。他们吃过饭后，太阳刚好露头，聂荣臻命令集合，立时这些旅长、团长、营长们在聂荣臻面前站了一排。聂荣臻看过每一张面孔，确定全部已经到齐，简短地说明了任务，随后命令说：

"好了，下面骑马出发！"

队伍解散，旅、团、营长们骑马重又集合。林彪的警卫小王骑马赶来，他作为向导，加入了队伍。

"报告，人马已经到齐，可以走了吗？"陈光问。

"可以了。"

在聂荣臻的率领下，115师营以上正职干部组成的一支小型的骑兵队伍，踩着冉庄村石头铺就的光滑的街路向村北开去。人们用惊奇的目光望着他们。傻子赵三孩问："你们这是到哪儿去？"

陈光回头说："玩去。"

赵三孩看到一排骑马的人就像娶亲的队伍，就说："要娶媳妇吗？"

陈光说："要的。"

赵三孩说："给谁？"

陈光说："回来给你娶一个。"

赵三孩傻笑、傻说着："嘿嘿，给我，给我，他们说给我娶个媳妇。"

聂荣臻带着侦察地形的团、营长走后，留下来的干部也开始忙碌起来。最紧手的工作有三：一是立即动员支前队，准备运送战斗物资和伤员；二是从村民中挑选最出色的向导，以保证及时准确地把部队带到阵地；三是以连为单位，做好战斗动员，做好一切战前准备。

115师的战前准备紧张而又有序。各参战团以连为单位，各自在村中选择场地，进行战斗动员。战士们听到很快就要上前线与日寇作战，而且作战阵地也是师长事先侦察好的，激情一下子涨了起来，个个兴奋异常。连长讲完连队的任务后，看到战士们的昂昂斗志，仅仅来了几句动员，便不再费话，宣布散会，开始做战斗前的准备工作。

林彪想了解一下部队的士气，就近进了一户人家的院子。这家人的院墙全部石头垒就，南、北、西三面全是有点儿歪斜的破旧房子，正房住着一对老夫妇，南房是放着杂物的库房，西房住着686团3营9连的一个班。林彪进去时，战士们正在院子里忙活，老战士杨秋堂靠着家门口的窗台，一边享受阳光的照耀，一边擦着用了多年的老式步枪——老套筒。小战士吕小梁紧挨着杨秋堂，边擦自己的枪，边向他问着什么。全班的大力士张克洋在这家人平时磨铡刀的磨石上"嚓啦嚓啦"磨着大刀。同样在擦枪的班长刘文邦眼尖，林彪从门洞里一进来，他就看见了，立即喜不自胜地跳起来，兴奋地喊：

"全班集合！"

"哗啦"一下，一班战士排队站在了林彪面前。林彪脱口夸奖一句："好！"

"首长好！"一班战士很有气势地齐声回答。

林彪更加高兴了，对他们说："大家随便点儿。解散！"

这最后的"解散"二字，实际上就是命令，因而战士们快活地各自回到了原地，重又擦起刀枪来。

"首长，平型关前真有一条长沟？"小战士吕小梁笑着问。

"混蛋，师长会骗你吗？"年岁大一点的杨秋堂说。

"哪里，哪里，我不是说师长骗咱们，我是想问问。"吕小梁连忙辩解。

林彪看着好笑，便笑着说："真有。"

"很深吗？"一直没说话的张克洋问。

"很深。你们连长没跟你们说吗？"林彪笑着说。

"说是说了，我们也就是想问问。"张克洋有些不好意思地摸了摸自己的脖子，样子憨憨地说。

"马上就要打仗了，有什么想法？"

张克洋晃了晃自己手中的大刀，说："没什么想法。首长，到时候您一声令下，俺们冲上去，杀他娘的。"

"你们连长没有告诉你们怎么打吗？"

"连长说了，我们团的伏击地段是一条长约10里的叫作乔沟的深险大沟，我们事先悄悄地埋伏在深沟一侧的庄稼地里，等师部一声令下，我们就立马冲到沟沿边上去，把手里的手榴弹扔下沟里去，给敌人一阵猛烈的手榴弹雨，让愤怒的手榴弹在敌群中开花，送他们回老家。"

"你们想过没有？万一手榴弹打光了怎么办？"

"报告师长！"这时，班长刘文邦插嘴说，"这个问题我们想过了。阎长官每人只发给我们5颗手榴弹，100发子弹，万一敌人一多，手榴弹、子弹打光了，就得用刺刀、大刀解决问题。"

"师长，放心，我们正在加紧磨刀、擦枪啊！"

"……"

看到战士对战斗怎么打法心中已经清清楚楚，林彪放心地离开了这个院子，重又返回了师部。

师部的院里，有一个年轻的军官站在那儿，那是师政治处副主任肖华。肖华没有跟罗荣桓一起去阜平，他被留下来协助师部的工作。看到肖华，林彪说："你马上下各团，检查一下他们的后勤和动员群众支前的工作。特别要看看他们物色的向导怎样？能不能准确地按时进入阵地，向导很关键啊。"

"是，我马上就行动！"肖华领命后，骑马出了村庄，沿着冉庄河边的石滩路向各团驻地飞奔，很快他一圈就转了下来。

各部队把战前的准备工作做得十分令人满意。由于 115 师的官兵迅速取信于民，每一个村的村民都十分地配合。肖华打马进入沿路驻军的每一个村庄，看到的都是这样的情形：许多妇女正在忙着为战士们准备打仗的干粮。她们在炒玉米，炒黄豆和黑豆，另有一些妇女在为战士们缝补衣服，修补已经穿得很破的鞋。一些心慈的大嫂大妈干脆把男人或儿子的新鞋拿出来送给无鞋的战士穿。青年农民大都参加了支前队，他们个个体格健壮，浑身蛮力，他们正在手忙脚乱地绑担架。显然他们没有干过这种活，尽管有部队的同志在指导，看上去他们还是显得有些笨手笨脚。一副担架做好后，热情的农民还要让部队的同志坐上去，抬起来，走一圈，练一练肩，那亲密无间的样子，俨然就是亲如一家的兄弟。至于向导，各部队也已经找好了。肖华——和他们谈了话，他们有的在白崖台、小寨、新庄、关沟一带的村子扛过长工或短工，种过那里的地。有的则经常路过乔沟，到灵丘县城去赶集。有的姥爷舅舅家就住在乔沟一带的村子里，他们经常到那些村子做客。确信他们都是很好的向导时，肖华骑马返回了冉庄，向林彪作了汇报。

第十四章

天明了，一大早，灵丘城内，睡了一夜的日本人又一巷一巷地挨门逐户地搜查起来。让他们感到奇怪的是，许多的住户都是空户，纵然有人，也大都是老人，不是老头就是老太婆，特别是年轻女人，一个也没找见。

"真是奇怪，城里的人难道长上翅膀飞了？"

"难道中国人是老鼠，打洞从地下逃走了？"

搜查的日本人纷纷议论着，令他们不解的是，城门有他们的岗哨把守着，城墙上有他们的巡逻哨，城里的人怎么一夜之间就消失了呢？

稻田有仁也觉得这很奇怪，不可思议。在国内他曾大量地接触过中国文化，那时候他就感觉到中国文化的神秘莫测。中国人常常是在看似惨败的时候，出人意料地来上一手，立刻就改变了危局。这一点，日本人忽略了。莫把中国人看成是"病夫"吧，什么三个月占领中国，一个月占领山西，喝醉了吧？今天，这一城人的突然消失，是不是一种预兆呢？

稻田有仁杀望这是一种预兆，希望中国人早一点儿出奇招改变危局，好让日本人早一点儿清醒起来。

看到一城的人不知怎么就逃跑了，稻田有仁心里除了称奇之外，还暗暗高兴。下条井扎却气坏了，他黑紫了脸，气哼哼地说："不信中国人插上翅膀飞了，打洞入地跑了，你们给我一户一户地仔细地搜！"

细细地搜过了一条巷子后，日本人一无所获。走脱了巷子，他们看到大云寺院的红门。下条井扎命令说：

"这里的搜搜。"

河村干雄上前挥拳擂着紧闭的寺门，一阵野蛮的敲门声顿起。广显和尚在院内说了一声"来了"，手捻着一串佛珠，开门走了出来。当看到一群日本人凶狠地瞪着自己，广显和尚和气地笑了笑，说：

"施主请！"

手执长枪的日本人一个一个鱼贯而入。广显和尚退到院子里，站在一边，提着佛珠，彬彬有礼地对后面紧跟着进来的日本人连连做了几个"请"的姿势，说：

"请，请，施主请！"

"你的一边站去！"

下条井扎跨进门时，用肩膀撞了广显和尚一下，广显和尚趔趄着往后退了几步，平衡住身子，站稳脚跟后，看见前面的日本人已经进了正殿。

先进来的日本人有几个仰首打量着观音菩萨的塑像，后跟进来的却在殿内搜来搜去。一个日本人转到了观音菩萨圣像后面，一下子就发现了圣像后的一堆绳子，他把那堆绳子抱了出来，扔到尚在院子当中的下条井扎的脚下，随后报告说：

"报告太君，在佛像后面发现了这堆绳子。"

下条井扎两只狐狸样的眼睛瞅了瞅地上的一堆蛇似的绳子，又抬头瞅了瞅广显和尚的脸，想从两者之间发现某种联系，可是他什么也没有看出来，便恶声恶气地问："你的，说！这些绳子的，用来什么的干活？"

广显和尚看了一眼地上的绳子，又看了看下条井扎凶狠的脸，双手捻着佛珠，嘴里默念着"阿弥陀佛"，轻轻地笑着，什么话也不说。

下条井扎感到这位中国的老和尚在嘲笑自己，心头不由怒火顿起，"刷啦"一下抽出战刀，搁在广显和尚的脖子上，咬着牙，从牙缝里蹦出来一句："八格牙鲁，你的说！不说的，死啦死啦的。"

广显和尚依然笑着，十分镇静地说："不瞒你们说，这绳子是老和尚奉观音菩萨之命用来救城里的百姓出魔掌的。"

"什么，什么？"

下条井扎听不懂中国人的话，但意识到自己遇到了重要情况，便扭头对旁边站着的一个日本兵说："你们的，把桥本君的叫来。"

"是！"那个日本兵转身飞速跑了出去，不一会儿，就把桥本顺正叫来了。桥本顺正是跑步赶来的，微微有点儿喘气。他到来后，看了一眼下条井扎，问："这里出了什么的情况？"

下条井扎一步上前，直直地来了一个立定说："报告太君，抓来一个和尚……"下条井扎一边报告，一边用脚踢了踢地上的一团绳子，继续报告说："这些绳子是从和尚庙里的圣像后面收出来的。"

桥本顺正看了看绳子，又看了看眼前的广显和尚，问道："和尚，这些绳子什么的干活？"

广显和尚仍然笑着说："昨天夜里，老和尚奉观音菩萨之命把这些绳子拴在城墙垛子上，让城里的老百姓抓着绳子脱离苦海了。"

"八格！"

桥本顺正懂得一些中国话，他一听，不由得一股火气从脑门子上窜出，只见他脸色大变，愤怒地上前一步，甩手给了广显和尚一个耳光。广显和尚脸上顿时肿起了一道红红的指印，嘴角也有一股鲜血虫样爬了出来。桥本顺正挥起手，正要甩广显和尚第二个耳光时，手在半空中停了下来。他看到广显和尚毫无惧色，双手合十，口中念念有词地念着观音菩萨。广显和尚的镇定自若让他改变了主意，他给了下条井扎一个手势，示意下条井扎抽刀动手。下条井扎"刷啦"一下抽出刀来，吼叫一声，举刀照着广显和尚的左肩劈了下来，顿时，广显和尚的左臂被劈离了身子，掉在了地上。断臂处，鲜血小泉样流了下来。

而广显和尚却无事一样，挺身柱子样站着，右臂弯曲着，仍做着念佛的姿势。桥本顺正有些害怕了，但他硬撑着，又给了下条井扎一个手势。下条井扎再一次举起刀来，吼叫着照着广显和尚的右肩劈了下来，立时，广显和尚的右臂也掉了下来，右面的断臂处，鲜血也小泉样流了出来。然而，顷刻间失掉双臂的广显和尚，依然神情自若，柱子样挺着身子，桥本顺正甚至在他脸上还看见了笑容，这使中村太郎更加害怕起来，不由得后退了几步。其他人也跟着后退了几步。

广显和尚望着他们微笑。

"太君，我的把他的头砍了。"下条井扎说。

"不不不，和尚死后要火化的，你的把汽油拿来，我的成就他！"

下条井扎很快带着一个汽车兵，提来一桶汽油。

"你的，把汽油浇到他的身上去。"

提着一桶汽油的汽车兵向着广显和尚走了过去，把一桶汽油劈头盖脸向广显和尚身上泼去。泼完，退到了一边。

桥本顺正狞笑着从自己裤子的兜里掏出一个镀锌的打火机，阳光一照，一撮反光在他的手头上闪烁，"啪"的一声，桥本顺正把火打着了，然后扔到了广显和尚的身上。"嘣！"广显和尚的身上顿时起火，顷刻间成了一个火团。

围在一旁的日本人哄然大笑起来。然而，他们的笑声很快就戛然而止了。只见身上着火的广显和尚并没有挣扎，他一动不动地坐在了地上，任凭大火熊熊燃烧，而口中却仍在从容地诵着佛经。

日本人惊异了。桥本顺正更是目瞪口呆。

广显和尚念的是《金刚经》：

……须菩提，忍辱波罗密，如来说非忍辱波罗密，是名忍辱波罗密。何以故？须菩提，如我昔为歌利王割截身体，我于尔时，无我相，无人相，无众生相，无寿者相。何以故？我于往昔节节支解时，若有我相、人相、众生相、寿者相，应生瞋恨。须菩提，又念过去，于五百世作忍辱仙人，于尔时所，无我相，无人相，无众生相，无寿者相。是故，须菩提，菩萨应离一切相，发阿耨多罗三藐三菩提心……

于火中，口念《金刚经》的广显和尚完全进入了当年佛祖如来被歌利王割截身体时的那种境界。他非但没有感到痛苦，反而感觉到大快。他觉得自己在一点一点地向着如来的境界升化。

第十五章

由于骑着马，前去侦察地形的 115 师各团、营长在聂荣臻的率领下，很快就到了坐落在冉庄河源头的白崖台村。马上的人看到，这个和别处村子一样，显得有些破败的北方的村子，寻求保护似的依偎在一处黄崖弯里，马蹄边的冉庄河流淌一股清流，在村前绕弯画圈似的流过。村子的后面是雄壮的长满秋天庄稼的黄土梁。黄土梁上举着一脉龙形山脉。龙形山再上去就是湛蓝的天空和纯色的棉絮一样的白云。

"首长，过了村子后面的这道山梁，就到了我们的伏击地了。"一直在前面带路的林彪的警卫小王让马站住，回头指着村后的山梁对聂荣臻说。聂荣臻顺着小王指的方向看了一眼，然后命令说：

"下马！"

远处传来轰隆轰隆的炮弹轰鸣声。大家循声望去，看到了距村西面约十多里的地方，蜿蜒在山梁上的长城，炮声就是从那边滚过来的。来时，林彪已经交代过，长城下日军正在跟在长城上的中国守军交战呢。显然他们的战斗还在进行着。

聂荣臻低声对身后的人说："我们的目的地到了，前面正在打仗，大家要小心接近目的地，注意隐蔽动作。"

"首长，你看到了吗？西面一点的那个小山头。"这时，小王说。

"我看到了，那个小山头是什么？"

"那就是师长选好的师部指挥所。"

聂荣臻感觉小王是建议从村后西头那个小山岗上去，便向他点了点头，以示接受。随后他回头看了一眼旁边的一道土沟，只见从土沟里弯出一条灰白色小碎石子的干涸的小河，小河的一面是老百姓的庄稼，另一面则是峭壁一样的黄土崖，由于黄土崖是弯曲的，正好隐藏马匹，便指着这道沟的黄崖弯说：

"眼前这条沟隐秘，大家把马牵到沟里的黄崖弯下，留两个战士隐蔽看守，其余的人和我一起上村后的山梁。"

聂荣臻和陈光各留下一个警卫，看守马匹。小王依然担任向导，引着他们向村西后面的那个小山头走去。那个山头虽然说是师长选好的指挥所，但在下面的时候，大家都觉得这个山头样子极其普通，没有什么特别的地方。当他们站在小山头上时，一直在峡谷里行军的他们，第一个感觉就是来到了一片新的天地，眼界豁然开阔起来。头顶那已属于秋天的天空，高而湛蓝，漂浮的云朵白得令人心动。再看脚下，远远近近的秋色山峦，环抱着一堆堆黄土高原特有的土梁田，田里长满了由于成熟而变得火焰一样的庄稼。如火海一样的庄稼地间，一条黄土大沟纵贯而过，犹如一条闯入火阵的大蛇。

"你们看，那里就是乔沟！"小王兴奋地说。

小王的话让115师的这些团、营长们，猛不丁领悟到了这处山头的妙处。都是从战火中滚打过来的人，来之前就听林彪讲过这里的地形以及它的战斗妙用，现在看来，果不其然，因而个个心中佩服起林彪选择指挥所的眼光来，心底都不由得轻轻地叹道：啊，站在这里，未来的战场竟然尽收眼底。只见他们集体无意识地立马举起望远镜，站在小山头上，急切地观察起前面的地形来。

此时，在他们的眼里，下面约十多里的谷子地，由于秋天的渲染，酷似一片燃烧着烈火的海洋，瑟瑟秋风吹着狼尾巴似的谷穗，起伏着一脉一脉的黄浪。当想到115师的大队人马将埋伏这里给敌人以痛击时，他们的眼前仿佛蓦然从这片谷子地跃出一群群的猛虎般的战士来，他们吼叫着，勇猛地冲向前面的大沟，扔下一枚枚手榴弹，随着手榴弹的一声声巨响，沟口冒出一团团硝烟来……这情景虽然是每个人脑海中的产物，但令他们兴奋，脸上大放光芒。

"走，咱们再到下面看看去。"聂荣臻说。

随着聂荣臻，他们又走下山岗，穿过一片庄稼地，来到了老爷庙对面乔沟的边上。一行人排成排站在沟沿，低头一望，眼下这道深险的大沟居然让人有眼晕的感觉，因此个个心中不禁叹道：啊，好险的一道沟啊！

"小王，你刚才说，这里就是乔沟？"686团团长李天佑兴奋扭过头去，问站在不远处的林彪的警卫小王。

"嗯，这里就是乔沟。"小王回答。

人们又重新打量起乔沟来。这条千百年来天造地设的大沟，果然生得古怪，只见它身形如一条巨蛇，拖着巨大的腹腔，从十里远的地方赫然爬来。

"嗬，这里能装进多少敌人啊！"343旅旅长陈光惊叹道。

"李团长，这里是你们团的伏击地段吧？"685团团长杨得志羡慕地问。

"那是当然。"李天佑得意地答。

"这里可是块肥肉啊！"344旅旅长徐海东也是羡慕的口气。

"是啊！老李，你有那么大的肚子吗？"

"有啊，我的肚子是能大能小，日本人来多少装多少。"

"团长，我到下面看看去。"这时，686团3营营长邓克明对李天佑说。李天佑刚一扭头，邓克明就顺着陡坡滑了下去。李天佑心想，好一个邓克明，纯粹愣小子一个。由于担心他出事，忙对着已经落底的邓克明问：

"邓营长，怎样？"

邓克明一边说"团长，我没事儿"，一边从下面往上面仰望。

"在下面感觉如何？"

"好得很。鬼子从下面往上面打枪很难瞄准。扔手榴弹也是扔上去还得掉下来。汽车嘛，只能通行一辆。大炮、骑兵，根本没法儿展开……"

同别人一样，一来到乔沟，聂荣臻暗暗佩服林彪选择地形的眼光，现在听到邓克明在下面说的话，他心里也说："这里确实是一处不错的地形，我与国军打了十年的仗，从没遇到过这么好的地形啊！这个林彪……"

站在乔沟边沿上时，聂荣臻想起了过去的一件芝麻绿豆大的小事。在林彪的人生旅途中，聂荣臻算是他的一个贵人，黄埔军校时期，聂荣臻是军校政治部秘书兼政治教员，林彪是黄埔军校的第四期学生。那时了解林彪的人说他是"军校之鹰"，不了解林彪的人说他"比较平庸"。军校毕业前夕，林彪向聂荣臻求教去路，聂荣臻让他参加叶挺领导的队伍，从此，他就在共产党的队伍里发展了。看来，自己为林彪指的这条路指对了。

"邓克明，上来吧。"这时，李天佑手做喇叭，对沟下的邓克明说。

邓克明上来之后，聂荣臻把沟崖上的人引到了一片小树林里，在一片小草地上展开地图，又一次交代了各团、营的伏击地段和战斗任务，然后分头行动。陈光带着杨得志等685团的团营干部，向西寻找伏击地段去了；徐东海带着344旅的团、营干部，则向东面走去。聂荣臻留下来，同686团的团、营干部重点侦察乔沟段的地形。

陈光他们向西进入685团的伏击地段时，日本人的炮兵射向长城上晋绥军阵地上的炮声越来越清晰。陈光用耳朵测出日本人的炮兵阵地离他们并不太远，而且炮声稀疏，陈光跟杨得志说出他的感觉后，杨得志说：

"旅长，我也觉得敌人的炮声有点异样。等咱们侦察完地形，再摸上去，看看敌人到底在玩什么名堂。"

接近正午时，他们将所有的地形都看完了，并且还把伏击的位置落实到了连队，确定了团、营、连的指挥位置。在一个土崖弯里，杨得志进一步交代了各营、连的具体任务之后，问陈光："陈旅长，你有没有补充了？"

陈光说："没有了，你已经讲尽了。走，咱们到前面看看去。"

"好。"杨得志一面应着陈光，一面对身边的其他人说："你们先在这里等我们一会儿，我和陈旅长到前面看看。"

他们竖起耳朵，进一步判断了一下大炮鸣响的位置，然后顺着谷子地的土

塄，隐蔽行了约一里半路，在一个土梁顶的庄稼地里隐伏下来。

敌人的炮兵阵地就在下面，阵地上的大炮也就是那么几门，打炮的日本兵人数并不是很多，他们对填炮的动作似乎也不上心，姿势有些懒洋洋的。指挥官的指挥也心不在焉，缺乏底气。

杨得志说："旅长，敌人不多嘛。看他们打炮的样子是虚张声势，我看敌人这是吓唬老阎吧。"

陈光仰头看了看对面山上长城那边的晋绥军阵地说："如果老阎的人马杀过来一支，小日本就够呛啦！"

"可惜老阎的人没有看出啊！旅长，你看他们尽放空炮，是不是在等援兵？"

"有道理。他们肯定在唱空城计。我估计鬼子的援兵明天必到。走，咱们下去。"

陈光和杨得志下来后，同等在土崖弯的营长们一同返回乔沟，与聂荣臻及686团的人汇合。陈光把刚才观察敌人炮兵阵地的情况向聂荣臻作了汇报，并说了自己对敌情的判断。聂荣臻很赞同陈光的分析，并用带来的电台报告给远在冉庄的林彪。不一会儿，林彪来电说，你们分析得不错，独立团派出的侦察组也发现灵丘城的敌人有出动的迹象。在乔沟侦察地形的人员需要立即返回部队，晚上12时带部队出发，连夜进入各自的伏击阵地。

聂荣臻与林彪通完话后，徐海东侦察完地形，带着344旅的人马也赶到这里。聂荣臻说："你们回来得正好，明日敌人的援军可能要途经这里，现在我们立即撤回营地，今晚12时再带队出发，连夜赶到这里，黎明前进入阵地。"

随后，聂荣臻又对全体说："各团留下观察哨，继续侦察，其余立即和我一起离开这里。"

他们离开乔沟，翻上来时的山梁，在藏马的那道沟里，各奔自己的马匹，跃上马背，打马向冉庄方向跑去。

近黄昏时，太阳离西面的山头约有丈余，半天云海被染成了红如柿子的彩霞，哗哗的冉庄河水，闪烁着紫红色的光波，强壮的青杨树分立河的两边，沿河的小道上，侦察地形的115师团、营干部骑马回来了。走在前边的聂荣臻坐下的白骑看到村庄，兴奋地叫了两声，引得其他马匹也扬脖嘶鸣。

回来的人马没有立马分散，他们集中在林彪的房东——一个日子较宽裕的人家的大院子里，席地而坐，林彪则站在一棵香气纷飞的当地特有的宾果树下，开始讲话：

"同志们，时间紧迫，长话短说。今夜12点我们全师将要出发，快速运动到平型关下乔沟一线的阵地上去，隐秘地埋伏下来，给明天增援平型关的日军一个歼灭性打击。地形你们大家都已经看了，怎么利用有利地形打击敌人，你们还得好好琢磨琢磨。还是那句老话，有把握打胜的仗，一定要艺术地打。"

说到这里，林彪问："打胜这一仗，你们觉得有把握吗？"

"有！"全体底气很壮地回答。

"很好！但……"林彪停了一下，看了一眼正在全神贯注聆听他讲话的部下说："我要大家异常地清醒明白，我们这是第一次跟日军作战。日军是什么样子，到现在你们谁也没有见过。我虽在灵丘城的城门楼上看见过日本人的哨兵，但日本人真正的部队也是没有见过的。因此，我要求大家，一定要勇猛地战，灵活地战。出手一定要快，打击一定要狠，冲锋一定要猛。一听到命令，全师要猛然跃起，迅速到达阵地前沿，同时把手榴弹摔出去，要让手榴弹就像下雨一样飞向敌群，力争迅速把敌人打晕、打瘫。当然了，作为前线指挥员，一定要密切关注战场上的变化，灵活应对。对出乎预料的情况，要采取坚决、果断的措施，狠狠地打击敌人……"

"报告！"这时孙毅来到会场，林彪停住讲话，问他什么事？孙毅走过来递上几张纸说："二战区大营指挥部孙楚派人送来了一份《25日平型关出击计划》。"

林彪说："你看过了吗？"

孙毅说："看过了。25日，二战区大营指挥部决定晋绥军8个团分三路从团城口、东跑池阵地同时正面出击，打击日军。他们要求我师配合他们的行动，夹攻平型关下之敌。"

林彪略作思索，然后说："现在大家解散，立即回到部队，检查今日备战情况，抓紧时间休息，夜晚10点，带队出发。"

各团、营长回到部队之时，自己的团、营早已经做好了战前的各项准备，于是他们给自己的团、营下令，立马吃饭，立马睡觉，养足精神，积蓄能量，到点出发。

115师的作风一向是精干利索的，指战员连屙屎尿尿也不拖泥带水。他们风卷残云似的吃过了饭，风风火火上厕所解决了大小便问题之后，衣不解带，不摘帽，不脱鞋，倒在老乡的土炕上，呼呼就睡。看到战士们早早地睡下，老乡们怕惊动他们，也悄悄关门而眠。院子里的狗们、鸡们、驴们、牛们，仿佛也知趣地进入了梦乡。

山村静静的，黑的天睡了，山睡了，树睡了，河睡了，老百姓的石头院落睡了，而有两个人却安静不下来，他们是686团团长李天佑和副团长杨勇。战争的硝烟早已把这两个人锻造得具备了每有大事有静气，凡事该拿时拿、该放时放的性格，可他们就是激动得不能像战士们那样入睡。他们同住一个小屋，同睡一条小炕，两人又是并肩睡着，因而李天佑每次翻身，杨勇都能觉得；杨勇几次翻身，李天佑也是听声在耳。快9点的时候，李天佑的一次翻身又让杨勇听到了，杨勇就开玩笑似的说：

"荷，老战将了，什么样的事没见过，还这么紧张？"

"你也是吧？一次次地翻身，好像睡在有针尖的床上似的。"

"还真是有些激动呢，我一直没有入睡。"

"其实我也入过几次睡，只是一合眼就看到无数双眼睛，那些眼睛就像大海一样，茫茫无边……"

"那些眼睛是谁的啊？"

"人民呗。"

"对，全国人民在看着咱们呢。"杨勇一骨碌坐起来，兴奋地说。

"不睡了，咱俩谈谈。"李天佑也一骨碌坐起来，对杨勇说。

"团长，你除了见到眼睛，心里还想什么呢？"

"老杨，这一仗咱们不能败。在民族危亡的时刻，局势太需要我们打一个胜仗了。"

"是啊，我们拼死也得打胜这一仗，破一破鬼子不可战胜的神话。"

"这次，我们团担任主攻，又是第一次跟敌人交手，这一仗千万不能草率，要好好地计较啊！"

说到此时，他们两个人就如何打好明天的战斗你一句、我一句地研究起来。到后来，杨勇说："咱们再征求一下师长的意见吧？"

"好吧。"

接着，他们来到了林彪的住处，刚一进院，杨勇的一只脚碰动了老乡的鸡食盆子，响声惊动了警卫，警卫在暗处低声问：

"口令！"

"乔沟。"

这时林彪也从屋里走出来，他从身影上看出是李天佑、杨勇来了，便问：

"是李天佑、杨勇吗？"

"是，师长。"

李天佑和杨勇走近林彪时，发现林彪头戴健脑器，这才意识到打扰了首长休息，心中有些不好意思起来。

"你们两人有什么事？"

"没，没什么。我们想问问师长有什么新的情况。"

不知为什么，李天佑把来找师长的目的说成了打问有没有新的情况。林彪默默地思考了一下，说："暂时没有什么新的情况，一切按原计划执行，有情况一定会通知你们。"

夜色中，李天佑和杨勇直直地站在那儿，一动不动。林彪说："怪，你们两个人怎么不进来？你们请进，坐坐，咱们谈谈。"

李天佑不好意思地说："不，不，不了，不打扰师长了。"

"是，是，不打扰师长了，师长休息。"

离开林彪之后，他们回到了原来的住处。李天佑说："睡，咱们睡吧。"

"是，睡！"

两人重新倒在坑上，脑袋刚一挨上捆好的行李，便迅速地入睡了。

晚上 10 点，115 师全体醒来了。他们轻手轻脚地背上行李，背上钢枪，离开老乡的院子。有耳灵的老乡听到了动静，悄悄地问："都半夜了，你们起来干什么？"

战士们就来到窗台下，对着窗户低声对老乡说："老乡，不要声张，我们要出发了，这是秘密行动。"

屋子里的人就不吱声了。

战士们轻轻地离开房东的院子，留下安睡的山村，进入村边的河谷，向平型关方向走去。那里，有一件惊天动地的大事在召唤着他们。

夜，异常的漆黑，浓厚的夜色漫无边际地遮掩了曾经是蔚蓝的天空，黑沉沉地包裹了两边陡峭的山壁，树林的影子也不见了。但山谷里的河道还闪着微弱的灰光，指示着河岸的弯曲。弯曲的河岸就是战士们行军的道。战士们多数穿着草鞋，不少战士赤着脚，河滩的石子硌脚，但他们全然不当一回事儿，只管快着步子赶路。

后来，夜色显得更加深沉了。河里的光波也比先前显得更加暗弱了，脚下黑乎乎的，感觉路越来越不明确了，一不小心就把脚伸进河里。秋天带着寒气的冷风也有劲儿地吹来。大家都是南方人，感觉冷风送来的寒气像无数针尖一样，刺激着单衣里的皮肤。风是雨的头，风后便是雨。先是湿漉漉的雨点打在脸上，随后雨点就密集起来。天色黑如大锅，没一丁点儿光亮，忽然一道闪电在队伍的头顶火龙一样闪现，山谷、河流、道路的真容急速地闪了一下，便又被黑暗淹没，跟着狂怒的霹雳响起。第一声雷之后，天空又被数十道闪电撕破，大地之容在闪电的光亮中不断地展露了出来。黑暗中冒雨行军的战士一下子发现了闪电的妙用，他们趁着闪电打出的光亮照明道路的瞬间，加快了行军的步伐。暴雨中，他们的行军速度不慢反快。

林彪与聂荣臻裹着雨衣并马前行在队伍的最前边，一白一红两头大马可能是背上驮着主人的缘故，它们虽在黑夜的雨中行路，却把步子迈得从容。林彪的身体有些单薄，明显地不如聂荣臻抗寒，冷雨浸得他发颤。

"快起来！"

后面的一个战士一失足摔倒在地上，后面的战士赶紧把他扶起。

天上的雷声闪电一阵紧似一阵，雨下得更大了，狂风呼啸，部队在河的拐弯处开始过河。过了大约一半时，突然间山洪暴发了，湍急的洪流咆哮着挡住了去路。面对咆哮的洪流，前面的战士一下子停下来，后面急于过河的战士喊：

"趟啊，趟过去啊！"

"过吧，大胆地过吧！"

"雪山草地都没拦住我们，一条小河怕个屁！"

前面的战士抬脚准备过河时，团长李天佑急忙跑过来，他拉住一个已经把脚放入水中的战士喊道："停下，不能这样过河！"

过河的战士停了下来。

李天佑回过头对战士们说："大家注意！这样过，只能白白地送命。你们把枪和子弹袋挂在脖子上，手拉手，成密集队形趟过去。"

战士们按照李天佑的命令，手拉着手从激流中趟过去。有几个战士因为距离首长的马近，就拽着首长的马尾趟了过去。

过了河，林彪和聂荣臻跳下马，在对岸指挥着渡河。

山洪越来越急，有几个战士强渡到河心，被激流冲走了。聂荣臻大吃一惊，对林彪说："林师长，我看后面的不必强渡了，否则徒增牺牲。"

林彪问："那就别过了。没过来的还有多少？"

聂荣臻说："343旅全部过来了，344旅大约过了一半。"

林彪皱眉，略作思考，对身边的警卫小王说："小王，你向对面喊话，让他们别过了。"

小王手作喇叭形，放在嘴前，向对面喊道："哎！师长命令，没有过来的别过了。"

徐海东离林彪不远，听到不让渡河的命令，急了，跑过来问："师长，怎么不让过河了。"

林彪问："徐海东，你们对岸还有多少部队？"

"约有一个团，大都是688团。"

林彪十分遗憾地说："河水太大，不能白白牺牲战士们的生命。688团就留作预备队吧，等到洪水过后，开到白崖台村隐蔽待命。"

徐海东只好十分遗憾地受命。

115师渡过河的一个半旅，稍作整顿，继续前进。队伍到达白崖台村时，狂风停了，天上的电闪雷鸣住了，瓢泼大雨止了，一切又恢复了平静。

林彪命令部队在村前的河滩休息一下，然后对身边站着的暂行参谋之职的孙毅说："让各团团长带着他们的向导来一下。"

说完，林彪和聂荣臻转身进了旁边一户人家的土窑洞里。

这个土窑洞在一条沟口的尽头，一门一窗，毫不起眼，一般人看不出它有什么特别之处，而林彪却在几天前侦察地形时，一眼看中了它。这是一个隐蔽性极好的住处，土窑洞由于没有其他村民房屋的那种屋顶，天上的飞机是发现不了它的，就是在地面上，一下子也不会被敌人发觉。土窑的这种隐蔽性，在这村子里是最好的，还有更为重要的，从土窑无论是去685团的阵地，还是去686团和344旅的阵地，都十分地便当。尤其离主战场686团的阵地最近，翻过梁就是。因此，把这土窑洞当作他跟聂荣臻的住处再好不过了。

各团团长带着向导陆续地来了。林彪和聂荣致对向导做了最后的询问，发现他们寻找的向导每一个都很棒，便下达了各部队进入阵地的命令。

各团领命离开了土窑洞前的滩头。战地救护队、战地后勤队以及各村群众组成的支前队，也在村子里驻扎下来。林彪看了看表，对聂荣臻说："咱们还能休息一会儿。"

于是两人躺在老乡的热炕头上又睡了一会儿，天快明的时候，他们起身上了村西后面的山梁。那儿是师部的指挥所，师部早先来到这里的其他同志早已做好了该做的一切准备。一股清风袭来，林彪打了一个冷战，举起望远镜望了一眼全师的阵地，只见满地成熟的庄稼，看不到一个人的影子，这标明部队的埋伏是成功的。林彪又把镜头移至西面内长城那面的国民党军队的阵地上。战斗马上就会开始，到时候长城那面的国军将从正面三路出击，与我方阵地形成两面夹攻之势……看吧，这里马上就会变成埋葬日本人的火海啦！

林彪的精神振奋起来，热血沸腾了，身上刚刚袭来的寒冷不翼而飞了，头脑里一切多余的东西不翼而飞了，整个意识，不差分毫地集中在将要展开的战斗上。

卷十三

第一章

　　林彪对整个平型关会战的预期过于乐观了。实际上，作为阎锡山在平型关山地组织的会战的一部分，林彪只能保证自己阵地的辉煌。正如毛泽东所说的，共产党只能对自己的战场负责，而国民党的战场，则由国民党负责。事实上，对于战前内长城那边国民党军战场上的状况，林彪知之甚少，他不知道，看上去静静的平型关内长城一线，情况却糟得很，所谓"三路出击"的大好局面，在那里根本就不会出现。

　　此时，长城背后的迷回村外，受尽委屈的国民党军第 17 军军长高桂滋，真是气不打一处来，他正站在一棵秋天的小杨村下，对山梁破口大骂：

　　"阎锡山坏蛋！这辈子，谁跟阎锡山合作，谁就倒了血霉啦。"

　　同八路军一样，开到平型关这儿的高桂滋部队属客军，与平型关上的各路友军不同，这支部队从南口开始，就一直在与日军作战，而别的部队则是与日军初次交手。

　　"七七事变"一爆发，出生在陕西省的定边县，颇有爱国情怀，时任 84 师师长的高桂滋就请缨抗战，并立下遗嘱："立志抗日，如果牺牲，将遗产给定边县建中学一座。"

　　7 月 9 日，他从陕西绥德出发，东渡黄河，开赴南口抗日前线。行军至大同时，接到蒋介石来电，蒋任命其为 17 军军长兼 84 师师长，辖 84 师和李仙洲的 21 师，归汤恩伯指挥。南口战役中，高桂滋部队曾在井儿沟、喜峰砦两地与日军藤井少将指挥的伪蒙军教导团恶战，两役俘寇 280 余名，毙伤 800 余名，缴迫击炮 6 门、轻重机枪 13 挺、手枪 31 支、步枪 91 支、战马 120 匹、朝鲜金票 3000 余元、寇旗 5 面。藤井的大黑马和战刀，亦被缴获。后来，高桂滋部队负命在山西省广灵县的火烧岭阻击犯晋之敌。作战中，他又接阎锡山命令赶到平型关北翼的团城口至东跑池之间约 30 多里的山头上布防。为了指挥方便，他把自己的指挥部设在了迷回村。

开到平型关阵地上的高桂滋部队实际上已是疲惫之军，各连排丧员很多，也丢失了一部分武器弹药，整个部队可以说是遍体鳞伤、伤痕累累，但是战事紧急，他的部队来不及休息，也来不及补充兵力和弹药，急急忙忙开进了此前阎锡山在这里利用蒋介石拨给他的国防经费修筑的半拉子工事。

布防毕，高桂滋到阵地上走了一遭，眼中的地形地貌告诉他，平型关、东跑池和团城口三地将是主要战场，而在这三地中，有两地属 84 师的阵地，由此他判断，未来 84 师可能会受到日军最大进攻的压力。再看看脚下阎锡山修筑的半拉子工事，根本就不符合战斗需要，因此下令开到阵地上的部队，趁敌人未到之时，立即抢修工事，并命令把附近村庄的村民也拉到阵地上来，让他们也帮助部队修筑工事。

22 日夜，高桂滋派出一支部队，破坏阵地下面的公路，11 时断路队与向前开进的日军相遇，爆发激战。他们边打边退，一直退到部队的主阵地上，跃入战壕，与早已埋伏在这里的官兵一起抗击追来的敌人。

高部的抵抗是顽强的，有力的，且是有效的。企图一举冲破阵地的三浦敏事的部队，在他们的阻击下，不得不停止前进，与高部对峙起来，两军的战斗一直持续到天明。

三浦敏事因部队受阻而变得气急败坏，天一明，他就一面命令前沿的日军强攻，一面命令炮队疯狂地往高桂滋的阵地射击炮弹。只见黑乎乎地飞来的炮弹疯子样在原本就不很坚固的阵地上乱炸，硝烟一团团地翻滚，弹片、石块乱飞，许多士兵被撒野的子弹击中，负伤，丧命，战壕里遗尸累累。但战士们仍在阵地上顽强地抵抗着，山下，日本人犹如一群狂吠的疯狗，疯是疯了，但就是不能前进一步。下午约 4 时的时候，日军终于被击溃，团城口阵地上的官兵还冲出阵地，对溃跑的日军尾追了一程，提回来轻机枪 6 挺，以及众多的步枪、手榴弹。

"快，向高军长发报。"

战报送到高桂滋军部，高桂滋自然很高兴。但一想起战场上晋绥军对友军不援助、不合作的态度，心情就忧郁起来。

最初，最惊险的战斗在东跑池村西的下凹岭，而非团城口。

下凹岭的地形很似它名中的那个"凹"子，两边是山头，中间是下陷的凹

地，凹地上，一道砖砌的长城横亘于两山间。在日军指挥官三浦敏事看来，突破这一点，平型关的天险就宣告破产，整个山西就可以动摇，因此他在这里投入了大量的兵力。

下凹岭是孟宪吉独立第8旅的阵地，与高桂滋部队的阵地毗邻。日军在下凹岭下了大的本钱，下凹岭阵地很快就被攻破。高桂滋马上命令第499团组织奋勇队，协助友军夺取阵地。此时，传来阎锡山悬赏万元夺回阵地的口令，形势万分紧急，团长吕晓韬立即赶往阵地前沿，从火线上挑选精壮士兵50名，命令1连长陈大柱指挥，趁敌人尚未站稳脚跟，夺回阵地。陈大柱领命，立即带领50名战士，冲入阵地。敌人组织数挺歪把子机枪封锁了路口，陈大柱领着奋勇队佯装害怕，返身退离，然后又悄悄地绕路从西侧突入阵地。陈大柱带头在前面奋身直冲，同时向左向右摔出手榴弹各一枚，均落在敌人机枪手的背后，两枚手榴弹落地时，漂亮地转着圈子，瞬间愤怒地爆炸，粉碎的弹片立马飞起，将旁边的几个敌人炸死。其他冲进阵地的战士，各寻目标，也将手榴弹迅速摔 出，阵地上，顿时升起了一团团如花样灰色的烟团。接着，奋勇队战士各施绝技，有的让手中的大刀挥出各种花样，让敌人的脑袋一颗颗像西瓜一样在阵地上滚落；有的紧握长枪，左捅右托，刺刀扎进了敌人的肚子，枪托砸碎了敌人脑瓜。战士赵小五平时刀术以"准而快"著称连队，可他在劈了三个敌人的脑袋后，不知怎么手劲儿大打折扣，一刀挥下去，竟劈在了第四个敌人的脸上。敌人痛得丢枪抱头惨叫，赵小五挥去一刀，劈断了敌人一只护头的胳膊，第三刀下去，才算解决了问题。就这样，奋勇队一阵猛杀，一口气把敌人赶下了阵地。

阵地夺回后，独立第8旅旅长孟宪吉命令自己部队的一个营接管阵地。陈大柱对那个营长说："兄弟，阵地是我们帮你们夺回的，你们接管总得给我们打 个收条吧？"

"好的，好的。"前来接管的营长眼睛笑成了一道缝，先从上衣右面的大口袋里掏出笔记本，再从上衣的小口袋里掏出一支笔，为陈大柱开了一张收据。陈大柱拿着收据，从阵地上撤了下来，回到自己的阵地，向吕团长交差。

此后不久，日军又攻破下凹岭阵地一次，吕晓韬又令陈大柱带领奋勇队协助独立第8旅将阵地夺回。

高桂滋部队协助孟宪吉旅夺回下凹岭的战报传到太和岭二战区司令部后，阎锡山紧张的情绪有所缓解，但他心中的惊恐不减，已赶到平型关下，正在向长城防线各阵地进攻的日本人，仍然让他觉得有只大灰狼的尖牙就在屁股沟上，屁股随时有被咬下一口的危险。阎锡山稍缓了一下神，喝了几口茶，然后就给晋绥军第7集团军总司令傅作义打电话。在电话中，他没有叫傅作义的名，而是叫傅作义的字，并且以亲昵的口气说："是宜生吗？日本人正以优势兵力，进攻我平型关阵地。高桂滋的84师正与敌人苦战中，我准备派郭宗汾的71师前往大营布防。你马上带着你的步兵第2旅开往前线，我这就派汽车送你们。你到达大营后，与孙楚联合指挥平型关战事。"

"是，我马上行动。"

到达大营后，孙楚向傅作义作了平型关当前形势的介绍。听完介绍，傅作义在作战地图前沉思了片刻说："我判断，眼下在平型关下与我作战的敌人只是日军的先头部队，板垣还会派大量的援军赶到这里来的。我们不能被动地与敌人对峙，要乘敌人的援军未到之前，全线出击，全歼关前的日军。"

孙楚说："兄弟也有此意，明日等到郭宗汾的71师赶到，我们就立即出击。"

接着两人研究了具体的出击计划。此计划拟在平型关防线上再增加8个团，其中郭宗纷的71师投入高桂滋部的防线，24日拂晓开始，全线分三路，正面向敌人出击。与此同时，115师侧面进击，配合国军夹攻敌人。计划制定完后，电报通知了各参战部队。

郭宗纷的71师接到向平型关开进的命令后，即从驻地出发，途经繁峙向东而进，23日傍晚，到达大营、齐村一带。由于郭宗纷接到阎锡山的命令是71师开到大营由孙楚机动使用，到达大营后，稍稍休息了一下，便来到平型关指挥部向孙楚报到。

"报告孙副司令，郭宗纷携71师前来报到，愿听候调遣。"

"郭师长，很好很好，辛苦辛苦，坐坐。"

郭宗纷没有坐，他看到傅作义也在场，且望着他笑，惊讶地说："噢，傅司令也在？"说着，立马上前一步，行了个军礼说："傅司令好！"

"郭师长好。"

这时，孙楚说："阎长官派傅司令与我共同指挥这里的战事。现在，他有要事要吩咐你。"

郭宗纷说："傅司令有何吩咐，请讲。"

傅作义说：

"前线指挥部决定，我平型关阵地各路守军，乘敌人援军未到之时，于明日拂晓全线出击。我们要你师立即投入到高桂滋防线，与高部一起出击。"

郭宗纷一听，犯起愁来，挠着头皮说："这个……我部行军一天，都很疲劳，明日拂晓出击，怕不大妥吧？"

听到这话，傅作义想，亏你郭宗纷说得出口，走了百数来里就喊疲劳，人家高桂滋的部队从南口一直打到平型关，如今又战一天一夜，不疲劳吗？然而，孙楚却说："依你看，多会儿出击合适？"

郭宗纷说："我师休息一个晚上，明天准备一天，再养精蓄锐一晚，25日拂晓，士兵们个个生龙活虎，那时出击，定能一举克敌。"

听着郭宗纷的话，傅作义想，若要按你说的来，万一明天敌人的援兵到来怎么办？岂不殆误战机了吗？然而还未等他把此话说出口，孙楚就笑着问："傅司令觉得郭师长的意见怎样？"

傅作义看出孙楚有意同意郭宗纷的要求，想到自己不是这里的掌门人，就对孙楚说："孙副司令在这里全权负责，当然由你定夺。"

孙楚说："那就改到25日拂晓吧，充分准备一下也好，这样也就多了一些胜算的把握。"

傅作义又想，敌人的援军一旦来了，所谓的胜算又有多少呢？他想表达自己的这个意思，碍于孙楚的面子，就没有讲出来。

将出击时间改为25日凌晨后，孙楚便用电报通知了除高桂滋部队外的各参战部队。傅作义问："怎不通知高桂滋？"

孙楚说："高桂滋惜己之力太重，有避战之嫌，如果告诉他改变了进击时间，我们这里的电话还不被他打破？"

傅作义想，孙楚怎么这么指挥战役呢？

"高桂滋不是已经往这里打来好几次求援电话了吗？"

日军久攻晋绥军驻守的下凹岭阵地不下，便改变了主攻方向。三浦敏事把大量部队投到了团城口那边的阵地上。一时，高桂滋部的团城口阵地承受的进攻压力大了起来。感觉到敌人的这一变化后，高桂滋来到不远处的一座馒头样的山头上，举着望远镜观察起自己的阵地来。只见阵地上，浓烟滚滚，一波一波开上去的士兵，在战壕里射击不久，就有许多被敌人发射来的炮弹炸死。这令高桂滋焦急，他把望远镜再向远处瞭望，发现敌人的坦克因山地难行，已经开不到前线，停在沟内，而敌人的援军却一拨一拨地向阵地开来。他令炮兵开火，迫击炮弹一枚枚地落入敌群开花，敌人的援兵被压了下去。阵地暂时缓和下来。然而不久，战火又起，阵地上伤亡越来越多。高桂滋接下来看到，战地上的轻伤号自己走下去治疗，重伤号则等人去抬，而死的则陪着活人死守。高桂滋知道自己的部队在从南口转战到平型关之后，本来已经疲惫不堪了，在敌人一拨一拨地增加兵力的情况下，很难说阵地什么时候被敌人突破。他决定回到指挥部，给坐镇大营的孙楚打电话，报告自己阵地的情况，请求派援兵支援团城口前沿阵地。

孙楚接到高桂滋的求援电话时，恰好郭宗纷的 71 师刚开到大营镇，听完高桂滋的电话，孙楚的脸上现出无声之笑，他觉得高桂滋在夸大其词，不相信高桂滋的部队已经顶不住日军，所谓前线吃紧，实际是怕消耗自己的力量，因此说：

"高军长，辛苦了，你部在平型关与敌激战，为战区调集大军到达平型关赢得了宝贵时间，希望你们再坚持一下。我现在手下无兵可用，援军还在路上，等援军一到，一定先增援你们！"

后来，高桂滋又几次告急，孙楚仍用同样的话回答。打电话的高桂滋心头不由得一股无名之火升起，生气地说道：

"什么辛苦了，我要的是援军，要你这句夸奖吗？好吧，你手上既然无兵可用，那我就直接向阎长官要兵支援。"

高桂滋说着，又接通了阎锡山。阎锡山说：

"高军长辛苦啦！我阎锡山感谢你们的义举，请兄弟暂时浴血坚持阵地，我已经派郭宗纷的 71 师从繁峙出发支援你。"

"阎长官，你的援军几时到？"

"这个，这个，大概得明日 10 点吧。"

阎锡山在这儿说了假话，他实际上给郭宗汾的命令是开到大营镇，听候孙楚相机使用。高桂滋从他假惺惺的口气上感觉有些不大对劲儿。再说，他需要马上得到增援，晚上和明日早上那是什么时间啊？高桂滋颓然地坐在桌子上。旁边的一个高参见他没有讨到援兵，对他说：

"高军长，在团城口阵地背后不远，有一支晋绥军的工兵在修筑工事，让他们上来支援一下也可以吧？"

高桂滋就派这个参谋去联系，修筑工事的工兵长官听明了来意，打量了一下来人的脸，笑着说：

"对不起，我们的任务是修筑工事，没有长官的命令不能支援贵军的阵地，请贵军还是自己想法子克服吧。"

几路大军在一条近百里细长的战线上联合作战，联络不畅，相邻联军本应像他们帮助晋绥军恢复下凹岭阵地一样，相互援手，可人家看到友军危难，旁若无事，就是不肯出手相救。参谋垂头丧气地回来报告，高桂滋气得瞪大了眼睛，愤愤地骂道：

"妈那个巴子……"

无奈，高桂滋只得从自己阵地上的各个战场上调配兵力，哪里吃紧，支援

哪里。这样，部队一直坚持到天黑，原希望到了晚上敌人的进攻能够减轻一点，不料，整整一夜，山下敌人的进攻分毫未减，直到天明时，敌人的炮火才有了片刻停息。站在清晨的村口，高桂滋用望远镜看着寂静的山头，预感到今天将是最危险的一天。他的望远镜尚未拿下，前面的山头上就有敌人的炮弹落下，"轰隆"的一声炸响，一团蘑菇灰云，花一样盛开。战斗又开始了。从接下来落下的一枚枚炮弹来看，今天敌人的火力比昨天大了好几倍，大有想要一举拿下阵地的势头。形势容不得高桂滋生气，他立马返回身，回到自己的指挥部，命令各阵地上的部队，一定要全力阻击，丢失阵地者，提着脑袋来见。

山下的日军，果然组织了一次开到平型关下与中国守军对战以来最大的一次进攻。

22日，日军板垣师团第21旅团长三浦敏事率领三个大队开到平型关下时，错误地以为，在日军面前连吃败仗的晋绥军只顾逃命，不会在关型关山地布置抵抗。当日军的侦察飞机侦察到晋绥军已在平型关内长城一线布下防线时，三浦敏事却以为中国军队不过是一块豆腐，日军一拍就碎。然而令他想不到的是，晋绥军依仗着平型关山地的有利地形，竟然久攻不克。虽然他曾集中兵力夺得几个阵地，但很快就被夺了回去。听到三浦敏事死伤了大批人员，消耗了大量弹药，远在蔚县的板垣征四郎大为恼火，对三浦敏事大加训斥，令他短期内攻取平型关中国守军阵地，占领大营镇。军令如山，板垣师团长的命令可不是闹着玩的，心急如焚的三浦敏事连夜从灵丘城调来一个自己的大队，黎明前，他把大队以上的官佐召集起来，简短地向他们下达了不可抗拒的命令：

"昨天的战斗，你们毫无进展，愧对师团长，愧对天皇陛下。今天你们要打起精神，拿出决战姿态，要不惜一切代价，为天皇攻下前方阵地。"

"咳！"

"去吧，进攻开始！"

聚集在一起的官佐们，立马散开，以狼奔的速度，回到了自己的部队，手挥军刀，歇斯底里地发出了进攻命令。

24日，日军的进攻开始了，主攻方向仍是团城口阵地。山谷里，晨雾尚浓，进攻团城口主阵地的日军人手一挺机关枪，利用晨雾掩护，螃蟹样向前方阵地爬去。起先中国军队的阵地上好像没人似的，不射一发子弹，也不见有一枚手榴弹扔来。近了，近了，更近了，打！一枚枚手榴弹扔了出去，在敌群中开花，一些敌人的机枪叫了起来，子弹射到战壕前的掩体之上，压得战士们抬不起头来。

"奶奶个熊，机枪，给我扫射！"

"哒哒哒"，中国守军的机枪响了起来。一片片飞出的子弹又把敌人嚣张的火力压了下去。

"日死你那个娘的！"一个战士奋力扔出一枚手榴弹，落入敌群，药性还未发作，就被一个日军士兵拾起来，又扔了回来。那个战士伸手去拾，想把手榴弹再扔过去，不料，刚一攥住木把，手榴弹就"轰"的一声爆炸了。

"小吕普！"连长见状，大喊起来，然而叫吕普的战士在一团烟雾中消失了。

"我操你们奶奶！"气愤至极的连长只好握着机枪把仇恨化作子弹喷射出去。

敌人每人抱一挺机枪群起发起攻击的战术发挥了作用，以步枪、手榴弹为主要装备的高桂滋部队，面对被机关枪组成的密集火力，感到力单难支，连长赶忙向营长求援：

"营长，营长，我连阵地紧急，需要支援。"

接到求援电话的营长一听，立马命令：

"营预备队，上！"

营里的预备队赶来，阵地得以保住。

但一会儿，营的阵地也发生动摇，营长慌忙向团长打电话求援：

"团长，团长，我营阵地吃紧，赶快支援。"

营里来了求援电话以后，团长命令团里的预备队出击，团的阵地紧急，旅长把旅的预备队开上去。在自己的部队一级一级地投入预备队的时候，高桂滋感到自己沿长城布防的 30 里长原本单薄的阵地，有被敌人冲垮的危险，因此，他再一次拨通了大营指挥部孙楚的电话：

"孙副司令，敌人向我阵地发动了比昨天更疯狂的进攻，现在我战地上的形势很危险，官兵伤亡重大，我把预备队都用上了，郭宗纷的部队不是昨天就开来了吗？我们顶不住了，你快把他们开上来吧。"

孙楚一听，心想，高桂滋的耳朵真灵，郭宗纷的部队什么时候来他都知道了。直到现在，他仍觉得高桂滋求援是怕拼光自己那点力量，有意夸大事实，因此说：

"高军长，务必请你再辛苦坚持一下，郭宗汾的部队我们改用出击了，我们准备把他们投入你那儿的阵地，你们一起出击。"

"你们不是拂晓出击吗？"

"现在他们没有准备好啊！"

"那么，你们什么时候出击啊？"

"具体时间未定，现在正在准备中，准备好马上进击。"

孙楚的话让高桂滋沮丧极了，他心想，孙楚的仗是怎么打呢？这么长的战线，几路军马防守，互不相救，能成吗？看吧，平型关上的战事，终究会误到他的手里。阎长官啊，阎长官！难道你也到了蜀中无大将、廖化做先锋的地步了吗？

前线的情况源源不断地向高桂滋的司令部传来：

"我团牺牲营长1名，伤1名，连长3名……"

"现在，我们阵地上缺乏弹药……"

"我们粮食不多了，只够中午一顿了。"

高桂滋此时觉得自己无能极了，前线上的困难一个也解决不了，粮食总能解决一点吧，于是他下令从村里征集点儿粮食给缺粮的阵地送上去。谁知，负责征粮的人到附近的村庄去征粮，但是这几天这一带由于大部队的到来，老百姓的粮食早已征光，费了好大的劲儿，他们只征到半口袋山药。看着那半口袋山药，高桂滋的心灰塌塌的，有气无力地说：

"给他们送去吧。"

正午，孙楚派人来到了17军的司令部。来人40来岁，虽穿着戎装，但显得很文弱，以至让高桂滋觉得这个人不该从军，应该当个教书先生什么的。来人自称是大营指挥部的参谋，说自己姓刘，有重要命令要传达。姓刘的参谋说这些话时，不是用军人的方式来讲，而是唯唯诺诺的，像个十分没骨气的男人在讲话。这让高桂滋十分窝火，不客气地说：

"刘先生有话就说，有屁就放！这里是军营，用不着吞吞吐吐的。"

"是是是！高军长，孙副司令让鄙人转告您，出击时间定为下午6点。"

"什么，6点？怎么搞的，这么长时间，我们能坚持得了吗？"

"不好意思，你们很辛苦，这我们知道，知道，请你们多多努力……"

"够了！"高桂滋终于忍耐不住，一拍桌子，生气地说："你们要我们坚持一天一夜，到时候了，仍旧一个援兵没派，一颗子弹没给，你们尽给我们灌迷魂汤的话，说什么你们很辛苦，我们知道，请你们多多努力。请问把兵打光了，拿什么来努力？"

高桂滋生气的样子，让孙楚的刘参谋有点胆怯了，样子有些理亏似的低下了头，默默地不再讲话。

高桂滋问："你有事没了？"

"没有了，高军长。"

"回去告诉孙副司令，敌人今天的进攻比昨天厉害，我们这儿30里的防线单薄，随时有被冲垮的危险。你们不及时增援，到时候可不要光追究我们的责任啊。"

"是，是。"

刘参谋走后，高桂滋坐在那儿压了一会儿自己的火气，然后对自己的部下说：

"他们可以不派兵增援我们，我们的仗倒是不能不打。山西的土地是祖国的土地，不是他阎老西的土地。走，我们上前线去！"

高桂滋领了数人出了迷回村，从村前高山上的阵地传来激烈的枪炮声。他们抬头仰望，看到从山上斜着下来的山道上，有几头往前线送子弹的毛驴走了下来。半山腰里，执法队荷枪实弹，威风凛凛地站在山道的边上。高桂滋他们走到执法队跟前时，执法队长跑过来，立定，敬礼，请求指示。高桂滋就对他说：

"今天，不管是谁，不管他的官有多大，只要是擅自逃离阵地的，妈那个X，给老子立马斩之。"

"是！"

一伙往阵地上送饭的人到来。高桂滋想看看今天战场上战士们吃的什么饭，最前面挎着口袋的伙夫说：

"军长，我背的是一口袋烙饼，白面的。"

另外两个伙夫，一根粗木杠抬着一个粗黑的汽油桶，问里面是什么，回答说，小米汤。

后面几个挑着木桶的人，不用问，他们的桶里是小米饭和菜，因为从木桶里漂来了香味。

看到今天阵地上的官兵能吃到这些东西，高桂滋的脸上有一丝儿满意。

"军长，你看他们！"这时，高桂滋身边有人忽然说。他一扭头，竟然看到约一个班的人从山头上跑下来，他们后面不远，陆陆续续地也开始有人影出现。"逃兵"二字刚在高桂滋脑子里闪现，这帮人就跑了过来。执法队横在道路上，拦住了他们的去路。

"站住！什么人？"

"兄弟，鄙人姓马，马营长。弟兄们实在坚持不住了。"

执法队长回头看了一眼高桂滋，高桂滋示意砍了。

"回去，不许退！"

只见执法队嘴里大喊一声，两腿向前一步，向着已被硝烟熏成黑人的马营长跨了过去，很章法，很用力，手起刀落，"嚓"的一声，马营长的头颅就

滚落在地上。

"啊!"后面的战士惊叫着,返头就往阵地上跑。

得知马营长被砍,跑出阵地的战士又跑回了阵地。所幸的是冲锋的日军还没有冲到阵地上,只是离阵地更近了。重新跳入阵地的战士们,操起家伙,向着已经看清眉眉眼眼的日军猛射,手榴弹也迅速飞了出去。冲到阵前来的日军突然遭到打击,看到前面活着的人瞬间变成尸体,便转向退了下去。

来到阵地的高桂滋看到敌人溃退下去,不由得大声赞道:

"好!"

一个下级军官回头看到军长站在战壕后的一块石头上,高兴地对战壕里的战士们喊:

"弟兄们,高军长来看我们来了,我们一定要狠狠地打!"

战壕里的战士听说军长到来,个个回转身,看着树干样站在那儿的高桂滋,高兴地拍起手来。

高桂滋的到来,对于差一点崩溃的阵地来说,就如同受到重击而晕厥过去的人打了一支强心针一样,战场上的战士们一下子活跃起来,敌人再来时,射出去的子弹准确了许多,手榴弹一扔就在敌群中开花。就这样,他们又坚持到午后6时。孙楚曾对他说,这个时间是全线出击时间,然而相邻孟宪吉的阵地却静悄悄的,不见一兵一卒冲下来,再看看自己身后的群山和众多土梁,也看不见郭宗汾部队的一点儿影子。

"怎么搞的?"高桂滋心中奇怪,暗暗地问。他命令部队继续坚守阵地,自己回到迷回村的司令部,给大营的指挥部打电话询问此事。

"哎,孙副司令吗?"

对方说,鄙人就是。

高桂滋问:"命令不是说下午6时出击吗?"

"哎呀,对不起,高军长,根据情况,出击时间改为晚8时了,请你们再坚持2个小时……"

孙楚还在电话里说着什么,高桂滋不想听了,"啪"的一声放下了电话,眉毛跳动着,眼里冒着火气,嘴里生气地说:

"这算什么事!出击时间一改再改,这是打仗啊,是儿戏吗?"说到这里,他忽然想到孙楚这个阎锡山手下的军长打仗怪异,有"孙神经"之称,嘴里说道:"孙神经啊,孙神经!你这样神经,可千万别葬送了平型关会战啊。"

"报告,友军先头部队到达。"此时,警卫团的团长来报。高桂滋眼里一亮,连忙问:"现在哪里?"

"村外。"

高桂滋喜出望外，立马走出司令部，跟着那警卫团的团长走出了村子。只见村外连接村口的一道不很开阔的沟里，果然有约一个团的友军停下来休息。高桂滋对警卫团长说："你把他们的团长叫来。"

沟下友军的团长过来了。这团长中等个头，人很精干，崭新的灰色军服还未被战火的硝烟浸染，光洁的圆脸看上去约30多岁的样子。

"兄弟是……"

"报告高军长，鄙人是晋绥军第71师第514旅第428团团长王荣爵。"

"很好，很好。王团长，你们来得正好，我的部队已经苦战两天一夜了，兄弟们实在支持不住了，请你立即把部队开到山上的前线去，把他们接替下来。"

"对不起，高军长，我团是奉命出击，没有增援你们的任务。"

"什么？"高桂滋没有料到自己的增援请求会被拒绝，不由得睁大了眼睛问。

"对不起，我团接到的命令是出击，请您原谅。"王荣爵敬礼说。

高桂滋以生气的口气说："那好吧，我现在以前线指挥官的身份命令你，马上把你的团带到前线去。"

王荣爵说："对不起，高军长，我得请示我的顶头上司。"

碰了一鼻子的灰，高桂滋不再跟这位晋绥军团长多言，黑青着个脸，回到了自己的司令部。

悄悄地，作战参谋递给他一份前线损失报告，报告称："……我又有一名团长负伤，2名营长牺牲，营以下官兵累计已伤亡两千。"

外面，前线轰轰的炮声传来，高桂滋默默地坐在桌子上，想到自己的部队开到平型关前线以来，将士们奋勇抵抗，流血牺牲，伤亡人数已过两千，而自己却不能为他们求得援兵一名，实在有愧于他们啊。晋绥军啊，晋绥军，没想到跟你们合作，在你们家门口打仗，你们竟如此对待友军。他觉得自己从来没有这么窝囊过，心里真想伏案大哭他妈一场。这时警卫团长又来报告：

"报告军座：晋绥军71师202旅到达迷回村，他们已经在村东租下民屋，准备把旅部安在那里。"

"这个旅的旅长叫什么？"

"不知道。"

"陈光斗。"此时，一个人从外面进来，边进边说。这个人是高桂滋84师251旅旅长高建白。高旅奉命守卫下凹岭一带的阵地，由于战事吃紧，亲自来军部求援。高桂滋把自己刚刚求援碰壁的事情告诉了高建白。高建白说：

"高军长，我到陈光斗旅求他。"

陈光斗旅的指挥部尚在布置中，高建白到来时，战士们正在往墙上挂着地图。陈光斗看到高建白来找，一开始面子卜很喜色，一听说请求派一个团增援前线，喜色顿消，忙说："非常对不起，我们奉命出击是配合八路军的，不能考虑你们的事。"

高建白提醒说："陈旅长，我们的前线阵地已经非常危险了，你要明白，我们的阵地一失，你们纵有十倍兵力也难以完成出击任务了。"

"你我都是军人，服从命令为军人的天职，阎长官给我们的任务里没有这一项。"

求陈光斗未果，只得把希望寄托在晚上 8 点晋绥军对日军的出击上了。

西坠的红日，如血盆里浸染过的大盘一样，落山了。

晚 8 点了，仍不见晋绥军出击。打电话询问，答曰：改为深夜 12 点了。

高桂滋对晋绥军的支援失去信心了，而且预感到自己的阵地今夜可能被敌人攻克。为加强前线夜间的力量，他命令师预备队开上去。然后无可奈何地向各阵地下达了一道命令：

"前线各部队今晚务必坚守阵地，一旦某个阵地被冲垮，其他阵地仍要坚持战斗，不得撤离。"

前方的战斗继续着，"轰轰"的枪炮声不断传来。

深夜 12 点了，到了晋绥军出击的时间了，还是不见他们的影子。高桂滋打过去电话，询问为何还不出击，回答说：

"出击时间改为明晨 4 点了。"

高桂滋无比沮丧地坐在椅子上，什么话也不说了。还能说什么呢？他已经看到阎锡山组织的这场平型关会战的前途了。

"哎，陈旅长吗？"夜间赶到阵地上的高建白也在给陈光斗打电话："我们的阵地现在处在异常危险的阶段，请你不要机械地理解长官的命令，务请拨一小股部队支援一下，这样也不影响你们出击配合八路军吗。"

"好吧，我就拨两个连给你们。"电话那头，陈光斗说。

可是陈光斗的两个连队迟迟不来。高建白对自己的副官说："娘的，这个陈光斗又在要我们！他们既不出击，说派两个连来，又不见踪影。走，我们找他去。"

高建白和自己的副官结伴来到陈光斗指挥部，一见陈光斗就直问："陈旅长为何言而无信？明晨 4 点钟，为何不见你们准备出击？你亲口说要派两个连来援，为何却不见半个兵的影子？

"陈光斗被问得面色苍白，不自然地说："高旅长息怒，本人也很为难，我半生戎马，爱国向不后人。不过军人以服从为天职，非我不援你们，我执行的是长官的命令，这是我们郭师长转来的命令，不信你看。"

陈光斗递来一张纸，只见上面写道：

　　　　　郭转阎长官命令，非有阎长官的命令，不得出击。

高建白看后说："这么说，陈旅长不发援兵，不出击，根子在阎长官那里了？"

"高旅长不要生气，你们阵地上的危急我们是知道的，我马上就派两个连支援你们。不过这两个连都是新兵，没有作过战，开过去不过是为你们壮壮胆而已。"

高建白心想，你这不是给我们派的废兵吗？又一想，也罢，让他们来也能鼓舞一下士气吧。

陈光斗的两个连来了，却不进入阵地，只是站在后面当看客。

"他们为什么不进入阵地？"阵地上的战士问。

"不知道。"

"听说都是新兵，不会打仗。"

"扯鸡巴蛋，他们派的这是看戏的吧？"

"哎呀，你们看，晋绥军的阵地又被冲垮了。"

这是凌晨2点钟，孟宪吉旅住守的下凹岭阵地再一次被敌人冲垮了。

"旅长，怎么办，还支援他们吗？"

高建白说："支援，虽然他们不支援咱们，咱们可不做那种不仁不义之事啊。吕团长！"

"有！"

"你再挑选奋勇队50人，帮助他们夺回阵地。"

"是！"

下凹岭阵地争夺战异常激烈，团长吕晓韬再一次挑选奋勇队冲入阵地，50名勇士，奋力拼搏，激烈争夺，再度夺回阵地。奋勇队长跟接收阵地的晋绥军要了接管阵地的收据，丢下已经牺牲的39名战友的尸体，带着还活着的11名奋勇队员，回到了自己的阵地。

夜色沉重而黑暗。头顶的低空，忽然电闪雷鸣，大雨瓢泼似的下了起来。阵地上，谁也没有料到天气会恶变。不是天气变化得快，而是阵前进攻的敌人让他们无暇顾及头顶上天气的变化。很快，阵地上的官兵被大雨淋成了落汤鸡，

刺骨的寒冷不可抗拒地袭上身来，脚下积水盈尺，上下牙齿在打架，握枪射击的手在颤抖，更糟的是他们的枪口内很快就塞满了雨泥，不能射击，阵地上指挥官命令战士用手榴弹打击敌人。

大雨啊，大雨！就在高桂滋的部队在雨中鏖战之时，郭宗汾的部队不但按兵不动，不去增援高桂滋的阵地，还打电话要求阎锡山改变出击时间。阎锡山啊，阎锡山，爱自己的孩子也爱得太那个了吧？居然把出击时间改为凌晨8点。而在此时，八路军的115师却冒雨挺进，向平型关下乔沟一带的阵地进发。

凌晨4时到了，此时，高桂滋部队的阵地，除了紧挨下凹岭高建白旅的部分阵地尚在外，其他阵地全部被日军冲垮。而此时，面对着一涌一涌从阵地上走下来的溃兵，高桂滋已经不能再组织这支疲惫不堪的部队夺回阵地了。

高桂滋部队拼垮、溃退时，大公报记者孟江秋正在战场采访。他在10月份连载的纪实文章《大战平型关》中为高桂滋鸣不平说：

……

大的战争我没见过，尤其是几个师的集团作战。但是，乡下小孩子打架，我倒常看过，两个孩子对打，旁边一个孩子看见他的同伴打不过，他会自动上前一拔头发，或者抱住大腿，帮着同伴，打倒了才歇。我没有见过他会站在旁边既不出击又不增援的态度的。

高桂滋部队的溃退，迫使原先计划出击的郭宗汾部队，只好由出击改为恢复阵地了。至此，继阎锡山的人同会战、雁门山会战计划流产之后，由傅作义倡导的乘日本人援军未来之机，全线出击，消灭关前敌人的计划，也流产了。

黎明前的夜晚，更加黑暗起来。黑沉沉的夜幕淹没了一切，四周危机四伏。住在东跑池指挥平型关下日军作战的三浦敏事，处在一种惶惶不安中。开到平型关外以来，他虽然一直在组织自己的部队猛攻中国军队驻守的平型关防线，但始终无济于事，中国军队的长城防线仍连一个口子也没有撕开。24日下午，他终于意识到，平型关防线不是轻而易举就能突破的，因此他向远在河北蔚县的师团长板垣征四郎报告，要求板垣征四郎派辎重队来为自己补充粮食和弹药，并派援军来为自己补充兵力。板垣征四郎听了三浦敏事的汇报，知道阎锡山在平型关布下了重兵，要冲破阎锡山的平型关防线，还需得增加兵力，便发报要求三浦敏事坚持一个晚上，辎重兵和增援部队将在25日赶到。同时下令灵丘城的辎重队和预备队做好一切准备，25日天明后，赶到平型关下与三浦敏事指挥的部队会合。同时命令涞源县城的日军派一个联队向灵丘平型关方向运动。

三浦敏事知道几天来与国军争夺阵地的战斗让他消耗了许多兵力和弹药，在板垣征四郎的援军尚未到达的情况下，如果长城上的国军以排山倒海之势压过来，后果不堪设想。没办法，他只得以空城计的法子苦苦地撑着，他命令自己的部队虚张声势地不断向中国守军阵地开炮，就是不作实质性的进攻。就连天上的大雨倾盆而降时，他也没有停止对中国阵地的佯攻，由于担心中国军队雨夜袭击，甚至还增加了佯攻的兵力。接近凌晨 4 点时，前方传来了消息，佯攻团城口和东跑池之间的部队都说，他们攻下了自己对面的阵地。这令三浦敏事一阵欣喜，他赶紧跑到团城口南侧的长城之上，发现自己的部队竟然真的占领了中国军队的阵地，不由得高呼：

　　"天皇陛下万岁！皇军不可战胜！"

　　狂喜之后，清冷的山风把三浦敏事发热的脑袋吻得有点冷静下来，他开始觉得眼下的胜利有点儿来得太容易了。他率部队与这里的中国军已经对峙了两天零三夜了。对于守军顽强的战斗力当然还记忆犹新。他猜测，日军轻易地得到这些阵地有两种可能：一是守军故意放弃了阵地，而为什么放弃？其动机不详；二是连日来的战斗使中国守军消耗过大，得不到增援，阵地失陷。不管属哪种情况，现在日军是占据了有利地形了，等援军一到，他就可以进一步扩大战果了。此时，站在长城之上的三浦敏事，当然不会想到，他所盼望的援军再

也到不了了。他做梦也没有想到，师团长板垣征四郎的这一安排被林彪算得清清楚楚，并且巧妙地为他设下了机关。此时，一支共产党领导的部队，已经悄悄地开到了平型关下，埋伏在乔沟的沟岸，正在兴致勃勃地准备给他的辎重队和预备队下一场手榴弹雨。而从涞源出发支援平型关的一个联队的日军，也将被林彪派去的一支队伍拦截。

卷十四

第一章

1937年9月25日。湿漉漉的早晨。林彪像一棵杜松一样，直直地站在山头上，双手举着望远镜，一直在观察着敌人走入包围圈的进展情况，他感觉到进攻的时机已经成熟了，便让心里孕育了很久的一个"打"字，从喉咙里像发射炮弹一样，有力地喊出：

"打！"

跟着，三颗红色信号弹从115师指挥部的小山头上美丽地升起。

"打！"

"打！"

听到林彪的命令，隐蔽在谷子地里的343旅旅长陈光，344旅旅长徐东海，几乎同时在电话里向各团下达了进攻命令。

"打！"

"打！"

"打！"

就像多米诺骨牌效应一样，砸蛇头的杨得志，斩蛇腰的李天佑，断蛇尾的张绍东，几乎也在同时向自己的部队下达了进攻命令。

"打！"

"打！"

"打！"

......

各营、连、排的指挥员，头狼一样，一边下达命令，一边一跃而起，带头向前冲去。

"打!"

"杀!"

"冲啊!"

埋伏在庄稼地里，早已竖直耳朵、全神贯注地等待着出击命令的战士们，听到命令，以饿虎扑食般的姿势，从冰冷土地上猛然跃起，猎豹般飞速冲向前边的沟沿。冲到最前边的是 686 团 3 营 12 连 3 排排长田世恩。这个奔跑最快、中等个头、约莫 20 岁左右的小伙子，就如一团平地而起的小旋风，迅速冲到沟沿后，把一枚举在手中早已揭开了盖的手榴弹扔下沟去。

"轰——"

飞下去的手榴弹准确地落在了一辆站满日本士兵的汽车上，愤怒地炸响，迅速地开花，一车人还没弄清发生了什么，碎如红豆的弹片顷刻间射进了他们的身体。钻入肉里的弹片，继续漂亮地干活，有的咬断了血管，有的为日本兵罪恶的鲜血修理着外流的通道，有的打碎了肉里的白骨，更多的钻入心脏、脑髓，直截了当地要了日本兵的小命。看着一车敌人眨眼间变成了血肉模糊的肉酱，他心里快意地说：嗬，阎锡山的手榴弹不错啊！他这是第一次使用杀手力这么好的手榴弹，一下子就扔出了兴奋，正准备扔出第二颗时，众多的八路军战士已经从身后赶来，他们把更多的手榴弹扔进了敌群。

"轰轰轰……"

接连不断的手榴弹爆炸声令人兴奋地响了起来，长长的沟谷里，一股股青色的硝烟，袅袅地升起。大地被震撼得颤动起来，脚下一阵阵发麻。

"哒哒哒……"阵地上，轻机枪吼叫起来。

"打!"

"杀!"

枪炮声中，传来战士们快意的呐喊声。

指挥部的山头上，林彪始终没有放下他手中的望远镜，看到从沟里升起的硝烟，听到枪炮的轰鸣声，战士们的呐喊声，他的身上没有一个细胞不在兴奋着，浑身满满地胀着一个欲望：同志们，狠狠地打，今天一定要把敌人全歼在这条沟里!

同样兴奋不已的聂荣臻，忽然想到应该记下这一伟大的时刻，抬起自己手腕上的表一看，此时正好是凌晨 7 点钟。一年前，红军准备越过黄河，东征抗日，为了统一渡河时间，毛泽东曾命令以聂荣臻同志的表为准。现在，还是这只表，记录下了这一伟大的历史时刻。

聂荣臻看表的时候，林彪正好把身子转过来，他看到聂荣臻在看时间，会心地点点头，脸上的笑容在说：好，这样的时刻一定要记下来。聂荣臻也回以会心的一笑，意思说：我记下了，1937年9月25日凌晨7点。

两人的目光短暂相遇后，又立马分开，各自举起望远镜，把注意力全神贯注在前面的战场上了。有把握胜利的仗，要艺术地打，虽然是林彪所倡，但早已被这支部队性格化了。勇士们，无论是指挥员还是战士，只要往阵地上一站，就要把智能和体能发挥得淋漓尽致。

林彪有点不放心685团，因为那里的地形比686团的乔沟相对要差些。因此，他把望远镜的镜头移向了685团的阵地。此时，从老爷庙梁到新庄十里长的战线上，浓烟滚滚，手榴弹的轰鸣声，机枪的哒哒声，步枪的勾啪声，以及人喊马嘶声，搅成一团，好似一曲巨大的交响乐，激动人心地传来。这响音给林彪以巨大的兴奋，他让笑容飞上眉尖！

根据师部下达的任务，杨得志把2营安排在老爷庙西南至关沟以北高地上，以截断陷入伏击圈的日军先头部队。同时命令1营及3营一部，沿马路两旁向新庄方向突击，以阻击新庄的援敌。

战斗刚开始的时候，团指挥部的电话响起，杨得志拿起电话，立即响起了旅长陈光那很男人的声音：

"杨得志，我是陈光，师长命令你们开火！"

"团长，你看，信号弹！"这时身边的一个通讯员高兴地对他说。杨得志看一眼那已飞往高空的信号弹，马上就下达了开打的命令，大喊一声：

"打！"

团指挥部不远的前面是2营的指挥部。营长曾国华看到敌人的辎重队蛇头样伸到自己的阵地前时，手头就痒痒的了，他边盯着敌人的动向，边盼着团长下达进攻的命令。猛冲、猛打是2营的特长。去年红军东征的时候，曾国华就是运用这种战术，带着自己的营，冒着敌人碉堡射来的弹雨，率先渡河成功，为大军渡河打开了通路。如今他和他的营犹如一群精壮的狮子，早已严阵以待，埋伏在成熟的庄稼地里，准备猛冲上去，奋力猛打。此时，团长杨得志开打的命令一传来，曾国华就大吼一声："打！"率先冲了出去，冲到沟沿，率先甩出了第一枚手榴弹。紧跟着全营士兵也冲到前沿来，只见从他们手中扔出去的手榴弹犹如耍鹰人手中放出去的猎鹰，向着敌群飞去：有的刚挨着敌人头上的钢盔就轰然爆炸；有的落在汽车上的敌群中开花；有的撞碎了汽车驾驶室的玻璃，在司机的怀里爆炸；有的落在了敌人汽车前不远的路面上，陀螺样旋转着，来不及刹车的司机把汽车刚开上去，路面上旋转着的手榴弹就"轰"的一声，在汽车的肚子底下动了手术。几乎与一片手榴弹声炸响的同时，机枪阵地上的机枪也吼叫起来，骑马的敌人，遭到袭击；慌忙从汽车上跳下来的敌人，被鸟一样叫着从机枪膛里飞出去的铁精灵，打断了腿骨，穿透了肚子，钻进了脑骨。团里派给2营的迫击炮也表现不俗，几枚黑黑的炮弹就如黑鹰一般从炮筒里冲出，准准地飞落在几辆汽车上，隆隆隆，把汽车弄瘫。

2营初战不俗，顷刻间，日军辎重队的先头部队就被战士们砸烂。沟谷内，敌人车撞车、人挤人、马碰马，一片混乱，队伍停滞了，再也不能前进了。

"打！打！狠狠地打！把他们给我打烂！"

战斗进行中，2营长曾国华简直红了眼，挥着手中的手枪，激奋地指挥着。枪声、炮声、喊杀声一阵紧似一阵，很快他们眼前的敌人就被打瘫了。

"好，打得好！2营打得不错！对啦，就这么打！"在望远镜里看到2营战果的杨得志不由得赞叹道。他边赞边把望远镜的镜头移向了1营的阵地，想看看那里的战况如何。

2营的战斗刚一开始，1营就对驻扎在新庄的敌人发起了进攻。新庄的敌人不是从灵丘赶来的辎重兵，他们是早已在22日就从灵丘城运动到平型关下的日军板垣师团第21旅团平岩大队之一部。战前，林彪就料到乔沟战斗一开，新庄之敌就会增援，因而要求685团要专门派兵打击这股敌人。由于新庄之敌与685团阵地相连，杨得志决定，不等敌人援助，就给敌人迎头痛击。1营战士在营长刘德元的指挥下，出手突然而猛烈，打了敌人一个措手不及，敌人一时晕头转向，慌了手脚。

"八格牙鲁！怎么回事，哪来的中国军队？"

敌人做梦也没有想到，自己的屁股后面会突然冒出一支中国军队来。小队长马上令打旗兵向正在平型关梁上指挥占领国军阵地的大队长平岩报告，平岩知道自己的后路被抄后，急得出了一身冷汗，立马向旅团长三浦敏事作了报告，而此时三浦敏事刚得到前来增援的辎重兵及预备队，在乔沟陷入中国军队重围的消息。那条沟他几天前从那儿经过，那是一条多么险要的沟啊，别说是辎重兵，任何一支部队在那道沟里陷入重围都危险万分。他叫了一声，拍了一下自己的脑袋，意识到自己犯了一个十分严重的轻敌错误，后悔没有事先把那条沟警戒起来。援兵被围，前面长城那儿的山梁上又有中国军队重兵把守，一旦他们趁机从阵地上冲出，那后果可是不堪设想啊！这么想时，三浦敏事就有豆大的汗珠从额头上滚落下来，屁股长屎道那儿紧紧地发着麻。这是一个事先没有料到的突然变故，自从踏上中国的土地以来，如此凶险的形势，从没经历过。他不住地问自己怎么办？不想脑子里的智慧竟然枯竭，他想调重兵增援乔沟，

可团城口至下凹岭那儿，中国军队正在出兵想夺回他们丢失的阵地，他根本不敢分一部分兵力出来，无奈之下，只得命令平岩大队自救：

"平岩队长，现在我命令你组织一部分兵力，马上向乔沟迅速靠近，全力增援乔沟。"

"嗨！"

平岩大队长接到三浦敏事的报告，留一小部分人佯攻平型关梁的阵地，自己则亲自带领大部分士兵向新庄扑来。由于已在平型关下与中国军队作战多日，平岩深感山地作战中占领高地的重要。因此，他们没有在山沟里摆开战场与中国军队对战，分兵几路，占领对中国军队具有威胁的几个高地。然而，他们的行动一开始就被举着望远镜，密切观察战场形势的林彪看见了。

"不好，敌人开始占领山头了。"林彪说。

"可不是吗？"聂荣臻把望远镜移至林彪望的方向，果然看到前面几处高地下面有敌人在活动："得抢占那里的高地。"

"给杨得志打电话，让他们迅速占领前面的高地。"林彪对身边的孙毅说。

孙毅拿起电话，大声说："喂，杨得志吗？我是师部，我找你们团长杨得志。"

电话那头立马就回答说："哎，我是杨得志，我是杨得志。"

"杨得志，你看到了吗？敌人现在开始抢占你们阵地前面的山头了，师长命令你们迅速占领那里的山头，把敌人压下沟去，坚决歼灭！"

"是，杨得志明白！"

"是。"

孙毅打完电话，林彪问身边举着望远镜观察战斗的聂荣臻说："现在几点？"

"8点。"

"这帮晋绥军，怎么回事？他们不是说今天拂晓就出击吗？现在都8点了，那边的山头怎么还是静悄悄的。"

林彪想，如果晋绥军此时从山上出击，杨得志那面的压力就会减轻，可那帮晋绥军怎么还没动静呢？这么好的战机，难道他们脑子进水啦，看不出来？如果他们不出击，那我们就得自己对付敌人了。

这时，林彪走过来，对电话员说："给我再接杨得志。"

电话接通了，林彪对着电话说："杨得志，你听着，现在你们立即派人与对面平型关梁上的友军联系，让他们立即出击，配合你们。"

"好的。"

杨得志放下电话，稍作思考之后，把副团长邓华、陈正湘等人叫过来，开了一个极其短暂的小会。杨得志说："师部刚才打电话，一连给我们下达了两个命令：一个是立即组织人马与敌人进行争夺高地的战斗；二是与对面山梁上的友军取得联系，要他们立即出击，配合我们作战。与友军联络的事由邓华执行，现在老邓马上带几个人到友军阵地上去。陈正湘立即到 1 营阵地上去，传达师部命令，并协助他们指挥争夺高地的战斗。"

"是。"杨得志说完，两位副团长立马走出团部前沿指挥所，各自完成自己的任务去了。

炮声隆隆，杀声震天。邓华从阵地上喊了两名战士，沿着土梁上的人行小道，以最快的速度向晋绥军的阵地跑去。

晋绥军最前沿的阵地约有一个营的兵力。营长王环，猴瘦猴瘦的，他的老家就是灵丘县城。由于知道灵丘城已落敌手，他的杀敌之心比阵地上其他的晋绥军官兵更加急切。八路军的炮火一开始，他就想命令自己营里的弟兄们出击了。请求团部，团长却说："急什么，这得听阎长官的。"

王环所站的位置极好，举着望远镜，八路军 685 团的战地尽收眼底。敌人是怎样进入阵地的，八路军是怎样发起攻击的，他看得一清二楚。当看到八路军占据了那样有力的地形时，王环打心眼里佩服八路军，心想：看来八路里面有人才，我们的那些长官们就没人看上这块阵地，不懂得把我们这些人布置到这块阵地上。后来，王环几次请求团长，打呀不打？团长都说，不打。王环就想，这么便宜的仗不打，真他娘的蠢货。

战斗打到最激烈的时候，八路军的战场硝烟弥漫，火光冲天，密集的枪炮声，震得地动山摇，浓浓的硝烟和火光淹没了整个沟谷，八路军的冲杀声，鬼子的哭喊声，激动人心地从下面传上来，这给阵地上的晋绥军，壮了阳，添了胆，士兵们个个摩拳擦掌，手脚痒痒地想冲下去杀几个鬼子。

"营长，下令打吧。"有士兵说。

王环打电话向团长请示。团长仍说："不打！"

685 团争夺高地的战斗开始了。在望远镜里，王环看见十五六个约二十五六岁的后生向距自己阵地不远的山梁上跑去，敌人的一挺歪把子机枪射来，十五六个勇士全部倒了下来。

王环拿起电话又一次向团长请示："……从我这儿冲上去占领前面的高地角度极佳，让我冲上去吧！"

"没有老子的命令，你敢？"

战斗在继续激烈地进行着。王环看到后续上来的八路军战士在敌人机枪的疯狂扫射下，趁着敌人换弹的间隙往上猛冲，当八路军的战士冲上山顶，控制了制高点时，心里不由赞叹道："我的爷，虎兵！"

这时，王环的望远镜里，有两个人的影子在晃动，他赶紧把眼睛盯在那两个晃动的人影上。渐渐地他看清了，这两个人从下面八路军的阵地方向跑来，身穿灰色的国民党军服，跑得很急，像有什么急事似的。

"营长，前面来了两个人。"阵地上的士兵显然也看到了来人，有一个士兵问：

"好像是八路。营长，怎么办？"

"不得朝他们开枪，让他们上来。"

因为前面八路军的仗打得漂亮，王环对八路军充满了敬意。来人上来了，果见他们身板硬硬的，威威武武，浑身军人的气度。

"这是我们的副团长邓华。"一名战士介绍说。

"鄙人是这里的营长，姓王名环。"王环马上给邓华敬礼说。

"王营长，前方战事吃紧，长话短说。现在，你们也已经看到了，敌人已向我阵地增加了兵力，你们如能从敌人背后出击一下，使敌人首尾受敌，敌人就会败下阵来。"

"是啊是啊，不好意思，小弟已经向上锋请求出击多次了，可他们就是不下命令。"

"什么，出击计划不是他们定下的吗？怎么能这样？"

"不好意思，我再向上锋请求一下。"说着，王环又一次摇了电话，拿起话筒说："我要团长。是团长吗？现在八路军派人来联系，要我们立即出击，配合他们的战斗。什么…什么？"

打完电话，王环放下话筒，摇摇头说："我们团长说了，上锋没有出击命令，让我们耐心等待。"

"你们团长怎么搞的？你再接通电话，让我亲自跟他讲。"邓华说。

王环就按照邓华的意思，接通了他们团部的电话，说八路军来使邓副团长要亲自跟团长说话。那边的团长说话了：

"喂，哪位？"

"我是八路军 115 师 685 团副团长邓华。我们师长要求你们立即出击，增援我们的阵地。"

"啊，啊……这事嘛，我也没权决定啊！是是是，我知道，大敌当前，需要我们精诚团结，全力对敌。这样吧，我现在向上锋请求一下，如果上锋允许，我一定让兄弟们打下山去……"

邓华他们在阵地上等了一阵，却不见那边有什么回话，就又让王环接通了他们的团部，那边的团长说："对不起了，邓团长，我的上锋说，什么时候出击，战区司令部自有安排，请贵军再坚持一下。"

看到晋绥军无意支援作战，邓华决定不再跟他们磨牙，便领着两名战士，转身离开了晋绥军的阵地，回到自己的阵地上，投入了战斗。

685 团 1 营争夺高地的战斗如火如荼地进行着。副团长陈正湘跑到 1 营前线指挥所时，营长刘德元已经指挥 1 营歼灭了干河滩上的汽车。陈正湘跑来后对刘德元说："敌人正在占领前面的高地，你发现没有？"

刘德元听陈正湘一说，立马转身，向前面观看。这一看，吓了一跳，只见前面有三股大约以排为单位的敌人，正分别向前面不远的三个高地爬呢。

"奶奶个熊！"敌人爬山的动作，让刘德元来了气，他回头对身边的通讯员说：

"快，让 1 连、3 连、4 连的连长火速到这儿来！"

连长们离他并不太远，很快就提着枪向他靠拢过来。刘德元对他们说："看到没有，敌人想占领高地，奶奶的，门儿的没有，你们赶快给我冲过去，占领那几个高地。那儿，1 连左面那个，4 连中间那个，3 连右边那个。快！"

"是！"

三名连长提着枪迅速跑回，留下少量人员固守眼下的阵地，其余在他们的带领下，如三群猎豹，飞速向前面的高地冲去。

左右两边高地的敌人由于爬山迟于中间高地的敌人，加之脚下的大皮鞋使他们的动作迟缓些，因而山头被 1 连和 3 连的八路军战士抢先占领了。只见他们赶上山头后，迅速趴下，一边喘气一边等候还在半山腰的敌人上来。敌人越来越近了，已经能看清他们的眉眼了，连长大声喊："打！"等候在山顶的战士，拿枪的射出了子弹，拿手榴弹的立即把手榴弹扔向敌群。在猛烈打击下，敌人连滚带爬地退下山去。后来敌人又几次组织人马争夺山头，山地作战，日本人个个犹如笨牛，大大的不行，因而都被无情地打了下去。

中间高地争夺得很激烈。那里是林彪最早发现敌人占领高地的地方。林彪发现他们时，他们已经在半山腰了，等到 4 连的勇士赶到山下后，他们已经爬上山头了。

"1 排跟我正面冲锋，2 排、3 排听从陈副连长指挥，从山后面隐蔽上去，争取用手榴弹突袭敌人，拿下山头。"

　　争夺山头是 4 连此前经常进行的战斗，山前，看到敌人已经占领了山头，连长王武生没有多想，就以一口江西口音下达了命令。战士们按照王连长的命令，迅速分成两队，1 排在王连长的指挥下率先对山头发起了进攻，他们利用山坡上的凹凸、灌丛、树木、大石，边打边冲。山上敌人的注意力一下子就被吸引过来，他们把手中瓜蛋样的黑手雷一颗颗向山坡下扔去，机枪也"呱呱呱"野蛮地叫着。一时间，整个山坡，一团一团的浓烟此起彼伏，枪子弹片乱飞乱蹦。不断向前推进的 1 排战士们，明显地感到自己的身子进入枪林弹雨中了。但他们毫不退缩，敌人这样，正说明他们的注意力已被吸引过来了。战士们要的就是这个效果，因而动作更大了，喊声更响了。不好，有几名战士不知是负伤了，还是牺牲了，躺在地上不动了。奶奶熊，小日本儿，欠揍，战士们的子弹密集起来。

　　"大家注意，现在离敌人还远，一定要节约子弹。"听到密集的枪声，王连长提醒说。

　　听到王连长的提醒，战士们把一下子涌上来的恨咽了下去，顿时他们的枪声没有了，山坡上只有敌人的枪弹拼命地胡叫乱跳。

　　"乒乒乒……"

　　"乒乒乒……"

　　"隆隆隆……"

　　由于敌人的炮火越来越密集，运动在前面的战士，动作慢了下来。

　　"快点儿，速度不能放慢！"王连长不满地喊。就在他刚喊完，还没合上嘴的当儿，一颗飞来的野子弹钻入他的口中。这颗瞎了眼的子弹造成了严重的后果，只见王连长不自然地倒了下去。排长李长锁看到王连长倒下去的样子古怪，便喊了一声："王连长！"没有应。又喊了一声，仍没有应。奶奶个熊，连长别是牺牲了吧？李排长爬过去时，王连长满嘴流血，一副不能说话的样子。

　　"连长，你不要紧吧？"

　　王连长用手指了一下李排长的身子，又用手挥了一下自己的枪，李排长发现王连长挥枪的姿势很像他平时指挥战斗的样子，就说："连长，你是让我代你指挥吧？"

　　王连长点了点头。李排长就对王连长说："连长，你放心吧，我一定指挥同志们冲到山上去，把那个狗日的山头拿下。"

　　王连长又高兴地点点头。李排长抬眼看看山头，发现他们离山头不远了，就对坡上的战士们喊：

　　"同志们，我们现在已经进入有效射程啦。大家瞄准，给我打！"

"啪啪啪……"

一枚枚子弹飞了上去，有几个敌人脑袋中弹，躺了下去，其余的被战士们形成的交叉火力压得低下头去。趁着敌人火力停下来的当儿，前面的战士站起来，猛跑几步，想尽早靠近山头，夺了敌人的阵地。他们没跑几步，山头上敌人的机枪又"哒哒"地叫了起来，尽管战士们是闻枪即卧，但还是有几名战士被敌人打中，牺牲了。后面的李排长看得清清楚楚，叫道：

"乱弹琴，1班冲锋，2班、3班火力掩护。"

他的叫声刚一停，只听"轰隆隆"几声响，山头上数团烟雾升起，敌人的机枪哑了。接着山头后面响起了一片"冲啊，杀啊"声。李排长知道这是陈副连长带2排、3排从山后杀上去了，便对他的战士喊：

"同志们，陈连长他们冲上去了，大家加强火力，猛力射击！决不能让一个敌人跑掉。"

陈副连长隐蔽运动做得很成功。王连长他们在正面吸引了敌人的注意力，陈副连长让两排人马分成三个小组，一字排开，向山头悄悄地迂回过去。3排几名战士运动得最为靠前，他们在离敌不远时，果断地甩出了手中的手榴弹。飞出去的手榴弹准准地落在了敌人机枪手的身边，"轰隆"一声巨响，顿时人死枪哑了。接着又有许多手榴弹飞去，小小山头顿时烟雾弥漫。没死的敌人眼见山头守不住了，便提枪逃离了阵地。然而后有陈副连长带领2排、3排猛追，前有李排长指挥1排猛顶，不一会儿工夫，占领这个高地的敌人就被尽数歼灭。至此，685团1营全部占领了这一带的高地，把敌人死死地压在了沟底。

再庄一带老乡们组成的担架队，跑着赶到刚刚进行过战斗的高地，把受伤的战士抬了下来。王连长没有抬下来。陈正湘看着一副副担架从自己的眼前走过，没有一副担架上面是王连长，就问带着老乡去救伤员的战士说："王连长呢？"

"牺牲了。"那战士说。

陈正湘的心头像被人用铁丝棍捅了一样痛，两眼窝各有豆大的泪水掉了下来。

抬担架的老乡看着陈正湘十分难过，知道上面的战场上有一名重要的八路军牺牲了，便对他说：

"长官……等打完仗，我们找个有风水的地方埋了他。"

"谢谢。"陈正湘的喉咙里有些哽咽。

"陈副团长，杨团长叫你。"是营长刘德元喊他。他转过身去，把电话筒接来问：

"团长，啥事？"

"那儿的情况怎样？"

"我军已经全部占领高地，敌人全被压在沟底下，现在战士们正在歼灭中。"

"好！老陈，你能不能离开一会儿？我这儿现在忙不过来。"

"能。团长，我马上就回去。"

陈正湘告别了刘营长他们，又跑步回到了团指挥所。团指挥所前是2营的阵地，此时，那里的战斗很明显更加激烈了，枪声炮声更加紧密，战斗的硝烟早已弥漫成一片雾样的烟海。一辆辆早已被炸坏的汽车七倒八歪地瘫在地上，一些没死的敌人钻入汽车底下，以车轮胎作掩护，正在作着顽抗……

"团长，敌人好像在恢复指挥系统。"

"我也发现了这个苗头，仔细观察。"

观察中的陈正湘忽然发现了更为不好的现象，有些焦急地说：

"团长，你看，那面……"

陈正湘边说边指点，杨得志举着望远镜向他指的方向望着：

"团长你看，那面，白崖台村以西，还有那面，在敌人停车场的西南面，两股日军正企图抢占1363高地。"

杨得志一看，果然如陈正湘所说，有两股敌人开始向1363高地下的山根处奔跑。1363高地的位置何其重要，如果敌人占领了高地，就可以火力控制老爷庙、关沟地域，还可以居高临下，瞰射师指挥所，686团西段部队亦在敌人的火力射程之内。"奶奶的熊，想得美。"杨得志拿起电话，对2营营长曾国华说：

"2营长，有两股敌人正在向1363高地运动，你现在派两个连过去，给我把他们吃掉！"

曾国华此时也发现了这一情况，他正想派人争夺呢，团长就打来了电话，于是他说："是，二营决不让敌人的美梦得逞！"

打完电话，曾国华派两个通讯员以奔跑的速度，分别跑到5连和6连，通知他们全力消灭企图占领1363高地的敌人。

"团长，让我亲自去指挥这两个连夺取那个高地吧。"陈正湘不放心，向团长杨得志请求说。

"好，你去吧。"

得到团长的允许，陈正湘向2营阵地跑去。

5 连长曾宪生最先接到了命令，意识到情况紧急，这个绰号"猛子"的连长当机立断，决定留下少半个连坚守阵地，其余人跟着自己和指导员杨俊生迅速跑向 1363 高地。

"连长，不好，你看见敌人已经爬到半山腰了。"5 连达到山脚时，一个战士惊呼说。

连长曾宪生望了望敌人爬山的背影，说："奶奶的熊，跟野兔一样，跑得倒是很快的……"

但是，敌人爬山的弊端在他们面前也暴露出来了。那些慌忙爬山的日本兵，个个脚上都穿着笨重的大皮鞋，夜间又下过雨，山坡上还很泥泞的，他们一不小心踩上去就会摔跤。一个笨蛋士兵一跤摔倒后，仿佛一块跑山石块样，竟然从山坡上一直滚了下来。滚到坡下时，王连队伍前面一个小战士跑过去，一刺刀将他捅死。这个战士归队后，身后的一个老战士说他："小王你这是多此一举，那个敌人阎王叫他活他也活不了啦，你何必不让他多痛一会儿，反而多事，去帮他的忙。"

听老战士这么一说，小王就有点儿不好意思。

"全体注意！"连长曾宪生说："敌人穿着皮鞋，腿脚不灵。我们要憋住劲儿，从右侧冲上去，争取抢先占领山头！"

连长一声令下，身后的半连战士，立马跑到山的右侧，野山羊一样，奋力向山顶攀登。由于战士们大部分穿着草鞋，有的甚至是赤着脚，因而脚上没有日本兵大皮鞋那样的拖累，加上山地作战又是他们的拿手好戏，5 连的登山速度果然很快，只一会儿工夫，就快到半山腰了。

"快，快，一定要抢在敌人前面！"连长曾宪生还嫌不快，一个劲儿地催促着。

这时，陈正湘带着 6 连赶来了。他看到 5 连已从右面冲上山去，便对 6 连长周志辉说："快，我们左侧上山。"

"6 连，从左侧上山！"周志辉立即给 6 连下达命令。

同 5 连一样，同样穿着草鞋的 6 连战士有着与敌人相比无与伦比的脚下优势，他们登山的速度也很神速。即便这样，陈正湘仍对周连长说：
"快，现在我们是跟敌人比速度，谁的速度快，谁就能取得胜利。"

"快！快！快！"

6 连长周志辉当然深谙"速度就是胜利"的意义所在，一个劲儿地命令登山的战士加快速度。

企图占领 1363 高地的这伙日军，约有一个排之多，他们已经发现中国军队赶来跟他们抢夺眼前的山头了，样子很像小队长似的指挥官焦急地哇哩哇啦地叫喊着，显然也在催促他的士兵加快速度。

　　日本兵尽管先于八路军战士登山，但他们是在用自己的劣势跟八路军战士的优势比赛，注定是要失败的。不过形势还是很惊险的，5 连长曾宪生奋力登上山头之时，吃惊地发现从背后面赶上来的日本兵离山头仅有一步之遥。跟他打着照面，冲在最前头的日本兵手里提着一挺手提机枪。本打算一登上山头就猛力向爬山的敌人甩手榴弹的，但如此近的距离，甩手榴弹是不行的了。他迅速从背后抽出大刀，照着这个敌人的脑袋，"嚓"的一声，劈了下去。这时两个紧跟上来的敌人端着长枪上的尖尖的刺刀，从两边向他刺来。他一刀挡开右面捅过来的刺刀，一刀从脑门开了左面敌人的脑门。又有几个日本兵赶上来了，他们把曾连长团团围住。这正中曾连长的下怀，他一边左挡右劈，一边想：好吧，只要你们暂时不占山头就行。这样想时，手里的劈挡更快，嘴里的"杀杀"声也喊得更响。敌人没有看出他的拖延战术，又有几个围拢过来。山头上出现了八路军战士的身影，一个、二个……更多的战士冲了上来。他们看到连长被围，犹如猛虎下山岗一样，挥着手中的大刀，冲进敌群，奋力劈砍，一颗颗敌人的脑袋掉落下来。"杀杀杀"、"嚓嚓嚓"，越来越多的攀上山头的 5 连 6 连战士，潮水一般冲了下来，飞舞的大刀片在敌人的头上漫卷，不一会儿，占领日军 1363 高地的这排战士全部被砍死在山坡上。

　　"曾连长！"

　　"曾连长！"

　　日本兵因尽数被歼，山坡上平静下来。有人想起了曾连长，找他，却不见他的身影。一个战士在敌人尸首堆里找见了他，只见他身上有五六处刺伤，喊他，却不能应声了。

　　……

第二章

在师指挥所的山头上，林彪眼盯着 685 团争夺 1363 高地的全过程。当他看到 685 团的勇士把敌人全部消灭在山坡上后，林彪露出了满意的笑容。

"师长，我团阵地上的高地全部拿下，敌人已被我们全部压在沟里。"

"好，你们要再加把劲儿，一定要把敌人尽快吃掉。"

林彪喜不自胜，就不再关注 685 团的战场了，及时地把望远镜的镜头移到了乔沟一带的战场上。

这儿是 686 团的阵地，也是林彪连日来苦心经营的主战场。当他把乔沟攻坚的任务交给 115 师最能攻坚的 686 团时，曾对团长李天佑说："李天佑，我们将要围住一条大蛇，我要你的肚子大大的，把它吃掉！你估计你们团能吞掉这条蛇吗？"

"能。报告师长，我的肚子能缩能伸，要多大就会有多大，多大的蛇也能把它吃掉！"

"行，"林彪忽然想起徐海东说话喜欢当"老子"，便也想来上这么一句，就说："你一定要给老子把这条毒蛇吞了，否则的话，提着脑袋来见！"

"是！"

"哈哈哈！"在场的人看到从来不苟言笑的林彪开了这样一个玩笑，不由得哈哈大笑起来。林彪的脸则像大姑娘一样，苹果一样红了，不过他的内心是快乐的。痛痛快快地笑过之后，林彪说："李天佑，你不能高兴得太早了，我要你豆腐也要当铁打！"

"豆腐也要当铁打"是林彪的一句口头禅。用毛泽东的话说，叫作"要在战备上藐视敌人，在战术上重视敌人"。由于是林彪的口头禅，李天佑自然知道它的道理，当听到林彪让他"豆腐也要当铁打"时，他立马桩子样立定，有力地来了一个军礼，严肃地大声说："是！"

把 686 团放在乔沟，林彪是经过深思熟虑的，对这支特别能战的部队他是毫不怀疑的。但是，枪声一响，林彪就完全回到"战术上高度重视敌人"的状态中了。此时，他把目光投在 686 团的战地上细细地来回扫视着。

一切都顺着人意，美美地进行着。

"轰轰轰……"

"哒哒哒……"

"啪啪啪……"

"冲啊——"

"杀——"

众多的手榴弹爆炸声、枪弹声、战士们的喊杀声连成一片，从战场上激动人心地传了过来。林彪看到，乔沟那边，手榴弹爆炸后升上来的浓烟越来越密，一团一团连接起来，连成了一条十多里长的龙的形象，那"龙"仿佛要把身下的怪兽踏碎似的，腾跃着、舞动着灵活的身子。此时，聂荣臻以及山头上师指挥部上的所有成员，都看见了这种壮丽的景观，个个都暗暗地在心里惊叹着。

"好，李天佑他们应当来得再猛烈些，传我的命令，再加把劲儿，狠狠地打！"

守在电话旁的孙毅，立马拿起电话，向山下的李天佑说：

"李天佑，你给我听着，整条蛇就看你们的了，你们一定要狠狠地打，尽快把他们砸成肉泥。"

"是！"

李天佑在前线指挥所里，给前沿上的各营长下达命令说：

"加强火力，给老子狠狠地打，决不能放一个敌人从那个沟口出来。"

"是！"

686 团的勇士们，刹那间加强了攻势。

"轰轰轰……"

成群的铁弹，由于经过了八路军 115 师战士们的手，已经不是普通的铁蛋了，它们凝结着近代以来中国人被日本人欺辱的血和仇，凝结着北洋水师的血和仇；凝结着"九·一八"事变以来，战死在抗日疆场的国军兄弟的血和仇；凝结着许许多多爱国同胞自发组织的其他抗日队伍中，牺牲在疆场上的将士的血和仇；犹如铁鹰一样，一枚枚飞向敌人，痛快淋漓地炸响。

"哒哒哒……"

东北平顶山惨案中，2000 多名被害妇女儿童、老弱病残的冤魂，化作 115 师战士枪膛里的子弹，嘶叫着，飞向敌人，叮咬着他们的身子雪仇。

"隆隆隆……"

阳高城内，被日军在瓮城枪扫、弹炸，惨然成一堆肉泥的 500 多名平民的天仇地恨；被日本兵割下脑袋扔在滚水锅里的卖书青年的大痛怨恨；惨遭践踏再无勇气做人，死在大口井内的赫天福一家十三口的奇耻大辱；所有在阳高城

被大屠杀的平民的怨海天仇，附着在尾巴冒着青烟的手榴弹和冲出枪膛的热热的弹头上，飞速扑向敌人。

"轰轰轰……"

"哒哒哒……"

天镇、灵丘县城，所有被炸死、枪杀、砍头、穿胸、劈脑、分尸、断肢、开膛、剥肚、穿刺阴户的平民的血海深仇，附着在一颗颗手榴弹和一箱一箱子弹头上，排着长长的队伍，等待着战士们把它们甩出去。

……

长长的十里乔沟下面，八路军115师的勇士们正在热火朝天地伏击的这支日军辎重队和预备队，拥有汽车80余辆，马车200余辆，战马100余匹，日军各类人员1000余人。自从踏上中国土地以来，从不知道挨打为何物的这支日军，此时已被沟崖上黑鹰样飞来的手榴弹和"哒哒哒"鸣响的机枪子弹打瘫了。最前面的汽车正好被打在乔沟尽头的土桥上，后面的汽车一辆辆被堵在长长的沟底里，日本人引以为豪的汽车队，优势顿失，前不能进，后不能退，真是丢尽了人。后边的马车，更是丑态百出，一向听从主人号令的驭马，已经惊魂飞散，惊恐地乱叫乱踢。骑兵的坐骑，由于没有可供它们奔驶的空间，想找一条冲出困境的出路，惶恐地扬着脑袋，张着大嘴嘶叫着，瞎冲乱撞。那些个平日里一身傲慢、蛮横的日本兵们，此时也被雨一样从天而降的手榴弹和枪弹打得晕头转向，他们身上的所谓"武士道"精神已经荡然无存，骇然地惊叫着。乱飞的弹片和枪弹，射入了他们原本跟中国人无二的血肉做成的躯体，鲜血流了出来，脑浆流了出来，白森森的骨头从人嘴样开裂的肌肉缝里露了出来。他们并非什么神兵，在弹片威猛的飞射下，照样一批批无能为力地倒下……

这群来自日本的野兽，刚刚在灵丘县城残害了1000多条无辜的生命。然而血债要用血来还，这条定理在中国的土地上也是铁的。

从打瘫在桥头上的那辆汽车开始，一、二、三……数到第五辆，这五辆汽车上的日军，曾在灵丘城内老君庙后那块长满荒草的空地上，逼着老百姓挖坑，然后把他们捆着，强迫让他们一排一排地站在坑边，把他们当作"活靶子"，练习射击。此时，这些兽兵已经被八路军战士手中甩出去的手榴弹炸成了一车一车的肉酱。在每一辆汽车厢底的缝隙，流着黑红而黏稠的血，腥气被硝烟卷着飘散。

从第六辆开始，挨着数，数到第十一辆。这几辆车上的兽兵，曾在老君庙前的大菜园里，逼迫抓来的老百姓跪在早已挖好的大坑旁，手举武士长刀，照着百姓的头颅练习劈砍，练习"刀法"。此刻，他们和前五辆车上的同伙一样，也都被飞来的手榴弹炸成了一车肉泥。血从车底的缝隙里，如一股股小孩尿水样，流了下来。

挨着再数五辆，这五辆车上已经被炸得血肉模糊的日军，活着的时候，曾在灵丘城大马场，把捉来的老百姓绑在木桩上，手举长枪，照着他们敞开的胸膛练习"冲刺"。现如今，他们自己的尸体一个个被愤然爆炸的炸弹炸烂。当初，他们曾经看着从中国人身体里流出来的血，狂笑不止，而眼下他们的血像小溪一样，污染着中国人的土地。

那儿，横七竖八躺在血泊中的是一匹匹红色大洋马的残破尸体，紧挨着那些马的尸体，是七扭八歪的恶贯满盈的日本骑兵的尸体。这些骑兵活着的时候，曾强迫灵丘城中的妇女脱光衣服跳舞供他们取乐，他们在这些妇女身上发泄完兽性，还对她们的胸膛射弹，照着心窝捅刺，甚至割乳，把刺刀刺进阴户里。现在，恶有恶报的定律，让这群野兽和他们的战马一动不动地躺在血泊里啦。

骑兵过后，是炮队。这支炮队拥有掷弹筒20多个，野炮一门。士兵分乘三辆汽车。战斗刚打响时，他们想用掷弹筒向沟崖上的八路军开炮，但还没有来得及抬着掷弹筒下车，一枚枚手榴弹就落在车厢里，激烈地炸开了。弹片乱飞，血肉乱飞，破衣烂衫乱飞，钢盔乱飞，断腿断胳膊乱飞。

紧挨汽车队，是敌人长长的马车队。这些马车更不禁打，眼下，那一辆辆马车已经全被打瘫。死了的人和马身上，流淌出来的热血冒着白气，把身边的泥土弄成了血的泥泞；没死的马和人，拼命地挣扎着，绝望地号叫着……

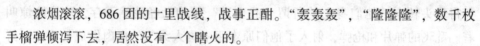

浓烟滚滚，686团的十里战线，战事正酣。"轰轰轰"，"隆隆隆"，数千枚手榴弹倾泻下去，居然没有一个瞎火的。

"奶奶的，阎锡山的手榴弹造得就是不错！"战士李思田一连甩出五六十颗手榴弹后，心中禁不住喜道。这个在红军改编为八路军时曾经拒绝穿上国民党军服的战士，这时思想上早已没有什么疙瘩了，他已经和战场上奋力杀敌的所有战士一样，完完全全是一名抗日战士了。在太原火车站时，他就知道日本人在大肆屠杀中国百姓了。奶奶的，杀害中国老百姓就是俺李思田的敌人，你们这群野兽，统统地该死。一个一个都见你们妈那阎王去吧，下你们妈那地狱去吧！

"快，快，手榴弹！我们这里的手榴弹不多了。"虎背熊腰、大脑袋宽脑门的战士齐生，一气扔了两箱半手榴弹，看着快要空了的木箱子，对正在往火线上送弹药的战士王国柱喊。王国柱把肩扛的一箱手榴弹送来了，齐生高兴地说："好好，兄弟，多给咱送几箱来。"

"快快地扔，你小子怎么还有呢？"看到齐生还有整箱手榴弹没有扔完，王国柱抱怨地说。

"啊？"齐生没想到有人会抱怨他没有把手榴弹扔完，正要说什么时，发现

王国柱早已转身没入了庄稼地里。一会儿，他又和一位老乡各扛一箱手榴弹送了过来。齐生的身边一直有足够的手榴弹，不一会儿他就往沟底扔下了上百枚，脑门子上也流出了汗水。

686团扔手榴弹是事先计划好了的，谁在前沿扔弹，谁在后面运弹，弹放在什么地方，不够用时，从哪个兄弟团调配，一切的一切，都是事先做了仔细的安排。看上去就如工厂的流水作业。因此，他们的手榴弹扔得相当有效。

随着战士们向沟底扔的手榴弹越来越多，硝烟越来越浓，滚滚的浓烟弥漫了一沟，起先沟底的汽车、大车、战马以及车上、马背上的敌人看得清清楚楚，现在这些全被浓浓的硝烟遮住了，什么也看不见了。原先手榴弹扔到哪儿，目标明明白白、清清楚楚，现在扔下去已经谈不上什么目标了。好在沟里的敌人如蚂，扔下去的手榴弹肯定在敌群中开花。因此，在沟沿上扔手榴弹的战士，仍然扔得快意。

大半敌人被炸死了，有的被炸成了碎尸，有的被炸成了肉泥。冒着热气的红血从尸体中流出以后，又小河样四处流着。血流上，漂着小泡。许多的尸体浸在血里。最早流出的血变黑了，凝结了。为数不多的没死的敌人钻进了车底，"八格牙鲁"、"八格牙鲁"地叫着。从车底伸出枪射击着。然而浓浓的硝烟让他们根本看不到沟上边中国军的影子。打出的子弹没有一颗不是飞出去的野子，所谓百发百中，只是对空气而言。不过，只要是活着的，不管受伤与否，射出的子弹是否有效，都没有放弃反抗。

"怎么回事？怎么回事？"桥本顺正觉得自己仿佛从大梦中醒来。脑袋大得就如一块巨大的石头，抬也抬不起来。接着，他又感到了疼痛，虽然不知道身体哪里疼痛，但疼痛无疑是巨大的。他抬了抬手，看到自己满手是血，这才明白过来，才想起他们这是遭中国军队的伏击了。他立马坐了起来，发现自己坐在尸体堆上，再瞧，这些尸体叠压在已被炸烂的汽车厢内。

"新庄君，新庄君。"

他想起新庄队长是和他坐在一起的，便叫着他的名字找他。不远处，他看到了新庄的尸体。只见新庄那刚才还可叫作人一转眼就叫作尸体的东西，麻木不仁地躺在那儿，一动不能动了。再细一瞧，竟只剩下半个脑袋了，另外半个，被炸毁了。"轰轰轰"，"隆隆隆"，此时，桥本顺正恢复了听力的耳朵，听到了连成一片的手榴弹爆炸声。他感到了极度的危险和恐怖，慌忙从车上的尸体堆里滚了下来，钻进了被炸烂的汽车底下。外面依然在翻天覆地、地动山摇着。但桥本顺正确信自己安全了。虽然现在他整个人还处于惊恐之中，但他开始极速地开动脑筋了，他想着如何才能从这极其危险的境地中冲出去。但他发现自己黔驴技穷了，他在法西斯军校里学了那么多种杀人的本领，现在却一种也用不上了，没有哪一本教科书和战例提到过这样的战斗。这简直是魔鬼之战。在这条长长的沟里，皇军的优势瞬间就消失了，令皇军引以为豪的汽车队，突然被从天而降的手榴弹雨打瘫了，神威的骑兵队没有了冲突的空间，也只好连马带人，一条一条地丢下。而那些马车们，更是只有挨打的份儿了。这是什么仗？炮兵支不起炮，手榴弹扔出去还得碰在崖头上掉下来炸了自己。在这样激烈的环境中，从汽车下面射子弹，实际上也是壮胆性质，飞出去的没有一粒不是野子。想着想着，桥本顺正就有些沮丧了。然而就在此时，他发现一些士兵正在向他这儿运动，他明白了，汽车和马车的底部及满沟浓密的硝烟为日军保存了一些力量。他要把这些人组织起来，拼死作一抵抗，于是他朝他们大声地喊：

"嗨！我是桥本顺正参谋，你们的，现在听从我的指挥。"

身处绝境的日本士兵，听到桥本顺正的喊叫，一下子就向他这边靠拢了。他发现在他的身边，正好是乔沟一道小支沟的岔口，这道小支沟就像乔沟的小指头一样，向西岔去。他判断这条岔沟里没有伏兵，便指挥着向他靠拢过来的士兵，进入了这条沟里逃命。凭感觉，他觉得约有半个中队的日军，从岔口进入了沟里。他们行至 30 米处，原来陡峭的沟壑，变得较缓了，若是从缓坡上爬上去，就到了较为开阔的梁地了，上去后，若是占据了有利地形，他们这伙人或许还有一线生还的希望。于是，他命令进沟的士兵从缓坡攀上去。

桥本顺正判断得很对，在这条沟的上面有座老爷庙，老爷庙之后就是高高的老爷庙梁。老爷庙梁虽说名字叫梁，却只是一座高高的山头，黑汉一样孤零零地立着。桥本顺正他们的行径，由于烟雾，左边沟崖上激战中的八路军战士竟没有发觉。而师指挥部这儿的山头上却看得清清楚楚。几乎可以这样说，桥本顺正他们一行动，就被林彪发现了。老爷庙高地的重要，经过了数次察看地形的林彪当然是知道的，但估计那儿可能仍在敌人瞭望哨的视线之内，为了免于整个部队进入伏击地的行动受到影响，便没在那里安排伏兵，但他一直很留心那儿。因此当爬坡的敌人开始行动时，就进入了林彪的望远镜镜头之内。林彪一惊，心里说：不好！敌人想占领老爷庙高地。不能让他们上去，如果他们的目标得以实现，全歼敌人的计划就会泡汤。得让李天佑他们火速占领那个高地。他想让人给李天佑打个电话，但又一想，事情重大，得亲自对他下达命令。于是他对孙毅说：

"快，让李天佑跑步来指挥部一趟。"

李天佑正兴致勃勃地指挥着如火如荼的战斗，听说师长让他亲自到师部指挥所一趟，便对杨勇说："老杨，你先代我指挥一会儿，我到师指挥所去。"

杨勇说："李团长你快去吧，这儿的事我先顶着。"

李天佑快步如飞，拼命地向师指挥所的山头跑去。当他一气跑到山头上，站在林彪眼前时，累得已是上气不接下气了，他一边喘气一边说：

"报，报告，李天佑到。"

还在观察阵地的林彪放下望远镜，看着满头大汗、累得直喘气的李天佑，从身边的一块石头上提起一个军用水壶递给他说：

"沉着些，敌人比较多，战斗力看样子也比较强，战斗不会马上结束。我再强调一下，咱们的目标是全歼敌人。你们团要再加把劲儿，狠狠地打击他们，一定不能让一个敌人从乔沟给我溜掉。"

"是！"正喝着水的李天佑停住喝水说。说完他又仰着脖子咕咚咕咚地喝了起来。林彪指着前线的阵地说：

"你看，有一股敌人正在往老爷庙那边的高地上爬呢，你要派你团战斗力最强的营抢占老爷庙。拿下了这制高点，就牢牢地掌握了主动权。明白吗？"

李天佑顺着林彪手指的方向一看，娘的，在老爷庙下的一条岔沟里，果有一群鬼子向老爷庙高地爬呢。

"你们动作要快，慢了是不行的。"林彪继续吩咐说。

听到"快"字，李天佑猛地停住了喝水，他把水壶往原先放水壶的那块石头上一放，说了一声"我去了"，转身一阵风似的跑下山坡，消失在玉米地里。李天佑一走，林彪又举起望远镜向老爷庙方向望了起来。这时几个敌人的脑袋已经出现在沟沿上。林彪心里说：李天佑，你们可要快啊！

李天佑此时的速度，简直就是一头扑食的猎豹，他一跳一跳地把阻拦他的玉米一根根踩在脚下，当跑到玉米地边时，几枚子弹"嗖嗖"地从他的头顶飞过，打落了几个玉米头和几片玉米叶子，但他全然不顾，依然一个劲儿地飞奔。

"你要派你团战斗力最强的营抢占老爷庙……"林彪的话又响在他的耳畔。派战斗力最强的营并不让他多费脑筋，这话在他耳畔一响起，他就想起了邓克明和他的3营。3营是原红3军团的红4师红12团。红12团一向以"擅长山地作战"而闻名。最能证明他们这种特长的战例有"大洋嶂阻击战"、"保护山战斗"、"娄山关进攻战斗"、"山城堡进攻战斗"等。而营长邓克明，每有战斗，整个人就像是一只云豹，总是表现得勇猛、刚烈、机智、忘我。作为邓克明的上级，李天佑对邓克明的印象是勇往直前，不管多硬的对手，一定要把它撕碎、咬烂、击败。对，好钢用在刀刃上，就让3营上。李天佑一拿定主意，脚步就落在了团指挥所的草地上。他二话没说，双脚一落地，就拿起电话，跟邓克明通话。

"喂，3营长吗？邓克明，有一股敌人现在已经到了老爷庙，你马上带领3

营，冲上去，抢占老爷庙，把上来的敌人全部打到沟里去。"

"是！"

敌人在老爷庙那儿的沟沿上一露头，在前沿指挥作战的邓克明就发现了，他马上对身边的营教导员刘西元说："啊，不好！老刘，你看，老爷庙那儿有敌人从沟里爬上来了。"

刘西元顺着邓克明手指的方向一看，说："是啊，看来他们想要占领老爷庙一带的高地。"

"这帮驴捅的，要是让他们占领了那里的高地，对我们的阵地就会形成很大威胁，全歼敌人的目标就会成为泡影，不能让他们得逞。"

"咱们怎么办？"

"现在他们离我们太远，我们的射程够不着他们。看来我们得冲过去，跟敌人近距离争夺。"

"看来也只有这一条法子。"

邓克明略一思索，说："好，咱们一边向团部请战，一边把各连长叫来，赶早准备。"

"是！"刘西元马上给团部打电话，接电话的是副团长杨勇，杨勇说："你们的请战很好，请做好战斗准备，等待作战命令。"

这时各个连长手提手枪，身背大刀赶来了。邓克明对他们说："你们看，有一股敌人爬上了前面的沟梁，想占领老爷庙一带高地，我们现在得马上跟他们冲过去，抢占老爷庙沟梁一带的高地……"

正说话间，李天佑打来电话，命令3营冲过去，抢占老爷庙高地。邓克明立即给各连下达了出击命令。各连长得令后，转身奔回自己的连队，带领自己的连队，沿着营长指定的路线向老爷庙奔去。

3营的战士是冒着敌人的弹雨往前冲锋的。桥本顺正领着一股日本士兵刚一爬上沟沿，就发现一股中国军队正手持钢枪，越过了前面的小桥，往老爷庙方向奔跑而来。这支部队的目的已经十分明显，他们也是来占领眼前这一带高地的，这使桥本顺正立马又有一根神经紧紧地绷了起来。这个在中国八路军面前不过酒囊饭袋一个的桥本顺正，也有其不酒囊饭袋的地方。他深知他带来的这支辎重兵和预备队已经处于将被彻底砸烂的境地，占领了老爷庙一带的高地或许能改变一下战局，否则这支部队就难免于全军覆没的命运了。他立马观察到几个有利的地点，命令刚上沟的士兵马上去占领。准备在侵华战争中大展军事"天才"的桥本顺正，其军事才能只在这时、这地方闪了一下。虽在情急之中，但他选择的这几处地形确实很刁的。他的士兵占据了那里之后，立马形成

了密集的交叉火力。跑在最前面的八路军3营9连的几名战士，立马饮弹倒地。9连是个战斗经验相当丰富的连，后面的战士看到前面的战友倒地，立马就地卧倒，无数的子弹从他们头顶呼啸而过，他们一动不动，双耳竖立，集中了全部的注意力，倾听着敌人的子弹由稠变稀、由稀变无。当枪声刚一停，他们就听到命令似的，一跃而起，利用敌人换子弹的间隙，向前冲锋。"哒哒哒"，敌人的枪声再次响起时，他们又立马卧倒。

桥本顺正看到这支敢冒枪林弹雨冲锋的队伍不由得大吃一惊，自从踏入中国领土以来，日本军队从北京打到平型关下，他已经参加了许多次战斗，这种一冲锋起来就不要命的中国部队，他还是第一次碰见。桥本顺正焦急地挥着指挥刀，一个劲儿地催促他的士兵加大火力射击：

"打！打！打！"

然而，桥本顺正看到不管日军的火力多么猛烈，前面冒着弹雨冲锋的中国士兵没有一个后退下去。他们冲锋的进度虽然一时慢了下来，但是这种不要命的冲法，终将会把他临时组织起的阵地冲垮，而且桥本顺正还发现这支队伍的射击技术也很优秀，他的身旁已经有许多日本士兵倒下去了。所幸的是陆续从沟里爬上来的日本士兵也多了起来，情急之中，他命令这些赶来的士兵立即用已经阵亡的士兵尸体搭建射击掩体。几个机枪手利用自己同伴搭建的尸体，射击得更加疯狂起来。掩体里，一旦有新的同伴中弹，只要是倒在地下，没倒下的也不管他是死是活，就把他抱起来，放在掩体上，当作了掩体的材料。

有了人肉掩体，敌人的火力明显地增强了。他们的这种行径，恼火了正在指挥战斗的邓克明，只见他双眼的怒芒钢剑一般直射，心里骂道：奶奶的，你们这些驴捅的，很会玩啊。他从背上取下一口大刀，跑步来到紧随9连的后面，喊道：

"9连长！"

"到！"

"马上组织一个战斗小组，带上手榴弹，炸敌人的人肉掩体。"

"是。"

邓克明继续吩咐："让战斗小组上，机枪压制敌人的火力。"

邓克明的到来，让9连长一下子精神抖了起来，心中也有了主意，他从连里挑选出几名最精壮的战士，身上凡能带手榴弹的地方，全都带上了手榴弹。向他们交代完任务之后，便喊："机枪手，集中火力向敌人掩体射击，火力掩护爆破组。爆破组，上！"

"哒哒哒"，连里的几挺机枪狂怒地叫了起来，飞向掩体的子弹一下子就把敌人的火力压了下去，爆破组的战士立即向前冲去。很快，掩体的敌人冒死射来一串子弹，爆破组里几名战士倒地，其余战士立即趴下，匍匐着前进。

"哒哒哒……"

"哒哒哒……"

双方机枪激烈地对射着，匍匐前进的战士速度慢了下来。邓克明看到那几名战士只顾向前爬行，竟忘了甩手榴弹用硝烟掩护，便喊：

"扔手榴弹！"

9连长听出了营长喊扔手榴弹的用意，也喊：

"扔手榴弹！"

喊声提醒了匍匐着前进的战士，一枚枚手榴弹从他们手中飞出，落在敌人机枪阵地前爆炸，一团团浓烟涌起，很快在敌人阵前形成了烟幕。敌人的机枪声虽然依旧，但已经是盲目乱射了。乘着浓烟，战士们的身子向前滚去。浓烟中，有两名战士已经靠近了敌人。

"扔手榴弹！"

"扔手榴弹！"

营长和连长看着到了火候，同时喊了起来。只见那两名战士奋力摔出了两枚手榴弹。那两枚手榴弹，齐头并进，飞向空中，划出优美的抛物线轨迹，准准地落在敌人的人肉掩体内，轰轰爆炸。顿时，机枪哑了，冒着弹雨匍匐前进的9连战士，没用命令，一跃而起，越过了小土桥，冲过了公路，赶到了老爷庙前，口里喊着"冲啊杀啊"，与敌人展开了白刃格斗。紧随其后的3营其他各连，也像洪流一样，冲向了老爷庙旁的高地，加入了9连的肉搏。

李天佑自从向3营发出抢占老爷庙高地的命令后，双手一直举着望远镜，双目紧紧地盯着3营的战斗。当看到3营战士一跃而起，群狮般越过土桥，钻进烟雾，冲进敌群之后，他高悬的心稍稍有些下落。他知道3营把敌人从高地赶下沟底已无悬念，但看得出，他们正在付出巨大牺牲。于是他拿起电话，说：

"3营，3营，3营长吗？什么，不是？给我叫邓克明！"

这时，3营长邓克明正要提着枪跑过土桥，靠前指挥战斗，接电话的战士对他说："营长，团长电话。"

邓克明回头接过电话，说："团长，我是邓克明。"

李天佑询问："3营伤亡情况怎样？你们还能打吗？"

邓克明说："9连伤亡最重，其他连队也有伤亡，不过我们还能打，请首长放心，3营一定能完成任务。"

这当儿，团部指挥所里，同李天佑一起指挥战斗的副团长杨勇向李天佑请求道："团长，3营那儿吃紧，你留下来指挥，我去3营。"

李天佑说："去吧，一定要把老爷庙拿下。"

杨勇立马提枪钻进了烟雾中。

杨勇走后，李天佑立马又举起望远镜，观察老爷庙一带的战斗。只见那里已有五六百敌人在跟 3 营激战。情况严峻，李天佑担心 3 营可能支持不住，拿起电话，向 2 营命令道：

"2 营注意，你们给我死死地咬住敌人，掩护 3 营夺取老爷庙。"说完，李天佑又看着指挥所的所有人员说道：

"大家注意，现在我决定指挥所前移，移到靠近 3 营战场的北面去。快，行动起来。"

团部指挥所的所有人员立即行动起来，各带着指挥作战用的器材，追随早已跑在前面的李天佑而去。

此时，在师部指挥所的山头上，心被老爷庙前激烈的战斗悬起来的林彪和聂荣臻，正举着望远镜观察着 686 团 3 营官兵的战斗。他们看到冲进烟雾的 3 营战士与敌人展开着激烈的白刃格斗，那里，只见人头晃动，刀光闪闪，枪托飞舞，吼杀声、爆炸声搅成了一团。林彪担心老爷庙前与敌鏖战的官兵支持不住，便对身旁的聂荣臻说："应当从 685 团、687 团各抽调一个连支援他们。"

聂荣臻说："好，我来安排。"

说完，聂荣臻来到电话旁，拿起话筒说："杨得志，你看到了吗？老爷庙吃紧，你要派一个连，火速支援老爷庙。"

"是。"接完电话，杨得志拿起望远镜向老爷庙望了一下，高声喊了一声：

"特务连！"

"到！"

686 团特务连的连长姓宋，看到前面战场上的战斗如火如荼地进行着，心里早已痒痒地想冲上去参加战斗了，听到杨得志喊他时，马上就意识到特务连有活干了，兔子样高兴地一个蹦儿就跳到了团长跟前。

杨得志说："老爷庙吃紧，你带特务连迅速跑过去，策应 686 团争取老爷庙。"

"是！"宋连长挥了一下手枪，对埋伏在庄稼地里一直在等待命令的特务连战士说：

"特务连，向老爷庙方向前进！"

在宋连长的带令下，685 团的特务连飞速向老爷庙跑去。

聂荣臻把电话打给 344 旅旅长徐海东时，徐海东正在一个一人高的土崖旁观察着乔沟的战况。687 团一个通讯员战士跑来说：

"报告旅长，师部来电。"

344 旅的指挥所跟 687 团的指挥所合在一起。徐海东转身来到指挥所旁时，团长张绍东已经跟师部通完了电话。张绍东说："旅长，聂副师长电话叫你，你不在，就让我接了电话。"

"聂副师长说什么？"

"要我们速派一个连，跑步到师部指挥所领受任务。"

"一定是重大任务，派最硬的连去。"

张绍东就对站在身边的通信兵说："跑步到 2 营的阵地，让他们派 6 连去师部领命。"

687 团 2 营 6 连在一名副营长带领下，跑步来到师部指挥所的山头下。那名副营长姓王，名唤王正，20 多岁，身体略瘦，显然山地对于他就如野山羊一般不在话下，满是山石的山路，他竟如履平地，很快就跑上了山头。

"报告首长，687 团 2 营副营长王正带 6 连到，请指示。"

聂荣臻看着这个精气的王副营长从山下一口气跑来，很满意，当即对他说："现在敌人正在与我们争夺老爷庙高地，你带你们 6 连从左侧包抄过去，和兄弟部队一起把那里的敌人打下沟去。"

"是！"

王副营长飞奔而下，带着山下的连队，沿着庄稼地边的小道，向着老爷庙方向跑去。那儿，686 团 3 营战士与敌激战的声音召唤着他们，他们脚下生风，快步如飞。

正在进行的老爷庙前的战斗异常激烈。入侵中国之前，日本法西斯们就已经把他们的士兵训练成了世界上最野蛮、最凶悍的亡命徒，加上他们刚刚从乔沟的弹雨中钻出来，每个士兵都把求生的欲望寄托在从这儿打一条逃生的道路上，因而他们个个如同凶猛的狼一样。而八路军 115 师 686 团 3 营的战士也不

是吃素的主。经过"反围剿"和"长征"锻造的 3 营，具有一往无前的精神和压倒一切敌人、不被敌人所屈服的英雄气概。冲入了敌群的勇士们，由于近战，子弹和手榴弹的作用虽然已经大打折扣，但每个人都在用大刀和枪刺勇猛地与敌人说话。9 连长冲在了最前面，他一连捅死了三个敌人之后，枪上的刺刀扎弯了，身上也受了几处刀伤，自己的血和敌人的血染红了全身，全然成了一个血人。这时危险来了，七八个敌人挺枪向他围过来，他慌忙用枪挡架，一边后退一边盯着敌人挺枪的招式，想寻机给敌人致命一击。"连长危险！"战士李杰看到连长处境危险，一刀结束了正跟他交手的敌人，边打边向连长靠拢，另外三名战士听到李杰的喊声，也迅速冲进敌群。只见他们五人背对着背，立马组成了一个战斗小组。七八个挺枪围来的敌人，面对这几个突然形成一体的中国

官兵，急得哇哇乱叫。几个回合后，六七个敌人一个一个被这五名八路军的刺刀从前胸穿透了后心，另有一个敌人拔腿逃命，李杰快步追至前面的土崖边，飞起一刀，圆圆的脑袋就如一颗被抛的西瓜，飞落在崖下，而他的身子却如一截木头，倒在了崖边。这个日本士兵，几天前在灵丘县城奶奶庙前的大菜场曾参加过杀人比赛，当他一个一个地砍下中国人的头颅时，他决不会想到自己会以这种方式身首异处。不远处，另一个在灵丘城奶奶庙大菜场杀人的日本士兵，正跟一名八路军战士扭打在一起，他们打得完全不符合章法，在地上滚来滚去。这两人的力量旗鼓相当，一时难决胜负，忽然八路军战士张口咬掉了日本兵的一只耳朵，痛得敌人一松劲儿，那战士乘势一翻身，骑在日本兵身上，双手掐住日本兵的脖子，猛一用劲儿，两个大拇指钢筋棍一般深深进入日本兵脖子寸许，立时，日本兵一个白瞪眼儿，咽气了。而这名战士此时体力也已经耗尽，牺牲在被他捏死的日本兵身上。混战中，3 营一个叫孙进才的战士，几经拼杀，已经浑身是伤了，伤痛告诉他，即使老天爷仍让他活在世上，他也难以活命了，此时他只有一个愿望，那就是临死多拉一个日本兵到阴间，免得他们在中国继续杀人。激战中，孙进才手中的枪被敌人打落了，但他仍用手榴弹跟敌人战斗。一个敌人拦腰从身后把孙进才抱住，孙进才感到了这个敌人的危险，调动浑身的力气与敌人扭打在一起。敌人大张着嘴，哇哇哇地叫着什么，孙进才照准敌人张得大大的红窟窿样的嘴，把个手榴弹狠狠地捅了进去，然后拉着了导火线，"轰"的一声，一股浓烟冲天而起……孙进才与之同归于尽的这个敌人，在灵丘城街上杀人放火、无恶不作，他最残忍的劣迹是在大云寺前的街巷里强奸完妇女后又在阴户里插上了刺刀。

阿弥陀佛，释迦牟尼佛的因果律，在八路军 115 师 686 团 3 营指战员的手中，演示得惊心动魄，荡气回肠。

乔沟鏖战在激烈地进行时，与乔沟只有一个山梁之隔的白崖台村，听得真真切切。枪炮声、喊杀声震耳欲聋，就连他们的房子也在颤抖之中。

"你们听听，乔沟打成啥样了。走，咱们看看去！"

胆子大的村民，相约着，走上村后的山梁，观看乔沟这边的战斗。他们发现，老爷庙那边是战斗最激烈的地方，就把目光一齐集中在了那里。老爷庙前，乍看，硝烟弥漫，战刀闪闪，枪托飞舞；细看，则能看出一些门路来。当他们看到八路军战士每打死一个敌人，就欢呼声一片；而当看到一个八路军战士牺牲了，就一片叹惜。终于，他们看不下去了，土塄上，一个老汉说："年轻人，有种有血性的，帮八路一把去。"

早已按捺不住的年轻人，跑下山梁，从敌人身边拾起长枪，同八路军一起杀起敌来。

此时，3 营已经把兵力全部投入了老爷庙前的肉搏。下完最后一道命令后，营长邓克明对营教导员刘西元说："走，老刘，也让咱们的大刀饮饮血去。"

"走！"刘西元很坚决地应答着。说完，两人从背上抽出大刀，很自然地组成一个战斗小组，迅速冲入了刀光闪闪的战场。一个体格壮实的日本兵挺枪走了过来，这个倒霉蛋活该遇上了 3 营这两位准备饮血战刀的首长，营长邓克明来了一个饿虎扑食的姿势，上去照着日本兵脖子的左面就是一刀，刘西元手起刀落，跟着在其脖子的右边又是一刀，这两刀接连下去，一颗脑袋瞬间从肩上滚落地下，而没了脑袋的身子则像一桩木头，直直地立着，从气管里小孩尿样喷出一股黑血以后才轰然倒了下去。这个做了邓克明和刘西元刀下之鬼的日本兵，实际上双手沾满了中国人血债，他曾在灵丘城大马场杀死了 20 多个绑在木桩上的无辜平民，现如今活该命断邓营长和刘教导员之手。

"杀！"

"杀！"

邓克明、刘西元一连砍死几个日本兵之后，到了战场的中心地带，这里的白刃格斗异常激烈，双方的士兵都在奋力拼杀，营长和教导员的到来，极大地鼓舞了战士们的斗志，他们看到两位营首长也加入了肉搏的行列，浑身一股拼死战斗的精神陡然升起，手上脚上一下子来了无穷的力量，挥出的大刀和捅出去的刺刀，一下比一下更加有力。更多的鬼子做了他们的刀下鬼。激战中，距邓克明和刘西元不远，10 连 3 排排长田世恩陷入了很危险的境地。起先他端着枪向一个小个日本兵刺去，那小个日本兵挥枪一下挡开；他又向小个日本兵的胸前捅去，小个日本兵又一下挡开。如此刺杀数次，均未伤着敌人，而在此时，他的刺刀刺弯了，更为危险的是，一颗子弹飞来，从他的左肩膀穿过，鲜血顿时从弹孔中流了出来。田世恩不敢顾及自己的伤痛，一咬牙，调回枪托，抡起来照着小个日本兵的天灵盖用力一砸，那小个日本兵"啊"的一声惨叫，跌倒在地。打倒敌人的田世恩依旧不敢松懈，顺手拿起小个日本兵丢在地上的枪，照着他的肚子连捅数刀，结束了小个日本兵的小命。就在这时，一个日本小队长模样的军官，双手握着一把长长的指挥刀，从田世恩的背后冲了上去。邓克明见状，挥刀向日本小队长的后脖颈砍去，只听"唰"的一声，小队长西瓜样圆的脑袋被劈了下去。邓克明刚结束了这个小队长的性命，旁边日本人的死人堆里，一个暂时又活过来的伤兵，拿起枪照着邓克明瞄准。"老邓！"刘西元想杀了那个伤兵，但自己距离邓克明太远，急得大喊。危急时刻，猛然跳出来一个大个村民，只见他一个饿虎扑食，扑上去，双手掐住日本伤兵的手狠捏。啊，

老乡也上手了。刘西元向那个村民投以敬佩的目光,伸出大拇指说:"好样的!"那老乡正好把敌人捏死,抬起头,看到刘西元竖起大拇指赞他,报以一笑,然后从敌人尸首堆上拾起一杆长枪,像战士一样,跟敌人拼杀起来。

3营战士经过一阵猛力拼杀,老爷庙前的敌人已死大半。营长对战果很满意,他知道,战士们只要一阵猛杀,这些敌人就会全部完蛋。就在他和战士们一起奋力砍杀之时,不知是谁的声音在喊他:"营长,有一股敌人正向后山梁冲哪!"

邓克明一看,在老爷庙的后山梁上,果然有约半个排的敌人正在向上爬呢。驴捅的,想占领高地,做梦!他往旁边的一个土台上一站,观察到10连长和他的战士离老爷庙梁最近,便又跳下土台,跑到10连长跟前喊道:

"10连长!"

"到!"

"敌人要占领这个山头,我命令你们,把他们给我打下来。"

"是!"

10连长回过头去,对着自己的战士喊:"10连注意,1排2排抢占山头,3排掩护后路!"

10连长的话,各排排长听得清清楚楚,对于连长的意图也明明白白。1排长捅死一个敌人以后,高喊:"1排跟我冲!"

接着2排长也喊了起来:"2排,冲!"

"3排,狠狠地打!"

很快,10连的1排2排从肉搏战中分出身来,由排长带着头开始向山峰冲锋。而3排则用战刀枪刺奋力挡住了敌人增援的道路。这时邓克明、刘四元提马快速赶来,跟10连长一起指挥战斗。

在老爷庙后梁向上爬的日军,由一个胖乎乎的近似圆球的军官指挥,那军官叫山本一二。桥本顺正参谋已经在人肉掩体里被手榴弹炸死了,成了一摊血肉模糊的肉酱了,这时,在老爷庙前,山本一二是唯一的指挥官了。日本兵原想控制老爷庙前的高地,为沟下的敌人打开一条出逃的通路,没想到从土桥那边冲过来的这支中国军队十分强悍,他们的目标根本就无法实现。激战中,山本一二看到了老爷庙后的山梁,便组织了一小股士兵,占领老爷庙后梁,以作最后的挣扎。他们并没有攀上山顶,甚至还没有爬到半山腰就被发现了。看到山下的中国军队追了过来,山本一二命令爬山的士兵停下,转身向正在追上来的中国士兵射击。

"哒哒哒……"他们居然还有一挺轻机枪。前面的几个八路军战士饮弹牺牲,后面的战士立即闻弹卧倒。枪不断地响,卧倒的战士冒着枪弹匍匐前进。

邓克明对 10 连长说："分一部分战士迂回冲到敌人上面去，上下夹攻。"

10 连长对紧随在 1 排后面的 2 排大喊："2 排长，带人迂回到敌人上面去。快，行动起来!"

"2 排，跟我来。"

2 排战士在排长带令下，绕开敌人的射击，从左侧向山腰运动。山本一二看到有一股中国军队正在迂回上山，马上意识到了危险，便命令停下来射击的士兵立即上山，抢占上面的高地。然而，他们刚一转身，背后就有一片子弹飞射上来。没法子，山本一二也只得兵分两路，一路阻击身后追来的中国士兵，一路抱枪上山，争夺上面的山头。然而大头皮鞋和雨后泥泞的山坡阻止了他们，尽管每个人心里都很急，急得恨不得插上翅膀飞起来，然而他们的速度还是赶不上身轻如燕、善于山地作战的八路军战士。不一会儿，2 排战士就到达了半山腰上。排长马上命令队伍"停下"，立即向下面的敌人开火。一枚枚手榴弹在敌群中开花，一粒粒子弹黄蜂一样飞向了敌人。受到猛烈打击的爬山的日本兵，惊慌失措，返身想往山下跑，却被一排排的枪弹挡住了去路。山本一二也身中数弹，像一截倾斜的木头一样重重地倒地，从山坡上滚了下来。看到这股敌人很快被消灭了，邓克明十分高兴，他跑到山本一二的尸首旁，用脚踩在尸首的屁股上，大笑着说：

"哈哈，今天你就是插上翅膀也难飞了。"

说完，邓克明又转过身，兴奋地回望下面的战场。此时 3 营的战士基本上解决了老爷庙附近的敌人，剩余的一些敌人像野狗一样乱跑，但很快就被战士们追上去结果了小命。消灭了老爷庙附近的敌人，邓克明感到一种出了大一口恶气的快感，举起望远镜，来来回回地欣赏着眼下的阵地，一时竟忘了隐蔽。这时离他不远处的一块石头旁，一簇黄色的野草丛中，抬起一颗血脑袋来，这颗血脑袋戴着日本军帽，显然是敌人的一个伤兵。日本伤兵看到邓克明毫无戒备地举着望远镜兴奋地望着，知道他是中国军队的一名指挥官，狞笑了。他从身边的草丛中摸到了自己的枪，举起来，照着邓克明瞄准着。

"混蛋!"不远处的刘西元看见了，立马举起手枪向日本伤兵射击。然而他的动作还是慢了一些，打出的子弹竟跟敌人同时射出，敌人虽然被击毙，但邓克明也被子弹打着了。看到倒地的邓克明，刘西元立马跑过去，扶着邓克明的身子，着急地喊："邓营长，邓营长!"

邓克明知道自己负伤了，刘西元的喊声也听得明明白白，他告诉刘西元说："我没事。老刘，你别管我，快去指挥战斗。"

然而，刘西元好像听不见他的话，仍在一个劲儿地喊他的名字。他急着说：

"老刘你别管我，快去指挥战斗。"

刘西元似乎听不到他的说话声，扭头对旁边的战士喊："快，让担架来！"

邓克明说："我是轻伤，你喊什么担架？"

他看刘西元脸上满是惊慌，对他的话仍是不理不睬的，万分焦急的样子。他心想：这个老刘，惊慌啥，不就一点轻伤嘛。

"老邓！"

"老邓！"

"邓营长！"

模模糊糊地，邓克明感觉到有许多人围了过来，眼前好像有副团长杨勇的影子，师政治部副主任肖华的影子。他吃力地对他们说：

"杨副团长，肖主任，你们怎么来了？我没事，战斗还没结束，你们都别管我，我是轻伤……"

邓克明说这些话时，实际上只是嘴上嚅动，并没有什么实质性的声音发出来。他跟他们说自己是轻伤时，才想起看看那驴捅的子弹伤了他哪儿。寻着痛，他发现自己的伤口原来在肚子上，只见大半截肠子从伤口流了出来。邓克明心里说：哎哟，驴捅的，子弹打到老子肚子上了。他赶紧用手把肠子塞进肚子里，再往后就昏了过去。肖华着急地喊："快，把邓营长放到担架上去！"

这次战斗，师部安排肖华负责战地上的抢护工作。老爷庙争夺战打响以后，林彪让通讯员跑步通知他，老爷庙一带战斗激烈，要多派担架到那里救护。接到命令，他就赶到老爷庙梁来了。一个战士跑到他跟前说，我们的营长负伤了。他一听，立马就要了一副担架跑了过来，同大家一起把昏迷的邓克明放到担架上，抬下了战场。

长工出身的邓克明，是共产党部队中善于打硬仗的一员猛将，关键时刻，他往往被派到战斗硝烟最浓烈、子弹最密集的地方战斗。他一生共五次负伤，最后一次是在后来的四平战役中。伤的位置在他的右胸部，伤残等级为二等甲级。

3营长邓克明被抬下山后，老爷庙的战斗由副团长杨勇和教导员刘西元指挥。杨勇来的很是时候，他跑步从团部赶来时，邓克明已经负伤了。把邓克明送走以后，他发现被压下沟底的敌人企图组织人马再一次争夺老爷庙高地。此时，685团的特务连、687团的6连正好跑步赶来。他迅速把老3营及兄弟团赶来增援的连队组织起来，给敌人以狠狠地打击。

"副团长，你胳膊上挂花了！"硝烟中，一名战士喊。

杨勇赶紧说："别喊了，一点儿小伤。瞧，敌人上来了，给我打！"

机枪的突突声，手榴弹的轰鸣声，惊天动地地响着。

第三章

这里是 687 团的战场。浓烈的硝烟同样弥漫着这里的沟谷，枪炮的轰鸣声震撼着大地，喊杀声、生命临终时的哀鸣声响彻沟谷。

窄窄的乔沟门看上去很像一个洞口，如若把钻入乔沟的日军比作一条长蛇的话，林彪下达开火命令时，这条蛇长长的后尾还留在外面。"蛇尾"主要由马车和护卫队组成。全长从乔沟门至蔡家峪村南的小寨沟门共约 5 里。按照计划，687 团的战场布置了三个相互照应的战斗单元：3 营在乔沟门以东、小寨村以西地段，配合 686 团作战；2 营消灭小寨沟以东至小寨沟门敌人的马车队和护卫队；1 营埋伏在蔡家峪至东河南两村之间的山地，准备阻击从灵丘城赶来增援的敌人。接到师部开打的命令后，旅长徐海东命令团长张绍东按照事先计划向 3 营和 2 营下达了开火命令，又命令 1 营从隐蔽地跃过公路，进入伏击地待敌。

3 营的作战，由副团长田守尧负责指挥。他把指挥所建得十分靠前，因而清清楚楚地目睹了敌人进入 115 师伏击地的全过程。他的血液无声地沸腾着，紧攥着手枪把的手出了汗，眼睛睁得大如鸡蛋，目光盯着敌人的队伍一动不动，耳朵直直地竖着，急切地等待听到一个"打"字。

"打！"接到命令，他虎吼一样，向伏击在阵地上的官兵发出了作战命令。

"打！"应和着副团长田守尧的声音，半梁上的庄稼地里忽然雷声样响起一片喊声。喊声一起，3 营的官兵同时从庄稼地里跃出。冲在最前面的是营长跟营部通讯班的几名战士。只见他们冲到沟岸后，以手做支架，把几挺机枪架起来，猛烈地射击。刚进入沟口的几个敌人立马倒地。跟着冲过来的 9 连战士，把一枚枚手榴弹投向了沟底。

"打！给大娘报仇！给灵丘的百姓报仇！"这是连长赵镒的喊声。赵连长边喊边向沟里扔着手榴弹。他的喊声让战士们一下子想起了刚才那个逃难的，筐里提着被日本人割下媳妇乳房的老大娘。战士们边打边喊：

"给大娘报仇！给灵丘的百姓报仇！"

更多的手榴弹从战士们的手中甩出，一些离乔沟门较近的敌人想返身从乔沟冲出，可是从天而降的手榴弹就如一群从高空中飞来的山鹰一样，嘶叫着俯冲下来，落在敌群后激烈地爆炸。3营9连的活干得非常不错，他们的火力始终把乔沟门封得死死的。

"连长，你看！"就在9连封死乔沟门的当儿，连长赵镒身边的一个战士喊他。顺着战士手指的方向，赵镒看到右前方不远处是一个土梁高地，高地上有一小股敌人爬了上去，正在手忙脚乱地架一挺机枪。赵镒心里说：奶奶的，玩上了。好，那咱就玩玩。随即大喊道：

"2排，把这挺机枪给我干掉！3排掩护2排！"

"突突突"，敌人的机枪响了起来。这一下惹火了2排长秦二楞。他把闪着怒光的眼睛瞪大，对自己身边的战士说：

"2排，跟我上！"

2排战士立马跟着自己的排长向敌人的机枪阵地扑过去。

"3排，给我狠狠地打，火力掩护2排！"

2排冲在前面的几个战士倒了下去。秦二楞感觉自己身上的某处热辣辣的，他意识到自己负伤了，但他顾不上这些，回头向自己的战士摆了摆手，便带头向侧面运动。战士们明白他摆手动作的意思，便跟着他，绕开敌人的视线，向机枪阵地的上面运动。3排长看出了2排长秦二楞的意图，马上命令自己的排靠前猛射，吸引敌人的注意力。很快，2排就运动到了敌人机枪阵地的上面，秦二楞对战士们说：

"我们从这里滚下去，滚到敌人的阵地前就把手榴弹甩出去。"

秦二楞说完，自己先从山坡上滚了下来。身后的战士们照着他的样子，抱着枪，紧随他口袋样滚了下来。快到敌人阵地时，秦二楞停住滚动，把手榴弹扔了出去，手榴弹划着美丽的弧线，不偏不倚，落进了敌人的机枪阵地里。"轰"的一声巨响，手榴弹立马爆炸开花，烟团中，机枪和机枪手的尸体，一下子被炸碎、炸飞。其他战士也停住了滚动，把手榴弹扔向了敌人。

"3排，冲！"

3排长命令3排乘机向上面冲锋，边冲边打。3排和2排上下夹攻，很快就消灭了这股敌人。之后，9连把敌人紧紧地压在沟里，再也没有敌人能从沟里冲上来了。

······

战斗紧张进行之时，687团的指挥所里，和团长张绍东一起指挥战斗的徐海东，感觉到指挥所现在的位置，对指挥战斗越来越不方便起来，最初把指挥所设在这里时，考虑最多的是隐蔽问题，现在敌人的大股部队已经过去，隐蔽性已降在其次，变得越来越重要的指挥战斗的其他要求，却不能很好地满足，

他觉得应该立即转移指挥所，便对张绍东说："指挥部应当前移，我们到下面去指挥。"

张绍东用望远镜看了一下整个战场，回头对徐海东说："旅长，我们转移到村东那个龙王庙怎样？"

顺着张绍东的手指，徐海东看到沟下的龙王庙在687团小寨沟战场的中间，紧靠战场的边沿，把指挥所放到那里，便于对小寨村东、西两面的战场进行指挥，便说：

"不错，就到那儿去。"

徐海东说完，自己先提着枪跑下沟，向龙王庙奔去，张绍东看着他的背影，着急地对指挥所里的人员喊："全体注意，立即把指挥所转移到前面的龙王庙。快！"

指挥所很快就转移到龙王庙里。徐海东和张绍东一个站在西墙后，一个站在东墙后，各自指挥着前面的战斗。

乔沟门至小寨村西头的沟底较为开阔。那里是3营的主战场，徐海东把望远镜对准那里时，敌人的马车队已经被突然而降的手榴弹和雨一样射来的子弹打瘫了。不少车夫兵和护卫队的士兵肯定没明白发生了什么就被夺了性命。奶奶的，那些没死的日本兵利用大车、岩石、土塄作掩体正举枪还击呢。看到敌人还击的姿势，徐海东不由得一股火气从心底冒出，刚要发作，一个场面把他弄乐了。不远处，马车护卫队的指挥官正躲在一辆马车后面，指挥部下向12连的阵地射击。由12连的阵地在高高的土崖坡上，敌人的射击几乎是无效的。这让那个马车护卫队的指挥官急得哇哇乱叫。在望远镜里，徐海东看得清清楚楚，一粒子弹飞入了他的口中，他的叫喊戛然而止，身子像一截木头，重重地倒地。

"哈哈哈！"

徐海东禁不住乐得一阵大笑。接下来，他又看到，许多敌人开始向指挥官死的地方聚集，看来，敌人的指挥系统正在恢复。果然，又有一个指挥官模样的日本人，手中的指挥刀指着12连的阵地，拼命地叫喊着。妈那个巴子，想夺12连的高地，老子让你夺。徐海东立即对身边的一个通讯战士说：

"快，通知10连，分一部分兵力，快冲下沟去，攻敌人后路，支援12连。"

向12连阵地反扑的敌人很顽强，他们在作拼死一搏。虽然12连的机枪在猛烈扫射，但前边的倒下去，后边的就又冲了上去。不一会儿，10连的战士冲了过来。他们像一群奔来的老虎，立即从后面把敌人包围起来。在12连和10连前后火力的夹攻下，敌人大批地死去。从阵地上传来战士们生硬的喊话声：

"投降吧，缴枪不杀！"

显然战士们还没有学会用日本语喊话，他们喊出的话很笨，而一些人还在用汉语喊话。

日本人很顽固，没有看到有一个日本兵投降，战士们的喊话显然不起什么效果，看来他们得一个一个地把敌人歼灭。

……

小寨村东的战斗也在激烈地进行着。张绍东站在龙王庙东墙后把望远镜对向那里时，感觉那里的日军在2营的猛力攻击下，就像一塘被惊的乱窜的鲤鱼。这里的地形虽然也是河谷，但较乔沟宽阔多了。凭经验判断，2营对付的约有150多个敌人，由于散布在较广的地域，不易快速消灭。2营得冲下沟去，把敌人包围起来，缩小包围圈消灭敌人。于是他让等在身后的通信兵跑步传令，通知2营冲下沟底作战。

2营从梁上冲了下来。他们分作两路，呈包围队形，边打边包围敌人。敌人最初没有醒悟到2营的作战意图，以为2营是冲下来进行肉搏的，等明白过来2营的意图后，他们差不多已被包围起来了。此时，一个日本指挥官聚集了约50来个士兵，拼命向东边突围，由于2营那边的兵力单薄，竟然被冲垮了。

"奶奶的，怎么打呢？"举着望远镜看到这一情形的张绍东不由得骂道。正骂着，看到2营约有一个连的兵力在尾追这股敌人，又骂道："2营贪得无厌，想独吞吗？1营一口肉也没吃呢，也不给1营留一口肉吃。"刚骂完，又见2营尾追敌人的部队停了下来，不再追击，返回头来与兄弟连队共同围歼敌人。因此，他又说："2营还算聪明，还懂得给1营留口饭吃。"

暂时从2营的包围圈里逃脱的那股敌人，像一群挣脱老鹰抓捕的兔子样，向小寨沟的沟门冲去。他们奔跑的速度非常快，一眨眼的工夫就跑了约一里来地，在那里，大沟的一个拐弯把他们掩没了。看不到敌人的踪影了，张绍东心里说，那些逃跑的敌人可能庆幸自己从八路军手中逃脱了吧？可他们仍在八路军的包围圈里。张绍东笑了笑，便不再理会那些逃跑的敌人，把注意力集中在眼前的战场上。

……

埋伏在阵地上严阵以待的687团1营，耳听得兄弟部队的阵地上，手榴弹的爆炸声、枪声、喊杀声震天动地地传来，看看自己的阵地前，连敌人的一根毛也看不见，心里就如一群雄狮看到别的狮群在美餐猎物却没有自己的份儿一样，焦躁不安，他们多么希望自己的阵前也出现那么一股敌人，好让他们手中的钢枪也尽情地射击射击，让手榴弹轰隆轰隆地响响，让刺刀也饮饮血、见见红。他们甚至怪怨自己的命不好，没有为祖国立功的福气。就在他们焦躁得没一点儿法子的时候，忽然听到一个战士喊道：

"谭主任，你看，敌人来了！"

谭主任是687团的政治处主任谭甫仁。战前，他被徐海东派到1营协助营长指挥作战。由于分工的原因，他带着1营1连把守小寨沟门，其任务是截击从沟里窜出来的敌人。喊"敌人来了"的战士是他的警卫员。警卫员的一声"敌人来了"，就如喜鹊报来了喜讯，1连的战士一下子高兴起来，立马就把目光投向了前方。果然，他们看到一股逃跑的敌人向他们的阵地下面跑来，心中禁不住一阵欣喜。

"1连长。"谭甫仁道。

"到！"1连长就在他身边，听到谭甫仁叫他，向前探了探身子说："首长请吩咐。"

"敌人来了，咱们把他们截住，全部消灭。"

"是！"1连长回过头去，对着阵地上的战士说："全连注意，敌人靠近时，手榴弹伺候。"

1连的阵地在一处公路边的悬崖之上，奔逃的日本兵沿着公路跑到1连阵地下的崖根时，连长大吼了一声：

"打！"

手握手榴弹，以侧耳倾听的姿势等待着连长下命的1连战士，一听到连长喊出的"打"字，就把手中的手榴弹投了出去。一枚枚飞落下去的手榴弹，如一群密密麻麻的饿鹰一般，飞入敌群中开花。敌人顿时死伤大半，没死的惊恐万状，拼命奔跑。1连长大快，接着又下了一道命令：

"冲下去，刺刀伺候！"

此令一出，全连战士，饿虎般从悬崖上跳下，挺枪冲向敌人。从崖上跳下来的1连，人数上明显占着绝对优势，涌上去的战士往往是十几个人对付一个日本兵，因此很快就收拾了残敌，只一会儿工夫，战场上就没有一个敌人了。虽然全歼了敌人，但是战果来得太过容易，战士们没有感到多少胜利的大快，反而觉得意犹未尽。这时营部的一名通讯员飞马奔来，人还在马背上就喊了起来：

"1连长，灵丘城的敌人赶来增援，营长让你们赶快上山准备迎敌。"

听到敌人的援兵赶来，1连长马上命令：

"全体上山！隐蔽！"

1连战士立即返身，迅速攀上土崖，在原来的阵地上隐蔽起来。

赶来增援的日军是灵丘县城的留守部队。板垣征四郎把灵丘城作为他进攻平型关的中转基地，当他命令三浦敏事的主力及辎重队进攻平型关之后，仍然在灵丘城留有一个大队。日军进驻灵丘县城数天以来，不仅杀害城中居民千余来人，城中的猪狗鸡鸭以及驴骡牛马也被他们捕杀殆尽。以往靠鸡鸣报晓的县城已无鸡可鸣。留守队长下条井扎是被乔沟传来的隆隆炮声震醒的。连日的屠城，把他的身子弄乏了。他被炮声震醒后，看看表，已是7点多钟了，侧耳听听，炮声来自平型关方向，脸上不由得笑了笑，心里说，大日本皇军的进攻开始了。在他的想象中，平型关那边的情形是这样的：

山野里，勇猛的日军士兵在向中国军队发起猛烈的进攻，中国兵在日军的进攻下丢盔卸甲，抱头鼠窜。下条井扎如此想象，一是出于日本人夜郎自大的高傲心态，二是自踏入中国土地以来，确实没有碰到过能够战胜日军的中国军队。因此，他绝对不会想到半夜里从灵丘城出发的日军辎重队会在平型关下的乔沟一带被中国军队伏击。更不会想到遭伏击的日军，纵然是三头六臂，也插翅难飞了。

刚刚从被窝里披衣起来的下条井扎心情是轻松的、愉快的，他一边用清凉的水洗脸一边反复哼着一首歌曲，日本国歌《君子代》：

> 皇祚连绵兮久长，
> 万世不变兮悠长。
> 小石凝结成岩兮，
> 更岩生绿苔之祥。

"太君，吃饭了。"这时，伙夫兵把饭菜端来了。饭是雪白的大米，一看就是日本货；菜是伙夫专门为他做的火爆肉块，人心做的。攻入山西地界后，日军中有人开始了吃人心的兽行，而且他们的伙夫们为他们使用了爆、蒸、煮、炸、焖、煎、炒、炖等烹饪技术。下条井扎是从别的军官那里学来的。那时他们把吃人心叫作英雄的吃法，吃起来不仅津津有味，而且畅怀大笑，一脸兽性满足的喜悦。昨天，由于大云寺老和尚一夜之间把城中的青壮年放了个精光，日军在城中搜了半天，碰到的尽是些老弱病残，日落西山时，他们踢开了东关刘喜善家。这家人大都逃难去了，家里只剩一个七十有五的刘喜善卧床呻吟。下条井扎用夹杂着一星半滴中文的日语"你的……我的……"说了半天，刘喜善却用手指着自己的耳朵说："我聋。"这让下条井扎大为恼火，上去就是一刀，捅进刘喜善的肚里。冒血的伤口处，有一个什么东西在跃，想跳出肚子去。下条井扎知道那是心，便对身边的一个士兵说："你的把它取出来。"那士兵跳上炕，用手在伤口处轻轻一挤，老汉的心就跳了出来。"哈哈哈!"心从伤口中血淋淋地跳出的动作大大地刺激了在场的所有日本兵，他们也"哈哈"地大笑起来。在一片大笑声中，刘喜善的心被那士兵提在了手中。

"哈哈哈，送给伙夫，让他爆上。"

当把人心送到伙夫那里时，伙夫早已把饭做好了。下条井扎说：

"人心的，明天早上做。要火爆的。"

看到放在面前的雪白的大米和人心做的肉菜，下条井扎的食欲大大地膨胀起来。就在他狼一样大口大口地吞咽的时候，远远地，从平型关那边传来枪炮声更加紧密起来，他仍然十分乐观地想象开到平型关的日军，正在把中国军队一批一批地枪杀，但是很快下属送来了板垣师团长的命令：

下条队长：

我辎重及护卫队被中国军队在乔沟一线伏击，现陷入包围中，令你带兵火速增援。

师团长板垣征四郎

接到命令，下条井扎才如梦方醒，原来从他一醒来就钻入耳里的枪炮声并不是日军在进攻中国军队，而是相反。他不敢想象日军的辎重队被围在一道长长的沟里挨揍是什么情形，惊恐与慌乱在他的脸上快速地跳跃着，双手颤抖着把挂在墙上的指挥刀拿下来，跑出院子大喊一声：

"集合队伍!"

下条井扎很快把部队集合起来。他们面对着紧急集合起来的士兵，发黄的眼珠子闪着吓人的光，人丹胡子下的厚嘴生气地颤抖着说：

"你们的注意啦，我们的辎重部队在平型关下的乔沟被包围啦，现在我要带领你们把他们从中国军队的围困之中解救出来!"

这时开来汽车五辆，下条井扎挑出步兵 200 多名，骑兵 20 余骑，命令步兵立即上车出发，余下的仍留守灵丘。

挤得满满的五辆汽车，轰轰隆隆开出了灵丘县城，车队的后尾，紧紧跟着20 余名骑兵。只见灵丘城西的公路上，黄尘滚滚。

很快，687 团的瞭望哨就看到了公路上滚动的黄尘。他们立马举起望远镜盯着那团黄尘辨认，当看到黄尘中有汽车影子后，他们断定是日军的增援部队来了，立即向营指挥所作了报告。营长一听，那脸上顿时乐开了花，立即命令全营注意，准备歼灭援敌。敌人援军到来的消息，对于耳闻着兄弟部的枪炮声而自己却无敌可打的 1 营战士来说，简直就是一则喜讯。他们个个精神抖擞，笑逐颜开，打开了手榴弹的盖子，把手中的枪对准了山下的公路，等着敌人过来送死。

1 营摆开的阵地约十里来长，战士们枪口对准的已不是乔沟那样深险的黄土沟，而是一个约十里长、平均约一里来宽的河谷。公路就在 1 营埋伏的山脚下，紧挨公路是河滩沼泽和农民开垦的农田。再过去是清流滚滚的唐河。河的对岸除了韩淤地那个小山村外，十里以内再无村庄。至于对面那龙一样弓背弯腰的山脉，高高矮矮，起起伏伏，无论高低形态，与这边战士们身下的山脉却没有什么两样。看来急急忙忙赶来送死的敌人，并没有想到这里会有一支中国军队的伏兵。或许是救同伴心切，他们并没有什么戒备，拼命在 1 营的枪口下奔跑。

1 营采取的战术跟兄弟部队在乔沟那面歼敌的战术大同小异，营长命令先把敌人放进来，然后突然发起猛攻。开火时间以把守在小寨沟门 1 连的枪声为准，1 连的枪声一响，2 连 3 连同时开火，夹攻敌人。而 4 连仍埋伏在原来的阵地上，一面观察灵丘方面是否还有援敌开来，一面防止被围的敌人原路逃跑。

敌人跑来送死的援兵开来了，此时崖头上待敌的 1 连战士，举枪的选择好了瞄准的目标，投弹的盯上了他们认为最该投过去打击的部位。政治处主任谭甫仁看着已经近前的敌人，对紧挨着自己肩膀的 1 连长说：

"1 连长，火候到了，开打吧。"

"打！"

1 连长一个"打"字刚一喊出，早已急不可耐的子弹立即从战士们的枪膛里射出，战士们手里已经很是急躁的手榴弹也迅速飞了出去，欢乐地爆炸。听到 1 连已经开火，2 连和 3 连紧跟着枪弹齐鸣，所有炮火都攻向敌人。这支张牙舞爪赶来增援的日军，和他们被围困在乔沟的同类一样，还没有弄明白怎么回事就被一下子打瘫，伤亡近半。没死的慌不择路，四下里乱躲乱藏。也有反应

及时的，躲到车后，也不管有效无效，慌忙向坡顶上的中国军队还击。

下条井扎坐在头一辆汽车的驾驶室里，他坐的汽车头一个挨炸，耳听得"轰隆"一声，屁股下面的被炸的汽车仿佛疼痛地跳了一下，接着就向一边倾斜了。当他从驾驶室钻出来时，他看到他的车队已经被手榴弹爆炸涌起的烟雾弥漫了，激烈的枪弹声中，夹杂着他的士兵哭爹喊娘的惨叫声。他知道他的士兵许多已经死了，许多正在死，许多很快就会死。他害怕了，颤抖的双腿有点发软。自从踏上中国土地以后，遇到的尽是杀头不还手的平民，被像鸭子赶的中国军队，像眼前的这种情况他可是从来没有想过的。他心里问着自己，怎么

会是这样，怎么会是这样？然而，眼前的事实确实是这样，赫赫然然的。就在他双腿颤抖不止，心中毫无主张时，他看见他的一些士兵开始向公路北面的开阔地逃跑。一向认为逃跑是可耻的他，已顾不上愤恨那些逃跑的士兵，倒是那些士兵的奔跑姿势提醒了他。他看见士兵们已经跑进的开阔得约有一里来宽，里面有农田、沼泽、河流，从上面跑过就是一脉高山，占领了那面的山头或许还有一丝生还的希望。于是他挥着指挥刀，指挥没死的士兵赶紧离开这里，向公路北面的开阔地逃跑。

"敌人要逃跑！同志们，冲下山去，消灭敌人！"

1 营的战士犹如猛虎下山一般，从山头上奔跑下来。他们越过了公路，追进农田、沼泽荒地，边追边把子弹射向敌人。一些感觉逃生无望的敌人干脆不跑了，回过头来，趴在地上，用土塄及小渠沟当掩体，作最后的垂死挣扎。追过来的 1 营战士也不客气，很快就把他们送回了老家。

冲在最前面的是 1 连副连长王梁柱。这个大块头，晃动着高大的身体，迈着大步向前奔跑。只见他提枪的姿势，就像一个巨人提着一根搅火棍一样轻松。几个敌人返过头来想围攻他，被他挥着枪一一打倒。当他准备继续往前冲时，一个没有击毙的敌人突然站了起来，两人相距太近，手里的武器施展不开了。敌人紧紧地把王梁柱的腰抱住，王梁柱想挣却挣不脱，索性便和他摔起跤来。王梁柱虽然是个大个头，但那个低矮的小日本也是浑身的蛮力，两人先是在稻田摔跤，后来从稻田里摔到泥沼里，他们很快就滚成了泥人。打旗兵跑来了，他看到连长跟一个敌人在稻田边的一块沼泽地里滚成了泥人，立即跳过去增援。只见他高高地举起旗杆，用力把尖尖的铁矛子扎进了敌人的后心上。"啊！"一声惨叫，那个被穿透的敌人松开手，疼痛地倒在一边挣命去了。王梁柱从泥沼中站起，感激地看了这个战士一眼，拔腿又追敌人去了。

冲下山岗的八路军战士越来越多，他们往往几个人一起围着一个日本兵，你一刺刀、我一刺刀地把日本兵捅死。这些被捅死在泥沼和稻田里的日本兵，在未踏上中国土地之前，曾受过严格的拼刺刀训练；踏上中国土地之后，也曾用俘虏和抓住的平民"练过手"，而今他们死时，身上大都有五六个刺刀捅的窟窿。

前面躺着一匹枣红色的战马。敌人的 20 匹战马已经死了 10 多匹，这一匹浸在稻田的水里，一动不动，身边的水被马血弄红了。马的尸首上趴着一个看上去已经死过去的敌人。2 连 2 排长孙志英跑着从马尸旁边经过时，马尸身上的敌人突然站了起来，原来这个家伙是在装死，经过长征锤炼的八路军战士，大都练出了对战斗高度感知的本领，感到不妙的孙志英，抢起枪转身打来，不过他用力过猛，身子闪了个趔趄，举枪刺来的敌人扑了空，正当他翻手准备结果这个敌人时，忽听"啪"的一声枪响，敌人倒下了。打枪的是一个小个头战士，他认识他，是3连的，但不知道他叫什么名字，这个战士帮他打死了敌人，他心存感激，便问："兄弟，叫什么名字？"

那战士告诉他："段松田。"

"谢谢，咱们冲！"

"冲！"

两个人拍了一下手，端枪向前冲去。

战斗越来越激烈了，下条井扎看到一拨一拨追上来的中国士兵越来越多，知道冲过河去占领河对岸的山地已经不可能了，唯一的法子就是顺着河流向东奔跑，逃到灵丘城去。危急中，他向他的士兵下达了逃跑的命令。听到命令的日本士兵沿着唐河的水边，没命地奔跑起来。跑在前面的是几个还没有被打死的骑兵，他们的速度快得惊人，一眨眼的工夫就跑了二三里路程。

高山上，1营的指挥所里，1营长一发现敌人有逃跑的迹象，就给埋伏在东边山头的4连下达了命令，让他们冲到山对面韩淤地村的西面，截击敌人。此时，从早晨开始就看着从眼皮底下走过去一拨一拨的敌人，却没有参战份儿的4连战士，听到出击命令，几乎是欢呼着跃出了阵地。他们跳下山去，穿过庄稼地，趟过了唐河，迅速在韩淤地村西和村后的山上埋伏下来，静静地等候敌人。

韩淤地村的村民大部分躲在村后的山上，他们有眼福地观看了一场八路军歼敌的好戏。眼见得一群敌人被众多的八路军从蔡家峪那面沿着唐河追赶下来，跑在前面的是几个骑着枣红色的日本高头大马，数了数，共7匹。三个八路军战士就埋伏在他们藏身的山头下面半山腰中的一片灌木丛中。日本人的骑兵跑过来时，三个八路军战士开始射击，他们先打马，奔跑的马中弹后，立马倒地，在马身子倾斜着跌倒的当儿，马背上的日本兵一个倒栽葱跌倒在地上，没等他们的身子全部立起，那三个八路军战士射出的子弹就又把他们打倒。消灭了日本人这7个骑兵之后，后面的敌人虽然看到他们的骑兵已被打死，但他们奔跑的速度太快了，身子就如刹车失灵的汽车一样，停也停不住。

"打！"

4连长一声大喊，埋伏在村西庄稼地及半山腰的八路军战士同时开火，立时就有无数的子弹射向了敌群，同时一枚枚手榴弹也飞了出去，在敌群中隆隆地爆炸。敌人顿时死伤大片。突然而起的枪弹声吓坏了敌人，但是由于有1连、2连、3连在后面紧紧追赶，他们不敢回头逃命，因此想拼命冲破4连的战线，

逃往灵丘。

"全体上刺刀，给我冲!"

4连长看出了敌人的企图，他果断的一声令下，战士们麻利地上好了刺刀，猛地跃起，冲进了敌群，与敌人搅合在一起。逃跑的敌人不得不停下来与4连作战。此时，后追的1、2、3连及时赶来，由于在人数上占着优势，很快1营的战士们就将这支敌人尽数歼灭。

从卢沟桥事变就跟日本人作战的张建才和王君也在村民中间，看到八路军干净利落地消灭了敌人，他们心里佩服极了。这两个从宛平城开始参加抗战的国民党军战士，自从部队在北平被打散后，一次次寻找抗日部队，又一次次被日军打散。他们从北平一路退到灵丘这个叫韩淤地的村子，一路上所经历的战斗都是败仗，唯有眼前所看到的这场战斗胜利了，而且打得是那么的漂亮。

"这是哪个部队打的仗呢?"张建才问。

"连长啊，我跟你一样，哪里知道是哪个部队打的仗啊?"

"伤好了，咱们找这个部队去。"

"那当然好了。"

"兄弟，对不起了。"旁边，村民韩文清说。韩文清想起了几天前自己为了给自己的叔叔报仇误打了这两个国军兄弟，心里深感对不起他们。

"没事儿，兄弟，也就是皮外伤，伤好之后，我们就去找这个部队去。"

张建才和王君跟韩文清弟兄们早已经达成谅解了：事情明摆着，如果那个逃兵兄弟只是跟村人要口饭吃，村里人也会满足他的，可他千不该、万不该再跟人家要女人……至于他们被韩氏兄弟误打也是情有可原的，他们的亲人死了，由此而憎恨每一个国民党兵也是自然而然的事。如今韩氏兄弟早已把他俩当成亲兄弟般的朋友了。一大早，日本兵从村前的村子路过，为了躲避日军，他们就把被他们误伤的张建才和王君背上了对面的山上。八路军的战斗当然也打动了韩氏兄弟。韩文清说："你们找这支部队时，我也跟上。"

"行啊，到时候咱们一起去。"

"我也去。"

"我也去。"韩氏兄弟争着说。

"我们都去，日本人打来了，中国的男人也别想安安稳稳地种地了，早当兵打仗，早一天打败日本人。"韩文清读过几天书，在韩氏兄弟中间是个有文化的人。他更早地看到了这一层。

"还是文清兄弟有文化，看事理清楚。"张建才不由得赞叹道。

此时，在山下面，全部消灭了敌人的八路军战士丢下敌人的尸体，迅速撤离了战场，回到了对面山梁原来的阵地上重新埋伏起来。

"怎么他们又离开了？"韩氏兄弟中有人不解地问。

"他们是一支打援的部队，重新埋伏是防止敌人再派增援部队来。"

"唉，你们看，有一个日本兵又活了。"又一个韩氏兄弟说，他几乎是尖声叫着说的。

顺着他手指的方向一看，大家果然看到山下的河滩上，日本兵的尸首堆里站起了一个人。那人是以一把长刀作拐站起来的，好像受了伤，身子有些摇晃，站起来之后，扭头看了看战场上的尸首，然后快步向村子跑去。

"娘的，那家伙想跑。"

"门儿都没有！走，咱们把他抓住。"韩文清说着，拔腿就跑。其余的韩氏兄弟也跟着他跑下山去。

"他好像受的轻伤，你们注意！"看着奔下山岗的韩氏兄弟，张建才喊道。

跑进韩淤地村的是下条井扎。他受的是轻伤。混战中，一个八路军战士用刺刀在他右臂上扎了一刀，尖尖的疼痛提醒了他，他马上倒地，混在尸首堆里装死。当战场上一片死寂，没一点儿声音时，他睁开眼睛，看到了一堆一堆的日本士兵的尸体，不由得感到了一种尖锐的凉气袭入心里。他打了一个寒战，打入中国土地以来，从没遇到过如此强硬的对手。他带着200来人的增援队伍，仅半个来小时就全军覆没。按照武士道精神，遭到如此惨败应该剖腹自杀，但逃生的意念占了上风，他作出了赶快逃离的决定。然而，今天就是老天让他逃生他也逃不出去了。正当他跑到韩淤地村的当街时，韩氏兄弟拿着铁锹、镢子的扁担，拦住了他的去路。

"八格牙鲁！"他挥起刀，想作最后的挣扎。

"上！"韩氏兄弟一拥而上，打掉了他的战刀，抓了他的俘虏，并把他五花大绑地绑在了树上。

"八格！八格！"当意识到完全被几个中国平民控制时，他找回了一些自尊。嘴里叫喊着，对韩氏兄弟又踢又咬。

"噢，这家伙还打人哩，他嘴里八格八格的恐怕是骂人吧？"

"娘的，被抓住了还骂人，打死他！"

"打死他！"

韩氏兄弟被下条井扎惹恼了，他们你一铁锹、我一镢子、他一扁担，几下就把绑在树上的下条井扎打死了。

第四章

当各团把抢占制高点企图作垂死挣扎的敌人一一消灭之后，所有的敌人都被压在沟里。此时林彪知道取得这场战斗的彻底胜利已无悬念。然而战斗尚未结束，现在还不是品尝胜利的时候。坐在山顶的一块石头上，林彪稍稍休息过后，便对身边的无线电话员说："接独立团。"

独立团的电话接通了，林彪问："杨成武，你那边情况怎样？"

杨成武在电话那头说："战斗正在进行中，目前敌人还没有越过驿马岭。"

林彪说："我这里的战斗快进入扫尾阶段了，你一定要顶住，决不能放敌人过来。"

"请首长放心，我们不让一只蚊子飞过驿马岭。"

腰站的战斗不同于平型关下乔沟一带的战斗，那里的战斗是 115 师的一个半旅凭借有利地形歼灭日军的辎重队及护卫队 1000 余人。而在这里，独立团的 2 个营对付敌人相当于中国军队两个团的两个联队。敌人数倍于我，杨成武采取的打法是猛打猛冲，使敌人误判兵力，不敢倾巢出动。

由于日军昨天就占领了驿马岭上的隘口，并以这个隘口为支撑点向独立团进攻，杨成武意识到，要挡住支援平型关的敌人，最根本的办法就是拿下它。为了达到这个目的，他把 1 营 1 连布置在隘口的正面；2 连绕到隘口右翼，发起袭击；3 连迂回攻占南面高于隘口的一座黑山头，以火力压制敌人。

敌人的一支部队下了隘口，向 1 连的伏击圈走来。

"来了。"阵地上有战士低声说。

"嗬，来得不少哪。"

日本兵们穿着土黄色野战服。他们可能发现在隘口下面的山上有中国军队埋伏，因而不是旁若无事、很大气地从阵地前面经过，而是摆开战斗队形，两三人一伙，利用岩石、土塄作掩护，探头探脑地向 1 连阵地走来。

"好啊，来吧！老子正等着你呢。"机枪手瞄准着。别的战士们手中的枪口也各自选好了一个脑袋。

"打！"连长张德仁看着火候已到，下达了开火命令。

"哒哒哒……"机枪手一栓子打倒几个敌人，使用步枪的战士大多也有所收获，几十个敌人一下子就倒了下去。这时候，其他山头上的连队，按照事先的约定，机枪、步枪也呼应着叫了起来。

1连的阵地前，虽然一下子死伤了一大片，没死的敌人却并不后撤，他们呼啦一下散开，就近隐藏到岩石、土塄、树干、灌丛后面，继续射击。1连长张德仁见状，大为恼火，先是低声骂道："奶奶的，还真能打啊。"

接着大声喊道："同志们，给我狠狠地打！"

随着张连长一声虎吼似的喊声响起，1连的阵地上机枪和步枪声更加猛烈地响了起来。"轰轰轰！"跟着手榴弹也在敌群中开花了。机步枪声、手榴弹的爆炸声、战士们的喊杀声震荡山谷。

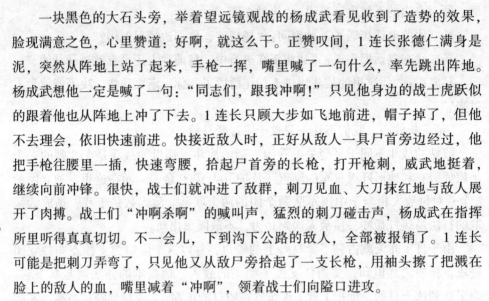

一块黑色的大石头旁，举着望远镜观战的杨成武看见收到了造势的效果，脸现满意之色，心里赞道：好啊，就这么干。正赞叹间，1连长张德仁满身是泥，突然从阵地上站了起来，手枪一挥，嘴里喊了一句什么，率先跳出阵地。杨成武想他一定是喊了一句："同志们，跟我冲啊！"只见他身边的战士虎跃似的跟着他也从阵地上冲了下去。1连长只顾大步如飞地前进，帽子掉了，但他不去理会，依旧快速前进。快接近敌人时，正好从敌人一具尸首旁边经过，他把手枪往腰里一插，快速弯腰，拾起尸首旁的长枪，打开枪刺，威武地挺着，继续向前冲锋。很快，战士们就冲进了敌群，刺刀见血、大刀抹红地与敌人展开了肉搏。战士们"冲啊杀啊"的喊叫声，猛烈的刺刀碰击声，杨成武在指挥所里听得真真切切。不一会儿，下到沟下公路的敌人，全部被报销了。1连长可能是把刺刀弄弯了，只见他又从敌尸旁拾起了一支长枪，用袖头擦了把溅在脸上的敌人的血，嘴里喊着"冲啊"，领着战士们向隘口进攻。

"司号员，马上吹号，让2连从右翼攻击。"杨成武立马又向2连下了一道命令。

2连的进攻开始了。战士们从各自的埋伏地跳跃起来，提着枪向隘口冲去。他知道，2连的出击，会让敌人更加摸不清到底有多少中国军队埋伏在这里。这会增加迷惑敌人的筹码，使他们不敢大胆用兵。杨成武手握望远镜仰视2连的进攻阵形，只见2连的进攻队形分开了叉，约有十几个战士行进在左拐的岔道上，前面带头的人身形矮墩墩的，开步有力。这个身影他熟悉，这不是1排的"麻排长"吗？麻排长小时候害过天花，落下了一脸麻子，战士们戏称他"麻排长"，可如兄长般宽厚的"麻排长"，一次气也没生过。令杨成武印象最深的当然还是"麻排长"作战勇敢。别看他其貌不扬，力气极大，吼一声，犹如猛虎长啸。枪炮一响，他就在战壕里待不住，急得抓耳挠腮，总想扑进去冲杀一番。现在，他带领那十几名战士要做什么？杨成武的望远镜跟着他们的身

影，发现他们来到一处绝壁处停下。"麻排长"可能说了一声："上！"只见战士们不约而同地攀起绝壁来。那是一处险要的连山羊也难以立足的绝壁，战士们攀登时，杨成武把心也悬了起来。直到战士们攀上山顶，消失在乱蓬蓬的灌丛中，他才把心放了下来。

那十几名战士在"麻排长"的率领下，穿过一片灌丛后，悄悄地藏在一块大石后面。他们探身一望，啊，只见山洼里密密麻麻支满了帐篷，另有几百个敌人在帐篷东面不远处吃干粮喝水。看来这群敌人吃过饭后就要出击。

"排长，怎么办？在这里打，敌人那么多，咱们顶不了几分钟就会被敌人打光。"

"就是，我看咱们不如冲进敌群中来他个乱中取胜，然后再设法冲出来。"

"麻排长"耳听着战士们的议论，眼盯着前面的敌人，面容严肃，一言不发，但大家知道他在心中作着掂量。很快，"麻排长"拿定了主意，他把手一挥说：

"手榴弹准备，跳入隘口，扑入敌群。炸！"

战士们迅速地掏出了手榴弹，跟着"麻排长"跳下隘口中，轻轻地摸到那片帐篷边沿，把手中的手榴弹一枚枚扔进了选准的帐篷。"轰轰轰！"飞进敌人帐篷的手榴弹美美地爆了炸，黑豆般的弹片冲破帐篷，四下里飞射。浓烟中，帐篷倾斜着倒下了。"轰轰轰！"紧接着，战士又扔出第二颗、第三颗手榴弹。听到手榴弹的爆炸声，在一边吃饭的几百个敌人立即放下饭盒，操起枪，冲了过来。他们如同一群恶狼，把 1 排的勇士们团团围住。这时，1 排战士的手榴弹已经基本扔完，许多战士被围上来的敌人打死。"麻排长"的腹部和腿部也有了子弹的射伤，但他仍然死战不退。排长不退，战士们也不退，只见他们一个个瞪着血红的眼睛，挺枪与敌人拼力厮杀。这场肉搏是惨烈的，十几名战士只有几个冲了出来，"麻排长"则令人心痛地牺牲在了隘口的山洼里。

"麻排长"他们与敌人在隘口激战的时候，1 营副营长袁升平、营教导员张文松，率领 3 连一部分战士，悄悄地运动到了隘口南面更高的一座山头上。令他们想不到的是，这山头上竟然有完整的作战工事，不用问，这是战前晋绥军挖筑的，他们没有使用就后撤了。

"老袁，这工事国民党没用，正好咱们可以使用它。"张文松欣喜地说道。

"是啊，没想到还有这种美事，命令战士们迅速进入阵地。"袁升平说着跳进了战壕，举起望远镜观察前面的敌情。

"让我也来看看。"张文松跟着跳到袁升平跟前，从袁升平手里拿过望远镜说。

"注意隐蔽!"袁升平提醒他说。

"没事。"张文松刚说完没事就低声惊叫起来:"啊,真悬,敌人也往上爬呢。前面的敌人离我们只有 50 米了。"

张文松正说着,一颗子弹打来,正中他的胸膛。他"哎哟"了一声,仰面倒了下来,袁升平马上把他扶住,叫了一声:"打!"跳进战壕里的战士们立即向正在往上爬的日本兵射击。

"老张,老张!"

张文松再也没有应声,闭上眼睛远去了。

"快,通讯员,把教导员背下山去。"

通讯员闻声赶来,背上张文松就走。

"奶奶个熊!"袁升平愤怒至极,端起机枪,对着阵前的敌人猛扫。

"哒哒哒!"

"啪啪啪!"

随着跃入战壕的战士增多,阵地前形成了一片密集的弹雨,敌人丢了几十具尸首,被压退了下去。

独立团主动进攻的态势,搞得敌人不知有多少中国军队在跟他们作战,因而始终不敢组织部队猛烈突击,只是被动地三面防御。战斗已进行大半天了,敌人一兵一卒也没有从驿马岭通过。

从涞源出动的援军在腰站受阻,且迟迟不能突破驿马岭,令远在河北省蔚县指挥攻打平型关的板垣征四郎,犹如热锅上的蚂蚁,急得团团转。

"怎么会这样?怎么会这样?"板垣征四郎觉得不应该这样。日军板垣师团踏上中国大陆以来,那是何等的威风,所遇国民党军队无论人多人寡,战斗力强弱,都不是日军板垣师团的对手。特别是进入山西以来,他们如赶鸭子样,把阎锡山的晋绥军赶到了平型关。本以为那里兵力空虚,不料,部队一开到平型关下,就受到了埋伏在平型关内长城一线晋绥军的阻击。作为一个"中国通",几十年来一直在中国从事特务活动的板垣征四郎,对山西、对阎锡山、对晋绥军是相当了解的。最初他认为三浦敏事的 21 旅团在平型关受阻是暂时的。只要派去的援兵一到,三浦敏事就可轻而易举地攻克平型关。然而从前线传来的消息不仅大大出乎他的意外,而且令他十分震惊。他万万没想到,从灵丘派出的辎重队及护卫队竟然在乔沟一线被团团包围。他曾考察过那一带的地形,知道在那儿遭伏击意味着什么。因此,他急忙命令三浦敏事分一部分兵力援救乔沟，可是不久三浦敏事就回电说，派出去的援军已被打回来了，他已是腹背受敌，很难再分一点兵力了。他又急忙命令灵丘的留守部队增援，不料部队刚一运动到那儿就没了音讯。显然这支部队也是凶多吉少了。无奈他又命令从涞源出动的救援乔沟的援军加速前进，不想，这支部队在驿马岭遇到了中国军队强有力的阻击，非但不能前进，而且一兵一卒也不能通过。他知道，这回他遇到强敌了。那么，这个对手是谁呢？阎锡山吗？他熟知这个"山西土皇"胜于他的家人，阎锡山没有这个胆，也没有这个能。是……然而前方军情紧急，他没有时间思考对手究竟是谁这个问题了。"八格牙鲁！"他大喊着骂了一声，然后歇斯底里地命令道：

"飞机的出击！"

"师长，飞机！"

115师指挥所的山头上，顶替周昆暂行参谋长之职的孙毅，首先听到了飞机的声音。他扬头向东一看，果然有一群敌机，牛粪片样飞来，他赶紧向林彪报告。

林彪顺着他手指的方向，果然看到敌人的飞机向这边飞来了。他仰视着机群，笑了笑，心里说：嗬，来的倒是不少。好吧，我今天要让你们像一群鸟一样没用。接着他拿起电话说：

"喂，陈光吗？陈光，你看到没有？敌人的飞机来了。你现在要命令全旅冲上公路，与敌人展开肉搏，让敌机失去作用。"

"陈光明白。"

343旅指挥部里，陈光立马用电话给686团下达命令：

"李天佑，敌机来了，命令部队冲向公路，和敌人混在一起打，让狗日的飞机白来一趟！"

"是！"李天佑在电话那头很干脆地回答。

接着陈光又给685团下达命令：

"杨得志吗？快命令战士们冲进敌群中去，让敌机无法下手。"

"是！"

很快，战地上的冲锋号响了，数十只冲锋号在各自的梁头遥相呼应，响彻山谷，直冲云霄。紧跟着，344旅的冲锋号也响了起来。在冲锋号昂扬的旋律声中，115师的战士们如一头头雄狮，迅速跃出了阵地，跳下深崖，冲入敌群，与敌人展开了白刃战。喊杀之声和枪械的撞击声响得激动人心，惊心动魄。

下达完命令，陈光稍作停顿，思考着下一步该怎么行动。他早已发现林彪越级指挥了，林彪这一越级，旅部就无事可干了。林彪经常在战斗最紧张的时候越级指挥。作为林彪的老部下，陈光也习惯了，并且也很理解，他知道这是一种战斗需要，这种时候，往往更能充分地把部队的力量发挥出来。

陈光想了想，觉得接下来的战斗，旅部作用不会太大了，就起了过过拼刺刀瘾的念头，于是他一跃而起，嘴里喊着"同志们冲啊"！第一个跑出指挥所，冲向了公路。

旅部人员看到旅长带头冲了出去，立即拔出手枪，呐喊着向公路扑去。

第一个跳进沟里的陈光，从敌尸旁拾起一杆长枪，加入了 686 团的肉搏。旅部带长枪的人员不多，他们纷纷效仿陈光，从敌尸旁拾起长枪，加入了战斗。

数十里长沟，拼刺刀的战斗在激烈地进行着。从东面飞来的六七架飞机很快就飞到了乔沟上空。然而飞机上的飞行员们看到的却是令他们想不到的情形。只见地面上一条长长的大沟里，中国军队在跟日军激烈地混战着，这种情况令他们一时不知该向何处投弹。他们向指挥部报告，传来的命令是寻机攻击。于是他们又开着飞机，在天上来回盘旋着，高一阵、低一阵，始终没找到射击和投弹的机会，无可奈何，只得原路飞去。

一架飞机不甘心地飞去又飞了回来。飞行员把飞机飞得更低，观察着飞机下面乔沟战地上的状况，只见中国士兵勇猛地与日军拼杀着，对天上的飞机连看也不看，仿佛头上根本没有飞机似的。这让飞行员十分地感慨，心里问：这是中国军队吗？哪来的这样的军队？当然，此时他也不会想到，仅仅是在一个月以后，他和他的飞机以及另外 23 架飞机在代县的阳明堡机场，被中国八路军的另一支部队炸了个粉碎。

没有射击机会，机上的飞行员只得架着飞机再一次遗憾地离去。

在 115 师指挥所的小山头上，林彪看着远去的飞机笑了。今天的这场大战，是他今生感觉最快意的一场战斗。八路军 115 师在平型关下巧布阵地，让日本军队的所有特长统统没有了发挥的余地。他们自我吹嘘的所谓机械化部队，在 115 师面前不过是一摊烂泥。而那不可战胜的神话，也不过是夜郎自大者的狂语。心情激动的林彪，不由得又举起望远镜，以一个胜利者的姿态欣赏起眼前的阵地来。

长长的乔沟那边，激烈的枪声和手榴弹声已经基本停息。从沟底传来了拼刺刀的喊杀声和偶尔的枪声。多年的战火经验告诉他，战场上的敌人不多了，战斗很快就要接近尾声了。全部歼灭这股敌人已无什么悬念啦。

骑白马，扛洋抢，

哥哥吃了八路军的饭，

有心把那妹妹看，

呼咳哟

顾——不上。

在以后的岁月里，当林彪在陕北的黄土高原上听到这首民歌时，也曾像今天这样，在心里大大地悲哀了一阵子。

乔沟传来肉搏的喊声，林彪的注意力一下子跳了出来，他手举望远镜重又把目光集中在眼前的战斗上。

跃入沟中的八路军官兵，人数上占据着绝对的优势。许多地方是五六个八路军战士对付一个敌人，有的地方是七八个八路军，甚至更多一些的八路军战士对付一个日本士兵。这些日本兵，来中国前，日军的法西斯曾教过他们各种对付中国人的战术，他们也练得十分到家，然而在今天，他们平时学到的那些战争技术，一个也用不上了。面对着好几个挺着刺刀围过来的中国士兵，他们同样毫无办法，只好一个一个被刺死。战场上，身上被捅六七刀，甚至数十刀的敌尸多了起来。

林彪感觉到了异样，按照以往的经验，仗打到这个时候，战场上早应该有俘虏了，然而现在却没有一个抓住俘虏的消息传来。他对身边的孙毅说："问问各团，抓到俘虏没有？"

打电话询问的孙毅一会儿说："各团都说，敌人很顽固，宁死不投降。"

"噢？"林彪很惊讶，但他外表平静，没把任何表情表现在脸上。不过他的惊讶还是让孙毅感觉到了，孙毅说：

"杨得志在电话中说，685 团冲到公路上以后，一个卫生员给一个躺在汽车轮下'哼哼呀呀'的敌人伤兵裹伤，结果反被那个伤兵冷不防用刺刀捅进了胸部；李天佑说，他们 686 团有个电话兵，沿着公路查线，碰到敌人一个半死的伤兵，就向那个伤兵喊话：'缴枪不杀！优待俘虏！'结果那伤员却开枪射击，把电话兵射死；徐海东报告说，687 团副团长田守尧冲下公路时，也被从敌人尸首堆里射出的子弹射伤。

林彪早有抓几个敌人到太原游街的心愿，他想给各团下一道命令，让他们一定要抓几个日本鬼子。听了孙毅的这番话，他又把将要出口的命令咬住，咽了回去。

"缴枪不杀!"

"八路军优待俘虏!"

战场上战士们抓俘虏的喊话声传来,林彪心想,怎么这么喊呢?你的敌人是日本人啊,他们听得懂吗?怎么没把这几句日本话事先翻译过来,让战士们练练?

优待俘虏是中共军队的优良传统,可是八路军 115 师开赴抗日战场开得匆忙,没来得及做这方面的工作,因此当与敌人面对面时,战士们喊出的"优待俘虏"仍然是中国话,没有一个日本兵能听懂中国士兵在喊什么,他们还以为挺枪而来的中国兵喊出的是"死啦死啦的有!"看不到生的希望,就只有拼死一搏。那些没死的,或者半死的,或者看去已死却仍在活着的日本士兵,在八路军战士喊出"缴抢不杀,优待俘虏"时,精神上有所放松那一刻,乘机出手反击,很多八路军战士受伤或牺牲。

看到马尸边,一个躺着的日本士兵抬起血淋淋的头来,他从身边摸一杆长枪,举起来对着战斗中的陈光瞄准。陈光的警卫扑上去,挥起大片刀,劈下了他的脑袋。而此时,陈光从后心捅死一个敌人后,看到一个日本伤兵躲在汽车轮后照着打黑枪,

"同志们,反抗中的敌人不是俘虏!"陈光敏锐地感觉到了这个问题,他边跟敌人拼刺刀,边高声地喊。

"反抗中的敌人不是俘虏!"

……

第五章

战场上没有枪声了，没有喊声了，当然也没有手榴弹怒放的花朵了。清风送来了战士们喜悦的说笑声。林彪的心兴奋地跳动起来了，他告诉自己：胜利了。

"我们胜利了。"这是聂荣臻喜不自胜的语调。

"胜利了。"孙毅也兴奋得像个孩子似的，说着摘下帽子，露出光头，让清风爽爽地吹着。

"胜利了。"

"胜利了。"

115师指挥所的山头上，所有的人都在一种紧张后的放松中喜悦着。

"师长，喝水。"

林彪的警卫递上来一壶清洌的泉水。林彪仰起脖子，把一壶清泉水"咕噜咕噜"喝下去后，第一个清醒下来。他又举起望眼镜，向平型关那边内长城下的东跑池村一带望去。那儿的沟壑中，还有一股几天前就开到那里的敌人，他们与内长城阵地上国民党的部队已经战斗了好几天了。现在八路军已经全歼了乔沟30里长战线上的敌人，如果再命令一支部队火速运动到东跑池村后面的土梁上，就会与对面山梁上的国军形成又一个更大的包围圈，如果两军同时出击打击敌人，又可打一个漂亮的伏击战。

林彪被另一场战斗鼓舞着，脸上飞起了苹果红。他收回望远镜，一连下了三道命令：

"686团迅速向东跑池方向运动，在村后一带的土梁埋伏，准备伏击沟内敌人。"

"685团继续控制关沟、新庄以西山头阵地，阻击东逃之敌。"

"687团留下来打扫战场。"

下达完战斗命令后，林彪看了看山头上的指挥所人员说："大家注意，我们师部指挥所也要马上转移到对面的老爷庙去。"

师部指挥所紧张的转移工作开始了。每个人各自带着自己的器械，有说有笑，快速地走下山头，向老爷庙走去。他们嘻嘻哈哈来到老爷庙院后，都喜悦地走入正殿观看关公的塑像。关公的塑像身长九尺，面如重枣，髯长二尺，唇若涂脂，丹凤眼，卧蚕眉，相貌堂堂，威风凛凛。每个进入殿内的人都向武圣关公的塑像投去了尊敬的目光，孙毅朝着关公塑像来了个作揖的姿势，说：“关老爷，我们八路军打得怎样？”

身后的人“哈哈”大笑起来。林彪说：“关老爷，我们借贵地一用，你不介意吧？”

聂荣臻说：“不介意。关老爷是中国的武圣，如果他老人家真的有灵，会帮助我们呢。”

“哈哈哈！”又是一阵大笑响起。

林彪说：“好了，咱们现在进入状态吧。”

指挥所里的人立马止住笑声，在院内找到了自己的位置，进入了作战状态。

一会儿，李天佑来电报告说：“师部吗？686团已进入阵地，全体严阵以待。”

林彪说：“告诉他们，隐蔽休息，等待命令。”

不一会儿，杨得志也来电说：“报告师部，685团已经调整好了阵地，官兵们正在等待着进击命令。”

林彪接过电话说：“杨得志，你现在派人到对面长城上找友军的指挥部，通知他们，我115师已经埋伏在他们阵地的对面，与他们形成了对新庄、东跑池之敌的包围之势，希望他们和我们同时出击，消灭这股敌人。”

杨得志说：“是，我马上派人联系。”

打完电话，杨得志派副团长陈正湘带三名警卫和一名通讯员到长城上面去找友军的指挥部。陈正湘向跟随他的战士挥了一下手，自己先没到庄稼地里，后边的战士看到副团长一眨眼不见了，立马就抬腿飞奔追去。

陈正湘他们翻山越岭，大约用了半个钟头，便到了平型关友军阵地跟前。他们刚一出现在阵地前沿，友军阵地里就有人大声地问：“谁，哪部分的？”

陈正湘用手示意身后的战士站住，然后自己回答说：“我们是八路军115师的，找你们的前线指挥部通报情况。”

“好啊，贵军打得好。”这时，一个身穿军官制服的人从阵地上站起来，并且笑着向他们走来，热情地伸过手来说：“鄙人姓王，名王环，是守这块阵地的营长。贵军的仗打得不错，兄弟们看得清清楚楚。”

陈正湘并没有把手伸过去跟这个叫王环的国民党军官握手，他面带生气地说：

“好啊，我们在下面鏖战，你们在上面坐山观虎斗，同时出击的作战方案不是你们制定的吗?"

"嘿嘿,不好意思。小弟早想带着兄弟冲下去帮你们一把,可是上锋不让。嘿嘿!长官,你也是军人,没有上锋的命令,谁敢?违抗上锋的命令是要杀头的。"王环一脸歉意地说。

陈正湘不想跟王环计较,他把目光扫上了他们的阵地,想看看附近有没有他们上锋的指挥部。此时,在陈正湘眼里出现了一条南北走向随着山脊弯曲的交通壕,交通壕外,扣子似的,每隔三五米挖一个圆形单人战壕。在战壕外四五十米远的地方,是一些用作障碍物的鹿寨。陈正湘把目光向第二道防线望去,那里也没有他想象中的坚固的防御工事,倒是架了不少山炮和野炮。接着陈正湘又发现,在阵地前沿下面有日军五六十辆汽车拥拥挤挤地停在简易公路上。汽车上看不见敌人,估计他们已经运动到东跑池那边去了。眼前的情景真令陈正湘生气,他对王环说:"你们左前方停那么多汽车,怎么不用炮火摧毁它?难道你们不懂吗?只要有一辆爆炸起火,其余的就会跟着燃烧爆炸。"

王环赶紧说: "知道,知道,鄙人知道。只是最高长官不下令,谁敢打呀?"

听到王环这样回答,陈正湘遗憾之极,肚内仿佛有无数股火苗蹿上来,但为了顾全大局,他还是把火气压了一压说:"你们的师部或集团军司令部在哪儿?"

"不知道,不知道。鄙人官位太小,不知道。"

陈正湘以为友军的指挥部会跟八路军一样,都是紧靠阵地设置的,没有想到他们把指挥部设在爪哇国去了,竟连前线上的营级干部都不知设在哪里,因此他脸上不由得就有些愤慨的失望。王环又不好意思地说:"不过,在后面的小山沟里有我们的炮兵指挥所。你们到那里问问他们吧!"

按照王环的指点,他们下了阵地后面的小山沟,向里走了大约一里多地,发现右面的沟崖上挖了一个土洞,洞口站着两个站岗的卫兵,一根电话线爬进洞里。陈正湘想那大概就是炮兵的指挥部了。这时卫兵问他们是哪部分的,陈正湘说:"我们是八路军115师的,找你们的长官通报情况。"

一个卫兵对洞里的长官说: "报告长官,外面有几个八路军找长官通报情况。"

这时,从里面钻出一个参谋样的军官来。可能是阳光刺了一下他的眼睛吧,他眯了眯眼说:"鄙人是陈参谋,你们有话对我说吧。"

"本人也姓陈,现奉八路军115师林彪、聂荣臻二位首长的命令找贵军通报情况,请问你们的师部或集团军司令部在哪儿?"

　　陈正湘说着来到了洞门跟前，他发现已经能看见洞里了，就向里面看了一眼，只见里面站着四五个军官，其中两个军官如虾样蜷缩着身子，各握一杆大烟枪，正抽着大烟。陈正湘生气地想，我们在乔沟一带拼命作战，他们倒在这里悠闲地做着神仙。

　　"这个嘛？"洞门口陈参谋说，"陈兄弟，实在抱歉，这个我们可不知道。不过，听说集团军司令部可能在大营镇，你们到那儿去找吧。"

　　"军情紧急，请问我们能不能借用一下你们的电话，跟集团军司令部联系一下？"

　　"兄弟先等，我请示一下。"那个陈参谋说着转身又进了洞里，一会儿又从洞门走了出来，对陈正湘说："兄弟有什么话说吧，我们替你们传达。"

　　陈正湘说："刚才，我师在乔沟一线全歼了敌人以后，又把 686 团、685 团埋伏在敌人后面，我们师首长让我们通知你们，希望你们与我们同时全面出击，消灭平型关前的敌人。"

　　"好的，兄弟等讯。"

　　陈参谋再出来时，挂着一脸的沮丧，用一种不是很有底气的话说："陈兄弟，不好意思。上锋说，高桂滋部队于今早 4 点左右擅自放弃了东跑池的阵地，现在兄弟们正在夺取那里的阵地，无法与贵军一起出击。"

　　陈正湘没有料到会得到如此回答，一时愣在了那里。陈参谋也不知道一时跟陈正湘说什么好，也在那儿尴尬着。这时从土洞里传来这样一段对话：

　　"团座，西跑池我炮兵观察哨在东跑池街上发现敌人的炮兵群，问可不可以打他几炮？"

　　"他们在干什么？"

　　"估计正在吃饭。"

　　"那……就打两炮吧。"

　　土洞里面的对话让陈正湘更加吃惊，心想，这么好的机会怎么就打几炮？又想想，只有如此操蛋的部队才让日军长驱直入啊！想到此，一股极其厌恶的情绪像泛胃酸一样涌了上来。他甚至不想多看一眼这些友军了，便对眼前的陈参谋说：

　　"既然这样，那我们就告辞了。"

　　"保重！"

　　"你们保重！"

　　陈正湘带着四名战士转身离开了这里。路上，他们没走多远就听见在他们北面"隆隆"地响了两声。一个警卫说："首长，他们就打了两炮啊。"

陈正湘说："他们能打两炮就很不错了。"

以后，果然再也没有听到他们打过一炮！

西跑池那面的国军向东跑池村的敌人打炮时，686团的战士看得很清楚。敌人集结在东跑池吃饭时，埋伏在村后土梁上的686团战士对团长李天佑说："打吧，团长，现在可是进攻的好时候啊！"

李天佑说："可不是怎的？不过咱们这是配合国军作战，得跟他们一起行动。"

"轰！"说话间，从西跑池的山梁上飞来一枚炮弹，不偏不倚，正中敌人的饭锅。围着饭锅打饭的敌人全被炮弹炸死。

"轰！"紧接着又一枚炮弹飞来，又落在了另一个饭锅里爆炸。

"团长，打吧，他们开火了。"

"不行，还没有师部命令，我向师部请示。"

老爷庙这里也真切听到了西跑池那边的两声炮声，炮声一停，李天佑就打来了电话，林彪对着话筒说："李天佑，稍安毋躁，师部还没有与友军取得联系。你们要继续观察敌情，不得盲动。"

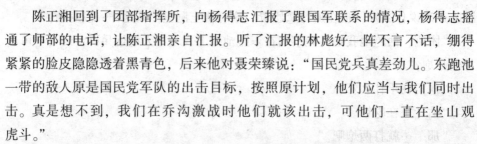

"是！"

时间一分一秒地过去了，国军那面再也没有打来一枚炮弹，也没有冲下来一兵一卒。李天佑叹道，还是师长面临大事有静气。

陈正湘回到了团部指挥所，向杨得志汇报了跟国军联系的情况，杨得志摇通了师部的电话，让陈正湘亲自汇报。听了汇报的林彪好一阵不言不话，绷得紧紧的脸皮隐隐透着黑青色，后来他对聂荣臻说："国民党兵真差劲儿。东跑池一带的敌人原是国民党军队的出击目标，按照原计划，他们应当与我们同时出击。真是想不到，我们在乔沟激战时他们就该出击，可他们一直在坐山观虎斗。"

聂荣臻赞同地说："是啊，对于友军这种不配合的态度，事先我也估计不足。国民党啊国民党，看来今后我们凡事一定要多留几手，以防他们弄阴啊。"

孙毅也说："晋绥军不仗义，我看高桂滋未必就是擅自放弃阵地，他们也跟我们一样，是客军。没准是高的部队与敌人激战，人家坐山虎斗，就是不援手，最后让敌人把阵地冲垮了。"

对于孙毅的话，林彪和聂荣臻不置可否。孙毅讲的未必就没有可能，八路军激战乔沟时，他们不是一直没有出击吗？难道说他们对高桂滋就能伸出兄弟般的手啊！

林彪无声地在老爷庙下殿前的院子走了几步，然后说："战士们现在已经疲

劳了，既然他们不能与我们同时出击，那我们就应该撤出战斗了。"

"撤!"聂荣臻说。

给685团、686团下达了撤退命令以后，师指挥所也准备撤到白崖台村去。聂荣臻想到战场上看看，便让林彪先走，自己带着警卫，来到了激战后的战场上。

687团的战士和前来帮忙的白崖台村村民已经把大部分八路军战士的尸体抬走，聂荣臻走出老爷庙的庙门后，看到的是一具具的横七竖八的穿着屎黄色军服的日本兵尸体。尸体的旁边是一摊一摊的血迹。血迹上飞舞着一群群嗡嗡叫的绿头苍蝇，扑入鼻孔中的血腥味刺激难闻。老爷庙院门偏东不远的地方，敌人的尸体最多，聂荣臻想起了在指挥所的山头上曾经看到的日本人用同类尸体垒起的掩体，走过去一看，果然是。在这个人肉掩体旁边，躺着一具炸烂了的血肉模糊的日本军官的尸体。尸体旁，一面写着"武运长久"字样的旗帜带有讽刺意味地扔在了一边。聂荣臻不知道这个日本指挥官姓甚名谁，但他判断这是一个级别高的指挥官。聂荣臻想，他大概不会想到他的武运如此之短吧？

聂荣臻带着几名警卫，离开敌人的尸首掩体，穿过老爷庙前粮食口袋样满地躺着的敌人的尸体，来到了战斗曾经最激烈的地段小土桥。小土桥上，一辆被炸烂的汽车瘫在桥面上。车轱辘上被枪子穿了许多窟窿，带瘪了。看看车上，足有半槽子死尸。驾驰室内，两臂趴在方向盘上的司机，脑袋开了花，有脑浆流到了脸上。在这辆车的周围，敌人的死尸什么形状的都有，有的缺胳膊少腿，有的身首分离，有头无身，有身无头；有的五脏外露，有的肠子流到了地上……聂荣臻看着看着，不由得就闭上了眼睛，这是他带兵打仗以来所见过的最惨不忍睹的场面。他在心里问道：这些死去的日本兵是些什么人呢？工人吧？农民吧？他们大部分是日本的穷人吧？按照马克思的设想，他们应该和全世界的无产者联合在一起，去推翻资本家的统治，建设一个无阶级、无压迫、无剥削的天堂一般的共产主义社会。然而他们却被日本法西斯毒化了，变成杀害中国人的恶魔了。眼前的这些人一个个倒下了，将来还会有好多被毒化了的日本工人、农民来到中国杀人，他们也必将被中国人民消灭。想到这里，他觉得日本法西斯们是最可耻、最可恨、最该死的一伙罪恶滔天的人。他们虽然在这场战争日后的进程中被中国人民歼灭，但却是让日本许许多多的穷人做陪葬啊。想到这里，聂荣臻的步子有点沉重了，他放慢了脚步，有些不忍往前走了。他说："想抽支烟，你们谁带着烟呢？"

警卫们你看看我、我看看你，互相看完之后就全都明白了，他们谁也没有带烟。

"你们有带烟的吗？"一名警卫向正在打扫战场的战士喊。

"有，我们缴获了不少香烟。"一个战士跑过来送上一包纸烟。

聂荣致擦着一根火柴，点了一支纸烟，吸了一口后，脑子里猛然得出一个结论：要把中国人民和日本人民从这场灾难中救出来，唯有彻底消灭日本帝国主义。

这时，在距离聂荣臻不远的一辆汽车下面，一个仍然活着的日本士兵也得到了同样的结论。这个士兵就是稻田有仁。战斗一开始，趁着慌乱，这个不愿杀害中国贫民、内心里一直在反对这场战争的人，就钻在了汽车下面。这辆汽车刚刚开上了乔沟，离小土桥那辆汽车仅隔三辆。趴在汽车下面，可以清楚地看到辎重队在乔沟下面挨打的情景。当看到中国军队雄狮一般涌向沟沿，呐喊着把一枚枚手榴弹扔下沟时，他断定沟里的人今天是插翅难飞了。后来，他又目睹了双方争夺老爷庙高地的战斗。他惊异这支中国军队的勇猛和不怕死的精神，感到了中国人不可战胜的力量，他甚至看到了整个日本惨败的结局。后来战斗停息了，他又看到了一片日本士兵的尸体。清风送来了血腥味，那些可怜的人再也回不到故土，回不到父母妻子儿女的身边了。他们从此到哪儿去了，去天堂了？不，天堂是不要双手沾满别人鲜血的人的。那么他们去了……这时，他想起了从小就听过的一个故事，那是善良的妈妈讲的：

古时有一个叫白隐的法师深谙天堂地狱之门。有一日，一个名叫重信的武士问白隐法师：听说你知道天堂地狱之门。白隐说：知道。重信问：我要下地狱，请问怎么下？白隐说：你是谁？重信说：我是一名武士。白隐说：什么，武士？我看你的面孔就跟乞丐一样。重信一听，勃然大怒，瞪着眼说：你说什么？说着就伸手抓住了腰间的刀柄。白隐说：哦，你也有一把武士刀吗？可是你那刀太钝了，砍不下我的脑袋。重信"哐"的一声抽出了武士刀，对准了白隐的脑袋。白隐不慌不忙地说：地狱之门由此打开！白隐的话让重信一惊，恢复了理智，连忙收起武士刀，鞠躬道歉说：对不起，大师，冒犯了。白隐笑了笑说：天堂之门由此打开！

想起了妈妈讲的故事，再看看遍地日本士兵的尸体，稻田有仁知道日本人的地狱之门打开了，而且在今后还会有许许多多的日本人进入地狱之门。要想关闭地狱之门，只有加速日本的失败，消灭日本的军国主义。

稻田有仁在汽车底下想起这些时，不由得抽泣起来。旁边打扫战士的八路军战士小王听到抽泣声后，"哗啦啦"拉着大枪上的拴子，对着汽车下面喝道：

"日本鬼,出来,缴枪不杀!"

稻田有仁听到喊声,虽然听不懂从外面传来的喊声是让他投降,但他还是回应了一声:"我的投降,你们的不杀。"

稻田有仁的话是用日语说的。八路军战士小王听不懂他在说什么,只是把两只眼睛警惕地紧紧盯在他的身上。说完"我要投降"以后,稻田有仁准备从车底下爬出来。出于当兵的本能,他出来时伸手去拿自己的枪。可这个动作被小王误解了,小王以为他要反抗,便扣动了长枪的扳机。

"啪!"

稻田有仁死了。

战争……

思考着战争的聂荣臻继续向前走去。他沿着土桥东边的土坡下到了沟底。只见长长的乔沟到处都是倾翻了的汽车,有的还冒着青烟。汽车上面和下面全是日本兵的尸体,个别的挂在车厢上,显然还没有来得及下车就被打死了。再往里走,就看到了战马和骑兵的尸体。马尸和人尸全躺在血泊中。在这么小的空间之内,一点儿骑兵的优势也没有发挥出来就被打死了,这种死法也太窝囊了。迈过战马和骑兵的尸体,接下来看到,汽车、马车上满载着弹药、装备、被服、粮食、罐头等。见到此,聂荣臻兴奋起来。115师在此设伏,并不是专门打日本人的辎重兵,这支辎重部队完全是自己送上门来的,此时的聂荣臻真有些"天助我也"之感。他想起了过去内战时期,红军戏称蒋介石为"运输大队长",看来这小日本运输大队长的角色也干得不错啊。

前面,不远处有一伙八路军的战士在一起围观着什么。聂荣臻走过去问:"你们在看什么呢?"

听到聂荣臻的问话声,大家都抬起头来。一个战士说:"报告首长,我们缴获了作战地图和一些文件。"

"噢?"聂荣臻接过来一看,高兴地说:"好啊,同志们,你们缴获的作战地图和文件比啥都重要。"

"首长,我还缴获了一张照片,你看。"

这时一个战士又递过来一张照片,那是一张全家照,人不多,只有三个,右边是一个日本军官,左边是一个穿着和服的日本女人,中间的是他们那一脸天真的女儿。显然这场这战争把这个幸福的家庭毁了。这个女人再也见不到她的丈夫了,小女孩儿再也见不到她的爸爸了。看着这个天真的小女孩儿,聂荣臻不由得想起了自己远在千里以外的女儿聂力。女儿生下来一年多,作为父亲的他就因革命工作离开了自己的女儿。后来听说女儿还随母亲坐过敌人的监狱,

1935年上海中共党组织被破坏，母亲调离上海，聂力跟一位好心的老太太生活……

"女儿，现在你在哪儿啊？"

聂荣臻在心里呼唤着自己的女儿。而他的女儿小聂力此时的一条小腿，因为在地里摘棉花扎破感染，没药治疗，不停地化脓，已经烂到了骨头。

战争破坏了多少原该幸福的家庭啊！聂荣臻不由得在心里感叹着，他知道，要使战争不破坏家庭，不杀害女人的丈夫，丈夫的女人，父母的孩子，只有消灭眼前这场罪恶的战争啊。

几年之后，八路军在华北发动百团大战期间，一支八路军的部队攻入井陉矿区，在废墟中发现了两个正在啼哭的日本小女孩子，她们的父母是矿山的工作人员，被日军投下的炸弹炸死了。战士们看那两个小女孩儿可怜，便把她们救了起来。但由于战斗正在进行中，不知如何处置，就给军区司令部打电话。聂荣臻说："把她们送到我这里吧，虽然敌人残忍地杀害了我们无数的同胞，但这两个孩子是无辜的，她们也是战争的受害者。"

战士们一根扁担、两只箩筐，把两个小姑娘送了过来。聂荣臻一看，大的只有五六岁，小的不满周岁，心里不由得隐隐作痛，自语说："战争残害了多少儿童啊！"

这个时候她又想起了自己的小聂力，也不知自己的女儿现在何处。眼下，作为父亲，他把对女儿的思念和慈爱转移到了这两个日本小女孩身上，哄她们高兴，给她们吃梨，跟她们拍照。不久，他又派人将两个小姑娘转送到了石家庄日本的军营，让他们将这两个小女孩转交给她们在日本国的亲友，并给日军带去他的一封亲笔信。信中写道：

此次我军进击正太线，收复东王舍，带来日本弱女二人。其母不幸死于炮火中，其父于矿井着火时受重伤，经我救治无效，不幸殒命，余此伶仃孤苦之幼女，一女仅五六龄，一女尚在襁褓中，彷徨无依，情殊可悯。经我收容抚育后，兹特着人送还，请转交其亲属抚养，幸勿使彼辈无辜孤女沦落异域，葬身沟壑而后已。

……

我八路军本国际主义之精神，至仁至义，有为有终，必当为中华民族之生存与人类之永久和平而奋斗到底，必当与野蛮之日阀血战到底。深望君等幡然觉醒，与中国士兵人民齐心合力，共谋解放，则日本幸甚，中国亦幸甚。

尾　声

　　一个湿漉漉的早晨开始了。大雾弥漫着山谷，天地寂静，万物仿佛还想睡一会儿黎明觉似的，不肯露一点脸角。然而太阳升上来了，灰蒙蒙的浓雾怕晒似的逃离了山谷，原先被浓雾遮掩的龙行样的山脉，蜿蜒的内长城，破败的平型关楼，一层层的梯田，梯田中成熟的庄稼，地边和荒坡上的荒草，一道道的沟壑，沟壑里的潺潺河流等等，此时就像一个贪睡的人被撩起了被子，裸露在了光天化日之下。

　　乔沟两边的山梁上，点起了篝火。那是由 115 师 687 团的战士点燃的。昨天乔沟一线的战斗结束后，687 团奉命打扫战场，只打扫了近半，晚上他们就住在两边的山头上。现在团长张绍东命令全团点火吃饭，饭后立马再下去打扫战场。各处的山头上响起了战士们的欢笑声。

　　"报告团长，从平型关梁上走下来一伙人，好像冲着我们而来。"

　　"是吗？"张绍东举起望远镜，向前望去，果见一群穿着西洋衣服的人在十几个晋绥军护卫下，向他们走来。

　　"派一个班把他们拦住，问他们是干什么的？"

　　派出的一个班战士，迅速跑到老爷庙前的土桥上，"哗啦啦"拉着枪栓，十几个枪口对着已经走到土桥边的那群人说：

　　"站住，前面已是我们的战地，不得入内。"

　　那群人站住了，为首的一个穿着西洋服装的年轻人笑着说：

　　"兄弟，我们是《扫荡报》的记者。兄弟们昨天打了一个漂亮的大胜仗，我们想到你们战地拍摄一个新闻纪录片，为你们在全国作一个宣传。"

"你们请稍等，我们得请示一下上级。"班长感觉来人没有什么恶意，便让他们先等着，然后让身边一个战士去报告团长。

　　团长张绍东听说是记者前来采访，便又派人飞马白崖村报告师部。

　　林彪、聂荣臻等师部首长刚刚吃完早饭。林彪一听是《扫荡报》的记者，不屑地用鼻孔一"哼"说："《扫荡报》，这不是国民党最反动的复新社主办的那张报纸嘛？告诉他们，不见。"

　　"慢！"聂荣臻看到林彪讨厌记者，便用劝说的口气说："我们应当让他们过来采访，借他们的口宣传咱们八路军不是很好吗？"

　　林彪想了想，脸上浮上了笑容，说："那好吧，把他们带到师部来吧。"

　　《扫荡报》的记者来了，他们向林彪、聂荣臻询问了一些情况，然后提出到实地去拍摄一些真实镜头，并说出于宣传的需要，希望115师官兵按照当时的情况做一些表演。

　　"可以。"林彪满口应允。

　　得到允许的记者高兴极了，他们一窝蜂地捅向乔沟一带的阵地，带着照相机的，"咔嚓咔嚓"地拍起照来；肩扛摄像机的，对着沟内倾翻了的汽车、大车、马尸、敌尸仔细地拍摄起来，连一个角落也不想放过。这些来自国民党复新社《扫荡报》的记者，除了新闻采访，还有一个秘密任务，就是把战地实况拍摄下来，上报南京，看看八路军115师上报的战果是否属实。数天后，当他们把在乔沟拍摄的这些战地实况影像拿到南京让蒋介石观看后，蒋介石深为震撼，当即发来贺电：

　　有日（指9月25日）一战，歼敌如麻，足证官兵用命，指挥得宜。捷报南来，良深嘉慰。

　　《扫荡报》的记者拍摄完乔沟战地的实况后，让687团一个连的战士从东边山下的庄稼地里冲出，作扑向乔沟的表演，补拍八路军进攻乔沟的镜头。之后他们又提出让林彪、聂荣臻等师部指挥人员，按照当时指挥战斗的情形，在师指挥所的小山头上补拍一些指挥战斗的镜头。林彪看着这些忙得屁颠屁颠的记者，轻蔑地想，昨天我们战斗的时候你们不敢下来拍照，现在没有战斗了，才从长城上跑下来，瞎折腾。但是他还是答应了他们的请求。

　　"报告，朱总司令到。"在那个小山头上，补拍完指挥战斗的镜头时，一个通讯员赶来报告。

“什么，朱总来了？”林彪一听，喜出望外，对聂荣臻说：“走，我们回师部去。”

“你们先忙，我们先回了。”走时，聂荣臻对记者们说。

朱德是从刚刚安插在五台县南茹村的八路军总部赶来的。115师平型关大捷的消息传来，令朱德特别振奋。作为八路军的总司令，朱德当然知道这次战斗的重大意义，知道它意味着什么。一大早，他就喊：

“警卫员，备马，我们到平型关去！”

马蹄叩击着山路，“咯咯”地响，犹如鼓点，100多里山路，几个小时就让他们踏完。

在村东一孔林彪和聂荣臻晚上住过的土窑洞里，朱德盘腿坐在炕上，边喝水边休息，边等着林彪和聂荣臻到来。

“朱老总，您好！”还在土窑洞过道的时候，林彪和聂荣臻就激动地喊。

“好啊！听说你们打了个大胜仗，我来看看你们。祝贺我军出师后的第一个胜利。”朱德边下地边跟他们握着手。一阵快乐的寒暄过后，朱德让林彪和聂荣臻坐在自己的对面，对他们说：

“时间很紧，寒淡的话我们就不多说了。我今天来主要是跟你们了解一下战斗的情况，总结一下战斗经验。你们是第一次跟敌人作战，初战的经验对于我军今后的作战很宝贵啊。”

林彪先向朱德汇报了平型关战斗的经过，然后开始总结经验。昨天的平型关战斗结束后，晚上，林彪、聂荣臻和孙毅三个人就住在这里。他们兴奋得一夜没睡，三个人你一言、我一语，话题一直没有离开刚刚过去的战斗。他们的谈话实际上已是对这次战斗的经验总结了，因此林彪和聂荣臻在接下来的经验总结中讲得头头是道。朱德听得既认真又满意，最后对林彪说：

“你们的总结很不错，但还需要继续深入地进行一下。你们需要发动全师自下而上地进行总结，尤其是团以下的重点要放在战术方面。总结完后，由林彪写成报告报总部，总部要在全军推广你们的经验。”

“是。”

朱德走后，平型关一带的战局发生了变化。八路军25日大捷后，晋绥军虽然又在平型关内长城一带抵挡了几天进攻的日军，但是占领大同的日军东条英机部经过一天的急行军，于9月28日晨到达内长城的茹越口下，他们仅用伪满骑兵猛扑，就冲垮了茹越口阵地。随后又占领了繁峙县城。形势紧急，阎锡山急令内长城上阻敌的各部队全线撤退，分别向五台山、云中山、芦芽山转移，以集中主力于石岭关以北的忻口，保卫太原。在这种情况下，徐海东奉命率领344旅687团奉命继续留在平型关一带打游击，破坏日军进攻忻口的运输线。而115师主力则转移到五台山区，寻机侧击敌人。

那是五台山区一个安静的小山村。在一个天气晴朗、树上跳着唱歌小鸟的日子里，115师自下而上的平型关大捷战斗经验报告汇集到了师部。林彪仔细研究了那些报告，集合自己的亲身经历，坐在房东老乡的炕头上，把文房四宝摆在了当地特有的八仙桌上，写起了关于平型关战斗经验的总结：

第八路军终于在9月中旬开到了晋北的前线，它开始执行它在抗日战争中的神圣任务了！

在全国同胞热烈的期望下，我们于9月25日在平型关与日军接触了。不负全国民众与友军的期望，不负我军十年来的荣誉，我们这次的第一次交战获得了伟大的胜利！这一仗的确给了日军以重创，提高了全国军民的抗战的信心，特别是更加提高了第八路军的威信！

在这次初步与日寇交锋的战斗中，我们更获得了不少抗战的经验。这不但值得第八路军全体指战员与战斗员学习，我也愿意把它贡献于全国的抗战的"友军"与一切抗日的民众，作为对今后抗战的认识。据我个人在这次战斗中所感觉到的是：

一、一到山地战，敌人的战斗力与特长均要大大降低，甚至于没有。步兵穿着皮鞋爬山，简直不行，虽然他们已爬到半山，我们还在山脚，但结果我们还是先抢上去，给他一阵猛烈的手榴弹，他们只好像滚萝卜一样地滚下去了。炮兵则难于运动与找阵地。坦克车呢，有些地方简直使它英雄无用武之地。飞机的作用也不大。

二、敌人轻视中国军队，成了习惯，便由骄矜而疏忽，不注意侦察警戒，不爱做工事，打起仗来，先让飞机和大炮显神通，等到猛攻时，他们的步兵连阵地也不爱占领，只隐蔽在沟内休息。这样的敌人，当然便利我们袭击，所以我们这次一切布置得妥妥当当，向他们开枪了，冲锋了，他们才知道。

三、敌人不仅是弹药要靠后方输送，连粮食都要靠日本送来。他们的后方线已扯长有千里多，在这样的情况下，把他们后方线一切断，他们的困难就可想而知了，可以弄得他们进退维谷。所以发展游击战在敌人后方活动是非常重要的。此次平型关战斗，我们正是派了一部分人在敌后路上阻滞其增援部队及粮食供给，最近又占了浑源、广灵等县。

四、利用敌人攻击友军阵地时，袭击敌人侧后方，这是最好的战法，比在其中和刚到阵地而未站住脚时去袭击还要好些。这次就是利用敌以全副兵力注意对付友军时，突然在他们的后方大打起来。

五、为了避免他们的炮兵和飞机，战斗开始后要迅速接近敌人，投入肉搏，连续冲锋，使敌人的炮不好放，要放就连自己的队伍也遭了殃。

六、友军在战斗中的配合，实在太差了。他们自定的出击计划，他们自己却未能遵守。你打，他旁观。他们时常吹牛说要决战，但却决而不战；或向敌人打而又不坚决打，他们的部队本来既不充实，在一个突击中，却以区区的八个团兵力分成三大路，还留了总预备队，而每路又相隔十多里或二十多里，这样不仅缺乏出击力，而且连被我们打败了而退下的敌人他们碰着了，竟不但不能消灭之，反而被这些突围的敌人冲坍了，他们的指挥真笨极了，特别不能真正了解与运用在战役上与决战的地点与时机集中绝对优于敌人的步兵、炮兵、飞机以猛攻敌人。

七、敌人实在有许多弱点可为我乘，但敌人确是有战斗力的。也可以说，我们过去从北伐到苏维埃战斗中还不曾碰到过这样强的敌人。我说的强，是说他们的步兵也有战斗力，能各自为战，虽打败负伤了，亦有不肯缴枪的。战后只见战场上敌人尸体遍野，却捉不着活的。敌人射击的准确，运动的隐蔽，部队的掌握，都颇见长。对此种敌人作战，如稍存轻敌观念，做浮躁行动必易受损失。我们的部队仍不善做疏散队形之作战，特别是把敌人打坍后，大家拢在一团，喧嚷"老乡！缴枪呀！"——其实对日本人喊"老乡缴枪"，不但他们不懂，而且他们也不是老乡——这种时候，伤亡往往很多。在"抗大"的军事教育中，特别要教育干部了解正规战斗中的战斗队形之运用。

八、日兵至死不肯缴械，一来因日本之武士道教育、法西斯教育，同时也因他们对中国军民太残暴，恐怕中国人报复，但最主要的，是过去"华北军队"对日军俘虏政策之不正确，采用野蛮的活埋、火烧、剖肚等办法。故我们今后须加紧对日本士兵的日文日语的政策宣传与优待俘虏。

九、夜袭是战胜日寇的重要作战手段。敌怕夜袭，他们的技术威力一到夜间有的竟至全无作用。我们要努力，非常努力地去学习夜战，以此为特长以战胜日寇。

十、我八路军在目前兵力与技术条件下，基本上应以在敌后袭击其后路为主。断敌后方是我们阻敌前进争取持久的最好方法。如经常集中大的兵力与敌作运动战，是不适宜的。

十一、"中央军队"如果还是守着挨打战术，便真糟糕透了。他们对主要点应坚工固守，而不应到处守，应行决战防御与运动战，应集中优势兵力、飞机、大炮于决战点。至于他们军官的调动，政治工作的建立和对群众关系的改善，都是他们很重要的问题。

十二、我们的军事技术，特别是战斗员与班排连长的技术与战术教育，实在还须大大的努力。过去大半年，部队虽然得到了休息整顿的机会，在风纪、礼节与正规化上进步很多，但对战术训练还很差。今后应努力加强这方面的教育。

经过这次的战斗，部队中的一般情形更加活跃了，战斗的情绪高涨万分。战地群众对我军与友军完全是两个态度。见友军就逃，见我军到了又转回。八路军所到之处，受群众热烈的欢迎与夸扬，不是无因的。

这一切经验与教训都值得我们虚心地学习，运用在今后的抗战中，这些都是我们争取抗战胜利的必要条件！

总结写罢，林彪刚刚在文章末尾写上了最后一个感叹号，院外就响起了战马的咳咳声，他扭过头去，从半开的小窗里看到，344 旅旅长徐海东牵着一匹大青马进了院子。院内林彪的警卫员接过马缰，把战马拴进老乡的马圈里，徐海东提着马鞭，走进了屋子。看见徐海东进来，林彪高兴地站起身子迎接道：

"哈哈，是徐海东同志。"

进得屋来，徐海东举手有力地敬了一个军礼，然后用男子汉昂昂的声音说道：

"师长好！"

"坐。"看到徐海东脸上兴高采烈的样子，林彪知道平型关那边的情况不错，便指着八仙桌对面的那头说。两人面对面坐下来之后，林彪问："你那面的情况怎样？"

徐海东说："国民党军从平型关全线撤退以后，687 团隐蔽在附近的山村里。同时侦察到，敌人为了保证灵丘城的后勤部队不断往前线运送物资，从大营镇驻军中派一部分兵力控制平型关关口，并在小寨村也驻扎了一部分部队。了解这一情况后，我们突然出击，首先消灭了小寨村敌人，控制了敌人的运输线。敌人为了打通运输线，配备大炮 6 门，汽车 130 辆，向小寨村扑来。我们布置 687 团两个营占据公路两侧高地，与敌人激战一日，敌人伤亡惨重，退回灵丘。与此同时，687 团两个营袭击驻守在平型关关口的敌人，逼其退回了大营镇。至此，我们第二次收复了平型关。"

"不错，你们打得不错嘛。"林彪听后很高兴地说，"平型关大捷之后，我军要全力于游击战争。正如毛主席所说的那样，华北正规战如失败，我们不负责任；但游击战如失败，我们必须负严重责任。平型关大战前，晋东北各县除五台县外，县政府解散，县长外逃。下一步，你们的工作是寻机收复灵丘、浑源、广灵三县，建立根据地，恢复县政权，并在那里动员群众，收编散兵散枪，组织抗日游击队。"

徐海东认真地听着林彪对 344 旅下一步的工作指示，并记在了笔记本上。林彪讲完后问："你还有什么情况要说？"

徐海东说："有一个情况得向师长汇报一下。"

"讲。"

"687 团政治主任谭甫仁反映，平型关一带的百姓组织了一支抗日武装，取名'灵丘义勇军'。这支武装已发展到 200 多人，一半是村中百姓，一半是国民党军溃退时的散兵。"

"噢，领头人是谁？"

"姓杜，名叫杜璠。日军占领灵丘前，他是县政府警察局的警察。几天前，谭甫仁同志已经与杜璠接触，他想争取灵丘义勇军加入我们八路军。"

"杜璠，灵丘义勇军……"林彪想了一阵，然后眉毛一扬说，"我看暂时不要编入八路军，你们应当以杜璠这个义勇军为班底，迅速动员群众，收编散兵散枪，组织真正意义上的灵丘义勇军。"

"是，我也有此意。"

"哈哈哈！"

"哈哈哈！"

杜璠是在原平火车站听到八路军平型关大捷的。那时他刚把逃避战火的县长张普晋送到候车室里，他们还没找位子坐下，候车室就"哗"地一下子沸腾起来，惊愕之余，他们发现人们在高兴地相互传播着一个振奋人心的消息：八路军 115 师在平型关把日本兵包围在一条大沟里，全歼敌精锐坂垣师团 1000 余人，缴获汽车 82 辆，大炮 1 门，炮弹 20 余发，大车 100 余辆。

杜璠大快，跟候车室里的其他人一样，忘情地欢呼起来。这种快乐，难以言说。后来他对人说，这是他一生遇到的最高兴的事。中国人有以"久旱逢甘露，他乡遇故知。洞房花烛夜，金榜题名时"为四大快事之说。这四件，跟平型关大捷的消息相比，简直相差百倍。

在人们的一片欢呼声中，有人说火车来了，候车室里便安静下来。杜璠说："张县长，我送你上了火车就回灵丘了，下面的路你自己小心走吧。"

张普晋的眼窝热热的有点痛，好像有些发红了，他用一种激动的声调说："杜璠，你一直把我送到了这里，谢谢你的义气。我问你，你真的回去要组织义勇军吗？"

杜璠说："日本人占领了我的家乡，他们不知要干出多少伤天害理的事情来。我想了一路，日本人来了，灵丘的男人们要保住自己的家业、妻儿，只能拿起家伙，跟狗日的日本真刀实枪地干，除此没有别的路走了。"

"有种，你是灵丘第一男人，那会儿我就看你是条汉子，我后悔没有把你提拔成警察局局长，要不，警察局那伙人就是现成的义勇军啊。"

"我要组织一支比警察局大得多的队伍。"

张普晋被杜璠的话大大感动了，他打开一个西式的皮箱子，从中提出一个哗哗响的布袋来，那响声是银元碰撞发出的动人的响声。张普晋说："这里是二百大洋，你组织部队得有枪。给，拿着，也算是我这个不称职的县长对抗日的一点贡献吧。"

杜璠接过钱袋，塞在怀里，说了声："谢谢县长惦记着灵丘人。"心里却说：三年清知县，三千雪花银。你张县长总算还有一点儿良心，还懂得给灵丘人留下来一点儿。

告别了逃亡县长张普晋，杜璠把两头黄红色的骡子拴在了那匹长得最壮的黑骡子的马鞍上，然后一跃，跃上了骡背，喊了一声："驾！"挥鞭奔跑起来。杜璠一路飞跑，快半夜时，到达岳母的村子韩淤地村。想到岳父刚刚去世，便决定晚上住在这里，看看岳母及家人。于是，他跳下骡子，进了村。

岳母家还没有熄灯。煤油灯把几个男子的身影投到这窗户上，显得很粗壮。从里面传来"喝酒喝酒"、"吃肉吃肉"的声音。那些声音很耳熟，一听就是他的那些妻兄弟们。杜璠进院的声音让岳母听见了，老人家一出门就看出是女婿回来了，便对屋里的人说："孩儿们，你姐夫回来了，快外接你们姐夫去。"

韩氏兄弟听说姐夫回来了，都停住喝酒，出来迎接他们的姐夫。他们有的接过骡子的缰绳，把三头骡子拴到驴圈里，有的簇拥着杜璠走进屋里。一股马肉的奇香钻入杜璠的鼻子，杜璠一看，岳母的炕上放着一个盛满大块大牲口肉的和面盆子，便问："嗬，哪来的这么多肉，是啥肉？"

"日本的马肉。"一个妻弟说。

"日本马肉？"

"姐夫，你送县长走后，共产党的八路军在咱们这里打了一场大胜仗。这马就是他们打死的。"

"姐夫，你知八路军怎么打骑兵吗？就在咱们村西，有7个日本骑兵想逃跑。有3个八路军，他们用长枪打，先打马，后打人。马倒后，马上的人一个倒栽葱跌到地上，人刚一起来，'啪！'八路军就把他们打倒在地。"

杜璠的妻兄弟们七嘴八舌地跟他谈着他们亲眼所见的战斗，好不容易才找到了插嘴的机会，他问："不是说战斗是在平型关那面打的吗？"

"姐夫，他们的战线可长哩，咱们这里是最东界，最西界要到平型关那面的新庄村呢。"

"姐夫，你是没见，从咱们这儿开始，过小寨沟，入乔沟，再到新庄沟，有30里哩。"

"是吧？"

"我看30里只多没少。"

杜璠的到来，给韩氏兄弟带来了极大的欢喜，他们围着他们的姐夫，兴高采烈，边喝边谈。杜璠也很高兴，在一次举杯中，偶然发现，在他的妻兄弟中间还有两个陌生人，细一看，原来是前几天差一点成了韩氏兄弟刀下之鬼的那两个国民党兵，便笑着问："这不是那两个国军兄弟吗？"

"嘿，嘿，正是我们。"张建才笑着回答。

"我的兄弟们粗鲁，差一点酿成大祸。"

"这叫不打不相识嘛，现在我们已经成为兄弟了。"

"是吗？这很好。那天兄弟走得匆匆，没问兄弟高姓大名。"

"兄弟姓张，名建才，这位姓李，单名一个军字。他是你们山西人，我的士兵。"张建才介绍道。

"噢，兄弟是？"

"他是我们的连长。"

"啊？"众人皆惊，都回过头来，把目光盯在张建才的脸上，重新审视着他。

接下来，张建才把自己的身世，卢沟桥事变怎样发生，29军怎么失败，北平、天津怎样丢失，以及他和他的几个兄弟如何寻找抗日部队，屡战屡败，一直来到韩淤地这个灵丘县的小山村碰见韩氏兄弟的经历——道来。韩氏兄弟静静地听着，他们没有想到这两个国民党兵会有这样的经历，原来这两位都是好人，幸亏那天的鲁莽没有造成大祸，要不他们可犯下了天理难容的大错了啊。

他们这样想时，就都回头看了看他们的姐夫杜璠。那目光仿佛在说：姐夫，还是你比我们这些山村野夫强啊，我们做事太鲁莽了。

张建才说话的时候，杜璠一直默默地听着。张建才说完，杜璠问："两位兄弟，你们一直在找抗日队伍吗？"

"是的。"张建才说。

"我看你们哪儿也别去了，就留在这里吧，我要在这里组织灵丘义勇军，咱们兄弟们一起干吧。"杜璠说。

"灵丘义勇军？"韩氏兄弟瞪大眼睛问。

杜璠说："送县长的路上，我就想好了。日本人来了，国民党兵让日本人打得一拨一拨地溃跑了，县长也丢下灵丘老百姓不管逃走了。咱灵丘有爷们要想保护咱的家，保住咱的父母妻儿，只有一条路了，那就效仿东北人，咱自己组织部队打日本了。"

韩氏兄弟听说姐夫杜璠要组织灵丘义勇军，非常高兴，都说愿意参加他的队伍。张建才说："杜大哥，你们如此仗义，我和王君没得说，就留在你的队伍里了。"

决定组织义勇军的事，就这么定了下来。这一晚，韩淤地村的这几个男人一夜没有睡觉。他们商量了组织义勇军的许多事情，大家推举杜璠为司令，张建才为军师，杜璠的两个妻弟韩文清、韩文斌以及王君为副官。天明后，杜璠在岳父的院外，在老榆树下，领着众人，学历代起义好汉，对着初升的太阳，喝鸡血酒，共同盟誓，共赴疆场，杀敌救民。仪式完后，由杜璠岳母亲手绣出一面红底黄字的"灵丘义勇军"旗帜。然后，他们打着旗帜在附近村庄招兵买马，仅几天时间就组织起义勇战士40余人，其中晋绥军从前线溃退时掉队的士兵就有20多人。杜璠预感到，照此速度，义勇军很快会发展成一支很大的队伍。从没领兵打过仗的杜璠，此时开始想着怎样带兵打仗，他很想到乔沟一带看看，看看八路军是怎么打仗的。

一日，杜璠喊了张建才、韩文清、韩文斌、王君等人，对他们说："这几天，四路八乡的人都跑到乔沟一带拾八路军留下的废铜烂铁，听说他们有人还拾到了日本人的枪支。今天我们到那里招兵买马去，顺便看看八路军的战场。将来人多了，咱们还要打仗呢，应该看看人家八路军是怎么打仗的。"

他们来到了小寨村，把军旗打在了小寨村的当街上，旗下放一个四腿高桌，大张旗鼓地招起兵来。很快，人们就把他们围了个水泄不通。许多青年人挤上前来，报名参军。这些年轻人不是被日本杀害了亲人，就是被狗日的烧了房屋。

看着有那么多的人参加义勇军，杜璠心里当然高兴。他知道，今天用不着做什么演说，就会有好多人报名。因此，他吩咐韩文斌、王君等人留下招兵，自己则带着张建才、韩文清去看八路军的战场。

长长的乔沟，敌人的尸体大部分已经被附近村庄赶来拾破烂的人们掩埋。汽车的残骸仍然一辆一辆挤在沟里一眼望不到头，每辆汽车上都有拾破烂的老百姓用锤子砸他们能够砸下来的钢铁。那"叮当"之声盈了一沟。站在乔沟门的边沿上，望着蛇一样向远处弯去的乔沟，杜璠的眼前幻化出八路军战士呐喊着冲向沟沿，把手榴弹扔到沟里，把子弹射向敌人的情景。杜璠还没有见过真正的战斗，但他相信自己的想象是符合真实的。当想到一沟敌人就这么被八路军居高临下地砸烂了，心中不由得升起一股对八路军的敬佩之情。他回头看看身边的张建才，发现张建才把眼睛瞪得大大的，便问道："老张，八路军这仗打得怎样？"

"好，好，好啊！"张建才连连说："从东北到这里，我打过大大小小无数次仗，这样的仗从来没有打过。"

"好在哪里？你是当兵的人，说说看。"杜璠说。

"光这地形就选的不错。在这条沟里，敌人的汽车兵、骑兵、步兵、炮兵、辎重兵，都发挥不了优势。这样的地形应该说咱们中国多的是。可我过去的那些长官们，从东北到这平型关下，没有一个选择这种地形打伏击的。"

"讲得在理，还有吗？"

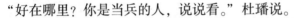

"参加咱们义勇军的兄弟中，战斗进行时，有几个跑在附近的山梁上观看过八路军的战斗。他们说，日本人的飞机曾经飞来过，看到敌人的飞机，八路军战士就冲到公路上与敌人肉搏，使敌机无法投弹，只好远远飞走了。这说明，八路军作战灵活……"

"八路军就是会打仗。姐夫，你记得阎锡山说'共产党杀人如割草'的话没？过去我听到这话觉得共产党就像魔鬼一样，现在我知道他为什么这样说了。"这时，韩文清插嘴说。

"为什么？"杜璠不解地问。

"一定是共产党会打仗，阎锡山才这么说啊。"韩文清说。

"哈哈哈！"

"是啊，听说八路军纪律严明，不祸害百姓。"张建才也附和着说。

他们沿着乔沟的沟沿继续往前走，又看出了许多八路军在这里打伏击的玄机，心里对八路军佩服极啦。尤其是杜璠，他第一次在这里受到了军事启蒙。数天后，他作出了一个伟大的决定，那就是带着队伍参加八路军。那时候，他组织的灵丘义勇军已经发展到 200 来人。

一天，杜瑶来到了仅与韩淤村一河之隔的东河南村，找到了在那里做抗日宣传的 115 师 687 团的政训处主任谭甫仁，表达了想带部队参加八路军的愿望。谭甫仁非常高兴，对他说：

"八路军欢迎你们……不过，我先向上级汇报一下，然后与你们联系。"

当谭甫仁再来时，带来的消息却是"灵丘义勇军"暂不编入八路军正规部队，目前应利用平型关大捷之后的大好形势，继续招兵买马，扩大武装。

11 月，灵丘义勇军扩大到 1500 多人，下辖五个大队。

12 月中旬，正式编入八路军晋察冀军区独立第一师。

与此同时，灵丘县周边的浑源、广灵、蔚县、涞源等县也都组织起了抗日游击队，并同时编入了八路军晋察冀军区独立第一师。

中国的抗日战争，一旦由全国的老百姓蜂拥参加，就变成了埋葬日本侵略者的汪洋大海！